DIEBIN VON SILBER UND SEELEN

RITEN DER BESESSENHEIT

BUCH EINS

EVA CHASE

EINS

Die Unterseite des Wagens schabt durch meine Kapuzentunika hindurch über die Narben an meinem Rücken. In geduckter Haltung krieche ich ungeachtet des schmerzhaften Kribbelns weiter.

Der Schmerz ist eine Erinnerung daran, woher ich komme.

Die Helden in Legenden und Geschichten krabbeln nicht in den Schatten und im Dreck unter Pferdewagen herum. Sie marschieren im Sonnenschein voran, um ihre tugendhaften Aufgaben zu erfüllen.

Wären die Geschichten wahr, wären die meisten von ihnen drei Meter groß, überschwänglich und aus ihren Ärschen würde die Sonne scheinen.

Diese Art Held bin ich nicht. Ich bin ein Monster mit einer zerrissenen Seele.

Deshalb denke ich, dass ich dazu qualifiziert bin, andere Arten von Monstern zu identifizieren – wie beispielsweise den charmanten Händler, dem dieser Wagen gehört und dessen Seele ich darauf verwetten würde, dass er allermindestens sehr zwielichtig ist.

Er hat an der Seite des verwahrlosten Marktplatzes in einem Außenbezirk der Stadt geparkt und es hat sich bereits eine kleine Schar versammelt, um seine Waren zu begutachten. Mit jedem falschen Versprechen, das von seiner lügenden Zunge rollt, wird mein Gesicht grimmiger.

Der Plunder bimmelt, als er erst einen Gegenstand, dann einen anderen hochhält. „Gesegnet von Elox persönlich! Wenn Sie dieses Amulett stets bei sich tragen, werden Sie ein Jahr lang frei von Krankheiten sein. Dieses wurde von Prospiras Versprechen berührt … pflanzen Sie es in Ihrem Garten für eine doppelt so große Ernte."

Klar, und meine Spucke verwandelt Scheiße in Gold.

Die trockene Brise weht Staub in meine Nase. Ich verkneife mir ein Niesen und gehe noch näher an das Gewimmel aus Beinen hinter dem Wagen heran.

Die Schatten und der erdbraune Stoff meiner Tunika machen mich quasi unsichtbar. Nur für den Fall ziehe ich mir die Kapuze tiefer ins blasse Gesicht und stecke einige verirrte Strähnen meiner rotblonden Haare hinter mein Ohr.

Eine Stimme, die ich kenne, meldet sich süß, jedoch schwach zu Wort. „Wird das Amulett, das von Elox gesegnet wurde, auch jemandem helfen, der bereits krank ist? Mein Sohn … ihn hat ein Fieber erwischt."

Ich zucke zusammen. Es ist Zuzanna – die Hausfrau mit den Pünktchenvorhängen und Elox' Sigille an jeder Wand ihres wackeligen Hauses. Ihre Bitten an den Gottlen der Heilung haben bisher keine Wunder bewirkt. Ihr schwächlicher Sohn ist öfter krank als gesund.

Sie kann jedoch nicht anders, als sich auf jede noch so kleine Chance zu stürzen, die ihr geboten wird.

Der Händler antwortet in einem Ton, der so schmierig ist wie Öl. „Oh, für jemanden, der bereits krank ist, habe ich ein stärkeres Amulett. Es kostet nur ein wenig mehr."

Ein Raunen geht durch die versammelten Schaulustigen. Ich kann die Hoffnung in der Luft schmecken – doch es ist alles vergebens.

Amulette, die mit Gottlen-Magie durchtränkt sind, existieren, allerdings nicht zu den Preisen, die der Händler für seine falschen Waren verlangt. Die Bürger dieses Viertels könnten sich ein echtes Amulett niemals leisten.

Ich habe einige echte Reliquien gesehen. Sie verströmten ein machtvolles Pulsieren, das sofort bis in die Tiefen meines Körpers vibrierte. Der Plunder, der über meinem Kopf baumelt, sendet nur ein schwaches Kribbeln aus.

Es ist vermutlich nur ein Hauch heraufbeschworener Freude, der die Käufer in den ersten ein oder zwei Wochen zufriedenstellen wird.

Ein stärkeres Kribbeln rast in meine Haut, wann immer der Händler spricht. Die meisten Betrüger, die die Armen der Stadt ausnehmen, besitzen selbst Gaben: ein Geschick darin, Vertrauen zu ermutigen, und ein Talent darin, andere zu überzeugen.

Sie können immer neue Kunden finden. Hoffnung ist auf diesen Straßen Mangelware. Eine Menge Leute können ihr nicht widerstehen.

Ich blinzle und ein Bild meines Vaters flackert vor meinem inneren Auge auf. Vor Jahren legte er ein Amulett ans Fußende des Betts, in dem Ma dahinsiechte.

Das falsche Amulett konnte nicht einmal ihr Wimmern beruhigen.

Die aktuellen Opfer dieses Schwindlers können viel weniger Münzen erübrigen als Da damals. Zuzanna fischt allerdings schon in ihrer Handtasche.

Dafür wird sie wochenlang auf ihr Abendessen verzichten.

Meine Fingernägel bohren sich in meine Handflächen. Ich stelle mir vor, wie ich hervorspringe und den Betrüger anprangere, doch das Gewicht der Erfahrung hält mich an Ort und Stelle.

Es ist nicht so, dass ich einfach erscheinen und verkünden könnte: „Hallo, ich bin Ivy, Jägerin der Schwindler. Dieser Mann ist ein Dieb!"

Ich habe keinen Beweis, den ich der Menge präsentieren kann und der die Hoffnung zerstreuen wird, die der Betrüger in ihnen geweckt hat. Ich habe vor langer Zeit gelernt, dass es den Wachen, welche die Oberschicht der Stadt zur Verfügung stellt, wichtiger ist, steuerzahlende Händler bei Laune zu halten, als die Bedürftigen zu schützen.

Und wenn ich versuche, die Dinge öffentlich zu regeln, ist die Wahrscheinlichkeit zu groß, dass es stattdessen schrecklich schiefgeht. Es ist für uns alle sicherer, wenn ich in den Schatten bleibe.

Ich kann auf meine Weise für Gerechtigkeit sorgen.

Als der Händler Zuzannas Bezahlung entgegennimmt, umfasse ich mein Lieblingsmesser. Er lässt die kleineren Münzen in den Wechselgeldbeutel an seiner Hüfte fallen – und ein größeres Stück Silber in den Beutel an seinem Rücken, der sich von den Gewinnen seiner vergangenen Verkäufe wölbt.

Außer Reichweite der Leute, die er sehen kann, wähnt er sein Geld dort sicher. Ein Lächeln biegt meine Lippen nach oben.

Er hat mir den Schatz praktisch auf dem Silbertablett serviert. Das ist so nett von ihm.

Die Betrüger, die in den Außenbezirken der Hauptstadt nach neuen Opfern suchen, sind vorsichtiger geworden, da sich herumgesprochen hat, dass Geld verschwindet. Allerdings hinterlasse ich nie ein offenkundiges Zeichen dafür, wann oder wo ich meine Arbeit getan habe, und ich habe eine Vielzahl an Tricks auf Lager.

Ich warte, bis sich der Händler wieder den restlichen Zuschauern zuwendet. Seine wogende Hose verbirgt meine schlanke Gestalt vor den Blicken anderer, weshalb ich aus den Schatten schleiche und die Klinge meines Messers über die Seite des Beutels ziehe.

Als der Händler die Frage eines Mannes über Amulette beantwortet, die jemanden stärker machen, klopfe ich sachte gegen den Lederbeutel. Mehrere dicke Münzen, von denen jede eine Familie einen Tag lang ernähren kann, rollen aus dem kleinen Loch in meine Hand.

Während ich meine erste Beute in eine versteckte Innentasche an meiner Taille schiebe, dreht sich der Händler um und nimmt ein Amulett von seiner Auslage. Ich halte still und kauere mich unter den Wagen.

Am Rand der Menge blitzt etwas Saphirblaues auf und mein Körper wird stocksteif.

Mit hämmerndem Herzen beobachte ich, wie der Soldat zu dem Wagen schlendert. Seine polierten schwarzen Stiefel und saubere Hose glänzen in der Spätnachmittagssonne.

Die offizielle Polizeitruppe der Hauptstadt, die Kronenwache, patrouilliert nur selten in den Außenbezirken Florians. Sie kümmert sich vorrangig um den Schutz der feinen Leute, die in den hübschen Steinhäusern in der Nähe des Königspalasts wohnen.

Falls mich dieser Soldat bei der Arbeit entdeckt, wird er jedoch das Bedürfnis verspüren, sich einzumischen. Und wenn die Wache mich in die Hände kriegt, werden sie realisieren, dass sie mir sehr viel mehr als einen Diebstahl zur Last legen können.

Eine falsche Bewegung bedeutet einen Ausflug zum Galgen.

Die glänzenden schwarzen Stiefel bleiben weniger als drei Meter entfernt von mir stehen. Ich knirsche mit den Zähnen und mache mich bereit, wegzurennen.

Jeder andere würde in einem Moment wie diesem möglicherweise die Gottlen um Glück oder Schutz bitten, ihre Aufmerksamkeit ist allerdings das Letzte, was ich mir jemals wünschen würde. Unsere geringeren Götter wären die Ersten, die mich für das bestrafen würden, was ich bin.

Ich kann nicht einmal behaupten, dass ich es nicht verdienen würde.

Die zischende Stimme meiner Mutter steigt in meinem Hinterkopf auf. *Du hast unser Haus verflucht. Es war alles deine Schuld, oder?*

Die Narben an meinem Rücken jucken. Ich schlucke schwer und verdränge die Erinnerung.

Vielleicht kann ich die Schrecken, die ich begangen habe, nie wiedergutmachen. Womöglich ist meine Seele verwirkt. Allerdings muss ich am Leben bleiben, wenn ich meine Geschichte neu schreiben möchte.

Ich werde nie eine Heldin sein, doch wenn ich meinem Ende entgegentrete, will *ich* wissen, dass ich mehr als eine Schurkin war. Ungeachtet dessen, was alle anderen sehen werden, wenn sich der Strick um meinen Hals zusammenzieht.

Die Stimme des Soldaten erklingt arrogant und gelangweilt. „Ich hoffe, Ihnen macht niemand Schwierigkeiten, guter Händler?"

„Man hat mir einen exzellenten Empfang bereitet", erwidert der Händler ruhig.

Die Stiefel wenden sich ab. Der Soldat schlendert davon und ich atme langsam aus.

Der Schwindler bietet weiterhin seine Waren feil. Er *macht* ein gutes Geschäft, da er noch einen Kunden dazu überredet, ihm seine kümmerlichen Ersparnisse zu überlassen.

Sein Erfolg macht ihn selbstgefällig – und nachlässig. Während er sich mit einer einsamen, unverheirateten, alten Frau und anschließend mit einem Ladenbesitzer befasst, der Probleme hat, massiere ich weitere Münzen aus seinem Beutel. Dass ich ihm das Silber Münze für Münze abnehme, sorgt dafür, dass er nicht bemerkt, dass das Gewicht an seinem Rücken leichter wird.

Die Menge zerstreut sich allmählich. Ich stecke ein paar letzte Silbermünzen in eine meiner Taschen, bevor ich einige Handvoll Kieselsteine in den Beutel des Händlers fülle, um zu ersetzen, was ich gestohlen habe.

Wenn er auf den Beutel klopft, wird er sich weiterhin voll anfühlen.

Hoffentlich wird er bis zum Einbruch der Dunkelheit brauchen, um zu bemerken, dass er fast alle Münzen verloren hat.

Mit einem grimmigen Lächeln ziehe ich mich zurück. Ich muss einen großen Abstand zwischen den Wagen und mich bringen, bevor der Händler losfährt.

Ich wende mich gerade ab, als das Pferd plötzlich scheut.

Bei dem Wiehern des Wallachs drehe ich blitzschnell den Kopf. Das Pferd geht auf die Hinterbeine und ein flimmerndes Licht huscht unter seinen austretenden Vorderbeinen vorbei.

Es könnte eine optische Täuschung sein – oder es könnte ein Daimon sein, der Chaos stiftet, so wie es die wandernden Geistwesen gerne tun.

Ich habe keine Zeit, um über die Möglichkeiten nachzudenken, denn die Hufe des Pferdes schlagen auf dem Boden auf, es springt vor und zieht den Wagen mit sich.

Mein Magen schlingert. In einer Sekunde werde ich für alle sichtbar sein.

Ein Drängen trifft mich von innen, als würde sich eine ungeduldige Hand von meinem Magen bis zu meinem

Brustbein winden. Sie stößt der Außenwelt entgegen, entschlossen, die übernatürliche Kraft einzusetzen, die in meinem Körper schlummert, um mir auf schnellstmögliche Art die Haut zu retten.

Nein!

Ich schiebe den Impuls mit all der Selbstbeherrschung zurück, die ich jahrelang verbessert habe, und wirble herum. Mein Rücken schabt über die harte Erde und meine Narben schmerzen, doch ich ziehe mich bereits hoch.

Meine Finger und Stiefelspitzen finden kleine Aussparungen an der Unterseite des Wagens. Ich spanne alle Muskeln an und klammere mich an die wackelnden Balken, die ich erwischt habe.

Mein verkürzter rechter Zeigefinger flattert im Wind. Ein unbedeutender Verbrecherfürst schnitt ihn mir vor Jahren am ersten Gelenk ab, als ich noch nicht alle Lektionen der Straße gelernt hatte. Ich habe diesen Teil meines Fingers noch nie stärker vermisst als in diesem Moment.

Der Wagen wird durchgeschüttelt, als der Wallach das nächste Mal daran zieht. Er galoppiert mit einem panischen Wiehern los, woraufhin die Amulette in ihren Regalen scheppern und der Händler flucht. Jemand aus der Menge brüllt einen Rat und ein Kind bricht in Gelächter aus.

Schmerzen breiten sich in meinen Gliedern aus, weil ich so viel Kraft aufbringen muss, um nicht auf den Boden zu fallen – und ein schärferer Schmerz durchbohrt meine Brust. Ich presse meine Lippen zusammen, um ein gequältes Keuchen zu unterdrücken.

Götter straft mich, nicht schon wieder …

Der Schmerz ignoriert mein stummes Flehen. Er brennt meine Schulter hinauf und zu meinem Becken hinab, wobei er in diese und jene Richtung züngelt wie ein Lagerfeuer im Wind.

Fuck, es ist noch schlimmer als beim letzten Mal.

Ich verschließe die Augen fest vor dem Brennen der ungebetenen Tränen und klammere mich mit aller Willenskraft an den Wagen. Wenn ich die Qualen noch einige Sekunden aushalten kann … nur noch ein paar Sekunden …

Der Wagen holpert weiter. Die Magie, die ich nicht

benutzen will, beschimpft mich und bestraft mich für meinen Widerstand.

Einer meiner Füße rutscht ab und knallt mit einem frischen Schmerzensstoß mit der Ferse auf den Boden. Ich ziehe ihn wieder hoch …

Und die Räder zu beiden Seiten von mir halten knirschend an.

Das beißende Feuer meiner wütenden Magie legt sich allmählich, während der Händler mit seinem Wallach schimpft. Das Pferd stampft mit den Hufen, bevor es sich endlich beruhigt.

Der Schmerz in meinen Muskeln bleibt bestehen und meine Finger pochen in ihrem verzweifelten Klammergriff. Ich zähle einige Herzschläge, bevor ich beschließe, dass es sicher ist, mich zu Boden zu lassen.

Die Stimme des Schwindlers nimmt einen liebenswürdigen Ton an, als er sich bei den potenziellen Kunden entschuldigt, die ihm die Straße entlang gefolgt sind. Während er die Neugierigen wieder zu sich winkt, atme ich zittrig aus und suche in meiner Umgebung nach einem Fluchtweg.

Dort: ein schmaler Weg zwischen zwei heruntergekommenen Holzgebäuden. Ich rolle auf der anderen Seite unter dem Wagen hervor und husche davon, bevor mir das Glück ausgeht.

Wenn man so lange auf den Straßen der Großstadt lebt wie ich, findet man immer einen Weg. Dieser führt zu einer Gasse, die bei einem Müllhaufen endet, der sie mit einer anderen Gasse verbindet.

Mit jedem Schritt schießen Schmerzen durch meine verletzte Ferse, doch ich schaffe es, gleichmäßig und leise zu laufen. Der enge Stoff meiner versteckten Taschen drückt meine Beute dicht an mich und hindert die Münzen am Klirren.

Je eher ich meinen Schatz abladen kann, desto geringer sind die Chancen, dass ihn mir jemand abzuknöpfen versucht, der ihn nicht verdient.

Die Münzen werden nicht sofort in die Hände der Leute wandern, die der Händler heute reingelegt hat. Ich habe eine feste Route, der ich durch die Außenbezirke folge, sodass ich meine Beute gerecht verteile.

Ich trete um eine Lache Pisse an einer Ecke und um vergiftete Ratten an einer anderen. Ein beißender Gestank sickert durch die restlichen schrecklichen Gerüche und heißt mich an meinem Ziel willkommen.

Das Viertel Schlachtquell hat seinen Namen von den Schlachthäusern erhalten, in die die Bauern ihr Vieh bringen und die sich direkt hinter der nahegelegenen Stadtmauer befinden. Sogar nachts verfliegt der Gestank nie ganz.

Hier wohnen nur Leute, die keinen anderen Wohnort finden können.

Als ich weitergehe, zerrt meine Magie mit einem schmeichelnden Ton an den Rändern meines Bewusstseins, der mich an den betrügerischen Händler erinnert.

Wenn ich sie rausließe, könnte sie den Gestank wegwaschen. Sie könnte mich geradewegs zu meinem Ziel tragen, ohne dass ich noch einen Schritt machen muss.

Das mag ja stimmen, erwidere ich. *Doch was wirst du in der Zwischenzeit zerstören?*

Darauf hat sie keine Antwort.

Kleine Schmerzensstiche durchzucken meine Nerven, jedoch nicht so schlimm, dass ich sie nicht ausblenden kann. Die Magie schlägt nur wild um sich, wenn ich sie trotz eines guten Grundes nicht benutze.

Die Schmerzattacken begannen erst vor einem Jahr … und wurden mit jedem Monat häufiger und stärker. Ich will nicht zu angestrengt darüber nachdenken, was das für meine Zukunft bedeuten könnte.

Um mich herum weichen die hohen Holzgebäude kleineren, jedoch genauso schiefen Hütten. Hier und da ragen Pflanzenstängel und vereinzelte Blätter aus den Lücken der Gebäude, wo die Pflanzen mit ihnen verschmolzen sind.

Jedes Viertel hat einige eifrige Gärtner, die ein Stück von sich für die Gabe geopfert haben, Pflanzenwachstum zu ermutigen. Einem Gärtner einen Gefallen zu schulden, damit er einen Schössling oder Busch dazu überredet, ein zerfallendes

Gebäude zu flicken, ist häufig billiger, als die Materialien und Handwerker für eine traditionelle Reparatur zu bezahlen.

Die Hälfte der Gebäude wäre nur noch ein Schutthaufen, würden die ineinander verschlungenen Pflanzen sie nicht stützen.

Als ich die Häuserreihe erreiche, zu der ich will, verlasse ich den Weg und betrete die schmuddeligen Gärten. Mir ist es lieber, wenn niemand die Person identifizieren kann, die hinter meinen anonymen Spenden steckt.

Bei jedem Haus hinterlasse ich auf dem Fenstersims einen kleinen Stapel Münzen. Hier und da blicke ich durch die zerfetzten Vorhänge und halte im Inneren nach Lebenszeichen Ausschau.

Bei Martas Haus mit den herabhängenden Schindeln und den Büscheln Distelwolle, die entlang der Dachkante wachsen, höre ich ein vertrautes Grunzen. Hinter dem Schlafzimmerfenster wiegt sich die leidenschaftliche Liebhaberin mit einem neuen Mann auf dem Bett. Er dringt in sie, während sie den Rücken durchbiegt.

Ihr lustvolles Stöhnen löst ein unerwünschtes Pulsieren des Begehrens zwischen meinen Beinen aus. Sie klingt, als hätte sie eine viel bessere Zeit, als ich sie bei einem meiner hastigen Stelldicheins jemals hatte.

Natürlich habe ich keine große Auswahl an potenziellen Partnern. Es ist ein paar Jahre her, seit ich es gewagt habe, jemandem so nahe zu kommen.

Ich schleiche zum nächsten Haus und schüttle die Sehnsucht ab, die dieses intime Bild in mir hervorgerufen hat. Ein Haus nach dem anderen hinterlasse ich Münzen für Bogusi den Koch, Anielle die Näherin und Oska die Assistentin des Metzgers.

Diese Leute haben mich nie richtig kennengelernt, doch ich habe jahrelang aus der Ferne über sie gewacht und ihre Freude und Kummer mit ihnen geteilt.

Sie kommen für mich einer Familie mittlerweile am nächsten – einer sehr großen Familie, auch wenn sie kaum von meiner Existenz wissen.

Bei dem letzten Haus der Reihe tollen zwei kleine Mädchen

in dem unordentlichen Garten herum. Ich gehe neben der Mülltonne in die Hocke, woraufhin sich die vorherige zwickende Empfindung ausdehnt und mein Herz zusammendrückt.

Das jüngere Mädchen stolpert und fällt auf die harte Erde. Als sie aufschreit, will ich schon loslaufen, fange mich jedoch gerade noch.

Es ist nicht meine Aufgabe, ihr zu Hilfe zu eilen. Ich helfe auf meine eigene Art – auf die Art, bei der niemand stärker verletzt wird, als er es schon ist.

Das ältere Mädchen ist bereits an die Seite seiner Schwester gerannt. „Es ist okay. Lass uns ein wenig Wasser holen, um den Kratzer auszuwaschen."

Ich verstecke mich, bis sie durch die Hintertür verschwinden. Dann flitze ich so heimlich wie ein Geist vorbei und hinterlasse eine zusätzliche Münze auf dem Stapel an ihrem Fenster.

Doch als ich an der Kreuzung innehalte, öffnet sich ein Loch in meiner Magengrube. Meine Hand hebt sich wie von selbst zu meinem linken Arm, wo ich das elfenbeinfarbene Band oberhalb meines Ellenbogens befestigt habe.

Ist irgendetwas, was ich tue, wirklich genug?

Ich berühre eine meiner vollen Taschen und zwinge mich zu einem Grinsen, um meine unruhigen Emotionen zu vertreiben. Ich erreiche immerhin mehr, als wenn ich nichts tue. Ich habe die Freude gesehen, die einige zusätzliche Münzen auslösen können.

Ich überquere die Straße und gehe zur nächsten Häuserreihe. Als ich einen niedrigen Gartenzaun erreiche, durchbricht ein Schrei die Luft. Er muss ein Stück entfernt ausgestoßen worden sein.

Es ist ein rauer, schmerzerfüllter Schrei, der einen Augenblick später in einem Gurgeln endet.

Meine Füße halten inne und mein Magen verknotet sich. Ein derartiges Kreischen kann nur bedeuten, dass etwas Schreckliches geschehen ist.

Aber ich mische mich nicht ein – nicht direkt. Wenn ich versuche, einzugreifen …

Ich weiß, wie viele Schrecken *ich* verursachen kann, sogar wenn ich das Richtige tun will.

Dieser Gedanke – der Gedanke, der mich bereits eintausend Mal zuvor zurückgehalten hat – geht mir durch den Kopf und mein Blick fällt auf ein Rinnsal, das aus einer Gasse und über die schmutzige Straße läuft. Im schwindenden Sonnenlicht sieht es karmesinrot aus.

Blut.

Meine Füße bewegen sich, ohne sich mit dem Rest von mir abzusprechen. Ich sprinte zu der Gasse, obwohl mein Kopf und Herz unentschieden sind.

Ich sollte mich nicht einmischen. Nicht so … nicht, wenn mir die Kontrolle entgleiten könnte …

Es muss *etwas* geben, was ich nur mit meinen Händen und den Fähigkeiten tun kann, die ich erlernt habe. Ich weiß, wie man eine Blutung stoppen und eine Wunde verbinden muss. Ich …

Ich stürze in die Gasse und halte schlitternd an, kurz bevor ich gegen den Körper krache, der dort am Boden liegt.

Es ist eine Frau, um deren bleiches, blutgesprenkeltes Gesicht glänzende kastanienbraune Haare liegen. Ihr dunkler Umhang ist geöffnet und zeigt ein violettfarbenes Seidenkleid, das sogar in dem Dreck der Gasse schimmert. Gold funkelt an ihrem Handgelenk.

Jemand wie sie gehört nicht *hierher*. Sie …

Sie blutet aus einer Wunde, wo ihr ein Messer in die Halsseite gerammt wurde.

Ich schüttle meinen Schock ab, sinke auf die Knie und presse meine Finger um das Messer herum auf die Wunde. Würde ich das Messer herausreißen, würde das Blut nur noch schneller fließen.

Nicht, dass es jetzt langsam fließt.

Die Augenlider der Frau flattern. Sie lebt noch, doch ihr bleiben vermutlich nur wenige Sekunden. Ihr Leben fließt in einem pulsierenden Sturzbach unter meinen nutzlosen Händen davon.

Meine Magie hallt durch meine Glieder und kribbelt in meine Knochen. Ich versteife mich und kämpfe gegen sie an.

Nein. Die Macht in mir kann keine Leben retten.

Das weiß ich besser als alles andere in meiner gesamten verdammten Existenz.

Die Lippen der Adligen teilen sich, doch es kommt nichts außer Blut heraus. Bei den Göttern, sie sieht nicht älter aus als ich mit meinen zwanzig Jahren.

Mein Blick verhakt sich mit ihrem unter ihren zuckenden Augenlidern. Sie starrt mich mit verzweifelter Intensität an.

Ich öffne den Mund, um eine Entschuldigung zu stammeln, als könnte irgendetwas, was ich sage, das schreckliche Ende wiedergutmachen, dem sie sich gleich stellen muss ... und die ganze Welt dreht sich.

Mein Sichtfeld wird grau. Ein Strudel aus Bildern flutet mein Bewusstsein.

Steintürme. Zerknülltes Papier. Bücherstapel auf einem Tisch.

Wirbelnde Kleider in einem Regenbogen aus Farben. Ein Bild, das mir stolz aus einem Spiegel entgegenblickt.

Vier Männer. Vier Männer stehen um einen Schreibtisch herum. Jeder einzelne sieht so gut aus, dass ich nicht weiß, wo ich zuerst hinschauen soll.

Einer ist unfassbar groß und muskulös. Seine Haare haben die gleiche dunkelrote Farbe wie das Blut, das ich zu stoppen versuche.

Ein anderer wirkt freundlich und grinst breit, als seine hellbraunen Wogen in seine dunkelgrünen Augen fallen.

Der dritte hat einen scharfen klugen Blick, den er hinter der polierten Maske verbirgt, die den Großteil seines bronzefarbenen Gesichts bedeckt.

Die rosigen Lippen des Letzten verziehen sich zu einem schiefen Grinsen unterhalb seiner Haare, die wirken, als wären sie von der Sonne geküsst worden.

Alle erwidern meinen Blick so begierig, dass meine Nerven erschauern, als wäre ein Blitz durch mich geknistert.

Der Blitz fegt durch meinen Schädel, verschleiert meinen Verstand, macht ihn weiß, dann schwarz und dann ...

Ich hole stockend Luft, als ich wieder zu mir komme, und

starre mit offenem Mund auf die Frau in dem Seidenkleid hinab.

Ihre Augen haben sich getrübt. Ihr Körper liegt reglos da, ihre Haut ist wächsern. Sogar ihre Augenlider sind erstarrt.

Was unter dem Blick der Götter ist gerade passiert?

Ein Schrei erhebt sich irgendwo auf der Straße. Schritte trampeln in meine Richtung.

Mein Herz setzt aus. Ich blicke zu der Adeligen, doch jeder Zentimeter ihres Körpers strahlt Tod aus.

Sie ist tot. Es gibt nichts, was ich für sie tun kann.

Ich kann nur sicherstellen, dass ich ihrem Beispiel nicht folge.

Ich springe auf und renne weg.

ZWEI

Obwohl ich die blutige Leiche der Adligen weit hinter mir zurückgelassen habe, schlägt mein Herz noch immer zu schnell.

Ich kauere mich an den Rand eines mit Steinen ausgekleideten Wasserdurchlasses, der vom Starsil abzweigt. Meine Hände zittern, als ich das Blut von ihnen reibe.

Ich atme die saure Luft tief ein und zwinge meine Nerven, sich zu beruhigen. Es ist jetzt vorbei.

Es ging mich ohnehin nichts an. Ich kannte sie nicht einmal.

Und es ist nicht so, als wäre mir der Tod fremd. Ich habe ihn öfter beobachtet, als ich zählen möchte.

Ich habe ihn selbst verursacht, absichtlich oder unabsichtlich.

Doch etwas an dem Moment, in dem sich ihr Blick in meinen bohrte, hinterlässt ein nachhallendes Unbehagen, das ich nicht abschütteln kann.

Also ignoriere ich es einfach. Ich richte mich auf, spüle auch die Sohlen meiner Lederstiefel kurz ab und überprüfe meine Tunika und Hose.

Einige Blutspritzer befinden sich auf meinen Ärmeln, sind auf dem schmutzigen braunen Leinen allerdings kaum zu erkennen. An vielen anderen Tagen war ich viel dreckiger.

Wenn überhaupt, bin ich glimpflich davongekommen.

Es fällt mir jedoch schwer, mich zu beruhigen. Es ist, als könnte ich noch immer spüren, wie mich die Adlige angestarrt hat.

Als ich meine Taschen berühre, um mich zu vergewissern, dass ich meine restliche Beute nicht verloren habe, ertasten meine Finger einen eigenartigen Klumpen an meiner Hüfte. Ich fische in der Tasche und ziehe eine zarte Kette heraus.

Eine Armkette.

Die Metallglieder funkeln golden in dem schwindenden Sonnenlicht. Sie halten einen dünnen Goldbarren fest, der mit einigen abstrakten Formen verziert ist, die zu keinen Symbolen passen, die ich kenne. Der Barren wird von zwei kleinen roten Edelsteinen gerahmt. Ich würde darauf wetten, dass es Rubine sind.

Ich mustere die Armkette eine Weile und mein Körper spannt sich an. Die habe ich anscheinend der Adligen abgenommen.

Ich *erinnere* mich nicht daran, ihr den Schmuck gestohlen zu haben. Vielleicht haben meine diebischen Instinkte eingesetzt und meine Hand hat sich wie von selbst bewegt in der kurzen Zeit, in der ich nicht Herrin meiner Sinne war?

Hätte ich die Armkette nicht eingesteckt, hätte sie vermutlich derjenige an sich genommen, der ihre Leiche gefunden hat. Ich kann einige Wochen warten, um sicherzugehen, dass ihr Tod keinen Aufruhr verursacht hat, und anschließend schauen, ob ich das Schmuckstück verscherbeln kann, ohne unerwünschte Aufmerksamkeit zu erregen.

Noch lieber wäre es mir jedoch, wenn ich die Kette erst gar nicht hätte. In dieser Gegend wird eine Person mit einem derart teuren Schmuckstück automatisch zur Zielscheibe.

Ich habe versucht, die Frau zu *retten*, nicht sie zu bestehlen.

Zumindest dachte ich, dass ich das tun würde. Ganz gleich, wie gut ich zu sein versuche …

Mein Magen schlingert. Ich stopfe die Armkette zurück in meine Tasche.

Das ist ein Problem für einen anderen Tag. Ich habe noch andere Aufgaben zu erledigen.

Zu meiner geplanten Spendenroute zurückzukehren, erscheint mir nicht besonders klug zu sein, da ich einen sehr guten Grund für meine Flucht hatte. Ich rufe im Kopf die Stadtkarte auf und beschließe, dass ich zum Rand von Schlachtquell weitergehen werde. Ich kann in einigen Tagen, wenn ich mehr Schätze habe, zu den Familien gehen, die ich heute ausgelassen habe.

Dass ich einen Plan habe, hebt meine Laune. Ich springe über das Wasser und folge seinem gewundenen Pfad zu weiteren Reihen schiefer Häuser.

Ab und zu gehe ich an winzigen Schalen vorbei, die neben Eingangstüren abgestellt wurden. Obwohl die Leute in Schlachtquell nur wenig haben, versäumen es viele von ihnen nie, den hiesigen Geistwesen ein wenig Obst oder Trockenfleisch anzubieten.

Ich glaube nicht, dass jemand jemals gesehen hat, wie sich ein Daimon an den essbaren Gaben gütlich getan hat. Die meisten Leute denken, dass die unsichtbaren Wesen, die auf ihre chaotische Weise durch unser Leben flitzen, die Großzügigkeit zu schätzen wissen, selbst wenn sie die Dinge nie anrühren und nur streunende Katzen und Hunde darüber herfallen. Sie hoffen, dass die Geistwesen die Haushalte, die ein derartiges Geschenk gemacht haben, bei ihrem Schabernack mit mehr Freundlichkeit bedenken.

Hätte der Amulett-Händler den Wesen mehr Respekt gezollt, hätten sie vielleicht sein Pferd in Ruhe gelassen.

Ich habe gerade noch genügend Münzen für meine großzügigen Zwecke übrig, um es zu einem meiner Lieblingshäuser zu schaffen. Das leise Summen von Bienen kitzelt meine Ohren, bevor ich zu der knorrigen Eiche gelange, die auf der Grenze zwischen zwei kleinen Gärten emporragt.

Als ich den letzten Silberstapel auf den hinteren Fenstersims lege, dringt ein Kichern durch die Hintertür. Ich eile zurück in den Schutz des Baumes und ein Lächeln breitet sich auf meinen Lippen aus.

Die Tür öffnet sich knarzend, als ich an den knorrigen Ästen emporklettere. Meine Finger streifen die weichen Blätter des Efeus, der sich um sie windet.

Es war diese Pflanze, die meinen gewählten Namen ‚Ivy‘ vor Jahren an einem Abend wie diesem inspirierte.

Ich strecke mich auf dem Ast aus, der mein bevorzugter Beobachtungsposten geworden ist. Von dort habe ich die beste Sicht durch die Eichenblätter hinab in Ewalins Garten.

Ewalin und ihre Mutter Frida schlendern zu der Kiste, in der sich der Bienenstock befindet. Als Ewalin den Deckel hochhebt, bleibt Frida zurück und schüttelt neckend den Kopf. „Ich schwöre, diese Wesen sind in der Dunkelheit doppelt so beunruhigend.“

Ewalin lacht. „Das hält dich aber nicht davon ab, ihren Honig in deinem Tee zu wollen, oder?“

Während sie in die Kiste greift, summt sie leise. Der Stummel ihres kleinen Fingers, dessen obere Hälfte abgeschnitten wurde, leuchtet hell im Kontrast zu ihrer dunkelbraunen Haut.

Im Gegensatz zu meinem abgetrennten Finger hat Ewalin ihren freiwillig aufgegeben. Jeder Sterbliche erhält mit zwölf Jahren die Gelegenheit, um das Geschenk einer magischen Gabe zu bitten, wenn er sich einem Gottlen verpflichtet. Ein derartiges Geschenk erfordert jedoch ein Opfer.

Ich habe Ewalin mit trockenem Humor über ihre Weihe sprechen hören. Sie bat Prospira, die Gottlen der Landwirtschaft und des Wohlstands, um die Gabe, Tiere beeinflussen zu können, doch sie war zu nervös, um viel von sich anzubieten. Daher kann sie nicht ohne Weiteres auf Pferde, Schweine oder sogar Hühner Einfluss nehmen, kommt jedoch gut mit Bienen zurecht.

Es ist keine schlechte Gabe für einen halben Finger. Sie kann zwar bloß einen Bienenstock beeinflussen, der produziert jedoch genügend Honig, um das magere Einkommen der Familie aufzubessern.

Ewalin zieht ihren Löffel aus der Kiste, auf dem nun ein kleiner Klumpen Honig liegt. Sie taucht ihn in die Tasse, die ihre Mutter in den Händen hält.

Als sie mit dem Löffel darin rührt, lächelt Frida. „Ah, einige Stiche wären die Süße wert.“

Ewalin schnalzt mit der Zunge. „Sie haben dich nie gestochen. Sie sind gute kleine Kerlchen."

„Das sind sie. Genauso wie du." Frida zwinkert ihrer Tochter zu. Dann senkt sie ihre Stimme. „Hast du von den Ameisen gehört, die in Sorals Haus gekrabbelt sind?"

„Hmm, nein. Hat ihre ‚wunderliche' Backweise sie doch noch eingeholt?"

Als sie sich in ihren üblichen Nachbarschaftsklatsch und -tratsch vertiefen, lege ich das Kinn auf meine verschränkten Hände. Der Großteil des nachklingenden Unbehagens von meiner blutigen Begegnung vorhin verfliegt mit dem Rhythmus ihrer liebevollen, belustigten Stimmen.

Ich bin vor beinahe acht Jahren zum ersten Mal über die beiden gestolpert, als ich erst seit wenigen Monaten auf der Straße lebte und noch nicht herausgefunden hatte, wie ich etwas anderes als ein Gassenkind sein konnte. Mein zwölfjähriges Ich hockte in diesem Baum und beobachtete die beiden, wie sie miteinander herumalberten und Geschichten austauschten. Dabei stellte ich mir vor, dass ich irgendwie in ihr Leben fallen würde und sie mich als ein Mitglied der Familie aufnehmen würden.

Das wäre etwas, oder nicht? Eine Mutter oder eine Großmutter oder Leute wie sie zu haben, die mit mir lachten und mir alberne Geheimnisse verrieten?

„Wo ist denn mein Schwiegersohn zu dieser späten Stunde?", erkundigt Frida sich.

Ewalin zieht die Augenbrauen hoch. „Weißt du das nicht? Es hat sich herumgesprochen, dass Soldaten einen zerrissenen Zauberer in einer der äußeren Provinzen gefangen haben. Sie haben ihn hergebracht, um ihn heute Abend hinzurichten. Dare wollte sich das anschauen."

Sie erschaudert leicht und bewegt ihre Hand im Zeichen der Gottheiten über ihren Oberkörper: drei Finger an die Stirn, Herz und den Bauch, bevor sie ihre Hand über ihrem Brustbein zur Faust ballt. „Ich möchte lieber nicht in die Nähe dieser Unmenschen kommen."

Fridas Mund spannt sich zustimmend an. „Es ist eine rundum grausige Angelegenheit. Manche Leute fühlen sich jedoch besser, wenn sie mit eigenen Augen sehen, dass sich der König derartiger Bedrohungen annimmt."

Mein Herz hat einen Satz gemacht und pocht nun am Ansatz meiner Kehle. Heute Abend findet eine Hinrichtung statt? Bis jetzt ist mir völlig entgangen, dass ein Zauberer verhaftet wurde.

Meine Gedanken zerstreuen sich in alle Richtungen und ein Schwindelgefühl fegt durch mich. Mein Magen dreht sich um und mein Kinn sinkt nach unten. Instinktiv schließen sich meine Hände um den Ast, damit ich das Gleichgewicht nicht verliere.

Mit einem Kopfschütteln kläre ich meine Gedanken. Anscheinend bin ich noch immer durcheinander wegen der toten Frau, dass mich diese Neuigkeit derart aus der Bahn wirft.

Frida und Ewalin schlendern jetzt zurück zum Haus. Ewalin entdeckt das Funkeln von Silber beim Fenster.

„Oh, wir wurden von der Hand Kosmels besucht!" Sie nimmt die Münzen an sich. „Sie wurden uns wirklich zum perfekten Zeitpunkt gebracht."

Ein Stich, der aus Unbehagen und Freude besteht, fährt mir in den Magen. Ich habe den Namen nie ermutigt, den die Außenbezirkler der mysteriösen Gestalt gegeben haben, die Spenden fragwürdigen Ursprungs vor ihren Fenstern hinterlässt. Ich bin mir nicht sicher, ob es mir gefällt, als Anhang einer Gottheit betrachtet zu werden, von der ich nicht bemerkt werden möchte, auch wenn der Gottlen der Trickserei vielleicht nicht ganz so viel gegen mich hätte wie seine Geschwister.

Dass die Leute mir einen Namen gegeben haben, sorgt jedoch dafür, dass ich mich ein wenig präsenter in ihrem Leben fühle.

Als Ewalin und Frida die Tür hinter sich schließen, rutsche ich die Eiche hinab. Die bevorstehende Hinrichtung im Kopf hüpfe ich über den Zaun und mache mich auf den Weg zum Stadtzentrum.

Dass ich heimlich auf einem Wagen mitfahre, der in die Stadt zurückkehrt, erspart mir viel Zeit. Ich springe ab, kurz bevor wir die Innenbezirke erreichen.

Nachdem ich um die Rückseite mehrerer Gebäude

gegangen und durch einige Gassen geschlichen bin, betrete ich die geschäftigste Einkaufsstraße Florians.

Jedes Mal, wenn ich diese Straße betrete, schockieren der Lärm und die grellen Farben meine Sinne. Der Schein der vielen Laternen, von denen manche mit Öl oder Wachs und andere durch Magie brennen, reflektiert von den Steinoberflächen der hohen Gebäude, welche die breite Straße säumen und in verschiedenen Pastelltönen gestrichen sind.

Heraufbeschworene Bilder posieren und wirbeln vor vielen Eingängen und locken die Kunden mit Visionen dessen, was sie im Inneren der Läden und Lokale erwartet. Hier raschelt ein durchsichtiges Gewand mit den Röcken; dort sprudelt Wein aus einer Reihe illusorischer Gläser.

Viele Kunden schlendern über das Kopfsteinpflaster, spähen durch Schaufenster und unterhalten sich mit ihren Begleitern. Links von mir fällt ein Barde mit seiner Stimme und Laute in den Lärm ein und ein Stück entfernt rechts von mir entdecke ich eine Musikantin, deren Finger über eine Harfe gleiten.

Eine Flut aus Gerüchen erreicht meine Nase zusammen mit den Anblicken und Geräuschen. Der Gestank, der Florians Außenbezirke durchdringt, wabert sogar hier durch die Luft, wird jedoch größtenteils von Duftwolken herzhafter Speisen und zuckrigen Gebäcks sowie von herben und floralen Parfüms überdeckt.

Ich habe mich schon viele Male in den vergoldeten Stadtkern gewagt. Die Wirkung ist intensiv, aber nicht überraschend.

Daher sollte sie keinen weiteren Schwindelanfall bei mir auslösen, dennoch stolpern meine Füße plötzlich auf dem glatten Kopfsteinpflaster unter meinen Stiefeln.

Ich strauchle und schlage mit der Hand gegen das Gebäude neben mir, um mich aufrechtzuhalten. Übelkeit schwappt durch meinen Magen.

Während ich meine Stirn massiere, vergeht der Schwindel wie zuvor. Dieses Mal hinterlässt er jedoch einen Knoten in meinem Magen.

Was stimmt nicht mit mir? Habe ich mir eine Krankheit zugezogen?

Ich schlucke die Furcht, die sich bei diesem Gedanken in mir regt, und halte mich an die Tatsachen. Ich habe seit heute Morgen nichts gegessen. Da würde jedem schwindlig werden.

Mehr ist es nicht.

Ich habe noch einige Münzen, die ich für mich aufgehoben habe. Ich werde mir schnell ein Abendessen kaufen, obwohl ich eigentlich nichts essen möchte, wenn ich daran denke, was bald geschehen wird. Das Essen wird meinem Körper jedoch dabei helfen, sich wieder zu fangen.

Die Hinrichtung hat bestimmt noch nicht angefangen. Es ist zu viel los auf der Straße – eine ungewöhnliche Mischung aus herausgeputzten Innenbezirklern und ungepflegten Gestalten wie Ewalins Ehemann, die aus den Außenbezirken nur für heute Abend hierhergekommen sind.

Sie vertreiben sich die Zeit, während sie auf die Hauptveranstaltung warten.

Ich entdecke eine kleine Bäckerei, in deren Fenster gefüllte Klöße ausliegen und über deren Tür die blasse Illusion eines dampfenden Brötchens flackert. Als ich mir einen Weg dorthin bahne, bemerke ich zwei Kinder, die durch das Schaufenster spähen: ein Mädchen, das seine Hand auf die Schulter des jüngeren Jungen gelegt hat.

Nach ihren abgetragenen Klamotten und schmutzigen Gesichtern zu urteilen, wohnen sie nicht in dieser Gegend. Sie sind vermutlich wegen des Spektakels hergekommen und aufgrund der Schmerzen in ihren Bäuchen zur Bäckerei gewandert.

Der Junge presst seine Hand an das Glas und eine Frau mit drahtigen, grauen Locken und einer mehlbestäubten Schürze stürmt aus dem Gebäude.

„Verschwindet von hier", blafft sie die Kinder an, schubst das Mädchen und schafft es, dem kleinen Jungen gleichzeitig eine Ohrfeige zu verpassen.

Die Kinder eilen mit gesenkten Köpfen davon und ich werde wütend.

Ich *wollte* für diese Mahlzeit bezahlen wie die aufrechte Bürgerin, für die ich mich ausgebe. Doch warum soll ich einem giftigen Weib wie ihr etwas von meinem hart erarbeiteten Silber geben?

Es gibt andere Möglichkeiten, zu bekommen, was ich will. Ich muss mich einfach als eine noch aufrechtere Bürgerin ausgeben, als ich es bereits vorhatte.

Ich schlage meine Leinenkapuze zurück und hole den hauchdünnen kastanienbraunen Schal heraus, den ich gefaltet in meinem Rücken aufbewahre. So kann ich meine Haare mit einem Stoff verdecken, der für meine Rolle angemessen ist. Es ist nur billige Kunstseide, geht in diesem Licht jedoch prima als echte Seide durch.

Ich zwicke mir in die Wangen, um meiner blassen Haut eine gesündere Farbe zu verleihen. Aus einem Impuls heraus, schiebe ich mir auch die goldene Armkette über das Handgelenk, die ich nicht hatte stehlen wollen, und vertreibe die Schuldgefühle.

Das Kinn hochmütig gereckt marschiere ich hinter der Bäckerin in die Bäckerei.

Sie dreht sich zu mir um. Bevor sie ein Wort sagen kann, verschränke ich die Arme vor der Brust und verkünde: „Radir Micramek verlangt ein Dutzend Ihrer besten Klöße."

Die Bäckerin blinzelt mich an und ihre Lippen teilen sich überrascht. Ihr Blick huscht über meine Kleidung. „Sie ... *Sie* arbeiten für Master Radir?"

Ich verenge die Augen zu Schlitzen. „Er zieht es vor, wenn es seine Assistenten vermeiden, unnötige Aufmerksamkeit auf sich zu ziehen. Zudem ist er der Meinung, dass es Zeit wird, Ihr Etablissement zu beurteilen. Werden Sie der Bitte nun Folge leisten oder muss ich ihn darüber in Kenntnis setzen, dass Sie sich geweigert haben?"

Die Zeit, die ich in den Innenbezirken damit verbracht habe, Gespräche zu belauschen, zahlt sich aus. Radir ist außerhalb kulinarischer Kreise kaum bekannt, doch ich habe vor ein paar Jahren erfahren, dass er einer der königlichen Berater in Sachen Kulinarik ist. Er behält vor allen Dingen die Lokale im zentralen Bezirk im Auge.

Ein gutes Wort von ihm könnte dafür sorgen, dass man zum Lieferanten des königlichen Haushalts aufsteigt. Ein schlechtes Wort und der Laden wird geschlossen.

Einfach den Namen zu erwähnen, reicht beinahe, um die Geschichte erfolgreich zu verkaufen. Um vollkommen glaubwürdig zu sein, muss ich perfekte Arroganz vortäuschen. Zusätzlich neige ich meinen Arm leicht, sodass die goldene Armkette unter meinem Ärmel hervorlugt.

Die Bäckerin entdeckt die Kette und leckt sich nervös über die Lippen.

Sie ist sich nicht sicher, ob ich die Wahrheit sage. Die meisten Leute, die Radir kennen, sind allerdings nicht die Sorte Mensch, die sie reinlegen würde. Meinen angeblichen Arbeitgeber zu verärgern, wird ihr viel mehr schaden, als einige Klöße zu verlieren.

Weniger als eine Minute später stolziere ich mit meiner essbaren Beute in der Hand aus der Bäckerei. Ich überquere die Straße, stecke den Schal und die Armkette weg und lasse meinen Blick über die Menge schweifen.

Die zwei Kinder, welche die Bäckerin verjagt hat, kauern mit zusammengesteckten Köpfen am Eingang einer Gasse und unterhalten sich leise miteinander. Ich schiebe mir einen der Klöße in den Mund – fuck, der *ist* gut – und bleibe nur wenige Schritte entfernt von ihnen neben der Statue einer längst verstorbenen Königin stehen.

„Es ist so ein Jammer, dass ich mehr habe, als ich allein essen kann", spreche ich in die Richtung der Gasse, ohne die beiden tatsächlich anzuschauen.

Ich stecke mir einige Klöße in die Taschen und stelle die Tüte mit den restlichen Klößen an den Fuß der Statue, wo sie sich im Blickfeld der Kinder befindet. Dann gehe ich und verschmelze mit der Masse der Passanten.

Aus dem Augenwinkel sehe ich, dass das Mädchen die Tüte an sich reißt. Etwas in meinem Magen lockert sich.

Eine kleine Sache in dieser Welt wurde zumindest teilweise richtiggestellt.

Das Läuten der Palastglocke erklingt und signalisiert die neunte Stunde. Ein Echo hallt von den anderen Amtsgebäuden durch die ganze Stadt.

Mit einem aufgeregten Murmeln brechen die Leute zur

Hinrichtung auf. Ich schlucke zwei weitere Klöße, während ich ihnen folge.

Mit jedem Schritt, mit dem ich mich dem Tempel der Krone nähere, verstärkt sich das Summen der Magie in der Luft. Die meisten Leute können es nicht spüren, doch es windet sich durch die Risse in meiner Seele und bringt all meine Nerven zum Klirren.

Ich Glückspilz.

Das bisschen Appetit, das ich noch hatte, erstirbt. Ich wappne mich, bevor ich um die Ecke auf die breite Durchfahrtsstraße biege, die zu Florians steilem zentralem Hügel und dem größten Tempel das Landes Silana führt.

Eine relativ große Menschenmenge hat sich bereits im Hof vor dem Tempel versammelt. Der Tempel der Krone ragt über allen auf. Das Gebäude der Götter, das von der Königsfamilie gestiftet wurde, musste einfach eindrucksvoll und prächtig sein.

Seine Marmortürme erstrecken sich zu dem dunklen Himmel. And drei Ecken gibt es drei niedrigere Türme, die mit goldenen Spitzen versehen sind und die Gottlen des Himmels, Meeres und der Erde repräsentieren. In der Mitte ist ein Turm, den ich nur betrachten kann, indem ich den Kopf recke. Der einzelne Turm des Allesgebers sieht aus, als könnte er die Wolken durchbohren.

Dahinter, ein Stückchen hügelaufwärts, ragen die Türme zweier anderer gewaltiger Gebäude gen Himmel: der Palast und die Königsakademie. Sie sind dunkle Silhouetten hinter dem Glanz der hellen Tempelwände.

Als ich den scharfen Anstieg hinaufeile, kommen mehrere Soldaten der Kronenwache in Sicht. Sie stolzieren um die hölzerne Plattform neben der breiten Eingangstür des Tempels herum, auf der sich der Galgen befindet.

Sie wurde vermutlich aufgebaut, sobald die Priester von der geplanten Hinrichtung erfahren hatten, damit sie als Ankündigung für das bevorstehende Ereignis dienen konnte. Und jetzt ist die Zeit beinahe gekommen.

Mein Herz setzt einen Schlag aus. Ich husche zum Hof und schlüpfe zwischen den Zuschauern hindurch zu dem Aussichtspunkt, den ich schon einmal benutzt habe.

Die meisten Menschen in der Menge sind größer als ich, das ist allerdings kein Problem. Zwischen zwei der imposanten Gebäude, die dem Tempel zugewandt sind, gibt es eine schmale Nische. Sie ist so dunkel, dass ich förmlich verschwinde, sowie ich sie betrete. Es gibt einen Vorsprung auf Hüfthöhe, der gerade genug Platz für meine Füße bietet.

Ich stütze meine Hände gegen die Wände zu beiden Seiten von mir, um mich aufrechtzuhalten, und spähe über die Köpfe der anderen Zuschauer.

Ein Trommelschlag setzt an einer Stelle ein, die ich nicht sehen kann, und vibriert zusammen mit der Magie des Tempels durch mich hindurch. Die lärmenden Stimmen der Menge reduzieren sich zu einem unheilvollen Schweigen.

Die Soldaten positionieren sich um die Plattform mit dem baumelnden Strick herum. Das Klopfen von Stiefeln, die über die Pflastersteine trampeln, weist darauf hin, dass sich weitere Soldaten nähern.

Zehn marschieren ein und zwischen ihnen torkelt eine einzige zusammengesackte Gestalt. Ein Sack verdeckt seinen Kopf und Ketten fixieren seine Arme an seinem Oberkörper, wir wissen trotzdem alle, wer er ist. Was er ist.

Ich weiß das besser als jeder andere, denn ich beobachte das Schicksal, das eines Tages auch mich erwartet.

Drei

Der Soldatentrupp bleibt abrupt stehen und dreht sich zu seinem Publikum um.

Die Wachen zu beiden Seiten des Zauberers reißen ihn herum und halten ihn fest, da seine Füße durcheinanderkommen.

Man hat bisher nichts gefunden, was die Magie der Zerrissenen entfernen oder blockieren kann, solange sie am Leben sind. Daher betäuben die Obrigkeiten den Zauberer, sobald sie ihn gefangen haben, damit er keinen klaren Gedanken fassen und sich nicht auf seine Macht konzentrieren kann.

Mit einem scharfen Verstand könnte der Mann innerhalb von Sekunden jedes Lebewesen auf diesem Platz töten, obwohl er in Ketten liegt und einen Sack über dem Kopf hat. Männer und Frauen wie er *haben* in der Vergangenheit Tausende ermordet, um einer Gefangennahme zu entgehen … oder einfach nur, weil es ihren irren Zwecken gedient hat.

Zauberer wie wir haben nicht um unsere Magie gebeten. Wir sind nicht nur auf eine Gabe begrenzt. Die Macht fließt durch unsere zerrissenen Seelen, wenn wir auf sie hören, und ist so groß, dass kein Sterblicher wüsste, was er damit tun soll.

So groß, dass kein Sterblicher sie nutzen kann, ohne den Verstand zu verlieren.

Jegliche Magie erfordert ein Opfer. Für jede Tat, die dieser Gefangene mit seiner Magie vollbrachte, verlangte diese eine Bezahlung.

Wenn man Gesundheit will, muss ein anderer erkranken. Wenn man erfolgreich sein möchte, müssen andere ohne Erfolg auskommen.

Und man kann nicht bestimmen, wen die Strafe trifft.

Es gibt nichts, was ich so sehr will, dass ich die Konsequenzen meiner Magie ignorieren würde. Ich habe bereits genug an sie verloren.

Solange ich mich ihr widersetze, kann ich darauf hoffen, dass es mir nie egal sein wird, wen ich verletze, so wie es diesem Mann anscheinend egal geworden ist.

Die Soldaten zerren den Zauberer auf die Plattform. Sie positionieren ihn mit seinen nackten Füßen auf der Falltür vor der baumelnden Schlinge. Sein Kopf sinkt samt dem Sack nach unten.

Es ist ein wenig verrückt, dass der König und seine königlichen Priester den Zerrissenen vor einer verletzlichen Menge zur Schau stellen. Ich vermute, dass sie sicherstellen, dass ihr Gefangener vollkommen verwirrt ist, bevor sie ihn rausführen.

Sie denken anscheinend, dass es schlimmer wäre, wenn die Leute befürchten, dass wilde Zauberer unkontrolliert im Reich wüten. Außerdem genießen sie es zweifelsohne, ihre Macht zu demonstrieren, mit der sie dieses Monster unter ihre Kontrolle gebracht haben.

Jeder zerrissene Zauberer, der in Silana gefangen genommen wird, wird zu einer öffentlichen Hinrichtung in die Hauptstadt gebracht, damit die Königsfamilie dieser beiwohnen kann.

Ein helleres Licht dehnt sich auf dem Balkon aus, der sich an der mittleren Wand des Tempels hoch über dem gewölbten Eingang befindet. Alle Stimmen auf dem Hof verstummen.

In dem heraufbeschworenen gelblichen Licht kann ich die majestätischen Gestalten von König Konram und Königin Ishild erkennen, die von ihren zwei lebenden Kindern, Prinzessin Klaudia und Prinz Jacos, sowie zwei der höchstrangigen Priester flankiert werden.

Die Königsfamilie ist in das dunkle Lila von Creaden, dem Gottlen der Herrschaft und Gerechtigkeit gekleidet, unter dessen Segen die Königsfamilie steht. Beide königlichen Teenager stehen mit einer Eleganz da, die der ihrer Eltern in nichts nachsteht. Ihre dunkelbraunen Haare, die denen ihres Vaters ähneln, sind unter ihren schlichten Kronen zusammengefasst.

Sie sind viele Jahre jünger als ich und gehen trotzdem bereits ihrer Pflicht nach, diese Hinrichtung zu überwachen.

Das gruselige Licht betont die scharfen Gesichtszüge des Königs – seine markante Nase und hervorstehendes Kinn. Sein herrischer Bariton weht über uns.

„Mein Volk. Ihr seid gekommen, um das Ende eines Zerrissenen zu bezeugen. In meinem Herzen herrscht nichts als Kummer wegen des Schadens, den er angerichtet hat. Doch ich empfinde auch gewaltige Dankbarkeit, weil wir die Gefahr eindämmen konnten, bevor weitere Leben verloren und Lebensgrundlagen zerstört wurden."

Jubelschreie erheben sich aus dem Schwarm der Schaulustigen. Meine Stimme bleibt in meiner Kehle eingesperrt.

König Konram wartet, bis sich der Lärm gelegt hat, bevor er weiterspricht: „Es ist beinahe zwei Jahre her, seit wir den letzten Bösewicht unschädlich gemacht haben. Ich glaube, dass dies ein Zeichen dafür ist, dass ihre Zahlen schwinden – weniger Seelen werden zerrissen geboren und weniger bleiben unter uns. Ich hege die Hoffnung, dass ich den Tag erleben werde, an dem wir ihre Präsenz nicht mehr fürchten müssen."

Das Publikum brüllt zustimmend.

Ich verlagere meine Hände an den groben Steinwänden, der Schmerz, der sich in meiner Schultermuskulatur ausbreitet, ist allerdings nicht ganz so unangenehm wie der, der sich in meiner Brust ausdehnt.

Eine Priesterin tritt vor und das Licht fällt auf ihre mehrfarbige Robe. Sie legt ihre Hände auf die Wand am Rand des Balkons.

Ihre Stimme erklingt kristallklar. „Vor fünf Jahrhunderten wandten sich unsere Reiche gegen den Allesgeber und die

Gottlen des Großen Gottes. Die zerrissenen Seelen unter uns sind ein Teil der Buße, die wir tun müssen. Mit jeder Abscheulichkeit, die wir töten, beweisen wir unsere Hingabe für den Einen, der uns gemacht hat. Möge der Allesgeber das sehen und erneut auf uns herablächeln."

Diese Bitte wird bloß mit gedämpften Jubelrufen aufgenommen. Niemand, egal ob Adliger oder Niedriggeborener, denkt gerne an die Schande, wegen der unsere Reiche von der allmächtigen Gottheit im Stich gelassen wurden, die uns einst anführte.

Die Priesterin zieht sich neben ihre Begleiter zurück. Der König gibt ein Zeichen und einer der Soldaten neben dem Gefangenen zieht ihm den Sack vom Kopf.

Das Gesicht darunter sieht wegen des Betäubungsmittels bleich und teigig aus. Strähnige schwarze Haare hängen schlaff über die Stirn und Wangen des Mannes.

Falls ‚Mann' überhaupt das richtige Wort ist. Aus dieser Entfernung und im trüben Licht ist es schwer, sein Alter einzuschätzen. Ich bin mir allerdings nicht sicher, ob die gebeugte Gestalt am Galgen schon dem Teenageralter entwachsen ist. Er könnte so jung wie Prinzessin Klaudia sein.

Als die Soldaten die Seilschlinge um den Hals des Zauberers legen und festziehen, schnürt sich meine Kehle zu, als würde sich eine Schlinge um sie herum zuziehen. Mein Magen verknotet sich.

Doch ich erlaube mir nicht, den Blick abzuwenden.

Dies ist höchstwahrscheinlich meine Zukunft. Dieser Mann – oder Junge – hat eine Seele wie ich.

Ich bin der Bestrafung für meine Verbrechen entgangen, wohingegen er dort oben steht. Zeugin seines Todes zu sein, ist das Mindeste, was ich tun kann.

Die Soldaten ziehen sich zurück. Die Schultern des Zauberers fallen herab, als könnte er sich kaum aufrechthalten.

Oben auf dem Balkon tippen sich die Königsfamilie und die Priester im Zeichen der Gottheiten mit drei Fingern an die Stirn und den Oberkörper.

Dann reißt jemand an dem Hebel.

Die Falltür klappt auf und der Gefangene fällt. Seinen Körper durchläuft ein Ruck, als die Schlinge seinen Fall stoppt.

Selbst in einem Zustand starker Betäubung zucken und krampfen die Glieder einer erhängten Person. Die Füße des Zauberers treten unwillkürlich aus, bevor sie erschlaffen.

Er schaukelt am Ende des Seils und ist jetzt eher eine gebrochene Puppe als ein menschliches Wesen.

Hat der erste Aufprall seinen Hals gebrochen? Oder ist sein Gehirn wegen der Betäubungsmittel noch benommen, während ihm der Strick die Luftzufuhr abschneidet?

Dies ist die zehnte Hinrichtung eines Zerrissenen, die ich beobachtet habe, und ich kann das nie erkennen.

Nach einer Minute beginnt die Menge, sich zu regen. Ein Soldat überprüft den Körper und bestätigt mit einem Nicken, dass der Zauberer tot ist. Die anderen ziehen sich zurück, damit sich neugierige Bürger der Plattform nähern können.

Einer der Schaulustigen klettert auf die Bretter, um die Leiche anzustupsen, als müsste er mit eigenen Händen spüren, dass das Monster besiegt wurde. Ich sehe, dass eine Frau auf den herabhängenden, lilaverfärbten Kopf spuckt.

Galle brennt in meinem Rachen. Ich habe genug gesehen.

Ich hüpfe von meinem Ausguck und schlängle mich durch die Menge. Die Kapuze tief über meine Haare gezogen, schleiche ich durch die dichtesten Schatten und entferne mich vom Stadtkern.

Eine dicke, moosige Steinmauer markiert die Grenze zwischen den Vierteln des Zu-viel-Habens und Zu-wenig-Habens auf die greifbarste Art. Das zerbröckelnde Bauwerk war einst die äußere Stadtmauer, bevor Florian sich als Ballungsgebiet etablierte.

Nachdem sich genügend Bauern versammelt und Häuser auf den Feldern außerhalb der ursprünglichen Mauer gebaut hatten, hielt es die Königsfamilie vergangener Zeiten für angemessen, eine neue, höhere Mauer zu errichten, um das Wachstum der Stadt vollständig zu umschließen. Seit Jahrhunderten hat niemand die alte Mauer instandgehalten. Es wurde lediglich sichergestellt, dass keine Steinblöcke auf den Kopf eines vorbeigehenden Adligen fallen können.

Die Türen der vielen Tore in der ursprünglichen Mauer wurden ausgehängt und die Bürger, die sie durchqueren, werden *offiziell* nicht mehr überwacht. Ein oder zwei Mitglieder der Kronenwache halten sich jedoch fast immer in der Nähe der Tore auf und belästigen nur allzu gerne jeden, der auf sie verdächtig wirkt.

Um potenziellen Scherereien zu entgehen, ziehe ich es vor, einfach über die Mauer zu klettern. An vielen Stellen sorgt ein gut platzierter Schuppen oder Busch dafür, dass man die Steine mühelos überwinden kann.

Einige Straßen hinter der Mauer erreiche ich das Gebäude, in dem sich eine Tuchfabrik und mein Zuhause befinden, falls man den Ort, an dem ich schlafe, so nennen kann.

Die drei Stockwerke, in denen die Arbeiter weben, färben und Leinen sowie Wolle lagern, liegen in der Nacht schweigend da. Ich erklimme die rostige Leiter an der Rückseite, die als Fluchtweg im Falle eines Feuers gedacht ist, und springe von dort zu dem Überhang des zweiten Stocks.

Daraufhin schiebe ich mich kurz zur Seite und schon bin ich vor dem Dachfenster mit den Fensterläden, das gerade so groß ist, dass ich meine dünne Gestalt hindurchquetschen kann.

Der ausladende Dachboden ist vollgestellt mit allerlei Dingen, doch ich kenne mich gut genug aus, um die Schachtelstapel und verlassenen Möbelstücke in den schwachen Streifen Mondlicht zu umgehen, das durch die Spalten entlang der Fensterläden hereinfällt. Ich habe mir so viel von dem Ausschuss der Fabrik genommen, wie ich brauchte, um mir eine Matratze aus aufgehäufter Wolle zu machen, die annehmbar bequem ist. Ich habe sie mit einem Leinenbetttuch bezogen und nutze eine klumpige Wolldecke.

Einige leere Schachteln habe ich auf die Seite gedreht, sodass sie mir als Regale dienen. Ich schlüpfe aus meiner Tunika und tausche sie sowie meine Hose gegen ein Nachthemd ein, bevor ich sie zusammenlege und neben meiner mageren Kleiderauswahl deponiere.

Ich betrachte die restlichen Klöße, doch mein Magen weigert sich, weshalb ich sie auf ein anderes Regal neben meinen

Vorrat an Nüssen und getrockneten Beeren lege. Sie werden ein wunderbares Frühstück abgeben.

Mein Blick gleitet durch das Halbdunkel über die Kartonberge, die noch mit ihrem ursprünglichen Inhalt gefüllt sind. Die Bücher, die ich aus einigen der Kartons geholt habe, liegen in schiefen Stapeln auf dem Boden dazwischen.

Irgendwann, bevor die Tuchhersteller das Gebäude übernommen haben, muss es eine wissenschaftliche Einrichtung beherbergt haben. Eine Einrichtung, deren Besitzer bei ihrem Auszug kaum etwas mitnahmen.

Sie oder die neuen Besitzer hatten die Bücher und schlecht gebundenen Papiere einfach hier verstaut und vergessen. Bei meinen Erkundungstouren im Lauf der Jahre habe ich alles von historischen Aufzeichnungen bis hin zu philosophischen Texten und fantasievoll ausgedachten Geschichten gefunden.

Über diesen Schatz zu stolpern, zähle ich zu dem wenigen Glück, das ich bisher in meinem Leben hatte. Die Bücher leisten mir so gut Gesellschaft wie die Leute, über die ich wache.

Jede Information, die ich in meinen Kopf stopfen kann, jede zusätzliche Erkenntnis, die ich absorbieren kann, sorgt dafür, dass ich meiner Magie einen Schritt voraus bin und sie nicht einsetzen muss. Damit andere nicht für meine Macht bezahlen müssen. Damit ich nicht so verrückt wie die Zerrissenen werde.

Damit ich nicht mit einer Schlinge um den Hals auf einer hölzernen Plattform ende.

Die Erinnerung an die Hinrichtung füllt meinen Kopf und mein Körper spannt sich an.

In einer normalen Nacht würde ich eine kleine Kerze an der geschützten Stelle entzünden, wo ihr Licht nicht durch das Fenster fällt, und einige Kapitel meiner aktuellen Lektüre lesen. Momentan will ich meine Fantasie allerdings genauso wenig füttern wie meinen Magen.

Heute habe ich zwei Tote mehr gesehen, als ich jemals an einem Tag sehen will. Obgleich die Umstände sehr unterschiedlich waren, machen beide Erinnerungen meinem Magen zu schaffen.

Ich strecke die Arme aus, lege mein Lieblingsmesser an die Ecke der improvisierten Matratze und schlüpfe unter meine

Bettdecke. Ich bin mir nicht sicher, wie schnell ich einschlafen werde, doch ich sollte es wenigstens versuchen.

Die Ereignisse des Tages wirbeln mir in einem ähnlichen Chaos durch den Kopf, wie auf dem Dachboden herrscht. Frisches Unbehagen windet sich durch meine Nerven, obwohl ich mich nach besten Kräften bemühe, mich zu entspannen.

Ich will mich gerade nach oben stemmen und schauen, ob Lesen die anhaltende Anspannung doch lindern kann, als eine Frauenstimme so laut und deutlich erklingt, als würde direkt neben meinem Ohr gesprochen werden.

„Hier wohnst du?"

VIER

Sofort springe ich auf und meine Finger schließen sich um den Griff meines Messers. Ich schwinge es zu der Stelle, wo ich die Sprecherin vermute … doch die Klinge durchschneidet nur Luft.

Mein Blick zuckt über mein Umfeld. Ich kann im ganzen Raum keine Gestalt sehen, geschweige denn direkt neben mir.

Mein Herz hämmert so laut, dass ich kaum mein eigenes raues Flüstern hören kann. „Wer ist da? Was willst du?"

Ein helles Kichern füllt meinen Kopf … was mir den Eindruck vermittelt, dass es tatsächlich aus meinem Kopf kommt.

Die entschlossene, jedoch sinnliche Stimme, die ich zuvor gehört habe, erreicht mich auf die gleiche Weise und scheint in meinem Schädel widerzuhallen, anstatt von außerhalb auf meine Ohren zu treffen. *Ich dachte nur, dass wir uns unterhalten sollten angesichts dessen, dass ich anderweitig nichts tun kann.*

Meine Finger spannen sich um den Messergriff herum an, doch was soll ich damit tun? Mir ins Gehirn stechen? Das wird mir nicht helfen.

Es gibt Leute, die sich Jurnus – dem Gottlen der Kommunikation – verpflichtet und so viel geopfert haben, dass sie um die Gabe der Gedankensprache bitten konnten. Könnte es sein, dass diese unsichtbare Frau auf eine derartige Gabe zugreift? Ist sie irgendwo in der Nähe, jedoch außer Sichtweite, und projiziert ihre Gedanken in meinen Kopf?

Falls ja, muss ich herausfinden, wie nah sie ist, damit ich sie aufspüren und das Gespräch von Angesicht zu Angesicht führen kann.

Ich verändere meine Position so, dass ich schnell unter den Falten der Wolldecke hervorspringen kann. Ich senke die Stimme – so stark, dass mich niemand hören kann, der nicht bei mir im Raum ist. „Wenn du so dringend mit mir reden willst, warum zeigst du dich dann nicht, wie es eine normale Person tun würde?"

Erneut kitzelt ein kurzes Lachen durch meinen Kopf. *Glaub mir, ich wünschte, ich könnte das arrangieren. Leider scheint das Einzige, das von mir noch übrig ist, schrecklich konturlos zu sein.*

Sie hat die Frage gehört – sie muss irgendwo auf dem Dachboden sein. Ich rapple mich auf und schleiche langsam durch die Schatten, wobei ich auf eine Bewegung achte oder auf Objekte, die an einem anderen Ort als gewöhnlich stehen.

Was machst du?, fragt die Stimme mit einem Hauch Belustigung, der mich ärgert. *Du kannst mich nicht finden. Ich bin bereits hier.*

„Was meinst du damit?", frage ich zähneknirschend. „*Wo bist du?"*

In dir, soweit ich das erkennen kann.

Obwohl ich so angespannt bin, kann ich nicht anders, als die Augen zu verdrehen. „Ich merke, dass du deine Stimme in meinen Kopf projizierst. Wo ist der Rest von dir?"

Zu diesem Zeitpunkt ist das quasi alles, was von mir übrig ist. Den Körper, nach dem du suchst, hast du in einer Blutlache in dieser stinkigen Gasse liegen lassen.

Abrupt bleibe ich stehen und mein Herz setzt einen Schlag aus. Sie weiß von der ermordeten Adligen – sie hat mich dort gesehen. Ist das hier eine Erpressung?

Die Stimme fährt ungerührt von meinem Schweigen fort: *Nicht, dass ich dir das zum Vorwurf mache. Ich hätte auch nicht an dem Tatort bleiben wollen. Allerdings wäre es nett gewesen, wenn du wenigstens in der Nähe geblieben wärst, um nachzuschauen, ob mein Mörder vorbeikommt, um sich an seiner Tat zu ergötzen.*

Mein Kiefer erschlafft kurz, bevor ich den Mund wieder zuklappe. Die Worte bleiben mir im Hals stecken, bevor ich sie herauszwinge. „*Dein* Mörder …?"

Ja. Hör mir doch zu. Irgendein gnadenloser Schurke hat mich in einer götterverlassenen Gasse abgeschlachtet. Du bist heroisch, wenn auch vergeblich, zu meiner Rettung geeilt und als meine Seele meinen Körper verlassen hat, ist sie irgendwie in deinem gelandet.

Ihre Sprechweise klingt nach einer Adligen. Würde es wirklich Sinn ergeben, dass zufällig *noch* eine Adlige in Schlachtquell unterwegs war, eine, die über telepathische Magie verfügt? Eine, die beobachtete, wie ich über die Frau stolperte, und es anschließend schaffte, mir den Rest des Tages durch die ganze Stadt zu folgen?

Ich presse mir meine freie Hand an die Stirn. Welchen Sinn ergibt es, dass die Seele einer toten Frau in meinem Kopf eingezogen ist? Von so etwas habe ich noch nie gehört.

Ganz gleich, wie ich diese Situation betrachte, sie ist einfach unmöglich.

„Wie hätte deine Seele in *mir* landen können?", will ich wissen.

Ich habe keine Ahnung. Ich verspreche dir, dass es nicht meine Idee war.

„Nun, die Götter wissen, dass es nicht meine war."

Ich starre ins Halbdunkel und mein Magen rumort noch immer unbehaglich. Soll ich ihr diese Geschichte wirklich glauben?

Warte. Es gibt eine einfache Methode, um herauszufinden, ob sie wirklich in meinem Körper ist oder mich einfach nur beobachtet.

Ich gehe rückwärts, bis mein Hintern einen Stapel Schachteln berührt, und halte eine Hand in meinen Rücken, wobei ich mit der anderen nach wie vor das Messer umklammere. In dem engen Raum, wo es niemand sehen kann, presse ich zwei Finger an meine Wirbelsäule. „Wie viele Finger strecke ich aus?"

Die Stimme in meinem Kopf schnaubt verächtlich, doch

nach einigen Sekunden wird ihr wohl bewusst, dass ich eine Antwort erwarte. *Zwei. Müssen wir dieses Spiel wirklich spielen? Es gibt wichtigere …*

Gänsehaut breitet sich auf meinem Körper aus. Womöglich war es auch nur ein Zufallstreffer. Ich verlagere meine Hand, um bis auf meinen Daumen alle Finger auszustrecken, einschließlich des Stumpfs meines Zeigefingers. „Und jetzt?"

Vier. Hör zu, ich weiß, dass es aberwitzig klingt, aber ich war in deinem Kopf, während du durch die ganze Stadt gewandert bist. Daher finde ich es recht schwierig, an dem zu zweifeln, was vor sich geht. Außerdem ist es schwer, zu akzeptieren, dass ich nichts unternehmen kann.

Bei diesen letzten Worten gefriert mir das Blut in den Adern. Was hat sie vorhin gesagt – dass sie mit mir reden möchte, weil sie anderweitig ‚nichts tun kann'?

Ich habe wirklich einen Geist in meinem Kopf, und zwar seit Stunden. Stunden, in denen sich mein Kopf nicht normal angefühlt hat.

Diese Schwindelanfälle, die mich aus dem Nichts überkamen …

„Hast du versucht, *mich* dazu zu bringen, Dinge für dich zu tun?", frage ich. „Hast du versucht, meinen Verstand zu … zu übernehmen?"

Es entsteht eine kurze Pause, die beinahe verlegen wirkt. Ihre Stimme kehrt jedoch so dreist und lässig zurück wie zuvor. *Wer hätte das nicht getan? Hier bin ich, gefangen in einem Körper, der mir nicht gehört und den ich nicht kenne, ohne dass ich jemanden kontaktieren kann, der mir helfen könnte. Das geht nur durch dich – ich musste es versuchen.*

Irgendwie hört es sich bei ihr vollkommen vernünftig an und nicht so, als hätte sie versucht, mein Leben zu kapern.

Ich verziehe das Gesicht und stelle mir die Frau mit den kastanienbraunen Haaren in ihrem Seidenkleid vor, so wie sie vermutlich ausgesehen hatte, bevor ihr jemand ein Messer in den Hals rammte. Ich kann praktisch sehen, wie sie ihre Augenbrauen hochzieht und den Kopf mit wohlüberlegter Verlegenheit schieflegt.

Ich zwinge mich, in mein Bett zurückzukehren, und setze

mich auf den Stoffhaufen. Mein gesamter Körper bleibt angespannt. „Warum hast du nicht einfach mit mir gesprochen?"

Du meinst, weil das aktuell so gut läuft? Ich konnte nicht einschätzen, wie du reagieren würdest. Es wäre viel einfacher gewesen, wenn ich dich ein oder zwei Tage lang hätte ausleihen können, um meine Angelegenheiten in Ordnung zu bringen ... Ich verspreche, dass ich dir deinen Körper in dem gleichen Zustand zurückgebracht hätte, in dem ich ihn vorgefunden habe, möglicherweise sogar in einem besseren Zustand.

Ihr Tonfall deutet an, dass *besser* nicht allzu schwer zu erreichen wäre. Ich stelle fest, dass ich erneut meinen Kiefer zusammenpresse.

„Angesichts dessen, dass ich über *dich* nur weiß, dass du es geschafft hast, dich umbringen zu lassen, musst du mir meine Skepsis verzeihen."

Nun, ich spreche jetzt mit dir. Du weißt, dass ich ermordet wurde, weshalb du mir sicherlich zustimmst, dass Gerechtigkeit verübt werden sollte?

„Ich denke, dass die Obrigkeiten ermitteln werden, ob ich mich nun einmische oder nicht. Es ist ja nicht so, als könnte sich jemand vorstellen, dass du gestolpert und aus Versehen auf dieses Messer gefallen bist."

Das ist nicht das Einzige ... Sie hält inne und seufzt verzweifelt. Ich habe das Gefühl, dass sie ihr Temperament zügelt.

Als sie erneut spricht, tut sie das mit einem ruhigen, schmeichelnden Ton. *Wir hatten einen schlechten Start. Dafür entschuldige ich mich. Ich hätte mich als Erstes vernünftig vorstellen sollen. Ich bin Julita Laonek aus der Grafschaft Nikodi und Verpflichtete des Creaden. Außerdem studiere ich im zweiten Jahr an der Hofakademie.*

Ihr ist vermutlich nicht bewusst, wie viel sie mir mit diesem einen Satz verraten hat. Ihr Nachname hat eine maskuline Endung. Das bedeutet, dass ihre Familie sich eindrucksvoll inszeniert, indem sie den Namen eines früheren Vorfahren trägt, anstatt wie üblich den Namen der Mutter zu übernehmen. Dennoch stammt sie nicht aus einer der mächtigen Familien, die eine gesamte Provinz beherrschen, sondern kommt aus einer Grafschaft, von der ich noch nie gehört habe.

Wenn sie sich Creaden verpflichtet hat, hat sie höchstwahrscheinlich vor, das Familienanwesen zu übernehmen oder das ihres etwaigen Ehemannes zu leiten. Besser gesagt, sie hatte das vor dem unglückseligen Vorfall mit dem Messer vor.

Im Vergleich zu mir ist sie eine rangniedrige Adlige. Für ihre Kollegen auf der Akademie wäre sie jedoch kaum mehr als ein Niemand.

Vielleicht hat sie sich angewöhnt, so erhaben aufzutreten, um die Leute von dieser Tatsache abzulenken.

Und du bist?, bohrt sie nach, während ich alles verarbeite. *Ich bin mir sicher, du arbeitest in Wahrheit nicht für Master Radir.*

Meine Mundwinkel biegen sich nach oben. „Nein. Ich bin Ivy und ich arbeite für keinen anderen als mich selbst."

Ivy?

Ich ignoriere ihre Nachfrage. Der Name, den ich mir selbst ausgesucht habe, nachdem ich aus dem Haus meiner Familie geflohen war, hat keine besondere Bedeutung. Und bevor ich ihr meinen alten Namen verrate, lasse ich mich lieber erdrosseln.

Er gehört mir ohnehin nicht mehr.

Stattdessen lasse ich mich von meiner eigenen Neugier leiten. „Was hast du in den Gassen von Schlachtquell getrieben, Julita Laonek?"

Ich habe versucht, in den örtlichen Tempeln nach Spuren illegaler Magie zu suchen.

Von allen möglichen Antworten hatte ich damit wohl am wenigsten gerechnet.

Mein Magen verknotet sich. „Was für eine Art illegaler Magie? Arbeitest du mit der Kronenwache zusammen?"

Sie kann nicht wissen oder auch nur vermuten, dass …?

Meine unerwünschte Passagierin schnaubt. *Nein, sie haben mir nicht zugehört. Um mir deren Gehör zu verschaffen, habe ich zunächst nach Beweisen gesucht. Falls irgendwelche Gläubigen die Verschwörung unterstützen, erscheint es mir am wahrscheinlichsten, dass sie aus den kleineren, abgeschiedenen Tempeln kommen, um unbemerkt zu bleiben.*

Ich halte inne und runzle die Stirn. Es hat also nichts mit mir zu tun. Doch … „Welche Verschwörung? Wovon sprichst du?"

Hier steht viel mehr auf dem Spiel als mein Leben. Jemand auf der Akademie experimentiert mit der gleichen Art von Magie, welche die Große Vergeltung herbeigeführt hat.

„Was?", stottere ich und ein tiefgehendes Entsetzen erfasst mich. „Aber … wenn die Gottlen das realisieren … sie könnten uns erneut bestrafen. Wer wäre so dumm, das zu versuchen?"

Leute, denen egal ist, was anderen widerfährt, solange sie etwas mehr Macht gewinnen, schimpft Julita. *Leute, die denken, dass sie ihr Vorhaben so raffiniert umsetzen können, dass es von den Göttern nicht bemerkt wird.*

„Bist du dir sicher? In der königlichen Akademie … direkt unter der Nase des Königs?"

Sie spricht in einem giftigen Ton weiter. *Ich weiß, was ich gesehen habe. Sie haben versucht, ihre Rituale zu verbergen, doch es gab Anzeichen. Und sie haben beinahe den Prinzen getötet, als die Königsfamilie die Akademie zuletzt besucht hat. Das war der Moment, in dem ich wusste, dass ich etwas tun muss.*

Ich massiere meine Schläfe. „Wenn sie Prinz Jacos angegriffen haben, warum unternimmt die Armee dann nichts? Welche Beweise brauchen sie noch?"

Sie denken, dass er einfach krank geworden ist. Wer immer in diese Verschwörung verwickelt ist, geht das Ganze sehr geschickt an. Was ich beobachtet habe, ist nichts, was ich der Kronenwache oder den königlichen Wächtern übergeben kann. Es wäre nur Hörensagen.

Trotz ihrer Arroganz schwingt in ihrer Stimme ein dringender Ton mit. Sie glaubt wirklich, dass die Bedrohung real ist.

Außer einer potenziellen Katastrophe, die den gesamten Kontinent betrifft, fällt mir zudem nichts ein, wegen dem sich eine Adlige in die stinkenden Straßen der Außenbezirke wagen würde.

Dennoch muss ich mich vergewissern, dass ich sie richtig verstehe.

Meine Stimme klingt heiser. „Du behauptest also, dass es

auf der königlichen Akademie Studenten gibt, die ... ganze *Menschen* opfern, um ihre Gaben zu verbessern?"

Es sind möglicherweise auch Professoren daran beteiligt. Ich konnte nicht herausfinden, wie tief die Verschwörung geht, doch nach der Wirkung ihrer Versuche zu urteilen, sind es auf jeden Fall mehr als ein paar. Du solltest nicht so schockiert klingen. Sie haben mich *getötet, oder nicht?*

Damit hat sie recht. Zuvor war ich zu erschrocken, um es mir zusammenzureimen, doch jetzt, da sie es sagt, ist es offensichtlich. Nicht nur, warum sie dort draußen war, sondern auch warum sie jemand töten wollte – sie stand kurz davor, schreckliche Verbrechen aufzudecken.

Die einzige Art von Zauberer, welche die Leute noch schlimmer finden als die Zerrissenen, sind die sogenannten ‚Blutzauberer‘, die ihre entsetzlichen Methoden vor mehreren Jahrhunderten entwickelt haben. Sie fanden eine Möglichkeit, Gaben von den Gottlen zu verlangen, indem sie nicht nur Teile ihres eigenen Körpers opferten, sondern auch die Leichen ihrer Familien und angeblichen Freunde.

Sie dachten, sie könnten den Göttern ihre Macht streitig machen. Daraufhin bestrafte der Allesgeber uns alle für ihre psychotische Selbstüberschätzung.

Der Große Gott und die geringeren Gottheiten verwüsteten den Kontinent mit Flammen und Erdbeben – und dann verschwand der Allesgeber. Allerdings erst, nachdem er unser Meer in Nebel gehüllt und die östlichen Berge vergrößert hatte, sodass ihm nie jemand folgen konnte.

Aufgrund der Nachwirkungen dieser lang zurückliegenden Vergeltung kam meine Seele zerrissen auf diese Welt. Ich bin eine Erinnerung daran, dass es uns zerstören wird, wenn wir mehr Magie aufnehmen, als Sterblichen zusteht.

Ich stelle jedoch nur eine Gefahr für die anderen menschlichen Wesen dar. Blutzauberei bedroht die Götter selbst.

Und jetzt riskieren es irgendwelche gierigen Arschlöcher, dass der gesamte Kontinent erneut den Zorn der Gottlen zu spüren bekommt.

Vielleicht sollte ich nicht überrascht sein. Ich bestehle jede

Woche gierige Arschlöcher, denen alle anderen scheißegal sind, oder nicht?

Die Mistkerle, die sich mit Blutzauberei beschäftigen, denken, dass sie nicht erwischt werden. Dass sie der göttlichen Strafe entgehen können.

Außerdem sind sie gewillt, den Rest von uns mit sich in den Untergang zu ziehen, falls sie sich irren.

Mir kommt ein weiterer beunruhigender Gedanke. „Der erste Prinz ... vor sieben Jahren. Die Königsfamilie hat behauptet, dass *er* an einer Krankheit gestorben ist. Könnte das in Wahrheit ein Teil dieser Verschwörung gewesen sein?"

Eine exzellente Frage, erwidert Julita mit anerkennender Stimme. *Das habe ich mich ebenfalls gefragt, allerdings haben wir keine Beweise gefunden.*

Ich reibe über meine müden Augen. „‚Wir'? Wissen andere Leute davon?"

Ja! Ich habe mit Freunden daran gearbeitet, die Zauberer zu entlarven – andere Studenten und ein Professor. Das ist der Punkt, an dem du mir helfen kannst. Ich bin den Schurken anscheinend nah gekommen, andernfalls hätten sie mich nicht angegriffen. Ich sollte mich eigentlich morgen mit den anderen treffen, um zu besprechen, was wir herausgefunden haben. Du kannst das für mich übernehmen.

Ich runzle die Stirn. „Ich kann ... zu dem Treffen gehen? Wo trefft ihr euch?"

In der Akademie natürlich.

Ein ungläubiges Lachen entfährt mir. „Ich kann nicht einfach in die Königsakademie marschieren."

Julitas Stimme wird wärmer. *Oh, ich bin mir sicher, du könntest das. Bei deinem Schauspiel in der Bäckerei habe ich gesehen, wie geschickt du bist. Und du scheinst eine Meisterin darin zu sein, unentdeckt zu bleiben. Ich kann dir alles andere liefern, was du brauchst.*

„Irgendwie glaube ich, dass es etwas komplizierter sein wird. Und deine Freunde werden wissen, dass ich nicht diejenige bin, die sie bei dem Treffen erwarten."

Ich kann ihnen alles erklären. Wir werden uns eine Geschichte überlegen, so wie du es in der Bäckerei mit Master

Radir getan hast. Es wird genauso leicht sein wie bei der Bäckerin.

Ich ziehe meine Knie an, stütze mein Kinn auf ihnen ab und wappne mich innerlich, während meine Gedanken wild durch meinen Kopf wirbeln.

Nur der Tempel der Krone und der Königspalast rangieren über der Hofakademie auf der Liste der Orte, in die ich *nicht* eindringen möchte. Dort werden mehr Wachen stationiert sein, als ich normalerweise in einem Jahr zu sehen bekomme.

Ivy … Julita hält inne und spricht mit einer sanften Kadenz weiter. *Es ist unglaublich, dass meine Seele überlebt hat, wie immer das geschehen ist. So kann ich mich weiterhin gegen die sadistischen Schurken aussprechen. Ich erhalte eine seltene Gelegenheit, mich mit einer unerledigten Angelegenheit zu befassen.*

„*Deine* unerledigte Angelegenheit", merke ich an. „Nicht meine."

Ich vermute, dass es sich auch auf dich auswirken wird, wenn die Blutzauberer eine so große Katastrophe verursachen, dass sie den Zorn der Götter auf uns ziehen – auf dich und die Leute in den Außenbezirken, die dir eindeutig am Herzen liegen. Möchtest du wirklich das Leben aller aufs Spiel setzen, nur um dich vor etwas zu drücken, was dich nicht mehr als ein oder zwei Stunden deiner Zeit kosten wird?

Ihre Worte erzeugen einen Knoten aus Schuldgefühlen in meinem Magen.

Meine Freunde müssen von allen Spuren wissen, denen ich nachgegangen bin, wenn sie die Verschwörung ohne mich aufdecken wollen, erklärt Julita. *Ich habe keine Ahnung, wie viel Zeit wir haben, bevor ein noch schlimmerer Schlag die Königsfamilie trifft.*

Ich denke an den jungen Prinzen, der erst vor einem Jahr seine Weihe hatte und vor ein paar Stunden steif vom Balkon des Tempels herabgeblickt hat. Es handelt sich hier um die Art von Monstern, die Kinder töten würden.

Und wer weiß, wie viele andere noch. Würden Ewalin und Frida eine weitere Große Vergeltung überleben? Würden Zuzanna und ihr Sohn oder die Schwestern sie überstehen, die ich beim Spielen in ihrem Garten beobachtet habe?

Ich muss mich bloß für ein paar Stunden als Adlige

ausgeben, in die Akademie marschieren, mich mit einigen Adligen unterhalten und wieder gehen.

Ist das so viel verlangt?

Mein Körper spannt sich bei der Vorstellung automatisch an. Ich mische mich nie ein; ich lasse mich in nichts hineinziehen.

Doch das ist bereits geschehen. Ich könnte nicht stärker in das Leben dieser Frau involviert sein, deren Seele zusammen mit meiner in mir haust.

Es ist nicht so, als könnte ich eine schlimmere Katastrophe als die Vergeltung der Götter heraufbeschwören, stimmt's?

Mein Blick hebt sich wie von selbst zur Decke. Ein Schauder bebt über meine Haut.

Wie *habe* ich Julitas Seele in mir aufgenommen? Was, wenn die Götter mich doch bemerkt haben und dies ein eigenartiger Test ist, dem sie mich unterziehen?

Ich bin mir nicht sicher, was die richtige Antwort wäre, aber das Problem einfach zu ignorieren, scheint definitiv falsch zu sein.

Und hey, wenn ich diesem Gespenst erst einmal gegeben habe, was sie will, wird ihre Seele vielleicht die Reise ins friedliche Jenseits antreten und mich in Ruhe lassen. Obwohl sie formlos ist, merke ich bereits, dass es nicht einfach sein wird, sie zu ignorieren.

Wenn man das alles zusammennimmt, ist eigentlich gar keine Entscheidung mehr nötig.

Ich befeuchte meine Lippen, straffe die Schultern und nicke. „Na schön. Morgen breche ich in die Königsakademie ein.“

FÜNF

Normalerweise ist mir scheißegal, wie ich aussehe, solange ich den Leuten nicht ins Auge steche. Daher ist der Drang, mein Spiegelbild in den Schaufenstern zu betrachten, an denen wir vorbeigehen, für mich ungewöhnlich … genauso wie die Person, die mir aus den Fenstern entgegenblickt.

Ich kann nicht anders, als die aufwendige Frisur zu betrachten, zu der ich meine rotblonden Locken unter Anleitung meines geisterhaften Passagiers nach dem Besuch im öffentlichen Badehaus frisiert habe. Ich komme auch nicht darüber hinweg, wie der Beerensaft, den ich als Rouge benutzt habe, meine Wangenknochen und Lippen betont.

Mit der Schminke sowie dem Kleid aus Kunstseide, welches das einzige vornehme Kleidungsstück meiner kleinen Garderobe ist, werde ich viel mehr Blicke auf mich ziehen, als es mir normalerweise lieb ist. Ich werde mir nichts vormachen. Ich bin keine Schönheit mit meinen knochigen Armen und meiner blassen Haut, die eher kränklich als cremefarben wirkt, doch ich muss so tun, als würde ich mich für jemand Besonderen halten.

Denn wenn ich mir anmerken lasse, wie lächerlich ich mir vorkomme, wird dieser Schwindel auffliegen, sobald ich das Tor der Akademie durchquere.

Die Leute glauben, was man ihnen zeigt. Das habe ich immer wieder aufs Neue gelernt.

Ich muss einfach so adlig wie möglich auftreten und so tun, als wäre nichts natürlicher, als dass ich durchs Stadtzentrum zur Hofakademie schlendere.

Julitas Stimme tönt voller Selbstsicherheit und fröhlich durch meinen Kopf, jetzt, da sie ihren Willen bekommen hat. *Du siehst fantastisch aus. Niemand käme jemals auf den Gedanken, dass du gestern noch durch den Dreck gekrabbelt bist.*

Ich verkneife mir ein halbes Dutzend bissiger Kommentare, die ich anbringen könnte, denn bei einem Spaziergang Selbstgespräche zu führen, wird eine noch schlimmere Art der Aufmerksamkeit erregen. Ich habe versucht, ihr in Gedanken zu antworten, doch obwohl sie sich offensichtlich bewusst ist, was mein Körper tut, kann mein ungebetener Gast meine Gedanken nicht lesen, selbst wenn ich das möchte.

Vielleicht sollte ich dankbar für diese kleine Gnade sein.

Könnte sie Gedanken lesen, wäre es allerdings viel einfacher, in der Öffentlichkeit ein Gespräch mit ihr zu führen.

Wir werden rechtzeitig zum Treffen kommen, fährt Julita mit glockenheller Stimme fort, die anscheinend beruhigend sein soll. *Du hast Leute wie sie schon einmal an der Nase herumgeführt – es besteht kein Grund zur Sorge.*

Das habe ich getan und deshalb besitze ich auch dieses Kleid, ich bin jedoch nie länger als einige Minuten in diese Rolle geschlüpft. Ich bin lediglich kurz in ein Geschäft gegangen oder habe jemanden auf der Straße angesprochen, um an eine Information zu kommen, die ich brauchte, oder um unauffällig an jemandem Rache zu nehmen.

Ich würde lieber unter dem Wagen des Amulett-Verkäufers kauern, als diesen Spaziergang zu unternehmen.

Wenigstens muss ich Julitas Freunden nicht die schlimmste Nachricht überbringen. Als wir den Plan ausarbeiteten, bestand sie darauf, dass ich ihnen nicht von ihrem Tod erzähle.

Keine von uns weiß, wer sie ermordet hat. Sie meinte, dass es ihre Freunde nur vom großen Ganzen ablenken würde, wenn sie Bescheid wüssten. Falls ihre Leiche gefunden wurde und ihre

Freunde davon erfahren haben, möchte sie, dass ich so tue, als sei es eine Überraschung für mich.

Ich werde behaupten, dass ich eine von Julitas Freundinnen und aus ihrer Heimatstadt zu Besuch sei. Außerdem werde ich sagen, dass sie mit weiteren Ermittlungen beschäftigt sei und befürchtete, dass sie nicht rechtzeitig zu dem Treffen kommen könne, weshalb sie mich geschickt hat.

Dann werde ich die Informationen weitergeben, die mir das Gespenst in meinem Kopf zuflüstert, und gehen.

Der Gedanke, ihre Freunde darüber im Unklaren zu lassen, wie weit die Blutzauberer gegangen sind, bereitet mir nach wie vor Unbehagen. Allerdings ist es nicht so, als könnte ich ihnen erzählen, dass ich ihre Seele beherberge, ohne wie eine Verrückte zu klingen.

Und es nimmt mir den Druck. Ich werde mich nicht mit der Wut dieser Fremden oder ihrer Trauer über Julitas Verlust auseinandersetzen müssen.

Adlige Fremde, deren Trauer in aufgeblasener Empörung oder hysterischer Panik enden könnte.

Fast da!, verkündet Julita mit unbändigem Eifer.

Ein stärker werdendes Beben göttlicher Energie sickert aus dem Tempel der Krone und wabert über meine Haut. Als das helle Marmorgebäude in Sicht kommt, werfe ich ihm einen kurzen Blick zu.

Die Leiche des zerrissenen Zauberers baumelt dort, wo sie neben dem Haupteingang aufgehängt wurde. Diese Art der Zurschaustellung dauert normalerweise ein oder zwei Tage, bis die Priester der Meinung sind, dass die Botschaft angekommen ist.

Ich reiße meinen Blick von seiner aufgedunsenen Haut los und beschleunige meine Schritte ein wenig.

Meine Stiefel klopfen über die breite Kopfsteinpflasterstraße, die um den prächtigen Tempel herum den Hügel hinauf zu den Mauern führt, welche die Akademie umringen.

Die Erbauer der Schule entschieden sich für eine viel bedrohlichere Atmosphäre als diejenigen, die den Tempel errichteten – oder vielleicht waren sie der Meinung, dass die

Bewohner sich eher aufs Lernen konzentrieren sollten als auf hübsche Architektur. Jedenfalls erheben sich matte, graue Kalksteinplatten vor mir.

Das bedeutet jedoch nicht, dass die Akademie hässlich ist. Die dunklen Türme, die über der Mauer emporragen und mit schmalen Bogenfenstern versehen sind, haben etwas furchterregend Atemberaubendes an sich. Und der Rahmen um die breite Holz-und-Eisen-Tür ist mit einer aufwendigen Schnitzerei verziert: ein sich aufbäumendes Pferd auf einer Seite und ein finster dreinschauender Wasserspeier auf der anderen.

Hier brauchst du meine Armkette, erklärt Julita. *Halte dein Handgelenk hoch, sodass der flache Teil den Augen des Wasserspeiers zugewandt ist.*

Sie hat es nicht zugegeben, als ich die gestohlene Armkette vorhin erwähnt habe, doch ich hege den Verdacht, dass sie für dessen Diebstahl verantwortlich war. Während ich mit dem Eindringen ihrer Seele zurechtzukommen versuchte, übernahm sie kurz die Kontrolle über meinen Körper.

Es dient definitiv ihren Zwecken, dass ich die Armkette habe, denn anscheinend könnte ich die Akademie ohne sie nicht betreten.

Ich halte die Armkette auf die Höhe der hervorquellenden Steinaugen des Wasserspeiers. Einige Herzschläge lang geschieht nichts.

Ein Schweißtropfen rinnt über meinen Rücken bei dem Gedanken, dass sich Julita geirrt haben könnte und die magische Security dieses vielgerühmten Ortes erkennen kann, dass ich nicht die rechtmäßige Eigentümerin der Armkette bin.

Dann öffnet sich die Tür knarzend.

Sowie ich die Schwelle überquere und den düsteren Raum dahinter betrete, regt sich Julitas Präsenz in meinem Kopf. *Bleib dort stehen. Nur ganz kurz.*

Was jetzt?

Hier kann ich ihr diese Frage definitiv nicht stellen. Ich erstarre und spähe in den dunklen Raum.

Ich rechne mit einem kurzen Gang, der in den Hof führt, der die Hauptgebäude umgibt. Stattdessen befinde ich mich in einem schummrigen, verästelten Gang, der sich zu beiden Seiten in die Ferne erstreckt, ohne dass ein Ausgang in Sicht ist.

Magie durchzieht die Luft und Gänsehaut breitet sich auf meinen Armen aus. Sie fühlt sich nicht so gewaltig an wie die Macht, die der Tempel der Krone ausstrahlt, aber bei den Göttern, in diesem kleinen, stillen Raum gibt es verdammt viel davon.

Julita murmelt vor sich hin. *Was war das verfluchte Passwort der Woche? Lebhafte Gänse fliegen … Nein. Lebhafte Gänse riechen gerne rote liebliche Rosen.*

Als ich die Augenbrauen wegen dieses seltsamen Satzes hebe, kichert sie und erklärt: *Der Eingang ist ein heraufbeschworenes Labyrinth, das sicherstellt, dass niemand hereinkommt, der nicht hier sein soll. Das Passwort verrät die aktuelle Wegbeschreibung. Geh nach links, dann geradeaus, dann nach rechts, geradeaus, rechts, links, rechts.*

Es würde mir leichter fallen, voller Zuversicht loszumarschieren, wenn sie sich bezüglich des Passworts sicher wäre. Ich zwinge meine Hände, locker an meinen Seiten zu hängen, und wende mich dem linken Gang zu.

Nach einigen Schritten öffnen sich weitere Gänge zu beiden Seiten von mir. Ich gehe geradeaus und schwenke nach links, als der Gang erneut abzweigt. Geradeaus, rechts, links, rechts …

Als ich den dritten Schritt in den letzten Gang mache, erscheint schimmernd eine geöffnete Tür vor mir. Die Luft dort schimmert nicht nur, sondern trällert auch vor Magie, die ich hören und fühlen kann.

Geh hindurch. Falls schädliche Magie an dir haftet, wird sie von dir abgewaschen.

Das ist tatsächlich ein ziemlich genialer Sicherheitsmechanismus.

Dennoch muss ich einen Schauder unterdrücken wegen der Empfindung, die mich durchströmt, als ich die Türschwelle überquere. Es fühlt sich an, als würde ich mit einem durchsichtigen, glitzernden Wasserfall übergossen werden.

Gut. Sieht so aus, als hättest du in letzter Zeit nichts Bösartiges angezogen. Der schwierige Teil ist erledigt.

Dank sei allem, was heilig ist.

Ich trete in die helle Vormittagssonne – und mein Herz macht einen Satz, als ich meine Umgebung wider Erwarten erkenne.

Ich habe das Hauptgebäude der Akademie noch nie zuvor gesehen – nicht aus der Nähe und ohne, dass die Mauern seine untere Hälfte verbargen. Zumindest nicht wirklich.

Die gewaltige Steinoberfläche mit ihren gigantischen Türmen brannte sich mir ins Gedächtnis zusammen mit der Flut an Bildern, die in mich strömte, als ich über Julitas Leiche das Bewusstsein verlor.

Als ihre Seele in mein Gehirn krachte.

Anscheinend habe ich dabei Einblicke in ihre Erinnerungen erhalten.

Seitdem ist das nicht mehr passiert, dennoch macht mich der Gedanke nervös. Ich befeuchte meine Lippen und zwinge mich trotz meines Unbehagens dazu, weiterzugehen.

Ein Pflastersteinweg führt zu dem Haupteingang des burgähnlichen Gebäudes, das innerhalb der hohen Akademiemauern von weitläufigen Wiesen umgeben ist. Unweit von uns übt sich eine Gruppe Studenten im Schwertkampf.

In der anderen Richtung entdecke ich einige Frauen zu Pferd, die um die Seite des Gebäudes traben. Natürlich hat die Akademie auch einen Stall.

Ich atme tief ein, sauge den Geruch plattgetrampelten Grases in mich auf und schnuppere nach dem Duft süßen Heus und dem Pferdegeruch, die zu den wenigen Dingen gehören, die ich vom Heim meiner Familie vermisse.

Geradeaus in dem Gebäude, weist mich Julita an. *Das ist das Quadring vor dir, in dem sie die Kurse für die vier Fakultäten abhalten. Führung, Gesellschaft …*

„Wissenschaft und Militär", kann ich mir nicht verkneifen, zu murmeln. „Davon habe ich gehört."

Julita hält kurz inne, als wäre sie verblüfft. *Nun. Es ist umso besser, dass du vorbereitet bist. Wir werden durch die Tür vor dir gehen, durch den Hauptgang, den Fußweg entlang und in das Domi.*

Im Weitergehen drehe ich den Kopf ganz leicht. Ich hoffe,

dass sie die unausgesprochene Frage versteht, die in der Bewegung liegt.

Julita bemerkt meine Absicht, was allerdings nicht überraschend ist, da sie sich auf mich eingestellt hat. Sie lebt immerhin schon den Großteil eines Tages in meinem Kopf. *In der Mitte des Quadrings gibt es einen kleineren Hof und in dessen Mitte steht ein Gebäude, das offiziell, das Domizil genannt wird. Wir nennen es normalerweise einfach nur ‚das Domi'. Dort befinden sich alle Schlafräume, der Speisesaal, der Ballsaal … und die Bibliothek, die unser Ziel ist.*

Ein paar Wachen in den saphirblauen Uniformen der königlichen Garde stehen an der Seite des Eingangs, von dem sie gesprochen hat. Ihre Blicke gleiten mit scheinbarem Desinteresse über die vorbeigehenden Studenten, meine Haut spannt sich jedoch an, als einer der Männer den Kopf zu mir dreht.

Plötzlich flammt Magie verheißungsvoll in meiner Brust auf.

Sie könnte mich so viel besser tarnen als ein gefälschtes Kleid. Sie könnte sicherstellen, dass keine Person hier auch nur …

Ich zügle den Drang und balle kaum merklich die Hände zu Fäusten. Auf keinen Fall.

Es gibt keine Bedrohung, aber meine Magie straft mich trotzdem mit einem Wutanfall. Meine Lunge brennt, als hätte ich eine Wolke giftigen Rauchs eingeatmet.

Ich knirsche mit den Zähnen und gehe weiter.

Julitas Stimme klingt verwirrt. *Geht es dir gut?*

Ich nicke kaum merklich und atme langsam ein. Das schmerzhafte Kribbeln verblasst.

Ich marschiere durch den Eingang des Quadrings in einen luftigen Raum mit einer hohen Decke, in den mehrere Häuser aus den Außenbezirken passen könnten – und der den Studenten lediglich als Treffpunkt zu dienen und ein Ausgangspunkt für weitere schmale Gänge zu sein scheint. Auf der anderen Seite finde ich mich auf einem Pflastersteinpfad wieder, bin zu beiden Seiten von Gärten umgeben und habe eine Glasdecke über meinem Kopf.

Julita sagte, der innere Hof sei ‚kleiner‘, er kann allerdings nicht als *klein* bezeichnet werden. Es dauert immerhin eine gute halbe Minute, bis ich das bergähnliche Gebäude in der Mitte erreiche.

Durch die Glasdecke, die den Studenten anscheinend Schutz vor schlechtem Wetter bietet, während sie sich zwischen den Gebäuden hin und her bewegen, spähe ich zu dem Domizil auf. Sein Name erscheint mir nicht nur wegen seiner Funktion als Unterkunft der Studenten angebracht, sondern auch wegen des gewölbten Dachs, das sich fünf Stockwerke über mir erhebt.

Schmale silberne Turmspitzen ragen in gleichmäßigen Abständen entlang der Dachkante in den Himmel. Von hier kann ich nur vier zählen, bin jedoch gewillt, darauf zu wetten, dass es insgesamt zehn gibt. Neun für die Gottlen und einen für den Großen Gott, der sie erschaffen hat.

Der Allesgeber hat uns zwar vor Jahrhunderten im Stich gelassen, doch keiner in den Reichen lässt sich eine Gelegenheit entgehen, den Einen und die Neun zu ehren, die ihm folgten. Vor allem nicht, wenn man genügend Geld hat, um damit um sich zu werfen.

Der überdachte Weg führt geradewegs zu einer Doppeltür in das Domi. Bevor ich diese erreicht habe, schwingt sie auf, um mir Eintritt zu gewähren.

Weil Adlige anscheinend zu faul sind, um einen Türgriff zu betätigen? Wer hat seine Magie für diesen Zweck verschwendet?

Götter straft mich, ich kann bereits spüren, wie die schmierigen Privilegien in meine Haut sickern.

Der Eingangsbereich des Domis ist nicht einmal halb so prächtig wie der erste, durch den ich hereinkam. Das bietet meinen Nerven eine Gelegenheit, sich ein wenig zu beruhigen. Als ich an einigen umherstreifenden Studenten vorbeischlendere, die mich kaum eines Blickes würdigen, meldet sich Julita wieder zu Wort.

Nimm den zweiten Gang links von dir. Wir gehen am Haupteingang vorbei zur Bibliothek und um die Kurve. Bleib kurz nach dem Wandteppich von Signy stehen.

Ich laufe mit gerecktem Kinn und gleichmäßigen Schritten weiter. Als ich an der Tür der Bibliothek vorbeigehe, stehen ein paar Frauen vor dieser und kichern. Es gibt jedoch keinen Grund zu der Annahme, dass ihr Kichern irgendetwas mit mir zu tun hat.

Es gibt allerdings auch keinen Grund zu der Annahme, dass sie nicht wegen mir kichern, doch warum sollte mich ihr Urteil interessieren?

Der Gang wird nach der Biegung schmaler. Mehrere verblasste Wandteppiche hängen über dem grauen Stein und verleihen dem Raum gedämpfte Farbtupfer.

Es gibt ein höfisches Bild irgendeiner vergangenen Königin, die ich nicht kenne. Eine Szene von Creaden, der dem angeblich allerersten König eine Krone auf den Kopf setzt.

Und dann einen Wandteppich von Signy, der größten Heldin des letzten Jahrhunderts. Ich habe so viele Darstellungen von ihr gesehen – und gelesen –, dass ich sie sofort erkenne.

Wie üblich hat sie der Weber auf einen kleinen Hügel gesetzt. Ihre schwarzen Haare flattern hinter ihrem goldenen Gesicht und ein Leuchten umgibt sie, das beinahe so hell ist wie das, welches Künstler den Göttern vorbehalten. Sie trägt eine eigenartige Kombination aus einem fließenden Kleid und einer Rüstung. Ihr Schwert deutet zu der gewaltigen Armee des darischen Imperiums unter ihr.

Nur drei Gestalten stehen um sie herum unterhalb des Gipfels: die drei Männer, die ihre Liebhaber waren und schließlich ihre Ehemänner wurden. Da die Gottlen der Liebe ihren Segen gegeben hatte, wagte es niemand, gegen die Legalität der Verbindung zu protestieren.

Wenn man sein Land von einer jahrhundertelangen imperialen Diktatur befreit, sind die Leute nachsichtiger mit einem.

Es war nicht einmal *unser* Land, das Signy befreite, doch jedes Reich auf der westlichen Seite des Kontinents feiert sie. Sie zeigte dem Rest von uns eine Möglichkeit, diese Fesseln abzuschütteln.

Ich würde darauf wetten, dass die Länder auf der östlichen Seite sie ebenfalls feiern – im Stillen, wo der aktuelle Herrscher und seine Lakaien sie nicht überhören können. Sie hoffen bestimmt darauf, dass sie eines Tages ebenso aus seinem Griff befreit werden.

Auf der anderen Seite des Wandteppichs bleibe ich stehen. Niemand sonst befindet sich an diesem Ende des Ganges.

Der Wandleuchter neben dir, sagt Julita. *Tippe zweimal links auf seinen Fuß, einmal rechts, dann zieh daran.*

In Ordnung. Ich lege meine Finger auf die Bronzehalterung, die magisch leuchtet, und vollführe die Bewegungen.

Nach dem Ziehen ergießt sich ein schmaler Schatten über die Wand vor mir. Ein Schatten, der so geformt ist, als würde er in einen engen, dunklen Gang fallen – ein heraufbeschworener Geheimeingang, den jemand dauerhaft hier angebracht hat.

„So raffiniert", murmle ich leise, als ich den Gang betrete. Dunkelheit umschließt mich.

Wir haben es mit Leuten zu tun, die vor einem Mord nicht zurückschrecken, um Macht zu gewinnen, und die hier in der Akademie ihre Magie praktizieren. Wir können es uns nicht leisten, nachlässig zu sein. Selbst wenn wir vorsichtig sind …

Julita hält inne und der Hauch einer Emotion erreicht mich, die sie unter Verschluss zu halten versucht. Sie hat sich bezüglich der ganzen Mordgeschichte ziemlich gleichgültig gegeben, die Frau ist jedoch erst gestern *gestorben.*

Ich kann mir den Schock und das Entsetzen nicht einmal vorstellen, die sie empfinden muss und unter Verschluss hält, anstatt mich damit zu überschütten. Sie wollte genauso wenig wie ich in dieser Situation feststecken.

Vielleicht sollte ich ihr einen Vertrauensvorschuss gewähren.

Der Gang senkt sich rasch zu einer Treppe. Ich kann die Stufen nicht sehen, ertaste sie allerdings, indem ich einen Fuß vor den anderen setze und meine Hand über den kühlen Stein der Mauer gleiten lasse.

Alek hat diesen Gang gefunden, fährt Julita nach einem Augenblick fort. *Er führt zu einem der kleineren Zimmer in den Archiven. Zu diesen gibt es in der Bibliothek natürlich auch einen normalen Eingang, der ist jedoch auffälliger. Nur die Götter wissen, was die Studenten hier unten getrieben haben, wegen dem sie einen geheimen Eingang brauchten.*

Meine Lippen zucken zu einem Lächeln, während ich den

Namen abspeichere. Alek – vermutlich einer der Freunde, die bei der Aufdeckung der Verschwörung der Blutzauberer helfen.

Ich öffne gerade den Mund, um nach den Namen der anderen zu fragen, als ich noch einen Schritt mache und feststelle, dass ich aus der Dunkelheit zwischen zwei Bücherregalen in einen dunstigen Raum mit einer niedrigen Decke trete.

Die Gestalten, die bereits um den Schreibtisch herum in der Mitte dieses Raums stehen, schauen auf und mein Mund erstarrt, bevor irgendein Laut herauskommen kann.

Sie sind zu viert. Es sind vier Männer, die alle unterschiedlich, jedoch auf ihre Art atemberaubend aussehen.

Der Riesige mit den blutroten Haaren.

Der mit dem freundlichen Lächeln und den kurzen, hellbraunen Wogen.

Der mit der polierten Ledermaske, die mehr als die Hälfte seines bronzefarbenen Gesichts verbirgt.

Und derjenige, dessen Haut und zerzauste Locken aussehen, als wären sie von der Sonne geküsst worden. Das Feixen, an das ich mich erinnere, verrutscht allerdings bei meinem Anblick.

Es sind die vier Männer aus dem Bild, das in meinem Verstand aufflackerte, als ich meine Hände an Julitas blutenden Hals presste …

Es war nicht nur ein Bild, sondern eine Erinnerung. Ihre Erinnerung daran, wie sie sich hier mit ihnen getroffen hat.

Mir hätte das bewusst werden sollen, als ich das Akademie-Gebäude erkannte.

Ich sollte nicht hier stehen und sie wie eine Idiotin mit offenem Mund anstarren.

Doch bevor ich meiner Kehle ein einziges Wort entlocken kann, macht der Mann mit den dunkelroten Haaren einen Schritt auf mich zu und die Muskeln seiner breiten Schultern spielen unter seiner goldfarbenen Tunika.

Sein Bariton vibriert ruhig und kühl durch den Raum, jedoch mit einer feindseligen Note. „Und wer zum Henker bist du?"

SECHS

Ohne einen flinken Verstand überlebt man keine acht Jahre auf der Straße. In der Sekunde, in der die Frage des gewaltigen Mannes durch die Luft hallt, reiße ich mich aus meiner Schockstarre und besinne mich meiner Geschichte.

Ich trete selbstbewusst, aber nicht bedrohlich einen kleinen Schritt vor und ignoriere meinen stockenden Puls. Anstelle meiner üblichen Sprechweise nutze ich die gestelzten Formulierungen, die typisch für die Oberklasse sind. „Ich bin eine Freundin Julitas. Sie hat mich gebeten, an ihrer Stelle an diesem Treffen teilzunehmen."

Der Mann legt den Kopf mit einem subtilen Zucken auf eine Seite. Es ist schwer, den Blick von seinen umwerfenden, wie gemeißelt wirkenden Gesichtszügen abzuwenden.

Er verschränkt die muskulösen Arme vor seiner genauso muskulösen Brust und nimmt eine Haltung ein, die mir eigenartig vertraut vorkommt. Es ist, als hätte ich diesen Mann schon einmal anderswo gesehen als in dem Bild aus Julitas Erinnerungen.

„Interessant", erwidert er gedehnt und zu kühl, um lässig zu klingen. „Und wo ist Julita?"

In meinem Kopf, wo sie dem Gespräch mit belustigter Stimme ihren Senf hinzufügt:

Mach dir nichts daraus. Stavros muss seine Neigung, Leute herumzukommandieren, irgendwo ausleben, jetzt, da er nicht mehr ganze Armeen befehligt.

Ihr Ton klingt spöttisch, doch mein gesamter Körper verspannt sich. Stavros? Armeen?

Mein Blick gleitet erneut über den vor mir aufragenden Mann und bleibt an einer seiner Hände hängen, die er sich unter den Ellenbogen geschoben hat. Die Hand, die ein wenig zu steif ist, deren Farbe ein wenig zu gleichmäßig ist, um aus echtem Fleisch zu sein, obgleich sie gut zu seiner hellbraunen Haut passt.

Mein Magen schlingert, als mir bewusst wird, warum ich seine Haltung erkenne.

Ich stehe vor General Stavros, militärisches Genie und Anführer eines Viertels der Soldaten der Kronenwache … oder zumindest war er das, bis ihn eine Kampfverletzung im letzten Jahr von seinem Podest stieß.

Die Handprothese braucht er, seit er seine Hand bei seiner Weihe im Alter von zwölf Jahren der Gottlen der Krieger, Sabrelle, geopfert hat. Abgesehen davon wirkt er jedoch gesund und munter. Ich hatte keine Ahnung, dass er sich mit Akademie-Studenten abgibt.

Deswegen gefriert mir das Blut allerdings nicht in den Adern. Nein, das echte Problem ist, dass er bei dem einen Mal, als ich ihn vor zwei Jahren sah – mit einem Helm, der seine auffälligen blutroten Haare verbarg, und mit einer *viel* auffälligeren Metallprothese – die Hinrichtung der bis gestern Abend letzten zerrissenen Zauberin leitete.

Die Hinrichtung einer zerrissenen Zauberin, die er persönlich aufgespürt und in die Hauptstadt geschleift hatte.

Als ich blinzle, flackert ein Bild vor meinem inneren Auge auf: sein angespanntes, zufriedenes Lächeln, als die betäubte Frau in der Schlinge zuckte.

Großer Gott filetiere und frittiere mich, ich habe mich quasi auf den Richtblock gelegt, indem ich hierhergekommen bin.

Der ehemalige General sieht jünger aus, als ich gedacht habe. Er ist höchstens Ende zwanzig, was allerdings kaum ein Trost ist. Meine Finger haben sich zu meinen Handflächen gekrümmt und es juckt mich in meiner linken Hand, das Messer zu ziehen, das in meinem Stiefel versteckt ist.

Natürlich kann ich nirgendwohin fliehen und wenn ich den ehemaligen General Stavros *ersteche*, stecke ich in noch größeren Schwierigkeiten als ohnehin schon.

Meine Magie kribbelt durch meine Rippen, aber ich widerstehe ihrem fordernden Zwicken. Es besteht aktuell keine Gefahr, da er nicht weiß, was ich bin – er wird es jedoch garantiert wissen, wenn ich anfange, mit meiner Magie um mich zu werfen.

Ich kann nichts anderes tun, als diese Scharade fortzuführen, bis ich gehen kann. Und das sollte ich schnell tun, denn alle vier Männer sehen mit jeder verstreichenden Sekunde finsterer aus, in der ich schweige.

„Sie konnte nicht kommen", spucke ich hastig aus und schaffe es, mich genug zusammenzureißen, um mit ruhiger Stimme zu sprechen.

Der Plan, die Erklärung, die wir uns überlegt haben, ist in meinem Kopf zusammen mit dem verdammten Geist der Frau.

„Wir haben uns gestern Abend zum Essen getroffen", fahre ich fort. „Wir kennen einander von zu Hause – aus Nikodi. Ich bin in Florian, um meinen Onkel zu besuchen. Sie hat mir von eurer Ermittlung erzählt und dass es eine heiße Spur gibt, der sie auf den Grund gehen will. Dazu musste sie die Stadt für ein oder zwei Tage verlassen, wollte euch jedoch keine Sorgen bereiten. Also erklärte sie mir, wie ich den Treffpunkt finden kann, und bat mich, an ihrer Stelle herzukommen."

Neben dem Schreibtisch verlagert der maskierte Mann sein Gewicht. Er ist groß, aber viel schmaler als Stavros. Seine schlanke Gestalt ist in eine moosgrüne Tunika und braune Hose gekleidet, die weniger auffällig als die Kleider des ehemaligen Generals, jedoch eindeutig von guter Qualität sind.

Wie die anderen Männer ist er vermutlich in meinem Alter – also ein Student –, obwohl es bei ihm schwer zu sagen ist.

Sein Blick durchbohrt mich durch die Löcher in dem dunkelbraunen Leder seiner Maske. Das Material bedeckt eine Hälfte seines Gesichts vom Ansatz seiner schwarzen Haare bis zu seinem Kiefer, verläuft allerdings um seinen Mund herum und schräg über seine Nase hinauf, sodass auf der anderen Seite lediglich sein Auge und seine Stirn verdeckt sind.

Ich bin mir nicht sicher, was ich davon halten soll. Ich habe noch nie jemanden aus irgendeiner Gesellschaftsschicht gesehen, der ein Opfer erbracht hat, das sich auf die Oberfläche seines Gesichts auswirkte und nicht auf seine Züge.

Diejenigen, die es vorziehen, nicht mehr als Haut anzubieten, wählen für gewöhnlich Arm- und Beinbereiche und stellen das Mal zur Schau. Diejenigen, die bedeutsamere Opfer erbringen wollen, geben beispielsweise ein Ohr oder Auge.

Vielleicht hat er eine Verletzung erlitten, allerdings bezweifle ich, dass es im Kampf geschehen ist.

Obwohl die Maske so viel von seinem Gesicht verbirgt, ist an seinem spitz zulaufenden Kiefer und seiner Nase, seinen vollen Lippen und dem Leuchten seiner Augen zu erkennen, dass er sehr gut aussieht. Julita zieht es anscheinend vor, Verbündete zu haben, die nicht nur im Geheimen agieren können, sondern auch gut aussehen.

Die Lippen des maskierten Mannes schürzen sich kurz, bevor sie sich teilen. Seine Stimme kommt kalt und flach heraus. „Du bist keine Studentin. Wie bist du in die Akademie gelangt?"

Ich zwinge mich zu einem Lächeln, von dem ich hoffe, dass es wenigstens ein wenig vertrauenserweckend aussieht. „Julita hat mir das Passwort der Woche verraten und wie ich den Geheimgang zu diesem Raum öffnen kann. Und sie hat mir das hier geliehen."

Ich halte meinen Arm hoch. Julitas Armkette funkelt um mein Handgelenk.

Der blonde Mann lehnt sich an die Seite des Schreibtischs und der Schatten eines Grinsens breitet sich auf seinem ebenso hübschen Gesicht aus. Er ist nicht ganz so groß wie Stavros, jedoch eindeutig gut gebaut – und seiner Körperhaltung nach zu urteilen, ist er sich dessen bewusst.

Er hat sein formelles Hemd, provokativ lässig gestylt, indem er nur die Hälfte der Knöpfe geschlossen hat – und die Gottlen-

Sigille über seinem Brustbein zeigt. Er hat sich Kosmel verpflichtet.

Der Hüter von Glück und Trickserei ist eine ungewöhnliche Wahl für einen Adligen.

Außerdem hat er keine Ohrläppchen. Beide wurden in einer glatten Diagonalen abgeschnitten, vermutlich für sein Weihopfer.

Er besitzt irgendeine Form von Gabe, wahrscheinlich keine allzu große angesichts des geringen Opfers.

„Woher wissen wir, dass du ihr die Armkette nicht einfach gestohlen hast?", fragt er lässig, als wäre es ihm egal, wenn ich es getan hätte.

Oh, Benny. Ich kann praktisch hören, wie Julita die Augen verdreht. *Erinnere ihn daran, dass ich ihn im Blue Hart Pub unter den Tisch getrunken habe, als wir uns zum ersten Mal begegnet sind.*

Ich ziehe eine Augenbraue hoch und kanalisiere die Einstellung meiner adligen Passagierin mit aller Macht. „Hätte ich auch die Geschichte darüber stehlen können, wie sie dich im Blue Hart unter den Tisch getrunken hat, als ihr euch kennengelernt habt?"

Der blonde Mann lacht schallend und klatscht in die Hände. „Ich mag sie. Ich schlage vor, wir behalten sie ebenfalls."

Julita schnaubt. *Als wäre es nicht ich gewesen, die sie versammelt hat.*

Stavros bedenkt den anderen Mann mit einem ungerührten Blick. Die Kälte in seiner Stimme jagt mir trotz seines gelangweilten Tons einen Schauder über den Rücken. „Mach mal halblang, Benedikt. Sie hat uns noch nicht einmal ihren Namen verraten."

„Ivy", antworte ich wie aus der Pistole geschossen. „Ivy Euridya aus Nikodi." Julita hat mir versichert, dass keiner ihrer Freunde genug über ihren Geburtsort weiß, um eine Ahnung davon zu haben, welche anderen halbprominenten Familien dort leben.

„Ivy", wiederholt Stavros in einem Ton, der andeutet, dass es der lächerlichste Name ist, den er jemals gehört hat. Besteht wirklich keine Chance, dass ich damit davonkommen kann, ihn zu erstechen?

Der Mann mit den hellbraunen Haaren, der bisher nichts gesagt hat, tritt um den Schreibtisch herum zu Stavros. Jede Bewegung seines geschmeidigen Körpers strahlt eine katzenähnliche Eleganz aus, die von Kraft und Selbstsicherheit zeugt. Das sanfte Lächeln, das er mir schenkt, ist jedoch die freundlichste Geste, die mir hier bisher angeboten wurde.

Die anderen Männer sehen zwar alle gut aus, dieser ist jedoch so umwerfend, dass es mir trotz meiner Vorsicht den Atem raubt.

Ein Hauch Magie kribbelt durch mich. Hat er eine Gabe auf mich angewandt?

Er richtet seine dunkelgrünen Augen auf den ehemaligen General. „Ich denke, wir sollten ihr zuhören. Julita hätte sie nicht geschickt, wenn es nicht wichtig wäre."

Als er spricht, blitzt etwas Rotes und Blaues in seinem Mund auf. Ich muss mich stark zusammenreißen, damit meine Augenbrauen nicht in die Höhe schnellen.

Er hat mindestens ein paar seiner Backenzähne durch Edelsteine ersetzt. Rubine und Saphire, so wie es aussieht.

Zähne sind kein ungewöhnliches Weihopfer. Ich habe allerdings gehört, dass sie eine der schmerzhafteren Optionen sind, vor allem wenn man mehr als einen anbietet. Normalerweise füllen jedoch nur Kurtisanen die Lücken mit einem so auffälligen Ersatz, da sie sich der Schönheit zusammen mit allen anderen Arten fleischlicher Gelüste verschrieben haben.

Es ist so geläufig, dass ich gehört habe, wie Leute, die im sinnlichen Handwerk tätig sind, spöttisch ‚Edelzähne' bezeichnet wurden.

Das ist eine wirklich kunterbunte Gruppe, die Julita hier versammelt hat.

Natürlich glaubt dir Casimir als Erster, sagt sie unverhohlen belustigt. *Der liebe Cas, immer bereit, zu dienen.*

Obwohl ich den Mann gerade erst kennengelernt habe, ärgert mich ihr herablassender Tonfall.

Hat sie nicht gesagt, dass diese Männer ihre ‚Freunde' sind?

Sie klingt nicht so, als würde sie besonders viel von ihnen halten.

Da ich nun drei ihrer Namen kenne, muss ich davon ausgehen, dass derjenige mit der Maske Alek ist, der ihr zufolge den Geheimgang gefunden hat.

Der Mund des schlanken Mannes hat sich erneut angespannt und verzerrt, er legt jedoch entschlossen seine Hände auf den Schreibtisch. „Na schön. Was sollst du uns ausrichten? Auf was für eine Mission ist sie gegangen?"

Benedikt nickt, wobei seine glatten goldenen Haare hin und her schwingen. „Und warum hat sie uns bei dem Spaß nicht mitmachen lassen?"

Er stellt die Frage wie einen Witz, aber es hat sich eine leichte Falte in seine Stirn gegraben. Er macht sich zumindest ein wenig Sorgen um sie.

Was Julita nicht zu interessieren scheint, nach ihrem trockenen Ton zu urteilen. *Es ist schön, vermisst zu werden.*

Nun, ich bin nicht hier, um mir Gedanken über die Gefühle dieser Fremden zu machen, von denen mich einer schnurstracks zum Galgen schleppen würde, sollte er von der Magie erfahren, die in mir lauert.

Jetzt, da ich allen vier Männern einen Namen zugeordnet habe, hole ich tief Luft und nehme mir einen Augenblick, um meine Umgebung zu mustern. Der kleine Raum ist voller Regale, die um den breiten Schreibtisch herum stehen. Auf den Regalbrettern stapeln sich Bücher und Schachteln, von denen viele staubig sind.

Ich vermute, dass niemand außer Julita und ihrem Bund Verschwörungsjäger diesen Raum benutzt.

Daraufhin widme ich mich wieder den Männern und rassle die Fakten herunter, die ich meinem geisterhaften Gast zuliebe ausrichten soll. „Sie sah Grund zu der Annahme, dass die Blutzauberer Hilfe von dem Tempel der stillen Wasser in Schlachtquell erhalten oder sich mit diesem zusammengetan haben." Zu dieser Vermutung ist sie hauptsächlich gelangt, weil sie auf dem Weg dorthin ermordet wurde. „Sie denkt, ihr solltet eure Verbindungen nutzen, um den Ort zu überprüfen."

Julita verpasst mir einen mentalen Schubs. *Und das Messer. Erzähl ihnen von dem Messer.*

Dazu wollte ich gerade kommen. „Und sie hat jemanden gesehen, bei dem sie sich sicher ist, dass er zu der Verschwörung gehört. Allerdings war dessen Gesicht verborgen. Der einzige Gegenstand, den sie deutlich erkennen konnte, war ein Messer, das er bei sich trug."

Ich halte inne und beschwöre die unangenehme Erinnerung an Julitas keuchenden, blutüberströmten Körper kurz vor ihrem Tod herauf.

Ich hatte in meinem Leben mit einer Menge Klingen zu tun. Obwohl ich mich zum damaligen Zeitpunkt darauf konzentriert habe, ihr Leben zu retten, habe ich automatisch einige der Details bemerkt.

„Es war ungefähr zwanzig Zentimeter lang – zwei Drittel davon waren die Klinge, das andere Drittel der Griff. Es war ein ziemlich schlichter Griff aus Metall, in dessen Knauf eine Spirale eingraviert war. Der Griff selbst war mit schwarzem Leder umwickelt. Das Messer hatte eine leicht gebogene Parierstange. Die Klinge war ungefähr zweieinhalb Zentimeter breit und zweischneidig."

Als ich meinen Bericht beende, brennt sich Stavros finsterer Blick in mich. Ich widerstehe dem Drang, ihn ebenfalls böse anzuschauen.

Ja und, dann bin ich eben ein wenig von Messern besessen, was soll's?

„Das klingt nicht besonders einzigartig", stellt Alek zweifelnd fest.

Ich spreize meine Hände. „Mehr konnte sie mir nicht erzählen. Ich schätze, ihr solltet einfach die Augen offen halten."

Natürlich lässt sich nicht sagen, ob der Mörder noch eine Klinge hat, die genauso aussieht. Es hatte nicht den Anschein gemacht, als würde er zurückkommen, um die erste zurückzuholen. Julita wollte ihnen jedoch so viele Beweise wie möglich liefern.

Stavros räuspert sich. „Du hast nicht erklärt, was sie jetzt treibt."

Er tritt von einem Fuß auf den anderen. Es ist nur ein

kleines Anzeichen für seine Ruhelosigkeit, reicht jedoch, damit ich es bemerke. Sogar Casimir beobachtet mich mit einer Intensität, die ungewöhnlich für ihn wirkt, während er auf meine Antwort wartet.

Diese Männer sind schrecklich interessiert an meiner unerwünschten Passagierin. Wie ‚freundschaftlich' war ihr Verhältnis?

Sie hat einen guten Geschmack, wenn es um das Aussehen der Männer geht. Auf das Interesse am Abschlachten von Zerrissenen könnte ich jedoch verzichten.

Ich sehe dem ehemaligen General ruhig in die Augen. „Sie hat mir nichts Konkretes verraten. Sie sagte bloß, dass sie womöglich ihre Chance verpassen würde, wenn sie nicht sofort aufbräche. Allerdings wollte sie nicht, dass ihr euch wundert, wo sie geblieben ist. Es klang so, als hätte sie keine Zeit, um euch eine Nachricht zu schicken, selbst wenn sie eine Begleitung gewollt hätte."

Casimirs atemberaubendes Gesicht verdüstert sich. Stavros reibt über seinen kantigen Kiefer, scheint allerdings nichts zu finden, was er an meiner Aussage kritisieren kann.

Gut gemacht, lobt Julita. *Du hast alle wichtigen Teile vorgetragen.*

Ich gehe davon aus, dass dies bedeutet, dass ich jetzt gehen kann, doch Benedikt verändert seine lässige Haltung an der Tischkante und schaut die anderen an. „Nun, meine Vorstöße in die Welt der Spionage haben mich in den letzten Tagen nicht besonders weit gebracht. Ich habe nichts von ungewöhnlichen Hinweisen auf Magie im Palast gehört."

Ich konzentriere mich einen Augenblick länger auf ihn als zuvor. Wer ist er, dass er eine Direktverbindung zu dem hat, was im königlichen Haushalt besprochen wird?

Sein schelmisches, hübsches Gesicht liefert mir keine Hinweise.

Falls er hier ein Student ist, kann er noch nicht als Höfling fungieren, aber vielleicht tut es jemand aus seiner Familie. Die Vetternwirtschaft wurde immerhin von Adligen erfunden.

Stavros fährt sich mit den Fingern durch die Haare und sieht plötzlich gelangweilt von dem Gespräch aus. „Ich konnte bestätigen, dass es keine offiziellen Aufzeichnungen darüber gibt, dass Studenten oder Personal Schalen von Dartlingeiern in der Stadt gekauft haben. Falls Julita bezüglich dieses Pulvers recht hatte, das sie angeblich gesehen hat."

„Julita wusste, wovon sie sprach", entgegnet Alek und ein Hauch von Verärgerung stiehlt sich in seinen flachen Ton.

Casimir nickt. „Jules hat von Anfang an gesagt, dass sie es vermutlich auf dem Schwarzmarkt oder über eine Nebenquelle bezogen haben. Deswegen hat sie die Tempel erkundet."

Stavros sieht den maskierten Mann an. „Hast du etwas über die anderen Substanzen herausgefunden, die sie erwähnt hat, Aleksi?"

„Einige Dinge. Es gibt …"

Alek hält inne und sein stechender Blick heftet sich erneut auf mich. „Wir sollten Ivy gehen lassen, oder nicht? Sie hat bestimmt besseres zu tun, als uns zuzuhören."

Er klingt nicht rücksichtsvoll, sondern eher misstrauisch. Er *will* nicht, dass ich ihrem Gespräch lausche.

Nun, das ist in Ordnung. Ich habe getan, weswegen ich hergekommen bin.

Je eher ich die düsteren grauen Akademiemauern hinter mir zurücklasse, desto besser.

„In der Tat." Stavros schenkt mir ein selbstgefälliges Grinsen. „Wir wollen dich schließlich nicht langweilen."

Julita schnaubt. *Ich hätte gerne mehr über ihre Fortschritte erfahren, aber ich schätze, es würde verdächtig wirken, wenn du versuchst, zu bleiben. Nun … Oh! Frag sie, ob Wendos etwas im Schilde führt. Frag sie, ob einer von ihnen Wendos gestern Abend gesehen hat.*

Ihre Stimme wird bei der letzten Forderung plötzlich drängend. Ich habe keine Ahnung, wer Wendos ist, sehe jedoch keinen Grund, ihr die Bitte abzuschlagen.

Ich huste leise, als würde ich mich räuspern. „Ich möchte mich nicht in eure Gespräche einmischen. Es gib nur noch eine Sache, die ich beinahe vergessen habe. Julita möchte auch wissen, ob einer von euch Wendos gestern Abend oder zu einem anderen Zeitpunkt gesehen hat. Hat er dabei etwas getan, was euch verdächtig vorkam?"

Als die Männer einen Blick wechseln, erhalte ich den Eindruck, dass sie alle große Zweifel hegen. Wer immer dieser Wendos-Typ ist, vielleicht hat Julita ein wenig zu viel über ihn gesprochen und ihren Verbündeten geht allmählich die Geduld aus.

Benedikt meldet sich zu Wort. „Er war nach dem Abendessen einige Stunden lang im Kartenspielzimmer. Ich hatte nicht das Vergnügen, ihn um sein Geld zu erleichtern, viele andere allerdings schon."

Julita gibt einen verdrossenen Laut von sich. *Er war es also nicht. Das hier bringt uns nicht weiter.*

Ich knickse kaum merklich. „Das ist alles. Ich bin froh, dass ich Julita diesen Gefallen tun konnte."

Casimir schlendert mit einem Lächeln zu mir, das mich wie süßer Tee an einem Wintertag wärmt.

Ein Lächeln, das er mir niemals geschenkt hätte, wenn er wüsste, wer ich wirklich bin.

Dieser Gedanke vertreibt die Wärme und ersetzt sie mit einer unbehaglichen Kälte. Der Kurtisan macht jedoch nicht den Eindruck, als würde er mein Unbehagen bemerken. „Danke, dass du das Risiko eingegangen bist, herzukommen, Ivy. Hier, ich öffne den Ausgang für dich."

Er macht sich an einigen der Wälzer auf dem Bücherregal neben dem Wandstück zu schaffen, durch das ich hereingekommen bin. Kurz darauf bildet sich der schattenhafte Pfad an der Wand.

Ich hebe meine Hand zu einem unbeholfenen Abschiedsgruß, der notwendig wirkt, und gehe. Als sich die Dunkelheit um mich schließt, atme ich erleichtert aus.

So, das wäre erledigt.

In Ordnung, sagt Julita fröhlich und vermittelt mir das Gefühl, als würde sie ihre Hände aneinanderreiben. *Lass uns die echte Arbeit in Angriff nehmen.*

SIEBEN

Ich bleibe stehen, sowie ich den Gang des Domis neben dem Wandteppich von Signy betreten habe. Habe ich meinen ungebetenen Gast richtig verstanden?

„Die Arbeit in Angriff nehmen?", brumme ich. „Ich habe bereits getan, worum du mich gebeten hast."

Julita tut mein Zögern mit ihrer koketten, selbstbewussten Art ab, die anscheinend typisch für sie ist. *Ich möchte einfach nur mein Zimmer unter die Lupe nehmen. Es ist möglich, dass mein Mörder dort eingebrochen ist, um meine Sachen durchzugehen, nachdem er mich getötet hat. Falls er irgendwelche Beweise zurückgelassen hat, können wir diese den anderen geben.*

„Das war nicht unsere Abmachung."

Wir sind bereits hier. Den schwierigen Teil hast du überstanden. Es wird nur wenige Minuten dauern.

Als ich mich nach wie vor sträube, seufzt Julita. *Ivy, ich habe gestern mein gesamtes Leben an Bösewichte verloren, die hoffen, noch viel mehr Leben zu zerstören, wenn sie damit durchkommen können. Dies ist meine letzte Gelegenheit, alles in meiner Macht Stehende zu tun, damit sie ihrer gerechten Strafe zugeführt werden. Du warst bisher fantastisch. Ich weiß, dass du dich nicht in Schwierigkeiten bringen wirst.*

Ich reibe mit dem Daumen über das fehlende Glied meines rechten Zeigefingers. Jeder Zentimeter meiner Haut juckt bereits wegen des Drangs, so schnell wie möglich aus diesem Gebäude zu rennen, das enganliegende Kunstseidenkleid gegen meine Kapuzentunika einzutauschen und mich wieder in den Schatten zu verstecken, in die ich gehöre.

Doch ich kann ihr Argument nachvollziehen. Zudem *bin* ich bereits in dem Gebäude und habe die Sicherheitsmaßnahmen überwunden. Bisher hat mich niemand auf meine Anwesenheit angesprochen.

Was für ein Monster wäre ich, wenn ich ihre Bitte ignoriere?

Und wie verrückt werde ich werden, wenn ich mir ihre Beschwerden über meine Weigerung anhören muss, bis ich endlich herausfinde, wie ich sie aus meinem Kopf *aus*laden kann?

Ich atme scharf aus. „Na schön. Aber wir müssen schnell sein. Wo ist dein Zimmer?"

Julitas Stimme klingt so erleichtert, dass mich Schuldgefühle durchbohren, weil ich gezögert habe. *Ein Stockwerk über uns. Wenn du um die nächste Biegung im Gang gehst, findest du eine kleine Treppe, die nur selten benutzt wird.*

In dem schmalen Gang und auf der noch schmaleren Wendeltreppe begegne ich keinem von Julitas Kommilitonen. Als ich den ersten Stock betrete, schlendert eine Gruppe Studenten gerade durch eine der Türen in der Nähe.

Einer von ihnen mustert mich von oben bis unten und seine Lippen verziehen sich zu einem anzüglichen Grinsen, bei dem meine Finger zu meiner Hüfte zucken, wo ich normalerweise mein Lieblingsmesser verberge.

Da es meiner Inkognito-Mission genauso wenig dienlich wäre, ihn zu erstechen, wie es ein Angriff auf Stavros gewesen wäre, entscheide ich mich dafür, so zu tun, als hätte ich ihn nicht einmal bemerkt. Genauso wenig wie das Glucksen, das mir folgt, als mich Julita in die entgegengesetzte Richtung lenkt.

Lachen sie, weil er irgendeine vulgäre Bemerkung über mich gemacht hat, oder weil sie erkennen, dass ich nicht hierher passe?

An diesem Ort gibt es eine Menge Idioten, bemerkt Julita in einem düsteren trockenen Ton, als ich der Biegung im Gang folge. *Das macht es ziemlich schwer, herauszufinden, wer nur ein Arsch und wer tatsächlich bösartig ist.*

Ich muss mir ein Schnauben unerwarteter Belustigung verkneifen.

Ein paar Minuten lang gehe ich an einer Reihe Türen entlang, die mehrere Schritte voneinander entfernt sind. Jede Holzoberfläche ist mit einer aufwendigen Schnitzerei verziert, die eine Szene aus der Vergangenheit darstellt: Silanas, die des Kontinents oder die der Götter selbst.

Als ich an ihnen vorbeimarschiere, erklärt mir Julita mehr über unser Ziel. *Diese Hälfte des ersten Stocks gehört zur Führungsfakultät. Wir werden in Wohngruppen untergebracht. Jeder erhält natürlich ein privates Schlafzimmer. Zehn von ihnen sind um einen Gemeinschaftsraum herum angeordnet. Die Zimmerzuordnung ändert sich einmal pro Semester. Sie wollen, dass wir die Gelegenheit erhalten, mit allen Studenten aus unserer Fakultät zu interagieren.*

Wundervoll – also gibt es neun potenzielle Zeugen für *meinen* Einbruch in Julitas Zimmer.

Ich erlaube es mir, das Gesicht zu verziehen und meine Stimme zu einem kaum hörbaren Flüstern zu senken, damit mich niemand hinter diesen Türen hören kann. „Und wie komme ich rein?"

Die Armkette ist auch der Schlüssel für mein Zimmer. Alle Studenten und das Personal besitzen ein Schmuckstück, dass ihnen den Zugang gewährt, den sie brauchen – die Kette ist meines. Ich sage dir, was du tun musst, sobald wir dort sind. Falls jemand in der Nähe ist, kannst du demjenigen sagen, dass ich dich geschickt habe, um etwas abzuholen, während ich mit einem Projekt außerhalb der Stadt beschäftigt bin. Wir sind fast da ...

Sie lässt mich vor einer Tür anhalten, in die das Bild einer vornehmen Frau geschnitzt wurde, die ich anhand ihrer Krone als die verstorbene Großmutter von König Konram erkenne. Der Künstler hat ihr die gleiche auffällige Nase verpasst. Creadens Sigille ist in das Holz über ihrem Kopf geschnitzt.

Drücke meine Armkette an den Ring an ihrer rechten Hand, weist mich Julita an.

Ich neige mein Handgelenk und ein knarzender Laut erklingt in der Tür. Als ich den Griff teste, öffnet sich die Tür.

Ich schlüpfe vorsichtig in den Gemeinschaftsraum. Eine Wolke unterschiedlicher Parfüms schlägt mir entgegen.

Elegante Polstersessel und Sofas nehmen den Großteil des Raums ein. In der Ecke befindet sich zudem ein Spieltisch sowie ein eingebautes Bücherregal. Schwere Samtvorhänge rahmen das breite Panoramafenster auf der anderen Seite des Zimmers.

Den Göttern sei Dank, momentan hält sich niemand in dem Raum auf. Mein Blick huscht über die relativ schlichten Türen entlang der Wände, die zu den einzelnen Schlafzimmern führen.

Linke Seite, das dritte. Lass uns nachschauen, ob es noch abgeschlossen ist.

Dieser Knauf quietscht, als ich ihn teste.

Julita summt zufrieden. *Spürst du die Kerben auf der Rückseite des Knaufs? Drück zweimal auf die untere, dann einmal auf die rechte, dann die obere, dann wieder die untere.*

Sobald ich ihren Anweisungen Folge geleistet habe, werde ich mit einem weiteren Klicken belohnt. Vorsichtig öffne ich die Tür.

Julitas Zimmer sieht so durcheinander aus, wie sich mein Verstand anfühlt, seitdem sie dort drin haust. Seiden- und Satinkleider liegen auf jeder verfügbaren Oberfläche einschließlich dem polierten Holzboden mit seinem Blumenteppich. Im Gegensatz dazu wirkt der Kleiderschrank, der mit geöffneter Tür gegenüber dem Himmelbett steht, praktisch leer.

„Ist das ...?", setze ich zu einer Frage an und verspanne mich bei dem Gedanken daran, dass jemand ihr Zimmer durchsucht hat.

Julita kichert, was sich leicht verlegen anhört. *Ich habe nicht mit Besuchern gerechnet. Ich sage immer, dass es einfacher ist, zu finden, wonach ich suche, wenn alles zu sehen ist.*

Ah, das ist also ihr Saustall, nicht der eines Eindringlings. Ich bin mir nicht sicher, ob ich mich dadurch besser oder schlechter fühle.

Allerdings bin ich vielleicht nicht in der Position, sie zu

verurteilen, angesichts dessen, dass mein Schlafzimmer größtenteils aus ungeordneten Bücherstapeln besteht.

„Liegt etwas herum, was nicht da sein sollte?", frage ich. „Oder fehlt etwas, was hier sein sollte?"

Geh einmal durch den Raum und lass mich alles überprüfen.

Ich schlendere durch die Kammer und hüpfe hier und da über zerknitterte Kleider. Julita lässt mich ihren Schrank vollständig öffnen, den Deckel von ihrer gut gefüllten Schmuckschatulle nehmen, die weiche Decke auf dem Bett zurückschlagen und die Schubladen der Nachttische durchwühlen.

Nachdem ich alle Ecken und Winkel untersucht habe, gibt sie einen verdrossenen Laut von sich. *Ich sehe keine Anzeichen dafür, dass jemand hier drin war. Sie hätten doch bestimmt mein Zimmer durchsuchen wollen, um herauszufinden, welche Beweise ich bereits gefunden habe, oder?*

„Vielleicht haben sie Angst, dass sie sich nicht reinschleichen können, ohne erwischt zu werden", gebe ich zu bedenken. „Sie haben mit dem Angriff auf dich gewartet, bis du weit von der Akademie entfernt warst."

Stimmt ... Es war merkwürdig. Es muss Magie involviert gewesen sein. Es ist so schnell gegangen, dass alles irgendwie verschwommen ist. Ich bin durch die Gassen gelaufen, als mich diese Windböe traf. Dann durchschnitt ein schrecklicher Schmerz meinen Hals ... Wenn es mir gelungen wäre, mich rechtzeitig umzudrehen, hätte ich denjenigen vielleicht sehen können und wir müssten nicht meine Wäsche durchwühlen.

Ich runzle die Stirn. „Jemand, der den Wind beeinflussen kann und dich damit abgelenkt hat? Es kann nicht so viele Leute mit dieser speziellen Gabe geben."

Ich kenne niemanden, der sie besitzt. Es kann auch bloß ein Zufall gewesen sein, dass der Wind im gleichen Moment zunahm. Sie zischt durch ihre Zähne. *Ich hätte das den Männern erzählen sollen, damit sie dem Hinweis wenigstens nachgehen können. Diese ganze Situation ist so ... verwirrend.*

„Wir könnten zu dem Treffen zurückgehen?", schlage ich vor, obwohl sich mein Körper bei der Vorstellung anspannt.

Nein, sie sind mittlerweile bestimmt getrennter Wege gegangen. Vielleicht …

„Julita, bist du das?"

Eine scharfe Frauenstimme dringt durch die Tür, woraufhin mein Körper stocksteif wird und mein Herz einen Schlag aussetzt. Ich habe nicht bemerkt, dass jemand den Gemeinschaftsraum betreten hat, doch eine von Julitas Mitbewohnerinnen hat anscheinend meine Stimme gehört.

Es klopft hart an der Tür.

Mach schon, drängt Julita. *Wenn du so tust, als wärst du nicht hier, wird es viel seltsamer sein, wenn wir gehen müssen.*

Ich straffe die Schultern und husche zur Tür. „Einen Augenblick!"

Ich drehe am Knauf, zwinge meinen Mund zu einem einnehmenden Lächeln und reiße die Tür auf.

Eine Frau, die so hochgewachsen und schlank wie ein Schössling ist, steht davor, die flachsblonden Haare zu einem hohen, aufwendigen Wirbel auf ihrem Kopf getürmt, und ihre weit auseinanderstehenden Augen werden bei meinem Anblick schmal.

Ich krame meinen fröhlichsten Ton hervor, bevor sie sprechen kann. „Nicht Julita. Nur eine Freundin, die etwas abholt, was sie braucht. Sie kümmert sich um ein Projekt außerhalb der Stadt. Sie hat mir ihre Armkette geliehen, damit ich reinkomme."

Ich halte mein Handgelenk hoch, um sie ihr zu zeigen.

Die Lippen der Frau verziehen sich leicht spöttisch. Sie lässt den teilweise gegessenen Apfel rotieren, den sie zwischen ihren Fingern hält. „Außerhalb der Stadt? Wohin hat sie sich davongeschlichen?"

Ich lächle trotz der Feindseligkeit in den Worten weiter. „Oh, das weiß ich nicht so recht. Ich soll es ihr in die Nähe unserer Heimatstadt schicken. So bald wie möglich, weshalb ich weitermachen sollte."

Falls diese Frau von Julitas Tod erfährt und sich wegen meines eigenartigen Besuchs wundert, bin ich hoffentlich weit weg von jedem, der dann nach einer adligen Besucherin Ausschau halten wird.

Als ich Julitas Zimmer verlasse und die Tür hinter mir schließe, beißt die Frau von ihrem Apfel ab und blickt mich von oben herab an. „Na schön. Wenn du sie siehst, sag ihr, dass ich erwarte, dass sie mir den Schmuck zurückgibt, den sie sich geliehen hat, sobald sie die Akademie betritt."

In meinem Kopf lacht Julita schallend. *Macht sie immer noch ein Theater wegen dieser schrecklichen Ohrringe? Diese verflixten Dinger haben mir beinahe die Ohrläppchen abgerissen. Ich habe sie auf dem Beistelltisch vor ihrem Zimmer zurückgelassen – es ist nicht meine Schuld, wenn eine andere sie sich geschnappt hat.*

Das ist ein Streit, in den ich mich nicht einmischen möchte. Ich trete zur Seite, weg von der Tür. „Ich werde es ihr ausrichten."

Julitas Mitbewohnerin schnaubt. „Sei vorsichtig. Ich bin mir sicher, sie bezeichnet dich als ihre Freundin, solange sie dich benutzen kann, doch das ist das Einzige, was sie tut. Benutzen, benutzen, benutzen. Sie wickelt gerne alle um ihren kleinen Finger."

Sie wirkt schrecklich aufgebracht wegen eines Paars Ohrringe. Waren sie mit von den Gottlen gesegneten fünfkarätigen Diamanten besetzt oder so etwas?

Julita scheint sich zu schütteln, als würde sie so die giftige Bemerkung loswerden. *Die Dinge, die Leute erzählen, die sie einem nie ins Gesicht sagen würden. Wenn jemand eine Schlange ist …*

„Ich werde auch das im Kopf behalten", erwidere ich und hebe meine Hände in einer friedfertigen Geste.

Die Frau schnalzt mit der Zunge. „Ich sage bloß, dass sie dir vormachen wird, sie wolle dir einfach nur helfen. Dabei verfolgt sie bloß ihre eigenen selbstsüchtigen Ziele."

Eine andere Frau, die ich nicht bemerkt habe, erhebt sich von einem Sessel, auf dem sie in der anderen Zimmerecke gesessen hat. „Anya, beruhige dich. Es ist nicht Julitas Schuld, dass die Leute sie charmant finden."

Mein Blick und der der Frau, die mich angesprochen hat, schnellen zu der, die uns unterbrochen hat.

Es ist nicht überraschend, dass ich sie nicht bemerkt habe, solange ich eine viel eindrucksvollere Gestalt vor mir hatte.

Diese Frau ist schmächtig und für eine Adlige schlicht gekleidet – was bedeutet, dass ihr taubengraues Gewand scheinbar nur drei Schichten anstatt fünf hat und bloß entlang der Seidensäume über eine kleine Stickerei verfügt. Ihr rehbraunes Haar wurde zu einem einfachen lockeren Pferdeschwanz zusammengefasst.

Sie hat jedoch ein auffälliges Merkmal. Sie betrachtet uns ruhig aus einem einzigen hellgrünen Auge. Eine malvenfarbige Klappe aus Seide mit Goldrand verdeckt das andere.

Sie hat bei ihrer Weihe ein ganzes Auge für die Gabe geopfert, um die sie gebeten hat. Ich hoffe, der Gottlen, dem sie sich verpflichtet hat, hat ihr eine gute geschenkt.

Anya schnaubt und hebt erneut den Apfel an ihre Lippen. „Ich verstehe nicht, warum dich das etwas angeht, Esmae. Es ist ja nicht so, als hättest du viel mit Julita zu tun, um überhaupt zu wissen, wovon du sprichst."

Die einäugige Frau – Esmae – hebt die Schultern zu einem kaum merklichen Achselzucken. „Ich weiß, dass es nicht von guten Manieren zeugt, über jemanden herzuziehen, der nicht da ist, um sich zu verteidigen."

Julitas Präsenz in meinem Kopf regt sich mit offenkundigem Interesse. *Ich hätte nie gedacht, dass die einfältige Esmae zu meiner Verteidigung eilen würde. Ich schätze, sie hat all ihre Zeit damit verbracht, mich schüchtern aus der Ferne zu bewundern.*

Anya verdreht die Augen und beißt in den Apfel. Mit einem angewiderten Husten zieht sie den Kopf zurück und fischt nach einem Taschentuch, in das sie ihren Bissen spucken kann. Dann schaut sie die Frucht böse an. „Verflixter Daimon. Er hat das Ding in meiner verdammten Hand verrotten lassen."

Ein umherstreifender Daimon hat den Apfel in der letzten Minute verdorben?

Ich lege die Stirn in Falten, bin ihr allerdings nah genug, um zu sehen, dass das zuvor weiße Fruchtfleisch nun braun und schwarz gefleckt ist.

Esmae schlendert zu uns und rümpft die Nase, als sie den Apfel betrachtet. Sie fängt meinen Blick auf. „Die Geister der Akademie sind in letzter Zeit übermäßig ruhelos – und streitsüchtig. Aber diesem hat vielleicht einfach die poetische

Gerechtigkeit gefallen, etwas zu säuern, was von einer Sauren gehalten wird." Sie wirft Anya einen spitzen Blick zu.

Leise schimpfend wirft Anya den verdorbenen Apfel in den Mülleimer und marschiert in ihr Zimmer. Mein Magen dreht sich um, sowohl wegen des Gedankens, einen Bissen dieser verfaulten Frucht zu nehmen, als auch wegen der Bedeutung, die diese plötzliche Fäulnis haben könnte.

Daimon lassen Früchte genauso gerne reifen wie verfaulen. Das hängt von der Laune ab, in der sie gerade sind. Ich habe jedoch noch nie gehört, dass sie sich an dem Essen zu schaffen machen, das eine Person gerade isst.

So etwas würde ich nur erwarten, wenn sie wegen etwas besonders aufgebracht sind. Etwas wie …

Julita spricht den unangenehmen Verdacht in mir aus. *Sie sind mittlerweile seit einigen Monaten aufgeregter als üblich. Das geschah, kurz bevor der Prinz vergiftet wurde. Ich glaube, sie spüren das Blut, das auf diesem Gelände zu dunklen Zwecken vergossen wurde – und sie sind nicht glücklich darüber.*

Als sie mir zum ersten Mal von der Verschwörung erzählt hatte, sagte sie, sie wüsste ‚aufgrund der Wirkung‘, dass mehr als einige Adlige involviert seien. Ich glaube, ich verstehe nun, von welcher Wirkung sie gesprochen hat.

Während mein Magen weiterhin rumort, lächelt mich Esmae mitfühlend an. „Ich entschuldige mich für Anya. Sie macht keinen Hehl aus ihrer Meinung."

Es fällt mir jedoch schwer, nicht zu überlegen, ob in ihrer Meinung vielleicht ein Körnchen Wahrheit liegt. Immerhin scheint Julita furchterregend gut darin zu sein, *mich* zu dem zu überreden, was sie will.

Ich bringe ein kurzes antwortendes Lächeln zustande. „Danke, dass du eingeschritten bist. Ich sollte mich wirklich auf den Weg machen."

Und falls meine geisterhafte Passagierin denkt, ich werde auf dieser Tour durch die Königsakademie weitere Stopps einlegen, hat sie sich geschnitten.

Ich eile aus dem Gemeinschaftsraum, bevor noch jemand reinkommen kann. Julita schweigt gnädigerweise.

Bis wir um die nächste Ecke biegen und sie ein scharfes

Zischen gefolgt von einem geblafften Befehl ausstößt. *Bleib hier stehen. Geh zurück, damit er dich nicht bemerkt.*

Ein junger Mann mit wirren kaffeebraunen Haaren und kupferfarbener Haut schließt gerade mit dem Rücken zu uns die Tür zu einer anderen Wohngruppe hinter sich. Julitas Befehl klingt so eindringlich, dass ich zurück um die Ecke gehe und mich an die helle Gipswand presse, während ich ihn beobachte.

Das ist Wendos, erklärt Julita in einem unheilvollen Ton. *Ich frage mich, wie viel* er *über das Messer weiß, das in meinem Hals gelandet ist.*

ACHT

Als ich um die Biegung im Gang blicke und den stämmigen Kerl beobachte, der Julita Sorgen bereitet, ziehe ich fragend eine Augenbraue hoch.

Benedikt hat gesagt, dass Wendos Karten gespielt hat, als sie ermordet wurde. Warum nimmt sie noch immer an, dass er involviert sein könnte?

Vertrau mir, sagt sie. *Ob er nun direkt dafür verantwortlich ist oder nicht, er hat keine reine Seele.*

Ich muss mich auf ihr Wort verlassen. Nichts an dem Mann, den ich beobachte, löst meine eigenen Abwehrinstinkte aus.

Er hebt seine Hand, um einen anderen Kerl zu grüßen, der weiter unten aus einem Zimmer kommt, und ruft unbeschwert eine Herausforderung: „Wir sehen uns später am Bogenschießstand. Bereite dich besser darauf vor!"

Anschließend schlendert er in die Richtung der Haupttreppe davon, zu der ich unterwegs war. Ich entdecke keinerlei Hinweise auf eine List oder ein schlechtes Gewissen.

„Nichts an ihm macht auf mich den Eindruck, als wäre er ein Mörder", flüstere ich.

Julita summt bloß zur Antwort. Als Wendos außer Sicht verschwindet, gibt sie mir einen mentalen Schubs. *Dann können wir genauso gut gehen.*

Wendos scheint irgendwo innerhalb der Akademie verschwunden zu sein, zumindest laufen wir Julitas Schurken nicht mehr über den Weg. Doch als ich das Domi verlasse, bleibt mein Blick an dem mittlerweile furchterregend vertrauten Schopf dunkelroter Haare hängen.

Der ehemalige General Stavros steht ungefähr neun Meter entfernt auf der anderen Seite der weitläufigen Wiese zwischen dem Domi und dem quadratischen Außengebäude des Quadrings. Er hat seine handähnliche Prothese gegen eine eingetauscht, die der ähnelt, die er vor zwei Jahren an dem Abend trug, als er die Hinrichtung der zerrissenen Zauberin leitete: eine breite, klobige Metallschlinge, die wie ein Haken gebogen ist. Sie funkelt im Sonnenlicht, als er sie hochhebt.

Ungefähr zwanzig Studenten stehen um ihn herum und beobachten ihn gespannt. Einer tritt gerade vor.

Stavros sagt kurz etwas, der Junge nickt und der ehemalige General springt schneller vor, als ich es bei seiner gewaltigen Statur für möglich gehalten hätte.

Er packt den Oberarm des Kerls mit seiner Hakenprothese, reißt ihn zu sich und lässt seine andere Faust fliegen. Sie hält kurz vor der Nase des Kerls inne. Daraufhin hebt er seinen Haken, um zu zeigen, wie er eine der kantigen Ecken gegen die Schläfe des Kerls rammen könnte.

Ein Schauder kriecht über meine Haut. Dies ist kein Mann, den ich mir zum Feind machen will.

Allerdings ist er bereits mein Feind, einfach nur aufgrund der Magie, um die ich nie gebeten habe und die sich bei seinem Anblick in meiner Brust windet.

Der König hat Stav damit beauftragt, hier Kampfkunst und Strategie zu unterrichten, nachdem er auf dem Schlachtfeld nicht mehr mithalten konnte, erzählt Julita. *Alle in der Militärfakultät kämpfen darum, in einen seiner Kurse zu kommen.*

Das glaube ich gern.

Stavros weicht mit einem kühlen, selbstgefälligen Lächeln von seinem Studenten zurück und der Kerl, dessen Schädel hätte eingeschlagen werden können, lacht und passt seine Haltung an. Die anderen versammelten Studenten grinsen mit eifrigen Mienen.

Ich werde langsamer, während ich den Kurs mustere, da mir einfällt, was Julita ihren Verbündeten über die Wind-kontrollierenden-Kräfte erzählen wollte, über die ihr Angreifer möglicherweise verfügte. Stavros blickt in diesem Augenblick über die Wiese und seine Augen schweifen über mich, als wäre ich gar nicht da.

Julita stupst mich an. *Du kannst hier nicht mit ihm sprechen. Wir halten unsere Treffen geheim, damit niemand weiß, dass wir miteinander zu tun haben. Würden wir das nicht tun, würde derjenige, der mich getötet hat, als Nächstes den Männern nachstellen.*

Eine vernünftige Vorsichtsmaßnahme. Es ist besser, den mörderischen Verschwörern nicht zu verraten, dass man ihnen auf der Spur ist, bis man *sie* aus dem Verkehr ziehen kann.

Die Akademie zu verlassen, ist viel einfacher, als sie zu betreten. Ich stolziere durch die prächtige Eingangshalle und durch das Tor, ohne das Labyrinth zu sehen, das ich beim Eintreten navigieren musste. Ich spüre auch kein lästiges magisches Kitzeln.

Auf der Straße vor der Akademie angelangt, eile ich von dem Trio königlicher Gebäude weg. Das Engegefühl in meiner Brust lässt erst nach, als der Tempel der Krone von den hoch aufragenden Steingebäuden der Durchfahrtsstraße des Stadtzentrums verdeckt wird.

Ich biege in eine der kleineren Gassen und mache mich instinktiv auf den Weg zu meiner Basis. Es ist zu früh, um mich in mein Dachzimmer über der Tuchfabrik zu schleichen, aber ich habe diskretere Wechselklamotten in einem der Fächer des Badehauses verstaut.

Es wird mir definitiv nicht helfen, in diesem nachgeahmten Adligen-Outfit durch die Außenbezirke der Stadt zu wandern.

Und was dann? Obwohl Julita ein ungebetener Eindringling in meinem Kopf ist, fühlt es sich eigenartig unhöflich an, sie zu fragen, wann sie zu verschwinden gedenkt.

Ich bin mir nicht einmal sicher, ob sie weiß, wie sie aus meinem Kopf verschwinden kann … und falls sie es weiß, würde das bedeuten, dass sie ihren Tod damit abschließen und in die Arme ihres gewählten Gottlen übergehen würde?

Im Grunde genommen würde ich von ihr verlangen, sich zu töten. Obwohl sie theoretisch gesehen bereits tot ist.

Also ist es eigentlich nicht mein Problem. Diese Tatsache verringert allerdings nicht das unbehagliche Stechen in meinem Magen. Daher spreche ich ein anderes Thema an, das mir zu schaffen macht, als ich mich durch weniger dicht bevölkerte Straßen schlängle.

„Warum hast du Wendos im Verdacht? Was hat er getan, das dich auf den Gedanken gebracht hat, dass er Teil der Verschwörung ist?"

Die Männer, die sie versammelt hat, damit sie ihr bei den Ermittlungen helfen, wirkten skeptisch, weshalb Julitas Argwohn offensichtlich auf etwas beruht, was sie nicht gesehen haben oder nicht glauben.

Julita schweigt so lange, dass ich mich beinahe frage, ob sie von allein gegangen ist. In meinem Hinterkopf bleibt jedoch ein schwaches Kribbeln, das auf ihre Präsenz hindeutet, wie ich gelernt habe.

Schließlich seufzt sie. *Er hat auf der Akademie nichts getan, was ich hätte aufdecken können. Aber ich weiß, dass er ein Interesse an Blutzauberei hat. Bevor ... er war ein guter Freund meines älteren Bruders, als sie Kinder waren ... Eine Weile nach ihrer Weihe setzten er und Borys es sich in den Kopf, dass es aufregend wäre, ihre magischen Fähigkeiten auszubauen.*

Sie muss die Geschichte nicht weiter ausführen, damit es mir kalt über den Rücken läuft.

Ein paar Teenager, die sich in der brutalsten Form der Zauberei versuchen? Das klingt, als sei eine Katastrophe vorprogrammiert.

Vor allem, als ich es mir nun nicht verkneifen kann, zu fragen: „Wie hast du davon erfahren?"

Julitas nächstes Schweigen hält noch länger an. *Ich weiß nicht, wie weit sie tatsächlich gegangen sind. Ich bin mir keiner menschlichen Opfer bewusst und vermutlich wären sie damit nicht davongekommen. Möglicherweise waren Tiere beteiligt. Sie haben auch mit Aderlass experimentiert. Und da ich jünger und dort war, wo mein Bruder seine Autorität ausüben konnte, war ich das einfachste Versuchskaninchen für sie.*

Die Kälte legt sich um meinen Magen. Aderlass.

Nur ein Opfer, das bei einer Weihe erbracht wird, kann in einer dauerhaften Gabe resultieren, aber unter gewissen Umständen kann man mit Fleisch oder Blut eine vorübergehende Wirkung verhandeln. Es wird jedoch erwartet, dass man sein *eigenes* Fleisch oder Blut benutzt.

Julitas Bruder und Wendos nutzten sie für ihre improvisierten Rituale, die sie mit dem dürftigen Wissen über Blutzauberei erschaffen hatten, an das ein adliges Durchschnittskind gelangen kann. Sie hatten sie geschnitten und ihr Blut als kleine Opfergabe vergossen.

Sie hatten gehofft, Julitas Schmerz würde ihnen Macht verleihen.

Julitas Stimme wird schärfer. *Es hat nur ein paar Jahre gedauert. Dann habe ich mich einem Gottlen verpflichtet, meine eigene Gabe erhalten und konnte dem Ganzen einen Riegel vorschieben. Meiner Meinung nach wäre es allerdings ein unglaublicher Zufall, wenn auf der Akademie aktuell Blutzauberei ausgeübt wird und Wendos nicht daran beteiligt ist.*

An ihrer Logik ist nichts auszusetzen. „Was ist mit deinem Bruder? Geht er auch auf die Akademie?"

Das sollte er eigentlich tun, aber auf seinem Weg nach Florian wurde er entweder überfallen oder ist durchgebrannt. Ich vermute Letzteres. Borys war nie ein Freund vom Lernen … Es würde mich nicht überraschen, wenn er gegangen ist, um sich der Infanterie anzuschließen, damit er ein wenig Action zu sehen bekommt.

Also ist nur Wendos auf der Akademie. Ich presse die Lippen zusammen. „Bist du dir sicher, dass du eine ganze Verschwörung gesehen hast und nicht nur Wendos, der ihre alten Experimente fortführt?"

Julita erschaudert. *Ich wünschte, es wäre so einfach. Selbst, als er und mein Bruder gemeinsam experimentierten, benahmen sich die Daimon auf unserem Anwesen nie seltsam. Dass sie auf der Akademie derart neben der Spur sind, muss an einem viel größeren Experiment liegen.*

Es ist schwer, einen Fehler in ihrer Logik zu finden – sowohl wenn es um das Verhalten der Daimon geht als auch in der Wahrscheinlichkeit, dass Wendos involviert ist. Also warum zweifeln die Männer daran? „Hast du Stavros und den anderen erzählt, was die beiden früher getan ...“

Nein, unterbricht mich Julita barsch. *Ich habe ihnen nicht erzählt, dass ich involviert war. Nur, dass ich erkennen konnte, dass er und mein Bruder etwas ausgeheckt haben. Ich sah einige der Materialien, die sie benutzten – wie das Pulver aus den Schalen von Dartlingeiern. Das sollte reichen.*

Nach ihrem Ton zu urteilen, ist sie anscheinend nicht besonders glücklich darüber, dass sie mir so viel über ihre grauenvolle Kindheit erzählt hat.

Mein Magen verknotet sich. Sie wurde jahrelang von Möchtegern-Blutzauberern gequält, ist weiteren über den Weg gelaufen, sobald sie ihr Zuhause verlassen hat, und wurde schließlich von einem ermordet.

Es ist schwer vorstellbar, dass die wenigen Informationen, die ich ihren Freunden geben konnte, reichen werden, um ihr Gerechtigkeit zu verschaffen. Und da sie noch immer in ihrer Geisterform hier ist, weiß sie das genauso gut wie ich.

Mein Mund bewegt sich, bevor ich das Angebot richtig durchdacht habe, das ich gleich aussprechen werde: „Es gibt einen Ort, an dem ich mich umhören kann. Ich könnte in Erfahrung bringen, ob jemand, der auf dem Schwarzmarkt tätig ist, von deinem Mord gehört hat oder etwas über andere Dinge weiß, die mit illegaler Zauberei zu tun haben.“

Das Kribbeln in meinem Hinterkopf scheint aufzumerken.

Wirklich?, fragt Julita in einem sanften, jedoch begierigen Ton. *Ich schätze, das sind die Art von Leuten, mit denen du normalerweise verkehrst?*

Ich verziehe das Gesicht wegen ihrer Vermutung und verspüre bereits einen Anflug von Reue. Der Gedanke, meinen Vorschlag jetzt zurückzuziehen, ist allerdings entsetzlicher, als ihn durchzuziehen.

„Nicht, wenn ich es vermeiden kann. Ich verkehre ‚normalerweise‘ mit *niemandem*. Aber ich weiß, wie ich sie finden kann, wenn ich sie brauche.“

Ein Besuch im Krähennest erfordert definitiv einen Kostümwechsel.

Als der Abend hereinbricht, nähere ich mich dem Lustigen Theater in Wirrwarrdingen, einem Viertel, das seinen Namen aufgrund seiner verwirrenden, verworrenen Straßen erhalten hat. Eine meiner Kapuzentuniken verdeckt mich vom Kopf bis zur Mitte meines Schenkels und fünf Messer sind darin verborgen, jedoch leicht zugänglich.

Das verwitterte Holzgebäude ist höher und breiter als die heruntergekommenen Läden ringsum und sein türloser Eingang klafft offen wie das Maul eines Monsters. Die Sigille für Inganne, Gottlen der Kreativität und Unterhaltung, leuchtet orangefarben über mir und verblasste Zeichnungen von Lerchen und Schmetterlingen flattern darum herum.

Werden wir uns eine Show ansehen?, fragt Julita zweifelnd.

„Du wirst schon sehen“, brumme ich und gehe weiter.

Als ich die zwei knarzenden Stufen vor dem Eingang erklimme, dringt von innen raues Gelächter an meine Ohren. Auf der anderen Seite der schwach beleuchteten Lobby wird die Tribüne mindestens zur Hälfte mit Einheimischen gefüllt sein, die eine Aufmunterung brauchen.

Die unberechenbare Schauspielergruppe des Theaters führt zweimal am Tag witzige Pantomimen, Puppenspiele und kurze, alberne Stücke auf. Sie verlangen ungefähr den Preis einer Scheibe Brot und akzeptieren besagte Scheiben – oder andere Gegenstände – anstelle von Münzen als Eintritt, falls der Gast nicht mehr geben kann.

Sie können es sich leisten, ihre Unterhaltung billig anzubieten, weil sie Provision für den anderen Nutzen des Theaters erhalten.

Anstatt in den Zuschauerraum gehe ich zur ersten Tür auf der rechten Seite. Die oberflächliche Schnitzerei von Kosmels Sigille ist in dem schwachen Licht kaum zu sehen.

Jede Person, die unwissentlich über diese Tür stolpert, würde einen Blick auf die dunkle, muffige Treppe auf der anderen Seite werfen und kehrtmachen. Ich gehe weiter und rümpfe die Nase über den starken Schimmelgeruch, der bestimmt nicht nur von einer Beschwörung herrührt.

Falls jemand in einem Anflug wagemutiger Neugier so weit geht, würde er spätestens am Fuß der Treppe wieder umkehren. Denn allem Anschein nach führen die Stufen in einen kleinen, leeren, Raum mit Erdwänden, der so dunkel ist, dass man den Umriss der eigenen Hand nur ganz schwach ausmachen kann, wenn man sie vor sein Gesicht hält.

Wenn man jedoch weiß, was man tut, geht man links um die Treppe herum und biegt scharf rechts ab, wodurch man geradewegs gegen deren Unterseite laufen sollte. Doch anstatt mit dem Kopf gegen die Treppe zu krachen, findet man sich in einem Gang wieder, der so schwarz ist, dass die eigene Hand genauso gut nicht existieren könnte.

Fünf Schritte geradeaus, drei nach links, zehn nach rechts, zwei nach links. Ich komme nicht umhin, mich zu fragen, ob die Kriminellen, die diese Gänge gebaut haben, von der Akademie inspiriert wurden oder ob es andersherum war – oder vielleicht ist das einfach der natürlichen Weiterentwicklung magischer Security zu verdanken.

Mit dem letzten Schritt laufe ich zurück in den Erdraum. Ich erklimme die Treppe und durchquere die nun stille Lobby. Diese Version des Theaters ist nur ein heraufbeschworenes Echo des echten Gebäudes.

Sowie ich aus dem Eingang trete, bin ich von einem regen Trubel umgeben, der lebhaft echt ist.

Das Krähennest – das nach Kosmels Lieblingsvogel benannt wurde in Anerkennung der Rolle, die der Gottlen des Glücks bei dem Erfolg jeglicher illegalen Vorhaben spielt – macht seinem Namen alle Ehre. Der schmale Streifen unbefestigte Straße, der zu beiden Seiten von dicht nebeneinanderstehenden Gebäuden gesäumt wird, ist vollkommen eingeschlossen und endet nach ungefähr hundert Schritten in jede Richtung in einer Sackgasse. Der einzige Weg hinein oder hinaus führt durch das Theater.

Nun, der einzige Weg, den *ich* kenne. Die Verbrecher, die diesen Ort zu ihrem Zuhause machen, haben zweifelsohne andere Fluchtwege.

Der Streifen sieht wie eine makabere Version der Einkaufsstraße in der Nähe des Palasts aus. Heraufbeschworene

Illusionen drehen sich über den Ladentüren, zeigen jedoch Bilder von Schädeln und Waffen. Die Lichter in den Fenstern leuchten im Dämmerlicht bernsteinfarben, karmesinrot und violett.

Die Ladenbesucher sind ein ungepflegter Haufen mit abgetragener Kleidung und einer Menge Narben. Die meisten tragen wie ich Kapuzen, um ihre Gesichter zu verbergen, und die besonders Vorsichtigen verstecken ihre Züge zusätzlich hinter schlichten Masken.

Ich habe in der Außenwelt allerdings keinen Ruf, der von meiner Anwesenheit hier bedroht werden könnte.

Der Ort für den neuesten Untergrund-Klatsch ist der Pub am Ende der nördlichen Sackgasse, *Zum trunkenen Dolch*. Ich schlängle mich um die anderen Passanten der Straße herum zu dem Etablissement.

Das Schild über der dunklen Holztür zeigt einen Dolch, der neben dem Namen des Pubs in einem Bierkrug steckt. Das heraufbeschworene Bild, das davor schwebt, ahmt das Logo nach, wobei sich die Klinge hebt und wieder in den Krug fällt, wodurch die leuchtende Flüssigkeit über den Rand schwappt.

Das Innere des Pubs riecht nach abgestandenem Alkohol und Dunstblumenrauch. Ich hüpfe auf einen der leeren Hocker vor der verkratzten Bar und bitte die neue Barkeeperin um ein Bernsteinspritz.

Während sie es mischt, lasse ich meinen Blick durch den Raum schweifen und suche nach bekannten Gesichtern, von denen ich weiß, dass sie gerne tratschen.

Bevor ich mich für jemanden entscheiden kann, meldet sich ein Freiwilliger.

„Wenn das nicht Ivy ist. Dich habe ich schon lange nicht mehr gesehen."

Als die Stimme hinter mir erklingt, spanne ich mich innerlich an, bevor ich mich zu dem Sprecher umdrehe. Milo grinst mich an und seine Augen unter den schweren Lidern sind so dunkel wie sein Bartschatten.

Damals, als ich sechzehn Jahre alt und weniger gut darin war, meine Impulse – und Hormone – zu kontrollieren, erschien mir Milo wie eine gute Option, um mich unverbindlich mit diesen Hormonen auseinanderzusetzen. Wir hatten nur ein paarmal miteinander geschlafen, als ich herausfand, dass er nicht nur ein passabler Fälscher war, sondern auch ein Nebengeschäft führte, bei dem er für die Minen Kinder besorgte, die teilweise nur acht Jahre alt waren. Daraufhin verpuffte meine bereits begrenzte Begeisterung für ihn.

Vier Jahre später hat er noch immer nicht verstanden, dass ich lieber einen Esel ficken würde, als mich noch einmal auf ihn einzulassen.

Ich knirsche mit den Zähnen und lächle angespannt. Milo hört sich gern reden, was meine Aufgabe erleichtern sollte. Solange er in der Zwischenzeit seine Hände bei sich behält.

Ich spreche in einem lässigen Ton. „Ich sorge gerne dafür, dass ich vermisst werde. Ab und zu habe ich jedoch Lust auf ein Bernsteinspritz, das nirgendwo so gut schmeckt wie in diesem Laden."

Er knallt seinen Krug auf die Theke neben mein Glas, das die Barkeeperin gerade dort hingestellt hat. Ich krümme meine Finger um die kühle Oberfläche und beschließe, meine Hand und mindestens ein Auge ständig auf diesem liegen zu lassen, solange Mr. Blicknix in der Nähe ist.

„Ich vermisse dich an jedem Tag, an dem ich dein hübsches Gesicht nicht sehe", erwidert Milo mit solch schmierigen Worten, dass man auf ihnen ausrutschen und sich den Arm brechen könnte. Meine Magie empört sich in meiner Brust, bevor ich sie zügeln kann.

Er hat mir nie wehgetan … ich möchte ihm allerdings lieber keine Gelegenheit dazu geben.

„Oh, ich bin mir sicher, du hast eine Menge anderer Dinge gefunden, die dich auf Trab gehalten haben." Ich nehme einen Schluck von meinem Drink und genieße den süßsauren Geschmack. Im trunkenen Dolch machen sie wirklich die besten Cocktails. „Ich habe gehört, dass es in Schlachtquell eine kleine Unruhe gab … vor ein paar Tagen? Angeblich wurde eine Adlige erstochen? Das ist dein bevorzugtes Jagdgebiet, oder nicht?"

Milos Augen zucken zur Seite, was mir verrät, dass er trotz

seiner nichtssagenden Antwort genau weiß, wovon ich spreche. „Ein weiterer Tag, eine weitere Leiche. Gestern wurde eine Frau gefunden – größtenteils entkleidet, was sie vorher anhatte, muss also hübsch gewesen sein."

In meinem Kopf schimpft Julita empört. Ich ignoriere sie und hake beiläufig nach: „Gibt irgendjemand mit der Tat an?"

„Nicht, dass ich gehört habe. Was man über den Vorfall hört, ist sehr verwirrend. Wer immer sie getötet hat, hat sich schnell aus dem Staub gemacht."

Er schüttelt den Kopf in grimmiger Anerkennung. Ich sehe keinen Grund, seiner Antwort zu misstrauen.

Niemand hier weiß, wer meine geisterhafte Passagierin umgebracht hat. Ich vermute, das ist nicht besonders überraschend angesichts dessen, dass es vermutlich jemand aus Julitas Reihen war und kein Außenbezirkler.

Es kann jedoch nicht schaden, zu schauen, ob ich ihm noch andere Informationen entlocken kann.

Ich führe das Glas wieder an meine Lippen. „Das kann nicht gut fürs Geschäft sein, wenn die hohen Tiere vom Hügel herumschnüffeln und wegen des Verbrechens ermitteln."

„Oh, *unsere* hohen Tiere haben alles schnell beseitigt, damit das nicht geschieht." Milo deutet mit dem Kopf zur Tür – zu dem Gebäude, das sowohl ein Tempel für Kosmel als auch eine Spielhalle in der Mitte des Krähennests ist, von wo aus die einflussreichsten Verbrecher ihre Geschäfte steuern. „Sie sind zu ihr gelangt, bevor offiziell Alarm geschlagen wurde. Sie haben auch die Leiche verschwinden lassen. Alles ist in Ordnung."

Er zieht eine Augenbraue hoch. „Wenn die Kronenwache hier herumschnüffeln würde, wäre das auch nicht gut für *dein* Geschäft, hm?"

Milo ist schon immer sauer, dass ich ihm nicht verrate, was ich tue, wenn ich nicht hier bin. Ich kann mir nur ausmalen, wie er das Geständnis ausbeuten würde, dass ich diejenige bin, die die Leute Hand Kosmels nennen.

Wenn er denkt, dass ich die tote Frau aus Sorge um meine eigenen kriminellen Machenschaften anspreche, ist das für mich in Ordnung. Das lenkt ihn von der echten Spur ab.

Ich kichere leise, meine Gedanken wirbeln allerdings wild

durcheinander. Mir war gar nicht in den Sinn gekommen, dass Florians Unterwelt Julitas Mord vertuschen würde.

In den letzten Jahren haben die Spannungen zugenommen. Nachdem König Konram seinem Vater auf den Thron gefolgt war, begann die Kronenwache, hart gegen alle Arten von Verbrechen durchzugreifen – zumindest gegen die, welche sich auf die Bürger auswirken, die ihnen wichtig sind.

Da ist es nicht überraschend, dass die Mächte der Unterwelt alles verschwinden lassen, was den königlichen Gesetzeshütern einen Grund geben könnte, hierherzukommen.

Was meint er damit, dass sie die Leiche verschwinden ließen?, will Julita wissen. *Sie haben mich doch nicht einfach in ein Loch geworfen und die Sache damit als erledigt betrachtet?*

Oh, das ist durchaus möglich. Ich lasse einen weiteren Schluck Alkohol in meinem Mund wirbeln, da ich ihr hier nicht antworten kann und ohnehin nicht weiß, was ich sagen würde.

Sämtliche Spuren ihres Mordes wurden wahrscheinlich beseitigt. Abgesehen von den Kleidungsstücken oder dem Schmuck, den sie trug und den verzweifelte Einwohner Schlachtquells gestohlen haben, wird es keine Hinweise darauf geben, dass sie jemals dort war.

Es ist nicht nur so, dass ihre Freunde auf der Akademie *noch nicht* herausgefunden haben, dass sie ermordet wurde. Wenn ich nichts sage … werden sie nie davon erfahren.

Sie werden nie wissen, wie ernst die Situation ist. Wie weit die angehenden Blutzauberer gegangen sind, um die Entdeckung ihrer Verbrechen zu verhindern.

Die Männer nehmen vermutlich an, dass sie es mit der Angst zu tun bekommen hat und einfach abgehauen ist. Sie werden nicht einmal wissen, dass sie um sie trauern sollten.

Diese Realität dämmert offensichtlich auch Julita. Ihre Stimme wird rau aus einer Mischung aus Wut und Entsetzen.

Sie können nicht einfach … Ich wurde hier in der Stadt getötet! Die Wache sollte den Mord untersuchen. Und der Abschaum der Außenbezirke hat mich einfach wie einen schmutzigen Lappen weggeworfen? Wie bin ich … Wie wird irgendjemand … Das ist nicht richtig.

Ich rutsche ruhelos auf meinem Hocker herum und nehme einen großen Schluck von meinem Drink.

Milo beugt sich näher. Sein biersaurer Atem weht über mein Gesicht. „Falls du vorhast, noch eine Weile zu bleiben …"

„Sorry", sage ich nicht im Geringsten entschuldigend. „Ich konnte nur auf einen schnellen Drink vorbeikommen. Es ist schön zu sehen, dass es dir gut geht."

Ich trinke den Rest des Spritz' und rutsche von meinem Hocker. Milo macht Anstalten, nach meinem Arm zu greifen, doch als ich ihm ausweiche, folgt er mir nicht.

Ich marschiere zurück auf die Straße. Mein Verstand und Magen rumoren wegen allem, was ich gerade aufgenommen habe.

Julita meldet sich wieder zu Wort, wobei sie gefasster, jedoch nach wie vor angeschlagen klingt. *Was tust du jetzt?*

Ich könnte gehen und die Stimme in meinem Kopf ausblenden, bis sie verstummt oder sich vor Frust von mir löst. Es ist nach wie vor nicht meine Angelegenheit und nicht mein Problem.

Doch sie ist hier. In mir.

Ich bin die einzige Person, die weiß, was ihr zugestoßen ist, und der sie so wichtig ist, dass ich ihre Geschichte nicht mit einem fehlenden letzten Kapitel enden lassen kann.

Die Arschlöcher, die ihr das angetan haben, stellen nicht nur eine Bedrohung für die hochnäsigen Reichen in ihrer schicken Burg einer Schule dar. Ihre Experimente in böser Magie könnten jede Person vernichten, der ich in den letzten acht Jahren zu helfen versucht habe.

Wenn ich meinen geisterhaften Gast im Stich lasse, lasse ich sie alle im Stich.

Und das wäre möglicherweise noch schlimmer als alles, was ich zuvor getan habe.

Ich gehe in Richtung eines Ladens, aus dessen Seitenfenster grünlicher Rauch wabert. „Ich werde weitere Fragen stellen. Und wenn wir deine Freunde das nächste Mal sehen, werde ich ihnen alles erzählen, was ich kann, womit sie diese Mistkerle aus dem Verkehr ziehen können."

NEUN

Als ich Julitas Armkette an den Wasserspeier am Akademietor hebe, setzt mein Herz kurz aus. Ich schlucke gegen die Trockenheit in meinem Mund an.

Während ich durch das geöffnete Tor trete, riskiere ich ein Flüstern: „Bist du dir sicher, dass sich das Passwort seit dem letzten Mal nicht geändert hat?"

Die Männer, mit denen Julita zusammenarbeitet, treffen sich nur alle zwei Tage. Seit sie in der Gasse erstochen wurde, sind mittlerweile drei Tage vergangen.

Julita ist wieder ihr scheinbar übliches, selbstbewusstes und unerschütterliches Selbst. *Sie ändern es nur einmal pro Woche und das letzte Mal war vor sechs Tagen. Da bin ich mir sicher. Es ist alles in Ordnung.*

Ich hätte mehr Vertrauen in ihr Zeitgefühl, wenn sie ihren eigenen greifbaren Körper hätte, mit dem sie die Zeit erleben kann. Ich wappne mich und marschiere los.

Lebhafte Gänse …

„Ich erinnere mich."

Lebhafte Gänse riechen gerne rote liebliche Rosen. Ein absurder Satz, aber ich habe die Angewohnheit, mir jede noch so kleine Information einzuprägen, die ich erhalte. Links, geradeaus, rechts, geradeaus, rechts, links, rechts.

Als sich die Tür zum ersten Hof vor mir öffnet und kein

heraufbeschworener Alarm losgeht oder sich wütende Wachen auf mich stürzen, atme ich tief aus. Meine Nerven erzittern unter der Flut reinigender Magie, doch sie schwappt im Nu über mich hinweg und ich bin durch.

Ein paar Männer laufen Händchen haltend zum Tor. Ich gehe auf dem Weg zum Hauptgebäude um sie herum und warte, bis sie durch das Tor verschwunden sind, bevor ich erneut mit meiner geisterhaften Passagierin spreche.

„Ich werde ihnen alles erklären. Anschließend können sie dir sämtliche Fragen stellen, die ihnen bei ihren Ermittlungen helfen können – und dann sind wir hier fertig.“

Diese Aussage fühlt sich mehr wie eine Frage an, als mir lieb ist. Wir haben den Plan bereits besprochen, doch ich weiß nicht, wie viel Vertrauen ich in meinen ungebetenen Gast setzen kann, wenn wir uns wieder in ihrem Revier befinden.

Ein unglaublich fairer Deal, versichert mir Julita. *Ich werde deinen Körper verlassen, sobald ich weiß wie, und wenn ich es nicht sofort tun kann, werde ich meine Gedanken für mich behalten, während ich es in Erfahrung bringe.*

Sie klingt, als meinte sie es ernst, die anschuldigenden Worte ihrer Mitbewohnerin lungern jedoch zusammen mit dem Kribbeln von Julitas Präsenz in meinem Hinterkopf. Sie könnte alles sagen, was sie will, damit ich weiterhin kooperiere – es ist nicht so, als hätte ich eine Ahnung, wie ich die Sache erzwingen kann, wenn sie ihr Wort bricht.

Allerdings spielt es keine echte Rolle. Es ist richtig, das hier zu tun.

Ich bin diejenige, die meinen Körper kontrolliert. Ich kann dafür sorgen, dass ich diesen Ort verlasse, nachdem ich die Mission erfüllt habe, der ich zugestimmt habe.

Mit dem Rest werde ich mich befassen, wenn es so weit ist.

Julita wartet geduldig, während ich den Campus durchquere, wobei ich den gleichen Weg einschlage, den sie mir beim letzten Mal verraten hat. Als ich den Wandleuchter neben dem Wandteppich von Signy antippe und daran ziehe, kichert sie glockenhell. *Du hast wirklich ein gutes Gedächtnis.*

„Ich musste so viele Fähigkeiten verfeinern, wie ich konnte“, murmle ich, als ich die verborgene Treppe betrete. Jede

Fähigkeit abgesehen von der zerrissenen Magie, die mich in den Wahnsinn treiben und den Zorn der Königsfamilie auf mich lenken würde. Oder besser gesagt eine Schlinge um meinen Hals legen würde.

In meinen ersten Tagen auf der Straße beschloss ich, dass ich in sämtlichen Bereichen einfach so gut wie möglich werden musste, damit ich niemals wirklich meine monströse Macht zum Überleben *brauche*. Bisher hat das ziemlich gut funktioniert, von meinem aktuellen Dilemma einmal abgesehen.

Ich habe Glück, dass du über mich gestolpert bist, stellt Julita fest. *Ich kann mir nicht vorstellen, was …*

Meine Füße berühren den Boden des Archivzimmers auf der anderen Seite des magischen Durchgangs und sowohl Julitas Stimme als auch mein Atem werden abgeschnitten, als eine Hand gegen meine Kehle kracht.

Eine Hand aus geformtem Ton anstatt Fleisch, die mich so hart trifft, dass sie mir mit dem ersten Schlag die Luft raubt.

Stavros stößt mich rückwärts gegen die Wand und seine dunklen Augen brennen sich in meine. Ein Schmerzensstich am Ansatz meiner Kehle verrät mir, dass er eine Klinge unterhalb der Hand positioniert hat, mit der er mich fixiert.

Sein Mund verzieht sich zu einem Lächeln, das so schneidend ist, dass es genauso gut ein spöttisches Feixen sein könnte. „Du bist also zurückgekommen. Wundervoll. Jetzt kannst du uns erzählen, wer du wirklich bist.“

Mein Herz hämmert wie wild und Magie flammt in meiner Brust auf mit dem Drang, ihn von mir zu stoßen. Ich kann das Messer in meinem Stiefel oder die unter meinen Röcken nicht erreichen.

Ich balle meine Hände zu Fäusten, zügle das Brennen und keuche schwer.

Weiß er, was ich unterdrücke? Hat er es irgendwie herausgefunden?

In meinem Kopf schimpft Julita: *Was unter dem Blick der Götter denkt er, dass er da tut?*

„Ich bin gekommen, um zu helfen“, bringe ich trotz des starken Drucks von Stavros’ Hand hervor.

Die anderen Männer kommen um Stavros herum mit grimmigen Mienen in Sicht.

Ein finsterer Ausdruck trübt Casimirs umwerfendes Gesicht. „Wenn du Julita helfen wolltest, wäre sie hier."

Alek hat seine schlanken Arme fest vor der Brust verschränkt. „Wir haben deine Geschichte überprüft. Es gibt niemanden mit dem Namen Ivy, deren Familie in Nikodi lebt."

Scheiße und Schweinerein. Ich sollte froh sein, dass es nicht den Anschein macht, als hätten sie meine Magie entdeckt, aber sie sind meinem Geständnis mindestens zwei Schritte voraus. Dadurch wird es so aussehen, als hätten sie mich erwischt, und nicht so, als würde ich von selbst reinen Tisch machen.

Ich suche nach den richtigen Worten, denn einfach zu rufen, „Ich habe den Geist eurer Freundin in meinem Kopf!", wird als Einstieg vermutlich nicht besonders gut ankommen.

Im gleichen Augenblick entscheidet auch meine zerrissene Magie, sich gegen mich zu wenden. In Reaktion auf meinen Widerstand gräbt sie sich in jede Faser meines Oberkörpers, was sich anfühlt, als würde ich von Krallen durchbohrt werden.

Ich kann bloß erneut keuchen und meine Muskeln vor Schmerz anspannen.

Gut gemacht, verdammte dämliche Magie. Bestrafe mich, weil ich es eigenartigerweise für unklug halte, einem Kerl meine illegale Macht vorzuführen, der Leute wie mich sofort zum Galgen schleppen würde.

Was passiert mit dir?, fragt Julita panisch. *Sag ihnen, was los ist. Sag ihnen … Oh, Großer Gott hilf mir …*

Ein Schwindelgefühl erfasst mich und bringt meine Gedanken durcheinander – und lenkt mich zu meiner Erleichterung von dem Schmerz ab. Dadurch kann ich einen klaren Gedanken fassen und erkennen, was los ist.

Sie hat das schon einmal getan, als sie das erste Mal in meinem Kopf war und noch nicht mit mir gesprochen hatte. Sie versucht, die Kontrolle über mich zu übernehmen.

„Du …", blaffe ich, bevor ich meinen Frust zügle und alles in mir zur Unterwerfung zwinge: die Magie, ihre verärgerten Krallen, der rebellische Geist, der versucht, meinen Körper zu übernehmen.

Das hier wird nicht die letzte Seite meiner Lebensgeschichte sein.

Stavros scheint zu entscheiden, dass er lang genug auf eine vernünftige Antwort gewartet hat. Er reißt mich herum und drückt mich auf einen Stuhl in der Nähe eines der Regale.

Benedikt schnellt herbei, um ein Seil um meine Brust zu schlingen und es hinter mir zu verknoten, wodurch meine Arme an meinen Seiten fixiert werden.

Hätte ich es auf einen Versuch ankommen lassen, hätte ich die Fessel womöglich abschütteln können, bevor er sie verknotet hat. Mit diesen Männern zu kämpfen, würde allerdings nicht meine Unschuld beweisen. Und ich male mir keine großen Chancen in einem Kampf vier gegen eine aus, vor allem nicht, wenn einer der vier ein hoch dekorierter General ist.

Julita meldet sich mit einem Beben in der Stimme zu Wort. *Es tut mir leid. Ich wollte es nicht tun … Ich bin in Panik geraten, weil ich nicht wusste, was geschehen würde, wenn ich mich nicht einmische. Es wird nicht mehr vorkommen.*

Ich weiß nicht, ob ich ihr glaube, habe momentan jedoch ein größeres Problem.

Da die Qualen des Frustanfalls meiner Magie verebben, finde ich meine Stimme wieder. „Ich bin heute hergekommen, um euch die Wahrheit zu erzählen. Um euch zu erzählen, was Julita zugestoßen ist.“

Stavros ragt über mir auf und sein kantiges Gesicht sieht viel zu gut aus, wenn er so von kaltem Zorn erfüllt ist. Er hält meinen Blick nur kurz, bevor er seine Aufmerksamkeit über den Rest meines Körpers wandern lässt. „Ist das so? Und warum hast du sie uns nicht von Anfang an erzählt?“

„Weil die Wahrheit verdammt verrückt klingt.“ Ich kann nicht anders, als ihn finster anzuschauen. Meine Magie rumort weiterhin in mir und pikt gegen mein Inneres, was meine Laune nicht verbessert. „Ich dachte, dass es so einfacher wäre, und ihr alles andere, was ihr wissen müsst, später herausfinden würdet. Aber wie sich herausstellt, wird das nicht geschehen. Daher bin ich hier.“

Wenn Stavros kühl ist, dann ist Alek geradezu eisig. „Warum sollten wir jetzt irgendetwas glauben, was du sagst?“

Mein Blick gleitet zu seinem maskierten Gesicht. Obwohl es teilweise verdeckt ist, entgeht mir seine grimmige Miene nicht. „Warum hört ihr es euch nicht an und entscheidet dann? Was genau denkt ihr, ist mein teuflischer Plan?"

Benedikt lehnt seinen goldenen Kopf an die Regale. „So gerne ich denken würde, dass du einfach unsere Gesellschaft genießt, scheint es wahrscheinlicher zu sein, dass du unsere Pläne ausspioniert hast. Oder versuchst, uns auf eine falsche Fährte zu führen. Oder beides."

Du solltest es ihnen einfach erzählen, murmelt Julita. *Sie tun das nur, weil sie sich Sorgen um mich machen.*

Ich will kein Mitgefühl für die Männer empfinden, die mich aktuell festhalten und mit einer Klinge bedrohen, doch ihre Reaktion ergibt Sinn. Außerdem zeigt sie eine bewundernswerte Hingabe für den Schutz ihrer vermissten Freundin – falls Julita tatsächlich nur eine Freundin ist.

Ich befeuchte meine Lippen. Mit der Wahrheit herauszurücken, wird noch schlimmer werden, als ich dachte.

„Ihr habt erraten, dass bei Julita etwas schiefgelaufen ist", beginne ich und gebe meine adlige Aussprache auf. Was für eine Rolle spielt es, wenn sie in ein oder zwei Minuten ohnehin wissen, dass ich alles andere als eine Adlige bin? „Deswegen habt ihr Nachforschungen über mich angestellt?"

„Sie wird seit drei *Tagen* vermisst", spuckt Alek aus. „Sie würde nicht so lange verschwinden, ohne uns zu verraten, welcher Spur sie folgt."

Casimir nickt, seine Stimme ist jedoch sanfter. „Du bist vermutlich die letzte Person, die sie gesehen hat. Du hast ihre Armkette."

Stavros richtet sich über mir auf, wodurch seine gewaltige Figur noch einschüchternder wirkt. Er verlagert das Kurzschwert in seinem Griff lässig, jedoch mit einer Leichtigkeit, die für sein Geschick spricht. „Ich denke, wir sollten hier die Fragen stellen und du solltest antworten. Was ist mit Julita passiert? Erzähl uns alles, was du weißt, und zwar schnell."

Ich recke das Kinn. „Um eines von Anfang an klarzustellen, *ich* habe nichts getan, um ihr zu schaden. Diese Blutzauberer haben anscheinend herausgefunden, dass sie ihnen auf die Schliche gekommen ist. Ich ging in Schlachtquell meinen Geschäften nach und hörte einen Schrei. Ich fand …"

Angesichts dessen, dass sich die Männer versteift haben, zögere ich. Soll ich ihnen den Mord ihrer Freundin wirklich so unverblümt mitteilen?

„Was hast du gefunden?", hakt Stavros nach.

Ich schätze, es führt kein Weg daran vorbei.

„Ich habe sie mit einem Messer im Hals in einer Gasse liegend gefunden", erzähle ich etwas leiser als zuvor. „Ich versuchte, die Blutung zu stoppen, aber die Wunde war so …"

Alek zuckt zusammen. „Sie ist *tot*?" Seine Hand schnellt über seinen Oberkörper und macht die Geste der Götter.

Casimirs kieferngrüne Augen sind weit aufgerissen. Stavros' breite Schultern spannen sich an, als würde er sich auf die Antwort gefasst machen.

Es gibt nur eine, die ich geben kann. „Ja."

Benedikt sackt gegen die Regale und die Selbstgefälligkeit sickert aus seiner Haltung.

Aleks Lippen teilen sich, es kommt allerdings kein Laut heraus. Er macht einige Schritte rückwärts, sinkt auf einen der Stühle, die um den Schreibtisch herum stehen, und lässt den Kopf in die Hände fallen.

Stavros mahlt mit dem Kiefer, seine Augen sprühen Funken und seine Hand verkrampft sich um den Griff seines Schwerts. Doch als er spricht, ist seine Stimme so kühl und selbstbewusst wie eh und je. „Diese götterverdammten Halunken. Sie werden jeden Tropfen Blut zehnfach bereuen, den sie von Julita vergossen haben. Dann werden wir ja sehen, wie sehr ihnen ihre Zauberei gefällt."

„Wenn wir mit ihr gegangen wären, anstatt sie ihre Ermittlungen allein durchführen zu lassen …", spricht Casimir mit schwacher Stimme. Seine rosige Haut ist kränklich blass geworden.

Benedikt schnaubt, obwohl er selbst noch immer aussieht, als wäre ihm schlecht. „Als hätte irgendeiner von uns Jules irgendetwas tun ‚lassen'. Sie hätte nicht zugelassen, dass *wir* uns auf diese Weise offenbaren." Sein heller Blick huscht erneut zu mir und richtet sich schärfer auf mich. „Vorausgesetzt die Schwindlerin erzählt die Wahrheit und spinnt nicht eine reizende Geschichte, um ihre eigenen Missetaten zu vertuschen."

Aleks Kopf schnellt empor. Das vereinte Gewicht von vier feindseligen Blicken sorgt dafür, dass es mir kalt über den Rücken läuft.

Ich verziehe das Gesicht. „Warum hätte ich Julita etwas antun sollen? Ich kannte sie nicht einmal, bis ich sie fand."

Stavros legt den Kopf schief und denkt nach. Sein Blick wendet sich kurz ab und richtet sich dann wieder auf mich. „Die Verschwörer hätten dich bezahlen können."

„Sie hätten dich auch bezahlen können, damit du uns ausspionierst", fügt Benedikt hinzu und erwärmt sich scheinbar für seine Theorie. „Sehr schlau."

„Einen derartigen Auftrag hätte ich nicht angenommen", entgegne ich. „Und ich habe euch noch nicht alles erzählt. Ich bin hierhergekommen, um mit euch zu reden, weil … Dies ist der Teil, der verrückt klingt. Als ich versuchte, Julita zu helfen, und sie starb, zog ihre Seele irgendwie … in mir ein."

Stavros' Augenbrauen heben sich. Casimir blinzelt und betrachtet mich eindringlicher, als würde er denken, er könnte durch mein Fleisch hindurch einen Schimmer der Frau sehen, die ihm offensichtlich sehr am Herzen liegt.

Benedikt lacht schallend. „Nun *das* ist eine Geschichte für die Ewigkeit! Wir bekommen hier ein echtes Märchen aufgetischt."

Ich kann mich gerade so davon abhalten, mit den Zähnen zu knirschen. „Ich weiß, dass es schwer zu glauben ist, aber es stimmt. Wie hätte ich sonst wissen sollen, wo ich euch finden kann? Denkt ihr wirklich, Julita würde euch alle verraten, nur weil sie jemand bedroht hat?"

Julita schnaubt empört. *Wirklich. Sie sollten mich besser kennen.*

Alek beginnt, den Kopf zu schütteln, doch Stavros lässt seinen Blick über mich wandern. „Sie war stark, das bedeutet allerdings nicht, dass sie unfehlbar war."

Ich schaue ihn böse an. „Nun, wenn ich lügen würde, denkt

ihr nicht, ich hätte mir eine weniger lächerliche Lüge überlegt? Hört zu, sie ist jetzt bei mir. Ihr wollt einen Beweis? Fragt mich etwas, was nur sie weiß, etwas, was bei einer Befragung unmöglich zur Sprache gekommen wäre. Es sollte nicht schwer sein, das zu bestätigen."

Ich habe den Eindruck, dass Julita in die Hände klatscht. *Ja. Exzellente Idee. Das können sie nicht abstreiten.*

Meine Schultern beginnen, zu schmerzen, weil meine Arme so fest an meinen Seiten fixiert sind, aber ich halte still und bringe so viel Geduld wie möglich auf. Die Männer sehen einander an, während sie sich stumm beratschlagen.

Casimir zieht die Brauen zusammen. „Hast du jemals gehört, dass jemand teilweise von einem Geist besessen war, Alek?"

Aleks Mund verzieht sich nachdenklich. „Nein. Das, wovon sie spricht, ist in keinem der Berichte über ungewöhnliche Magie erwähnt worden, die ich gelesen habe."

Stavros seufzt. „Sie hat recht ... es gibt eine einfache Möglichkeit, es herauszufinden. Dann wollen wir mal sehen ... Etwas, was nur wir wissen und nichts mit unseren Ermittlungen zu tun hat, weshalb es bei einer Befragung nicht angesprochen werden würde. Wie wäre es damit: Was hat sie zu Aleksi über seine Maske gesagt, als wir zuletzt alle zusammen waren?"

Das ist einfach, sagt Julita sofort. *Er sollte sich eine Maske aus Silber machen lassen. Sie würde einen wunderbaren Kontrast zu seiner Haut bilden.*

So ein Gespräch hatte sie geführt, während sie plante, eine tödliche Verschwörung aufzudecken?

Meine Stimme kommt trocken heraus. „Sie dachte, er sollte sich eine Maske aus Silber besorgen."

Die Männer werden beinahe so starr wie in dem Moment, als Alek fragte, ob Julita tot sei. Benedikt pfeift leise.

Bevor er sprechen kann, hält Stavros seine Hand hoch. Es ist offensichtlich, dass er sich für den Anführer dieser Gruppe hält, obwohl er keine Armee mehr anleitet.

Sein Blick bohrt sich in meinen. „Welche Farbe hatte das Kleid, das sie an jenem Tag trug?"

Interessant, dass *er* genug darauf geachtet hat, was sie anhatte, um die Antwort zu beurteilen.

Ich hätte keine Ahnung, was ich an einem beliebigen Wochentag anhatte, wenn ich nicht immer das Gleiche tragen würde. Julita traf ihre Modeentscheidungen allerdings eindeutig gewissenhaft. *Es war das lavendelfarbene mit der silbernen Perlenstickerei an den Ärmeln.* Dann fügt sie in verschwörerischem Ton hinzu, als würde sie denken, er könnte sie andernfalls hören: *Das ist sein Lieblingskleid.*

Ich schaue ihm ruhig in die Augen. „Lavendelfarben mit einer silbernen Perlenstickerei an den Ärmeln."

Alek meldet sich mit steifer Stimme zu Wort. „Welches Buch hat sie Casimir empfohlen?"

Ehrlich, wie viele Beweise brauchen sie noch? Das neueste Buch von Willam von Ockarton über Musiktheorie.

„Willam von Ockartons aktuellstes Buch über Musiktheorie." Ich lasse meinen Blick nacheinander über jeden einzelnen wandern. „Denkt ihr wirklich, dass *irgendjemand* daran gedacht hätte, sie all das zu fragen, bevor er sie getötet hat?"

„Nein", antwortet Casimir leise. Er tritt näher, wobei sein schlanker Körper wegen seines Zögerns weniger anmutig wirkt. Doch als er mich anstarrt, entzündet sich Hoffnung in seinen Augen. „Jules? Bist du wirklich hier?"

Oh, Cas, murmelt Julita in einem so liebevollen Ton, dass sich mein Magen verknotet. Urplötzlich fühle ich mich in meinem eigenen Körper wie ein Eindringling. *Sag ihm, dass es mir leidtut. Ich dachte, ich hätte jede Vorsichtsmaßnahme getroffen …*

Meine Stimme klingt rau. „Sie entschuldigt sich, weil sie denkt, dass sie anscheinend nicht vorsichtig genug war."

Benedikt hat sich von den Regalen abgestoßen, um mich genauer zu betrachten. Aleks Blick ist ebenfalls auf mich geheftet und sein Gesicht zeigt eine Mischung aus Staunen und Ungläubigkeit, als könnte er nicht verstehen, dass die Frau, die er anscheinend vergöttert hat, in einer Person wie mir gelandet ist.

Stavros tritt einen Schritt zurück, als bräuchte er einen

breiteren Blickwinkel – oder vielleicht macht er den anderen Männern auch nur Platz, damit sie mich mustern können. Seine Finger zucken am Griff seines Schwertes, bevor er es in die Scheide an seiner Taille schiebt.

„Hast du versucht, sie *raus*zulassen?", fragt er.

Ich bedenke ihn mit einem scharfen Blick. „Ich habe sie nicht einmal *rein*gelassen. Es ist einfach passiert … Ich habe keine Ahnung wie. Und sie hat noch nicht versucht, zu gehen, soweit ich weiß. Wenn ihre Seele jetzt weiterreist, hat sie schließlich keine Möglichkeit mehr, mit euch zu kommunizieren."

Julita regt sich in meinem Kopf. *Wann werden sie dich endlich losbinden? Du bist theoretisch gesehen mein Gast – jedenfalls tust du mir einen riesigen Gefallen. Sie sollten wirklich gastfreundlicher sein.*

Meine Lippen zucken wie von selbst nach oben und Aleks Augen werden wieder hart. „Findest du etwas an dieser Situation witzig?"

Ich lache kurz humorlos. „Nicht besonders. Aber Julita macht sich Sorgen wegen eurer Manieren. Sie ist ein wenig aufgebracht, dass ich noch immer an einen Stuhl gefesselt bin."

Etwas huscht so schnell über Stavros' Gesicht, dass ich es nicht erkennen kann, meine Bemerkung klingt anscheinend allerdings nach der Julita, die er kennt. Er marschiert vor, zieht erneut sein Schwert und durchtrennt das Seil unterhalb meiner Schulter, sodass es wegfällt.

Ich schüttle die Seilstücke ab und springe vom Stuhl auf, da meine Nerven vor Unbehagen über die Fesseln blank liegen, entferne mich jedoch nicht weit. Die Situation fühlt sich noch immer zu explosiv an.

„Ihr müsst verstehen", sage ich, bevor das Gespräch noch unangenehmer werden kann, „dass ich Julita helfe, weil sie gute Argumente vorgebracht hat und ich nicht möchte, dass Blutzauberer frei herumlaufen. Allerdings kann ich nicht besonders viel tun. Ihr musstet erfahren, dass sie Julita getötet haben, und ich werde alle anderen Fragen beantworten, die ihr an sie habt. Dann werde ich gehen und *sie* wird gehen … so wie es ihre Seele eigentlich von Anfang an hätte tun sollen."

„Das ist fair", erwidert Casimir sanft, obwohl er gequält aussieht.

Stavros räuspert sich und schnaubt leise. „Du willst zu deinem Leben zurückkehren. Was für ein Leben das wohl ist, wenn du deine ‚Geschäfte' in Schlachtquell erledigst. Du bist eindeutig keine Adlige. Wie heißt du wirklich und was genau *ist* dein Geschäft, hmm?"

Ich bin versucht, mir eine Geschichte auszudenken und zu behaupten, ich würde einer typischen Außenbezirk-Karriere nachgehen. Die Männer haben jedoch bereits bewiesen, dass sie große Mühen auf sich nehmen werden, um meine Ehrlichkeit zu überprüfen.

Wenn ich möchte, dass sie mir genug glauben, um dieses Gespräch vernünftig zu führen, muss ich ehrlich sein.

Ich stemme die Hände in die Hüften. „Ich heiße wirklich Ivy und mein Geschäft besteht hauptsächlich darin, sicherzustellen, dass ich am Leben bleibe. Ich beschaffe mir das, was ich brauche."

„Beschaffen", wiederholt Stavros sarkastisch. „Das klingt nach einer höflichen Umschreibung dafür, dass du dir nimmst, was dir nicht gehört. Es macht auch nicht den Eindruck, als wäre dies das erste Mal, dass du dich als jemand ausgegeben hast, der du nicht bist. Wenn du vorhast, die Situation auszunutzen und eine andere List durchzu…"

„Deswegen bin ich nicht hier", unterbreche ich ihn und freunde mich wieder mit dem Wunsch an, den wahnsinnig arroganten Mann zu erstechen. „Falls ich jemals ein oder zwei Sachen habe mitgehenlassen, um über die Runden zu kommen, dann nur so viel, wie nötig war, und von Leuten, die den Verlust verschmerzen konnten."

Ich werde ihnen keinen vollständigen Bericht meiner Aktivitäten in den Außenbezirken liefern. Soweit ich weiß, findet er meine Taktiken zur Umverteilung der Münzen beinahe so schlimm wie meine Magie.

Es schleicht sich ohnehin schon ein spöttischer Unterton in seine Stimme. „Also bist du eine Diebin. Von allen Leuten, die Julita finden konnten …"

„Julita war vorsichtig", falle ich ihm ins Wort. „Ich bin mir sicher, ihr wisst das. Sie hätte mir ihre Geheimnisse nicht anvertraut, wenn sie einen Grund dazu gesehen hätte, meinen Beweggründen zu misstrauen."

Casimir blickt zum ehemaligen General. „Sie hat recht. Spielt es wirklich eine Rolle, was sie zuvor getan hat? Sie hat Julita zu uns gebracht … wir sollten dankbar sein."

Alek senkt ruckartig den Kopf. „Wir müssen von Julita so viel wie möglich über die Leute erfahren, die sie angegriffen haben."

Stavros seufzt, bedeutet mir jedoch loszulegen.

Endlich!, brummt Julita.

Ich hole tief Luft, da ich ihre Ungeduld teile. Je eher ich aus diesem stickigen Zimmer rauskomme, desto besser.

„Die Grundlagen kennt ihr bereits. Das Messer, das ich euch beim letzten Treffen beschrieben habe … Das ist die Waffe, mit der sie getötet wurde. Sie sah nicht, wer es getan hat. Sie hat gesagt, sie spürte eine Windböe, kurz bevor sie erstochen wurde. Es ist also möglich, dass der Mörder eine Gabe besitzt, mit der er das Wetter beeinflussen kann, und diese benutzt hat, um sie abzulenken."

„Und der Tempel, den du erwähnt hast?", fragt Alek.

„Als sie ermordet wurde, war sie auf dem Weg dorthin, um nach Hinweisen auf eine geheime Zusammenarbeit mit den Blutzauberern zu suchen. Daher nimmt sie an, dass der Tempel irgendwie mit dem Ganzen zu tun hat und die Verschwörer herausfanden, dass sie dorthin unterwegs war, weshalb sie beschlossen, sie vorher zu töten."

Stavros reibt sich über den Kiefer. „Ich habe mit einem Freund in der Kronenwache gesprochen und gebeten, dieses Gebiet beobachten zu lassen. In den letzten Tagen haben sie allerdings keine ungewöhnlichen Aktivitäten bemerkt."

Ich zucke mit den Achseln. „Ich kann euch nur sagen, was ich weiß. Vielleicht haben die Möchtegernzauberer die Person im Tempel gewarnt, die ihnen hilft, und derjenige ist jetzt besonders vorsichtig. Oder vielleicht war es etwas anderes, aufgrund dessen sie sich Sorgen wegen Julita gemacht haben."

Benedikt schlendert durch den Raum und tippt in einem

unregelmäßigen Rhythmus an seine Lippen. „Hat sie irgendjemandem erzählt, wohin sie gehen wollte?"

Ich halte inne, um Julita Zeit für eine Antwort zu geben.

Natürlich nicht. Aber ich habe mich durch alle Tempel in den Außenbezirken der Stadt gearbeitet. Sie hätten möglicherweise vorhersehen können, wohin ich als Nächstes gehe.

„Nein, aber sie hätten es erraten können aufgrund der Orte, die sie zuvor aufgesucht hat", erkläre ich.

„Hat sie jemanden in ihrer Nähe bemerkt, als sie die Akademie verlassen hat?", fragt Casimir.

Als Julita *Nein* antwortet, schüttle ich den Kopf.

Stavros sieht mich an. „Hast *du* jemanden gesehen, als du ihren Körper gefunden hast?"

„Nein. Die Straße war leer und es war niemand sonst in der Gasse. Aber ich war nicht sofort dort. Jemand hätte genug Zeit gehabt, durch die Gasse zu fliehen, bevor ich sie erreicht habe."

Alek zögert, bevor er wieder spricht. „Was ist mit ihrer Leiche passiert? Warum wurde sie nicht gefunden?"

Ich kann auch diese Frage beantworten. „Ich habe mich unter meinen weniger-als-angenehmen Kontakten umgehört. Anscheinend machten sich die größten Verbrecher der Stadt Sorgen, dass der Mord an einer Adligen in ihren Straßen unerwünschte Aufmerksamkeit erregen würde, weshalb sie alle Hinweise auf diesen beseitigt haben. Es klang jedoch so, als wäre es ihrer Meinung nach ein wahlloser Mord gewesen. Um ehrlich zu sein, wenn einer der Schwarzmarkt-Lords involviert gewesen wäre, hätte es keine Leiche gegeben, die *ich* hätte finden können."

Als Stavros zur Antwort nur grunzt, schenkt mir Casimir ein dünnes, aber freundliches Lächeln. „Weißt du, du sprichst zwar nicht wie ein typischer Adliger, klingst allerdings auch nicht, als wärst du in den Außenbezirken geboren worden."

Mein Kiefer spannt sich an. „Ich lese sehr viel. Das baut das Vokabular aus, wie ich höre."

Ich werde ihnen keine Einzelheiten über meine Kindheit verraten, wenn ich es nicht muss.

„Eine belesene Diebin!", sagt Stavros. „Noch besser. In welcher Gasse ist der Mord passiert?"

Während ich ihm die Straßen in der Nähe beschreibe, wird Julitas Präsenz ruhelos. *Ich wünschte, es gäbe noch etwas, was ich ihnen erzählen kann. Hier bin ich, das Zeugnis des offensichtlichsten Verbrechens, das diese Degenerierten begangen haben, und ich kann der Kronenwache nicht einmal einen Beweis liefern!*

Die Männer scheinen auch nicht zu wissen, wonach sie Julita noch fragen sollen. Als sie vorübergehend schweigen, erinnere ich mich an mein Friedensangebot.

Ich krame in meinem Gedächtnis nach den Namen, die ich gestern Abend in der Apotheke des Krähennests erhalten habe. „Ich habe mir auch die Zeit genommen, Nachforschungen bezüglich des Pulvers aus Dartlingeierschalen anzustellen, das ihr aufzuspüren versucht habt. Jemand, der an Untergrundgeschäften beteiligt ist, konnte mir die Namen von drei Läden nennen, die er manchmal mit einem Vorrat beliefert, der unter der Hand weiterverkauft wird."

Aleks Augen leuchten auf. „Wie heißen sie?"

Ich rassle die drei Namen herunter und sein Blick richtet sich kurz in die Ferne, während er sich die Information einprägt. Ich schätze, wie ich hat er seine Gründe dafür, keine schriftlichen Aufzeichnungen dieses Unterfangens aufzuheben.

Benedikt wirft mir einen verwirrten Blick zu. „Du hast aus heiterem Himmel beschlossen, dieser Sache auf den Grund zu gehen?"

„Nicht aus heiterem Himmel. Julita hat mir erklärt, warum es bedeutsam ist. Ich habe mich bereits wegen ihres Mordes umgehört. Daher dachte ich, es könnte nicht schaden, dieser Spur nachzugehen, wenn sie einen Unterschied machen könnte."

Urplötzlich wird Casimirs Lächeln breiter. „Ja, das könnte sie. Und Inganne hat mich mit einer fantastischen Idee gesegnet."

Ich schaue ihn misstrauisch an. „Was?"

„Julita konnte durch ihre Beobachtungen der Ritualversuche ihres Bruders alle möglichen Anhaltspunkte sammeln, die wir nicht kennen", erklärt er. „Ohne sie hätte der Rest von uns das Problem erst gar nicht erkannt. Ich weiß nicht, wie weit wir ohne sie kommen werden. Aber wir müssen nicht ohne sie sein.“

Benedikt lacht, als er sich zu dem anderen Mann umdreht. „Du willst doch nicht vorschlagen ...“

Casimir klatscht in seine schlanken Hände. „Warum nicht? Sie ist noch immer *hier*. Sie und Ivy verstehen sich offensichtlich relativ gut. Und Ivy hat die Adlige so gut gespielt, dass wir ihr bei unserem ersten Treffen alle geglaubt haben. Wenn wir sie auf der Akademie unterbringen können, kann sie weiterhin mit uns ermitteln.“

Er sieht mich wieder an und seine Augen funkeln eifrig. „Du hast gesagt, dass du nicht besonders viel tun kannst ... aber du kannst das hier tun. Es könnte einen großen Unterschied machen.“

Alek runzelt die Stirn. „Wir müssen die Verschwörer so schnell wie möglich erwischen. Mir gefällt es nicht, wie sehr die Daimon in der Schule bereits verrücktspielen. Wir können allerdings nicht aus heiterem Himmel eine neue Studentin ohne Zeugnisse und Familiengeschichte an der Akademie anmelden.“

„Sie muss keine Studentin sein.“ Casimir schnippt mit den Fingern. „Stav, du wolltest doch nach einem neuen Assistenten suchen. Nimm Ivy. Das gibt ihr Grund genug, durch die Akademie zu wandern.“

„Ich schätze, ich könnte die richtigen Akten verändern, damit jeder andere, der nachsieht, in Nikodi eine Familie mit einer Tochter namens Ivy findet ...“, sagt Alek zögernd.

Ich öffne den Mund zu einem Protest, doch der ehemalige General kommt mir zuvor. „Wartet mal kurz. Ich brauche einen Assistenten, der mir tatsächlich *assistieren* kann, keine dürre Schlachtquell-Straßenratte.“

Und schon gehe ich an die Decke. „Nur damit du Bescheid weißt, ich hätte dich bereits ein Dutzend Mal erstechen können, wenn ich nicht nett wäre.“

Stavros schnaubt. „Das denkst du.“

Wenn er nur wüsste, dass ich Männer abgewehrt habe, die doppelt so groß waren wie ich, und dass ich jahrelang meine Zielgenauigkeit und Reflexe verbessert habe. Er hat sich der Gefahr eines Kriegs gestellt, klar, aber er hat keinen blassen

Schimmer, wie es ist, ums nackte Überleben zu kämpfen, wenn man nichts hat.

Äh, Ivy …, sagt Julita. *Du erinnerst dich daran, dass er der am meisten gefeierte Soldat im ganzen Königreich ist, oder?*

Oh, das habe ich keine Sekunde vergessen.

„Willst du mich herausfordern?", entgegne ich und meine Finger zucken zu einem meiner Messer.

Ein Funkeln entzündet sich in Stavros Augen, das so wild ist, dass es furchteinflößend ist. „Im Ernst? Wenn du darauf bestehst, könnte eine *sehr* kurze Demonstration die Angelegenheit für alle anderen regeln. Vorher musst du dich allerdings ausziehen."

Mir klappt die Kinnlade herunter. „Wie bitte?"

Er wedelt mit der Hand und deutet auf mein Kleid. „Niemand kämpft in einem Kleid am besten. Und wenn wir das hier tun, möchte ich mir anschauen, mit welchen Muskeln du arbeitest. Also zieh dich aus."

ZEHN

Casimir hustet leise. „Ah, Stavros, das war nicht ganz das, was ich im …“

Der ehemalige General deutet mit dem Finger auf den Kurtisanen. „Es war deine Idee. Ich hätte nicht gedacht, dass *dein* Zartgefühl von den nackten Gliedern einer Frau verletzt wird.“

Nackte *Glieder*. Er will nicht, dass ich mich splitterfasernackt ausziehe. Ich soll nur das Kleid ablegen, damit ich mich freier in meinen Unterkleidern bewegen kann.

Trotzdem ist es lächerlich. Ich wollte heute nicht einmal länger als eine Stunde in der Akademie bleiben.

Allerdings wurde ich in den letzten drei Tagen in alle möglichen Richtungen gerissen, die ich nicht gewählt hätte, und dies ist die eine Sache, von der ich weiß, dass ich sie ganz allein bewältigen kann.

Es wäre einen ganzen Korb voll Gold wert, diesem Arschloch den selbstgefälligen Ausdruck aus dem Gesicht zu wischen.

Anhand seines scharfen erwartungsvollen Grinsens kann ich nicht erkennen, ob der gewaltige Mann mehr Freude an der Vorstellung hat, dass ich seine Herausforderung annehmen *werde*, oder daran, dass ich einknicken werde. Wie auch immer, er erwartet, dass er mich als Schwächling entlarven wird.

Als hätte es mich nicht eine ganze Menge Mut gekostet, in diese Schlangenhöhle zu spazieren.

Ich mache mich an dem Rock meines Kleides aus Kunstseide zu schaffen und denke darüber nach, was ich darunter trage. Dass einer dieser Männer die makellose Haut zwischen meinen Brüsten bemerkt, ist das Letzte, was ich will.

Sich im Alter von zwölf Jahren keinem Gottlen zu verpflichten und ihr Mal zu akzeptieren, ist zwar kein strafbares Verbrechen wie die zerrissene Magie, die meine Entscheidung beeinflusst hat. Es kommt jedoch so selten vor, dass den Gottlosen mit Misstrauen begegnet wird. Mir wäre es lieber, wenn keine Fragen darüber aufkommen, warum ich die Weihe nicht durchgeführt und die Gunst der Götter abgelehnt habe.

Das kurze, ärmellose Unterhemd, das ich trage, besteht allerdings aus der gleichen dicht gewobenen Baumwolle wie meine Unterhose. Sein Ausschnitt befindet sich nur minimal tiefer als der des Kleides, der bloß meine Schlüsselbeine streift.

Wenn Julitas Männer es sich nicht in den Kopf setzen, den Kragen nach vorne zu reißen und in meinen Ausschnitt zu spähen, bin ich in Sicherheit.

Das hätte ich nicht für unmöglich gehalten, wenn ich allein hier gewesen wäre, doch sie wissen, dass Julita ebenfalls zusieht. Ich kann mir nicht vorstellen, dass mich einer zu grob anpacken wird, solange ich sie in meinem Körper beherberge.

Ich passe mich Stavros selbstbewusster, lässiger Haltung an. „Na schön." Dann greife ich hinter mich, um die Bänder zu lockern.

Casimir kommt, um mir zu helfen, wobei er sich so nah zu mir beugt, dass die Wärme seines anmutigen Körpers mit einer Wolke süßen Sandelholzes über mich kitzelt. „Du musst das wirklich nicht tun. Er führt sich wie ein Idiot auf."

„Ein Idiot, der wissen will, wen er einstellen soll." Stavros reibt die Hände aneinander und lehnt sich an den Schreibtisch, während er zusieht. „Lasst uns nicht zu lange trödeln. Ich habe noch andere Dinge zu tun, Diebin."

Mein Kiefer mahlt. „Ich entschuldige mich, dass ich nicht die Gabe besitze, meine Kleider mit einem Fingerschnippen in Luft aufzulösen."

Benedikt lacht schallend. „Nun, das wäre eine sehr nützliche Gabe."

Die Blicke ignorierend, die auf mir liegen, entferne ich mich von Casimir und schäle mich aus dem gelockerten Kleid. Kurz darauf liegt es um meine Stiefel herum und ich stehe nur noch in meiner Unterwäsche und dem schlichten Unterrock da, der niemals als der einer Adligen durchgegangen wäre, hätte ihn jemand sehen können. Daraufhin zuckt Stavros erneut so eigenartig mit dem Kopf, wie ich es schon bei unserer ersten Begegnung bemerkt habe, und verengt die Augen zu Schlitzen.

Vielleicht sieht er, dass meine Arme zwar schlaksig, jedoch mit einer Menge drahtiger Muskeln bepackt sind, die vorher von meinen Ärmeln verborgen waren. Womöglich passt er seine Einschätzung meiner Person bereits ein wenig an.

Dann atmet Casimir scharf ein. „Was ist mit dir passiert? Wer hat das *getan*?"

Er streckt zaghaft eine Hand nach meinem Rücken aus, hält jedoch wenige Zentimeter von der Haut entfernt inne.

Oh. Stimmt ja. Ich bin so an meine Narben gewöhnt, dass ich nicht daran gedacht habe, dass sie oberhalb meiner Schulterblätter zu sehen sein würden.

„Das war vor langer Zeit und keine große Sache", erwidere ich knapp, doch Stavros kommt bereits herbei.

Er macht noch eine zuckende Geste mit dem Kopf, bevor er die fleckigen Wülste betrachtet, die unter meinem Unterhemd hervorlugen. „Die sehen wie Narben von Peitschenhieben aus. Das ist keine typische Bestrafung für einen Diebstahl." Sein Ton verdüstert sich. „Welches schlimmere Verbrechen hast du begangen?"

Natürlich nimmt er das an.

Ich spreche mit so harter und kühler Stimme, wie ich kann. „Es war keine Peitsche und es war keine Bestrafung für ein Verbrechen." Zumindest nicht auf die Weise, an die er denkt. „Meine Mutter war sehr enthusiastisch im Umgang mit einem Gürtel. Wie ich bereits sagte, geschah es vor langer Zeit. Es gibt Gründe, aus denen eine Person auf der Straße landet und sich allein durchschlagen muss. Können wir fortfahren?"

Casimir sieht aus, als wäre ihm schlecht, nachdem er seine

Schlussfolgerungen gezogen hat. Stavros' Mund spannt sich an, doch nachdem sein Blick erneut über meinen Rücken geglitten ist, tritt er beiseite.

Kann er den Unterschied zwischen einer Peitsche und einem Gürtel erkennen, wenn er genau hinsieht?

Mir ist egal, wie viel er mir glaubt. Ich will hauptsächlich, dass sie aufhören, den Beweis meiner Verletzlichkeit anzustarren.

Julita hat es offensichtlich ebenfalls verstanden, vielleicht noch besser als einer der Männer, da sie in allen Einzelheiten gesehen hat, wie ich lebe. *Bei den Göttern, Ivy. Deine* Eltern *haben dir das angetan? Ich kann mir nicht vorstellen … Mir war nicht bewusst …*

„Es ist in Ordnung", erwidere ich leise und mir ist egal, was die Männer von meiner Aussage halten.

Benedikt deutet mit dem Kinn auf das weiße Band, das um meinen Oberarm gebunden ist. „Wofür ist das?"

In meinem Kopf blitzt das Bild eines weißen Bandes auf, das in Linzis Haaren flatterte, während meine kleine Schwester durch unseren Garten tollte. Mit den Fingern streiche ich über den abgenutzten Stoff und ein Stich durchzuckt meine Brust. „Nur ein Erinnerungsstück, das ich gerne bei mir trage."

Um sicherzustellen, dass ich nie vergesse, was ich bin, auch wenn ich nicht möchte, dass es jemand anderes herausfindet.

Ich blicke zu dem dünnen Gürtel, der sich unterhalb des Bundes meines schäbigen Unterrocks befindet. „Soll ich meine Waffen ebenfalls ablegen oder darf ich sie als Teil des Tests behalten?"

Alek gibt einen erstickten Laut von sich, doch Stavros steckt die Frage ohne große Mühe weg. Er berührt den Knauf seines Kurzschwerts. „Jeder von uns sollte nur eine Waffe haben. Es wäre nicht in Ordnung, dir einen unfairen Vorteil zu geben."

Er hat wieder seinen arroganten Tonfall gefunden, der auf der Grenze zwischen Neckerei und unverhohlenem Spott liegt. Er findet meine Frage witzig, was?

Ich öffne die Schleife des Unterrocks und lasse auch diesen fallen. Anschließend greife ich nach den kleinen Scheiden an dem Gürtel, der die gleiche beige Farbe hat wie der Stoff meiner Unterwäsche, damit er nicht auffällt.

Ein Messer, zwei Messer, die so winzig sind, dass sie meine Hüften nicht breiter wirken lassen, allerdings so scharf sind, dass sie einen Mann aufschlitzen können. Ich lege sie auf ein Regal in meiner Nähe vor die verstaubten Lederbücher, bevor ich mich bücke, um eine etwas längere Klinge aus jedem Stiefel zu ziehen. Mein Lieblingsmesser behalte ich in meiner linken Hand, während ich das andere beiseitelege.

Benedikt bricht in glucksendes Gelächter aus. „Sie trägt mehr Metall an sich als du, Stav. Oh, ich mag sie. Julita hat gut gewählt."

Ich denke nicht, dass gewählt das richtige Wort ist, bemerkt Julita und hält inne. *Aber es ist schwer, sich eine bessere Begleitung in dieser Situation vorzustellen. Kosmel muss auf mich gelächelt haben.*

Ich mache mir nicht die Mühe, Benedikt zu korrigieren. Meine Aufmerksamkeit bleibt auf meinen theoretischen Gegner gerichtet.

Stavros hat das Ablegen meiner Waffen mit verzogenem Mund beobachtet, als wüsste er nicht, ob er grinsen oder eine grimmige Miene machen sollte. Als ich ihm in die Augen schaue, gluckst er kurz und zieht sein Schwert. „Ist das alles?"

„Das ist so viel, wie es wert war, in diesem Kleid mitzunehmen", erwidere ich und kreise mit den Schultern. „Bin ich angemessen für deine Einschätzung entkleidet?"

Ich vermute, dass alle vier Männer bereits viel leichter bekleidete Frauen gesehen haben als mich in meinem aktuellen Zustand. Ich bin nur etwas weniger bedeckt, als ich es in einer sommerlichen Bauerntracht wäre. *Ich* war vor mehr als einem Mann leichter bekleidet als jetzt, wenn auch unter ganz anderen Umständen.

Dennoch erbebt meine Haut unter dem forschenden Blick des ehemaligen Generals. Ich widerstehe dem Drang, nach unten zu schauen und mich zu vergewissern, dass mein fehlendes Gottlen-Mal nicht durch mein Unterhemd zu sehen ist.

Das hier war möglicherweise nicht meine klügste Idee. Jetzt kann ich allerdings keinen Rückzieher mehr machen.

„Das wird reichen", verkündet Stavros. „Dann wollen wir mal sehen, wie gut du mit diesem Spielzeug umgehen kannst."

Ohne Vorwarnung greift er an.

Zum Glück weiß ich es besser, als darauf zu vertrauen, dass ein Adliger oder ein arrogantes Arschloch fair spielt. Ich war auf einen Angriff vorbereitet, seit ich mein Messer in die Hand genommen habe.

Der ehemalige General ist für seine Größe zwar schnell, aber ich bin schneller – und an mir gibt es ohnehin nicht viel, was er packen könnte. Ich wirble zur Seite und ducke mich unter dem Schlag seiner Handprothese weg.

Als ich hinter ihn husche, dreht er seine gewaltige Gestalt wieder zu mir um und schwenkt den Arm mit der Prothese. „Du hast Glück. Momentan bin ich dafür gerüstet, den Schein zu wahren, nicht für einen Kampf."

Ich schnaube. „Ich bin mir nicht sicher, warum das eine Rolle spielt, wenn du nicht einmal nah dran warst, mich zu berühren."

Benedikt und Casimir haben sich an die Wände zurückgezogen. Alek weicht von dem Schreibtisch zurück und schürzt unterhalb seiner Maske die Lippen. „Müssen wir das wirklich *hier* tun?"

„Ich werde deine kostbaren Archive nicht beschädigen, Gelehrter", entgegnet Stavros. „Keine Sorge, es wird schon bald vorbei sein."

Oh, das denkt er also, was?

Er springt mit etwas mehr Respekt vor, täuscht eine Seite an und wirbelt in die andere Richtung. Ich muss noch tiefer über den Boden schlittern, um dem Schlag auszuweichen, rutsche jedoch so nah an ihm vorbei, dass ich mit meinem Messergriff gegen seine muskulöse Wade klopfen kann. „Das erste Blut."

Jedenfalls symbolisch.

Stavros flucht, in seine Augen tritt allerdings ein wildes Licht, das beinahe schwindelerregend ist. Es verleiht ihm eine irre Ausstrahlung, die eine Warnung durch meine Nerven läuten lässt.

Er schüttelt erneut den Kopf auf diese merkwürdige Art und ich schaue ihn finster an. „Was machst du, wenn du so mit deinem Kopf zuckst?"

Sein fratzenhaftes Grinsen wird breiter. „Lass uns beim Thema bleiben."

Natürlich weiß Julita Bescheid. *Das liegt an seiner Kampfverletzung. Sie hat sein Augenlicht beeinflusst. Er kann auf nichts länger als eine Sekunde richtig fokussieren, andernfalls …*

Ihre restliche Antwort und die Gelegenheit, darüber nachzudenken, was es bedeutet, dass der ehemalige General teilweise blind ist, entgehen mir, weil Stavros vorstürmt.

Augenblicklich wird deutlich, dass er sich zuvor zurückgehalten hat. Ich hoffe bei den Göttern, dass er es jetzt nicht mehr tut.

Er schlägt nach links und rechts, verlagert sein Gewicht, um mir den Fluchtweg abzuschneiden, und treibt mich in eine Ecke. Ich hatte es noch nie mit einem Gegner wie ihm zu tun.

Mein Herz hämmert schneller. Ich ziehe mein Messer, um einen Schlag seines Schwerts abzuwehren, der die nackte Haut oberhalb meines Ausschnitts aufgeschlitzt hätte, wenn er den Schlag nicht gezügelt hätte. Der Aufprall vibriert durch meine Knochen.

Er *wird* sich zurückhalten, oder? Er hat doch sicherlich nicht vor, tatsächlich *mein* Blut zu vergießen.

Es wird schwieriger, das zu erkennen. Bis zu diesem Punkt hat mich meine Magie beharrlich, jedoch schwach genervt, weil sie weiß, dass ich um diesen Kampf gebeten habe und er nicht bedrohlich sein sollte. Jetzt beginnt meine Macht, tiefer an meinem Inneren zu piksen, damit ich sie anwende.

Ich mache einige weitere testende Vorstöße, aber Stavros wehrt alle ab und rast wie ein Windsturm auf mich zu. Mir bleibt keine andere Wahl, als auf den Tisch zu springen und von dort über seinen Kopf zu hüpfen.

Einer der anderen Männer atmet scharf ein, doch nicht einmal diese Aktion beeindruckt Stavros. Er wirbelt herum, bevor meine Füße den Boden berühren. Ich stolpere beinahe über sie, als ich vor seinem neuen Angriff zurückweiche.

Bei den Göttern, er ist durch und durch ein Krieger. Ich

würde seine Fähigkeiten ein wenig bewundern, wenn er nicht versuchen würde, mich mit ihnen außer Gefecht zu setzen.

Trotz meiner spärlichen Bekleidung rinnt Schweiß über meinen Rücken. Ich habe das Gefühl, dass ich ihm bisher besser standgehalten habe, als er es hätte erwarten können – gut genug, um zu beweisen, dass ich seinen Spott nicht verdiene.

Falls er gewinnt, wird er jedoch trotzdem von oben auf mich herabblicken, als wäre es meine Schuld, dass ich nicht die Kraft eines vom Krieg abgehärteten Soldaten besitze.

Wenn dies ein echter Kampf wäre und ich denken würde, es würde um Leben und Tod gehen, hätte ich ihm mein Messer bereits in die Brust oder den Magen geworfen. Es ist jedoch schwer, das zu tun, ohne ihm eine möglicherweise tödliche Wunde zuzufügen.

Nun, manchmal ist ein Unentschieden genug, um einen Disput beizulegen.

Ich flitze um Stavros herum und springe, doch er keilt mich noch enger ein als zuvor und auf dieser Seite des Raums gibt es leider keinen Schreibtisch. Ich kann den bevorstehenden Moment spüren, in dem er mich besiegen wird.

Jeden Augenblick wird mich meine Magie ausweiden, weil ich ihre Forderung, mir zu helfen, ignoriere.

Also werfe ich mich stattdessen seinen Angriffen entgegen, wähle einen guten Zeitpunkt aus und nutze den Kampf für meine eigenen Zwecke.

Stavros schubst mich mit seiner Handprothese gegen die Wand. Mein rechter Arm schnellt hoch gegen sein anderes Handgelenk, um den Schlag seines Schwertes zu verlangsamen, das auf meine Kehle zufliegt.

Er bedenkt mich mit der vollen Intensität seines wilden Grinsens und drückt gegen den Arm, mit dem ich ihn abwehre, um zu zeigen, wie mühelos er meine Kraft mit der Macht seiner muskulösen Schultern überwältigen kann. Sein Duft weht über mich, durchzogen von einer rauchigen, pfeffrigen Note.

Aus dieser Nähe erkenne ich, dass seine dunklen Augen etwas Chaotisches an sich haben. Der dunkelbraune Ring um die Pupille geht an den Rändern in ein kräftiges Blau über, als hätten sich seine Macher nicht entscheiden können, welche Farbe seine Augen haben sollten.

Wenn er seinen Blick wirklich nicht gut fokussieren kann, täuscht er es verdammt gut vor.

Er dreht seine Klinge, um mit der flachen Seite an meine Kehle zu tippen. „Und das ist der Moment, in dem du tot wärst."

Ich lächle ihn an. „Und du würdest mit einem Stummel rammeln."

Stavros' Blick schnellt nach unten – zu der Stelle, an der mein Messer oberhalb seines Schritts schwebt. Nichts außer dem Stoff seiner Hose befindet sich zwischen seinem Schwanz und meiner *sehr* scharfen Klinge.

Wenn er ehrlich mit sich ist, muss er erkennen, dass ich ihm ein äußerst wichtiges Körperglied hätte abschneiden können, bevor es ihm gelungen wäre, sein Schwert an meinen Hals zu pressen.

Es entsteht ein Augenblick der Stille, in dem er unsere Positionen erfasst. Benedikt durchbricht sie mit einem Jubelruf und einer Runde Applaus. „Ihr zwei solltet anfangen, Shows vorzuführen. Ich würde gutes Geld dafür zahlen, um mir das noch einmal anzuschauen."

Mit einem abschätzigen Laut stößt sich Stavros von mir ab. Er rammt sein Schwert in seine Scheide und fährt sich mit den Fingern durch die dunklen Haare. Sein Gesicht ist wieder kühl und unerbittlich.

Ich mag ihn lieber, wenn er wie ein Verrückter aussieht.

Der Gedanke erschüttert mich, als wäre ich geschlagen worden. Während ich Julitas Tod verkündet und mit dem Mann verbal und körperlich gekämpft habe, habe ich vergessen, dass er der gleiche selbstgefällige General ist, der lächelte, als eine zerrissene Zauberin wie ich von einem Galgen baumelte.

Ich sollte ihn auf keine Art *mögen*. Er würde mir die Kehle aufschlitzen, wenn er wüsste, welche Macht ich in mir verberge.

Julita ist ein wenig atemlos geworden. *Oh, das war genial. Das wird ihn immer wieder einholen. Gut gemacht, Ivy.*

Bevor ich entscheiden kann, was ich von ihrem eifrigen Lob halte, tritt Casimir wieder zu uns und neigt den Kopf belustigt zur Seite. „Nun, ich glaube, wir haben gesehen, dass Ivy zumindest in der Lage ist, als deine Assistentin zu fungieren. Außer du hast Pflichten, die Schwerfälligkeit erfordern."

„Nein", entgegnet Stavros unverbindlich. „Sie wird genügen. Aber wollen *wir* das wirklich tun? Wollen wir, dass sich eine Kleinkriminelle unter eure Kommilitonen mischt?"

Eigentlich würde ich bei dieser Bemerkung wieder wütend werden, hätte er mich damit nicht daran erinnert, worum es bei der ganzen Herausforderung ursprünglich ging. „Wartet mal kurz …"

„Wir brauchen Julita", sagt Alek bestimmt, bevor ich weitersprechen kann. „Und sie kommt in einem Paket mit Ivy. Mehr ist es nicht."

Ich verschränke die Arme. „Es ist sehr wohl mehr. Ich habe auch ein Wörtchen mitzureden. Wer sagt, dass ich mich unter euch ‚mischen' will?"

Alek starrt mich an. „Aber du hast gerade … Wofür war der Kampf, wenn du nicht vorhast, zu bleiben?"

Ich deute mit meinem Messer auf Stavros, bevor ich es wieder in meinen Stiefel stecke und nach meinem abgelegten Unterrock greife. „Er diente dazu, ihn daran zu erinnern, dass er niemanden beurteilen kann, über den er nicht mehr als drei Dinge weiß."

Casimir protestiert auf sanftere Art. „Du hast gesagt, dass du helfen möchtest … dass du nicht möchtest, dass die Blutzauberer erfolgreich sind. Es gibt keine bessere Möglichkeit, das zu tun, als uns hier bei den Ermittlungen zu helfen."

„Ihr meint, indem ich viel mehr tue, als einer von *euch* tun musste. Würdet ihr euer ganzes Leben beiseite werfen, um Leute auszuspionieren, die euch hassen?"

„Keiner von uns hasst dich", widerspricht Casimir.

Im gleichen Moment lacht Stavros auf. „Bist du so erpicht darauf, wieder Stehlen zu gehen?"

Ich schaue den ehemaligen General an und bedenke den Kurtisanen mit einem bedeutungsvollen Blick. Stavros verdreht die Augen zum Himmel. „Ich hasse dich nicht. Ich werde schlechter von dir denken, wenn all diese Angeberei nur deinem Ego diente."

Ich rümpfe die Nase. „Und warum hast *du* es getan?"

Bevor er antworten kann, meldet sich Alek wieder zu Wort. „Aber es wird sich auch auf dich auswirken, falls die Blutzauberer dreister werden. Wenn sie ungehindert mehr Leute in ihren Kult ziehen. Du weißt bestimmt von der Großen Vergeltung ..."

„Ja", blaffe ich. „Wir hören die Geschichten sogar in der Gosse."

Seine Bemerkung spricht jedoch den Grund an, aus dem ich überhaupt erst hierhergekommen bin. Der Grund, aus dem ich auf Julita gehört habe. All die Leute, die diesen vier Männern egal sind und die mehr leiden werden, als sie begreifen können, falls die Gottlen den Kontinent zur Strafe erneut niederbrennen.

Julita bleibt ungewöhnlich still. Vielleicht lässt sie mir den Raum, meine eigene Entscheidung zu treffen.

Es ist nicht so, als wäre es ein Geheimnis, welche Vorgehensweise sie bevorzugen würde.

Würde sie darauf bestehen, würde ich mich vermutlich querstellen und aus dem Raum marschieren. Da ich mich in meinem Kopf jedoch mit nichts anderem als dem Aufruhr meiner eigenen Gedanken auseinandersetzen muss, zögere ich.

„Ich sage nicht nein. Ich ... es ist viel. Ihr könntet mir wenigstens eine Gelegenheit geben, darüber nachzudenken, bevor ihr anfangt, Pläne um mich herum zu schmieden."

Benedikt öffnet den Mund. „Ich würde sagen, sie hat recht."

Stavros sinkt auf einen der Stühle und streckt seine Beine aus. „Denk, so viel du willst. Aber in einer Stunde habe ich eine Personalversammlung, bei der mein Fehlen bemerkt werden wird."

„Wundervoll", brumme ich. Warum ziehe ich ihren Plan überhaupt in Erwägung? Ich sollte diesen Raum wie geplant verlassen und so viel Abstand zwischen mich und die ganze Akademie bringen, wie ...

Die Luft vibriert so schwach, dass ich bezweifle, dass es einer der Männer bemerkt hat. Die Empfindung bebt durch meine gebrochene Seele.

Sie kommen allerdings nicht umhin, das knackende Geräusch oder den feinen Riss zwischen zwei Regalen zu bemerken, der plötzlich zwei der Mauersteine teilt, welche die nicht vergipsten Kellerwände säumen. Ein feiner Staubregen und einige Steinchen prasseln auf den Boden.

Benedikt erschaudert. „Diese verdammten Daimon."

„Sie können nicht anders", sagt Casimir. „Sie sind beunruhigt – noch mehr als wir."

Aleks Gesicht hat sich angespannt. „Es wird nur noch schlimmer werden, wenn die Schurken dreister mit ihrer Zauberei werden. Wir wissen nicht, wie lange es dauern wird, bis es die Gottlen bemerken. Sie können nicht auf jede einzelne Gabe achten, die sie auf dem Kontinent verschenken. Wenn diese Gaben jedoch dazu benutzt werden, ihre göttliche Macht herauszufordern, wird es sich nicht lange ihrer Aufmerksamkeit entziehen."

Der Blick des Gelehrten heftet sich auf mich. „Uns zu helfen, wird ein Opfer sein, aber wie kann es das nicht wert sein? Willst du wirklich erleben, was die Gottlen mit dir tun werden, wenn sie herausfinden, dass du dich den Zauberern in den Weg hättest stellen können und es nicht getan hast?"

Wenn er denkt, die Gefahr einer göttlichen Strafe würde mich umstimmen, könnte er sich nicht gründlicher irren. Falls sie mich jemals bemerken, bin ich aus anderen Gründen erledigt, die schon vor langer Zeit etabliert wurden.

Seine Worte rütteln jedoch etwas in mir los. Es ist, als würde sich ein Riss in meiner Mitte öffnen und ein kleines Leuchten unerwarteter Hoffnung hindurchsickern.

Es *wäre* ein Opfer.

Ein großes. Ich würde mehr oder weniger mein ganzes Leben aufgeben, um eine Katastrophe zu verhindern, welche die Götter beleidigen und tausende unschuldige Menschenleben zerstören könnte.

Wenn ich das durchziehe ... Wenn ich mich zu dem Schlüssel mache, der die Verschwörung aufdeckt, und dafür sorge, dass die abscheulichen Zauberer der Gerechtigkeit überführt werden, und dabei meinen Hals riskiere ... *Könnte* ich dann in den Tempel der Krone gehen und um einen Segen bitten?

Würden die Gottlen glauben, ich hätte es mir verdient, dass

sie meine Seele heilen, meine Magie hinfort fegen und meine vergangenen Verbrechen vergeben?

Ich hätte nie gedacht, dass eine Möglichkeit bestünde, mich vollständig freizusprechen, selbst wenn es nur um mein eigenes Gewissen geht. Das hier ist eine Gelegenheit, die sich den wenigstens Leuten jemals bietet.

Ich werde nie eine zweite Signy sein und mein Schwert auf einem Berggipfel schwingen, um Kräfte der Unterdrückung abzuwehren. Aber ich kann eine Heldin spielen, so wie ich eine Adlige spielen kann, oder?

Und wenn es um Helden geht, ist Spielen im Grunde genommen das Gleiche wie Sein, falls ich es schaffe, die Aufgabe zu beenden.

Mein Verstand hüpft zu der Realität des Lebens, das ich zurücklassen würde. Das dunkle Dachzimmer mit den Stofffetzen als Bett. Die ständige Vorsicht, wenn ich durch die Straßen wandere.

Es gibt auch noch meine Ersatzfamilie in den Außenbezirken, ihnen ist allerdings besser damit gedient, wenn ich eine weitere Vergeltung verhindere, als wenn sie einige Münzen erhalten.

Eine Woge der Entschlossenheit steigt in mir auf. Ich befeuchte meine Lippen und zwinge die Worte hervor, bevor ich den Mut verliere.

„In Ordnung. Ich bin dabei.“

ELF

Ich brauche ungefähr fünf Minuten, bis ich meine Kühnheit bereue. Bis zu dem Zeitpunkt, an dem Stavros die Tür aufstößt, zu der er mich im dritten Stock des Domi geführt hat, und verkündet: „Das ist mein Quartier. Hier wirst du wohnen.“

Mein Mund öffnet, schließt und öffnet sich wieder. „Was? Assistenten bekommen kein eigenes Zimmer?“

Ich werde in dem gleichen Raum leben wie der Mann, der Leute wie mich jagt?

Er scheucht mich hinein, indem er mir auf den Rücken klopft, sodass ich vorschnelle, um ihm zu entkommen. Wir betreten ein Wohnzimmer, das ungefähr die Größe des Gemeinschaftsraums hat, den sich Julita mit neun anderen Studenten geteilt hat.

Der Raum ist mit einem Sofa und zwei Sesseln ausgestattet, die um einen Kamin herum stehen. Außerdem gibt es einen breiten Marlholzschreibtisch, der von passenden Bücherregalen umgeben ist, einen kleinen, jedoch eleganten Esstisch mit vier Stühlen und eine Vitrine, die mehrere teuer aussehende Alkoholflaschen beherbergt.

Ein winziger privater Schrein für Sabrelle steht in einer Ecke, dessen Tisch mit einem scharlachroten Tuch bedeckt ist. Eine Holzschnitzerei, die in der Mitte steht, zeigt einen Hengst und einen Hirsch, welche die Sigille der Gottlen der Kriegskunst und Stärke halten.

Davon werde ich mich fernhalten.

Stavros tritt die Tür hinter uns zu und wirft mir einen dieser unergründlichen Blicke zu, als hätte ich ihn belustigt und verärgert. „Assistenten, die auch Studenten sind, leben in den Wohngruppen der Studenten. Assistenten, die das offizielle Standardprozedere durchlaufen, um von der Akademieverwaltung eingestellt zu werden, teilen sich eine Zwei-Zimmer-Wohnung auf der Personaletage. Assistenten, von denen wir nicht wollen, dass sie zu genau unter die Lupe genommen werden, bekommen das Sofa."

Ich rümpfe die Nase über seinen trockenen Ton. „Und niemand wird *das* verdächtig finden?"

„Mir sind einige Marotten erlaubt. Ich werde ihnen einfach sagen, dass ich so *dringend* jemanden mit deinen Talenten als Assistenten brauchte, dass ich deine Anwesenheit ab dem Tagesanbruch benötige."

Einer seiner Mundwinkel hebt sich zu einem schiefen Grinsen, wodurch er leider noch eindrucksvoller und attraktiver als zuvor wirkt. „Das bedeutet, dass ich dich in Kürze an die Arbeit schicken muss. In Gegenwart der Studenten und des anderen Personals darfst du nicht vergessen, mich mit meinem angemessenen Titel anzusprechen – Ster. Stavros."

„Weil du offensichtlich der Inbegriff an Weisheit bist", erwidere ich kooperativ. Allerdings passt es womöglich zu ihm – es ist ziemlich arrogant von Professoren, sich selbst nach einer Abkürzung von Estera, der Gottlen des Lernens und Wissens, zu benennen, als wären sie selbst geringere Götter.

Stavros ignoriert meinen Sarkasmus und lässt seinen Blick über mich gleiten, was meine Haut zum Jucken bringt, weil ich mir dessen so bewusst bin. „Und ich sollte dir Trainingskleidung besorgen, damit du nicht vollkommen lächerlich aussiehst."

Er macht auf dem Absatz kehrt und greift nach dem glänzenden Türknauf. „Ich bin in ungefähr einer Stunde zurück. Versuch in der Zwischenzeit, nichts zu stehlen."

„Ich würde nicht …", hebe ich zu einem Protest an, doch er ist fort, bevor ich wirkungsvolle Widerworte geben kann.

Das ist typisch Stav, informiert mich Julita tröstend. *Du musst dir keine Sorgen machen, weil du hier wohnen wirst. Er kann ein Rohling und ein Arsch sein, aber wenn es um intimere Dinge geht, benimmt er sich wie der Gentleman, der er ist.*

Denkt sie, dass ich besorgt war, dass er mich anbaggern würde?

„Ich bin es gewohnt, meinen eigenen Raum zu haben", erkläre ich. „Ich bin nicht begeistert davon, dass er jeden Augenblick ins Zimmer platzen könnte."

Ivy, dein vorheriges Schlafzimmer war eine verstaubte Dachkammer, die du jeden Morgen verlassen musstest, bevor dich die rechtmäßigen Bewohner erwischt haben.

„Ich weiß. Aber nachts war nur ich dort."

Ich denke, du wirst eine Möglichkeit finden, es zu überleben.

Jetzt spricht *sie* in diesem trockenen Ton mit mir, als würde ich mich absurd benehmen, weil ich meine Privatsphäre schätze.

Ich kann nicht aussprechen, worüber ich mir in Wahrheit Sorgen mache, nämlich dass er mich töten wird. Oder besser gesagt, dass er mich davonschleift, damit mich der König töten lässt.

Es läuft aufs Gleiche hinaus.

So wie sich die Situation entwickelt, ist das größte Risiko möglicherweise, dass er mich irgendwann so wütend macht, dass ich *ihn* töte – womit ich mir ebenfalls eine Hinrichtung einhandeln würde, weshalb es keinen Sinn hat, die Einzelheiten zu diskutieren.

Ich schlendere etwas weiter in das Zimmer. Mit jedem Einatmen sickert der Geruch des Raums tiefer in meine Lunge: das polierte Holz, der schwache Duft eines edlen Alkohols und eine schärfere Note, die vermutlich von dem Öl stammt, mit dem Adlige ihre Schwerter schützen.

Reizend.

Als ich näher an die Tür trete, die offen steht und vermutlich zu Stavros' Schlafzimmer führt, nehme ich außerdem eine Wolke des rauchigen, pfeffrigen Geruchs wahr, den der Mann selbst verströmt.

Ich werde in seinem Duft *gebadet* werden. Dem ziehe ich die staubigen Bücher jederzeit vor.

Julita sammelt sich auf eine Weise, die ich spüren kann, bevor sie spricht. *Ivy … Was steckt wirklich hinter dem Schmerz, den du empfindest? Du hast offensichtlich große körperliche Qualen durchlitten, nachdem Stavros dich im Archivraum gepackt hatte, und es hatte nichts mit dem zu tun, was er getan hatte. Ich habe es zuvor schon ab und zu gespürt, aber das war … furchterregend.*

Oh, es ist furchterregend für *sie*?

Ich verkneife mir eine bissige Erwiderung und mein Magen verknotet sich, als ich über meine Antwort nachdenke. Obwohl ich alles kontrolliere, was sie der Außenwelt erzählen kann, will ich nicht, dass sie weiß, an wen – und was – genau sie gebunden ist.

Sie könnte mir das Leben definitiv schwermachen.

„Ich habe ein kleines Nervenproblem", improvisiere ich. „Chronische Schmerzen. Sie sind am schlimmsten, wenn etwas besonders Schreckliches und Bedrohliches passiert, das ist alles. Die meisten Dinge bringen mich nicht derart aus der Fassung."

Nein, ich schätze nicht.

Mein ungebetener Gast klingt nicht richtig überzeugt. Ich beschließe, dass ein Themenwechsel angebracht ist.

„Wie hast du es geschafft, den Mann dazu zu bringen, dir zu helfen, der vor kurzem noch der bedeutendste General ganz Silanas war?", frage ich und bleibe vor den eingebauten Bücherregalen stehen. Meine Finger gleiten über die Rücken der historischen Abhandlungen, Militärphilosophie und -strategie sowie einige Bücher über Reitsport, die ich gerne rausziehen und durchblättern würde.

Stavros würde das vermutlich als Diebstahl betrachten.

Das war gar nicht so schwer, erzählt Julita in ihrem vertraut verschmitzten Ton. *Er hatte seinen Posten verloren und welche bessere Möglichkeit gibt es, zu beweisen, dass er das Land noch verteidigen kann, als einen Haufen Blutzauberer aufzustöbern, die bereits die Königsfamilie in Gefahr gebracht haben?*

Und sie war so selbstbewusst, dass sie einfach an ihn herangetreten ist und ihm ihren Fall unterbreitet hat?

Nun, vermutlich hat sie es nicht so getan. Es ist nicht schwer, sich vorzustellen, dass die Frau, deren Bild mir fortwährend durch den Kopf spukt, bei irgendeinem Schulevent neben ihn tritt und einige entscheidende Bemerkungen macht.

Dass sie ihn um den Finger wickelt, wie sie es Anyas Anschuldigung zufolge regelmäßig tut.

Ich neige den Kopf auf die Seite. „Wolltest du ihn auf deiner Seite haben, weil er die beste Chance hat, die Zauberer aufzuhalten, wenn du erst einmal herausgefunden hast, wer sie sind?"

Der König vertraut ihm und respektiert ihn. Wenn wir uns der Einzelheiten sicher sind, wird er zusehen, dass man sich des Problems schnell und effektiv annimmt. Sie hält inne und lacht kurz. *Und ich habe gehofft, dass* ich *ein wenig sicherer wäre, wenn er in der Nähe ist, aber dieser Vorteil bestand offensichtlich nicht abseits unserer Treffen.*

Ich lehne mich an den Rand von Stavros' Schreibtisch, wobei ich darauf achte, nichts durcheinanderzubringen. „Was ist mit den anderen? Wie passen sie dazu?"

Oh, du wirst feststellen, dass sie viel einfacher zu händeln sind als Stavros. Benedikt ist entfernt mit der Königsfamilie verwandt, wie er dir bestimmt eher früher als später erzählen wird. Er tut so, als sei es ihm egal, der potenzielle Ruhm lockt ihn allerdings trotzdem. Und er steht quasi mit jedem auf der Akademie und im Palast in einem freundschaftlichen Verhältnis, weshalb er eine große Bandbreite an Klatsch und Tratsch mitbekommt.

„Alek ist ein Wissenschaftler", ergänze ich. „Du wolltest jemanden, der Zugriff auf alle Aufzeichnungen hat und, wenn nötig, Nachforschungen anstellt."

Siehst du, du begreifst schnell. Julita kichert wieder. *Alek war eine leichte Wahl. Er spricht kaum mit jemandem, weshalb er eindeutig aufgrund echter Arbeit in der Wissenschaftsfakultät aufgenommen wurde und nicht wegen seines sozialen Einflusses. Außerdem ist er so unsicher, dass es nur einiger Schmeicheleien bedurfte, damit er sich auf die Gelegenheit stürzte, zu helfen.*

Mein Magen verdreht sich wegen der Art und Weise, mit der sie über die Schwäche des maskierten Gelehrten spricht. Würde er sich solche Sorgen um sie machen, wenn er wüsste, wie sie tatsächlich über ihn denkt?

Würde das irgendeiner von ihnen tun?

Ich schlucke mein Unbehagen. Sie haben sich aus freien Stücken entschieden, an dieser Sache mitzuarbeiten, genauso wie ich.

„Und der Kurtisan?"

Nun, Cas kann andere Arten von Tratsch in Erfahrung bringen, die Art von Dingen, die ihm seine Kunden nur verraten, während sie besonders … zufrieden sind. Er ist gut darin, die Absichten von Leuten wahrzunehmen – wann sie lügen und derlei Dinge. Die Leute aus der Gesellschaftsfakultät sind erpicht auf Aufmerksamkeit. Und er ist so scharf darauf, andere zufriedenzustellen, dass er einer weiteren Möglichkeit, das zu tun, nicht widerstehen konnte.

„Du hast also ein ziemlich beeindruckendes Team versammelt", brumme ich.

Bevor Julita antworten kann, erklingt ein leises Klopfen.

Ich erstarre, da ich mir nicht sicher bin, ob ich offenbaren soll, dass ich hier bin. Es ist eindeutig nicht Stavros – er hätte nicht geklopft.

Darf schon ein anderer erfahren, dass er eine neue Assistentin hat?

Eine ebenso leise Stimme dringt durch das dicke Holz und rettet mich aus dem Dilemma. „Ivy, ich bin es nur, Casimir. Ich habe dir einige Dinge gebracht."

Meine Haut kribbelt, als hätte mein Gespräch mit Julita ihn irgendwie heraufbeschworen. Was würde *er* mir bringen?

Ich stoße mich von dem Schreibtisch ab. „Oh, äh, in Ordnung. Komm rein."

Der Kurtisan flitzt schnell herein, jedoch mit einer so freundlichen Ausstrahlung, dass es mir schwerfällt, misstrauisch zu sein. Er trägt ein Bündel verschiedenfarbiger Stoffe in den Armen, die, nach dem Glanz zu urteilen, aus Seide sind.

Casimir strahlt mich an. „Ich weiß, dass Stavros dich für die offizielle Arbeit ausstatten kann, die du als seine Assistentin erledigen wirst. Ich habe allerdings vermutet, dass er möglicherweise die *echte* Arbeit vernachlässigt, die darin besteht, dich in deiner Freizeit unter die Studenten zu mischen. Das ist nämlich die Zeit, in der die Leute in ihrer Wachsamkeit nachlassen."

Es stimmt, dass ich wahrscheinlich nicht zu einem Gespräch im Speisesaal oder bei einem Spaziergang durch die Gärten eingeladen werde, während ich in einer Kampfausrüstung stecke. Und keine adlige Dame könnte damit davonkommen, jeden Tag das gleiche Kleid zu tragen.

Casimir schlendert zum Sofa und schüttelt nacheinander jedes der Gewänder aus, die er mitgebracht hat. Türkisfarbene Seide, dann eisgraue, dann waldgrüne, die beinahe die gleiche Farbe wie seine Augen hat, fließen wie bunte Wasserfälle über die Kissen.

Der Kurtisan blickt von den Kleidern zu mir und wieder zurück. „Ich glaube, sie sollten dir gut passen. Die Schnürung gibt dir ein wenig Flexibilität. Genauso wie …"

Er greift nach unten und zupft an den Röcken der Kleider, woraufhin mein Herz einen begeisterten Satz macht. Sie haben zu beiden Seiten einen Schlitz, der bis zu meinen Schenkeln reicht. Allerdings überlappen die Stofffalten so weit, dass man ihn nur bemerkt, wenn man an ihnen zieht.

Als ich einen Schritt näher trete, um mich zu vergewissern, dass die anderen ihn ebenfalls haben, strahlt Casimir. „Ich dachte, du würdest leichteren Zugang zu deinen unterschiedlichen Waffen wollen." Einen Augenblick später verblasst sein Lächeln. „Vor allem angesichts dessen, was Julita zugestoßen ist."

Ich vermute, dass er sich viel mehr Gedanken darum macht, das zu bewahren, was von der Frau übrig ist, die er vergöttert hat, als um mein persönliches Wohlbefinden, aber ich bin trotzdem froh darum. „Danke. Wo hast du die gefunden?"

„Sie sind tatsächlich gar nicht so ungewöhnlich, auch wenn sie normalerweise nicht genutzt werden, um Klingen zu verbergen. Sie erleichtern es einem, im Herrensitz zu reiten. Jedes Kleid verfügt über einen passenden geteilten Unterrock – in etwa wie eine fließende Hose – der deine Beine bis zu den Waden bedecken wird. Darüber kannst du jedoch die Waffen anbringen. Ich habe auch Designs mit versteckten Taschen gefunden."

Reitkleider. Daran hätte ich denken sollen.

Das ist noch besser, da es so keine Rolle spielt, falls jemand die Schlitze bemerkt.

„Danke schön", murmle ich und befühle den Ärmel des türkisfarbenen Kleides. „Wenn ich schon ein Kleid tragen muss, dann diese Art von Kleid."

Casimir wird *sehr* gut in seinem beabsichtigten Job sein, wenn er die Vorlieben einer Frau in allen Gebieten so gut einschätzen kann.

Ich sollte wirklich nicht an die anderen Gebiete denken, bei denen er seine Fähigkeiten womöglich einsetzen wird. Selbst wenn er möglicherweise der hübscheste Mann ist, den ich jemals gesehen habe. Und die Art und Weise, wie er seinen sehnigen Körper bewegt …

Schluss mit den versauten Gedanken, Ivy.

„Exzellent", erwidert Casimir. „Ich werde sicherstellen, dass Stavros edlere Unterwäsche hierherschicken lässt. Eine Menge Frauen an diesem Ort beurteilen jemanden zwar bevorzugt anhand des oberflächlichen Erscheinungsbildes, werden jedoch jede Schicht dieser Oberfläche beurteilen, wenn sie es können." Sein Lächeln nimmt verschlagene Züge an.

Ich kann mir ein Schnauben nicht verkneifen. „Daran zweifle ich nicht."

Scharfsinnig, klug und ein guter Sinn für Humor. Ich schätze, ihm mangelt es nicht an Kunden.

Die Bemerkung darüber, dass sich Stavros um den Rest kümmern soll, erinnert mich allerdings an etwas, was mir Julita erzählt hat. Ein besorgtes Kribbeln rast durch meinen Magen. „Hättest du überhaupt hierherkommen sollen? Ich dachte … Julita hat mir erzählt, dass ihr fünf in der Öffentlichkeit so tut, als würdet ihr euch kaum kennen."

Casimir zuckt mit den Achseln und macht nicht den Eindruck, als hätte er Angst um sein Leben. „Ich bin relativ bekannt in der Gesellschaftsfakultät. Es wäre nicht ungewöhnlich, dass Stavros mich um Hilfe bei der Ausstattung seiner neuen Assistentin bittet. Es ist nichts, worüber sich andere das Maul zerreißen würden."

Ich kichere leise. „Vollkommen professionell." Ich bekomme

bereits Kopfschmerzen von dem Versuch, die interne Politik dieses Ortes zu verstehen.

Er hat recht, meint Julita. *Es sollte sicher sein. Sprich auf dem Campus einfach keinen der anderen an, als würdest du sie gut kennen – abgesehen von Stavros natürlich.*

Natürlich. Bei den Göttern, warum konnte ich nicht Casimirs Assistentin werden?

Ich meine, abgesehen davon, dass meine gesellschaftlichen Fähigkeiten hinsichtlich ihrer Effektivität das absolute Gegenteil von meinen Kampfkünsten sind.

Casimir tritt einen Schritt zurück, als müsste er gehen, sein Blick bleibt jedoch an meiner rechten Hand hängen. Er hebt sein Kinn zu ihr. „Du besitzt eine Gabe. Ist es etwas, was nützlich sein könnte?"

Ich gleite instinktiv mit dem Daumen über den Stumpf, wo meinem Zeigefinger die Spitze fehlt. Die längst verheilte Verletzung sieht aus, als wäre sie ein Weihopfer gewesen.

In Wahrheit war es eine Bestrafung dafür, dass ich ein wenig zu offensichtlich in das Territorium eines Arschloch-Verbrecherbosses eingedrungen bin, als ich vierzehn Jahre alt war und ein wenig dreist wurde. Wäre es nicht nur um ein paar Münzen gegangen, hätte er mir viel Schlimmeres angetan.

Es ist vermutlich am einfachsten, bei dem Missverständnis mitzumachen. Dadurch erwecke ich immerhin den Anschein, als hätte ich mich doch einem Gottlen verpflichtet.

„Vielleicht ein bisschen", erwidere ich. „Sie hilft mir, mich leise zu bewegen." Ich kann genauso gut eine Fähigkeit wählen, die ich bereits auf vollkommen nicht-magische Art besitze. Ich ziehe die Augenbrauen hoch. „Das bin ich, eine hinterlistige Diebin durch und durch."

Ich mache mich über Stavros und seine fiesen Anschuldigungen lustig, doch Casimirs Miene nimmt beinahe traurige Züge an. „Ich vermute, dass du viel mehr als das bist, Ivy. Wenn ich dich anschaue und an alles denke, was du bereits riskiert hast, um hier zu sein, sehe ich weder Hinterlist noch Täuschung. Ich sehe Güte."

Zum zweiten Mal bin ich an diesem Ort vorübergehend sprachlos. Casimir füllt geschickt die Stille. „Ich sollte gehen, da das hier angeblich rein geschäftlich und kein freundschaftlicher Besuch ist. Ich freue mich, zu hören, was du entdeckst, bis wir uns das nächste Mal in den Archiven treffen."

Er hält inne und etwas in seinem Blick richtet sich in die Ferne, als würde er nicht wirklich mich anschauen.

Denn das tut er nicht.

„Natürlich hast du eine Möglichkeit gefunden, bei uns zu bleiben, komme was wolle, Jules", sagt er zu der Frau in mir, wobei seine Stimme ein wenig rau wird. „Wir werden das hier zu Ende bringen."

Dann verschwindet er so schnell, wie er gekommen ist.

Lieber, süßer Mann, sagt Julita in einem spöttischen Ton, in dem nicht viel Bewunderung für den Beschriebenen liegt.

Ich empöre mich, da mich unerwartet der Wunsch packt, ihn zu verteidigen. Ich atme langsam ein, bevor ich mir erlaube, ihr zu antworten.

„Du warst ihm offensichtlich sehr wichtig. Ihnen allen."

Sie kichert kokett. *Andernfalls hätte ich nicht darauf vertraut, dass sie mir den Rücken decken, während wir die Verschwörung der Blutzauberer aufdecken.*

Ihre Formulierung, als wäre es nur Teil ihrer Strategie gewesen anstelle einer natürlichen Entwicklung, dass sie den Männern am Herzen lag, macht mir zu schaffen. Allerdings geht es mich eigentlich nichts an, wie sie ihre Angelegenheiten regelte.

Ich lege die Kleider an ein Ende des Sofas und setze mich. Zu meiner Verärgerung kann ich nicht leugnen, dass die Samtkissen ungefähr zehnmal so bequem sind wie mein ‚Bett' in der Tuchfabrik.

Es wird mir nicht besonders schlecht ergehen, obwohl ich hier in der Königsakademie nur wie ein Nebengedanke behandelt werde.

Ich stehe wieder auf, weil ich vorhabe, den Raum gründlich zu erkunden, solange ich allein bin. Allerdings bin ich nur so lange ungestört, dass ich die Ätzglasflaschen in der Bar inspizieren und feststellen kann, dass die meisten von ihnen mehr gekostet haben, als die Leute in den Außenbezirken durchschnittlich in einem Monat verdienen.

Ich schlendere gerade zurück zum Schreibtisch und den Bücherregalen, als Stavros sein Quartier betritt.

Er erfasst mich und die Kleider, die auf dem Sofa liegen, mit einem kurzen Blick. Sofort setze ich zu einer Erklärung an. „Casimir ist vorbeigekommen. Er wusste, dass ich auch abseits des Jobs nicht auffallen darf."

„Hmm", sagt Stavros, als wäre er nicht überzeugt, dass es mir in seiner kurzen Abwesenheit nicht gelungen war, drei Kleider zu stehlen. Er lässt sein Bündel – dieses besteht aus Leinen, Leder und einem Klirren, das mir verrät, das auch ein Kettenpanzer dabei ist – auf die Kissen neben die Gewänder fallen. „Dann bist du startklar."

Ich beschließe, es Casimir zu überlassen, das Thema Unterwäsche anzusprechen, wie er es versprochen hat. Der ehemalige General hat heute schon genug Zeit damit verbracht, über meine intime Wäsche nachzudenken.

Er fischt in seinen Taschen und zieht eine Armkette hervor, die Julitas stark ähnelt, allerdings besteht sie nur aus schlichtem Gold ohne Edelsteine. „Die hier wird dir Zugang zum Eingangstor und diesen Gemächern verschaffen. Ich hielt es für das Beste, wenn du nicht mit Julitas durch die Gegend läufst."

„Da hast du recht." Ich nehme Julitas Armkette ab, um sie mit der neuen zu ersetzen, und halte inne, weil ich nicht weiß, was ich damit tun soll.

Stavros mustert sie kurz. „Was sollen wir ihrer Meinung nach damit tun?"

Ich hebe fragend eine Augenbraue, doch Julitas Präsenz regt sich bereits. *Es ist nur ein wenig Gold. Ich schätze, wir sollten die Kette behalten für den Fall, dass wir sie als Beweis brauchen. Stavros sollte darauf aufpassen können.*

Ich reiche ihm die zarte Kette. „Sie hätte gerne, dass du sie an einem sicheren Ort verwahrst für den Fall, dass wir sie später brauchen."

„Sie denkt immer voraus", bemerkt er mit einem Hauch trockener Zuneigung.

Als er mir die Armkette abnimmt, deutet er auf die zwei Innentüren. „Halte dich von meinem Schlafzimmer fern. Die Latrine können wir uns teilen. Rechts den Gang entlang findest du einen öffentlichen und einige private Waschräume, die du benutzen kannst, wenn du ein Bad nehmen möchtest."

Natürlich. Die Elite des Innenbezirks hat sogar in ihren Häusern fließendes Wasser, während die Leute in den Außenbezirken mit Brunnen, Nachttöpfen und Klohäuschen zurechtkommen müssen.

Es ist jedoch schwer, sich darüber zu beschweren, solange mir der Luxus zugutekommt.

Ich stütze mich auf die Armlehne des Sofas. „Also was passiert als Nächstes? Wie fange ich mit dieser Aufgabe an, in die ich gestolpert bin?"

Stavros schaut mich leicht finster an. „Ich muss nach wie vor zu meiner Personalversammlung. Du kannst dich mir heute Nachmittag bei den Lektionen anschließen und dich danach mit der Schule vertraut machen. Ich bin mir sicher, eine Frau mit deinen vielen Talenten kann sich den Rest selbst überlegen?"

Ich zucke mit den Achseln. „Reden, zuhören, herausfinden, wo die Blutzauberer sind. Das ist ziemlich unkompliziert."

Er lacht schallend. „Ja, wir wünschten, es wäre so. Diese Schufte haben sich als schrecklich gut darin erwiesen, ihre Spuren zu verwischen."

Ich halte inne, bevor ich ein Thema anspreche, für das er mir unwissend eine Vorlage geliefert hat. „Ich schätze, das hier ist dein Ding? Böse Zauberer aufzuspüren. Ich habe dich vor ein paar Jahren bei der Hinrichtung einer zerrissenen Zauberin gesehen, die du festgenommen hattest."

Stavros' Stimme wird noch trockener. „Ja, anscheinend ist es meine wahre Berufung, über entartete Magie zu triumphieren."

Ich lasse meinen Blick durch das Zimmer wandern, als wäre mir seine Antwort auf meine nächste Bemerkung überhaupt nicht wichtig. „Blutzauberer sind doch bestimmt schlimmer. Die Zerrissenen streben wenigstens nicht nach Macht, es passiert einfach."

Sogar aus dem Augenwinkel bemerke ich, dass sich Stavros' muskulöse Gestalt versteift. „Es passiert einfach und dann ziehen sie die Welt damit in ihren Wahnsinn. Keiner von ihnen ist den Dreck auf seiner Haut wert."

Bei seiner Heftigkeit zuckt mein Blick zu ihm zurück. „Es klingt so, als würdest du ihre Existenz ziemlich persönlich nehmen."

Er schenkt mir ein angespanntes Lächeln und Zorn lodert in seinen Augen. Ich erhalte den Eindruck, dass er mich in diesem Augenblick nicht sieht. „Ein zerrissener Zauberer hat meinen besten Freund abgeschlachtet. Ich bin erst zufrieden, wenn sie und jeder, der mit Blutzauberei experimentiert hat, vom Angesicht dieses Kontinents getilgt werden."

Ohne ein weiteres Wort verlässt er den Raum und die Tür schlägt laut hinter ihm zu.

Als ich ihm hinterherschaue, vermischt sich Julitas Stimme mit meinen Gedanken. *Er ist nicht auf dich wütend. Es ist nur ein wunder Punkt für ihn.*

Ja. Ein wunder Punkt, der *ich* ebenfalls bin.

Ich schlucke schwer. Ich bin geradewegs in mehr Gefahr spaziert, als ich erwartet habe.

ZWÖLF

Ich werfe die Puppe aus Rindleder zu den anderen auf den Haufen und reibe mit dem Handrücken über meine schweißnasse Stirn. Der Berg klumpiger, jedoch vage menschlich geformter Figuren wirkt immer verstörender, je höher ich ihn im Lagerraum der Militärfakultät auftürme.

Man sollte meinen, dass Adlige den grotesken Gedanken, mit schlaffen Körpern umzugehen, Szenarien vorbehalten, bei denen sie erforderlich sind. Doch nein, die Mächtigen – oder zumindest der anwesende ehemalige General – scheinen beschlossen zu haben, dass sie auch anderen Zwecken dienen können. Jedes Mal, wenn bei einer Trainingseinheit Hindernisse benötigt werden, holen sie die Lederleichen hervor.

Das sind die letzten. Ich marschiere wieder auf das Feld und entdecke Stavros, der sich mit mehreren Studenten unterhält, die auf zusätzliche Anerkennung hoffen. Ich schätze, ein gutes Wort des ehemaligen Generals könnte ihrer Militärkarriere helfen, mehrere Stufen auf einmal zu erklimmen.

„… so lange her", sagt eine der Frauen gerade. „Müssen wir uns nach all dieser Zeit wirklich noch immer Sorgen um das Reich machen?"

Stavros reibt die Hände aneinander, wobei das hakenförmige Metall, das er für die Lektionen auf dem Feld trägt, im Kontrast zu dem Lederhandschuh seiner echten Hand glänzt. Sein Blick gleitet über die Fragestellerin und die anderen Gesichter.

Ich habe während des Unterrichts bemerkt, dass er seine Augen selten länger als ein paar Sekunden auf eine Stelle richtet. Er verlagert seine Aufmerksamkeit so geschickt, dass es wahrscheinlich niemand bemerkt, wenn er nicht darauf achtet. Ich vermute allerdings, dass er es tut, um die fehlerhafte Sicht zu überspielen, die Julita erwähnt hat.

Er spricht in einem trockenen selbstbewussten Ton, der etwas freundlicher ist als alle Worte, die er bisher an mich gerichtet hat. „Darium existiert noch, oder nicht? Soweit ich unterrichtet bin, haben sie Cotea auf der anderen Seite des Kanals noch immer in ihrer Gewalt."

Ein Mann an der Seite hebt die Schultern zu einem Zucken. „Wir haben sie immer zurückgeschlagen."

„Ja, weil wir dort sind und gut genug in Strategie und Kampfkunst ausgebildet wurden, um das zu tun." Stavros neigt bestätigend den Kopf. „Ihr wisst alle, dass Dariums Truppen den Kontinent erobert haben, indem sie das Chaos nach der Großen Vergeltung ausnutzten. Sie erholten sich schnell und überwältigten den Rest von uns, bevor wir in der Lage waren, zurückzuschlagen. Jetzt stellen wir eine viel größere Herausforderung für sie dar, doch nur ein Narr hält sich für unbesiegbar. Der verstorbene König Melchior errang Silanas Freiheit vor mehreren Jahrzehnten und dennoch hat Darium nie mehr als ein oder zwei Jahre verstreichen lassen, bevor es unsere Grenzen angegriffen hat in dem Versuch, Boden gutzumachen."

Bei der Erwähnung der Großen Vergeltung läuft es mir eiskalt über den Rücken. Falls die Blutzauberer mit ihren kranken Experimenten weitermachen, könnten sie uns einen ausgewachsenen Krieg zusätzlich zu einer göttlichen Strafe einbrocken.

Die Studenten vor Stavros werden als Offiziere dienen mit den besten Pferden und der besten Ausrüstung sowie der Fähigkeit, Entscheidungen zu treffen. Es ist das gemeine Volk, das an der Front die schlimmsten Schläge einstecken muss.

Der Mann, der mit den Schultern gezuckt hat, schnaubt

leise. „Mehrere Jahrzehnte und sie sind keinen Schritt weitergekommen."

„Ah, man weiß jedoch nie, wann ein neuer Ratgeber oder Herrscher mit den richtigen Ideen daherkommt und alles aufrüttelt. Und wenn man in seiner Abwehr nachlässt …"

Stavros springt wie aus dem Nichts vor und lässt seinen Fuß im genau richtigen Moment um den Knöchel des Kerls schnellen, um ihn umzuwerfen. Noch bevor der Student auf dem Hintern landet, packt der ehemalige General seine Hand und hilft ihm mit einem leichten Schubs mit der Prothese in eine aufrechte Position.

Die anderen Studenten lachen und der Kerl, der für diese Demonstration benutzt wurde, fällt mit ein. Irgendwie gelingt es dem Mann, der sich mir gegenüber wie ein Arschloch verhält, den jüngeren Adligen mit Autorität und Wohlwollen zu begegnen.

Ich würde mir lieber die Zunge abbeißen, als es offen zuzugeben, aber er ist gut in dem, was er hier tut.

Stavros schickt die Studenten mit einer Handbewegung weg. Nachdem sie respektvoll stramm salutiert haben, schlendere ich zu ihm.

Als er sich zu mir umdreht, durchfährt meine Nerven ein Beben trotz meines Bemühens, mich seiner mühelosen Gelassenheit anzupassen. Die Erinnerung an seinen rachsüchtigen Gesichtsausdruck, als er von den Zerrissenen sprach, brodelt in meinen Gedanken.

Ich darf nicht zulassen, dass er meine Furcht sieht. Ich zwinge mich zu einem süffisanten Lächeln und deute mit dem Kopf zum Lagerraum. „Weißt du, wenn du nur einen Assistenten wolltest, damit er die Ausrüstung hin und her schleppt, hättest du ein Maultier einstellen können."

Ein Schatten seines nervigen, selbstgefälligen Grinsens biegt seine Mundwinkel nach oben. „Vielleicht habe ich das getan. Brennst du darauf, stärker an der Action beteiligt zu werden?"

Ich verschränke die Arme vor der Brust. „Ich bin nur verwirrt, warum du so ein Theater wegen meiner Kampfkünste gemacht hast, wenn ich nicht einmal einem Trainingskampf nahe komme, da ich mich stattdessen mit ausgestopftem Leder abmühen muss."

Gestern Nachmittag habe ich die Rindlederpuppen an Ständern aufgestellt, damit Stavros den jüngeren Studenten zeigen konnte, wo sie mit ihren falschen Schwertern aus welcher Position ihre Treffer am besten anbringen können. Heute Morgen habe ich sie zu Dreier- oder Fünfer-Stapeln gehäuft und Stavros hat daraufhin einigen seiner älteren Studenten – vermutlich diejenigen, die am ehesten für einen höheren militärischen Rang in Frage kommen – aufgetragen, eine Gruppe jüngerer Studenten auf dem Feld zu positionieren.

Seit er zugestimmt hat, mich einzustellen, habe ich kein Schwert in der Hand gehalten. Möglicherweise bin ich ein wenig enttäuscht.

Von den Studenten habe ich definitiv nichts erfahren, da sie viel zu beschäftigt damit sind, um ihren Professor herumzuscharwenzeln und von oben herab auf meine Arbeit zu blicken, um auch nur in Erwägung zu ziehen, ein Gespräch mit mir zu führen.

Stavros zuckt mit den Achseln. „Du hast doch erst angefangen. Wer weiß, welch fantastischen Nutzen ich noch für dich finden werde, Diebin."

Julita stößt ein leidgeprüftes Seufzen aus, als sei sie diejenige, die er verspottet. *Es tut mir leid. Normalerweise ist er kein ganz so großes Arschloch.*

Ein Lächeln berührt meine Lippen. „Julita denkt, dass du aufhören solltest, so ein Mistkerl zu sein." Das ist zwar nicht ganz das, was sie gesagt hat, den Gedanken hat sie jedoch angedeutet.

Stavros' Gesicht stellt merkwürdige Dinge an, wenn er an die Frau erinnert wird, die ich in mir beherberge. Er zieht die Augenbrauen hoch, doch zugleich spannt sich sein Kiefer an.

Er spricht in lässigem Ton weiter. „Und woher soll ich wissen, dass du dir das nicht nur ausdenkst?"

Weil er eine viel bessere Gesellschaft ist, wenn er veldunische Serenaden zum Besten gibt.

Mein Mundwinkel zuckt noch höher. „Sie schlägt vor, dass

du stattdessen ein Ständchen darbringen sollst. Anscheinend kennst du einige veldunische Lieder?"

In Reaktion auf diese leicht spitze Bemerkung erhalte ich einen noch interessanteren Gesichtsausdruck. Stavros' dunkle Augen blitzen belustigt und gefährlich auf. „Das war nur einmal und ..."

Er unterbricht sich, kurz bevor er meine Schulter in einer Geste anstößt, die womöglich spielerisch gewesen wäre, hätte er sich nicht in letzter Sekunde daran erinnert, dass er nicht nur mit der Frau spricht, mit der er diese Erinnerung teilt.

In diesem Augenblick kann ich mir fast einen Stavros vorstellen, der kein Arschloch ist. Dann schaut er mich böse an, als sei es meine Schuld, dass ihm dieser Ausrutscher passiert ist.

Die Wahrscheinlichkeit, dass er jemals mit mir herumscherzt, liegt ungefähr bei null. Ich glaube, ich werde *diese* Enttäuschung überleben.

Stattdessen wird seine Stimme ein wenig barsch. „Warum widmest du dich nicht wieder dem Niedergang der Schurken, die du unbedingt vernichten wolltest, hmm?"

Ohne meine Antwort abzuwarten, macht er auf dem Absatz kehrt und marschiert davon, um irgendwelchen Aufgaben nachzugehen, die man als ehemaliger General scheinbar hat und zu denen ich eindeutig nicht eingeladen bin.

Als die Entfernung zwischen uns größer wird, atme ich einen Teil meiner Anspannung aus. Er hat keine Ahnung von meiner Magie und ich kann dafür sorgen, dass es so bleibt.

Ich schaffe es seit beinahe sieben Jahren, dem Ruf meiner Magie nicht nachzugeben. Ich habe hier das Sagen.

Ich schaue mich auf dem Hof um. Einige Studentengrüppchen faulenzen zwischen ihren Kursen auf der Wiese zwischen dem Domi und dem Quadring, doch keines sieht so aus, als wäre es besonders scharf darauf, dass eine Fremde ihr Gespräch sprengt.

Vielleicht muss ich mir eine bessere Vorstellung davon verschaffen, wie die Ermittlungen begonnen haben, bevor ich sie fortsetzen kann.

Ich spreche mit leiser Stimme und bewege meine Lippen so wenig wie möglich. „Könntest du mir erzählen, was du wo gesehen hast an dem Tag, als die Zauberer versucht haben, dem Prinzen das Leben zu nehmen?"

Wenn du denkst, dass es helfen könnte. Sie haben sich einige Klassenzimmer im Quadring angesehen – die Königin, Prinzessin Klaudia und Prinz Jacos. Nimm den Eingang zu deiner Rechten.

Ich überquere die Wiese zu einem der weniger auffälligen Eingänge und folge anschließend Julitas Anweisungen durch die Gänge.

Ich war hier, erzählt sie und lässt mich einige Türen entfernt vom Ausgang zum äußeren Hof anhalten. *Sie verabschiedeten sich gerade. Eine ganze Menge Studenten beobachtete ihren Abschied, weil unser Unterricht kurz zuvor geendet hatte. Da hörte ich jemanden flüstern – es waren die merkwürdigen Worte, die mein Bruder und Wendos früher benutzt hatten. Ich weiß nicht, wo sie sie gefunden hatten.*

Der Gang ist aktuell leer, da alle in ihren Klassenzimmern sind. „Worte, die zu den Ritualen der Blutzauberei gehören?", flüstere ich.

Genau. Ich konnte das Flüstern nicht besonders gut ausmachen – es waren nur ein paar Worte inmitten einer Menge Geschnatter … Und der Gang war so voll, dass ich nicht sehen konnte, wer gesprochen hatte. Es machte mir Angst, aber ich dachte, ich hätte mich vielleicht verhört. Doch in jener Nacht wurde der Prinz krank.

„Hätte es ein Zufall sein können?"

Ich schätze schon. Aber nachdem ich mich mit Stavros unterhalten hatte, setzte er sich mit Leuten aus der Kronenwache in Verbindung, die den Palast bewachen. Die Symptome waren so ungewöhnlich und schwerwiegend, dass sie den Palast auf Eindringlinge durchsuchen ließen, die den Prinzen vergiftet haben könnten. Es war keine harmlose Grippe.

Ich gehe zurück zur Treppe. „Und du hast konkrete Anzeichen für Rituale gesehen … wo?"

Da waren die Dartlingeierschalen … sie besorgen sie in Form eines Pulvers und verbrennen es. Das hat einen unverwechselbaren Geruch. Einmal, als ich im Campus-Wald auf der Jagd war, habe ich eine Wolke davon aufgefangen und bin ihr gefolgt. Dabei habe ich einige Spuren auf ein paar Baumwurzeln in einer Lichtung entdeckt. Es gibt keinen anderen Grund, aus dem das irgendjemand dort verteilen sollte.

„Noch etwas?"

Davor bin ich ein anderes Mal im Wald über einen Baum gestolpert, der mit der umgedrehten Sigille des Allesgebers gekennzeichnet war. Julita erschaudert. *Borys hat die früher auch gerne gezeichnet, als würde es die Macht dazu ermutigen, in ihn zu fließen.*

Ich runzle die Stirn, während ich die Treppe hinabtrample. „Und das waren nicht genügend Beweise?"

Die meisten Aufzeichnungen über Blutzauberei wurden zerstört in dem Versuch, andere daran zu hindern, in die gleichen Fußstapfen zu treten. Alek konnte keine Berichte finden, in denen die umgedrehte Sigille erwähnt wurde. Und das Erkennen der Worte sowie der Geruch der Schalen eines Dartlingeis sind nur meine Erfahrung und nichts, was jemand bestätigen kann.

Deshalb brauchen wir weitere Beweise. Ich kaue kurz auf meiner Unterlippe herum, bevor ich mich fange.

Die Palastglocke läutet, wie sie es jede Stunde tut, und Julita merkt auf. *Apropos Jagd, es ist beinahe Zeit für die wöchentliche Trainingsjagd, welche die Führungsfakultät abhält. Sie lassen eine interessierte Assistentin bestimmt mitkommen. Es gibt ein paar Studenten, die regelmäßig an den Jagden teilnehmen und ich im Auge behalten habe. Außerdem reden alle sehr viel.*

Ich weiß nicht, was eine Trainingsjagd ist, bin jedoch absolut dafür, es in Erfahrung zu bringen, wenn das bedeutet, dass wir Fortschritte bei dieser Mission machen. „Klingt gut. Wo ist das?"

Ah, ich glaube, du solltest dich vorher umziehen.

Ich sehe an meiner ledernen Kampfausrüstung hinab, die null Kämpfe erlebt hat, während sie sich an meinem Körper befand. Julita hat möglicherweise recht.

Nachdem ich in eines der Reitkleider geschlüpft bin, die mir Casimir gebracht hat, und meine Haare zu einer der geschwungenen Frisuren getürmt habe, die adlige Frauen scheinbar bevorzugen, gehe ich beim nächsten Läuten zum Stall. Falls es für Julita genauso merkwürdig ist wie für mich, sich schick zu machen, um Zeit mit Pferden zu verbringen, lässt sie sich das nicht anmerken.

Ich glaube, das hier ist das beste, bemerkt sie, als ich mit den Händen über die zart plissierte Seide streiche. *Dadurch wirken deine Augen noch blauer.*

Es ist das türkisfarbene Kleid, das auch mein Lieblingskleid ist. Der Schnitt ist trotz seiner Eleganz schlicht. Es verfügt nur über wenige Goldstickereien entlang des Ausschnitts und der Taille, hat keine Perlen oder kunstvolle Wirbel.

Außerdem habe ich herausgefunden, dass mir die Falten dieses Kleides im Gegensatz zu den anderen erlauben, einen zusätzlichen Dolch zu verstecken. Was natürlich der wichtigste Faktor ist.

Selbst wenn ich drei Kleider habe, käme ich bestimmt damit durch, dieses öfter als die anderen zu tragen, oder? Immerhin bin ich angeblich bloß eine Landadlige, von der zuvor noch niemand gehört hat.

Ich meine, solange ich schicke Kleider tragen *muss.*

Meine Nerven zucken, als ich die ungefähr zwanzig adligen Herren und Damen sehe, die sich vor dem Stall versammelt haben. Der vertraute Geruch nimmt meiner Nervosität jedoch die Schärfe. Frisches Heu und altes Holz sowie der unverkennbare herb-süße Pferdeduft, den ich in meiner Lunge willkommen hieß, wann immer ich mich in den viel kleineren Stall meiner Familie schlich, um Dotty, unsere Stute, zu striegeln.

Womöglich gibt es an der Hofakademie ein oder zwei Dinge, die ich tatsächlich mag. Wenn sie doch nur nicht mit einem Haufen reicher Snobs einhergehen würden.

Als ich mit den geschmeidigen, allerdings nicht allzu schnellen Schritten, die einer Dame geziemen, den Pfad entlangschlendere, bemerke ich mehrere vertraute Gesichter unter den Wartenden. Da ist Anya, die nie ihre fehlenden Ohrringe erhalten wird und deren flachsblonde Locken aktuell eher einer Skulptur als einer Frisur ähneln. Esmae, Julitas zierliche Mitbewohnerin mit der Augenklappe, die mich gerettet hat, ist ebenfalls anwesend.

Die Namen der anderen habe ich mir noch nicht gemerkt,

doch ich weiß, dass sich unsere Wege in den Gängen oder vielleicht heute Morgen im Speisesaal gekreuzt haben.

Oh, und Benedikt ist bei ihnen – seine goldenen Haare reflektieren das Sonnenlicht am Rand der kleinen Gruppe. Er scherzt mit einigen der anderen Männer.

Ich wende meinen Blick ab. Ich kenne ihn angeblich nicht.

Er wird jedoch Zeuge meines ersten richtigen Versuchs werden, eine Adlige vorzuspielen. Seine Beobachtungen wird er bestimmt auf die ein oder andere Art Stavros – und Casimir und Alek – mitteilen.

Wundervoll.

Julita meldet sich zu Wort, wobei sie leise spricht, als bestünde irgendeine Chance, dass sie jemand hören kann. *Das Mädchen mit der roten Strähne in den Haaren – behalte sie gut im Blick. Wendos war einige Monate lang mit ihr zusammen. Und ich habe gesehen, dass er sich sehr gut mit dem kleinen Typen in der dunkelblauen Tunika versteht. Also achte auch auf ihn.*

Ich will anmerken, dass ich nicht weiß, was für eine Rolle diese Verbindungen spielen, wenn wir noch nicht einmal bewiesen haben, dass Wendos noch immer an Blutzauberei interessiert ist, aber ich bin zu nahe bei den anderen Studenten, um mich mit Julita zu unterhalten, ohne verrückt zu wirken.

Anya steht bei ein paar ähnlich hochmütig aussehenden Frauen. Ihre Augen werden schmal, als sie meine Ankunft bemerkt. „Julitas Freundin. Was machst du schon wieder hier?“

Ich schenke ihr mein einnehmendstes Lächeln und halte mich an einen angemessen kultivierten Ton. „Ich wurde zufällig in ein Gespräch mit einem der Professoren verwickelt, dessen Vater ein guter Kollege meines Vaters war. Wie sich herausstellte, brauchte er einen Assistenten. Meine Familie beschloss, dass sie mich für diese Gelegenheit entbehren kann.“

Eine von Anyas Freundinnen stößt ein Lachen aus, das so kurz ist, dass es nicht fröhlich klingt. „Wie faszinierend. Und du kennst Julita gut?“

Ich habe mich auf diesen Augenblick vorbereitet, da ich wusste, dass ich höchstwahrscheinlich jemandem begegnen würde, der meine ursprüngliche Geschichte gehört hat.

Es ist in Ordnung – möglicherweise sogar gut –, wenn die

Verschwörer herausfinden, dass ich Julita angeblich gekannt habe. Ihre Reaktionen auf mich könnten ihre Schuld verraten.

Allerdings möchte ich nicht, dass irgendjemand glaubt, ich wäre an den Ermittlungen beteiligt gewesen, die Julita der Meinung der Verschwörer nach durchgeführt hat. Das könnte schneller zu meinem Tod führen, als Stavros meine zerrissene Magie vorzuführen.

„Ich schätze, ich *kannte* sie", erwidere ich und verziehe das Gesicht leicht. „Wir haben einander seit Jahren nicht gesehen. Nach dem zu urteilen, was ich seit meiner Ankunft hier gehört habe, hat sie sich ziemlich verändert. Ich weiß nicht einmal, wohin sie gegangen ist … Sie hat sich nicht die Mühe gemacht, mir so viel zu verraten."

Anya summt leise und berührt kurz ihre Haare. Ich blicke verstohlen zu den zwei Kommilitonen, auf die mich Julita aufmerksam gemacht hat, doch ich kann keine Veränderung auf ihren Gesichtern erkennen, falls sie gehört haben, dass ich über Julita gesprochen habe.

Wenn sie sich Sorgen machen, dass jemand Julitas Verschwinden auf den Grund gehen könnte, verbergen sie das gut.

Mein Blick bleibt an einer anderen Studentin in einem dunklen burgunderfarbenen Kleid hängen, das ihrer olivbraunen Haut schmeichelt. Anders als beim Rest von uns werden ihre glatten, schwarzen Haare bloß von einer goldenen Spange aus ihrem Gesicht gehalten und fallen ansonsten offen über ihren Rücken. Sogar Esmae hat ihre Haare für den Ausflug zu einem Knoten aufgerollt.

Die Frau steht wie viele andere am Rand der Gruppe, doch etwas an ihrer Haltung macht den Eindruck, als wäre sie weiter von uns entfernt. Als bestünde eine kleine Distanz, von der sie nicht weiß, wie sie sie überbrücken kann.

Als ich sie beobachte, zupft sie an den Falten ihres Rocks. Ihrer rechten Hand fehlen die zwei kleinsten Finger – das Fleisch ist auf eine Weise glatt, die typisch für ein Weihopfer ist.

Ich muss nicht einmal mit der Augenbraue zucken, damit Julita meine Neugier bemerkt. *Das ist Petra. Sie ist ziemlich ruhig und bleibt hauptsächlich für sich. Sie ist anscheinend eine Nichte zweiten Grades der Familie der Königin oder so etwas. Ich halte es für unwahrscheinlich, dass sie ihren eigenen Cousin angegriffen hat.*

Vielleicht nicht, aber ich schließe vorerst niemanden aus.

Ich streiche den Rock meines Kleides glatt und will gerade das Gespräch vorantreiben, als eine breitschultrige Frau mittleren Alters vortritt, deren Gesicht so teigig wie ein Kloß ist. Sie klatscht in die Hände. „In Ordnung, alle miteinander. Sucht euch ein Ross aus."

Ich gehe absichtlich scheinbar zufällig genau hinter Anya und ihren Freundinnen durch den Stalleingang. Dadurch erhalte ich doch noch eine Gelegenheit, weiterzusprechen.

„Es ist eigenartig, dass Julita so lange nicht hier war, oder? Wo hätte sie hingehen können? Machte es den Anschein, als würde sie sich auf etwas … Widerwärtiges einlassen?"

Das Mädchen rechts von Anya schnaubt.

Anya rümpft die Nase. „Ich kann mir nicht vorstellen, dass sich Julita die Hände besonders schmutzig macht."

Das Mädchen, das mich gefragt hat, ob ich Julita kenne, kichert. „Nein, würde sie wollen, dass etwas Widerwärtiges erledigt wird, würde sie einfach jemand anderen dazu überreden, es für sie zu tun."

Ich verziehe den Mund. „Ich hoffe, sie hat sich in diesem Fall keine Feinde gemacht?"

„Oh, die Leute werden im Allgemeinen nicht *wütend* auf Julita", erwidert Anya in gelangweiltem Ton. „Sie ist einfach so charmant."

Sie sagt es nicht wie ein Kompliment.

Bevor ich nachhaken kann, deutet sie zum Ende der Reihe Pferdeboxen, die wir erreicht haben. „Du solltest Krümel nehmen. Box 16. Er ist das perfekte Pferd für dich für den Anfang."

Das kalte Funkeln in ihren Augen verrät mir, dass sie nichts Gutes im Schilde führt, was Julita mit einem Laut des Entsetzens bestätigt. *Krümel ist ein götterverdammter Schrecken. Anya versucht, dich zum Narren zu halten … oder Schlimmeres.*

Auf mich macht es den Eindruck, als würde ich eher wie eine Närrin dastehen, wenn ich so tue, als würde mir der Vorschlag Angst einjagen. Ich kann mir nicht vorstellen, dass ein Pferd, das in den Ställen der Königsakademie gehalten wird, *so* wild ist.

Ein Schrecken für adlige Frauen könnte ein Kinderspiel für jemanden sein, der ein wenig Temperament zu schätzen weiß.

Ich schenke Anya ein kurzes Lächeln. „Danke für den Vorschlag.“

Die drei Frauen kichern, als ich zu der Box gehe, auf die sie gedeutet hat. Schritte erklingen hinter mir auf dem Steinboden.

Ich erkenne Esmaes klare Stimme. „Anya macht nur Witze, Ivy. Ich kann dir helfen, ein besseres Reittier zu finden.“

„Oh, Esmae, sei keine Spielverderberin“, brummt eine von Anyas Freundinnen.

Ich blicke über meine Schulter. „Danke, aber ich komme zurecht. Jetzt bin ich noch neugieriger auf dieses Pferd.“

Als ich vor der Box stehen bleibe, finde ich mich einem Hengst gegenüber, dessen falbfarbenes Fell mit dunkelbraunen Haaren gesprenkelt ist, die zu seiner Mähne passen. Sie sehen tatsächlich wie dunkle Krümel auf einem hellen Tisch aus. Daran ist nichts besonders Furchterregendes.

Ich greife langsam über die niedrige Boxentür, um ihm eine Gelegenheit zu geben, an meiner Hand zu schnuppern. Er schnaubt und stampft ruhelos mit den Hufen. Er ist ein wenig gereizt.

Die Stallburschen haben ihn bereits mit einem Sattel und Zaumzeug ausgestattet, als müssten sie alle Pferde für die Jagd bereithalten. Ich muss bloß aufsitzen.

Ich schnalze leise, während ich mich langsam in die Box schiebe, so wie ich es zuvor getan habe, wenn ich die Gelegenheit hatte, mit einem unbekannten Pferd Kontakt aufzunehmen. Seit Dotty habe ich keine Pferde *geritten*, aber ich kenne mich mit ihnen aus.

Ich habe sie vermisst. In einem Stall zu sein, fühlt sich an, als würde ich nach Hause kommen – zu dem einen Teil meines alten Zuhauses, an den ich ausschließlich gute Erinnerungen habe.

Eine ungebetene Hitze brennt in meinen Augen. Ich verziehe das Gesicht, um sie zurückzudrängen.

Ich bin hier genauso allein wie auf der Straße. Dort war ich allerdings von Leuten umgeben, die von Sorgen geplagt wurden, die ich nachvollziehen konnte, und an deren Leben ich teilhaben wollte.

Ich habe mich noch nie auf jemand anderen verlassen können als mich selbst ... aber ich *spüre* diese Tatsache an diesem Ort stärker als je zuvor.

Krümel stampft erneut auf. Beruhigend tätschle ich seinen Hals, atme den Pferdegeruch ein und lasse meinen kurzen Anflug von Melancholie davon trösten.

Benedikts lebhafte Stimme kommt aus der Box, die an die Rückseite meiner angeschlossen ist. Er spricht so leise, dass ihn niemand hören wird, der etwas weiter weg ist. „Du lebst gerne gefährlich, was, Klingenkünstlerin?"

Klingenkünstlerin? Wird er mich jetzt immer so nennen?

Ich schätze, mir fallen schlechtere Spitznamen für mich ein.

„Ich scheine ein Talent dafür zu haben", erwidere ich ebenso leise. „Ich wusste nicht, dass du auf Jagden stehst."

Er kommt mir nicht wie eine aggressive Person vor.

Benedikt gluckst. „Wenn man der Bastard eines Bastards ist, kann man auf alles stehen."

Mein Kopf dreht sich zur Rückwand. „Wie bitte?"

Und los geht's, bemerkt Julita belustigt.

„Ich bin der Bastard eines königlichen Bastards", erklärt Benedikt, wobei er selbst genauso belustigt klingt. „Teil der Familie, aber definitiv kein Familienmitglied. Es ist eine einzigartige Position – eine gewisse Menge Anerkennung ohne die Verantwortung. Ich versuche, das auszukosten."

Julita füllt die Lücken dieser Geschichte. *Bennys Vater ist König Konrams Halbbruder ... der anscheinend die gleichen Neigungen seines Vaters auslebt, sich außerhalb des Ehebetts zu vergnügen.*

Dadurch hat Benedikt also Verbindungen zum Palast. Es klingt nicht so, als würde ihn die Situation belasten.

Fragen drängen sich mir auf, doch die Jagdführerin brüllt von draußen, dass wir aus dem Stall kommen sollen. Ich nehme Krümels Zügel und drücke die Boxentür auf.

DREIZEHN

Der Hengst folgt mir durch den Gang, schüttelt den Kopf und schwingt den Schwanz hin und her. Beim Anblick des Hofs springt er vor.

Die Zügel bohren sich in meine Finger, als ich mich bemühe, ihn neben mir zu halten. „Whoa, immer mit der Ruhe", murmle ich.

Andere Studenten bringen ihre Pferde ebenfalls nach draußen. Ich führe Krümel weiter weg vom Stall, damit wir nicht zu nah bei den anderen sind. Anschließend packe ich den Sattelknauf und das Hinterzwiesel, schiebe meinen Fuß in den Steigbügel und schwinge mein anderes Bein über den Pferderücken.

Noch bevor ich auf dem Leder lande, tritt Krümel mit den Hinterbeinen aus. Ich rucke vor und kann gerade noch das Gleichgewicht halten, indem ich den Sattelknauf und seine Mähne umklammere.

Vor Nervosität bricht mir der Schweiß aus. Dotty hat ab und zu ihr Temperament durchblitzen lassen, allerdings nie so etwas getan.

Julita seufzt. *Weißt du, wie er seinen Namen erhalten hat? Der Trainer sagte, dass von jedem, der ihn reitet, ohne zu wissen, was er tut, am Ende nicht mehr als Krümel übrigbleiben.*

Ich knirsche mit den Zähnen. Ich weiß, was ich tue, und ich

werde mich von einigen hochnäsigen Adligen nicht verspotten und dazu bringen lassen, vor einer Herausforderung zurückzuschrecken.

Auch wenn mein Herz jetzt schneller schlägt als zuvor, weil ich weiß, wie groß die Herausforderung sein könnte.

Ich nehme die Zügel fest, aber nicht aggressiv in die Hand, während ich mit den Fersen gegen die Flanken des Hengstes stupse.

Die Muskeln in meinen Armen spannen sich an, als er den Kopf herumwirft.

Anya grinst mich verschlagen vom Rücken des sanftmütigen Wallachs an, auf dem sie sitzt. „Ich hoffe, er macht dir nicht zu viel Ärger.“

„Oh, wir verstehen uns prima“, erwidere ich und tue so, als würden meine Handflächen nicht vor Anstrengung schwitzen.

Als es mir gelingt, Krümel dazu zu bringen, eine Minute lang relativ stillzustehen, erholt sich mein Selbstbewusstsein allmählich. Dann schlängelt sich die rundgesichtige Jagdführerin mit ein paar Helfern zwischen den Pferden hindurch und verteilt … Bögen.

Ich kann bloß starren, als sogar Anya einen über ihren Kopf schlingt und an den Köcher mit kleinen Pfeilen fasst, der an ihrem Sattel befestigt wurde. Irgendwie habe ich nicht so richtig begriffen, dass es bei der Jagd erforderlich ist, dass wir alle tatsächlich … jagen.

Es ist alles in Ordnung, beruhigt Julita mich. *Wir töten nichts. Wir zielen nur auf die heraufbeschworenen Ziele und schauen, wer sie am besten treffen kann.*

Die anderen Studenten unterhalten sich so angeregt miteinander, dass ich es riskiere, zu raunen: „Ich bin mir nicht sicher, dass ich irgendetwas treffen werde.“

Hast du noch nie einen Bogen benutzt?

Ich schüttle kaum merklich den Kopf. Die Frau und ihre Helfer erreichen mich und ich zwinge mich, die Zügel in einer Hand zu halten, während ich die gebogene Holzwaffe entgegennehme.

Ich bin eine Messer-Person. Ein Bogen bringt einem in den

Straßen der Außenbezirke nichts und ich kann ihn schlecht unter meiner Tunika verstecken.

Ich erhalte den Eindruck, dass Julita das Gesicht verzieht. *Nun, wir sind nicht hier, um sie mit deinen fantastischen Bogenschießkünsten zu beeindrucken. Ich werde dich so gut wie möglich anleiten. Konzentriere dich hauptsächlich darauf, auf diesem Biest von einem Pferd zu bleiben.*

Krümel hat definitiv bemerkt, dass ihm nicht mehr meine volle Aufmerksamkeit gilt. Er scharrt ungeduldig mit den Hufen, bis ich leicht an den Zügeln rucke, damit er weiß, dass ich auf ihm bleibe.

Ich muss das Bogenschießen auf dem Rücken eines Pferdes lernen, das nichts lieber tun würde, als mich abzuwerfen. Das wird ein Spaß werden.

Auf der anderen Seite des Stallhofs brüllt einer der Adligen zu Pferd. Als ich den Kopf zu ihm drehe, geht sein Pferd auf die Hinterbeine und erschaudert.

„Daimon", brummt jemand neben mir, als sei es ein Schimpfwort.

Das umherziehende Geistwesen ist nicht zufrieden mit einer kurzen Unterbrechung wie das, das den Wallach des Amuletthändlers provozierte. Der Reiter reißt an den Zügeln und schreit, doch das Pferd bockt weiterhin und tritt aus, als hätte es Angst, den Boden mit den Hufen zu berühren.

Während die Studenten in seiner Nähe ihre Pferde weglenken, eilt die Jagdführerin zu ihm. Bevor sie das panische Pferd erreichen kann, tritt es so kraftvoll nach hinten aus, dass der Reiter aus dem Sattel fliegt.

Und unter die herabfallenden stampfenden Hufe.

Knochen knacken. Der Mann schreit auf und greift zu seinem Bein, das nun unnatürlich abgewinkelt ist.

Die Frau mit dem runden Gesicht packt die Zügel. „Holt einen Mediziner!", ruft sie einem der Helfer zu.

Das Pferd hat sich inzwischen beruhigt, als wäre der störende Geist verschwunden, sobald er echten Schaden angerichtet hatte. Was gut möglich ist angesichts dessen, was ich in der Akademie von dem Benehmen der Daimon gesehen und gehört habe.

Wie von selbst suchen meine Augen Benedikt. Er begegnet meinem Blick kurz. Sein übliches Feixen ist wie versteinert.

Das hier ist offensichtlich kein typischer Vorfall.

„Verfluchte Geister", schimpft jemand und ein anderer zischt, dass er still sein soll, als würde er sich Sorgen machen, dass die Daimon uns alle angreifen könnten.

Mehrere Studenten berühren ihre Stirn, Brust und Bauch mit drei Fingern, um die Geste der Götter zu machen.

Womöglich ist es gar nicht so verkehrt von ihnen, sich Sorgen zu machen. Die geringeren göttlichen Wesen dieses Ortes scheinen sehr wütend und absolut gewillt zu sein, ihre Wut an uns auszulassen.

Die Jagdführerin hat sich neben den verletzten Studenten gekniet. Sie hebt den Kopf und deutet mit dem Arm auf den Rest von uns. „Er braucht kein Publikum. Geht. Ihr wisst, was zu tun ist."

Äh, das ist fraglich.

Nichtsdestotrotz lenke ich Krümel nach rechts und folge den Pferden, die zu dem Wald hinter der Schule aufbrechen.

Reizend. Ich werde zu Pferd mit Pfeil und Bogen jagen, während auch noch Bäume im Weg sind.

Was kommt als Nächstes – werden die Lehrer die Bäume in Brand stecken?

Krümel schnaubt und gibt sein Bestes, vorzuspringen oder einen Umweg einzulegen, doch mein fester Griff, hält ihn relativ gut im Zaum. Anya schaut mich über ihre Schulter an und ich finde ihre finstere Miene sehr befriedigend.

Zumindest einige Sekunden lang, bis Krümel beschließt, sich ein Beispiel an dem anderen Pferd zu nehmen und auf die Hinterbeine zu gehen.

Mein Hintern knallt auf den Sattel und rutscht beinahe vom Pferd. Ich beiße mir auf die Lippe und greife nach seiner Mähne.

„Runter", befehle ich ihm. „Du willst dich bewegen, dann bewegen wir uns."

Anstatt zu versuchen, ihn zu zügeln, tippe ich ihn mit den Fersen an, damit der Hengst lostrottet. Er schnaubt leise, klingt jetzt eher verwirrt als wütend und galoppiert an den wenigen anderen Pferden vorbei, bevor er von selbst langsamer wird.

Dad hat mir immer gesagt, dass man am einfachsten mit einem Pferd arbeiten kann, wenn man ihm zeigt, dass man es respektiert – dass man ihm Raum gibt, einem mitzuteilen, was es möchte. Damals, als er noch genug mit mir sprach, um mir irgendeinen Tipp zu geben.

Anscheinend hatte er recht.

Sobald wir unsere Pferde über den gewundenen Pfad in den Wald geritten haben, sehe ich, was Julita bezüglich der heraufbeschworenen Ziele meinte. Hier und da flackern leuchtende Formen zwischen den Ästen und am Waldboden auf. Manche sehen wie geisterhafte Tiere aus, andere wie beliebige Lichtpunkte.

Ein Pfeil fliegt, dann noch einer und noch einer. Um mich herum verkünden Studenten ihre Treffer wie steigende Wetteinsätze bei einem Kartenspiel.

Aufmerksam auf meinen Hengst achtend, ziehe ich den Bogen von meiner Schulter.

Setze das Pfeilende an die Bogenseite, weist mich Julita an. *Und lehne die Schaftseite unterhalb der Spitze an die Mitte der Bogenkurve. Zieh so fest wie möglich zurück und blicke am Schaft entlang.*

Leichter gesagt als getan.

Mein erster Pfeil fällt ins Unterholz. Der zweite zischt in einen Baum mindestens ein paar Meter entfernt von dem Ziel, auf das ich gezielt habe.

Wenn das so weitergeht, treffe ich wahrscheinlich eher einen meiner Kommilitonen als irgendwelche magische Formen.

Ich verkneife mir eine Grimasse. Wenigstens benimmt Krümel sich für den Moment, obwohl ich die Zügel einmal packen muss, um ihn auszubremsen, als er mich auf die Probe stellt.

Esmae reitet neben mich. Das zerstreute Sonnenlicht reflektiert von ihrem blassen Gesicht und der malvenfarbenen Klappe über ihrem Auge. „Ich schätze, du hast zuvor noch nicht oft zu Pferd mit Pfeil und Bogen geschossen."

„Nein", bestätige ich, denn es ist offensichtlich. Ich mache mir allerdings nicht die Mühe, ihr zu erklären, dass ich auch noch nie zu Fuß mit Pfeil und Bogen geschossen habe.

„Ich habe eine Weile gebraucht, um den Dreh rauszukriegen." Sie bedeutet mir, ihr zuzuschauen. „Es wird dir leichter fallen, wenn du den Ellenbogen höher hältst. Und zieh den Arm etwas weiter zurück, kurz bevor du den Pfeil fliegen lässt."

Ich folge ihren Anweisungen, so gut ich kann, und mein nächster Pfeil fliegt nur dreißig Zentimeter an dem leuchtenden Rehkopf vorbei, den ich zwischen den Bäumen entdeckt habe.

Oh, tja, ich bin ohnehin nicht hier, um eine meisterhafte Bogenschützin zu werden.

Ich befeuchte meine Lippen und lege einen weiteren Pfeil ein. „Danke für deine Hilfe. Du wohnst im gleichen Schlafsaal wie Julita – kennst du sie gut?"

Ich weiß von Julita bereits, dass sie sich nicht nahestanden, es scheint mir jedoch eine Frage zu sein, die eine Person einer Fremden stellen würde, die ihr einfach so hilft. Esmae weiß über mich nur, dass ich Julita kannte.

Esmae legt den Kopf schief, als würde sie über die Frage nachdenken. „Nicht unbedingt. Aber sie ist die Art von Person, die man einfach bemerken muss. Sie ist immer … Wenn sie in der Nähe ist, motiviert mich das, hart zu arbeiten, um die Lehrer genauso sehr zu beeindrucken wie sie."

Hmm, sagt Julita. *Bei ihr hört es sich so an, als wäre ich ein Speichellecker. Ich habe nicht so sehr um die Gunst der Lehrer gebuhlt.*

Ich öffne den Mund, um meine nächste Frage zu stellen, doch eine scharfe Stimme erklingt hinter mir. „Also, Ivy aus Nikodi, du hast die Assistenzstelle bei Ster. Stavros anstelle von uns anderen erhalten."

Ich spähe über meine Schulter und entdecke die Sprecherin in den unsteten Waldschatten hinter Esmae. Die hochgewachsene, sportliche Frau, deren Namen ich nicht kenne, hält ihren Bogen, als sei er ein Teil ihres Körpers.

Julita verrät mir ihren Namen. *Romild. Ihre Provinz liegt an der Grenze – anfällig für feindliche Einfälle.*

Sie hat also wahrscheinlich gehofft, dass ihre Provinz mehr

Schutz von den königlichen Truppen erhält, wenn sie Stavros näher kommt.

Das kann ich ihr nicht vorwerfen, allerdings kann ich ihr die Stelle auch nicht geben.

„Das Timing war einfach richtig", erwidere ich. Mehr kann ich nicht sagen, um meine Einstellung zu rechtfertigen.

Romild schnaubt. „Und du triffst kaum ein Ziel vor deinen Augen. Auf wie viele andere Arten hast du ihn zufriedengestellt, damit er sich für dich entscheidet?"

Ihre Andeutung könnte anhand ihres Tons nicht deutlicher sein. Mein Kiefer spannt sich an und Wut lodert in mir auf.

Als würde ich mich jemals so weit erniedrigen, einen Mann, geschweige denn einen Idioten wie Stavros, ‚zufriedenzustellen', um dessen Gunst zu erhalten.

Ich schaffe es, mit ruhiger Stimme zu sprechen. „Bei militärischem Geschick geht es nicht nur ums Bogenschießen."

Sie lacht schallend. „Rede dir das nur ein. Wir werden ja sehen, wie lange es dauert, bis er es nicht mehr rechtfertigen *kann*, dich zu beschäftigen. Es gibt viele von uns, die auf eine Gelegenheit hoffen, mit einer Legende wie ihm zu arbeiten."

Mir fällt nicht ein, was es nutzen würde, das Thema weiter zu diskutieren. Ich klappe den Mund zu und ignoriere die Magie, die sich in mir regt und meiner Anklägerin das ein oder andere über das Kämpfen beibringen will.

Es erscheint mir jedoch unklug, ihre Bemerkungen vor all diesen Zeugen unangefochten stehen zu lassen. Wenn ich möchte, dass mich meine adligen Kommilitonen besser als Dreck behandeln, muss ich beweisen, dass ich so gut austeilen kann, wie ich einstecken kann.

Ich bringe Krümel dazu, zwischen den nächsten zwei Zielen langsamer zu werden, damit wir zurückfallen. Dann schlinge ich mir den Bogen vorübergehend wieder über die Schulter, lasse meine Hand über meinen geteilten Rock gleiten und schließe die Finger um einen kleinen Griff in einer Scheide, die an meinem Schenkel befestigt ist.

Ich spiele zwar eine Adlige, habe mir jedoch unaufgefordert den Titel als Hand Kosmels verdient.

Romild lässt ihr Pferd mit einem wilden Funkeln in den

Augen an mir vorbeitraben. Ich nicke respektvoll – und lasse meine Hand zwischen uns vorschnellen, als sie an mir vorbeireitet.

Ihr Pferd macht noch einige Schritte, bevor ihr Sattel zur Seite schwingt. Mein Messer ist bereits wieder in seinem Versteck.

Romild gibt einen erstickten Laut von sich und packt die Mähne des Pferdes, doch es ist zu spät. Der Sattel mit seinem durchtrennten Gurt rutscht an der Flanke des Pferdes hinab und sie landet mit einem hörbaren *Uumpf* auf dem Waldboden.

Als sie sich aufrappelt, sage ich leise vor mich hin: „Vielleicht zieht General Stavros eine Assistentin vor, die weiß, wie man auf einem Pferd bleibt.“

Mehrere der anderen Studenten haben angehalten, um zuzuschauen. Niemand kann beweisen, dass ich tatsächlich etwas getan habe, weshalb niemand eine Anschuldigung ausspricht.

Sie wissen jedoch alle, dass der Unfall vermutlich kein Zufall war.

Benedikts Blick ruht mit unverhohlener Freude auf mir. Die anderen Gesichter, die mir zugewandt sind, sehen nun wachsamer aus … und zeigen Respekt sowie Feindseligkeit.

Ich lasse Krümel wieder an Romild vorbeitraben, die mich mit einem wütenden Blick fixiert. Meine Magie windet sich erneut zwischen meinen Rippen – da sie mich schützen und Romild wegschleudern will – und ich spanne mich an.

Sie ist nur eine kleine Bedrohung. Nichts, was mich besonders stören sollte.

Doch in der nächsten Sekunde schießt ein allzu vertrauter Schmerz aus meinem Brustbein. Ich presse die Zähne fest zusammen, damit ich nicht vor Schmerz keuche.

Götter straft mich, was *jetzt*? Ein so kleiner Vorfall hat noch nie zuvor den Rückschlag meiner Magie ausgelöst.

Heute passiert es allerdings definitiv. Der Schmerz brennt durch meine Organe und meine Hände zittern, während ich die Zügel umklammere.

Ivy?, fragt Julita zaghaft, aber ich kann jetzt nichts sagen, um sie zu beruhigen.

Krümel weicht unter mir vom Pfad ab. Ein Beben durchläuft seinen Körper.

Der Hengst kann spüren, dass mit seiner Reiterin etwas nicht stimmt. Wenn ich nicht aufpasse, werde ich ebenfalls vom Pferd fallen.

Ich darf nicht zulassen, dass jemand sieht, womit ich kämpfe. Ich darf nicht den Verdacht wecken, dass mit mir etwas nicht stimmt.

Und ich muss auf diesem verfluchten Pferd bleiben.

Ich konzentriere mich auf das Trommeln seiner Hufe auf dem Waldboden. Außerdem spanne ich meine Schenkel an seinen Flanken an und teile ihm mit, dass ich noch da bin. Die Zügel wiege ich in einem sanften Rhythmus.

Ich spüre den Hengst unter mir, seine Atmung und sein hämmerndes Herz, was mir hilft, die qualvolle Empfindung in mir auszublenden. Nach einigen Atemzügen verebbt das Pochen.

Mein Rücken fühlt sich schweißnass an. Ich halte ihn gerade, als ich mich sammle, um einen weiteren Schießversuch mit dem verflixten Bogen zu wagen.

Mir geht es gut. Ich habe es überstanden – ich habe alles überstanden.

Doch wie viel länger kann ich damit weitermachen, wenn die Risse in meiner Seele größer werden?

VIERZEHN

Als ich an dem Wandteppich vorbeigehe, der Signy zeigt, die sich der Armee des Kaisers stellt, kann ich nicht anders, als ihrer einflussreichen Gestalt einen sehnsüchtigen Blick zuzuwerfen. Schwerwiegende Missstände zu beheben, ist bestimmt viel einfacher, wenn alle Gottlen auf einen herabblicken und segnen.

Natürlich bin ich mir nicht sicher, ob wir unsere göttlichen Aufseher auf die Probleme aufmerksam machen wollen, mit denen wir es momentan zu tun haben. Wer sagt, dass sie uns bei unserer Mission helfen und nicht beschließen würden, dass die Blutzauberer bereits zu weit gegangen sind und es an der Zeit ist, göttliche Rache zu verüben?

Als ich nach dem Wandleuchter greife, senke ich die Stimme zu einem Flüstern. „Bist du dir sicher, dass er jetzt dort unten ist? Ihn wird es wirklich nicht stören, dass ich eine Stunde zu früh auftauche?"

Julita lacht. *Alek würde sein ganzes Leben in den Archiven verbringen, wenn er damit durchkäme. Ich bin oft zu früh gekommen, um mir einen detaillierteren Bericht seiner jüngsten Entdeckungen anzuhören.*

Diese Antwort beantwortet meine zweite Frage nicht, denn ich bin nicht Julita. Vielleicht kann sie sich nicht vorstellen, dass die Begegnung anders verlaufen könnte, als es bei ihr der Fall gewesen wäre.

Der dunkle Durchgang öffnet sich, woraufhin ich ihn betrete und die Treppe hinabsteige.

Die Fragen, die ich Alek stellen möchte, will ich nicht vor den anderen Männern aussprechen, vor allen Dingen nicht unter Stavros' misstrauischem Blick. Als ich Julita erzählte, dass ich gerne etwas mit Alek besprechen würde, bevor ich es der ganzen Gruppe verrate, ermutigte sie mich, den Treffpunkt vor dem offiziellen Beginn des nächsten Treffens unserer kleinen Geheimgruppe aufzusuchen.

Der maskierte Gelehrte hat sich mir gegenüber schrecklich misstrauisch verhalten, obgleich er Julitas Präsenz schützen möchte. Er ist jedoch eindeutig der Richtige, wenn es um altes Wissen geht, das bei Stavros' Militärausbildung oder dem Klatsch und Tratsch von Kunden und Kommilitonen nicht angesprochen wird.

Falls mir der Gelehrte die Information geben kann, die ich brauche, wird es jedes Unbehagen wert sein, das möglicherweise entsteht, wenn ich mich ihm aufdränge.

Es wäre einfacher, wenn ich mehr über ihn wüsste – damit ich nicht in ein Fettnäpfchen trete.

Als ich durch die Dunkelheit nach unten gehe, senke ich meine Stimme noch stärker. „Was hat es mit der Maske auf sich? Warum trägt er sie?"

Julita gibt ein nachdenkliches Geräusch von sich. *Ich habe ihn noch nie ohne Maske gesehen. Dies ist nicht die Art von Angelegenheit, die man einfach so ansprechen kann, ohne unhöflich zu sein. Ich vermute jedoch, dass er irgendeinen hässlichen Makel an seinem Gesicht versteckt – eine Missbildung oder eine Narbe oder dergleichen.* Sie lacht leise. *So besessen von Fakten und Wissen und dennoch so besorgt um sein Äußeres.*

Meine Haut juckt bei dem leicht spöttischen Ton in ihrer Stimme. Falls Alek ein bedauernswertes Merkmal verbirgt, geht es vermutlich genauso sehr um die Ansichten seiner Kommilitonen, für die der äußere Schein sehr wichtig ist, wie um seine eigenen.

Nachdem ich erlebt habe, wie sich die Leute hier benehmen, kann ich nicht behaupten, dass ich es ihm übelnehme, dass er so viel Schutz wie möglich vor ihrem Urteil haben möchte.

Ich kann keine weitere Frage stellen, denn mit meinem nächsten Schritt trete ich aus dem magischen Durchgang in den Raum. Meine schicken Hausschuhe schaben über den Steinboden, woraufhin Alek zusammenzuckt, der über ein dickes Buch gebeugt am Schreibtisch sitzt.

Als er sieht, dass ich es bin, versteift er sich noch mehr. Er streicht seine dichten schwarzen Haare zurück und fixiert mich mit einem bohrenden Blick, der wieder vollkommen kalt geworden ist. „Was machst du hier unten? Wir treffen uns erst in einer Stunde."

Ich hebe entschuldigend die Hände. „Ich weiß. Es tut mir leid, dass ich dich störe. Mir ist etwas eingefallen, dem ich auf den Grund gehen möchte, um herauszufinden, ob es sich lohnt, allen davon zu erzählen. Es ist etwas, von dem ich dachte, dass du vielleicht bei deinen Nachforschungen darauf gestoßen bist. Julita meinte, du bist häufig schon vor den Treffen hier unten."

Aleks Mund entspannt sich ein wenig bei der Erwähnung von Julita. Seine hellbraunen Augen huschen nach unten und wieder hoch, um meinen mit einer anderen Art von Intensität zu begegnen. „Ist sie ... okay? Ich meine, so sehr es eine Person eben sein kann, wenn ..."

Er macht eine unbestimmte Geste, um den Wahnsinn der Situation zusammenzufassen, in der sie und ich uns befinden.

Obwohl ich diesen Mann nicht richtig kenne und er mich vermutlich wie Stavros für eine Straßenratte hält, entsteht bei der Frage ein Kloß in meiner Kehle.

Er ist zwar ein hochnäsiger Adliger wie der Rest von ihnen, aber immer noch ein Mensch.

Und ich weiß, wie es ist, jemanden zu verlieren, der einem wichtig ist.

„Ihr scheint es in Anbetracht der Umstände gut zu gehen", erwidere ich lässig. „Sie hat definitiv viel beizutragen. Was denkst du, Julita? Wie kommst du zurecht?"

Nun, ich würde es offensichtlich vorziehen, nicht *tot zu sein, aber du sorgst dafür, dass es interessant bleibt. Ich habe lieber dich am Hals als irgendeine geistlose Zicke wie Anya.*

Meine Lippen biegen sich zu einem schiefen Lächeln. „Sie hält mich für eine unterhaltsame Gastgeberin."

Alek blinzelt und schüttelt sich leicht, als würde er seine Gedanken sammeln. „Es wäre nicht gut, wenn sie sich langweilt, schätze ich. Was ist es, dem du auf den Grund gehen wolltest?"

Ich muss vorsichtig vorgehen und sicherstellen, dass meine Begründung logisch klingt, auch wenn sie nicht der wahre Grund für meine Frage ist. „Ich habe mich gefragt, ob es Methoden zur Unterdrückung von Magie gibt. Vielleicht gibt es eine Möglichkeit, wie wir es den Zauberern erschweren können, ihre bösen Absichten auszuüben, während wir daran arbeiten, zu beweisen, wer sie sind."

Alek reibt über seinen bronzefarbenen Kiefer und sein Blick richtet sich in die Ferne. „Unterdrückung von Magie. Bei den zerrissenen Zauberern verlassen sich die Behörden auf Beruhigungsmittel, damit sie ihre Kräfte nicht einsetzen können. Wir können allerdings schlecht die ganze Akademie unter Drogen setzen."

Ich schaffe es, mein Lächeln daran zu hindern, zu gefrieren. „Offensichtlich. Ich hatte gehofft, dass es eine subtilere Methode gibt, die wir ausprobieren können."

Oder zumindest eine, die *ich* ausprobieren kann, um die Magie besser in den Griff zu bekommen, die in mir tobt. Nach der gestrigen Schmerzattacke wegen eines bösen Blicks fühlt es sich viel dringender als je zuvor an, sie zu zügeln.

Die Behörden haben noch keine Methode gefunden, welche die gefährliche Magie eines zerrissenen Zauberers komplett blockiert und diesem nicht das Bewusstsein raubt. Allerdings wäre ich schon damit zufrieden, sie ein wenig einzudämmen, falls das möglich ist.

„Es gibt etwas, was relevant sein könnte. Doch ich kann mich nicht erinnern, wie detailliert die Aufzeichnungen waren ..." Alek geht zu einer Tür zwischen zwei Regalen und zögert. Sein Körper spannt sich kurz an, bevor er mich ansieht.

„Du kannst genauso gut mitkommen. Wir werden nach

Büchern über die Geschichte vor dem Kaiserreich suchen. Die Bücher hier unten sind jedoch nicht besonders gut geordnet."

Ich folge ihm durch die Tür in ein anderes Archivzimmer, das mindestens dreimal so groß ist wie das, welches wir verlassen haben. Bücherregale und offene Regale erstrecken sich in jede Richtung und sind mit in Leder und Leinen gebundenen Büchern, Stapeln ungebundenen Papiers und mit Wachs versiegelten Schriftrollen gefüllt. Sogar auf den verblassten Kissen des Sofas, das inmitten des Labyrinths steht, liegen mehrere Bücher verstreut.

Mir klappt die Kinnlade herunter, als ich all das betrachte. Der Geruch uralter Tinte und Papiers flutet meine Lunge und ist beinahe so tröstlich wie die Gerüche im Stall.

Ich unterdrücke den Drang, einen der Bücherstapel zu umarmen, und atme den Duft noch tiefer ein. „Wow. Und das sind die Werke, die der Wissenschaftsfakultät *nicht* wichtig genug sind, um sie in der Hauptbibliothek aufzubewahren?"

Alek beobachtet meine Reaktion mit einem Gesichtsausdruck, der Belustigung bedeuten könnte, was jedoch schwer zu erkennen ist, da so viel von seinem Gesicht von der Maske verdeckt wird. „Wir haben im Lauf der Jahrhunderte eine Menge Texte angehäuft. Ein Teil der Sammlung wird basierend auf dem aktuellen akademischen Fokus erstellt. Wenn es um historische Ereignisse geht, zieht es die Königsfamilie vor, dass sich die Studenten mit der Zeit ab dem Sturz des Kaiserreichs befassen."

Ich verkneife mir ein Schnauben. „Halten wir uns nicht mit unserem Versagen auf, sondern beschäftigen wir uns nur mit unseren Siegen. Irgendwie überrascht mich das nicht."

Ich gehe einige Schritte an den Regalen entlang und gleite mit den Fingern über die Buchrücken. Nur eine leichte Staubschicht bedeckt die Einbände und weist darauf hin, dass dieser Raum relativ häufig aufgesucht wird – oder dass es der Wissenschaftsfakultät wichtig ist, die Archive regelmäßig zu putzen.

Alek marschiert mir voraus und bedenkt die Bücher mit einem strengeren Blick. „Ich habe jeden Bericht überprüft, den ich über die Gaben der aktuellen Studenten … und des

Personals finden konnte. Es gibt mehrere aus der Führungsfakultät, die sich Jurnus verpflichtet haben, und ein paar in der Gesellschaftsfakultät, die über Wetter-Magie verfügen. Allerdings geht es dabei hauptsächlich darum, Regen heraufzubeschwören oder für einen sonnigen Tag zu sorgen, anstatt um etwas, was mit dem Wind zu tun hat."

Ich runzle die Stirn. „Ich schätze, wir sollten ihre jüngsten Aktivitäten trotzdem überprüfen."

Er nickt. „Damit habe ich bereits begonnen. Bisher scheinen die meisten von ihnen, wenn nicht sogar alle, zum Zeitpunkt von Julitas Mord auf dem Campus gewesen zu sein. Ich werde jedoch Benedikt und Casimir bitten, so viel wie möglich über diejenigen herauszufinden, die keinen Unterricht hatten."

Er arbeitet sehr gründlich – das muss ich ihm lassen.

Ich schaue wieder zu dem Regal und meine Hand hält bei einem Buchrücken inne, in den vertraute Worte eingeprägt sind. Ich nehme das schmale Buch heraus. „Der erste Band von Gisela Luvinyas Reisetagebuch. Ich konnte ihn nie finden."

Aleks Ton klingt skeptisch. „Woher weißt du dann davon?"

„Oh, ich habe den zweiten zwischen anderen Büchern gefunden dort, wo ich gelebt habe … bevor ich eine falsche Adlige wurde. Sie bezieht sich ständig auf Abenteuer aus ihrem ersten Band, allerdings nur so vage, dass man das verdammte Buch noch dringender lesen will."

Alek zuckt mit den Achseln. „Ich schätze, du könntest es dir ausleihen. Ich bezweifle, dass es schnell vermisst werden würde."

„Wirklich?" Instinktiv presse ich das Buch an meine Brust, als hätte ich Angst, dass er seine Meinung ändern und es mir wegnehmen wird. Was albern ist, denn wir haben beide wichtigere Dinge, um die wir uns Sorgen machen müssen als fünfzig Jahre alte Reiseberichte.

Der Schatten eines Lächelns berührt Aleks ernstes Gesicht. „Es kann genauso gut von jemandem wertgeschätzt werden."

Er hält inne. „Wie kommt es, dass du so gut lesen gelernt hast? Ich unterlag dem Eindruck, dass man das Erkennen von Buchstaben abgesehen von den Grundlagen in den Außenbezirken kaum unterrichtet."

Meine Freude über den Fund des Buchs verfliegt. Je weniger

ich darüber spreche, woher ich komme, desto besser für uns beide.

„Meine Eltern konnten lesen", antworte ich knapp. „Sie sahen, dass wir … dass ich in ihre Fußstapfen treten könnte."

Bis sie es nicht mehr wollten. Doch bis dahin hatte ich genug gelernt, um meine Bildung selbstständig fortzusetzen.

Aleks Augen sind schmal geworden. „Und was haben deine Eltern gearbeitet, dass *sie* lesen gelernt haben?"

Mein Magen verknotet sich. „Ich verstehe nicht, wieso ihr Beruf für unsere Mission relevant ist."

Der Gelehrte wendet sich mir zu und sein Kiefer spannt sich an. „Du erwartest, dass wir dir *alles* anvertrauen. Sogar Julitas Seele. Warum sollten wir nicht wissen wollen, mit wem wir es zu tun haben?"

Ich verkneife mir die Bemerkung, dass ich jedem von ihnen mit Freuden Julitas Seele überlassen würde, hätte ich eine Wahl. Meine Stimme kommt trotzdem scharf heraus. „Ich bin nicht meine Eltern." Wie sie hunderte Male glasklar gemacht haben. „Und auf mich wirkt es so, dass *ich* diejenige bin, die hier viel mehr riskiert, da ich Leuten vertrauen soll, nur weil ein Gespenst behauptet, sie wären vertrauenswürdig. Ihr wisst bereits mehr über mich als ich über euch!"

Alek öffnet den Mund und schließt ihn wieder. Ich kann nicht erkennen, was hinter seinem bohrenden Blick vor sich geht.

Julita lacht leise. *Damit hast du ihm den Kopf zurechtgerückt.*

Dann reckt er ganz leicht das Kinn. „Was möchtest du wissen?"

Ich hatte nicht erwartet, dass er sich zu einer Befragung bereiterklären würde. Ich zögere und eine offenkundige Frage kommt mir in den Sinn. „Was ist deine Gabe?"

„Was bringt dich auf die Idee, dass ich eine habe?"

Ich starre ihn kurz an. Mindestens ein kleines Weihgeschenk zu erbitten, ist unter Adligen üblich.

Sie können es sich leisten, ein wenig von ihren Körpern zu verlieren, um Macht zu gewinnen. Alles, um einen potenziellen Vorteil bei ihrem Kampf um Ansehen zu erhalten.

Ich bin mir jedoch nicht sicher, ob es höflich ist,

irgendetwas davon auszusprechen, weshalb ich mich dafür entscheide, zu sagen: „Es macht den Anschein, als würden hier alle eine haben."

„Nun, ich bin nicht alle." Alek dreht sich wieder zu den Regalen um, als wolle er sich lieber nicht meinem forschenden Blick stellen. Seine Hand hebt sich zur Mitte seiner Brust, wo sein Gottlen-Mal sein muss. „Ich habe mich natürlich Estera verpflichtet. Allerdings wollte ich wissen, dass ich alles, was ich erreiche, mit meinen eigenen Fähigkeiten geschafft habe und nicht wegen eines göttlichen Vorteils."

Es stimmt, erzählt mir Julita. *Zumindest, dass er keine Gabe hat. Wir haben zu Beginn unserer Treffen alle unsere möglichen Stärken besprochen.*

Seine Entscheidung, sich auf seine sterblichen Fähigkeiten zu verlassen … ist beinahe die gleiche wie meine. Abgesehen von dem Teil, dass ich eine Gabe habe, um die ich nie gebeten habe und die in Wahrheit ein Fluch ist.

Ich kann nicht anders, als ihn ein wenig länger zu beobachten und das unerschütterliche Engagement zu erfassen, das in jeder Bewegung seines schlanken Körpers zu erkennen ist.

Eine andere Frage entfährt mir. „Was hoffst du, zu erreichen?"

„Im Moment würde ich mich damit zufriedengeben, eine zweite Große Vergeltung zu verhindern."

Sein abweisender, flacher Ton tötet meine Neugier. Ich richte meinen Blick auf die nächste Bücherreihe.

Bei diesem Regal und beim nächsten überfliege ich die Titel auf der Suche nach etwas, was mit der Geschichte vor mehreren Jahrhunderten zu tun hat. Alek fährt kommentarlos mit seiner Suche fort.

Dann fällt mir ein Buch ins Auge, bei dem mich ein so starker Ruck durchfährt, dass ich die Stille durchbreche. „Sie sind nicht alle auf Silanisch geschrieben."

Aleks trockene Stimme dringt von weiter weg durch die Regale. „Nein, der Großteil der Leute auf der Akademie kann auch Veldunisch und viele verstehen einigermaßen gut Darisch, wenn auch nur, um auf die Berichte aus der Zeit zuzugreifen, als wir noch Teil des Kaiserreichs waren."

„Das habe ich erwartet, aber keine Volkssagen auf Wudisch." Ich blättere die Seiten durch und grinse die fantasievollen Illustrationen an, welche die Seiten zwischen der geschwungenen Schrift verzieren.

Alek erscheint am Ende des Gangs, durch den ich geschlendert bin. „Du kannst Wudisch lesen? Waren deine Eltern auch noch Immigranten aus Wudland?"

Ich kichere. „Nein. Ich … wenn man auf der Straße lebt, macht es sich bezahlt, so viele Neuigkeiten zu sammeln wie möglich. Und viele der besten Neuigkeiten haben die Händler. Es gab einen wudischen Auswanderer, der ziemlich viele Geschäfte mit seinen ehemaligen Landsleuten machte, wenn sie durch die Stadt reisten. Ich fand ein paar alte Lehrbücher über die Sprache unter den vergessenen Texten, zu denen ich Zugang hatte. Das bedeutete, dass ich mehr von seinen Gesprächen belauschen konnte."

Alek starrt mich jetzt mit offenem Mund an. „Du hast dir selbst Wudisch beigebracht."

„Ich meine, ich würde nicht behaupten, dass ich es fließend sprechen kann. Ich kann in einem Gespräch das Wesentliche verstehen sowie ziemlich einfache Texte. Ich würde nicht versuchen, rechtliche Abhandlungen zu lesen, aber ich vermute, dass ich mit dem hier zurechtkäme." Ich halte das Buch der Volkssagen mit hoffnungsvoller Miene hoch.

Alek starrt mich noch einen Augenblick lang an. Dann schüttelt er den Kopf und lacht. „Mach nur und leih dir das auch aus. Bei den Göttern. Abgesehen von mir kenne ich nur drei Studenten hier, die sich die Mühe gemacht haben, diese Sprache zu lernen."

„Andere Prioritäten." Ich drehe mich zu den gegenüberliegenden Regalen um und nehme meine echte Suche wieder auf. „Ich schätze, es kann nicht vollkommen nutzlos für einen Adligen sein, sonst hättest *du* dir nicht die Mühe gemacht, es zu lernen."

„Ich weiß gerne so viel, wie ich kann. Was vermutlich der gleiche Grund ist wie deiner."

Alek bleibt noch einige Momente am Ende des Gangs

stehen. Kurz fühlt sich seine Anwesenheit beinahe freundschaftlich an.

Dann verzieht sich sein Mund zu einem Lächeln, das bittersüß ist. „Julita hält uns wahrscheinlich für absurd. Sie hielt es sogar für unnötig, Veldunisch zu lernen. Andererseits konnte sie jedermanns Aufmerksamkeit halten, ohne ein Wort zu sprechen, weshalb sie es wohl nicht gebraucht hat.“

Die Zärtlichkeit in seiner Stimme ist so stark, dass sie einen Schauder durch meine Nerven schickt, obwohl sie nichts mit mir zu tun hat. Der Kerl war wirklich hin und weg von meiner geisterhaften Passagierin.

Es war nicht so, als würde er jemals über eine Straßenratte wie mich so sprechen. Doch das spielt wohl kaum eine Rolle.

Als Julita allerdings mit einem Kichern trockener Belustigung reagiert, stellen sich meine Nackenhaare wie von selbst auf. *Manche von uns wissen, dass die meisten nützlichen Dinge nicht in Büchern gefunden werden können. Er hat jedoch sein Bestes gegeben.*

Ich gehe davon aus, dass sie mit Alek nie auf solch herablassende Art gesprochen hat, als sie noch am Leben war. Andernfalls würde er nicht noch immer zärtliche Gefühle für sie hegen.

Anya ist möglicherweise eine geistlose Zicke, ich bezweifle allerdings, dass ihre Einschätzung von Julita vollkommen falsch ist. Mein ungebetener Gast hat die Angewohnheit, Leute zu bezaubern, nur um zu bekommen, was sie will.

Ich möchte lieber nicht darüber nachdenken, in welchem Ausmaß ich dabei eingeschlossen bin. Ich bin jetzt zu meinen eigenen Zwecken auf dieser Mission – aus Gründen, die sie nicht einmal erraten kann.

Ich stecke mir die wudischen Volkssagen zusammen mit dem Reisetagebuch unter den Arm und setze meine Suche fort. Alek geht zum nächsten Gang.

Bei all den Titeln um mich herum beginnt mein Kopf, sich zu drehen, als der Gelehrte einen Triumphschrei ausstößt. „Falls die Antwort irgendwo ist, dann hier drin.“

Er schleppt den dicken Wälzer, den er gefunden hat, zu einem der kleinen Schreibtische des Zimmers und ich eile zu ihm. Er blättert die vergilbten Seiten durch und saugt konzentriert seine Unterlippe zwischen die Zähne.

„Wonach genau suchen wir?", frage ich und beuge mich neben ihm über den Schreibtisch.

Eine leichte Duftwolke, die nach Zitrone und Minze riecht, steigt mir herb und kühl in die Nase. Der Geruch passt zu dem Mann.

Alek blättert das Buch mit vor Konzentration zusammengekniffenen Augen durch. „Ich habe diese Abhandlung schon ein paarmal gelesen und wenn ich mich richtig erinnere, wurde bei den alten Monarchen-Prüfungen die Magie für gewöhnlich unterdrückt."

Ich runzle die Stirn. „Monarchen-Prüfungen?" Das ist eine Information, über die ich bisher nicht gestolpert bin.

Er nickt geistesabwesend. „Vor der Großen Vergeltung und bevor Darium das Reich angriff, wurde der Herrschertitel in Silana nicht ausschließlich durch Vererbung weitergegeben. Wenn ein König oder eine Königin starb, musste ihr Nachfolger eine Reihe an Prüfungen durchlaufen, um sich vor dem Volk und den Göttern als würdig zu erweisen. Wenn derjenige versagte, konnten sich andere melden und um den Thron wetteifern."

Ich ziehe die Augenbrauen hoch. „Das klingt viel fairer, als die Krone einfach automatisch dem Nächsten in der Familie zu übergeben. Warum hat man damit aufgehört?"

„Es war ziemlich barbarisch. Manche der Prüfungen waren recht … blutig und manchmal waren absolut gute Kandidaten nicht in der Lage, die Krone zu übernehmen wegen der Verletzungen, die sie sich bei der Prüfung zugezogen hatten. Außerdem schätze ich, dass es für Darium einfacher war, die Monarchie zu kontrollieren, wenn sie auf eine geradlinige Art geregelt wurde."

„Darium herrscht hier seit fast einem Jahrhundert nicht mehr", merke ich an.

Alek summt nachdenklich. „Die Einfachheit der Erbfolge hat auch für uns etwas für sich. König Melchior hat seinen Wert unter Beweis gestellt, indem er unsere Freiheit von Kaiser Vitus errungen hat. Und die Melchioreks *müssen* die Krone nicht an den nächsten des genetischen Stammbaums weitergeben. Sie nutzen ihr bestes Urteilsvermögen und das Land kommt prima ohne grausame Prüfungen zurecht."

Ich weiß nicht, ob ich behaupten würde, dass ganz Silana ,prima' zurechtkommt. Andererseits wer weiß schon, ob die Herrscher, die den Thron durch blutige Prüfungen gewonnen hatten, freundlicher zu ihren ärmsten Bürgern gewesen waren?

Alek hält inne und lässt die Finger über eine bestimmte Seite gleiten. Die Tinte ist verblasst und die Handschrift – aus der Zeit, bevor Druckerpressen wie Dads erfunden worden waren – ist verschnörkelter, als ich es gewohnt bin, doch ich kann sie gut genug lesen, um festzustellen, dass diese Seite von einer Prüfung der ,Stärke' sprach.

„Hier." Alek tippt auf eine Stelle in der Nähe des unteren Seitenrandes. „Für eine bestimmte Prüfung wollten sie sicherstellen, dass die Aufgabe durch Willensstärke und körperliche Kraft erfüllt wurde anstatt auf magische Weise. Der angehende Monarch nahm ein spezielles Kraut ein … Sie nennen es hier ,Rohrwolle', aber ich habe noch nie von dieser Pflanze gehört."

Rohrwolle. Meine Laune hebt sich. Der Name ist mir ebenfalls unbekannt, doch es ist ein Anfang.

„Es ist vermutlich eine gebräuchliche Bezeichnung. Manche Leute nennen Volhana beispielsweise ,Schweinelippe'. Hast du noch nie zuvor davon gelesen?"

Alek schüttelt den Kopf. „Wahrscheinlich wurde es nicht oft benutzt … das Kraut oder der Name. Botanik ist allerdings nicht mein Fachgebiet. Und wir haben nur wenige Aufzeichnungen, die sowohl die Große Vergeltung als auch die Säuberung durch das Kaiserreich überlebt haben."

Ich richte mich auf. „Ich kann womöglich mehr rausfinden … vielleicht kann ich sogar ein wenig von dem Zeug besorgen. Es gibt Leute, die ich fragen kann."

„Wenn du mir ihre Namen gibst …"

Ich werfe ihm einen bedeutungsvollen Blick zu. „Ich meine Leute, die wahrscheinlich viel freier mit jemandem auf ihrem Niveau sprechen als mit einem Adligen. Überlass das mir. Es ist eine Sache, die ich tatsächlich besser erledigen kann als einer von euch."

Bei unserer Suche habe ich mir anscheinend ein wenig Respekt bei dem Gelehrten verdient, denn er neigt zustimmend den Kopf, anstatt zu protestieren.

Alek wuchtet das Buch in seine schlanken Arme. „Selbst wenn du es finden kannst, wissen wir nicht wie effektiv es tatsächlich war oder wie wir es zu den richtigen Leuten schmuggeln können, ohne den Rest der Schule ernsthaft zu behindern. Aber die anderen haben womöglich ein paar …"

„Erzähle es den anderen noch nicht", unterbreche ich ihn.

Sein Blick zuckt zu mir. „Warum nicht?"

Weil ich nicht will, dass jemand über mein spezielles Ziel spekuliert.

Die Antwort, die ich laut ausspreche, klingt viel schwächer, als es mir gefällt. „Du hast gerade gesagt, dass wir keine Ahnung haben, ob es funktionieren würde … und ich weiß nicht einmal, ob ich es finden kann. Es ist besser, niemandes Zeit mit Gedanken daran zu verschwenden, bis wir den ersten Teil geregelt haben, oder?"

Alek mustert mich einige Augenblicke länger, als mir lieb ist. Ich zwinge mich, seinen Blick zu halten.

Seine Lippen schürzen sich und die Wärme, die ich zuvor gesehen hatte, verschwindet hinter seinen verschlossenen Augen. „Na schön. Aber ich erwarte, von dir zu hören, sobald du irgendetwas herausgefunden hast."

Er marschiert los und ich frage mich, wie ich ihn nun beleidigt habe und wie sehr ich das bereuen sollte.

Ich folge ihm. „Wohin gehst du?"

„Es gibt eine Sache, die ich hinsichtlich der Praktiken der Blutzauberei noch einmal überprüfen wollte. Ich habe es geschafft, einige Berichte über ihre Rituale zu finden, die in den allgemeinen Bänden fehlten …"

Seine Stimme verstummt plötzlich. Ich eile zu ihm und entdecke, dass er die Bücher durchwühlt, die willkürlich auf einem Regal verteilt liegen.

„Sie sind fort", stellt er fest.

„Was?"

Alek sieht mich mit einem besorgten Schimmer in seinen hellen Augen an. „Alle drei Bücher, die ich hier rausgelegt habe, erwähnten die Blutzauberei. Jemand hat sie mitgenommen."

Mir sinkt das Herz. „Haben es die Bibliothekare bemerkt und sie weggebracht, damit sie vernichtet werden?", frage ich.

Alek spricht meinen düstereren Verdacht aus. „Oder ich war nicht die einzige Person, die bereits von ihnen wusste ... und die gleichen Leute, die Julita ermordeten, wollen es allen anderen erschweren, herauszufinden, welche Schrecken sie begehen."

FÜNFZEHN

Als ich von der Einkaufsliste aufschaue, die mir Stavros gerade gegeben hat, beobachtet der ehemalige General mich mit einem Funkeln in seinen dunklen Augen. „Sorg dafür, dass es gereiftes Kivsamenöl und kein frisches ist. Ich hoffe, du kannst diese Besorgungen erledigen, ohne jemanden oder etwas in Stücke zu schneiden?"

Ich rümpfe die Nase. „Bisher habe ich dich nicht erstochen, also würde ich behaupten, dass meine Selbstbeherrschung prima funktioniert."

Er legt den Kopf mit einem leichten Zucken schief, das mir verrät, dass er seinen Blick neu fokussiert. Plötzlich erhalte ich das Gefühl, dass er mich nicht nur ins Gebet nimmt, sondern gegen seinen Willen fasziniert ist. „Ich habe gehört, dass du neulich auf der Jagd jemandes Sattel durchgeschnitten hast."

Es läuft mir kalt über den Rücken. Ich möchte nicht, dass dieser Mann – dieser Zauberer-Jäger – mich noch gründlicher im Auge behält, als er es ohnehin schon tut.

Ich zwinge mich zu einem Lachen und stecke die Liste in den Beutel an meinem Gürtel. Natürlich ist es ein Seidenbeutel an einem Gürtel mit Goldrand, da beides zu diesem schicken Kleid passen muss. „Ich würde gerne sehen, wie sie das beweisen wollen."

„Gab es einen bestimmten Grund, aus dem du das

Bedürfnis verspürt hast, eine der Studentinnen von ihrem Pferd zu holen?"

Sie hat es darauf angelegt, schimpft Julita.

Ich entscheide mich für eine etwas detailliertere Erklärung. „Sie hat an meinen Qualifikationen für die Assistentenstelle gezweifelt. Ich dachte, es wäre gut, zu demonstrieren, dass ich mich meiner Gegner prima erwehren kann."

Stavros zieht die Augenbrauen hoch. „Ich schätze, es hat etwas bewiesen. Vielleicht kannst du das beim nächsten Mal tun, ohne Schuleigentum zu beschädigen. Es ist recht ermüdend, sich die Schimpftiraden des Stallmeisters anzuhören."

„Das tut mir ja so leid", erwidere ich alles andere als entschuldigend und deute auf die luxuriöse Einrichtung um uns herum. „Ich bin mir sicher, irgendwo in den vielen Truhen der Akademie gibt es Geld, mit dem man einen Sattelgurt ersetzen kann. Außerdem hättest du dieses Problem nicht, wenn du mich während deiner Kurse mehr tun lassen würdest, als Ausrüstung herumzuschleppen. Dann würden die Leute nämlich sehen, dass ich mir die Stelle verdient habe."

„Ich denke, *verdient* ist eine kleine Übertreibung." Er gluckst und schüttelt den Kopf. „Ist dir nie in den Sinn gekommen, dass es womöglich besser ist, wenn die Leute hier *nicht* sehen, wie du kämpfst? Du gehst einen Kampf nicht wie eine Adlige an."

Ich zucke mit den Achseln. „Ich bin angeblich eine armselige Adlige aus irgendeiner einfachen Provinz und stamme aus einer Familie, von der keiner gehört hat. Wer weiß, welche Taktiken wir dort bevorzugen?"

Dann wird mir die Bedeutung dessen bewusst, was er gesagt hat.

Ich spähe zu ihm auf und bin vorübergehend beunruhigt. „Versuchst du, zu sagen, dass du mich zu meinem eigenen Schutz wie einen Packesel behandelt hast?"

Der Mann, bei dem ich die größte Angst habe, dass er mich in den Tod schickt, hat mich tatsächlich beschützt?

Ich schätze, es ist in seinem Interesse, dass meine wahren Ursprünge nicht ans Licht kommen, auch wenn er selbst nicht besonders viel über sie weiß. Vermutlich tut er es für den Fall, dass herauskommt, dass er mir dabei geholfen hat, meine neue Identität zu formen, und um Julitas Präsenz hier zu bewahren. Es fällt mir jedoch schwer, zu glauben, dass der arrogante Idiot vor mir irgendetwas aus einem anderen Grund tut, als um mich zu ärgern.

Und es ist nicht so, als würde er irgendetwas davon tun, wenn er die ganze Wahrheit über mich wüsste.

Stavros' Mund verzieht sich zu einem schiefen Grinsen. „Irgendwie bist du zu einem Eckpfeiler unserer Pläne geworden, Diebin. Es wäre also ermüdend, von vorne anfangen zu müssen, nachdem wir all die Arbeit auf uns genommen haben, dich hier unterzubringen."

In seinem Blick funkelt dennoch mehr Neugier, als ich zuvor gesehen habe. Ist es möglich, dass ich mir auch bei dem ehemaligen General ein wenig Respekt verdient habe?

Mir gefällt das eigenartige Kribbeln der Begeisterung nicht, das sich bei dieser Vorstellung in mir ausbreitet. Im Moment brauche ich von ihm etwas anderes viel dringender.

Ich strecke eine Hand aus. „Apropos Arbeit, kann ich einen Vorschuss auf mein Gehalt haben? Es gibt ein paar Dinge, die ich gerne für mich besorgen würde, während ich in der Stadt bin."

Dieses Mal heben sich Stavros' Augenbrauen beinahe bis zu seinen blutroten Haaren. „Hast du allmählich nicht genügend Kleidung?"

Ich verschränke die Arme vor der Brust. „Wer sagt, dass ich noch mehr Kleider will? Frauen haben Bedürfnisse."

Dass ich es so klingen lasse, als handle es sich um ein Frauenproblem, erfüllt den Zweck. Stavros schnaubt und seufzt, holt jedoch einige Münzen aus einer Schublade. „Ich schätze, es würde seltsam aussehen, wenn ich dir keinen Lohn zahle."

„Was? Dachtest du, ich würde umsonst Trainingspuppen herumschleppen?"

„Dein Zimmer und die Verpflegung sind vermutlich eine ziemlich gute Bezahlung im Vergleich zu dem, mit dem du zuvor zurechtkommen musstest", erwidert er trocken und ich kann nicht einmal protestieren.

Er gibt mir jedoch die Münzen und ich schiebe sie zu der Liste in meinen Beutel. Den Ladenbesitzern muss ich kein Geld für die Dinge geben, die er braucht, da die Akademie in allen Läden ein Konto hat, in denen ich einkaufen soll. Ich möchte jedoch nicht, dass meine persönlichen Einkäufe in einem offiziellen Verzeichnis vermerkt werden.

„Kennst du das neue Passwort für den Eingang?", fragt er.

Ich rassle die absurde Phrase dieser Woche herunter: „Lurche gewinnen ganz lange Rennen locker. Keine Sorge. Ich werde in wenigen Stunden zurückkommen, um dafür zu sorgen, dass du all deine jüngsten Lebensentscheidungen bereust."

Der Schimmer in seinen Augen leuchtet etwas heller. „Ich verlasse mich darauf."

Bei diesem Blick sollte es definitiv nicht in mir kribbeln.

Als ich das Domi verlasse, meldet sich Julita in meinem Hinterkopf zu Wort. *Du und Stav scheint euch jetzt besser zu verstehen, da ihr eine Gelegenheit hattet, euch aneinander zu gewöhnen.*

Sie klingt erfreut darüber. Ich verdrehe die Augen. „Ich denke nicht, dass es an der Zeit ist, unsere tiefgehende und dauerhafte Freundschaft zu feiern."

Es schadet nicht, wenn du wenigstens Frieden mit ihm schließt. Selbst wenn er ein Arsch sein kann, wird er dir Rückendeckung geben, wenn es darauf ankommt. Ansonsten wäre ich nicht zu ihm gegangen.

Ich bin mir nicht sicher, wie viel Vertrauen ich in die Fähigkeit meines geisterhaften Gastes setze, einen Charakter zu beurteilen. Auf mich macht es den Eindruck, als hätte sie sich nur darauf konzentriert, was nützlich für ihre Ziele war. Allerdings weiß ich es besser, als das laut auszusprechen.

In adliger Aufmachung durch die Straßen des Innenbezirks zu schlendern, ist eine seltsame Erfahrung. Anscheinend ist diese Kleidung viel überzeugender als mein altes Kleid aus Kunstseide oder meine intensive Übung darin, das vornehme Gehabe vorzuspielen, zahlt sich aus. Die gewöhnlichen, wenn auch respektablen Bürger, die mir über den Weg laufen, machen mir auf der Straße genügend Platz und die Ladenbesitzer, die ihre Waren feilbieten, verneigen ihre Köpfe vor mir, als sei *ich* respektabel.

Es nimmt kaum Zeit in Anspruch, die Bestellungen aufzugeben, um die Stavros gebeten hat. Die meisten Vorräte werden im Lauf der nächsten Tage an die Akademie geliefert werden, das Kivsamenöl und ein paar andere kleinere Gegenstände, die er sofort wollte, verstaue ich jedoch in meinem Beutel.

Anschließend schlendere ich durch eines der bröckelnden Tore in der alten Stadtmauer und mache mich auf den Weg durch die schmalen Straßen des Mittelbezirks.

Was hast du jetzt vor, Ivy?, erkundigt sich Julita eifrig.

„Ich dachte, ich könnte bei einem der Kräuterläden vorbeischauen, von denen man uns in der Apotheke im Krähennest erzählt hat."

Oh, exzellent. Vielleicht kann uns der Besitzer dabei helfen, diese Blutzauberer ausfindig zu machen.

„Das ist der Plan." Nicht der ganze Plan, jedoch der Teil, von dem ich gewillt bin, ihr zu erzählen. „Gibt es abgesehen von Wendos und diesen zwei Studenten, auf die du mich bei der Jagd aufmerksam gemacht hast, noch jemanden, den ich im Auge behalten sollte? Jemand, den du gesehen hast, als du die Beweise für die Zauberei entdeckt hast?"

Julita seufzt frustriert. *Nein. Ich habe dir bereits von allen Hinweisen erzählt, die ich gesammelt habe. Niemand war bei den Besuchen im Wald in der Nähe und es waren Dutzende Leute im Gang, als ich das Flüstern gehört habe, das für den Prinzen gedacht war. Wegen des Gedränges weiß ich nicht, wer mir in diesem Moment nah genug war ... Ich bin zunächst erstarrt, als ich diese Worte gehört habe.*

Ein Gefühl der Scham färbt den letzten Satz. Mein Magen verknotet sich bei dem Gedanken an die Qualen ihrer Kindheit.

Ich habe ihr kaum Fragen zu ihrem Leben gestellt, bei denen es nicht um unsere Ermittlungen ging – ich habe so oft wie möglich versucht, so zu tun, als wäre kein Geist in meinen Schädel eingedrungen. Das kommt mir zunehmend lächerlich vor.

Und bei den Göttern, sie muss einsam sein. Ich bin nicht einmal für die Lebenden eine gute Gesellschaft.

Ich überprüfe die Straßenschilder an einer Ecke, um mich zu vergewissern, dass ich an der richtigen Stelle meiner mentalen Karte der Stadt bin. „Du hast erzählt, dass dein Bruder verschwunden ist … Hat deine Familie überhaupt nichts von ihm gehört? Wie lange ist es her, seit er zur Akademie aufgebrochen ist?"

Mittlerweile mehr als drei Jahre ohne Lebenszeichen. Es klingt vermutlich schrecklich, doch ich hoffe, dass er tot ist. Meine Eltern gehen zumindest davon aus. Ich werde eine viel bessere Gräfin für Nikodi sein, als er es jemals gewesen wäre … Nun. Ich wäre eine gewesen.

Mein Magen verkrampft sich noch stärker bei der Erinnerung an die Zukunft, die sie verloren hat.

Ich warte, bis ich ein paar Passanten hinter mir gelassen habe, bevor ich flüstere: „Es tut mir leid. Ich schätze, dafür hast du an der Akademie studiert?"

Ja, ich habe die Kurse über Selbstverwaltung belegt. Als Herrin einer eigenen Grafschaft gibt es so viele Untertanen, die man bedenken muss. Sie bringt ein leises Lachen zustande. Es ist ein Jammer, dass nur wenige der Kurse nützlich bei der Aufdeckung einer Verschwörung sind.

„Soll ich deinen Eltern irgendwann auf die ein oder andere Art mitteilen, was dir zugestoßen ist?", wage ich mich vor. Ich habe keine Ahnung, ob sie eine bessere Beziehung zu ihren Eltern hatte als ich zu meinen.

Vorerst nicht. Je länger meine Mörder nicht wissen, dass jemand von meinem Mord weiß, desto besser, denke ich. Normalerweise bin ich nur für die vierteljährlichen Urlaubswochen nach Hause gegangen und ich habe ihnen nur selten geschrieben, weshalb sie sich keine Gedanken machen werden.

Sie klingt nicht, als würde sie besonders an ihnen hängen, andererseits haben sie nicht bemerkt, dass ihr Bruder sie jahrelang gequält hat. Ich kann nachvollziehen, dass dies jeglicher familiären Liebe einen Dämpfer versetzen kann.

Ich ertappe mich bei der Frage: „Gibt es etwas anderes, was ich tun kann? Ich meine … Um es dir leichter zu machen? Ich weiß nicht, wie viel ich tun *kann*, aber ich würde es trotzdem versuchen.“

Es ist immerhin nicht ihre Schuld, dass wir in diesem Schlamassel gelandet sind. Und ganz egal, wie intrigant sie im Umgang mit ihren Freunden und ihren restlichen Kommilitonen war, es diente letztendlich einem ehrenhaften Zweck.

Ich kann nicht behaupten, dass sie ein schrecklicher Gast war, ungebeten hin oder her.

Julita schweigt so lange, dass ich mich frage, ob ich sie beleidigt habe. Dann lacht sie leise.

Mir fällt nichts ein. Du tust bereits wahnsinnig viel, Ivy. Wenn ich dafür sorgen kann, dass die Blutzauberer zu Fall gebracht werden, weil du mir geholfen hast, jenseits des Grabes weiterhin gegen sie vorzugehen, ist dies das beste Geschenk, um das ich hätte bitten können.

Wie würde sie darüber denken, wenn sie wüsste, dass ich nur wegen des Geschenks zugestimmt habe, auf das *ich* hoffe – die Vergebung, die ich mir von den Göttern zu verdienen hoffe?

Hoffentlich muss ich das nie herausfinden. Vielleicht wird sie friedlich in die Arme ihres Gottlens weiterziehen, bevor ich meine Bitte vortrage.

Als ich eine geschäftigere Gegend des Mittelbezirks mit Läden und Restaurants erreiche, verstumme ich. Ich ziehe mit meiner schicken Kleidung bereits eine Menge Blicke auf mich – manche sind bloß neugierig, manche feindselig.

Die meisten Adligen verlassen den Innenbezirk nicht zu Fuß.

Meine Haut beginnt, zu kribbeln. Sobald ich etwas Geeignetes in einem Ladenfenster entdecke, husche ich hinein und kaufe mir mit zwei der fetten Münzen, die mir Stavros gegeben hat, einen schlichten, braunen Umhang, der den Großteil meines Kleides bedeckt.

Der Laden, an dem ich das größte Interesse habe, befindet sich in einer ruhigen Straße voller Cafés und Läden unweit der alten Stadtmauer. Der Mann, der durch die verwitterte Holztür schlüpft, als ich mich dem Laden nähere, ist nicht so schick angezogen wie ich unter meinem neuen Umhang, doch seine edle Leinentunika und bestickte Weste verraten mir, dass es ihm gut geht.

Ich darf nicht allzu stark auffallen – der Besitzer wird meinen Fragen vermutlich voller Misstrauen begegnen, wenn ich wie ein Mitglied der Elite wirke.

Wie bei den meisten Kräuterläden ist der Verkaufsraum schummrig beleuchtet, als ich eintrete. Ein moschusartiger Duft vermischt mit einer ganzen Reihe anderer Gerüche von prickelnd bis süß hängt in der Luft, wozu einige Bündel getrockneter Pflanzen beitragen, die entlang der Wände des Hauptzimmers baumeln.

Hinter der Theke vor den Regalen voller Glasgefäße in verschiedenen Größen blinzelt mich die Ladenbesitzerin durch das Drahtgestell ihrer Brille an. Ihre mollige Gestalt ist in ein Leinenkleid gehüllt, das die gleiche hellgelbe Farbe wie ihre ergrauenden Haare hat.

Bei meinem Anblick richtet sie sich auf und drückt den Rücken durch. „Wie kann ich Ihnen helfen, gute Dame?"

Ich kichere fröhlich, als hätte ich außer Luft nicht viel im Kopf. „Ich glaube, das hier ist der Laden, den mir meine Freunde empfohlen haben, aber ich habe womöglich ihre Wegbeschreibung falsch verstanden. Hatten Sie in letzter Zeit Kunden aus der Akademie?"

Die Frau tippt sich an die Lippen und runzelt konzentriert die Stirn. Sie sieht aus, als würde sie ehrlich über die Frage nachdenken und sich nicht einfach eine Lüge überlegen.

„Niemand, der extra erwähnt hat, dass er von dort kommt. Viele Leute verraten allerdings nicht, woher sie kommen, und ich will meine Nase nicht in anderer Leute Angelegenheiten stecken."

„Hmm. Sie sind alle ungefähr in meinem Alter und tragen die aktuelle Mode. Einer hat dunkelbraune Haare, die bis ungefähr hier reichen", ich deute vage auf meine Ohren, „und einen recht dunklen Hautton. Er ist eher hochgewachsen. Der andere ist ziemlich klein und hat lockige, blonde Haare. Oder vielleicht haben Sie eine Dame mit einer roten Strähne in ihren braunen Haaren gesehen?"

Die Ladenbesitzerin runzelt erneut die Stirn, schüttelt

jedoch den Kopf. „Es tut mir leid, meine Dame. Ich kann nicht mit Sicherheit sagen, dass ich einen von ihnen gesehen habe."

„Oh." Ich schiebe meine Lippe zu einem kleinen Schmollmund vor. „Dann habe ich anscheinend etwas durcheinandergebracht. Das passiert manchmal. Ich schätze, nun, da ich schon einmal hier bin ... Haben *Sie* Rohrwolle vorrätig?"

Die Falten auf der Stirn der Frau vertiefen sich. „Rohrwolle? Den Namen habe ich seit einer Ewigkeit nicht mehr für das Zeug gehört. Meinen Sie Jazfern?"

Ich kichere erneut. „Oh, so wird es normalerweise genannt? Wir sollen eine Pflanze finden, die in einem alten Buch erwähnt wird, und eine Probe in den Unterricht mitbringen. Ich fand, dass diese witzig klang."

Die Ladenbesitzerin sieht jetzt vollkommen verwirrt aus, tritt allerdings von der Theke zu ihrem Hinterzimmer. „Ich habe nur wenig vorrätig. Es hat eigentlich kaum einen Nutzen, von dem ich weiß, abgesehen davon, dass es einige seltene Substanzen stabilisiert, mit denen ich handle. Ich werde nachschauen, ob ich ein wenig erübrigen kann."

Interessant. Ein Kraut, das wirkungsvolle Substanzen stabilisieren kann, scheint ein vernünftiger Kandidat für die Stabilisierung der Magie einer Person zu sein.

Wir wissen nicht, ob hier jemand aus der Akademie Eierschalen eines Dartlings gekauft hat, bemerkt Julita, als die Frau im Hinterzimmer herumwühlt. *Sollten wir uns nicht darauf konzentrieren anstatt auf dieses Rohrwollezeug aus einem Buch, das über fünfhundert Jahre alt ist?*

Ich nicke in dem Versuch, ihr mitzuteilen, dass ich ihre Mission nicht vergessen habe. Doch mein Herz hebt sich, als die Frau mit einem kleinen Bündel lilafarbener, getrockneter Blätter zurückkehrt.

„Das hier sollte reichen, um es herumzuzeigen", verkündet sie. „Falls Sie mehr brauchen, müssen Sie mir vorher Bescheid geben."

Ich lächle strahlend. „Das werde ich tun. Vielen Dank. Da Sie so hilfreich waren ... eine meiner anderen Freundinnen hat von etwas namens Dartlingei gehört und sie glaubte, dass es bei ihrem Studium nützlich sein könnte. Haben Sie das hier?"

Das Gesicht der Frau zuckt angespannt, bevor es ausdruckslos wird. „Was studiert sie?"

Ich lege den Kopf schief. „Es hat etwas mit Medizin zu tun, vermute ich. Sie arbeitet darauf hin, eine Medizinerin zu werden."

Die Ladenbesitzerin entspannt sich leicht. Sie weiß offensichtlich, dass das Zeug zu widerwärtigen Zwecken benutzt werden kann. Doch anscheinend hat es auch eine legitime Wirkung. „Es wird nicht oft verlangt. Ich bekomme es nur über eine Sonderbestellung."

Ich verwende meine beste schmeichelnde Stimme. „Ich schätze, Sie haben in letzter Zeit nicht zufällig eine von diesen reinbekommen, sodass ich die Warterei umgehen kann? Sie wäre *so* dankbar."

Die Frau schüttelt schnell den Kopf. „Hier gibt es keine Dartlingeier und es sind keine auf dem Weg. Es tut mir leid, meine Dame."

In Ordnung, dann haben unsere Verschwörer ihren Vorrat nicht hier gekauft, falls man ihr glauben kann. Das ist nicht besonders hilfreich, erlaubt uns jedoch, einen Laden von der Liste der Orte zu streichen, die erkundet werden müssen.

Ich bedanke mich erneut überschwänglich bei der Ladenbesitzerin und bezahle mein Jazfern. Nachdem ich es in eine der Geheimtaschen meines Kleides gesteckt habe anstatt in meinen Beutel, schlendere ich aus der Tür und stoße beinahe mit einer schlanken, unverkennbar vertrauten Gestalt zusammen, die gerade vorbeigeht.

Casimir strahlt mich an und sein umwerfendes Gesicht sieht im Licht der Sonne atemberaubender denn je aus. „Oh, Hallo! Was für ein Zufall, dass ich hier einer meiner Kommilitoninnen begegne."

SECHZEHN

Mein Herz setzt einen Schlag aus und meine Zunge verknotet sich kurz vor Schreck. Und nicht nur, weil ich Angst habe, dass Casimir fragen wird, was ich soeben gekauft habe.

Warum kann der Kurtisan nicht so ein Mistkerl sein wie die anderen, damit es mir leichter fällt, sein episch gutes Aussehen zu ignorieren?

Ich reiße mich zusammen, stemme die Hände in die Hüften und ziehe eine Augenbraue hoch. „Es scheint ein ziemlich großer Zufall zu sein."

Casimirs Lächeln nimmt leicht verschlagene Züge an, was ihn irgendwie auf ein noch höheres Level an atemberaubender Schönheit hebt. „Am Ende der Straße gibt es einen Kosmetikladen, der zu meinen Lieblingsläden zählt. Du wirst wahrscheinlich nicht zufällig als Nächstes dorthin gehen?"

Wir sollen eigentlich keine Zeit miteinander verbringen. Hat er dieses Treffen arrangiert, um uns einen Grund für ein Gespräch zu liefern?

Worüber wollte er so dringend sprechen?

Ich sollte es besser herausfinden. Ich ahme sein Lächeln so gut wie möglich nach. „Tatsächlich wollte ich dort als Nächstes hingehen."

Casimir wendet sich mit einer verstohlenen Geste ab, mit

der er mir anzeigt, in welche Richtung wir gehen sollen. „Ich empfehle dir gerne einige ihrer Produkte, falls du Hilfe möchtest."

„Klar, das klingt super."

Als wir die Straße entlangschlendern, lasse ich meinen Blick umherschweifen, um mich zu vergewissern, dass niemand in der Nähe ist. Mittlerweile habe ich viel Übung darin, so zu sprechen, dass es niemand überhört. „Woher wusstest du, wo ich sein würde?"

Casimir spricht mit ebenso leiser Stimme. „Ich habe gesehen, wie du aufgebrochen bist und dabei ziemlich entschlossen ausgesehen hast. Da sind mir die Kräuterläden eingefallen, von denen du uns erzählt hast, damit wir sie überprüfen können. Dieser ist dem Innenbezirk am nächsten. Und ich mag den Kosmetikladen hier wirklich, also war es nicht schlimm, vorbeizugehen."

Julita kichert. *Oh, Cas. Ist er nicht reizend?*

Ich schätze schon. Ich muss es trotzdem wissen: „Was ist los? Warum musst du mit mir sprechen?"

Casimir betrachtet mich und seine kieferngrünen Augen wirken unter den lockeren Wellen seiner hellbraunen Haare kurz nachdenklich. „Außerhalb unserer Treffen hattest *du* abgesehen von Stavros niemanden, mit dem du dich richtig unterhalten konntest, und ich weiß, dass er mit dem Plan nicht hundertprozentig einverstanden war."

Er hält inne und seine Augen blicken forschend in meine. „Nun, ich schätze, du hast auch noch Julita, aber selbst wenn wir es zu schätzen wissen, dass sie nicht komplett verschwunden ist, kann es für dich keine besonders angenehme Situation sein. Ich dachte, du fühlst dich vielleicht isoliert. Es muss anstrengend sein, ständig eine Person in einem Umfeld vorzuspielen, an das du nicht gewöhnt bist."

Also folgte er mir hierher und wartete, bis er mich sah … damit er mir ein wenig Gesellschaft leisten kann? Während ich versuche, diese Großzügigkeit zu begreifen, bildet sich ein Kloß in meinem Magen.

Es *ist* reizend von ihm.

Wie groß ist die Wahrscheinlichkeit, dass er sich die Mühe

machen würde, wenn er wüsste, was ich wirklich bin – warum ich tatsächlich hierhergekommen bin?

„Danke", spreche ich um den Kloß herum, der in meine Kehle gekrochen ist. „Das hättest du nicht …"

„Ich weiß", unterbricht mich Casimir lässig und mit einem Aufblitzen seiner Edelsteinzähne. „Aber wir sind gemeinsam auf dieser Mission, selbst wenn wir den Großteil der Zeit so tun müssen, als hätten wir nichts miteinander zu tun. Wir sollten einander unterstützen, wenn wir es können."

Ich kann nicht anders, als ihm von der Seite einen skeptischen Blick zuzuwerfen. „Hattest du nichts Besseres zu tun?"

Er stößt mit dem Ellenbogen spielerisch gegen meinen Arm. „Heute Nachmittag habe ich keine Kurse. Wenn du dich dadurch besser fühlst … Der Zweck meines Berufs besteht darin, Leute glücklich zu machen. Du kannst das hier als Einsatz im Außendienst betrachten."

Vermutlich stimmt etwas nicht mit mir, weil ich mich tatsächlich besser fühle, als er die Situation so darstellt. Er hat meinen jüngsten Einkauf nicht angesprochen, weshalb ich vielleicht wirklich sicher bin.

Ich kann mir eingestehen, dass es eine Erleichterung ist, mit jemandem zu reden, den alle anderen sehen können und der zumindest einen Teil meiner Geheimnisse kennt.

Ich mustere die Läden entlang der Straßenbiegung. „Also wo ist dieser Kosmetikladen?"

Casimir streckt seinen Zeigefinger aus. „Es ist der Laden mit der pinkfarbenen Leiste entlang der Dachkante. Sie haben die beste Seife weit und breit. Wenn du die weichste vorstellbare Haut möchtest, ist sie die richtige für dich."

Ich bin mir nicht sicher, ob ich ihm verraten möchte, dass ich noch nie über die Weichheit meiner Haut nachgedacht habe. Mit dem Daumen reibe ich immer wieder über mein Handgelenk und frage mich, ob es sich für einen adligen Kurtisanen schrecklich rau anfühlen würde.

Nun, was für eine Rolle spielt das? *Ich* bin ohnehin keine echte Adlige und ich werde eher früher als später keine mehr sein, ob ich nun die Vergebung der Götter erhalte oder nicht.

Nichtsdestotrotz lasse ich mich von Casimir in den Laden führen. Die Luft dort ist so wohlriechend wie in dem Kräuterladen, allerdings auf eine sanftere, süßere Art, die mich an Casimirs Honigduft erinnert.

Ich mag den Duft an ihm, bin mir allerdings nicht sicher, ob ich mich selbst mit dem Zeug begießen möchte.

Während ich unbeholfen dastehe und plötzlich das Gefühl habe, als hätte ich zehn Pfund Schmutz auf meiner Haut, den alle sehen können, geht Casimir zu einem Ausstellungstisch und nimmt einige eingewickelte Seifenstücke in die Hand. Ein Mädchen, das zwischen neun und zwölf Jahren alt sein muss, ein schlichtes Kleid trägt und die Beine des Tischs poliert hat, tritt in dem Moment zurück und stößt gegen ihn.

Sie zuckt zur Seite und ihre Wangen werden rot. „Es tut mir so leid, Sir. Ich habe Sie nicht gesehen.“

Casimir winkt ihre Bedenken weg. „Das war nicht einmal ein Rempler.“ Er blickt auf den Tisch hinab. „Ich kann sehen, dass du deine Arbeit gut gemacht hast.“

Das Mädchen entspannt sich und schenkt ihm ein schüchternes Lächeln, bevor sie sich einem der anderen Tische widmet.

Während ich das beobachte, durchläuft meine Brust ein merkwürdiges Flattern, das nichts mit dem Aussehen des Kurtisans zu tun hat. Die Leichtigkeit, mit der er seine eigene Zufriedenheit verbreitet, hat beinahe etwas Wundersames an sich.

Wie wird jemand, der im Innenbezirk geboren wurde, so großzügig?

Weniger wundersam ist die Reaktion des hageren Gentlemans, der ebenfalls zusieht. Er hat sich das Sortiment an Eau de Colognes angesehen und verzieht nun spöttisch die Lippen. „Du musst dir keine Sorgen darum machen, ihn ,anzurempeln‘. Das ist quasi sein Beruf.“

Die elegante Frau hinter der Ladentheke versteift sich. Casimir zuckt nicht mit der Wimper.

Er verneigt respektvoll den Kopf vor dem Mann. „Ich bin mir sicher, wir verdienen alle die gleiche Rücksichtnahme.“

Der Mann schnaubt und tritt näher. „Welche

Rücksichtnahme hast du für das Zartgefühl aller anderen, wenn du deine Edelzähne zeigst, als wüssten wir nicht, was sie bedeuten? Wenn du ‚Kunden‘ für etwas bezahlen lässt, was frei gegeben werden sollte? Sie sollten Degenerierten wie dir nicht erlauben …"

Er macht Anstalten, Casimirs Arm zu schlagen, und meine Hand zuckt instinktiv zu einem meiner Messer.

Doch Casimir reagiert schneller.

Mit einer Handbewegung, die ich kaum nachverfolgen kann, packt der Kurtisan das Handgelenk des Mannes und dreht es. Der Mann stößt einen Schrei aus, als es sich plötzlich in einem schmerzhaften Winkel befindet.

Einen Augenblick später lässt Casimir ihn los. Der Gentleman weicht zurück und zischt, während er sein Handgelenk massiert.

Julita gackert. *Der eingebildete Schnösel hat bekommen, was er verdient.*

Casimir lächelt bloß. „Ardone segnet uns mit Talenten, die für viele genauso wertvoll sind wie die Gaben anderer Gottlen. Außerdem verdienen wir alle eine Vergütung für unsere Fähigkeiten."

Der Mann beginnt, zu geifern, doch die Ladenbesitzerin räuspert sich. „Ich erlaube keine Leute im Laden, die meine geschätzten Kunden beleidigen. Ich denke, es ist an der Zeit, dass Sie gehen."

Der Mistkerl schnaubt, geht jedoch. Die Dame wirft Casimir einen entschuldigenden Blick zu. „Es tut mir leid, dass Ihr Einkauf gestört wurde."

Er zuckt mit den Achseln. „Ende gut, alles gut."

Als er mich zu einer gegenüberliegenden Wand winkt, wo mehrere verzierte Haarnadeln und Stäbe in nicht besonders tiefen Regalen liegen, kann ich meine erstaunte Überraschung nicht länger zurückhalten. „Hast du Unterricht bei Stavros genommen?"

Casimir gluckst. „Das wäre umfangreicher, als wirklich notwendig ist. Bestimmte Kurse der Gesellschaftsfakultät behandeln auch Methoden der Selbstverteidigung. Es reicht, um sich eines vereinzelten voreingenommenen Arschs wie diesem anzunehmen oder um einzuschreiten, wenn ein Kunde während unserer gemeinsamen Zeit in Gefahr gerät."

Ich schätze, das ergibt Sinn, obwohl ich nie von allein darauf gekommen wäre. Ich fummle an meinem Umhang herum und bemühe mich, die Röte zu verdrängen, die sich auf meiner Haut ausgebreitet hat.

Stimmt etwas nicht mit mir, weil ich ihn jetzt noch attraktiver finde, da ich weiß, dass er einem Mann das Handgelenk brechen könnte, wenn er es wollte?

Casimir lässt sich nicht anmerken, ob er mein Unbehagen bemerkt hat. Er nimmt eine der Haarnadeln in die Hand.

„Weißt du, diese würde fantastisch zu dem rötlichen Schimmer deiner Haare passen. Sie haben fast die gleiche Farbe wie Bernstein. Ich wette, jede Frau auf der Akademie ist neidisch auf diese Farbe … Wir können genauso gut dafür sorgen, dass sie noch neidischer werden."

Er schenkt mir noch ein Grinsen und schwingt die Haarnadel, an der ein leuchtender, türkisfarbener Stein befestigt ist. Gegen meinen Willen drängt sich mir der Gedanke auf, dass der Stein auch wahnsinnig gut zu meinem neuen Lieblingskleid passen würde. Allerdings weiß ich nicht allzu viel darüber, wie man Mode richtig kombiniert.

Das Metall um den Edelstein herum glänzt golden. Meine Hand legt sich auf meinen Beutel. „Ich glaube nicht, dass ich mir die leisten …"

Casimir tut meinen Protest ab, bevor ich ihn beenden kann. „Ich betrachte es als Dienst an der ganzen Stadt, deine Schönheit zu ergänzen. Es ist kein Problem."

Ich schaffe es, nicht laut loszulachen bei der Vorstellung, dass ich überhaupt Schönheit besitze. Es kostet mich mehr Anstrengung, mich nicht vollkommen zu versteifen, als Casimir nach oben greift, die Nadel in meinen Haaren befestigt und meine aktuelle legere Frisur anpasst.

Er ist so geschickt und anmutig, dass seine Finger meine Haut kaum berühren, dennoch bebt Hitze über meine Kopfhaut und über meinen Rücken. Sein Sandelholzduft sickert durch die stärkeren Parfümdüfte des Ladens.

Als er zurückweicht, damit ich mich in dem polierten

Silberspiegel neben den Regalen betrachten kann, schlucke ich schwer. Der Edelstein funkelt wirklich auffällig in dem rötlichen Blond meiner Haare.

„So", verkündet er. „Es soll absolut so sein, Gütige."

Er grinst, als er den Spitznamen trällernd ausspricht, eine Erinnerung an das, was er zu mir sagte, nachdem er meine Kleider gebracht hatte.

Der Name erinnert mich jedoch nur daran, wie gütig er ist.

Ich richte meinen Blick auf ihn. „Ich sollte dich so nennen. Bist du zu all deinen … Freunden so?"

Ich weiß nicht, ob ich mich wirklich seine Freundin nennen kann. Wären wir beide wir selbst, wäre ich nämlich nicht seine Freundin.

Natürlich ist es gut möglich, dass er nicht einmal an mich denkt, wenn er derartige Gesten macht. Er ist nett zu der Frau, die seine Freundin – und vielleicht mehr – *war* und die das Ganze in gewisser Weise zusammen mit mir erlebt.

Die Erinnerung daran, dass er nicht einmal *mich* sieht, wenn er mich anblickt – zumindest nicht wirklich – trifft mich wie ein Eimer voll Eiswasser. Mein Lächeln gefriert und ich wende den Blick ab.

Casimir antwortet in seinem üblichen sanften Ton. „Wenn ich eine Gelegenheit sehe, mehr Helligkeit in jemandes Leben zu bringen, und es für mich kein Problem ist, das zu tun, tue ich es." Aus dem Augenwinkel meine ich zu sehen, dass auch sein Lächeln ein wenig verrutscht. „Das ist es, wozu ich in diese Welt gebracht wurde."

Meine Aufmerksamkeit zuckt zu ihm zurück, gerade als seine Miene nachdenkliche Züge annimmt. Er legt seine Hand auf meinen Arm und seine Wärme sickert durch den Seidenärmel meines Kleides. „Es ist lange her, seit jemand versucht hat, dich glücklich zu machen, oder? Viel zu lange."

Wegen seiner Berührung und der viel zu zutreffenden Beobachtung erstarrt mein Verstand. Urplötzlich will ich nichts lieber, als seinem fürsorglichen, aufmerksamen Blick zu entfliehen.

„Danke", sage ich rasch und löse die Haarnadel aus meinen Haaren. „Ich weiß das zu schätzen, aber es ist zu viel. Ich sollte zurück zur Akademie gehen. Stavros' nächster Kurs beginnt bald."

Sobald ich die Haarnadel aufs Regal gelegt habe, eile ich zur Tür.

„Ivy", ruft Casimir mir hinterher, doch er wird keine Szene machen, da wir einander angeblich kaum kennen. Ich höre seine Schritte nicht hinter mir, als ich die Straße entlanglaufe.

Was sollte das?, fragt Julita. *Du weißt doch bestimmt, dass Cas die Bemerkung nicht böse gemeint hat. Er will wirklich alle zufriedenstellen.*

Und sie kann offensichtlich nicht nachvollziehen, warum ich mich deshalb nicht besser fühle. „Ich nehme nicht gern Geschenke an, die ich nicht erwidern kann", murmle ich, was nur ein Viertel der Wahrheit ist.

Julita schnieft. *Wie du willst. Ich sehe keinen Grund, Großzügigkeit abzulehnen, wenn beide Leute Freude daran haben.* Sie hält inne. *Ich werde nicht beleidigt sein, wenn du ihm näherkommst – oder einem der anderen – weißt du. Selbst wenn ich noch am Leben wäre, ist es nicht so, als hätte ich Anspruch auf sie erhoben.*

„Ich denke nicht, dass das eine gute Idee wäre." Doch nachdem ich das gesagt habe, kann ich nicht anders, als hinzuzufügen: „Bist du jemals einem von ihnen ... nähergekommen?"

Oh, nein, sagt Julita, als fände sie die Vorstellung absurd. *Wir haben vielleicht ein bisschen geflirtet, aber das ist manchmal notwendig, um zu beurteilen, wie investiert ein Mann ist. Ich betrachte sie als Freunde, wichtiger war jedoch, die Blutzauberer zu finden. Es wäre nicht gut gewesen, hätte ich sie von unserem Ziel abgelenkt.*

Ihre Antwort erleichtert mich eigenartigerweise, allerdings ist mir auch ein wenig übel, weil ich gesehen habe, wie treu ergeben ihr jeder der Männer zu sein scheint. Doch wieso sollte ich ihr erklären, wie sie ihr Leben hätte führen sollen, wenn sie jetzt nicht einmal eines hat?

Als ich schließlich Florians zentralen Hügel erreiche, hat der Spaziergang meinen Gedankensturm beruhigt. Ich ignoriere das Surren der Energie des Tempels, als ich um ihn herumgehe und anschließend die Schrittabfolge vollführe, die das Passwort vorgibt, um die Akademie zu betreten.

Während ich den ersten Hof zu dem äußeren Schulgebäude überquere, scanne ich gewohnheitsmäßig meine Umgebung. Mein Blick bleibt an einem korpulenten älteren Mann mit silber-braunen Haaren und einer hohen Stirn hängen, der den Jungen neben sich auf etwas aufmerksam macht.

Ich verlangsame meine Schritte und beobachte die beiden. Der Junge ist viel zu jung, um die Akademie zu besuchen, die Studenten ab dem achtzehnten Lebensjahr aufnimmt. Ich wäre überrascht, wenn er schon so alt ist, dass er seine Weihe hatte.

Julita bemerkt meine Neugier. *Es ist nicht ungewöhnlich, dass das Personal junge Verwandte oder die Kinder von Freunden herbringt, die darüber nachdenken, um welche Gabe sie bitten oder welchem Gottlen sie sich verpflichten sollen. Sie geben ihnen eine kleine Führung und ein Gefühl für die Möglichkeiten, die auf sie warten.*

Ihre Erklärung sollte Sinn ergeben. Der Junge sieht in seiner adretten Jacke und den polierten Stiefeln wie ein echtes adliges Kind aus.

Doch gerade als ich die beiden zurücklassen will, tippt sich das Kind mit einer schnellen, wirbelnden Bewegung seiner Finger an die Brust. Es ist nicht die typische vierteilige Geste der Götter, sondern eine bittende Geste, die ich noch nie jemanden außerhalb der Außenbezirke habe machen sehen.

Meine Füße bleiben kurz wie angewurzelt stehen, bevor ich mich zwinge, weiterzugehen.

So unauffällig wie möglich wage ich noch einen Blick über meine Schulter zu dem Professor und dem Jungen. Dabei bemerke ich die schützend gekrümmten Schultern des Kindes und die Unterlippe, auf der es kaut. Meine Gewissheit dehnt sich aus, bis sie ein unverrückbares Gewicht in meiner Brust ist.

Was stimmt nicht?, fragt Julita, als ich durch die Eingangshalle und den Innenhof zum Domi haste. *Ich habe dir doch gesagt, dass es vollkommen normal ist.*

Ich atme aus und flüstere leise: „Und wie normal ist es, dass jemand ein Straßenkind herumführt, das wie ein Adliger gekleidet wurde?"

SIEBZEHN

ist du dir sicher?, fragt Julita zum gefühlt millionsten Mal. Ich schaue mein blasses Spiegelbild finster an, als könnte ich sie durch meine hellblauen Augen hindurch sehen. „Ja. Die Geste, die der Junge gemacht hat – das ist etwas, was die Kinder in den Außenbezirken voneinander lernen. Eine kleine Bitte um Sicherheit und Gnade, wenn sie zu misstrauisch sind, um die komplett Drei-Finger-Geste zu machen. Ich habe noch nie einen Händler oder jemanden aus dem Mittelbezirk gesehen, der sie benutzt hat, geschweige denn einen Adligen."

Meine geisterhafte Passagierin regt sich ruhelos, als ich einige Haarsträhnen an meinem Kopf fixiere, die während meines Ausflugs in die Stadt der aufwendigen Frisur entwischt sind. *Ich habe sie auch noch nie gesehen. Aber ich hätte es für eine wahllose nervöse Geste gehalten.*

„Weil du sie noch nie gesehen hast und daher nicht erkennen kannst. Niemand, der normalerweise hier ist, hätte sie erkannt … Die Akademie möchte, dass sogar das Reinigungs- und Küchenpersonal über Manieren des Mittelbezirks verfügt." Ich marschiere zurück in den Hauptraum von Stavros' Quartier. „Du hast gesagt, dass der Professor, der bei ihm war, Ster. Torstem war. Hast du schon mal gesehen, dass er dieses Kind hergebracht hat?"

Ich kann mich nicht erinnern. Wie ich dir bereits erzählt habe, ist es nicht ungewöhnlich.

„Was weißt du über Torstem?"

Er unterrichtet die Studenten der Führungsfakultät in Jura. Ich hätte nächstes Jahr einen Kurs bei ihm gehabt … Julita verstummt und scheint sich zu sammeln. *Abgesehen davon habe ich nicht auf ihn geachtet. Er lenkt keine Aufmerksamkeit auf sich.*

„Hmm." Ich tigere einige Male durch den Raum und mein Magen gurgelt. Das gibt mir die perfekte Idee für meinen nächsten Schritt. „Andere Leute hier werden mehr über ihn wissen. Und es ist bald Zeit fürs Abendessen. Dann wollen wir mal sehen, ob ich im Speisesaal einen guten Gesprächspartner finden kann."

Selbst wenn es merkwürdig ist, muss das, was Ster. Torstem tut, nicht zwangsläufig mit den Blutzauberern in Verbindung stehen, merkt Julita an, als ich durch den Gang laufe. *Hier gehen viele andere unglückselige Dinge vor sich.*

„Das habe ich bereits bemerkt", brumme ich. „Es ist allerdings nicht so, als hätten wir momentan andere Hinweise, denen wir nachgehen können."

Als ich die breite Tür mit ihren Schnitzereien von Prospiras und Ardones Sigillen – in Anerkennung der Tatsache, dass Essen eine Gabe und ein Vergnügen ist – durchquere, spanne ich mich automatisch an. Der Speisesaal ist für mich zu einem Ort der Freude und des Grauens geworden.

Freude wegen der meisterhaft gekochten und gebratenen Gerichte, die in dem großen Raum leckere Gerüche verströmen.

Grauen, weil ich mich hier in der Nähe von so vielen reichen Arschlöchern befinde wie nirgendwo sonst.

Ich bleibe neben der Tür stehen, um meine Optionen abzuwägen. Auf dem Großteil des weitläufigen, mit Steinfliesen bedeckten Bodens stehen runde Tische, an denen acht Leute Platz haben – zehn, wenn sich die Adligen dazu herablassen, zusammenzurutschen.

Beinahe zwei Drittel der Tische sind bereits besetzt. Ich habe den ersten Andrang auf das Abendessen erwischt.

Hoch oben an der rechten Wand listet eine schimmernde,

magische Anzeige die Gerichte des Abends auf. Darunter haben sich Studenten in einer Reihe aufgestellt, um Teller mit ihren gewählten Gerichten und Beilagen von den verschiedenen Theken zu nehmen, die durch niedrige Öffnungen in der Wand mit der Küche verbunden sind.

Nun, manche der Studenten haben sich in eine Schlange gestellt. Ich schlucke gerade den Speichel, weil mir das Wasser im Mund zusammengelaufen ist, und beschließe, dass ich zuerst essen sollte, bevor ich mit meinen Fragen beginne. Da gehen Anya und eine Gruppe ihrer Bekannten geradewegs zur nächsten Theke, wobei sie die Schlange einfach ignorieren.

Mir bleibt eine Sekunde, um Alek unter den wenigen Studenten an der Spitze der Schlange zu entdecken. Das polierte Leder seiner Maske reflektiert das Licht der Kristallleuchter über unseren Köpfen. Dann schnippt Anya mit den Fingern und ein helles Licht explodiert zwischen den Studenten.

Ich springe vor Schock einen halben Meter vom Boden hoch und meine Hand schnellt sofort zu den Falten des Seidenrocks, der das Messer verbirgt, das an meinem linken Schenkel fixiert ist. Das Licht verblasst jedoch einen Augenblick später unter schmerzerfülltem Keuchen.

Die Studenten, die an der Theke waren, stolpern weg. Alek verzieht das Gesicht und reibt über seine Augen.

„Mach Platz, Spinner", spottet Anya und schlendert zu der Stelle, die andere Studenten geräumt haben. Sie betrachtet eine Frau aus schmalen Augen, die ebenfalls in der Schlange stand, und streicht deren langen Haare beiseite, um kurz eine Narbe zu enthüllen, wo ihr Ohr hätte sein sollen. „Ich weiß nicht, warum sie diese Versager überhaupt reinlassen."

Dieses Mädchen hat beide Ohren geopfert und nicht einmal eine Gabe erhalten, informiert mich Julita mit einem entsetzten Zittern, das ich spüren kann. Mein Magen verknotet sich.

Es ist immer ein Risiko, ein Opfer zu erbringen. Wenn der Gottlen, von dem du etwas erbittest, beschließt, dass du mehr verlangst, als du angeboten hast, oder dass deine Absichten unehrlich sind, kann er dir die Gabe verweigern.

Natürlich kann man den Körperteil, den man bereits

abgeschnitten oder ausgerissen hat, nicht mehr am eigenen Körper befestigen.

Anya hat eindeutig eine Gabe bekommen, auch wenn ich nicht weiß, was der Trick mit dem Licht sein sollte. Sie nimmt einen Teller von der Theke, dreht sich um und bemerkt, dass ich sie finster anschaue.

Ihre Lippen verziehen sich verächtlich. Sie hebt die Stimme, sodass ich sie aus den drei Metern Entfernung deutlich hören kann. „Was glotzt du so blöd?"

Ich sollte nichts erwidern. Ich sollte den Blick senken und gehen, als würde es nicht in mir brodeln.

Ich habe bereits genügend potenzielle Feinde an diesem Ort.

Meine Instinkte reagieren jedoch auf die direkte Frage, bevor ich sie zügeln kann. Mein Mund klappt auf und meine Antwort ist so laut wie ihre Frage. „Was bist du so blöd?"

Mehrere Blicke schnellen zu uns. Alek starrt mich an und verflucht mich wahrscheinlich im Kopf, weil ich eine Szene mache, als würde sie es nicht verdienen, nachdem sie ihn herumgeschubst hat.

Während sich Anya empört, recke ich das Kinn und überrede meine Füße, sich in Bewegung zu setzen, als hätte ich besseres zu tun, als mir ihre Antwort anzuhören.

Was der Wahrheit entspricht. Mein Magen frisst sich gerade selbst auf und wer weiß, wann ich jemals wieder so gutes Essen bekomme, nachdem ich die Akademie für immer verlassen habe?

Mein Herz hämmert etwas schneller, als ich mich durch die Menge schlängle. Anyas Stolz bewahrt mich jedoch davor, dass sie mich verfolgt und mir Beleidigungen hinterherruft. Ich bin mir sicher, ich werde für diese spitze Bemerkung bezahlen, doch mein zukünftiges Ich wird damit zurechtkommen.

Angeblich hat sie nur um die Gabe gebeten, Dinge zum Leuchten zu bringen, erzählt Julita. *Ich habe gehört, dass sie mehrere Zehen geopfert hat und spezielle Schuhe trägt, um das auszugleichen. Sie will irgendeinen berühmten Provint oder Baron heiraten, und vielleicht hat sie gedacht, dass eine Ehefrau, die ihm ein göttliches Leuchten schenken kann, ein exzellenter Anreiz wäre.*

Irgendwann in den letzten Jahren hat sie jedoch herausgefunden, dass sie das Licht so intensiv machen kann, dass es schmerzhaft ist.

Und sie nutzt ihre Gabe, um sich beim Abendessen nicht in die Schlange stellen zu müssen. Warum bin ich nicht überrascht? Das ist für Anya vermutlich die größte Sorge ihres ganzen Tages.

Vor einer der Theken im hinteren Bereich des Raums stehen fast keine Studenten. Ich nehme mir einen Teller von dort, da ich davon ausgehe, dass das, was bei den Adligen unbeliebt ist, immer noch um Längen besser ist als die Außenbezirk-Reste, von denen ich mich sonst ernährt habe.

Als ich meinen Blick über die Tische schweifen lasse, landet mein Blick als Erstes auf einer Person, mit der ich nicht sprechen kann. Casimir wird wahrscheinlich ohnehin nicht viel über die Professoren aus anderen Fakultäten wissen, vermute ich.

Außer Ster. Torstem steht auf Kurtisanen.

Mir wird plötzlich bewusst, dass der Mann, der heute Nachmittag so viele Gefühle in mir ausgelöst hat, zwei Teller vor sich hat. Es sieht so aus, als würde er pflichtbewusst das Fleischstück auf einem der Teller in mundgerechte Stücke schneiden ... während der Adlige neben ihm seine Schulter streichelt und ihn mustert, als sei *er* ein köstliches Stück Fleisch.

Julita kichert. *Seine Kunden bitten manchmal darum, auf die kindischste Art verwöhnt zu werden. Ich glaube, die Männer sind in dieser Hinsicht noch schlimmer als die Frauen.*

Mein Magen schlägt einen Purzelbaum. Was wird Casimir für seinen aktuellen Kunden nach dem Abendessen noch tun?

Ich reiße meinen Blick los. Es ist nicht so, als hätte er nicht erwähnt, dass er in seinem gewählten Beruf bereits Arbeit annimmt.

Es ist nicht so, als sei ich Idiotin genug, zu denken, ich könnte eine richtige Freundschaft mit ihm aufbauen, geschweige denn mehr.

Daher lässt die Vorstellung, wie viel er Leuten anbietet, die nicht ich *sind*, definitiv kein anhaltendes Rumoren in meinem Bauch zurück. Das liegt einfach nur an meinem Hunger, der mich einholt.

Wo kann ich mich hinsetzen?

Ich bemerke Romild, die Frau, die den Job als Stavros' Assistentin wollte und mich so finster anstarrt, als könnte sie mich mit Blicken erdolchen. Um diesen Tisch mache ich einen großen Bogen.

Oh, da schlendert Esmae ebenfalls mit einem Teller zwischen den Tischen umher und sucht nach einem Platz. Sie schaut im gleichen Augenblick zu mir und winkt mir, damit ich mich ihr anschließe.

Sie gehört ebenfalls zur Führungsfakultät – und sie ist die einzige Person hier abgesehen von Julitas Männern, die nett zu mir war. Sie weiß vielleicht das ein oder andere über Torstem.

Wir lassen uns am Ende eines Tischs auf zwei Stühlen nieder, wo bereits drei Frauen auf der anderen Seite essen und sich unterhalten, als seien wir nicht da.

„Was hast du mit Anya gemacht?", erkundigt sich Esmae. „Die Leute reden, als würde sie dir gleich den Krieg erklären."

Ich schnaube und schwinge meine Gabel. „Ich habe ganze fünf Worte zu ihr gesagt. Nachdem sie einigen Leuten etwas viel Schlimmeres angetan hatte, einfach nur, weil sie dort waren, wo sie sein wollte."

Esmae verzieht das Gesicht. „Sie geht normalerweise nicht besonders weit. Die Leute finden es einfacher, kein Theater zu machen."

„Ich hatte das nicht vor", brumme ich und stecke mir ein Stück unbekanntes Fleisch und cremige Soße in den Mund. Dann vergesse ich vorübergehend, worüber ich mit Esmae reden wollte, denn alle in diesem Raum sind Dummköpfe, weil sie sich an einer anderen Theke angestellt haben – dieses Gericht ist das Beste, was ich jemals gegessen habe.

Als ich mich aus dem genüsslichen Nebel gerissen habe, in den mich meine unkultivierten Geschmacksknospen gehüllt haben, blicke ich zu Esmae, die viel anmutiger isst als ich. Ich verändere den Griff um meine Gabel zu dem vornehmsten Winkel, der mir möglich ist. „Hattest du schon mal einen Kurs bei Ster. Torstem?"

Esmae legt beim Kauen nachdenklich den Kopf schief.

„Bisher nicht. Er unterrichtet hauptsächlich die älteren Studenten. Warum?“

Ich zucke mit den Achseln, als sei es mir nicht so wichtig. „Ich habe den Namen erkannt – ich glaube, einer meiner Onkel von zu Hause ist mit ihm auf die Akademie gegangen. Ich habe überlegt, ihm zu erzählen, was sein alter Kamerad heutzutage so treibt. Tut er hier noch etwas anderes als unterrichten?“

„Er leitet einige unterschiedliche Studentenverbände“, antwortet Esmae sofort. Also bin ich eindeutig zur richtigen Person gegangen. „Die Gerichtsgenossen, die silanisch-icarianische Bruderschaft und der Käferclub.“ Sie rümpft die Nase.

Hmm, sagt Julita. *Wendos ist im ‚Käferclub‘ – die Insektenkunde-Gesellschaft. Das war einer der vielen Clubs, bei denen wir festgestellt haben, dass sie den Teilnehmern eine Ausrede bieten, den Campus zu verlassen und möglicherweise illegale Rituale durchzuführen.*

Nun, das könnte eine nützliche Verbindung sein – falls Julita recht damit hat, dass Wendos weiterhin an Blutzauberei interessiert ist.

Ich lächle Esmae an. „Bist du ein Mitglied dieser Clubs?“

Sie kichert. „Oh, nein, ich bin mir nur gerne all der Möglichkeiten in meiner Fakultät bewusst.“

Julita gibt einen verächtlichen Laut von sich. *Und sie spricht, als sei* ich *ein Speichellecker.*

„Arbeitet Torstem an Rechtsfällen außerhalb der Akademie?“, frage ich, da ich wissen will, wie ein Professor der Königsakademie einem Straßenkind über den Weg läuft.

„Nicht, dass ich gehört habe. Aber es ist möglich.“ Esmae zieht die Brauen zusammen. „Er wirkt ziemlich zugänglich. Ich bin mir sicher, dass er gerne mit dir reden würde, wenn du ihm von deinem Onkel erzählst, auch wenn du keine seiner Studentinnen bist.“

Das wäre nützlich, wenn ich tatsächlich einen Onkel hätte. Ich war jedoch zuvor immer in der Lage gewesen, eine Menge Informationen über eine Zielperson in Erfahrung zu bringen, ohne direkt mit ihr zu sprechen.

„Das werde ich tun", erwidere ich, als ich meine Gabel in ein anderes Fleischstück stecke …

… und ein schlanker Arm kracht gegen meine Schulter.

Eine gewaltige Menge Rotwein klatscht auf das Mieder meines Kleides und durchtränkt mich augenblicklich bis auf die Haut. Ich fahre herum und entdecke Anya, die das verschüttete Glas zwischen den Fingern baumeln lässt und die andere Hand in vorgespielter Sorge an die Lippen hält.

„Oh, es tut mir *so* leid, ich bin in den unpassendsten Momenten schrecklich ungeschickt." Ihr Blick fällt auf mein Kleid. „Wenigstens habe ich dir eine Ausrede geliefert, dir etwas Besseres für den Ball zu besorgen."

Als ihre Freundinnen ringsum kichern, stolziert sie davon. Ich ziehe an dem feuchten Stoff und stöhne. Der Fleck hat sich bereits auf der hellgrauen Seide vom Gürtel bis zum Rock ausgebreitet.

Vielleicht sollte ich mich freuen, dass ich mich nicht mehr fragen muss, wie ihre Rache ausfallen wird. Und dass es das graue Kleid war, nicht mein Lieblingskleid.

„Sie ist manchmal *so* ein Biest", schimpft Esmae, tupft mit ihrer Serviette an meiner Seite und verzieht das Gesicht. „Komm, dort drüben ist ein Waschraum. Wenn wir schnell etwas Wasser auf den Fleck geben, zieht er vielleicht nicht komplett ein."

Ich lasse mich von ihr zu dem Raum an der Seite des Speisesaals führen, in dem es mehrere Latrinenkabinen und einige große Waschbecken gibt. In weniger als einer Minute wird offensichtlich, dass kein Wasser dieser Welt verhindern kann, dass mein Kleid wie ein scheckiges Pferd aussieht.

„Es ist in Ordnung", sage ich mit einem schiefen Lächeln. „Es gibt wenige Dinge, die mir *noch* unwichtiger sind, als dass sie dieses Kleid ruiniert hat. Mir wäre es lieber, wenn sie nicht auch noch mein Abendessen vollkommen ruiniert."

Esmae schürzt die Lippen, erkennt anscheinend jedoch, dass das Kleid ohnehin nicht zu retten ist.

Wir werden ein anderes Mal eine Möglichkeit finden, Anya diesen Vorfall bereuen zu lassen, verkündet Julita mit einer berechnenden Note in der Stimme, wegen der ich froh bin, dass ich hier das Sagen habe.

Als wir zu unserem Tisch zurückeilen, schaue ich mich im Raum um. Ich sehe Anya nirgends und Alek ist mittlerweile entweder in der Menge verschwunden oder mit seinem Essen zu seinem Zimmer zurückgegangen. Casimir habe ich ebenfalls aus den Augen verloren, aber vielleicht ist das zum Besten.

Dafür entdecke ich Benedikt an einem Tisch, der unweit von unserem entfernt ist. Als sich unsere Blicke kurz begegnen, zuckt seine Augenbraue entweder vor Verwirrung oder Belustigung nach oben.

Ich schätze, ich kann ihm bei dem Treffen morgen von den Abenteuern des heutigen Abends berichten, falls er sich Sorgen macht.

Mein köstliches Essen ist zum Glück noch warm. Als ich noch einen Mundvoll schlucke, widmet sich mein Verstand Anyas sehr spezieller Beleidigung. „Es findet bald ein Ball statt?"

Esmae sieht aus, als hätte ich plötzlich lilafarbene Pusteln im Gesicht. „In zwei Tagen. Hast du die Leute nicht darüber sprechen hören? Ich hätte gedacht, dass Stavros es erwähnt hat. Jeden Monat wird einer veranstaltet und alle aus der Akademie sind dazu eingeladen – nun, jedenfalls die Studenten und das Lehrpersonal."

Ich beschließe, ihr nicht zu verraten, dass abgesehen von ihr kaum jemand mit mir spricht, und wenn Stavros es doch einmal tut, dann hauptsächlich, um mich über meine Fehler zu informieren. Vielleicht denkt er, dass ich nicht hingehen sollte?

Ich kann nicht behaupten, dass eine ruhige Nacht allein in seinem Quartier vergleichsweise *schlecht* klingt. Er hat eine Menge Bücher, die ich noch nicht gelesen habe.

„Ich nehme an, du gehst hin", sage ich zu Esmae, da ich das Bedürfnis verspüre, ihre Freundlichkeit zu erwidern.

Sie nickt und ein verträumtes Lächeln breitet sich auf ihrem Gesicht aus. „Die Bälle sind wirklich der vergnüglichste Teil der Akademiezeit. Und manchmal nimmt auch Personal aus dem Palast teil! Es ist eine exzellente Gelegenheit, sich mit ihnen zu unterhalten, wenn man darauf hofft, nach dem Abschluss ihre Gunst zu erhalten."

Ich schlucke noch ein wenig von dem mysteriösen Fleisch, bei dem ich mir zunehmend sicher bin, dass es sich um Ziegenfleisch handelt. „Hast du das vor … im Palast zu arbeiten?"

„Ich hoffe es." Esmae zieht verlegen den Kopf ein. „Das wollte ich seit jeher tun. Ich habe definitiv kein Interesse daran, als die Letzte von vier Erben in die Grafschaft meiner Eltern zurückzukehren. Und was könnte eindrucksvoller sein als eine Anstellung, bei der ich der Königsfamilie diene?"

Das wäre ziemlich eindrucksvoll, wenn man auf eindrucksvoll steht. Meine Aufmerksamkeit heftet sich auf ihre Augenklappe aus Seide. Es fühlt sich an, als hätte sie sich genug geöffnet, damit es sicher ist, nachzufragen: „Das Weihgeschenk, um das du gebeten hast … ist es etwas, womit du Mitgliedern des Hofs dienen kannst?"

Esmaes Hand flattert zu dem Riemen der Augenklappe. „Ja. Ich habe mich Jurnus verpflichtet … Ich kann Nachrichten über große Entfernungen auf schnelle Weise verschicken. Ich dachte, das könnte bei Militärverhandlungen, beim Handel und bei allen möglichen Dingen nützlich sein."

„Das kann ich mir vorstellen", erwidere ich ehrlich. Es ist eine gute Gabe und eine, die zu dem Gottlen passt, der sowohl der Kommunikation als auch dem Reisen vorsitzt. Allerdings wird sie ihr nicht viel nutzen, wenn sie den Job nicht bekommt. Sie muss festentschlossen sein, dass sie so ein großes Opfer erbracht hat.

Sie betrachtet mich mit ihrem übriggebliebenen Auge. „Was ist deine Gabe, Ivy? Du bist offensichtlich an den Kampfkünsten interessiert … hast du dich Sabrelle verpflichtet?"

Ich öffne den Mund und überlege mir, wie umfangreich ich lügen möchte, als mich eine merkwürdige Empfindung erfasst.

Es ist nicht das intensive Schwindelgefühl, das ich zuvor verspürte, als Julita versuchte, meinen Körper zu übernehmen – eher eine Benommenheit, als würde sich mein Schädel vom Rest meines Körpers lösen. Es fühlt sich an wie das erste Mal, als ich Cider entdeckte und drei Gläser in zu schneller Folge getrunken habe.

Ein Kichern kommt über meine Lippen. Ich weiß nicht, was lustig ist, aber die ganze Welt kippt kopfüber. Das ist ziemlich witzig.

Esmaes Stirn runzelt sich. „Geht es dir gut?"

Kalte Angst durchschneidet meine Benommenheit. Mein Körper schwankt und ich scheine meine Wirbelsäule nicht steifhalten zu können.

Was passiert mit mir?

„Ich glaube ... möglicherweise nicht", bringe ich hervor und halte mich an dem Tisch fest, um das Gleichgewicht zu wahren. Mein Teller klirrt.

Mein Teller, auf dem beinahe kein Essen mehr ist. Essen, das ich einige Minuten lang unbeaufsichtigt gelassen habe, nachdem Anya mich mit dem Wein überschüttet hatte.

Ein verdammtes Biest, in der Tat. Hat sie irgendeine Droge in Pulverform darauf verteilt?

Vielleicht war sie es nicht. Womöglich hatte Romild beobachtet, wie ich den Tisch verlassen habe, und sich das zu Nutze gemacht.

Ich habe hier definitiv zu viele Feinde für jemanden, der erst seit wenigen Tagen auf der Akademie ist.

Die Wirkung der Droge, die ich unwissentlich eingenommen habe, wird noch immer stärker. Mein Sichtfeld verschwimmt, verdoppelt sich und wabbelt wie ein Teich, in den jemand einen Stein geworfen hat. Ich verliere irgendwie meinen Griff um den Tisch, obwohl weder er noch ich irgendwo hingehen.

Esmae flucht nicht besonders damenhaft und springt auf. „Dieses Biest. Wenn wir beweisen können, dass sie dich vergiftet hat ... Das ist ein *Angriff*."

Ich lache. Bläschen steigen kitzelnd von meinem Magen in meine Kehle auf. „Kein Gift. Tut nicht weh. Ich fühle mich nur ... als würde sich alles im Kreis drehen."

Wer immer das getan hat, hat er darauf gehofft, dass ich mich vor allen im Speisesaal zum Narren mache? Dass ich etwas sage oder tue, was Zweifel an meiner Position als Stavros' Assistentin weckt?

Ich schwanke nach hinten und kippe beinahe meinen Stuhl

um. Als die Beine über den Boden schaben, zieht mich Esmae auf die Füße.

Ich stolpere und versuche, mich zu orientieren. Ich weiß, dass der Boden flach ist, er fühlt sich jedoch an, als würde er wie ein schlecht gebauter Steg auf und ab wippen.

Am Rand meines Sichtfelds blitzt etwas golden auf. Zwei Benedikts – nein, es ist nur einer – nein, warte, jetzt sind es drei, die sich überlappen, als sie sich an den Nachbartisch lehnen.

„Sie sieht aus, als hätte sie ein wenig zu tief ins Glas geschaut. Oder haben sie etwas Spezielles in das Curry geschüttet?"

Er spricht in einem scherzhaften Ton, muss sich allerdings Sorgen machen, denn andernfalls hätte er es nicht riskiert, herzukommen. Die Bläschen werden warm vor Dankbarkeit und plötzlich grinse ich.

„Ich glaube, Anya hat etwas in ihr Essen getan", erklärt Esmae mit leiser Stimme. „Ich werde sie zu ihrem Zimmer bringen."

„Aww, und uns die mögliche Unterhaltung vorenthalten?", neckt Benedikt, sein Ton wird jedoch etwas ernster, als er hinzufügt, „Ich habe gehört, dass sie in Stavros' Quartier wohnt."

Der Bastard des Bastards spielt denselben Scherzkeks wie immer, übermittelt dabei allerdings die wichtige Information. Julita hat auch mit ihm eine gute Entscheidung getroffen.

Ich versuche, das zu sagen, schaffe es aber nur, unkontrolliert zu kichern. Ich taumle neben Esmae in den Gang und zur Treppe.

„Hatte noch nie so edles Essen", bemerke ich und breche in weiteres Gelächter aus.

Esmae schüttelt den Kopf. „Du musst aufpassen. Wer weiß, was sie beim nächsten Mal versucht."

Sie hält inne und packt meinen Ellenbogen, als ich meine wackligen Füße die Treppe hinaufmanövriere. „Julita ist mittlerweile schrecklich lange fort. Anya hatte es offensichtlich auf sie abgesehen. Hast du überhaupt nichts von ihr gehört?"

Denkt sie, dass Anya Julita getötet hat? Aus irgendeinem Grund bringt mich auch diese Vorstellung zum Lachen.

Anya, die in einer schmutzigen Schlachtquell-Gasse jemanden mit einem Messer tötet. Es fiele mir leichter, mir vorzustellen, dass sie zum Mond fliegt.

„Weiß nicht", murmle ich. „Sie hat nichts von sich hören lassen."

Sie lässt auch jetzt nichts von sich hören. Vielleicht kann sie durch den Nebel in meinem Kopf nicht sprechen?

„Ich hoffe, man hat ihr nichts angetan. Eine Droge wie diese zum falschen Zeitpunkt … Hat sie irgendetwas darüber gesagt, in welche Schwierigkeiten sie geraten ist oder was sie ausgeheckt hat?"

Ich soll nicht darüber sprechen, es ist jedoch schwer, sich daran zu erinnern, was wahr und was ein akzeptables Gespräch ist. Ich halte mich an schlichte Antworten. „Nein. Nein. Keine Ahnung."

Esmae holt tief Luft und hilft mir über den Treppenabsatz. Das Geländer fühlt sich unter meiner schweißnassen Handfläche glitschig an, aber ich glaube, mein Gleichgewicht wird etwas besser?

Es ist gut, dass ich mich beim Essen mit meiner Freundin unterhalten habe, andernfalls hätte ich noch mehr von der Droge zu mir genommen, bevor ich bemerkt hätte, dass etwas nicht stimmte.

Ein freudiges Lächeln biegt meine Lippen nach oben. Ich will Esmae gerade erzählen, wie wundervoll sie ist, als ein Kreischen über uns ertönt.

Esmae reißt die Augen auf. Sie erstarrt und sieht hin und her gerissen aus, ob sie fliehen oder nachschauen soll, was los ist. Daher treffe ich die Entscheidung für sie.

Falls es hier in der Akademie Probleme gibt, ist das genau das, wonach ich suche.

Ich stapfe weiter und erklimme die Treppe zum nächsten Stockwerk, wobei ich gelegentlich eine Hand auf einer Stufe abstützen muss. Esmae holt mich ein, als ich mich gerade in den Gang schiebe.

Ich bleibe wie angewurzelt stehen und werde vor Schock annähernd nüchtern.

Mehrere Studenten haben sich flach an die Wände oder ihre Türen gepresst und starren den Trümmerhaufen auf dem Boden an. Und es ist ein Trümmerhaufen – mehrere Marmorbüsten berühmter ehemaliger Professoren, die auf Säulen entlang des Gangs ausgestellt waren, wurden auf den Boden geworfen und zerschlagen.

Ein paar der Studenten bluten, ein Kerl drückt die Hand auf einen Kratzer an seiner Wange und ein anderer bedeckt einen Schnitt auf seinem Unterarm.

„Bei den Göttern", keucht Esmae. „Was ist passiert?"

„Es muss ein Daimon gewesen sein", berichtet der Kerl, der seinen Arm umklammert. „Etwas ist einfach durch den Gang gefegt und hat mit den Statuen um sich geworfen."

Eine Frau dreht den Kopf und späht in den Gang. „Ist er fort? Hat er aufgehört?"

Eine andere Studentin erschaudert neben ihrer Tür, wo sie kauert. „Sie werden immer schlimmer. Warum unternimmt das Personal nichts, um sie aufzuhalten?"

Weil sie nicht wissen, warum es passiert. Weil es hier schreckliche Magie gibt.

Ein Teil davon befindet sich in mir.

Wenn die Götter auf uns herabschauen, falls die Götter sehen …

Wir müssen das hier in Ordnung bringen.

Meine Magie tobt in meiner Brust, entschlossen, all die Statuen wieder zu ihrer ursprünglichen Form zusammenzusetzen und an ihrem rechtmäßigen Platz zu positionieren, damit keine göttlichen Gestalten wütend werden. Ich schaffe es nur, sie zu unterdrücken, indem ich mich nach unten werfe, als hätte ich das Gleichgewicht verloren.

Ich schlage auf dem Boden auf und der Schmerz schärft meinen Verstand. Ich schlinge die Arme um mich und halte meine Magie zurück.

Der Rückschlag windet sich durch mich, als hätte ich mehrere Splitter zerbrochenen Marmors geschluckt.

Als ich keuche, hockt sich Esmae neben mich. „Ivy! Großer Gott hilf mir. Ich sollte einen Mediziner holen."

„Das wird schon wieder", krächze ich. „Ich … ich will nur zurück zu meinem Zimmer."

Möglicherweise sollte ich mich bei Anya oder Romild dafür bedanken, dass sie mir eine Ausrede für diesen plötzlichen Anfall geliefert haben. Esmae denkt, dass es nur an der Wirkung der Droge liegt.

Doch als sie mir auf die Füße hilft und der Schmerz in mir tobt, dröhnt ein Gedanke durch mein diffuses Hirn.

Ich kann so nicht weitermachen.

ACHTZEHN

er Student täuscht an und schlägt schnell nach mir, was ich mit meinem Arm abwehre, der sich blitzschnell hebt. Ich lächle ihn mit hoffentlich ermutigender Miene an, obwohl ich hauptsächlich versuche, mich zu ermutigen.

Genauer gesagt, versuche ich, meine versteckte Magie zu ermutigen, dieses Training nicht als echte Bedrohung aufzufassen.

Es ist nur ein kleiner freundschaftlicher Schlagabtausch zu Lernzwecken. Es besteht keine Gefahr.

Kein Grund, mich von innen heraus zu verprügeln.

Stavros schnalzt anerkennend mit der Zunge und verändert die Haltung des Studenten leicht nach links. „Du möchtest deinen Körper so wenig wie möglich einem Angriff öffnen. Allerdings steckt eine gute Wucht in deinen Schlägen. Man weiß nie, ob man seine Waffe im Nahkampf verliert und sich auf seine Fäuste verlassen muss."

Der jüngere Mann deutet mit dem Kinn auf mich. „Und ich vermute, ich hätte es mit Gegnern zu tun, die etwas eindrucksvoller wären."

Bei dem Spott in seinem Ton knirsche ich kurz mit den Zähnen. Ich gewöhne mich allmählich daran, adlige Arroganz und vornehmes Gehabe von mir abperlen zu lassen.

Stavros' Kiefer zuckt jedoch und eine Kälte schleicht sich in seine Stimme, die mich an das zweite Mal erinnert, als wir uns begegneten und er mich mit vorgehaltener Klinge in Schach hielt. „Du wärst gut damit beraten, einen Feind nicht aufgrund seines Aussehens zu unterschätzen und meine Besetzung der Assistentenstelle nicht zu beleidigen, während ich direkt neben dir stehe."

Der Student erbleicht und macht einen Schritt rückwärts. Er verneigt den Kopf vor uns. „Ich entschuldige mich. Danke für Ihre Hilfe."

Ich vermute, dass die Entschuldigung hauptsächlich seinem Professor und nicht mir gilt, dennoch ziehe ich ein wenig Befriedigung daraus. Und aus der Tatsache, dass es mir trotz der Zweifel des besagten Professors gelungen ist, bei den heutigen Scheinkämpfen nicht auf die fiesen Straßentaktiken zurückzugreifen, welche die Meinung darüber verändert hätten, wie eindrucksvoll ich bin.

Stavros blickt zu den Studenten, die sich auf dem Feld aufgestellt haben, und nickt mir zu. „Ich bringe sie jetzt für eine kurze Strategiebesprechung zurück zum Klassenzimmer. Du kannst hier aufräumen und dir dann freinehmen."

Ich knickse in meinem Trainingsleder, nur weil ich denke, dass es ihn ärgern wird. „Danke schön, Sir."

Ich kann mir kaum freinehmen. Als ich endlich sämtliche Ausrüstung aufgeräumt habe, die wir benutzt hatten, bleibt mir vermutlich nur noch eine halbe Stunde, bis die Glocke läutet und mir mitteilt, dass ich zum heutigen Geheimtreffen gehen muss.

Außerdem habe ich eine Aufgabe, um die ich mich seit gestern kümmern will. Jetzt ist der perfekte Zeitpunkt dafür, da Stavros anderweitig beschäftigt ist.

Aleks Bücher enthielten keine detaillierten Anweisungen, wie die angehenden Könige der alten Zeit die Rohrwolle eingenommen haben. Nachdem ich die getrockneten Blätter in dem Päckchen untersucht hatte, das mir die Ladenbesitzerin gegeben hatte, beschloss ich, dass ein Tee die sicherste Methode wäre.

Ich gehe zum Speisesaal, bitte das Küchenpersonal um eine

Tasse heißen Wassers und eile zu Stavros' Quartier. Es ist wie erhofft leer.

Ich hole ein paar der Blätter, die ich gekauft habe, und zerkrümle sie über dem Wasser. Die lila-grünen Stücke wirbeln auf der Oberfläche und ein schwacher, leicht säuerlicher Duft sorgt dafür, dass ich die Nase rümpfe.

Vielleicht hätte ich auch um Honig bitten soll. Tja, Pech gehabt.

Warum testest du das Jazfern an dir selbst?, will Julita wissen.

Ich habe mir gedacht, dass sie das fragen würde, weshalb ich bereits eine Antwort für sie parat habe. „Ich möchte nicht riskieren, die gesamte Schülerschaft zu vergiften – oder große Mühen auf mich nehmen, um dieses Zeug allen zu verabreichen, wenn es keine Wirkung hat. Also werde ich selbst eine schwache Dosis nehmen und schauen, ob es irgendeine Wirkung auf mich oder meine Magie hat."

Sie muss nicht wissen, was genau meine Magie ist. Falls sich meine geisterhafte Passagierin fragt, warum sie nie gesehen hat, wie ich meine angebliche Gabe benutze, kommentiert sie das jetzt nicht.

Während ich meinen Tee ziehen lasse, schlüpfe ich in mein Lieblingskleid. Anschließend hocke ich mich auf die Kante des Sofas, das mittlerweile mein Bett ist, und nippe an dem Tee.

Bei dem scharfen Kräuteraroma verziehe ich das Gesicht. Ich zwinge mich, einen größeren Schluck zu trinken, um es hinter mich zu bringen.

Es spielt keine Rolle, wie schrecklich es schmeckt. Die monsterhaften Dränge einzusperren, die aus meiner Seele sickern, wäre so gut wie alles wert.

Ich habe die Hälfte der Tasse geleert, als Stavros in den Raum marschiert. Ich erschrecke und mein Herz setzt einen Schlag aus – ich hatte angenommen, dass er nach dem Unterricht geradewegs zu dem Treffen gehen würde.

Der Geruch des Rohrwolle-Tees ist anscheinend so stark, dass er ihn bemerkt, denn er wirft der Tasse einen fragenden Blick zu, bevor er ihn zu mir hebt. „Was in den Reichen trinkst du … Zitronenschalen vermischt mit Kiefernnadeln?"

Ich verziehe das Gesicht, obwohl seine Einschätzung des Geschmacks gar nicht so verkehrt ist. „Es ist ein Trick, den mir meine Oma beigebracht hat, als ich noch ein Kind war. Es hilft bei der Heilung von Blutergüssen."

Julita spricht in einem schelmischen Ton. *Er wird nicht begeistert sein, wenn du später zugeben musst, dass du gelogen hast.*

Ich kann ihr nicht antworten und werde mich mit diesem Problem auseinandersetzen, wenn es dazu kommt. Falls der Tee unserer Sache nicht dienlich ist, möchte ich definitiv nicht, dass der ehemalige General über Gründe nachdenkt, aus denen ich mich darauf konzentrieren könnte, magische Fähigkeiten zu unterdrücken.

Er gluckst wie erwartet und in seinen Augen blitzen Belustigung und eine Herausforderung auf. „Ich gebe dir, worum du gebeten hast, und jetzt beschwerst du dich. Wo ist die Wertschätzung, Diebin?"

Der Spitzname klingt in seinem aktuellen Ton nicht ganz so beleidigend. Und er hat mir ein wenig Vertrauen entgegengebracht, indem er mich heute stärker in seine Lektionen eingebunden hat.

„Ich weiß es sehr wohl zu schätzen", verkünde ich, wobei ich mich seiner Haltung anpasse. „Das bedeutet allerdings nicht, dass ich in schicken Kleidern herumlaufen möchte, während meine Arme voller blauer Flecke sind. Eine Dame kann mehrere Wünsche haben."

Er geht zum Schrank, in dem er seine verschiedenen Prothesen aufbewahrt, wie ich mittlerweile weiß. „Und ich dachte, dir wäre jede Ausrede recht, diese Seidenungetüme nicht zu tragen."

Ich streiche den Rock meines türkisfarbenen Kleides glatt, das nicht nur weich, sondern *sauber* ist dank des Wäschedienstes der Akademie. „Ich werde nicht behaupten, dass ich sie zurück in die Außenbezirke mitnehmen werde, aber sie sind mir möglicherweise ein wenig ans Herz gewachsen."

Oder vielleicht genieße ich es einfach nur, nicht ständig Dreck auf meiner Haut zu spüren. *Das* kann ich genauso gut wertschätzen, solange ich kann.

„Hmm." Stavros' Grinsen erscheint. Er dreht die Hand aus der Halterung an seinem Unterarm, die wie ein Metallhaken aussieht und er beim Training bevorzugt. Anschließend nimmt er die aus Ton, die einer echten Hand am ähnlichsten sieht. „Ich schätze, du könntest eines dieser Kleider bei einer Trainingssession tragen und eine Dame in Nöten spielen."

Ich schaue ihn böse an. „Jetzt, da du mir endlich erlaubt hast, richtig mitzumachen, suchst du schon nach Gründen, damit ich es nie wieder tun darf?"

„Oh, ich denke lediglich über alle Möglichkeiten nach." Der ehemalige General befestigt seine neue Hand und schlendert zu seinem Schreibtisch. Dort bleibt er stehen und schaut wieder zu mir. „Du hast heute Morgen keine schlechte Arbeit geleistet, das gebe ich zu. Du hast deine fragwürdigeren Taktiken ziemlich gut in Zaum gehalten."

Bei den Göttern, hat der große General Stavros gerade *Respekt* für meine Kampfkünste gezeigt? Ein Lächeln zupft mit mehr Wärme an meinen Lippen, als ich vermutlich fühlen will.

Aber hey, ein Sieg ist ein Sieg.

„Das klingt wie eine Beleidigung, die in einem Kompliment verpackt wurde, doch ich nehme es!", verkünde ich.

Stavros schnaubt und greift nach einem Papierstapel, der an der Seite seines Schreibtischs liegt.

Julitas Lachen schallt durch meinen Kopf. *Ich wusste, dass ihr zwei euch irgendwann gut verstehen würdet.*

Ich bin froh, dass jemand glücklich darüber ist.

Seit ich in seinem Quartier wohne, habe ich den ehemaligen General so gut wie nie bei der Bearbeitung von Papierkram beobachtet, obwohl ich davon ausgehe, dass alle Professoren gewisse Schreibarbeiten zu erfüllen haben, ganz egal, wie berühmt sie sind. Einige Male hat Stavros Notizbücher oder Schriftrollen in sein Schlafzimmer getragen, als würden sie Informationen enthalten, die zu heikel sind, um sie in meiner Reichweite liegen zu lassen.

Anscheinend hat er entweder beschlossen, dass ich keine Sicherheitsbedrohung bin, oder dass es in diesen Berichten nichts Wichtiges gibt, denn er blickt jetzt an seinem

Schreibtisch auf sie hinab. Dabei kneift er die Augen leicht zusammen und macht dieses merkwürdige Zucken mit dem Kopf, hält still und zuckt erneut.

Während ich den Rest meines schrecklichen Tees trinke, spannen sich seine Mundwinkel an und verziehen sich zu einer leichten Grimasse. Mir kommt der Gedanke, dass dies offensichtlich Folgen seiner Kampfverletzung sind, an die ich zuvor nicht gedacht hatte.

Ich stelle meine Tasse ab und stehe vom Sofa auf. „Hast du Probleme mit dem Lesen?"

Stavros' Augen zucken erneut zu mir und verdüstern sich gleichzeitig mit seiner Stimme. „Was?"

„Es ist nur …" Ich deute auf die Papiere. „Julita hat mir erzählt, dass sich deine Verletzung auf deine Sicht auswirkt."

Die gesamte Haltung des ehemaligen Generals ist stocksteif geworden und die angespannten Muskeln wölben sich unter seinem Oberteil. Mein Herz setzt aus.

Kurz habe ich beinahe vergessen, wie gewaltig seine muskulöse Gestalt ist vor allem im Vergleich zu meinem schlaksigen Körper.

Stavros' Stimme wird kälter und ruhiger als zuvor, als er seinem Studenten den Kopf zurechtrückte. „Ich verstehe nicht, warum dich das etwas angeht."

Möglicherweise habe ich meinen Selbsterhaltungstrieb verloren oder vielleicht habe ich es einfach nur satt, den Kopf einzuziehen, während mich alle an diesem Ort mit Gift bespritzen.

Ich stemme die Hände in die Hüften. „Ich wollte nur vorschlagen, dass ich, falls in diesen Berichten nichts schrecklich Vertrauliches steht, sie *vielleicht* laut vorlesen und dir die Mühe ersparen könnte. Dass ich dir assistieren könnte, da das angeblich mein Job ist."

Irgendwie gelingt es Stavros, alles an seinem Körper noch härter erscheinen zu lassen, von seinen Augen bis hin zu seinem angespannten Kiefer. „Ich brauche keine Hilfe. Julita hätte dir auch erzählen sollen, dass ich meine Angelegenheiten prima allein regeln kann."

Oh, ja, sagt Julita leicht spöttisch. *Er kommt fantastisch zurecht. Abgesehen davon, wenn er länger als fünf Sekunden kein Arsch zu der Frau sein soll, die mich in dieser Welt hält.*

Anscheinend zeigt sich meine Belustigung über ihre Bemerkung kurz auf meinem Gesicht, denn Stavros bleckt die Zähne, ohne dass ich etwas gesagt habe. „Hast du noch andere hilfreiche Vorschläge? An deiner Stelle würde ich gut über die Antwort nachdenken."

Meine Nackenhärchen richten sich auf. Er hat sich nicht bewegt und keine einzige bedrohliche Geste gemacht, doch ich sehe den gnadenlosen General überdeutlich in ihm.

„Nein", erwidere ich dünn und presse den Mund zu, bevor mir noch etwas Unverschämtes entwischt.

„Gut", blafft er. „Warum gehst du dann nicht zu dem Treffen, da du anscheinend darauf brennst, zu arbeiten? Ich bin mir sicher, Aleksi hat alle möglichen Dinge, die du unten in den Archiven lesen kannst."

Wenn er sich so aufführen will, werde ich das tun.

Ich drehe mich mit wirbelnden Röcken zur Tür – noch etwas, was ich allmählich an Kleidern wertzuschätzen weiß. Tuniken wirbeln einfach nicht so effektiv. „Gute Idee. Es wäre ohnehin nicht klug, wenn wir gleichzeitig dort ankommen. Vielen herzlichen Dank für deine weise Führung."

Und dann verlasse ich schnell das Zimmer.

Er ist bloß ein wenig sensibel hinsichtlich seiner neuen Defizite, erklärt Julita, als ich zur Treppe gehe und daran arbeite, meinen Kiefer zu lockern. *Ich kann nicht behaupten, dass seine Stacheligkeit besonders reizvoll ist, es wäre jedoch viel schwieriger gewesen, ihn für meine Sache zu gewinnen, wenn er nicht auch ein paar sensible Stellen hätte, die ich piken konnte.*

Hat sie sich deswegen von allen Professoren ausgerechnet an Stavros gewandt? Nicht, weil sie dachte, er wäre am besten darin, es mit den Blutzauberern auf der Akademie aufzunehmen, sondern weil sie einen idealen Ansatzpunkt für emotionale Manipulationen sah?

Obwohl ich genervt von diesem Idioten bin, wird mir übel bei dem Gedanken, dass sie – praktisch buchstäblich – in seinen Kriegswunden herumgebohrt hat. Dann gibt Julita einen drängenden, wortlosen Laut von sich, bei dem ich wie angewurzelt stehen bleibe.

Ich verstehe, weshalb sie das wollte, noch bevor sie ein Wort sagt. Ein Schopf zotteliger brauner Haare kommt auf dem Treppenabsatz unter uns gerade durch eine Tür.

Was heckt Wendos jetzt schon wieder aus?, brummt Julita.

Soweit ich das erkennen kann, geht er bloß von seinem Schlafsaal zu den Klassenzimmern, während ich ihm in sicherem Abstand bis ins Erdgeschoss folge. Er biegt in den Gang, der zum Innenhof führt, wohingegen ich in die andere Richtung gehen muss, um die Reihe an Wandteppichen und den versteckten Eingang zu erreichen.

Julita murmelt weiterhin düster vor sich hin, als würde sie Selbstgespräche führen. *Er muss irgendwie involviert sein. Ich konnte ihn besser im Auge behalten, als unsere Schlafsäle gleich um die Ecke voneinander waren.*

„Ich würde lieber eines dieser Kleider fressen, als mir einen Schlafsaal mit Anya zu teilen", informiere ich sie leise.

Es ergibt Sinn, dass Julita den Kerl so sehr hasst, aber ich begreife allmählich, warum die Männer diesen skeptischen Gesichtsausdruck aufsetzen, wenn er erwähnt wird. Sie geht ständig davon aus, dass er etwas Schlimmesausheckt, obwohl es keinerlei Beweise dafür gibt.

Was, wenn Wendos tatsächlich die schlechten Entscheidungen seiner Kindheit hinter sich gelassen hat? Wie viel kann einer von uns Julitas Urteil trauen, wenn sie all diesen vergangenen Groll hegt?

Als ich durch den dunklen magischen Gang die Treppe hinabhusche, schüttle ich diese Sorgen so gut wie möglich ab. Auf der Akademie geht eindeutig *etwas* Schreckliches vor sich, andernfalls würden die Daimon nicht ein solches Chaos stiften.

Was immer es ist, wir sind besser dran, wenn wir es herausfinden können, bevor sich ihre Unruhe noch weiter ausbreitet.

Anscheinend bin ich nicht die Einzige, die diese Dringlichkeit verspürt. Ich vermute, es hat sich bereits herumgesprochen, dass gestern Abend Statuen zertrümmert wurden – und vielleicht erzählt man sich auch von meinem

Zwischenfall im Speisesaal. Als ich in das Licht des Archivzimmers trete, haben sich Julitas andere drei Männer bereits um den Schreibtisch herum versammelt.

Alek steht in einer für ihn typischen nachdenklichen Pose dahinter. Benedikt ist hochgesprungen, um sich auf dessen Kante zu setzen, und baumelt lässig mit einem muskulösen Bein, als hätte er keinerlei Sorgen. Dass seine Augen aufblitzen, als er mich sieht, verrät mir jedoch, dass er sich nach wie vor Gedanken wegen gestern macht.

Casimirs Reaktion macht zudem deutlich, dass Benedikt ihnen von seinen Beobachtungen erzählt hat. Der Kurtisan eilt herbei und sein Blick gleitet über mich, als würde er nach Anzeichen einer anhaltenden Tollpatschigkeit Ausschau halten.

Er bleibt einige Schritte entfernt stehen und schenkt mir ein für ihn typisches sanftes Lächeln. „Du hast hier eine noch schwierigere Zeit, als mir bewusst war. Hast du dich von dem gestrigen Vorfall vollständig erholt?"

Das Flattern, das meinen Puls durchläuft, wenn er mich so ansieht, ist nicht fair. Genauso wenig wie der plötzliche Drang, die Distanz zwischen uns zu überwinden und mich in seine Wärme zu neigen.

Ich glaube nicht, dass er mich von sich stoßen würde. Sein Mitgefühl gilt allerdings nicht mir, nicht wirklich.

Das darf ich nicht vergessen.

Würde ich überhaupt wie der Mann sein wollen, der ihn gestern Abend angeglotzt hat? Bei diesem Gedanken zucke ich innerlich zusammen.

Ich zwinge mir ein Lächeln auf die Lippen und spreche in lässigem Ton. „Ich scheine unbeabsichtigt einige Leute verärgert zu haben. Doch was immer sie mir ins Essen getan haben, hat sich nur so stark wie einige Runden Ale auf mich ausgewirkt. Es war nicht so schlimm wie der Daimon, der die Statuen im Gang des zweiten Stocks zerstört hat."

Alek verzieht das Gesicht. „Ich habe gehört, dass der Palast nach diesem Vorfall auf eine umfassende Ermittlung besteht. Aber ..."

Die Luft hinter mir bewegt sich und Stavros' ruhige Stimme rollt durch den Raum. „Aber niemand hat eine gute Erklärung für sie. Weil *wir* noch immer nichts haben, was einem Beweis nahekommt."

Benedikt blickt zu dem Neuankömmling. „Ich habe mich heute Morgen mit einigen Lakaien des Handelsberaters unterhalten. Anscheinend ist eine Lieferung Solmsaft vor einigen Tagen am Hafen ‚verschwunden' und niemand konnte herausfinden, wer ihn gestohlen hat."

Aleks Kopf fährt herum. „Das ist eine der anderen Substanzen, von der ich in Bezug zu den alten Blutzauberern gelesen habe."

Der Bastard des Bastards nickt. „Genau. Die Intriganten müssen ihn gestohlen haben."

Julita erschaudert. *Was haben diese Schurken jetzt vor?*

Benedikt wendet sich wieder an Stavros. „Wir können versuchen, der Kronenwache zu erzählen, was Julita beobachtet hat, und ihnen von all den anderen Dingen berichten, die wir gefunden haben und die zueinanderpassen. Dass sie ermordet wurde, spricht Bände."

Casimirs Mund verzieht sich nachdenklich. „Würden sie sich das überhaupt anhören, wenn sie nicht hier ist, um es ihnen selbst zu erzählen?" Er wirft mir einen entschuldigenden Blick zu, der eindeutig mehr für meine geisterhafte Passagierin gedacht ist. „Niemand sonst kannte sie gut genug, um zu bestätigen, dass Ivy wirklich ihre Seele beherbergt. Und wenn es von uns kommt, ist es bloß Hörensagen."

„Und da ihre Leiche verschwunden ist, haben wir auch keine Möglichkeit, den Mord zu beweisen", ergänzt Stavros knurrend. Er schaut mich überhaupt nicht an, doch nach unserem Gespräch vorhin ist das für mich in Ordnung.

Es erscheint mir eine gute Idee zu sein, jetzt zu erwähnen, dass ich möglicherweise einen kleinen Fortschritt gemacht habe. „Es gibt etwas Neues, was ich mir näher ansehen möchte. Oder besser gesagt jemand Neues."

Aleks Blick fällt mit einem neugierigen Funkeln in seinen leuchtenden braunen Augen auf mich. Der gleiche lächerliche Teil von mir, der bei Casimirs Lächeln flattert, zieht sich vor Sehnsucht nach einem gemeinsamen Moment mit ihm zusammen.

Doch bei dem, worüber ich sprechen werde, geht es ohnehin nicht um das, was er und ich neulich besprochen haben.

Benedikt hebt aufmunternd das Kinn. „Was hast du herausgefunden, Klingenkünstlerin?"

Julita regt sich erwartungsvoll in meinem Kopf. Ich hole tief Luft und beschließe, direkt auf den Punkt zu kommen. „Einer der Rechtsprofessoren bringt Kinder aus den Außenbezirken hierher, die wie Adlige gekleidet sind, und führt sie auf dem Campus herum. Ster. Torstem. Ich habe ihn gestern mit einem Kind gesehen."

Alle vier Männer starren mich einige Sekunden lang an. Stavros schlendert zum Schreibtisch und legt den Kopf schief. „Und du weißt das wegen deiner magischen Gabe, mit der du Straßenkinder wahrnehmen kannst?"

Seine Stimme ist nicht ganz so scharf wie vorhin, als er mich in seinem Quartier anblaffte, es liegt jedoch nach wie vor eine gewisse Schärfe in dem neckischen Ton.

Ich begegne seinem Blick ruhig. „Die meisten Leute hier scheinen nie am äußeren Erscheinungsbild vorbeizuschauen. Du kennst jedenfalls nicht die Feinheiten des Straßenratten-Verhaltens. Wohingegen ich eine von ihnen bin, wie du mir so gerne unter die Nase gerieben hast."

„Wenn Ivy sagt, dass sie sich sicher ist, was sie gesehen hat, sollten wir ihr glauben, denke ich", meint Cas leise.

Benedikt hat eine Schreibfeder in die Hand genommen und dreht sie nun zwischen seinen Fingern. „Was haben Straßenkinder mit Blutzauberei zu tun? Vielleicht gefällt es Torstem einfach, sie herauszuputzen."

„Ich weiß es nicht", gestehe ich. „Ich fand es nur merkwürdig und dachte, wir sollten dem auf den Grund gehen."

Aleks Mund spannt sich mit einem Hauch von Unbehagen an. „Die Berichte, die ich von den ursprünglichen Blutzauberern gelesen habe ... Sie benutzten bevorzugt Kinder, um ihre Macht zu vergrößern. Sie brachten sie dazu, bei ihrer Weihe ein Opfer im Namen des Zauberers zu erbringen."

Mir dreht sich der Magen um. „Du denkst, Torstem könnte diese Kinder für seinen Machtgewinn ermorden?"

Alek hält die Hände hoch. „Davon können wir nicht ausgehen. Die Berichte sagen, dass sie Bittsteller nutzen mussten, die ihnen nahestanden – normalerweise Familienmitglieder und Freunde. Leute, die das Opfer ihres Lebens ehrlich jemandem widmen konnten, weil sie dem Zauberer treu ergeben waren. Ich habe gelesen, dass es einige gab, die einfach ein Kind nach dem anderen in die Welt setzten, um sie zu beeinflussen, bevor sie sie anboten ..."

Er verstummt und sieht jetzt noch kränklicher als zuvor aus.

Ich kann ein Zittern nicht unterdrücken. „Dieses Kind wurde definitiv nicht von der Familie eines Professors großgezogen."

„Er hat eine erwachsene Tochter, die eine Beraterin für eine der Provinzen in der Nähe der Hauptstadt ist", bemerkt Stavros. „Niemand hat erwähnt, dass ihr eine übertriebene Anzahl Körperteile fehlt, was auf ein bedeutsames lebendes Opfer hinweisen würde. Ich weiß nichts von Nichten oder Neffen."

Benedikt deutet mit der Feder auf Alek. „Ist er nicht der Leiter von mindestens einem der Clubs auf deiner Liste derjenigen, die regelmäßig Ausflüge außerhalb des Campus unternehmen?"

Julita meldet sich zu Wort. *Ja, genau das, was ich gedacht habe. Und Wendos ist ebenfalls in all das verwickelt.*

Aleks Augen richten sich in die Ferne, als er nachdenkt. „Er hat eine Gruppe Eliterechtsstudenten, mit denen er regelmäßig die umliegenden Städte besucht, um Rechtsprozesse der Provinzen und Grafschaften zu beobachten. Der Entomologieclub geht periodisch auf Ausflüge, um Insekten zu beobachten und zu sammeln. Und seine verstorbene Frau kam ursprünglich aus Icar – er bringt seine Silanisch-Icarianische Bruderschaft zu Städten entlang der Grenze."

„Also hätte er eine Menge Gelegenheiten, illegale Rituale abseits der neugierigen Augen der Hauptstadt durchzuführen", fasse ich zusammen, verziehe das Gesicht und füge widerwillig hinzu, „Julita sagt, dass Wendos Teil des ‚Käferclubs‘ ist."

Die anderen setzen wieder diesen Ausdruck auf, als hätten

sie Kuhmist gerochen, doch dann werden alle vier Blicke eindringlicher.

Benedikt fixiert mich mit seinem, woraufhin ich den unbehaglichen Eindruck erhalte, dass er momentan nicht mich anschaut. Allmählich gewöhne ich mich daran. „Hat Jules irgendetwas anderes Faszinierendes entdeckt, seit sie mit dir auf dem Campus unterwegs ist?"

Julita seufzt. *Ich wünschte, ich könnte behaupten, ich hätte etwas gesehen.*

Ich schüttle den Kopf. „Sie hat mich auf Leute aufmerksam gemacht, die ich im Auge behalten soll, und mir Beobachtungen mitgeteilt, die sie zuvor gemacht hat. Allerdings haben wir abgesehen von der Torstem-Sache nichts Neues entdeckt."

Enttäuschung huscht über die Gesichter der Männer, doch Casimir hilft uns auf seine typische anmutige Art über den Moment hinweg. „Was immer vor sich geht, es ist definitiv eine ungewöhnliche Situation. Wir müssen herausfinden, was Ster. Torstems Absichten sind."

Ich verschränke die Arme vor der Brust. „Es muss doch eine Möglichkeit geben, in Erfahrung zu bringen, woher dieses Kind kam – und alle anderen, die er zur Akademie gebracht hat, falls er das getan hat. Er sammelt sie doch bestimmt nicht einfach wahllos in den Straßen von Schlachtquell oder Wirrwarrdingen ein."

Benedikt schnippt mit den Fingern. „Und wenn wir herausfinden, wo er das Kind herhatte, können wir es selbst suchen und fragen, was Torstem getrieben hat!"

„Ihr wollt, dass ich wieder meine Personalprivilegien missbrauche", stellt Stavros trocken fest. „Ich werde sehen, was ich durch meinen Zugriff auf die Fakultätsaufzeichnungen in Erfahrung bringen kann."

Alek sieht sich im Raum um. „Möglicherweise kann ich seine Verbindungen außerhalb der Schule über die allgemeinen Aufzeichnungen nachverfolgen."

„Sprecht niemanden aus den Außenbezirken an, ohne vorher mit mir zu reden", warne ich und schaue ihnen allen fest in die Augen. „*Vor allem*, wenn er etwas getan hat, worüber sie nur ungern sprechen. Sie werden nur noch mehr dicht machen, wenn irgendein Adliger anfängt, sie zu bedrängen. Ich werde mich um Nachforschungen außerhalb des Innenbezirks kümmern."

Casimir strahlt mich an. „Natürlich. Das ergibt Sinn. Deswegen haben wir Glück, dass du mit uns arbeitest."

Ich zügele die Freude, die sein Kompliment in mir auslöst. „Wir dürfen auch Aleks Anmerkung bezüglich der Familien nicht vergessen. Gab es irgendwelches Personal oder Studenten auf der Akademie, deren Ehepartner, Geschwister oder Kinder ungewöhnliche Opfer erbracht haben oder verschwunden sind? Ich nehme an, es gibt irgendwo ein Familienverzeichnis."

Benedikt grinst mich an. „Und guten altmodischen Klatsch und Tratsch."

Alek dreht sich bereits zu der Tür zu den angeschlossenen Zimmern um. „Wir haben Stammbäume für viele der berühmten Geschlechter …"

Eine ungewohnte Empfindung, die viel mehr als Freude ist, fegt vom Kopf bis zu den Zehen durch mich hindurch.

Sie hören mir zu. Sie fassen meine Vorschläge als Befehle auf und schreiten zur Tat.

Als sei ich jetzt wirklich eine ebenbürtige Partnerin bei dieser Ermittlung anstelle eines unerwarteten Eindringlings.

Ich habe noch nie zuvor eine Gelegenheit gehabt, etwas zu etablieren, was ich Kameradschaft hätte nennen können. Ich hatte keine Ahnung, dass es sich so *gut* anfühlen kann, zusammenzuarbeiten.

Es ist nicht die Nähe, nach der ich mich so oft verzehrt habe, wenn ich Ewalins Geplänkel mit ihrer Mutter beim Bienenstock beobachtet habe … doch die plötzliche Wärme füllt irgendein Loch in mir.

Dann lässt Stavros die Blase meiner Begeisterung mit einem leisen Glucksen und einer abweisenden spitzen Bemerkung platzen. „Schau mal einer an, wie du die Zügel an dich reißt. Ich weiß nicht, ob wir uns bei dir oder Julita bedanken sollen, die fröhlich in deinem Kopf plaudert."

Meine Laune sinkt so schnell, wie sie sich gehoben hat.

„Wenn etwas von Julita kommt, sage ich euch das", erwidere ich scharf, mein Magen hat sich allerdings verknotet.

Wird einer von ihnen das wirklich glauben?

Als hätte ich dich hierhergebracht, wenn du nicht in der Lage wärst, selbstständig zu denken, schimpft Julita und schnaubt. *Du gehst wunderbar mit ihnen um, Ivy.* Jemand *muss dafür sorgen, dass sie auf der Spur bleiben.*

Ich weiß nicht warum, aber ihre Einschätzung der Situation ernüchtert mich noch mehr.

Ich trete einen Schritt von den Männern zurück. „Ich werde weiterhin meine eigenen Nachforschungen anstellen, wenn ich kann. Anscheinend haben wir jetzt alle viel zu tun."

Daher gibt es keinen Grund mehr, aus dem ich noch länger hierbleiben und mich daran erinnern lassen muss, dass ich eigentlich gar nicht hier sein sollte.

Bevor ich gehen kann, wird Casimir fröhlich, wie nur er es sein kann. „Der Ball wird dir – und Julita – genügend Gelegenheiten geben, die Studenten und das Personal zu beobachten, wenn sie nicht auf der Hut sind."

Ich zögere. „Du denkst, ich sollte hingehen?"

Benedikt wackelt mit den Augenbrauen. „Hattest du vor, die größte Party des Monats sausen zu lassen?"

„Nun, ich habe nicht besonders viel Erfahrung darin, mit Adligen zu feiern." Oder besser gesagt mit Feiern im Allgemeinen.

An einem Ball teilzunehmen, fühlt sich nach einem viel höheren Level an Betrügerei an als der Unterricht oder eine Jagd.

„Lass uns jetzt nicht im Stich, Diebin", sagt Stavros gedehnt. Also erwartet anscheinend sogar er, dass ich das durchziehe.

Alek sieht aus, als würde ihm bei dem Gedanken an Bälle genauso schlecht werden wie bei dem an Blutzauberer, die ihre Kinder in Stücke schneiden, doch er neigt ebenfalls den Kopf. „Es ist vermutlich die beste Gelegenheit, die du im ganzen Monat erhalten wirst, um zu beobachten und Dinge zu überhören, welche die Leute normalerweise geheim halten."

Julita regt sich in meinem Hinterkopf mit einer Bewegung,

die sich beinahe wie ein Tätscheln in meinem Kopf anfühlt. *Mach dir wegen des Balls keine Sorgen. Ich kann dir die ganze Sache erklären. Es wird Spaß machen!*

In dieser Hinsicht habe ich Zweifel, aber ich kann jetzt schlecht einen Rückzieher machen. „In Ordnung. Ich schätze, ich werde morgen tanzen gehen."

Die Götter mögen uns beistehen.

Neunzehn

Als ich sie in Stavros' Quartier eintreten lasse, keucht Esmae leise. „Oh, es ist umwerfend.“

Ihr Blick gleitet über das Ballkleid, das ich mir größtenteils selbst anziehen konnte – weil ich nicht wollte, dass die Frau, die irgendwie meine Freundin geworden ist, das fehlende Gottlen-Mal auf meiner Brust und die Narben auf meinem Rücken bemerkt. Ich widerstehe dem Drang, die Arme um mich zu schlingen, als sie mich mustert.

Das Kleid *ist* umwerfend. Als ich es aus der Schachtel zog, die ein Bote vor einigen Stunden vorbeigebracht hatte, keuchte ich möglicherweise ebenfalls.

Durchsichtige Stoffbahnen aus Himmelblau und Meergrün fallen über eine Schicht aus hellblauem Stoff, wodurch es den Eindruck macht, als würde schimmerndes Wasser von meinem Schlüsselbein bis zu meinen Zehen fließen. Goldene Stickereien tanzen entlang der Taille und fließen wie schäumendes Wasser über den Rock.

Ein hauchzarter Stoff wirbelt von meinen Schultern zu meinen Unterarmen und verbirgt die knochigen Ellenbogen, die eine Woche vornehmen Essens nicht verschwinden lassen konnte. Linzis weißes Band um meinen Bizeps ist selbst in dem hellen Licht des Apartments kaum zu sehen.

Ein dünner Seidenumhang fließt von der Rückseite des

Ausschnitts fast bis zu meinen Füßen und stellt sicher, dass meine Narben komplett verdeckt sind.

Er hat an alles gedacht.

Ich glaube, ich hätte gewusst, dass Casimir dieses Kleid ausgewählt hat, selbst wenn es nicht mit der Haarnadel gekommen wäre, die ich in der Stadt bewundert hatte. Mir fällt niemand ein, der sich der Teile meines Körpers so bewusst wäre, die ich gerne verbergen möchte.

Um dem Ganzen noch die Krone aufzusetzen, verbergen die überlappenden Stoffbahnen Schlitze, die bedeuten, dass ich noch immer Zugang zu mindestens ein paar Messern habe. Womöglich hat er es nicht nur ausgesucht, sondern das Kleid nach seinen Wünschen schneidern lassen.

Das Wissen schickt ein sprudelndes Gefühl durch meine Brust, als hätte ich ein paar Gläser Champagner getrunken. Ich bin mir nicht sicher, ob ich die Empfindung mag.

Ich bin mir auch nicht sicher, ob ich in dieses Kleid gehöre. Doch hier bin ich.

Ich lächle verlegen und deute zu meinem unteren Rücken. „Ich weiß nicht, ob ich die Schnürung so fest hinbekommen habe, wie sie sein soll." Ich wollte Stavros nicht um Hilfe bitten, bevor er gegangen ist, um sich irgendwo anders auf den Ball vorzubereiten.

„Lass mich sehen ..." Esmae schwebt in ihrem lilafarbenen Kleid herbei. Über ihren ansonsten nackten Schultern liegt ein schmaler Streifen Seidengaze und dicke Stickereien betonen ihre Taille über dem wogenden Rock. Ihr Kleid entspricht vermutlich eher der aktuellen Hofmode als meines, ich kann jedoch nicht behaupten, dass mich das interessiert.

Warum ist die einäugige graue Maus noch einmal hier?, brummt Julita, als Esmae den unteren Teil des Umhangs beiseiteschiebt, um kräftig an den Bändern in meinem Kreuz zu rucken.

Diesen Streit haben wir bereits geführt, nachdem Esmae mir heute Morgen beim Frühstück ihre Hilfe angeboten hat. Ich machte Julita darauf aufmerksam, dass sie mich zwar anleiten konnte, ich allerdings nur ein Paar Hände habe.

Außerdem ist es ein Paar Hände, das nicht besonders geübt darin ist, mich zu verschönern.

Mein geisterhafter Gast konnte das nicht leugnen, was sie jedoch nicht davon abgehalten hat, sich fortwährend zu beschweren. Ich vermute, sie ist ein wenig beleidigt, dass Esmae sich allem Anschein nach mehr Mühe gibt, sich mit mir anzufreunden, als sie es jemals bei Julita getan hat.

Esmae führt mich zu dem Spiegel an der Wand und schiebt ihre Finger in meine Haare. „Diese Nadel passt perfekt zu dem Kleid. Wir könnten deine Haare so zusammenfassen. Oder sie im Rücken arrangieren."

„Letzteres klingt gut", stimme ich der zweiten Frisur zu und gebe mein Bestes, stillzuhalten, während sie die Strähnen zu einem kunstvollen Arrangement zieht, das ich allein niemals hinbekommen hätte.

Vor meinen Augen verwandle ich mich in jemanden, den sogar ich für eine Adlige halten könnte.

Als ich mein Spiegelbild betrachte, wird mein Mund trocken. Ein saurer Geschmack haftet an meiner Zunge – vor einer halben Stunde habe ich noch eine Tasse Rohrwolletee runtergewürgt.

Ich wende mich von dem Spiegel ab und Esmae zu. „Kann ich dir mit deinen Haaren helfen? Ich kenne keine komplizierten Frisuren, aber ich werde mein Bestes geben."

Sie lächelt mich an. „Danke schön. Tatsächlich mag ich es, wie du deine Haare normalerweise trägst – die breiten Schleifen, wobei einige Haare lose um deine Schultern hängen. Das würde perfekt zu diesem Kleid passen."

„Ich glaube, das schaffe ich."

Es ist viel einfacher, Haarsträhnen zu fixieren, wenn ich sie vor mir sehen kann. Ich befestige die Strähnen vorsichtig um das Band ihrer Augenklappe herum und hoffe, dass ich meiner Kommilitonin ihre Freundlichkeit nicht mit einer Frisur verdanke, die sich bereits beim ersten Tanz auflöst.

„Es ist schön, weißt du", sagt Esmae plötzlich, als ich die Hälfte meiner Arbeit erledigt habe. „Ich meine … ich hatte hier noch nie eine richtige Freundin. Zumindest niemanden, mit dem ich mich für die Bälle fertigmachen konnte und derlei Dinge."

Das Geständnis trifft mich mitten ins Herz. Ich hatte in meinem ganzen Leben noch nie so eine Freundin, wenn man die Kinder nicht mitzählt, mit denen meine Schwester und ich durch die Gegend zogen, als ich noch klein genug war, um Kittel zu tragen.

Mir vorzustellen, ich könnte in die Wärme von Ewalins Familie gehüllt werden, ist kein Vergleich dazu, tatsächlich diese Gesellschaft zu haben. Meine widerwilligen Verbündeten kann ich wohl kaum als ‚Freunde' bezeichnen, selbst wenn sie meine ungebetene Passagierin als Freundin betrachtet haben.

„Hast du für mich eine Ausnahme gemacht?", frage ich.

Esmae lacht leise. „Ich schätze, ich war immer so auf mein Studium konzentriert, dass ich keinen Sinn darin sah. Doch vielleicht war das dumm von mir. Und … bei dir fühle ich mich wohler, als ich es normalerweise bei den anderen Studenten hier tue. Es macht nie den Anschein, als würdest du auf den idealen Moment warten, um mir eins auszuwischen."

Ich schätze, das stimmt, auch wenn ich eine völlig andere Person vorspiele, als ich bin. Ihre Offenheit bringt mich vorübergehend aus dem Gleichgewicht.

Ich schenke ihr im Gegenzug so viel Ehrlichkeit, wie ich kann. „Ich hatte auch keine richtig guten Freunde. Ich bin dankbar, dass du auf mich aufgepasst hast."

Julita macht in meinem Kopf ein leises Würggeräusch und ich widerstehe dem Drang, sie durch meine neue schicke Frisur hindurch zu schlagen.

„Jedenfalls", füge ich hinzu, „ist nichts verkehrt daran, viel zu lernen. Ich bin schon immer der Überzeugung, dass man mehr tun kann, je mehr man lernt."

Esmae lacht erneut. „Ich will einfach nur genug tun können, um das Palastpersonal zu beeindrucken. Es *muss* dort eine Stelle für mich geben. Meine Familie hat keine Kontakte, die mir helfen können."

Ich verziehe das Gesicht, als mich Schuldgefühle plagen. „Stavros hat mich stark an meine Grenzen gebracht, um sicherzustellen, dass ich damit zurechtkomme, seine Assistentin zu sein.“

„Oh, ich habe nicht gemeint ... Ich habe nicht speziell an dich gedacht. Ich bin ohnehin nicht darauf aus, eine Stelle als Assistentin eines Professors zu ergattern.“

Als ich von ihr zurücktrete, seufzt sie und betrachtet ihr Spiegelbild anerkennend. „Ich will all die Leute kennenlernen, die bei Hof kommen und gehen. Ich will mit der Königsfamilie zwischen den Provinzpalästen hin und her reisen. Ich will so viel wie möglich vom Kontinent sehen. Bevor ich auf die Akademie gegangen bin, bin ich nie weiter weggegangen als bis zu einer der benachbarten Grafschaften.“

„Ich bin mir sicher, du wirst es schaffen“, verkünde ich. Nicht zuletzt, weil aus jedem ihrer Worte ihre Entschlossenheit herauszuhören ist.

Sie schließt kurz das Auge und schenkt mir über ihre Schulter ein angespanntes Lächeln. „Das sollte ich besser tun. Denn wenn ich nach Hause zurückgehen muss, werden meine Eltern einfach eine Ehe mit dem aufgeblasenen Händler für mich arrangieren, mit dem sie sich in dem Moment gerade am meisten gut stellen wollen.“

Oje. Ich erschaudere mitfühlend. „Du kannst dir definitiv eine bessere Zukunft erarbeiten.“

„Ich arbeite daran. Willst du das hier für den Rest deines Lebens tun? Für die Akademie arbeiten? Auch wenn dich deine Familie vorher nicht gehen lassen wollte, wäre es jetzt, da du hier bist, kein Problem, dich bei Kursen einzuschreiben. Du könntest auf alles mögliche hinarbeiten.“

Wenn sie nur wüsste.

Ich zucke mit den Achseln, als wäre dieses Thema nicht so wichtig für mich. „Ich bin froh, zu sein, wo ich jetzt bin. Es ist eine gute Stelle. Aber ich bin nicht mit ihr verheiratet, sollte sich eine bessere Gelegenheit bieten.“

Die vage Antwort fühlt sich wegen all meiner Geheimnisse schleimig an, als sie von meiner Zunge rutscht.

Esmae scheint das nicht zu bemerken. „Ich schätze, das ist eine gesunde Einstellung.“

Sie zückt einen Stab und ein paar Puderbehälter, die sie mitgebracht hat. „Jetzt lass uns schauen, was ein wenig Make-up für dich tun kann."

Ich ziehe eine Augenbraue hoch. „Ist das wirklich notwendig, wenn wir alle Masken tragen?"

Die Adligen ziehen es anscheinend vor, ihre Gesichter zu verdecken, damit sie ein wenig glaubhafte Bestreitbarkeit hinsichtlich der Späße haben, die sie beim Feiern treiben werden. Ich schätze, das bedeutet, dass Alek besser als üblich dazu passen wird.

Esmae grinst. „Deswegen konzentrieren wir uns auf die Augen und den Mund. Ich habe dein Gesicht noch nie gepudert gesehen. Ich bin mir sicher, wir könnten etwas mehr Farbe in …"

Sie steht beim Arbeiten zwischen mir und dem Spiegel. Sie tupft mit einem kühlen Schwamm mein gesamtes Gesicht ab und trägt anschließend mit verschieden großen Pinseln Farbe auf.

Die Kosmetika fühlen sich nicht so schwer an, wie ich erwartet habe, aber vielleicht ist Esmae einfach geschickt im Umgang mit ihnen.

Als sie zurücktritt, starre ich mich an. *Jetzt* sehe ich wie eine Adlige aus.

Ich sehe wie eine Fremde aus.

Meine Wangen haben eine rosige Farbe, die auf meiner blassen Haut unvertraut ist. Ein dunklerer Rotton lässt meine Lippen voller wirken.

Es sind jedoch meine Augen, die am meisten herausstechen. Kajalstriche und Lidschatten sorgen dafür, dass die strahlend blauen Iriden durchdringend wirken.

Esmae schnalzt mit der Zunge. „Es ist eine Schande, dass wir den Großteil davon verdecken müssen. Könntest du mir mein Auge nachfahren? Das ist immer ein wenig schwierig, da ich nur das eine zum Sehen habe."

Ich kann wenigstens eine ruhige Hand anbieten, selbst wenn es keine ist, die in der Vergangenheit häufig einen Kajalstift geschwungen hat. „Selbstverständlich."

Als sie mit sich zufrieden ist, helfen wir einander, unsere Masken zu befestigen, sodass unsere obere Gesichtshälfte verdeckt ist. Ihre Maske besteht aus lilafarbener Spitze, die zu ihrem Kleid passt, meine ist aus glattem Gold, das mit einem subtilen Gittermuster bedruckt ist, das Casimir vermutlich ausgewählt hat, weil es zur Stickerei meines Kleides passt. Zudem hebt es das Rot in meinen Haaren hervor, worauf er sich möglicherweise ebenfalls verlassen hat.

Es ist eine perfekte Tarnung. Ich werde mich unter die florianische Elite mischen, während sie trinkt und tanzt – und ich werde mein Bestes geben, am richtigen Ort zu sein, um Geheimnisse zu hören, wenn sich jemand verspricht.

Sogar Julita klingt trotz Esmaes Hilfe zufrieden. *Du machst mich stolz, Ivy. Jetzt lass uns dort rausgehen und diese Blutzauberer aufspüren.*

Wir müssen nur ein Stockwerk höher gehen, um den Ballsaal zu erreichen. Er nimmt den Großteil des vierten Stocks ein und befindet sich unter der breiten Kuppel des Gebäudes.

Als wir durch die Tür treten, kann ich meinen Mund nur unter Aufbietung all meiner Willenskraft daran hindern, aufzuklappen. Ich habe immer gewusst, dass die Adligen Extravaganz mögen, aber das hier … Das hier ist so, als hätte die Gottlen der Schönheit den Raum selbst mit ihrem Segen berührt.

Kristallleuchter funkeln in unterschiedlichen Höhen an der Gewölbedecke, die sich so hoch über unseren Köpfen befindet, dass die Lichter wie kleine Sternenhaufen aussehen. Ihr Licht fällt in schillernden Strahlen auf die ansonsten dunkle Tanzfläche. Ich kann nicht erkennen, ob die Kristalle selbst Licht mit diesem perlenartigen Schimmer absondern, oder ob es das Ergebnis einer Gabe ist.

Farbblitze schlüpfen in diese Lichtstrahlen und verschwinden wieder, während Adlige in wogenden Kleidern und Samtanzügen in jeder existierenden Farbe durch den Raum zirkulieren. Das Personal in formellen, jedoch unauffälligen schwarzen Anzügen bewegt sich zwischen ihnen mit Tabletts voll sprudelnder Gläser, die eindeutig magisch schimmern.

Die Musik scheint sich mit ihnen durch den Raum zu

bewegen und mit ihrer trällernden Melodie aus jeder Ecke zu strömen. Ich kann die Musiker nicht sehen. Gibt es Dutzende von ihnen oder nur wenige, die ihre Musik durch den großen Raum projizieren?

Weitere magische Dekorationen funkeln an den Rändern des Zimmers: pinkfarbene Rosen für Ardone und orangefarbene Blüten für Inganne, gleitende Schwäne und flatternde Schmetterlinge.

Einer der Kellner saust mit einem Tablett an uns vorbei und Esmae nimmt sich ein Glas. Ich beschließe, dass ich besser damit beraten bin, einen so klaren Kopf wie möglich zu bewahren.

Allein die Atmosphäre im Ballsaal schmeckt wie eine Droge. Und ich erinnere mich viel zu gut daran, wie mir die Kontrolle in den Fängen dessen entglitten war, was Anya oder Romild mir neulich abends ins Essen getan haben.

Ich drifte tiefer in den Raum und suche die Leute mit ihren vergoldeten Masken nach Merkmalen ab, die ich erkenne. Mein Blick bleibt an einer gewaltigen Gestalt am Rand der Menge hängen, die mich ebenfalls anstarrt.

Es ist eindeutig Stavros, obwohl er einen Anzug trägt, der doppelt so schick ist wie alles, was ich zuvor an ihm gesehen habe, und seine realistische Prothese von einem Handschuh verborgen wird. Kein anderer hat eine so massige Gestalt, mit der er die dunkelgrüne Jacke und Hose derart beeindruckend ausfüllen kann.

Kein anderer hat einen Schopf blutroter Haare, die im Kontrast zu dem Grün noch rötlicher wirken.

Er trägt ebenfalls eine goldene Maske, die zu den Stickereien an seiner Jacke passt und einige Schattierungen gelber ist als seine hellbraune Haut. Ihre Form ist scharfkantiger als meine und hat eine definitiv maskuline Note.

Seine Augen bohren sich durch den Raum hinweg in meine, fokussieren sich mit diesem kaum merklichen Zucken seines Kopfs neu und lassen keinen Zweifel daran, dass er mich ebenfalls erkannt hat. Wegen des gebrochenen Lichts und der Maske ist es schwer, seine Miene zu deuten, doch seine normalerweise lässige Haltung hat sich versteift.

Seine Lippen teilen sich und seine Zunge schnellt über sie, was eine unwillkommene Welle der Hitze über meine Haut knistern lässt. Dann wendet er sich ab, als hätte er mich nie gesehen.

Natürlich. Ich bin nicht hier, um mit *ihm* zu sprechen.

Er ist vermutlich nur erschrocken, weil ich so wenig wie eine Diebin aussehe.

Komm schon, gehen wir rein, quengelt Julita ungeduldig und ich wage mich tiefer in die Masse aus Adligen.

Röcke streifen mein Kleid und Gelächter hallt mit der Musik durch den Raum. Ich meine Anyas helle Haare rechts von mir zu entdecken, einen Augenblick später wird sie jedoch von ihrem aktuellen Tanzpartner davongewirbelt.

Ich schleiche mich näher an eine Gruppe heran, die an ihrem Wein nippt und sich unterhält. Ich höre bloß, dass sie die Outfits der Leute beurteilen, die nicht zu ihrer Gruppe gehören.

Etwas weiter weg vernehme ich, wie ein Student seinen Freunden von einem Dolch erzählt. Als ich in ihrer Nähe verharre, stellt sich heraus, dass er einen mit Edelsteinen besetzten Zierdolch beschreibt, den sein Vater ihm zum Geburtstag machen lässt.

Gold und Edelsteine funkeln überall – an Gürteln, um Hälse, an Fingern. In meinem Haar.

In diesem Raum befindet sich so viel Reichtum, dass man damit alle Familien in den Außenbezirken mindestens ein Jahr lang vom Elend befreien könnte.

Und ich bin hier und aale mich darin, anstatt den Leuten, die ich als *meine* Familie betrachte, ihre Münzen zu bringen.

Ich schlendere durch die Menge auf die andere Seite des Saals und nehme mir einen Augenblick, um meine Hand an die Wand zu legen und die Augen zu schließen. Die Lichter scheinen weiterhin durch meine Augenlider zu tanzen.

Ich bin wegen dieser Leute hier. Ich bin hier, um sicherzustellen, dass sie nicht zur Vergeltung für Verbrechen verbrannt werden, die sie nicht einmal begreifen können. Das ist wichtiger, als einige Münzen auf einem Fenstersims zu hinterlassen.

Doch in diesem Augenblick kann ich nicht anders, als das Gefühl zu verspüren, ich käme kein Stück weiter.

Als ich die Augen wieder öffne, bemerke ich, dass Alek nur wenige Schritte entfernt steht und sich ebenfalls an die Wand zurückgezogen hat. Man kann ihn leicht erkennen, da er sich an seine übliche Ledermaske gehalten hat, die sanft im Schein der Kronleuchter glänzt.

Seine Haltung wirkt unbehaglich, als wäre er wie ich der Meinung, er würde nicht hierherpassen. Hätte ich seine stechenden Augen, seine dunklen Haare und die vollen Lippen nicht bereits sehr eindrucksvoll gefunden, wäre ich spätestens beim Anblick von ihm in seinen Ballkleidern schnell zu dieser Erkenntnis gelangt. Entweder hat er einen guten Modegeschmack oder einen Freund, der einen hat, denn die karmesinrote Jacke unterstreicht seine bronzefarbene Haut beeindruckend.

Hoffentlich starre ich ihn nicht *zu* unverhohlen an, denn mitten in meiner Begutachtung blickt er zu mir. Er streckt den Rücken durch und sein Kiefer mahlt.

Ich will gerade lächeln, weil es sich anfühlt, als sollte ich ihn irgendwie zur Kenntnis nehmen, doch da marschiert er schon in die entgegengesetzte Richtung davon.

Bisher haben mir zwei von zweien den Rücken zugekehrt. Ich mache offensichtlich einen fabelhaften Eindruck.

Die Musik wird leiser, als die Melodie in eine langsamere übergeht. Mein Blick bleibt in der Masse der Tänzer an Casimirs hellbraunen Haaren hängen, der sich gerade von einer Frau verabschiedet, die ich nicht kenne und deren schwarze Zapfenlocken zu einer Kugel aus Locken auf ihrem Kopf zusammengefasst wurden.

Mein Magen schlingert, allerdings nicht auf gute Art.

Ich reiße meine Aufmerksamkeit von ihm los, blicke zur Seite und tauche wieder in die Menge ein, wobei ich einen Weg einschlage, der mich nicht zu ihm führen wird. Allerdings bin ich keine zehn Schritte weit gekommen, als sich eine Hand entschlossen, jedoch sanft um meinen Ellenbogen schließt.

„Da bist du. Oh, dieses Kleid ist beeindruckend geworden, oder?"

Ich drehe mich zu dem Kurtisan um, der mich hinter seiner Silbermaske angrinst, die mit Saphiren besetzt ist, die denen in seinem Mund ähneln.

Man sollte meinen, dass er wegen des billigeren Metalls im Vergleich zu seinen Kommilitonen schäbig wirken würde, die goldene Masken tragen. Doch mit dem Mitternachtsblau seines Anzugs und dem silbernen Schimmer seines Hemdes darunter sieht er aus, als könnte er ein Gottlen des Nachthimmels sein anstelle eines Sterblichen.

Mein Herz gerät ins Stocken und ich bin nicht mehr Herrin meiner Stimme. „Ich … Danke. Für das Kleid. Und die Haarnadel. Ich habe dir gesagt …“

„Ich weiß, was du mir gesagt hast.“ Casimir berührt mein Kinn mit gerade so viel Druck, dass er es leicht nach oben neigen kann. Die Berührung jagt jedoch Hitze durch meine Brust. „Und du hast das Kleid noch schöner gemacht, als es ohnehin schon war. Du bist atemberaubend, Ivy.“

Es ist seine Aufgabe, Leute glücklich zu machen, weshalb ich bezweifle, dass er es vollkommen ernst meint. Dennoch setzt mein Herz einen Schlag aus.

„Sollen wir nicht so tun, als würden wir einander kaum kennen?“, kann ich mir nicht verkneifen, zu fragen.

Er gibt einen abweisenden Laut von sich. „Wir sind inkognito. Außerdem bin ich bloß ein Kommilitone, der von der unglaublichen Schönheit getroffen wurde, die vorbeigeschlendert ist.“

Sein Lächeln wird breiter, die Hand an meinem Arm gleitet nach unten und seine Finger verschränken sich mit meinen. „Du wirst mir nicht die Gelegenheit verwehren, unsere Arbeit zu genießen, oder? Ein Tanz wird niemandem schaden.“

Bei seinem freundlichen, schmeichelnden Ton ist es schwer, zu protestieren. Und sein ‚Unser‘ schmilzt etwas in mir, obwohl ich weiß, dass er und Esmae den Großteil des Lobs dafür verdienen, wie gut ich aussehe.

„Mir war nicht bewusst, dass es mit zusätzlichen Bedingungen verknüpft ist“, erwidere ich trocken, als ich ihm erlaube, seine andere Hand auf meine Taille zu legen.

Casimir gluckst. „Dir ist es erlaubt, Nein zu sagen. Aber du könntest es als Teil deiner Deckung betrachten. Es wird merkwürdig aussehen, wenn du auf einen Ball gehst und nicht tanzt."

Er hat recht.

Ich lege meine Hand unbeholfen auf das Revers seiner Jacke. „Ich kenne keinen dieser Tänze, weshalb es womöglich alles schlimmer macht, wenn ich es versuche."

„Das ist in Ordnung. Ich habe geübt, ein exzellenter Partner zu sein. Wir werden es mit einem leichten Tanz versuchen. Folge einfach meiner Führung."

Die Erwähnung seines Geschicks darin, ein Partner zu sein, erinnert mich an die Frau, mit der ich ihn vor einigen Augenblicken gesehen habe.

Meine Kehle schnürt sich zu, doch ich zwinge mich, zu fragen: „Bist du für den Ball nicht angeheuert worden?"

Der Kurtisan schüttelt den Kopf, wirkt allerdings nicht, als würde ihn die Frage stören. „Ich sehe diese Events als eine Gelegenheit, bei der potenzielle Kunden meine Talente testen können."

Meine Wangen kribbeln, als sie noch heißer werden. „Ich würde nicht …"

Casimirs Stimme wird weich. „Ich weiß. Das hier ist bloß ein Tanz unter Freunden."

Sind wir wirklich Freunde?

Das ist keine Frage, die ich stellen kann. Es ist unmöglich, und zwar genauso sehr wegen dem, wer ich bin, wie wegen dem, wer er ist.

Er tritt so geschickt zur Seite, dass meine Füße seinen automatisch folgen. Es dauert nur wenige Schritte, mit denen wir einen vorsichtigen Kreis auf dem Boden beschreiben, bis der Rhythmus der Musik in meinem Kopf mit unseren Bewegungen verschmilzt.

Nach einer Minute habe ich mich so weit entspannt, dass ich versuche, mich seinen Tanzschritten anzupassen. Meine Hand hebt sich und legt sich auf seine Schulter.

Casimir führt mich etwas näher zu sich und sein Duft nach Honig und Sandelholz weht über mich. Mein Körper kribbelt, weil ich mir bewusst bin, dass uns nur noch wenige Zentimeter trennen. Weil ich mir der sehnigen Muskeln bewusst bin, die für seine katzenartige Eleganz verantwortlich sind, und seines Blicks, der sogar jetzt auf mir liegt.

Ich hebe den Kopf, um ihm in die Augen zu schauen, was möglicherweise nicht die klügste Idee war. Er lächelt auf mich herab, während sich unsere Füße nach wie vor gemeinsam über den Boden bewegen. Sein umwerfendes Gesicht aus dieser Nähe zu sehen, raubt mir fast den Atem.

Ich ertappe mich dabei, wie ich die ersten Worte ausspreche, die mir in den Sinn kommen, obwohl sie vermutlich unklug sind. „Hast du auch mal Zeit, Dinge zu tun, bei denen es nicht darum geht, Kunden zufriedenzustellen oder zu lernen, wie man das tut?"

Beinahe alles, worüber ich ihn sprechen hörte, was nicht mit mir und der Aufdeckung der Verschwörung zu tun hatte, drehte sich um seine Arbeit.

Casimir zuckt mit den Achseln. „Es ist eine ziemlich intensive Berufung. Ich verbringe jedoch auch Zeit mit Kommilitonen, die ich als Freunde betrachte." Sein Mund verzieht sich leicht und verleiht seinem Lächeln eine bittersüße Note. „Allerdings sorgt ein gewisses Maß an Konkurrenzkampf für Spannungen, nun, da wir dazu übergehen, Kunden anzunehmen."

Mein Herz zieht sich mitfühlend zusammen wegen des Hauchs Einsamkeit, den ich aus seinen Worten heraushöre.

Mein Tanzpartner gibt mir keine Gelegenheit, das auszudrücken. Er wirbelt uns herum und spannt die Hand an meiner Hüfte an, um sicherzustellen, dass ich mitkomme.

„Ich weiß, dass du gerne liest, aber nicht welche Themen dich interessieren", sagt er. „Ausufernde Historik? Fantasiereiche Geschichten?"

Er verlagert den Fokus wieder auf mich – meine Interessen und Sehnsüchte.

Ich schlucke schwer, bevor ich antworte. „Alle beide und so ziemlich alles andere, was ich in die Finger kriegen kann. Es ist alles auf die ein oder andere Art interessant. Ich vermute, ich mag Geschichten über Abenteuer am liebsten – echte und fiktionale.“ Ich habe bereits den ersten Band von Gisela Luvinyas Reisetagebüchern verschlungen.

Ich werde Casimir jedoch nicht erlauben, so zu tun, als wären nur meine Angelegenheiten von Bedeutung. Ich drücke seine Schulter leicht. „Was ist mit dir? Gehst du oft in die Bibliothek?“

Sein Lächeln nimmt leicht verlegene Züge an. „Das kann ich nicht behaupten. Ich bin ganz passabel im Verfassen von Gedichten, aber das geschriebene Wort ist keine meiner Stärken.“

Er neigt den Kopf, während uns die Melodie umspielt. „Von allen Künsten ziehe ich die Musik vor. Vielleicht werde ich eines Tages die Gelegenheit erhalten, meine Flöte für dich zu spielen.“

Daran denkt er ständig, oder? Wie er alle anderen glücklich machen kann.

Sogar jetzt … Mit jeder Bewegung passt er sich meiner Unerfahrenheit mit unglaublicher Eleganz an und lässt mich vermutlich wie eine doppelt so gute Partnerin aussehen, wie ich tatsächlich bin.

Wie unglaublich würde *er* aussehen, wenn er sich nicht zurückhalten müsste, damit ich mithalten kann?

Selbst wenn er das hier nur als einen freundschaftlichen Tanz betrachtet, benutze ich ihn nicht genauso wie all die Kunden, die ihn wenigstens bezahlen?

Ich beginne, zurückzuweichen. „Du solltest mich nicht ständig unterstützen müssen.“

Casimir packt mich, bevor ich weit komme. Er mustert mein Gesicht durch seine Maske hindurch.

„So sehe ich das hier nicht“, widerspricht er. „Überhaupt nicht.“

Er führt meine Hand, die er in seiner hält, an seine Taille und lässt sie los, sodass er mit den Fingern über meine Wange streicheln und den Umriss meiner Maske nachfahren kann. „Wir haben unglaubliches Glück, dass du deinen Weg zu uns gefunden hast, Gütige.“

Mein Herz flattert von neuem. Ich verspüre den plötzlichen Drang, auf die Zehenspitzen zu gehen und ihn zu küssen, weshalb mein Gesicht vor Scham heiß wird.

Er würde das nicht wollen … Es würde ihn nur an die Frau erinnern, die er *wirklich* wollte und verloren hat …

Meine Lippen teilen sich, während sich mein Verstand bemüht, irgendeine trockene Bemerkung zu finden, mit der ich die Intensität des Moments brechen kann.

Da explodiert der Kronleuchter über unseren Köpfen in einem Hagel aus Kristallsplittern.

ZWANZIG

Es ist schwer zu sagen, wer bei dem ersten Knallgeräusch reagiert. Casimir und ich reißen uns gegenseitig zu Boden.

Kristallsplitter prasseln auf unsere Haare und Rücken. Der Kurtisan atmet erschrocken ein und seine Arme legen sich fester um mich. „Was in aller …"

Sein Ruf geht in dem krachenden Geräusch von mindestens einem weiteren Dutzend Kronleuchtern unter, die zerbersten. Schreie und Kreischen hallen durch den riesigen Saal. Die meisten klingen verwirrt, in einigen schwingt jedoch etwas mit, was nach Schmerz klingt.

Meine Nerven zucken unter meiner Haut, als ich spüre, dass etwas Überirdisches an uns vorbeisaust. Mehr als ein etwas.

„Die Daimon", murmle ich. „Sie schlagen wieder um sich."

Und sie sind noch nicht mit uns fertig.

Ich wage es, den Kopf zu heben, gerade rechtzeitig, um zu sehen, wie eine der größeren Scherben, die auf die polierten Bodenbretter geflogen ist, auf einer übernatürlichen Strömung vom Boden aufspringt. Sie rast geradewegs auf mein Gesicht zu.

Ich zucke wieder nach unten und schlucke einen Schrei, als die scharfe Kante am Haaransatz meiner Schläfe entlangschneidet. Die Schreie um uns herum nehmen eine panische Note an.

Die Daimon sind heute Abend nicht damit zufrieden, uns nur Angst einzujagen. Sie sind darauf aus, uns zu verletzen.

„Ivy?", fragt Casimir und lässt seine Hand in einer hastigen Geste der Götter über seine Vorderseite huschen. „Halte den Kopf gesenkt. Wir ... wir sollten versuchen, irgendwo Deckung zu finden."

Er klingt, als mache er sich mehr Sorgen um *mich*, als sei er nicht in genauso großer Gefahr wie ich. Selbstverteidigungsstunden für Adlige haben ihn bestimmt nicht auf einen derartigen Angriff vorbereitet.

Eine Empfindung steigt von meiner Brust auf, die mir die Kehle zuschnürt. Ich darf nicht zulassen, dass ihn die wütenden Geistwesen verletzen – nicht den Mann, der so verdammt nett zu mir war, seit ich die Akademie betreten habe.

So gütig, dass er sogar Güte in mir sieht.

Esmae ist auch irgendwo hier im Saal – und Alek und Benedikt, und Götter straft mich, es würde mich sogar treffen, wenn Stavros von einem Kristallstück durchbohrt werden würde.

Wenn ihn jemand ersticht, dann ich.

Ich kann nicht für den Rest der arroganten Idioten dieser Schule sprechen, aber es gibt mindestens ein paar, die diese Bestrafung nicht verdienen. Einige, die versuchen, in Ordnung zu bringen, worüber die Daimon so wütend sind.

Ein Energieschlag kracht von innen gegen mich und hämmert im Takt meines Herzschlags gegen meine Rippen, um freizukommen. Bei meinem nächsten keuchenden Atemzug gelingt es meiner Magie beinahe, sich zu entfesseln.

Mein ganzer Körper spannt sich instinktiv an, um das zu verhindern. Ein Zittern erfasst meine Muskeln und mein Kiefer schmerzt, als ich ihn zusammenpresse, um den Drang zurückzuhalten.

Oh, Götter, meine Kräfte freizusetzen, würde alles nur noch schlimmer machen.

Es gibt andere Dinge, die ich tun kann. Ich *habe* Erfahrung darin, auf ungebärdige und unvorhersehbare Art angegriffen zu werden.

Obwohl meine Augen wegen der Anstrengung tränen,

meine Magie zu unterdrücken, geht mein Verstand meine Erinnerungen an den Saal durch.

Casimir hatte die richtige Idee, als er Deckung erwähnte. Entlang der Wände stehen Tische und Stühle – Plätze für die Adligen, die nicht mehr tanzen, sondern lieber herumlümmeln und Erfrischungen zu sich nehmen wollen.

Etwas anderes im Raum zerbirst. Ein Wimmern dringt durch das Poltern der panischen Schritte an meine Ohren.

Bald ist die Wahrscheinlichkeit, plattgetrampelt zu werden, genauso groß wie die, aufgespießt zu werden.

Ich bohre meine Finger in Casimirs Jacke und zwinge die Worte aus meiner zugeschnürten Kehle. „Renn zur Wand rechts von uns. Wir werden uns unter einem Tisch verstecken.“

Casimir atmet zittrig ein und nickt. Gemeinsam rappeln wir uns auf und bahnen uns hastig einen Weg durch die dicht gedrängten Körper zur nächsten Wand.

Eine geworfene Scherbe kratzt mein Handgelenk auf. Casimir atmet scharf ein, was andeutet, dass ihn ebenfalls eine getroffen hat.

Die gezügelte Magie wirft sich gegen meinen inneren Griff.

Ich reiße sie mit den ausfransenden Fäden meiner Selbstbeherrschung zurück und Schmerzen explodieren in meinem Körper. Augenblicklich brennt jedes Organ und jeder Knochen pocht.

Ich stolpere in der panischen Menge und Casimir zieht mich weiter. „Wir sind fast da. Ich habe dich.“

Hat er irgendeine Ahnung, warum ich wirklich gestolpert bin? Jeder Schritt jagt frische Schmerzen durch meine Beine.

Ein Mädchen, das nicht aufpasst, wohin es geht, stößt mit uns zusammen. Der Zusammenstoß reißt mich lang genug aus meiner schmerzerfüllten Benommenheit, um zu krächzen: „Runter, geht unter die Tische!“

Sie bewahrt den Kopf und brüllt meine Nachricht allen in unserem Umfeld zu. „Bewegt euch zu den Tischen!“

Casimir stößt ein scharfes Zischen aus und mein Kopf zuckt vor Angst herum, dass ich ihn schlimm verwundet vorfinden werde. Stattdessen bleibt mein Blick an dem gleichen Anblick hängen wie seiner – ein Körper, der ausgestreckt in unserem Weg liegt.

Es ist ein Adliger, der nicht älter als ich gewesen sein kann. Seine hellblaue Anzugjacke und weißes Hemd werden von einem Blutfleck verdunkelt. Eine Kristallscherbe ragt aus seiner Kehle.

Der schreckliche Anblick löst eine frische Entschlossenheit in mir aus.

„Zu den Tischen", brülle ich so laut, wie ich meine Stimme heben kann. „Nutzt sie als Schilde! Sucht Schutz!"

Eine weitere Frau schwankt zu uns. Blut strömt aus einem tiefen Schnitt an ihrem Schenkel. Ich packe ihren Ellenbogen und wir drei taumeln die letzten Schritte zum nächsten Tisch.

Ich zerre meine Kameraden unter ihn. Casimir greift nach oben, um mir dabei zu helfen, den Tisch umzuwerfen.

Teller krachen und Nachtische spritzen auf den Boden, doch jetzt haben wir eine dicke Barriere zwischen uns und jeglichen Kristallstücken, welche die Daimon vom Boden aufwirbeln.

„Was stimmt nur nicht mit ihnen?", heult die Frau neben mir und umklammert ihr Bein.

Ich reiße einen Streifen Satin von ihrem opulenten Kleid und gebe mein Bestes, ihre Wunde damit zu verbinden. „Sie sind wegen etwas aufgebracht."

Etwas, von dem ich nicht erzählen darf. Scheiße und Schweinereien, das hier ist schlimm.

Sobald ich aufhöre, mich zu bewegen und aktiv zu helfen, schlägt die Magie in mir wilder um sich. Ich verbeiße mir ein Stöhnen und spähe über die Tischkante auf das Chaos, das nach wie vor im Raum dahinter tobt.

Da die meisten Kronleuchter zersplittert sind, ist das Licht noch schwächer als zuvor. Die Ränder der Maske blockieren mein peripheres Sehen, weshalb ich sie mir vom Kopf reiße und wegwerfe.

Einige der Ballgäste haben es geschafft, unter die anderen Tische zu gelangen und sich entweder unter sie zu ducken oder hinter ihnen zu verschanzen, es sind allerdings bei weitem nicht alle. Gestalten, deren Silhouetten ich nur grob erkennen kann, rennen in diese und jene Richtung.

Vor meinen Augen verkrampft sich eine Frau mitten im Schritt. Sie taumelt und kippt um, während ihre Hände hektisch nach einem dünnen Kristallspeer greifen, der ihren Magen durchbohrt hat.

Meine Magie brennt durch mein Inneres. Ich kann mir ein schmerzerfülltes Wimmern nicht verkneifen.

Wenn ich in Aktion bin und etwas tue, macht es das Ganze leichter.

Ich schiebe mich an den Tischbeinen vorbei.

Casimir greift nach mir. „Ivy, was machst du …"

„Ich muss helfen!", brülle ich über meine Schulter und stürze mich wieder ins Getümmel.

Ich stolpere zwischen den Leuten hindurch, die überall herumrennen, und schaffe es, eine Frau, die ich nicht kenne, in den Schutz eines Tischs zu zerren. Dann stolpere ich über einen Adligen, der über seinen Freund gebeugt ist. Dieser blutet wegen einer Scherbe, die vermutlich das Herz des Kerls erwischt hat.

„Lass ihn uns von hier wegbringen!", sage ich über die lauter werdenden Schreie und Hilferufe.

Der Freund des verletzten Mannes nickt zittrig und hilft mir, ihn an die Seite des Saals zu zerren. Der Mann ächzt, was wenigstens bedeutet, dass er noch am Leben ist.

Ich lasse sie dort zusammengekauert zurück und drehe mich wieder zum Rest des Raums um, die Hände fest an den Seiten geballt. Schmerz schießt fortwährend durch mein Inneres, doch ich kann ihn so weit ausblenden, dass ich weitermachen kann, solange ich mich auf die vorliegende Aufgabe konzentriere.

Diese verfluchte Rohrwolle kann zerrissene Magie offensichtlich kein bisschen eindämmen. Die fordernde Macht in mir fühlt sich genauso stark wie immer an.

Oder wäre es jetzt noch schlimmer, wenn ich den Tee gestern und heute nicht getrunken hätte?

Gestalten in blauen Uniformen sind in der Nähe der Tür erschienen. Mitglieder der Kronenwache und vielleicht auch andere Wachen. Sie wedeln mit den Händen, ich kann jedoch nicht erkennen, was sie sagen.

Ich husche weiter und krache beinahe gegen ein paar bekannte Gestalten.

Wendos dreht sich gerade mit fliegenden zottligen Haaren um und deutet mit einem anklagenden Finger auf Romild. „Was hast du getan? Ich habe dich gesehen."

Romild erwidert seinen Blick. Ihr Gesicht ist bleich mit Ausnahme eines Blutrinnsals, das von ihrer Unterlippe tropft. Entweder hat sie sich einen Schnitt zugezogen oder sich in die Lippe gebissen. „Ich … Wovon redest du?"

Ich würde ja innehalten, um es selbst herauszufinden, doch in dem Moment fliegen ein halbes Dutzend Kristallsplitter vor mir durch die Luft. „Passt auf!", brülle ich und sprinte zu den benommenen Adligen.

Als ich einen von ihnen aus dem Weg schubse, stößt ein anderer ein Grunzen aus, das eher überrascht als alarmiert klingt. Ich mache mich darauf gefasst, dass mich eine der Scherben aufkratzt, doch es folgen keine weiteren Schmerzen.

Als ich mich umsehe, prasseln die Kristallstücke zu Boden, als wären sie von der unsichtbaren Kraft entlassen worden, die sie gelenkt hat.

Die Soldaten verteilen sich im Saal. Ein paar sind jetzt so nah, dass ich das leise, rhythmische Skandieren hören kann, das sie intonieren. Eine Woge beruhigender Magie rollt durch meine Nerven.

Sie ist jedoch nicht für mich gedacht. Sie tun anscheinend etwas, um die Daimon zu bändigen.

Es zersplittern keine weiteren Kronleuchter. Die zerbrochenen Trümmer, welche die wütenden Geister in Klingen verwandelt haben, regen sich nicht mehr.

„Alle Unverletzten kehren bitte in ihre Schlafsäle und Quartiere zurück", ruft eine der Wachen. „Räumt den Saal, damit die Mediziner diejenigen finden können, die ihre Hilfe brauchen."

Ich richte mich vorsichtig auf und mein Kleid flattert um mich herum. Der hauchzarte Stoff an meinem rechten Arm wurde irgendwo in dem Chaos zerrissen; der fließende Rock ist jetzt nicht nur mit Gold, sondern auch scharlachrot gesprenkelt.

Abgesehen von einem leichten Brennen der oberflächlichen Kratzer an meiner Stirn und meinem Handgelenk, scheine ich das Ganze jedoch unbeschadet überstanden zu haben.

Ich weiß nicht, ob ich das Gleiche von allen anderen behaupten kann, die mir hier wichtig sind. Ich drehe mich im Kreis und lasse meinen Blick über die wackligen Adligen gleiten, während sie zur Tür torkeln, kann dabei allerdings keine Gesichter ausmachen, die ich kenne.

Bevor ich mehr als ein paar Schritte zu dem Tisch machen kann, wo ich Casimir zurückgelassen habe, versperrt mir eine Soldatin den Weg. Sie deutet zur Tür. „Aus dem Raum. Ruhig, aber schnell."

„Ich suche nur nach …"

„Du kannst denjenigen suchen, wer immer es ist, wenn du den Ballsaal verlassen hast. Falls er verletzt ist, werden sich die Mediziner um ihn kümmern."

Nicht, wenn demjenigen etwas Schlimmeres als eine Verletzung zugestoßen ist.

Die Bilder der gefallenen Leute huschen durch meinen Kopf, aber das Gesicht der Soldatin lässt keinen Raum für Proteste. Allein der Gedanke daran, ihre Autorität anzuzweifeln, löst einen neuerlichen inneren Angriff meiner Magie aus.

Ich knirsche mit den Zähnen und nicke bestätigend.

Als ich zur Tür gehe, lasse ich meinen Blick über die Gestalten um mich herum schweifen, erreiche den Gang jedoch, ohne Esmae oder einen von Julitas Männern zu entdecken. Mein Magen verknotet sich.

Es ist möglich, dass sie vor mir rausgegangen sind. Höchstwahrscheinlich ist Stavros bereits zu seinem Quartier zurückgekehrt.

Er gehört zum Lehrpersonal – falls einer von ihnen weiß, was los ist, wer verletzt wurde und wer nicht, wird er es sein.

Der hoffnungsvolle Gedanke treibt mich durch die aufgewühlte Menge und die überfüllte Treppe hinab. Ich betrete den Gang des dritten Stocks und beschleunige zu einem Joggen.

Ich bin dankbar, dass die aktuelle Mode der Adligen eher zu flachen Schuhen neigt anstatt zu hohen Absätzen.

Ich presse meine Armkette an die geschnitzte Tür und drücke sie auf.

Doch als ich den dunklen Raum dahinter betrete, erkenne ich, dass er leer ist. Es sieht nicht so aus, als wäre Stavros hier gewesen, seit ich mit Esmae zum Ball gegangen bin.

Ich stehe mehrere Herzschläge lang in der Mitte des Raums und bin ganz durcheinander. Ich verziehe das Gesicht.

Die Männer sind nicht die einzigen Leute, die ich aus den Augen verloren habe. Mein geisterhafter Passagier hat seit dem Angriff der Daimon keinen Piep mehr von sich gegeben.

„Julita?", frage ich zaghaft in der Stille des Raums.

Keine Antwort. Sie regt sich nicht in meinem Hinterkopf. Ich kann nicht einmal erkennen, ob ich ihre Präsenz noch spüren kann. Ich könnte mir ein ganz schwaches Kitzeln einbilden oder vielleicht ist es nur das Summen meiner unbehaglichen Gedanken.

„Julita!", sage ich erneut, als sei sie so weit weg, dass sie mich beim ersten Mal nicht gehört hat.

Keine Antwort. Was ist ihr zugestoßen?

Hat der Angriff oder die Magie der Daimon sie irgendwie vertrieben?

Ich wollte meinen Verstand zurück, seit sie sich zum ersten Mal darin zu Wort gemeldet hat, doch nun verstopft ein Kloß meine Kehle. Im Moment brauche ich ihre Gesellschaft.

Ich sacke auf das Sofa. Ich habe keine Möglichkeit, die Männer zu finden. Ich weiß nicht einmal, wo die Wohngruppen der anderen drei sind.

Ich kann hier bloß auf Stavros' Rückkehr warten ... oder darauf, dass jemand kommt und mir mitteilt, dass er nie wieder zurückkehren wird.

Obwohl er ein Arschloch sein kann, komme ich nicht umhin, mir zu wünschen, ich würde den Göttern vertrauen. Denn wenn ich das täte, würde ich dafür beten, dass Letzteres nicht zutrifft.

EINUNDZWANZIG

Linzi hüpft vor mir durch den Park. Ihre hellroten Haare leuchten im Sonnenlicht.

Ma sagte, sie müsste bei mir bleiben. Sie ist noch klein – zwei Jahre jünger als ich. Sie sollte nicht alleine weglaufen.

„Linzi!", rufe ich ihr nach und eile ihr hinterher. Meine Füße rutschen auf dem vom Tau feuchten Gras aus.

Ich falle. Ich strecke die Hände aus, um das Gleichgewicht zu fangen, und Linzi wirbelt herum – und irgendwie krachen meine Handflächen geradewegs in ihre Brust.

Wolken ziehen über unseren Köpfen dahin und verdecken die Sonne. Ihr zerbrechlicher Körper bricht, ihr Rücken biegt sich durch. Ihr Kopf kippt zur Seite, während ihre Arme durch die Luft rudern.

Eine Spalte öffnet sich in ihrem Oberkörper. Dunkelheit scheint aus meinen Fingern in sie zu fließen und mit jeder verstreichenden Sekunde weiter aufzureißen.

Ihr Blut rinnt über meine Hände.

„Nein! Nein, nein, bitte, nein!", heule ich, kann meine Hände jedoch nicht losreißen. Ich kann mich überhaupt nicht bewegen.

Ihre Haut löst sich von ihrem Körper und ihr Fleisch

leuchtet in einem Rot, das viel intensiver ist als das ihrer Haare. Ihre Lippen teilen sich zu einem stummen Schrei.

Und ich greife sie weiterhin mit der giftigen Macht an, die ich nicht zurückziehen kann.

Ich kann sie nicht aufhalten.

Ich muss es tun.

Ich kann nicht.

Ich …

Ein Ruck an meiner Schulter reißt mich aus dem Albtraum.

Ich keuche in die Dunkelheit und bin mir bloß einer undeutlichen Gestalt bewusst, die sich über mich beugt. Automatisch schnellt meine Hand zu meinem Schenkel. Ich zücke mein Messer, um es in die Kehle des Eindringlings zu rammen.

Und realisiere, dass es gar kein Eindringling ist.

Mit einem weiteren Blinzeln passt sich meine Sicht an das schwache Licht an, das durch das Fenster auf der anderen Seite in den Raum sickert. Stavros schaut finster auf mich herab, ist über meinen Körper gebeugt und hat den Mund zu einer Grimasse verzogen, in der möglicherweise auch ein Hauch Belustigung liegt.

Er hat die schicke Jacke ausgezogen, die er beim Ball anhatte, und sein weißes Hemd ist teilweise entlang seiner muskulösen Brust aufgeknöpft. Ich würde den Anblick bewundern, wenn sich meine Gedanken nicht in alle Richtungen zerstreut hätten.

Seine viel größere Hand schließt sich um meine, mit der ich das Messer umklammere. Das Messer, das sich so tief in seinen Hals gebohrt hat, dass sich ein Blutstropfen auf seiner hellbraunen Haut abzeichnet.

„Dir auch eine schöne Nacht", sagt er trocken. „Wie ich sehe, hast du den Angriff der Daimon überstanden und deine beeindruckenden Kampfinstinkte sind auch noch intakt."

Ich starre ihn einige Sekunden länger mit offenem Mund an, als streng genommen höflich ist, da mein Verstand immer noch den Nebel des Schlafs abschüttelt. Ich liege ausgestreckt auf dem Sofa, trage jedoch nach wie vor mein Seidenkleid und es liegt keine Decke über mir.

Anscheinend bin ich eingeschlafen, während ich auf seine Rückkehr gewartet habe.

Und ich bin in diesen schrecklichen Traum gewandert.

Ich ziehe meine Hand zurück und Stavros lässt sie los. Scharf einatmend rutsche ich zur Armlehne des Sofas, um mich aufzurichten, und stecke das Messer wieder in seine verborgene Scheide. „Es tut mir leid. Ich … Alte Gewohnheiten."

Stavros zuckt mit den Achseln und setzt sich auf das andere Ende des Sofas, das meine Füße nun freigegeben haben. „Es wäre eine vollkommen berechtigte Reaktion, wenn dich jemand anderes als ich hier mitten in der Nacht anstupsen würde."

Er hält inne und seine dunklen Augen werden vorübergehend ernst, während sie forschend in meine blicken. „Ich hätte dich weiterschlafen lassen, aber du klangst, als würdest du den Schlaf nicht besonders genießen."

Verdammt, habe ich mir meine Qualen im echten Leben anmerken lassen? Und natürlich musste der ehemalige General sie sehen.

„Ein Albtraum", erwidere ich knapp und reibe mir rasch über die Augen, um sicherzugehen, dass keine Tränen entkommen sind. In dieser Hinsicht scheint alles in Ordnung zu sein. „Ich wollte ohnehin mit dir reden, sobald du zurückkommst. Sind die anderen okay?"

„Ich konnte mir bestätigen lassen, dass es Casimir, Aleksi und Benedikt relativ gut geht. Ich komme erst jetzt dazu, dir davon zu erzählen, weil ich noch beim König war, um mit ihm zu sprechen."

Ich blinzle ihn noch einmal an, obwohl sich meine Augen jetzt vollständig an das Licht angepasst haben. „Du bist einfach mitten in der Nacht zum Palast gegangen und hast eine Audienz mit König Konram verlangt?"

Stavros' Mundwinkel zuckt nach oben. „Dass ich bis vor kurzem sein Lieblingsgeneral war, bringt einige Vorteile mit sich. Ich dachte … Die Verzweiflung der Daimon nimmt eindeutig schneller zu, als wir das Problem lösen können. Ich hatte die Pflicht, ihn zu warnen, auch wenn ich nicht viel habe, wovor ich ihn warnen kann."

Mein Herz setzt einen Schlag aus. Er hatte nicht nur ein

Gespräch mit dem König – er hat ihm von den Blutzauberern erzählt. „Und was hat er gesagt?"

Stavros verzieht erneut das Gesicht. „Das ich nicht viel habe. Er kann keine Zauberer ausmerzen, die wir nicht identifiziert haben. Er klang nicht einmal überzeugt, dass Blutzauberei auf der Akademie ausgeübt *wird* aufgrund der wenigen Informationen, die ich ihm geben konnte."

Ich mache ein finsteres Gesicht. „Weshalb sind die Daimon seiner Meinung nach so aufgebracht? Es ist nicht so, als wäre es normal für sie, Schulbälle zu sprengen, oder?"

„Nein." Stavros reibt sich über die Stirn und zerzaust den Pony seiner roten Haare. „Anscheinend gehen Gerüchte um, dass die Störungen ein Zeichen dafür sind, dass die Gottlen mit der Gesamtsituation in Silana unzufrieden sind. Dass sie uns eine Gelegenheit geben, uns zu reformieren."

„Inwiefern reformieren? Worüber sind sie so wütend, wenn es keine Blutzauberei ist?"

„Das weiß offensichtlich niemand. Ich habe ihn darauf hingewiesen, dass es viel mehr Sinn ergibt, dass es eine Reaktion auf eine kleine Gruppe Schurken ist, als dass es etwas gibt, was wir alle unwissentlich falsch machen. Er war jedoch nicht überzeugt. Ich glaube, er war verärgert, dass ich meine Bedenken bezüglich der Blutzauberei nicht schon eher angesprochen habe."

Was Stavros offensichtlich schon zuvor bewusst war. Trotzdem ist er zum König gegangen.

Er sieht nicht so aus, als würde er seine Entscheidung bereuen, doch ich verdrehe um seinetwillen die Augen zur Decke. „Also war er sauer, dass du nicht genügend Informationen hattest, aber er war auch verärgert, dass du nicht zu ihm gegangen bist, als du noch weniger hattest."

„Das fasst es ziemlich gut zusammen."

„Was für ein Trottel."

Ein verblüfftes Lachen entwischt Stavros. „Ja, ich schätze, das kann er sein."

Er betrachtet mich erneut mit dem Kopfzucken, um seine Sicht neu zu fokussieren, und sein Blick verdunkelt sich. Er hebt die Hand und seine Finger schweben neben meiner Stirn. „Du bist verletzt."

Bei dem beschützenden Knurren, das sich in seine Stimme geschlichen hat, setzt mein Herz aus einem ganz anderen Grund einen Schlag aus.

Ich antworte mit gespielter Heiterkeit: „Es sind nur ein paar Kratzer."

„Ein *paar*?"

Ich zeige ihm mein Handgelenk mit der dünnen Linie getrockneten Blutes, bevor er darauf besteht, meinen Körper selbst abzusuchen. „Ich habe mich schon schlimmer an einem Blatt Papier geschnitten."

Stavros brummt etwas Beleidigendes über die Daimon und schlägt mit seiner falschen Hand auf die Rücklehne des Sofas. „Ich werde sicherstellen, dass du gleich morgen früh einen Mediziner aufsuchst. Und wir warten nur bis zum Morgen, weil ich mir nicht vorstellen kann, dass im Moment welche erübrigt werden können."

Ein Zittern bebt über meinen Rücken. „Ich bin mindestens über ein paar Leute gestolpert, für die sie nichts mehr tun können."

„Ja."

Das Knistern einer Emotion schwingt in diesem Wort mit. Der ehemalige General betrachtet finster etwas auf der anderen Zimmerseite, was vermutlich nur er in seinem Kopf sehen kann.

Seine Aufmerksamkeit widmet sich wieder mir. „Ich habe dich in dem Tumult herumrennen sehen. Es sah so aus, als wärst du darauf aus, dir mehr als ein paar kleinere Schnitte zuzuziehen."

Ich schneide eine Grimasse. „Ich habe versucht, zu helfen."

Einer seiner Mundwinkel biegt sich nach oben. „Das habe ich erkannt. Es war mehr, als ich einen meiner verflixten Studenten tun sah. Trotz all ihres Trainings. Du hast vielleicht sogar einigen dieser Deppen das Leben gerettet."

Ich weiß nicht, was ich von der Wärme halten soll, die sich in seine Stimme geschlichen hat. Also ertappe ich mich dummerweise dabei, wie ich diese Deppen verteidige.

„Niemand hat sie dazu ausgebildet, gegen wütende Daimon zu kämpfen."

„Du hast einen Weg gefunden."

„Ich … ich musste einfach etwas tun." Ich schaue auf meine Hände hinab und wieder zu ihm. „Wenn der König nicht zuhört, was sollen wir dann tun?"

Stavros lehnt sich an die Rückenlehne des Sofas und streckt seine muskulösen Beine vor sich aus. „Es gibt nicht viel, was wir tun können abgesehen von dem, was wir bereits getan haben. Die Königsfamilie ist jetzt möglicherweise wachsamer bezüglich der Bedrohung. Sie schicken zusätzliche Wachen, damit sie die Akademie patrouillieren – Soldaten mit Gaben, die dabei helfen sollen, die Daimon zu beruhigen, wenn wir Schutz brauchen."

Mehr Schutz für alle anderen. Mehr Gelegenheiten, dass jemand herausfindet, warum *ich* getötet werden sollte.

Ich schlucke schwer. „Wunderbar. Nun, ich hatte kaum Gelegenheit, heute Abend irgendwelche Geheimnisse aufzustöbern angesichts dessen, wie schnell die Daimon uneingeladen auf der Party erschienen sind. Allerdings werde ich mich morgen früh sofort wieder darum kümmern. Wann immer meine offizielle Assistenz nicht benötigt wird."

Mir wird eine halbe Sekunde zu spät bewusst, dass meine letzte beiläufige Bemerkung als Seitenhieb aufgefasst werden könnte. Ich zögere, weil ich nicht weiß, ob ich mich entschuldigen soll.

Zu meiner Verblüffung kommt mir Stavros zuvor.

Er betrachtet seine ausgestreckten Beine, bevor er mich mit diesem winzigen Zucken ansieht, um besser auf mein Gesicht fokussieren zu können. „Ich weiß dein Engagement für das Ganze zu schätzen. Und deine ‚offizielle Assistenz' ist besser, als ich erwartet habe. Ich hätte dich gestern nicht so anfahren sollen. Es war eine Reaktion, die meiner Ausbildung unwürdig ist, und ich werde sicherstellen, dass es nicht noch einmal vorkommt."

Ich ertappe mich dabei, wie ich ihn zum dritten Mal in ebenso vielen Minuten anstarre.

Ein für ihn typisches Grinsen breitet sich auf seinen Lippen aus. „Wenn du mich weiterhin so anschaust, werde ich mich wie ein noch schlimmerer Rüpel fühlen. Ich bin womöglich ein Arschloch, allerdings bin ich absolut in der Lage, mich nachträglich dafür zu entschuldigen.“

Ich stoße ein verwirrtes Schnauben aus, da mir noch immer die Worte fehlen. Wo ist Julita, wenn ich sie brauche, damit sie mich durch dieses unbeholfene Gespräch mit einem Mann führt, den sie viel besser kannte als ich?

Wirklich, wo ist Julita?

Die Erinnerung an ihre Abwesenheit – und der Gedanke daran, wie dieser Mann und die anderen reagieren werden, wenn sie für immer fort ist – verursachen mir Gänsehaut. Ich verdränge diese Sorgen und konzentriere mich auf das Friedensangebot, das mir Stavros gemacht hat.

Ich kann mitmachen und den Gefallen teilweise erwidern.

„Ich kann verstehen, dass es ein schwieriges Thema für dich ist“, wage ich, zu sagen.

„Ja. Nun.“ Stavros blickt flüchtig durch den Raum. Seine Hand legt sich auf meinen Knöchel, da meine Füße vergraben in den Falten meines Kleides in seiner Nähe liegen. Allerdings macht es nicht den Eindruck, als hätte er seine Bewegung bemerkt.

Aufgrund seines Gesichtsausdrucks bin ich mir nicht einmal sicher, ob er überhaupt geistig anwesend ist.

„Meine Mutter und mein Vater dienten beide mehr als zwanzig Jahre als Generäle unter König Dobri – Konrams Vater“, erzählt er nach einem Augenblick in lässigem und bittersüßem Ton. „Und beide sind letztendlich so gestorben, wie es alle ruhmreichen Generäle tun … bei der Verteidigung Silanas. Ich wusste, dass ich in ihre Fußstapfen treten würde, seit ich zum ersten Mal klare Gedanken fassen konnte. Ich wählte eine Gabe, die mir im Feld so viel wie möglich nutzen würde. Ich erbrachte mein Opfer mit Freuden.“

Er senkt den Blick auf seine andere Hand, die aktuell eine realistisch geformte Replik ist. Die Wärme seiner Berührung kitzelt mein Bein hinauf.

„Um welche Gabe hast du gebetet?“, frage ich leise, weil ich den Moment nicht zerstören will.

„Ich kann einige Züge voraussehen. Die nächsten Sekunden

in einem Zweikampf. Manchmal sogar mehrere Minuten, wenn ich die Muster einer ganzen Armee beobachte. Oder besser gesagt, ich *konnte* sie sehen. Das erfordert eine gewisse Menge ununterbrochener Konzentration, zu der meine Augen nicht mehr in der Lage sind. Also bin ich jetzt hier und verbringe den Rest meiner Tage damit, Silanas Elite beizubringen, wie sie die Schlachten kämpfen kann, an denen ich nicht mehr teilnehmen kann."

Das Bittere hebt in dem letzten Satz das Süße auf.

Er schüttelt sich leicht und zwingt seinen Mund zu einem Grinsen, das steifer als das vorherige ist. „Ich diene noch immer meinem Land. Keine feuchten Zelte und fades Lageressen mehr! Das akademische Leben hat auch viel Gutes für sich."

Sein gespielt fröhlicher Ton täuscht mich keine einzige Sekunde. Er hasst es, dass er hier ist – er hasst es, dass er das Leben verloren hat, dem er so viel geopfert hat.

Kein Wunder, dass er sich manchmal wie ein Idiot aufführt.

Ich weiß nicht einmal, wie sich das anfühlt. Ich hatte nie eine Gelegenheit, echte Träume zu haben, die ich verlieren könnte.

Doch ich kann ehrlich und mit Schmerzen in der Magengrube sagen: „Das tut mir leid."

Stavros blickt nach unten und bemerkt anscheinend zum ersten Mal, dass er seine Hand auf mein Bein gelegt hat. Als er den Blick zu meinem hebt, streichelt er mit dem Daumen über meinen Knöchel. Eine geistesabwesende, vollkommen beiläufige Geste, die Hitze aufflammen und in meine Mitte schießen lässt.

„Dir muss nichts leidtun, Ivy aus wo immer du tatsächlich kommst", erwidert er in dem trägen Ton, an den ich gewöhnt bin. „Du hast die letzten Tage wenigstens etwas interessanter gemacht."

Er schüttelt den Kopf und ein Hauch der Bitterkeit kehrt zurück. „Das echte Problem ist, dass ich *hier* bin und wir momentan in unserer eigenen Form von Krieg kämpfen. Und ich konnte ihn nicht gewinnen, bevor unschuldige Leute getötet wurden."

Er versucht, es flapsig klingen zu lassen, sein Frust schwingt jedoch in seinen Worten mit. Obgleich er ein Arschloch und arroganter Mistkerl sein kann, lässt sich nicht leugnen, dass ihm die Leute wichtig sind, die er eigentlich sein ganzes Leben lang hätte verteidigen sollen.

Obwohl mich ein Verlustgefühl durchfährt, als ich mein Bein unter seinen Fingern wegziehe, verändere ich meine Position so, dass ich ihm nah genug bin, um meine Hand auf seine Schulter zu legen. „Es hat eine ganze Menge Gottlen und noch dazu den Allesgeber gebraucht, um die erste Gruppe Blutzauberer auszuschalten. Ich hoffe, dein Ego ist nicht so aufgeblasen, dass du erwartest, ihnen ebenbürtig zu sein."

Stavros bricht in schallendes Gelächter aus und dreht sich mit einem Funkeln in seinen dunklen Augen zu mir um. „Ich schätze, so weit kann es für mich nicht kommen, wenn du in der Nähe bist, um Löcher hineinzupiken."

Als er mich so ansieht, saust Hitze durch meinen ganzen Körper. Meine Haut kribbelt, da mir bewusst ist, wie klein der Abstand jetzt zwischen uns ist.

Es wäre ein Leichtes, sich zu ihm zu beugen und …

Mein Körper schwankt und ein Ruck der Panik wäscht die Hitze des Verlangens fort.

Ich zucke zurück und überspiele meinen Aussetzer, indem ich meine Röcke geraderücke, als hätte ich es einfach satt, in ihnen verheddert zu sein.

Großer Gott stehe mir bei, ich hätte ihn fast *geküsst*. Den Mann, der vermutlich lachen würde, während der Henker eine Schlinge um meinen Hals legt.

„Es war eine lange Nacht", sage ich so ruhig wie möglich. „Wir sollten vermutlich beide ein wenig schlafen."

Stavros zögert und einen angespannten Augenblick lang befürchte ich, er wird fragen, was los ist. Stattdessen steht er auf. „Natürlich. Ich werde dich wieder schlafen lassen. Erlaube den Daimon nicht, erneut deine Träume heimzusuchen. Sie haben sich fürs Erste beruhigt."

Ich gluckse rau. Ich werde ihm nicht verraten, wovon ich wirklich geträumt habe.

Von der ersten Person, die meine zerrissene Magie getötet hat.

„Falls sie auftauchen, kann ich sie bestimmt einfach erstechen", erwidere ich und Stavros lacht ebenfalls.

Ich sitze reglos da, bis er in seinem Zimmer verschwunden ist. Meine vorherige Panik ist zu einer dumpferen Kälte der Furcht geworden, die sich um mich legt.

Was stimmt nur nicht mit mir? Zuerst sehne ich mich auf dem Ball nach Casimir, dann stürze ich mich praktisch auf den ehemaligen General?

Ich habe es genossen, dass ich mir sein Vertrauen verdient habe. Ich wollte herausfinden, wie es ist, ihn zu küssen.

Genauso, wie ich mich in Casimirs Arme schmiegen und so tun wollte, als sei ich die Einzige, mit der er tanzen will.

Doch ich weiß, ich *weiß*, dass all das unmöglich ist.

Was tue ich hier? Ich renne herum und spiele eine Adlige, während die Daimon uns die Decke auf den Kopf fallen lassen?

Mein Herz lässt die Männer rein, die mich im besten Fall als ein Gefäß für die Frau sehen, die ihnen wirklich wichtig war … Und die mich im schlimmsten Fall als ein genauso böses Monster betrachten werden wie diejenigen, die wir aufzuspüren versuchen, wenn sie die Wahrheit herausfinden.

Bruchstücke von Bildern des Balls steigen aus meinem Gedächtnis auf. Das Kreischen, das Blut, die herumrennenden Leute …

Die Körper, die sich nicht mehr bewegen und ausgestreckt leblos auf dem Boden liegen.

Wie Linzi. Wie meine arme kleine Schwester, die zerrissen wurde.

Von meinen eigenen verfluchten Händen.

Kalter Schweiß bricht auf meinem Rücken aus. Was, wenn dieser Traum ein Zeichen und vielleicht sogar eine Warnung war?

Ich ruiniere Dinge. Ich weiß das, sogar wenn ich schlafe.

Habe ich tatsächlich beim Kampf gegen die Blutzauberer geholfen? Vielleicht habe ich Julitas Männer unbeabsichtigt mit meinen Theorien und Annahmen in die Irre geführt.

Ich dachte, ich könnte mir eine neue Rolle als Heldin schreiben, doch was habe ich tatsächlich erreicht, während die Daimon um sich geschlagen haben und Leute *gestorben* sind?

Wahrscheinlich werde ich hier nur dann nicht alles zerstören, wenn Julitas Männer mich zuerst vernichten.

Oder wenn ich einfach gehe. Ich könnte zurück in die Straßen der Außenbezirke verschwinden und keine andere sein als die unbekannte ‚Hand Kosmels‘. Die Männer würden mich nie finden.

Ich könnte dorthin zurückkehren, wo ich die Regeln verstehe. Ich könnte dieses ganze verfluchte Problem hinter mir lassen.

Die Kälte sinkt so tief in mich, dass ich kaum atmen kann. Ich stoße mich vom Sofa ab und starre die Tür an.

Es ist so einfach. Wäre es nicht viel besser für uns alle?

Meine Beine tragen mich zur Tür. Meine Finger legen sich auf den Griff und mit gespitzten Ohren lausche ich nach Geräuschen von Bewegungen im Gang oder dem Schlafzimmer hinter mir.

Ein vertrautes Kitzeln regt sich in meinem Hinterkopf. *Ivy? Was machst du?*

Das Herz springt mir beinahe aus der Brust. Ich ziehe die Hand zurück an meine Seite.

„Julita?", murmle ich aus Angst, dass meine Worte Stavros dazu bringen, aus seinem Zimmer zu stürmen. „Bist du noch da?"

Wohin sollte ich gehen? Glaub mir, es gibt hier keine anderen Köpfe, in die ich hüpfen möchte.

Ein Kloß verstopft mir die Kehle. Plötzlich brennen Tränen in meinen Augen, obwohl ich nicht weiß, weshalb. „Ich … Als ich ins Zimmer zurückkam, nachdem die Daimon den Ball gesprengt hatten, hast du mir nicht geantwortet."

Oh. Das ist also passiert? Julitas Stimme klingt verlegen. *Ich weiß nicht genau, was ich getan habe. Die Kronleuchter zerbrachen, wir sahen diese tote Frau und ich … ich konnte nicht aufhören, an das Messer in meinem Hals zu denken. Daran, wie das Blut meine Kehle füllte, und ich konnte nicht atmen …*

Ich spüre ihr Schaudern, bevor sie fortfährt. *Ich schätze, ich hatte Angst, dass ich durch dich erneut so etwas spüren würde. Und irgendwie habe ich mich tiefer an einen Ort zurückgezogen, wo ich gar nichts mehr spüren konnte. Es war einfach alles dunkel und ich wusste nicht, was du tatest oder was dort draußen vor sich ging. Es war beinahe ... friedlich.*

Mein Magen verknotet sich bei dem Gedanken an die schrecklichen Erinnerungen, die der Angriff der Daimon für sie aufgewirbelt hat. „Ich kann verstehen, warum du in Panik geraten bist.“

Es war allerdings lächerlich. Ich habe es bereits einmal durchgestanden. Ich hatte zusätzliche Zeit. Und es hat mir nicht gefallen, nicht zu wissen, was mit dir passiert ist. Ich musste zurückkommen und mich vergewissern, dass es dir gut geht.

„Ich bin froh, dass es dir auch gut geht“, erwidere ich und bemerke, dass ich es ernst meine.

Und die Männer? Haben sie es alle unbeschadet überstanden?

Julita versucht, ihre Frage beiläufig klingen zu lassen, aber ein Beben der Sorge schwingt darin mit. Mein Kiefer spannt sich an.

Sie sind ihr wichtig, ganz gleich, mit welchen Methoden sie sie für ihre Sache gewonnen hat.

Ich neige den Kopf. „Ich habe Stavros gesehen und er hat gesagt, dass es den anderen auch gut geht.“

Den Göttern sei Dank. Sie hält inne. *Es ist jetzt mitten in der Nacht, so wie es aussieht. Wohin wolltest du gehen?*

Ich starre auf die Hand hinab, die ich auf den Türgriff gelegt habe, und ihre Frage hallt durch meinen Schädel. Ihre Rückkehr hat meine Entschlossenheit erschüttert. „Ich weiß es nicht.“

Werde ich wirklich die Flucht ergreifen und aus Angst davonrennen? Es lässt sich nicht sagen, ob ich Julitas Ermittlung geschadet oder geholfen habe. Stavros hat sogar gesagt ...

Ich verschließe die Augen vor dem Ansturm unangenehmer Emotionen. Davor habe ich wirklich Angst, oder?

Vor dem, was ich will und nicht haben kann.

Ich neige mich nach vorne und lehne meine Stirn an das kühle Holz. Mein Herz hämmert weiter. Doch ich kann mich nicht dazu durchringen, erneut nach der Klinke zu greifen.

Bei meinem Akademie-Besuch ging es nie um mich, nicht wirklich. Ich weiß nicht, ob ich glaube, dass auch nur die geringste Chance besteht, dass die Götter mir Absolution erteilen, ganz gleich, wie das hier ausgeht.

Es stehen jedoch viel mehr Leben auf dem Spiel als meines. Als die wenigen, die heute Abend verloren wurden.

Ich war auf diese Aufgabe nicht vorbereitet. Ich weiß nicht, wie ich die Frau sein soll, die Julita war – und ihre Männer würden das ohnehin nicht wollen, selbst wenn ich es vorspielen könnte.

Ich weiß, wie ich mich durchsetzen kann.

Julita ist zurückgekommen. Julita hätte einfach in der friedlichen Dunkelheit treiben können, die sie verdient, ist jedoch zurückgekehrt, um weiterzukämpfen.

Und um sich zu vergewissern, dass es mir gut geht.

Sie hat bereits einmal ihr Leben gegeben, um das Königreich vor den Konsequenzen zu retten, die wir wegen der Blutzauberer möglicherweise ertragen müssen. Wie kann ich fliehen, wenn ich kaum ein Leben habe, das ich aufgeben muss?

Womöglich kann ich meine Geschichte nicht neu schreiben und zu der einer Heldin machen, doch ich will verdammt sein, wenn ich sie zu der Geschichte eines Feiglings mache.

Einige langsame Atemzüge nehmend trotte ich zurück zum Sofa. Ich nehme mir die zusammengelegte Decke aus dem Regal, wo sie verstaut wurde, und ringle mich auf den Decken zusammen.

Ich habe mich dieser Sache verschrieben. Ich werde sie durchziehen.

Selbst wenn diese Entscheidung mein Ende bedeutet.

ZWEIUNDZWANZIG

Da ist er, kräht Julita, als ich in die warme Morgenluft des äußeren Hofs trete. *Du musst dich nur so nah an ihn heranschleichen, dass du hören kannst, was er sagt.*

Es sieht nicht so aus, als würde Wendos momentan viel sagen. Er hockt aktuell allein im Gras an der südöstlichen Ecke des Hofs, wo er laut Julita häufig ein Sonnenbad nimmt.

Soweit ich das erkennen kann, ist er vollkommen in das Buch vertieft, das aufgeschlagen auf seinen Knien liegt. Das wird es mir wenigstens erleichtern, mich ‚anzuschleichen‘.

Ich befeuchte meine Lippen und schlendere an der Seite des Quadrings unter den Klassenzimmerfenstern des Erdgeschosses entlang. Wenn ich mich an die Schatten halte, sollte ich von niemandem bemerkt werden, falls jedoch jemand zufällig in meine Richtung schaut, erwecke ich den Anschein, als würde ich einen Spaziergang machen.

In der Nähe der Gebäudeecken ragen einige Statuen aus den Steinwänden hervor. Die Statue im Südosten zeigt eine Gestalt, die König Melchior sein soll, der vor fast einem Jahrhundert der Herrscher war und die Tyrannei des darischen Kaiserreichs in Silana zerschlug, kurz nachdem Signy das Gleiche in Velduny geschafft hatte. Er hat das bärtige Kinn hoch erhoben und ein majestätischer Steinumhang liegt um seine breiten Schultern, während er über mehreren gebeugten Gestalten aufragt, die ihn mit gemeißeltem Staunen betrachten.

Mit einem schnellen Rundumblick vergewissere ich mich, dass niemand in meine Richtung schaut, und springe in die Mitte der kriecherischen Untertanen. Ich hocke mich zwischen zwei der Steinfiguren. Jetzt sollte mich niemand mehr sehen können, wenn er nicht gerade zu der Statue läuft.

Ich ziehe eines der Bücher hervor, das ich mir aus den Archiven ausgeliehen habe, um eine glaubhafte Ausrede zu haben. Ich vermute, dass das, was die Bauernmädchen und wandernden Geister in den wudischen Volkssagen treiben, ohnehin viel interessanter sein wird, als Wendos zu belauschen.

Julita scheint anderer Meinung zu sein. *Lass dich nicht zu stark ablenken. Wenn er mit einem seiner Mitverschwörer spricht, wird das schnell gehen.*

Ich nicke, um ihre Bemerkung zur Kenntnis zu nehmen, und knirsche mit den Zähnen, um meinen Protest zu ersticken. Gleich nachdem ich heute Morgen aufwachte, nervte sie mich mit unzähligen Fragen darüber, was Wendos nach dem Daimon-Angriff auf dem Ball getrieben hatte. Sie verstärkte ihre Anstrengungen, nachdem ich ihr erzählt hatte, dass er scheinbar glaubte, Romild hätte etwas falsch gemacht.

Also werde ich ihr ein oder zwei Stunden lang vor unserem nächsten Treffen den Gefallen tun. Wenn nichts passiert, wird sie vielleicht endlich die Idee überdenken, dass ihr Peiniger aus Kindertagen auch eine Art böser Drahtzieher ist.

Die Atmosphäre auf dem Campus ist nach dem Blutvergießen des gestrigen Abends spürbar unbehaglich. Die Studenten, die an mir vorbeikommen, gehen mit schnellen Schritten, anstatt zu schlendern, und bleiben dicht bei ihren Freunden. Es wird noch immer geplaudert, ich höre allerdings viel mehr nervöses Kichern, als ich es gewohnt bin.

Unsere Zielperson bleibt nicht vollkommen allein. Ein paar Frauen bleiben stehen, um sich kurz mit ihm über seinen Lesestoff zu unterhalten. Kurz nachdem sie gegangen sind, stürzt sich ein Kommilitone mit einer Reihe Fragen zu einer noch nicht lange zurückliegenden Lektion über

‚Ressourcenanhäufung' auf ihn. Wendos wirkt leicht genervt davon.

Jedes Mal, wenn ich um König Melchiors wirbelnden Steinumhang spähe, um nach einem unausgesprochenen Zeichen Ausschau zu halten, das sie austauschen, wirkt nichts an dem Gespräch auch nur im Entferntesten außergewöhnlich.

„Weißt du, wie lange er und dein Bruder mit ihren Experimenten weitergemacht haben, nachdem sie dir nicht mehr wehtaten?"

Nein, gibt Julita zu. *Sobald Borys begriff, dass ich mich nicht mehr von ihm drangsalieren lasse, wurde er viel geheimnistuerischer. Alles andere, was sie getan haben, taten sie weit weg von mir.*

Mein Hintern beginnt, zu schmerzen, weil er so lange an den harten Stein gepresst wird, doch da schlendert ein vierter Kommilitone zu Wendos. Er sieht sich verstohlen um und sofort sind meine Sinne hellwach.

Dieser Kerl sieht aus, als könnte er etwas aushecken.

Leider ist er mit seiner Stimme genauso vorsichtig wie hinsichtlich seiner Umgebung. Ich kann die Worte nicht verstehen, die er Wendos zuflüstert.

Julitas ehemaliger Peiniger schüttelt den Kopf und spricht ebenfalls mit leiser Stimme, allerdings eher so, als würde er seinen Kameraden beruhigen, und nicht, weil er denkt, er müsste seine Worte verheimlichen. Dennoch höre ich seine Antwort.

„Glaub mir, ich habe mein Bestes gegeben."

Der nervöse Kerl reibt sich über den Mund und murmelt noch etwas, was ich nicht hören kann.

Wendos seufzt. „Es ist wie mit den Wurzelkäfern … Man kann sie in die richtige Richtung weisen, aber nicht sicherstellen, dass sie sich genau so verhalten, wie man es möchte. Ich habe die Information so deutlich, wie ich konnte, übermittelt."

Er lächelt reumütig. „Apropos Wurzelkäfer, hast du das Exemplar gesehen, das Rolf in den Clubraum gebracht hat? Ich habe noch nie einen in dieser Farbe gesehen."

Während sie weitere Bemerkungen über verschiedenes

Krabbelgetier austauschen, schüttelt sich Julita leicht. *Bäh. Käferclub. War ja klar, dass er sich für Wesen interessiert, die im Dreck herumkrabbeln.*

Ich gehe seine vorherigen Bemerkungen im Kopf durch. „Glaubst du, er hat die ganze Zeit über Käfer geredet?", raune ich. „Was er darüber gesagt hat, Informationen zu übermitteln … vielleicht hat er versucht, dem Akademiepersonal oder sogar dem Palast zu erzählen, was Romild getrieben hat. Und sie sind nicht aktiv geworden."

Meine geisterhafte Passagierin schnaubt. *Das kann ich mir nicht vorstellen. Er hat die Gewalt vermutlich genossen.*

Er machte auf dem Ball nicht den Eindruck, als würde er es genießen, allerdings weiß ich nicht, wie ich Julita davon überzeugen soll, da sie zu dem Zeitpunkt nicht auf ihr Umfeld geachtet hat.

„Ich könnte versuchen, selbst mit ihm zu sprechen", schlage ich vor. „Ich könnte ihm auf den Zahn fühlen und herausfinden, was er möglicherweise …"

Nein, unterbricht Julita mich. *Ich will nicht, dass er von dir erfährt, wenn es sich vermeiden lässt.*

Ich verziehe das Gesicht und verkneife mir weitere Proteste. Sie *kennt* diesen Mann besser als ich, auch wenn ihr Wissen von langgehegtem Groll gefärbt wird.

Es ist ein Groll, den er sich vollkommen verdient hat, ob ihm das nun bewusst ist und er versucht, Wiedergutmachung zu leisten, oder nicht.

Als ich wieder zu Wendos schaue, rappelt er sich vom Gras auf und streckt seine Arme. Er klemmt das Buch unter seinen Arm und marschiert zum Haupteingang des Quadrings.

Ich beobachte seinen Abgang, bevor ich mich aus meinem Versteck winde.

Es bleibt noch fast eine Stunde, bis wir bei dem Treffen erscheinen müssen. Alek ist jedoch bestimmt schon in den Archiven. Ich könnte ihm erzählen, was ich von Wendos gehört habe, und schauen, was er davon hält.

Als ich den Innenhof durchquere, erklingt eine fröhliche Stimme. „Ivy! Wohin bist du unterwegs?"

Esmae gesellt sich zu mir und ihr Gesichtsausdruck ist so

begeistert, dass Schuldgefühle meinen Magen durchbohren. Ich habe mir heute Morgen Mühe gegeben, sie im Speisesaal zu finden, um mich zu vergewissern, dass sie den Ball unbeschadet überstanden hat, doch sie war gerade auf dem Weg zu einem Kurs, weshalb wir kaum Zeit zum Reden hatten.

Jetzt bin ich diejenige, die davoneilt … und ich kann ihr nicht einmal eine echte Ausrede liefern.

„Es ist schön, dich zu sehen", sage ich mit einem flüchtigen Lächeln und suche nach einer passenden Ausrede. „Ster. Stavros wollte, dass ich mit ihm an einem Treffen teilnehme. Es geht um irgendwelche wichtigen Personaldinge und ich bin spät dran."

Esmae macht ein langes Gesicht, fängt sich jedoch und lächelt wieder. „Oh, nun, *ihn* solltest du nicht aufregen. Ich bin mir sicher, wir laufen uns später wieder über den Weg."

„Ich werde beim Abendessen nach dir Ausschau halten."

Ich eile weiter, als würde ich wirklich Gefahr laufen, Stavros' Zorn auf mich zu ziehen. Nachdem ich die Tür zum Domi durchquert habe, gehe ich an einem Soldaten der Kronenwache vorbei, dessen Blick kommentarlos über mich schweift.

Meine Nackenhärchen richten sich auf, als ich in den Gang zur Bücherei abbiege. Stavros hat gesagt, dass der Palast zusätzliche Wachen schicken würde, um die Akademie im Auge zu behalten.

Das bedeutet, sie behalten auch mich im Auge.

Ich muss einfach weiterhin wie die völlig normale Assistentin eines Professors aussehen. Dazu habe ich mich gestern Nacht verpflichtet, als ich beschloss, zu bleiben.

Ein paar jüngere Studenten schlendern durch den Gang mit den Wandteppichen und kommentieren die Kunstwerke. Ich tue so, als würde ich einfach nur die gewebten Bilder bewundern, bis sie um die Ecke biegen und ich den Geheimgang öffnen kann.

In dem Zimmer darunter ist Alek wie üblich über den Schreibtisch gebeugt. Sein Kopf hebt sich, als ich aus der Wand trete. Dieses Mal zuckt er allerdings nicht so überrascht zusammen wie beim ersten Mal.

Ein kurzes Lächeln huscht über sein Gesicht, bevor es zu

seiner üblichen ernsten Miene findet. „Konntest du es nicht erwarten, dich an die Arbeit zu machen?"

„Nach der Katastrophe auf dem Ball erschien es mir etwas dringender als zuvor."

Ich trete näher und betrachte das, was ich von der Haut um seine Maske herum sehen kann. „Hast du das Ganze vollkommen unversehrt überstanden?"

Er lacht rau. „Es hat einige Vorteile, sich hauptsächlich vom Geschehen fernzuhalten. Ich befand mich von Anfang an am Rand des Raums."

Es drängt sich mir die Frage auf, warum er das Bedürfnis verspürt, sich zurückzuhalten.

Denkt er, dass das, was er hinter seiner Maske verbirgt, so abstoßend ist? Jedes bisschen, was ich von ihm sehen *kann*, ist absolut reizvoll.

Ich reiße meine Gedanken zurück, bevor ich mehr als einen Augenblick mit der Bewunderung seiner geschwungenen vollen Lippen verbringe. Ich habe mir bereits bei zu vielen dieser unerreichbaren Männer vorgestellt, wie ich sie küsse, ohne dass ich noch einen hinzufügen muss.

Mein Blick fällt auf die Schriftrolle, die Alek auf dem Schreibtisch ausgebreitet hat und eine exzellente Ablenkung darstellt. Oben auf dem Papier befindet sich ein großes T, von dem Linien in verschiedene Richtungen abzweigen und zu gekritzelten Notizen führen.

Ich deute auf sie. „Was ist das alles?"

Alek richtet sich bei dem Themenwechsel auf. Er tippt auf die Schriftrolle. „Ich habe alle Verbindungen von Ster. Torstem notiert. Familienmitglieder, Freunde, gute Kollegen, Lieblingsstudenten, Clubs, die er leitet oder in die er involviert ist, Kurse, die er unterrichtet ..."

Er hat eine Karte von dem Leben des Mannes angefertigt. Ich mustere den Fluss der Linien. „Die meisten scheinen nicht miteinander verbunden zu sein, nur mit ihm."

Alek nickt und sein Mund verzieht sich. „Ja. Ich habe keine Gruppe gefunden, die auf eine unerwartet große Zusammenarbeit oder eine ungewöhnliche Kombination aus privatem und professionellem Leben hindeuten würde. Falls er an der akademieweiten Verschwörung beteiligt ist, hat er sich seine Verbindung zu dieser nach außen hin nicht anmerken lassen."

„Ich schätze, das wäre ohnehin ein wenig zu viel verlangt", brumme ich und lege meine Finger auf das Blatt. „Gibt es irgendeinen Hinweis darauf, wo er Kinder geholt haben könnte?"

„Bisher nicht. Zu Beginn des Balls hatte ich die Gelegenheit, kurz ein Wort mit Benedikt zu wechseln … Er meinte, man hätte ihm bestätigt, dass es nicht das erste Mal war, dass Torstem ein Kind in der Akademie herumgeführt hat. Anscheinend ist es eine seiner Angewohnheiten. Die Leute, mit denen Benedikt gesprochen hat, erlagen jedoch dem Eindruck, dass es sich bei den Kindern um Verwandte seiner Familie oder Bekannten handelte."

Ich habe den Teil der Karte mit dem Familienstammbaum entdeckt. „So wie es aussieht, hat er nicht viele Verwandte."

„Richtig", stimmt Alek zu. „Eine erwachsene Tochter, die eine Frau geheiratet und ein Kleinkind adoptiert hat. Eine Schwester und ein paar Cousins. Es gibt nur wenige Kinder in der Familie, die entweder aus dem Weihalter hinausgewachsen oder noch Jahre davon entfernt sind. Niemand, der zu dem Jungen passt, den du beschrieben hast."

„Und niemand aus seiner Familie hätte sich wie ein Außenbezirkler verhalten." Ich mache ein finsteres Gesicht.

Alek blickt zur Tür zu den größeren Archivräumen. „Ich wollte mir Zugang zu seinen Finanzberichten verschaffen. Diese könnten ihre eigene Geschichte erzählen. Die Akademie hat ihr eigenes Banksystem für das Personal und sämtliches Geld läuft durch das Büro der Buchhaltung. Die Buchhalter bewahren die Bücher jedoch in einem verschlossenen Raum abseits der Bibliothek auf. Es ist nichts, was sie einfach anderen überlassen oder was ich mir einfach nehmen kann."

Meine Laune hebt sich, als erneutes Selbstbewusstsein in mir aufblitzt. Das klingt nach einer Aufgabe für mich.

„Zeig mir, wo der Raum ist, und wir werden uns etwas überlegen."

Alek wirft mir einen skeptischen Blick zu. „Sie werden dich auch nicht einfach reinlaufen lassen."

„Ich hatte nicht vor, um Erlaubnis zu bitten." Ich wackle mit den Fingern. „Diebin, schon vergessen?"

Er hält inne und eine ganze Diskussion findet in dem Schatten statt, der durch seine Augen huscht.

Julita kichert fröhlich. *Oh, das wird ein Spaß werden.*

„Julita findet den Plan gut", füge ich hinzu, weil ich es kann.

Aleks Blick zuckt wieder zu mir. Seine Lippen schürzen sich.

Dann kehrt der Schatten eines Lächelns zurück. „Na schön. Lass uns wenigstens nachschauen, was du daraus machen kannst."

Er führt mich durch das größere Archivzimmer und zwei weitere Kellerräume, die vollgestopft sind mit Dokumenten und Büchern. Die Archivare denken, dass sie niemand wirklich braucht, aber sie können es auch nicht ertragen, sie loszuwerden. Wir schleichen eine Wendeltreppe hoch und in die richtige Bibliothek.

Ich war noch nie zuvor in diesem riesigen Raum. Der Geruch alten Leders und Papiers wird von weniger Staub begleitet wie in den unteren Archiven und die endlosen Reihen Bücherregale stehen weiter auseinander, damit man leichteren Zugang zu ihnen hat. Zwischen den Regalen liegen sogar schmale Teppiche. Jedes Regal ist vollgestopft mit Büchern in abgenutzten Ledereinbänden.

Ich sauge den Geruch tief ein und unterdrücke die Sehnsucht, von Reihe zu Reihe zu wandern und jeden Titel zu überfliegen. Wir sind hier auf einer Mission.

Alek führt mich auf einer umständlichen Route durch den Raum, wobei er den Sesseln ausweicht, die um kleine Tische herum stehen und wo sich Studenten flüsternd über geöffneten Texten unterhalten. In einer abgelegenen Ecke des Raums nickt er zu einer Tür mit einer Glasscheibe, in die Esteras Sigille geätzt wurde, und einer Bronzetafel, die den Raum als das *Buchhaltungsarchiv* ausweist.

„Wer kann diese Tür öffnen?", frage ich ihn leise.

„Nur zwei der Bibliothekare gehören zum

Buchhaltungspersonal und haben Zugang. Normalerweise arbeitet einer am Morgen und der andere am Nachmittag." Er reckt den Hals und späht aus der Entfernung durch das Fenster. „Stera. Elzbita ist jetzt dort drin."

„Und sie sitzen einfach nur den ganzen Tag herum und warten darauf, dass jemand eine Überweisung tätigt?"

Alek schüttelt den Kopf. „Sie sind noch immer Bibliothekare und Archivare. Sie kommen raus und beraten die Studenten, wenn sie nicht anderweitig beschäftigt sind."

Ich betrachte die umliegenden Regale, den kleinen Tisch an der Seite, der so abgelegen steht, dass ihn niemand beansprucht hat, und die Hartholzböden, die teilweise mit Teppichen bedeckt sind. Ein Plan nimmt in meinem Kopf Gestalt an.

„Wenn du dir eine Ausrede einfallen lassen kannst, um ihre Hilfe zu verlangen, etwas, wozu du speziell sie brauchst und keiner der anderen Bibliothekare genügt, kann ich dieses Kassenbuch besorgen. Du musst sie nur so lange ablenken, dass ich das richtige finden kann."

Alek atmet ein wenig zittrig ein, doch als ich ihn ansehe, hat sich ein Funke in seinen hellbraunen Augen entzündet. Er wippt auf den Füßen, als würde er Anlauf nehmen. „Das kann ich tun. Ja."

Er schenkt mir kurz ein Lächeln, das strahlender ist als zuvor. Großer Gott stehe mir bei, da mein Herz beinahe einen Purzelbaum schlägt bei dem verschwörerischen Schimmer, der zusammen mit seinen Zähnen aufblitzt. Daraufhin marschiert er los, ohne auf weitere Anweisungen zu warten.

Ich husche zu dem Tisch, schiebe einen der Sessel beiseite und ducke mich, sodass ich nicht zu sehen bin. Ich habe eine klare Sicht auf das Buchhaltungsbüro, das ungefähr zehn Schritte entfernt ist.

Als Alek an die Tür klopft, ziehe ich ein Messer aus der Scheide an meinem Bein. Meine Finger krümmen sich um den Griff und meine Armmuskeln spannen sich bereits an, während ich die Entfernung abschätze.

Die Bibliothekarin öffnet die Tür und Alek tischt ihr irgendeine Ausrede über Quellenschriften und Finanzverbindungen auf, der ich nicht ganz folgen kann.

Was immer er möchte, Stera. Elzbita scheint es schnell zu verstehen. Sie nickt einige Male und – Juhu! – stößt die Tür weit auf, um das Büro zu verlassen und ihn zu Regalen an einem anderen Ort in der Bibliothek zu führen.

Ich beobachte, wie die Tür zurück zum Rahmen schwingt, und lausche dem Klopfen der sich entfernenden Schritte. In der letztmöglichen Sekunde schnellt meine Hand vor.

Das Messer fliegt durch die Luft und trifft die Stelle zwischen der Tür und dem Rahmen, kurz bevor sie ins Schloss fällt. Die zwei Holzplatten fixieren die Klinge zwischen sich, sodass die Tür einen winzigen Spaltbreit offen bleibt.

Julita jubelt anerkennend in meinem Kopf.

Ich erlaube mir ein siegessicheres Grinsen und sehe mich erneut in dieser Ecke der Bibliothek um. Alek und Stera. Elzbita sind außer Sicht verschwunden und es ist niemand in der Nähe.

Dennoch husche ich gebückt über die kurze Entfernung und nehme mein Messer wieder an mich, als ich mich durch die Tür schiebe. Ich schließe sie hinter mir für den Fall, dass jemand vorbeigeht, den das verunsichern würde.

Der Buchhaltungsraum riecht nach Talg, obwohl ich aktuell keine Kerzen darin sehen kann. Ein schwaches Licht fällt durch ein schmales Fenster über den eingebauten Regalen.

Ich eile am Schreibtisch vorbei, ducke mich unter dem Fenster in der Tür und haste zu den Reihen ledergebundener Kassenbücher in den Regalen. Ärgerlicherweise sind auf ihre Rücken ohne ersichtliche Reihenfolge nur Zahlen gedruckt, die mir nichts sagen.

Nachdem ich einen Blick in einige der Bücher geworfen habe, erkenne ich das Muster anscheinend zur gleichen Zeit wie Julita. *Sie sind alphabetisch nach den Namen sortiert. Ster. Torstems sollte also am Ende sein.*

Es dauert nur einige weitere Versuche, bis ich das Buch finde, in dem sein Name auf der ersten Seite steht. Ich mache mir noch nicht die Mühe, die Seiten mit ihren eng beschriebenen Notizen durchzublättern, sondern drücke das Kassenbuch nur fest an meine Brust und schleiche zurück zur Tür.

Es sollte relativ einfach sein, mich rauszuschleichen, und …

Stimmen dringen von draußen herein. Ich erstarre und Panik durchfährt mich bei dem Gedanken, dass die Bibliothekarin möglicherweise schon zurückgekehrt ist.

Doch es sind zwei Männerstimmen, die darüber scherzen, wie weit sie ihrem Professor gerne die Schriftrolle in den Arsch schieben würden, über der sie gerade brüten.

Ich halte still, schweige und beschwöre sie gedanklich, weiterzugehen. Aus irgendeinem Grund haben sie beschlossen, sich in der Nähe des Buchhaltungsbüros aufzuhalten.

Unerträgliche Ärsche, schimpft Julita. *Warum gehen sie nicht weiter?*

Mein Mund wird trocken. Wie lange kann Alek Stera. Elzbita mit seiner ausgedachten Frage beschäftigen?

Wie auf Stichwort zuckt die Magie in meiner Brust. Sie beeilt sich, mich daran zu erinnern, dass *sie* diese Hindernisse mühelos aus dem Weg schaffen könnte, wenn ich es nur erlauben würde.

Ich atme langsam ein, um sie dazu zu bringen, sich zu beruhigen. Ich zwinge mich, daran zu glauben, dass ich alles unter Kontrolle habe und es keinen Grund für meine Magie gibt, sauer auf mich zu sein, weil ich ihr nicht nachgebe.

Meine zerrissene Seele ist nicht überzeugt. Ein nadelscharfes Kribbeln vibriert durch meine Rippen. Ich stemme meine Hand gegen den Türrahmen.

Es sollte eine Erleichterung sein, als sich die zwei Schwätzer draußen endlich in Bewegung setzen. Ihre Stimmen werden allmählich leiser, während sie davonschlendern.

Jetzt muss ich mich nur noch hier rausschleichen, während sich mein Inneres selbst auffrisst. Ich Glückspilz.

Mit angespanntem Kiefer richte ich mich auf und spähe durch das Fenster. Sobald die zwei Männer um das Bücherregal in der Nähe gebogen sind, wappne ich mich und renne los.

Ich versetze der Tür rasch einen Stoß, damit sie sich hinter mir schließt, und sprinte über den Teppich. Ein tieferer Schmerzensstich sorgt dafür, dass ich stolpere. Ich lasse mich einfach fallen, sodass ich unter den Tisch schlittere.

Als meine Schulter gegen eines der Holzbeine kracht, dringt Aleks Stimme an meine Ohren. Sie ist etwas lauter, als ich es von ihm erwarten würde. Will er damit sicherstellen, dass ich sie kommen höre?

„Vielen Dank für Ihre Hilfe Stera. Elzbita. Ich bin mir sicher, ich bin jetzt auf dem richtigen Weg."

Während ich sie aus meinem Versteck beobachte, tätschelt ihm die Bibliothekarin den Arm und kehrt in ihr Büro zurück. Ich bleibe noch einige Sekunden auf dem Boden für den Fall, dass sie herausrennt und den Diebstahl verkündet. Der Schmerz lässt derweil mit jedem Moment nach, in dem sie das nicht tut.

Alek schlendert mit unsicherer Miene davon. Als ich mir sicher bin, dass die Aktion keine sofortigen Konsequenzen nach sich ziehen wird, schlüpfe ich unter dem Tisch hervor und folge ihm.

Durch eine stillschweigende Übereinkunft lasse ich mich mehrere Schritte hinter ihn zurückfallen, bis wir die Treppe zum Archivraum erreichen. Ich komme am Fuß der Treppe an, wo Alek auf mich wartet. Seine Augen leuchten noch heller als zuvor.

Sein Blick fällt auf das Buch, das ich mit den Armen umklammere. „Du hast es geholt?"

Ich grinse ihn an. „Das ist das Buch."

Als ich es ihm reiche, nimmt er es entgegen und untersucht die ersten Seiten. Ein Lächeln breitet sich auf seinen Lippen aus. „Du hast es wirklich durchgezogen. Ich weiß nicht, wie du das gemacht hast."

Ich zucke mit den Achseln. „Wir haben alle unsere Talente. Ich hätte die Bibliothekarin nicht dazu bringen können, mit mir zu kommen."

Er schwingt das Kassenbuch unter seinen Arm und begegnet meinem Blick, um mich an seiner Freude teilhaben zu lassen. „Nicht schlecht für unsere erste, richtige, gemeinsame Mission, hm?"

Ich kann nicht anders, als sein Lächeln zu erwidern. Wer hätte gedacht, dass es ausgerechnet Alek wäre, der mir bei einem Verbrechen helfen würde – und sogar Spaß an dem Kitzel der Aufregung hat?

Als wir zu unserem Treffpunkt zurückkehren, läuft er besonders schwungvoll. „Ist das etwas, was du häufig tun musstest, um auf der Straße zu überleben? Dich an Orte schleichen und schnell fliehen?"

Ich denke an mein ‚Zuhause' in der Tuchfabrik. „Ja, das war ein ziemlich großer Teil meines Lebens, vor allem als ich älter wurde. Wenn man ein Kind ist, kommt man mit mehr durch." Zum Beispiel damit, auf einer Türschwelle zu schlafen oder einige überschüssige Früchte von jemandes Baum zu pflücken. „Zum Glück hatte ich immer mehr Übung darin, unbemerkt zu bleiben, je älter ich wurde."

Alek bleibt stehen und sein Blick ist wieder ernst. „Als du ein Kind warst … Wie alt warst du, als du dein Zuhause verlassen hast?"

Mein Magen verknotet sich. Diese Information hätte ich vermutlich weglassen sollen.

„Zwölf Jahre alt", antworte ich rasch. „Nicht *so* jung."

Doch jung genug, dass sich Aleks Augen weiten. „Und deine Eltern haben dich einfach … Ich meine, ich weiß, sie waren fies zu dir, aber …"

„Sie haben mich nicht gehen *lassen*. Ich ging und es gab nicht viel, was sie dagegen tun konnten."

Mein Ton ist vermutlich zu scharf. Ich bin nicht auf ihn sauer – und er liegt nicht einmal falsch.

Ich bezweifle, dass sie jemals nach mir gesucht haben. Ich bezweifle, dass sie etwas anderes als Erleichterung verspürt haben, weil ich nicht mehr ihr Problem war.

Alek scheint an meiner Antwort keinen Anstoß zu nehmen. Er zögert und schenkt mir noch ein Lächeln, das zwar kleiner, jedoch irgendwie schwindelerregender ist als das begeisterte von zuvor. „Ich schätze, es war am Ende alles zu seinem Besten. Wenn das nicht geschehen wäre, wärst du jetzt nicht bei uns."

Er meint nicht wirklich mich. Er meint die Frau, die ich mit mir herumtrage. Ich *weiß* das.

Doch meine Hand greift trotzdem wie von selbst nach seiner, als bräuchte irgendein Teil von mir die körperliche Berührung, um sich unserer Solidarität zu versichern. Oder vielleicht versuche ich nur, ihm vollkommen klarzumachen, wie tief ich mit ihm in dieser verrückten Situation stecke.

Wie töricht von mir. Ich habe kaum seine Finger gestreift, bevor Alek seine wegreißt.

Die Verbindung, die ich zu fühlen meinte, bricht.

Der Gelehrte öffnet den Mund, schließt ihn wieder und neigt den Kopf zu dem Raum, in dem wir uns normalerweise treffen. „Wir sollten uns das hier besser schnell anschauen. Wir wollen nicht, dass es zu lange fehlt, bevor wir es zurückbringen."

„Natürlich nicht", erwidere ich, tue so, als wäre seine Zurückweisung nie passiert, und verdränge meine aufgewühlten Gefühle.

Ich muss diese lächerlichen Impulse zügeln. Wir arbeiten nur für den Moment zusammen und schon bald werden wir das nicht mehr tun.

Und ich werde wieder auf mich allein gestellt sein.

Es wird keinen anderen mehr geben, um den ich mir Sorgen machen muss. Keinen anderen, der das Sagen hat.

Der Gedanke sollte keine hohle Empfindung in meiner Magengrube auslösen.

Wir stapfen zurück in den kleinen, staubigen Raum und Alek wirft sich auf den Sessel hinter dem Schreibtisch. Ich hocke mich auf die Kante des Schreibtischs, während er die Seiten des Kassenbuchs durchblättert, wobei er mit den aktuellsten Einträgen beginnt und die Seiten mit beeindruckender Geschwindigkeit überfliegt.

„Hier sind regelmäßig einige Ausgaben als Spenden markiert. Er bezahlt jeden Monat die gleiche Summe, und das schon seit Jahren", berichtet er nach einem Augenblick. „An ‚FI' steht dort und sonst nichts."

„Die Initialen eines Namens?", schlage ich vor.

„Vielleicht. Ich werde schauen, ob ein vollständiger Name vorkommt."

Ihm fehlen weniger als zehn Seiten bis zum Ende des Buchs, als er innehält. „Nun, das ist eine gewaltige Summe. Eine große Schenkung vor fünfzehn Jahren an einen Ort namens Flussthal Institut für das Wohlbefinden von Kindern."

FI, murmelt Julita zur gleichen Zeit, in der mein Herz einen Satz macht.

„Kinder", wiederhole ich.

„Ich habe noch nie von dieser Organisation gehört." Alek betrachtet die Seite und blättert einige weitere durch. „Aber es sieht so aus, als hätten die monatlichen Spenden gleich nach dieser anfänglichen Schenkung begonnen."

Er schaut zu mir auf und ein Funke seiner vorherigen Begeisterung tritt wieder in seine Augen. „Ich glaube, wir haben es."

Bevor ich antworten kann, wackelt die gegenüberliegende Wand und Benedikt tritt aus dem Geheimgang.

Er zieht die Augenbrauen hoch, als er uns sieht. „Seid ihr schon fleißig am Arbeiten? Die anderen sollten bald kommen. Weshalb seht ihr beide so selbstgefällig aus?"

Ich hüpfe vom Schreibtisch und meine gute Laune kehrt zurück. „Wir decken Ster. Torstems Geheimnisse auf. Jetzt müssen wir nur noch dieses Institut überprüfen und herausfinden, was er wirklich getrieben hat."

Dreiundzwanzig

Sobald ich den Stall betrete, bleibe ich kurz stehen und atme einfach nur die süßen und moschusartigen Gerüche ein. Eine schwache Aura des Trosts legt sich um mich.

Ich habe kein bestimmtes Ziel im Sinn, ertappe mich jedoch dabei, wie ich zu der Ecke schlendere, wo Krümels Box ist. Der braune Hengst schnaubt bei meinem Anblick und scharrt mit einem Huf am Boden.

Ich strecke meine Hand aus und halte sie ruhig einige Zentimeter vor sein Gesicht, bis er nachgibt und den Kopf senkt, sodass ich sein Kinn sanft kraulen kann. Dann schüttelt er seine Mähne aus, als wollte er verkünden, dass er die Aufmerksamkeit nicht *so* sehr mag und ich nicht auf Gedanken kommen soll.

Ich schnalze mit der Zunge. „Ich würde heute ohnehin nicht mit dir reiten. Wir sollen schließlich einen guten Eindruck machen.“

Ich meinerseits hoffe, dass du dich nie wieder auf dieses Biest setzt, verkündet Julita.

„Oh, er ist nicht so schlimm, wie er den Leuten glauben machen will, nicht wahr, Krümel?“ Ich hebe meine Hand und er erlaubt mir dieses Mal, ihn unter seinem Stirnhaar zu streicheln.

Ein leises Glucksen erklingt vom anderen Ende des Gangs.

Casimir schlendert mit belustigter Miene herbei. „Wie ich sehe, freundest du dich mit allen möglichen unwahrscheinlichen Charakteren an. Du bist früh gekommen."

Urplötzlich bin ich verlegen, obwohl ich nicht die Erwartung hatte, den Stall für mich zu haben. Wenn jemand meinen Frieden stören muss, ist es mir lieber, dass es Casimir ist und keiner der anderen Adligen.

Ich biete Krümel einen der Äpfel an, die ich vom Frühstücksbuffet mitgenommen habe, sehe Casimir an und zucke mit den Achseln. „Ich dachte, da ich ohnehin hierherkommen muss, könnte ich es genauso gut mit einem Besuch verbinden. Die Pferde sind eine bessere Gesellschaft als viele der Leute dort draußen." Mit dem Daumen zeige ich zu den Akademie-Gebäuden.

Casimirs Glucksen steigert sich zu einem lauten Lachen. Etwas in seinem Blick fühlt sich nachdenklicher an als üblich, während er mich mustert. „Ich schätze, es sollte mich nicht überraschen, dass du so denkst. Hast du zuvor viel Zeit mit Pferden verbracht?"

Eine ehrliche Antwort entfährt mir, bevor ich mich eines Besseren besinnen kann. „Meine Familie hatte eine Stute. Sie war die meiste Zeit eine bessere Gesellschaft als meine Eltern."

Casimir nickt, als könne er all die Dinge hören, die ich nicht gesagt habe. „Ich mag sie auch sehr gerne. Sie sind temperamentvolle, aber unkomplizierte Tiere. Unter ihnen gibt es so viele unterschiedliche Persönlichkeiten. Und sie verlangen nicht viel. Ich würde mehr Zeit hier draußen verbringen, wenn dann nicht all meine Kleider nach Pferd riechen würden."

Trotz seiner letzten Bemerkung ist die Zuneigung in seiner Stimme offenkundig. Daraufhin zwinkert er. „Mich stört es nicht, die meisten Kunden finden es allerdings nicht so toll."

Ein Stich fährt mir in den Magen bei dem Gedanken an die Leute, die Casimirs vielfältige Talente genießen, obwohl ich nicht plane, selbst in den Genuss zu kommen.

Er hat nie den Eindruck gemacht, als sei er nicht damit zufrieden, seinen Lebensunterhalt zu verdienen, indem er andere zufriedenstellt. Warum sollte es mich stören?

Es ist jedoch schön, zu erfahren, dass es wenigstens eine Sache gibt, die ihm nur um seinetwillen wichtig ist.

Ich grinse ihn im Gegenzug an. „Diese Kunden wissen nicht, was ihnen entgeht."

Anschließend betrachte ich die umliegenden Boxen. „Da du all die verschiedenen Persönlichkeiten kennengelernt hast, kannst du mir vielleicht dabei helfen, ein gutes Reittier für einen Ausflug in die Stadt auszusuchen. Ich möchte meinen Waffenstillstand mit Krümel noch nicht derart stark auf die Probe stellen."

„Hmm. Nun, Pepper kannst du nicht haben, weil sie meine beste Freundin ist." Er hält inne, um die Stirn einer Apfelschimmelstute zu streicheln, die ihren Kopf wiehernd über ihre Box gestreckt hat.

Casimir schenkt ihr ein strahlendes Lächeln und betrachtet den Rest der Reihe. „Scout ist ruhig und unerschütterlich, hat allerdings noch immer einen eigenen Kopf. Ich glaube, er würde gut zu dir passen."

Ich folge seiner Geste zu einem rötlichbraunen Wallach, der mich mit neugierigen Augen mustert.

„Möchtest du raus und dir die Beine vertreten?", frage ich das Pferd, das begierig schnaubt.

Ich hole ein Zaumzeug und einen Sattel. Krümel macht einen leicht knurrigen Laut, als ich an ihm vorbeigehe.

„Sei beim nächsten Ritt netter zu mir und ich wähle dich öfter aus", rufe ich dem Hengst zu und Casimir lacht erneut.

Scout erweist sich als alles, was ich von einem Reittier verlangen könnte. Er wartet auf meine Befehle und beeilt sich, sie zu befolgen, ohne lange zu zögern. Ich gebe Casimir einige Minuten Vorsprung, um die Illusion zu erwecken, dass wir auf unterschiedlichen Botengängen sind. Es dauert jedoch nur wenige Minuten, bis ich durch die Straßen des Innenbezirks zu unserem vereinbarten Treffpunkt bei der alten Mauer trabe.

Sobald ich neben den Kurtisan reite, durchqueren wir das kaputte Tor und betreten die Mittelbezirke. Als ich zu ihm schaue, komme ich nicht umhin, zu bemerken, wie entspannt er auf seiner Stute aussieht.

Casimir wirkt selten unzufrieden, verströmt jedoch eine

tiefe Ruhe, während er mit den Schritten des Pferdes hin und her schwankt, die ich zuvor noch nicht gesehen habe. Das entzündet ein glückliches Leuchten in meiner Brust, das zu zerquetschen, ich nicht ertragen kann.

Sie verlangen nicht viel, hat er zuvor über die Pferde gesagt. Vielleicht setzen ihm die Anforderungen seiner Arbeit mehr zu, als er normalerweise offenbart.

„Gehört Reiten ebenfalls zum Lehrplan der Gesellschaftsfakultät?", erkundige ich mich.

Casimir verändert seinen Griff um die Zügel. „Es ist ein kleiner Teil davon und nur für diejenigen, die sich nicht auf ein sehr spezialisiertes Gebiet konzentrieren wie Musik oder Malen. Wir müssen natürlich in der Lage sein, mitzuhalten, falls der Kunde Lust auf einen Ausflug zu Pferd hat."

„Also reitest du nur aus, wenn es einer deiner Kunden möchte?"

Er schenkt mir ein schiefes Lächeln. „Das ist im Grunde genommen die Stellenbeschreibung. Ich kann nicht behaupten, dass ich etwas dagegen hätte, häufiger durch die Wälder zu reiten, aber ich habe viele andere Aktivitäten, die mich auf Trab halten."

Ich höre keine Beschwerde in seinem Ton, dennoch verknotet sich mein Magen. „Es kommt mir einfach so vor, dass du auch ein wenig Zeit haben solltest, um darüber nachzudenken, was *du* willst, und um für dein eigenes Glück zu sorgen, weißt du. Verdienst du das nicht genauso sehr wie jeder, der als Kunde zu dir kommt?"

Bei den Göttern, nach allem, was ich von ihm gesehen habe, verdient er wahre Zufriedenheit mehr als der Rest dieser elitären Idioten.

Casimir blinzelt, als hätte ich etwas Absurdes gesagt. „Zu wissen, dass ich Freude in das Leben einer anderen Person gebracht habe, macht mich glücklich. Ansonsten hätte ich mich nicht für den Beruf entschieden."

„Ich weiß. Ich meinte nur …"

Ich schüttle den Kopf, da ich mir nicht sicher bin, wie ich den Schmerz in mir in Worte fassen kann. Es steht mir ohnehin nicht zu, mich einzumischen. „Vergiss es. Ich kenne die Einzelheiten offensichtlich nicht.“

Ich verlagere meine Aufmerksamkeit auf die Straßen, durch die wir reiten. „Bist du dir sicher, dass das Flussthal Institut für das Wohlbefinden von Kindern nicht *in* Flussthal ist?“ Dieses Viertel befindet sich in den Mittelbezirken unweit der alten Mauern, wo sich ein Mann wie Ster. Torstem vermutlich wohler fühlen würde als in den Außenbezirken, zu denen wir unterwegs sind.

„Es befindet sich am Fluss“, erklärt Casimir. „Ich vermute, dass Ster. Torstem den Namen ausgewählt hat, weil er wusste, dass die Leute annehmen würden, dass es sich auf das Viertel bezieht. Dadurch bemerken sie die Wahrheit nicht und wundern sich nicht, dass er in eine Einrichtung in den Außenbezirken investiert hat. Allerdings kann ich mir nicht vorstellen, dass es zwei Organisationen mit dem gleichen Namen gibt, und Alek hat bestätigt, dass es in Schlammbroich ist.“

Ich summe leise. Ich hatte gedacht, dass ich allein auf dieses Abenteuer gehen würde – und nicht zu Pferd. Doch nachdem wir herausgefunden hatten, wie offiziell die mutmaßliche Quelle von Torstems kindlichen Besuchern war, schien es wahrscheinlicher zu sein, dass wir Antworten erhalten würden, wenn wir als Adlige auftraten.

Ich werde trotzdem meine Straßenrattensinne nutzen, um mir ein umfassenderes Bild der Situation zu verschaffen. Außerdem hat keiner der anderen Männer dagegen protestiert, dass Casimir mich begleitet.

Er könnte eine verhungernde Katze dazu überreden, eine Maus entkommen zu lassen, sagte Julita beifällig, als er sich freiwillig meldete.

Ich hoffe nur, dass die Leute, mit denen wir sprechen werden, nicht ganz so verzweifelt sind.

Als wir uns durch die schmalen Straßen in der Nähe des Flusses schlängeln, tauchen die ersten Hinweise auf, wie Schlammbroich seinen Namen erhalten hat. Eine dünne Schicht aus getrocknetem Schlamm und Schotter bedeckt jede niedrige Oberfläche.

Ich habe schon früh gelernt, die Viertel in dieser Gegend kurz nach einem Regenfall zu meiden. Die Ufer des Starsil werden in den Außenbezirken niedriger und er teilt sich in mehrere Kanäle auf, die alle überlaufen, wenn es heftig genug regnet.

Julitas Präsenz windet sich in meinem Hinterkopf. *Argh. Ich kann nicht verstehen, warum irgendjemand hier leben möchte.*

Denkt sie etwa, dass die Leute eine Wahl haben?

Mein Seidenkleid fühlt sich unangenehm leicht im Vergleich zu der Tunika an, die ich normalerweise tragen würde, wenn ich mich durch diese Straßen bewege – mit Taschen voller Silber, das ich auf den Fenstersimsen der Bedürftigen zurücklasse. Wie viele dieser Bürger wurden in den letzten Tagen von Trickbetrügern über den Tisch gezogen, seit ich zuletzt meine Version von Gerechtigkeit verhängt habe?

Ich atme tief ein, um meine Nerven zu beruhigen.

Ich werde zurückkommen. Momentan müssen wir uns um eine viel größere Ungerechtigkeit kümmern.

Casimir führt uns um die letzten Kurven, die bei einem Gebäude enden, das etwas weniger heruntergekommen ist als seine Nachbarn. Das breite, dreistöckige Haus besteht aus einer Mischung aus Stein, Holz und einigen dünnen Bäumen, die durch die Mauern wachsen, um für zusätzliche Stabilität zu sorgen.

Es ist beinahe zehnmal so groß wie die meisten Hütten, die in den Außenbezirken als Zuhause dienen, und verfügt über einen Garten mit strohigem Gras und fahlem Gemüse entlang seiner grauen Mauern. Aufgemalte Sigillen von Inganne, Prospira und Elox zieren die Tür und bitten um kindliche Freuden, familiäre Behaglichkeit und Gesundheit.

Ich runzle die Stirn, während ich die Einrichtung betrachte. „Ich bin hier schon mal vorbeigekommen. Allerdings habe ich nie erfahren, wie es offiziell heißt."

Casimir zieht eine Augenbraue hoch. „Ich sehe, dass sich Ster. Torstem nicht die Mühe gemacht hat, ein Schild aufzustellen, das den offiziellen Namen des Instituts oder seine Verbindungen zu ihm verkündet."

„Wie überaus überraschend", erwidere ich sarkastisch.

Als wir von unseren Pferden absitzen und sie in der Nähe des Tors anbinden, dringt das Plappern von Kinderstimmen an unsere Ohren. Eine Schar Kinder, die um die sechs oder sieben Jahre alt sind, rennen durch den Garten.

Ein Mädchen, das einige Jahre älter ist, schreit die Wilden durch ein geöffnetes Fenster an. Ich entdecke zwei Kinder, die in einem anderen Zimmer vorbeihuschen.

Sie alle tragen schlichte Baumwoll- und Wollkleider, die an mehreren Stellen geflickt wurden, damit sie länger genutzt werden können – hier gibt es keine adlige Kleidung. Die dreckigen Gesichter und verfilzten Haare erzählen eine vertraute Geschichte, die Ster. Torstems vornehmer Name für den Ort nicht übermalen kann.

Das hier ist kein ‚Institut‘. Es ist ein Waisenhaus, ganz einfach. Eine Handvoll Erwachsener versucht, sich um mehr Kinder zu kümmern, als es jemand tun sollte, weil sie andernfalls niemanden hätten.

Warum sind Torstem die Kinder so wichtig, dass er in diese Einrichtung investiert?

Ich hasse den Gedanken daran, wie viel schlimmer diese Kinder ohne seine Beiträge möglicherweise aussehen würden. Sie scheinen wenigstens anständig mit Essen versorgt zu werden und haben ein Dach über dem Kopf.

Unsere Ankunft – oder besser gesagt die Ankunft der Pferde – löst aufgeregtes Rufen bei den Kindern aus. Noch bevor wir das Tor durchquert haben, erscheint eine schlanke Frau im mittleren Alter mit einem abgehärmten Gesicht und in einem schlichten, jedoch sauberen Leinenkleid in der Tür. Vermutlich hat sie der Lärm angelockt. „Kann ich Ihnen helfen?"

Sie wirkt nicht besonders überrascht, dass zwei Leute in schicken Kleidern an ihrer Türschwelle erschienen sind.

Casimir übernimmt das Reden. Er marschiert zu der Frau und neigt respektvoll den Kopf. „Wir entschuldigen uns für die Störung. Einer Ihrer Wohltäter hat uns gebeten, uns umzusehen und nachzuschauen, ob es noch etwas gibt, was Sie womöglich brauchen."

Ich kann mir nicht vorstellen, dass mehr als ein Adliger in

das Waisenhaus investiert. Die Frau runzelt ihre Stirn leicht, nickt jedoch akzeptierend. „Ich meine, wir können immer mehr Hilfe gebrauchen. Mehr Hände, um die Kinder zu bändigen, eine größere Essensvielfalt, bessere Kleidung. Er ist jedoch bereits sehr großzügig gewesen. Wir kommen zurecht."

„Können wir reinkommen?", fragt Casimir und spreizt bittend die Hand. „Ich verspreche, dass wir nicht hier sind, um ihre bisherige Arbeit zu bewerten. Ich möchte mich nur vergewissern, dass wir ihm einen gründlichen Bericht darüber liefern können, wo zusätzliche Beiträge am meisten geschätzt werden würden."

Bei seinem sanften Lächeln scheint die Leiterin des Waisenhauses nicht anders zu können, als es zu erwidern. „Ich sehe keinen Grund, der dagegenspricht. Und falls einer von Ihnen Interesse daran hat, uns einen dieser kleinen Quälgeister abzunehmen, sie sind in der Lage, sich zu benehmen, wenn der Ansporn groß genug ist."

Das Innere des Gebäudes verströmt eine ähnliche Atmosphäre wie das Äußere – unordentlich und chaotisch, jedoch heimelig. Der Geruch frisch gebackenen Brots vermischt sich mit dem Gestank von Schweiß und verschütteten Nachttöpfen.

Durch die Tür zu einem Raum, der als Wohnzimmer dient, sehe ich eine ältere Frau, die in einem schäbigen Sessel sitzt und zu der Gruppe kleiner Kinder gebeugt ist, die sich auf dem Boden um sie herum versammelt haben.

„So erzählt man es sich", sagt sie gerade. „Der Allesgeber ist alle Dinge und erschuf alle Dinge, doch er hatte es satt, sich allein um alles zu kümmern. Also wohnte er dem Meer, dem Himmel und der Erde bei, um die neun Gottlen auf die Welt zu bringen, drei für jeden, damit sie ihm helfen, über die Reiche zu wachen."

„Der Allesgeber ist also eine Dame, wenn sie Babys hatte", bemerkt eines der Kinder.

Die ältere Frau kichert und bewegt ihre Hand in der Drei-Finger-Geste über ihre Vorderseite. „Der Große Gott ist Mann und Frau und keines von beidem zugleich. Das ist die Großartigkeit der Gottheit."

Die Kinder sehen aus, als wären sie so unzufrieden mit dieser Antwort, wie ich es in diesem Alter gewesen wäre. Die Zuneigung auf dem Gesicht der Frau und die eifrige Neugierde auf denen der Kinder lässt sich allerdings nicht leugnen. Sie werden hier umsorgt.

Mehr als ich es jemals wurde, nachdem alles schiefgegangen war.

Ich schlucke den Schmerz dieses Gedankens und richte meine Aufmerksamkeit wieder auf unsere Gastgeberin.

Die Frau führt uns durch einige der Zimmer im Erdgeschoss und die Treppe zum ersten Stock hinauf, in dem es hauptsächlich Schlafzimmer gibt, die sich anscheinend jeweils vier oder fünf Kinder teilen. Soweit ich das erkennen kann, wohnen momentan ungefähr fünfzig Waisen in dem Gebäude. Ihr Alter reicht von einem Baby, das eine der Angestellten mit einer Lederflasche füttert, bis zu schlaksigen Kindern, die bald das Teenageralter erreichen werden und denen nur noch wenige Monate bis zu ihrer Weihe bleiben.

Das sind jedoch die ältesten Kinder, die ich sehe. Als wir zur Treppe zurückgehen, wage ich eine Frage. „Wohin gehen die Kinder nach ihrer Weihe?"

Die Leiterin fährt mit der Hand durch ihre zerzausten Locken. „Oh, die, die nicht adoptiert werden – was die meisten sind – gehen zu den Tempeln und dienen ihrem gewählten Gottlen. Es ist kein schlechtes Leben. Normalerweise sind sie froh darüber, dem Chaos hier zu entkommen."

„Bekommen sie davor viel von der Stadt abseits des Instituts zu sehen?", erkundigt sich Casimir. „Ich sehe, dass Sie nicht genug Hilfe haben, um alle problemlos im Auge zu behalten, wenn Sie einen Ausflug machen."

„Das stimmt. Es ist einfacher, sie hier im Auge zu behalten. Wir haben den Garten und den Fluss, in dem sie herumplantschen können. Aber natürlich organisiert unser Wohltäter gelegentlich Besuche zur Hofakademie für diejenigen, von denen er denkt, dass sie das größte Interesse daran haben, zu sehen, was die Götter anbieten können."

Ich verkneife es mir, ein finsteres Gesicht zu machen. Ist das wirklich alles, was hinter Torstems Ausflügen steckt? Zeigt er nur die Pracht der herrschenden Mächte?

Ich kann jedoch nichts besonders Unheilvolles an dieser Einrichtung entdecken.

Casimir schnippt mit den Fingern. „Da fällt mir ein, wonach wir noch fragen sollen. Ich nehme an, Sie schreiben auf, welcher Ihrer Zöglinge auf diese Besuche geht und wo jeder von ihnen nach seiner Weihe untergebracht wurde?"

Die Frau zögert. „Nun, ja, natürlich."

„Es wäre wahnsinnig hilfreich, wenn wir uns Ihre Aufzeichnungen anschauen könnten, während wir hier sind. Ein paar der vergangenen Besucher haben die Leute sehr beeindruckt, die sie auf der Akademie kennengelernt haben. Diese Leute hätten gerne die Gelegenheit, ihre fortwährende spirituelle Bildung zu unterstützen."

Es ist eine so geschickte Ausrede, dass ich Casimirs Klugheit gedanklich applaudiere. Wir müssen herausfinden, was wirklich mit den Kindern passiert ist, die Ster. Torstem zur Akademie gebracht hat.

Die Frau wringt jedoch die Hände, vielleicht weil ihr bewusst wird, dass sie keinen handfesten Beweis dafür hat, dass wir überhaupt mit ihrem Wohltäter in Verbindung stehen.

Casimir strahlt sie an, als hätte er ihren Widerwillen nicht bemerkt. Ein Hauch von Magie kribbelt über meine Haut, bevor er erneut spricht. „Sie haben hier wirklich fantastische Arbeit für die Kinder geleistet mit den Ressourcen, die Sie haben. Ich muss Sie dafür loben."

Das Lächeln der Leiterin kehrt zurück. „Nun, danke schön. Ich … warten Sie, ich werde Ihnen unsere Berichte holen. Es sind nicht die ordentlichsten Aufzeichnungen, aber Sie sollten finden können, was Sie brauchen."

Er ist sehr geschickt im Umgang mit Leuten, nicht wahr?, spricht Julita mit einem Hauch Bewunderung.

Das ist er. Es ist beinahe listig, wie er die Leute überredet, allerdings geht er so sanft vor, dass man merkt, dass er es ohne Bösartigkeit tut.

Ich habe noch nie jemanden wie ihn kennengelernt. Es ist

schwer, nicht zu denken, dass die Welt ein besserer Ort wäre, gäbe es mehr Leute wie ihn.

Als die Leiterin einige fleckige, in Leinen gebundene Bücher auf einen wackligen Tisch legt, erklingt unten ein lautes Weinen. Sie seufzt genervt. „Ich sollte mich besser darum kümmern. Ich bin gleich wieder zurück."

Casimir klappt das erste Buch auf. Er zieht ein Papier und Stifte heraus, während er die Seiten überfliegt.

Mein Blick wandert zur Treppe. Ich senke die Stimme. „Ich werde mich schnell im zweiten Stock umsehen."

„Exzellente Idee."

Ich vergewissere mich, dass niemand der Angestellten in Sichtweite der Treppe ist, bevor ich hinaufschleiche und bei jedem Knarzen innerlich zusammenzucke. Alle Zimmer, in die ich spähe, sind weitere Schlafzimmer, bei der dritten Tür halte ich jedoch inne.

Der nervöse Junge, den ich vor einigen Tagen zusammen mit Ster. Torstem sah, steht in der Nähe des Fensters. Ich erkenne seine weit auseinanderstehenden Augen und das spitze Kinn sofort, obwohl er jetzt eine abgetragene Tunika und Hose trägt.

Vorsichtig betrete ich den Raum. „Hallo", begrüße ich ihn und gebe mein Bestes, Casimirs Wärme nachzuahmen. „Du bist neulich zur Akademie gegangen, nicht wahr? Hat dir dein Besuch gefallen?"

Der Junge beißt sich auf die Lippe und mustert mich. Dann nickt er zaghaft. „Dort wird so viel gemacht. Es war sehr beeindruckend."

Etwas an seiner Antwort klingt auswendig gelernt, andererseits würde ich es Ster. Torstem durchaus zutrauen, darauf zu bestehen, dass die Kinder auf bestimmte Weise über die Akademie sprechen ungeachtet seiner Gründe, die Kinder dorthin zu bringen.

„Ich schätze, du hast bald deine Weihe", sage ich.

Der Junge wird sofort fröhlicher, sogar so sehr, dass ich jetzt nicht mehr an seinem Enthusiasmus zweifeln kann. „Oh, ja. Ich hoffe, dass Sabrelle mein Opfer mit einer großartigen Gabe willkommen heißen wird."

Nun, ich kann nicht behaupten, dass er nicht ehrgeizig ist. Er wirkt nicht traumatisiert oder verstört. Nur … ruhig, was kein Verbrechen ist.

Ich probiere es mit einer anderen Herangehensweise. „Was hältst du von Ster. Torstem?"

„Er ist sehr großzügig. Es war schön, zu sehen … woher er kommt."

Das Gesicht des Jungen nimmt leicht merkwürdige Züge an, als würde er sich Sorgen machen, er hätte mich beleidigt. Ich suche nach einer weiteren Frage. „Ich hoffe, bei deinem Besuch ist nichts Furchterregendes geschehen?"

Und bei den Göttern, macht, dass er es mir erzählt, falls es so war.

Der Junge verdreht die Hände vor sich. Seine nächsten Worte kommen etwas zu schnell heraus. „Oh, es gibt nichts, vor dem man sich fürchten muss. Es sind Leute wie Torstem, die sicherstellen, dass alles gut werden wird."

Sein Gesicht wird noch blasser und er macht hastig die Schutzgeste vor seiner Brust, wie ich es auf dem Campus gesehen habe. „Ich sollte in der Küche helfen", verkündet er, bevor ich noch etwas sagen kann, und huscht an mir vorbei durch die Tür.

Das ganze Gespräch bereitet mir Unbehagen, jedoch auf so unbestimmte Art, dass ich nicht sagen kann, was genau mich stört. Es ist eigenartig, dass der Junge über Torstem gesprochen hat, ohne seinen Titel zu benutzen – andererseits sind Kinder aus den Außenbezirken nicht an Berufstitel gewöhnt.

Doch was hat er damit gemeint, dass er sicherstellen würde, dass alles gut wird? Das klang eigenartig unheilvoll, obwohl es auf eine Weise formuliert war, die beruhigend klingen sollte.

Meine Nerven jucken auf meinem Weg zu Casimir, der gerade die letzten Bücher schließt. Als ich die Stimme der Leiterin die Treppe heraufkommen höre, husche ich in den Raum und lehne mich an die Wand, als wäre ich nie gegangen.

Casimir gibt der Frau die Bücher zurück und bedankt sich überschwänglich, bevor wir das Institut verlassen. Er steckt das Papier mit seinen Notizen in seine Brusttasche.

Ich muss warten, bis wir wieder auf unseren Pferden sitzen

und einige Straßen entfernt von dem Waisenhaus sind, bevor er mir erzählt, was er erfahren hat. „Falls die Aufzeichnungen korrekt sind, dienen alle Kinder, die Ster. Torstem für Akademie-Besuche ausgewählt hat, in den Tempeln, wie sie gesagt hat."

„Wir müssen uns in den Tempeln nach ihnen erkundigen und schauen, ob jetzt etwas seltsam an ihrer Situation ist. Ich habe mich mit dem Jungen unterhalten, den ich zu Beginn dieser Woche gesehen habe … Er konnte mir nicht viel erzählen, ich hatte jedoch das Gefühl, dass er immer noch nervös ist wegen der Situation."

Casimir reibt sich über das Kinn. „Ich schätze, es ist schwer, das Ganze aufgrund dessen zu beurteilen. Ich könnte mir vorstellen, dass ein Besuch an der Akademie für jedes Kind einschüchternd ist, das nicht in seiner Nähe aufgewachsen ist."

Die Bemerkung löst Neugierde in mir aus und ich beschließe, ihr nachzugeben. „Hast … hast *du* Kinder? Ich meine …"

Ich erröte. Es muss offensichtlich sein, was ich meine, ohne dass ich es ausspreche.

„Noch nicht", erwidert Casimir in seinem üblichen lässigen Ton. „Diejenigen von uns in meinem Gewerbe, die auf der Akademie ausgebildet werden, werden mit Mirewort versorgt. Hast du davon schon gehört?"

Ich habe es genommen. „Es verhindert eine Schwangerschaft, ist allerdings nicht unfehlbar."

Ich habe mehr als eine Geschichte von Mädchen gehört, die trotz des Krauts früher Mütter wurden, als ihnen lieb war.

„Das ist richtig. Wenn man allerdings das reine Kraut bekommt, ist es so gut wie unfehlbar. Es ist schwer, es anzupflanzen und zu ernten, weshalb der Vorrat begrenzt ist. Daher mischen die meisten Lieferanten es mit verschiedenen anderen Kräutern, weshalb seine Wirkung vermindert wird." Der Mund des Kurtisans verzieht sich nach unten. „Wenige außerhalb der Innenbezirke haben Zugang zu einer vollkommen effektiven Option."

Mein Magen sinkt. Und sie könnten sich das reine Zeug nicht leisten, selbst wenn sie Zugang dazu hätten.

Ich wende meine Aufmerksamkeit von diesem unangenehmen Thema ab und der Aufgabe zu, die wir gerade beendet haben. „Nun, wir haben jetzt viel mehr Informationen über Ster. Torstems Aktivitäten als zuvor. Es war wirklich ein Glück, dass du diese Bücher in die Finger gekriegt hast."

Ich werfe ihm einen Seitenblick zu. „Oder auch kein Glück. Hast du deine Gabe benutzt, um sie dazu zu überreden, dir die Bücher zu geben?"

Bisher habe ich ihn nicht gefragt, wofür er seine, nun mit Edelsteinen ersetzten, Zähne eingetauscht hat.

Das Leuchten in Casimirs Augen bestätigt meinen Verdacht. „Sie ist bei einer Vielfalt an Vorhaben recht nützlich."

Ich zögere und hake nach. „Ist es mir erlaubt, zu fragen, was deine Gabe *ist*?"

„Ah." Casimir sieht ein wenig verlegen aus, allerdings auf die niedlichste Art. „Ardone hat mich mit der Fähigkeit gesegnet, herauszufinden, womit ich eine Person zu jedem beliebigen Zeitpunkt am glücklichsten machen würde. Die Leiterin des Waisenhauses hat sich sehr gewünscht, die Bestätigung zu erhalten, dass sie für die Kinder alles richtig macht."

Mein Herz setzt aus. Hat er diese Fähigkeit bei mir angewandt? „Das klingt nach einer sehr beeindruckenden Gabe."

Als hätte er meine Sorge erraten, wird sein Ton beschwichtigend. „Ich kann es nicht oft tun. Ein oder zweimal am Tag ist meine Grenze. Und es handelt sich dabei oft um banale Dinge, da es von meinen Möglichkeiten eingeschränkt wird."

Er hält inne. „Als du das erste Mal zu uns gekommen bist und behauptet hast, dass du Julitas Freundin seist, konnte ich erkennen, dass du einfach nur wolltest, dass wir dich anhören. Wenn du darauf aus gewesen wärst, uns zu manipulieren, um unsere Aufmerksamkeit zu erregen, hätte ich das bemerkt."

Oh. Ich lache rau. „Ich schätze, in diesem Fall sollte ich deiner Gabe dankbar sein."

Sein Lächeln verzieht sich auf die schelmische Art, die möglicherweise mein Favorit ist. „Ich bin es oft."

Da nun Mittag ist, sind mehr Leute in den Straßen unterwegs, vor allem als wir die Außenbezirke hinter uns lassen. Casimir muss Pepper vor Scout lenken, was das Reden erschwert.

Wir machen uns nicht die Mühe, getrennt zur Akademie zu reiten, denn wir können einfach behaupten, dass wir zufällig gleichzeitig zurückgekommen sind, falls jemand fragt. Nachdem wir unsere Pferde durch den Tanz des aktuellen Passworts geleitet haben, bemerke ich, dass sich Casimir dazu entscheidet, wieder aufzusitzen, anstatt seine Stute zu Fuß zum Stall zu führen. Also folge ich seinem Beispiel.

Als der Stall vor uns in Sicht kommt, meine ich, dass das fröhliche Leuchten des Kurtisans ein wenig verblasst. Das zu sehen, trübt auch meine Laune.

Nein, das werde ich nicht einfach so hinnehmen.

Ich stupse Scout an, damit er neben Casimir trabt. „Dieser Ausflug hat nicht allzu lange gedauert. Du hast Zeit für einen kurzen Galopp durch den Wald."

Er hält inne, bevor er antwortet: „Ich soll beim nächsten Läuten den Kurs über Hofsitte besuchen."

Ich schnaube. „Die Glocke hat erst vor wenigen Minuten geläutet. Du kannst es einschieben. Zudem kannst du sie mit deinem Charme so bezaubern, dass sie dir vergeben, solltest du zu spät kommen. Außer natürlich du machst dir Sorgen, dass du und Pepper nicht mit mir und Scout mithalten können?"

Das verschmitzte Funkeln kehrt in Casimirs Augen zurück, doch er beginnt, den Kopf zu schütteln. „So sehr ich deinen Vorschlag zu schätzen weiß, Gütige …"

Ich gebe ihm nicht die Gelegenheit, seine Absage auszusprechen. Ich pflücke einfach das Papier mit seinen Notizen aus seiner Tasche und tippe mit den Fersen gegen die Flanken des Wallachs. „Das hier gehört mir, außer du fängst mich!"

Ich sporne Scout zu einem Galopp an und grinse, als Hufgetrappel hinter mir im Gras erklingt und ich höre, dass Casimirs Lippen ein Lachen entfährt. Wir rasen zum Waldrand, wo ich mich der Trainingsjagd angeschlossen habe, und den breiten, plattgetrampelten Hauptpfad entlang.

Bäume peitschen an uns vorbei und Blätter wehen über uns. Casimir kommt näher, aber ich bin nicht bereit, die Pause von unseren Pflichten so schnell enden zu lassen.

Ich lenke Scout zur Seite ins Unterholz. Er muss langsamer werden, um vorwärtszukommen, unseren Verfolgern ergeht es jedoch genauso.

„Ivy", ruft Casimir gespielt drohend.

„Du hast mich noch immer nicht gefangen", erwidere ich über meine Schulter.

Scout sucht sich geschickt einen Weg zwischen den Büschen und Baumstämmen, Casimir hat seine Schlauheit allerdings nicht verloren. Er lenkt Pepper zur Seite und drückt ihr die Fersen in dem Moment in die Flanken, in dem er einen freien Streifen Land sieht.

Mit einem Satz springt sie vor uns. Er lässt sie herum wirbeln, um mir den Weg zu versperren.

Als ich Scout anhalten lasse, verjagen die begeisterte Röte in Casimirs Wangen und das passende Grinsen all meine Schuldgefühle darüber, dass ich ihn zu der Ablenkung gezwungen habe.

Ich besitze nicht die gleiche Gabe wie er, brauche sie allerdings nicht, um zu wissen, wie ich ihm ebenfalls ein wenig Freude schenken kann.

Der Kurtisan streckt die Hand aus und ich gebe ihm unter viel Aufhebens das Papier. Dabei streifen seine Fingerspitzen meine und ein Ruck der Wärme durchfährt mich.

Casimir wendet seinen dunkelgrünen Blick nicht von mir ab, als er den Zettel wieder wegsteckt. „Danke."

Mein Herz setzt einen Schlag aus wegen einer Freude, die ich nicht empfinden sollte. Ich zwinge meinen Ton, lässig zu klingen. „Sehr gern geschehen."

Die ungebetene Freude hält an, als wir mit den Pferden in einem gemächlicheren Tempo durch den Wald zurückreiten.

Das ist wirklich nett, bemerkt Julita. *Zuvor habe ich nie richtig den Reiz daran verstanden, einfach nur um des Reitens willen zu reiten. Ich frage mich …*

Mein Blick bleibt zwischen den Bäumen an etwas hängen. Julita verstummt, als ich an den Zügeln ziehe und mit zusammengekniffenen Augen durch die sich bewegenden Schatten blinzle.

„Was ist los?", fragt Casimir.

„Der Boden sieht einfach … merkwürdig aus."

Ich springe von Scout und gehe zu Fuß los.

Dort ist eine Lichtung, die so klein ist, dass sie den Namen kaum verdient. An deren Rand bleibe ich stehen und starre den Boden an.

Die Erde ist von Furchen und Klumpen durchzogen. Frische Kratzer zieren einige der umliegenden Baumstämme.

Ich beuge mich näher zu den hervorstehenden Blättern eines Unkrauts. Dunkelrote Spritzer heben sich von dem Grün ab.

Meine Lunge zieht sich zu. „Ich glaube, das ist Blut."

Casimir ist mir gefolgt. Er bückt sich, um die Pflanze zu untersuchen, wobei seine Schulter meine mit einer Wärme streift, die ich mehr denn je willkommen heiße. Anschließend blickt er mir in die Augen und nickt.

Ist der Boden feucht?, fragt Julita plötzlich. *Überprüf das.*

Ich strecke die Hand aus und drücke meine Finger auf die aufgewühlte Erde. Feuchte Klumpen bleiben an meiner Haut kleben.

Julita erschaudert. *Ich vermute, außerhalb der Lichtung ist die Erde nicht feucht.*

Es ist keine Frage, dennoch schiebe ich mich rückwärts, um die Erde zu testen.

Es hat seit einigen Tagen nicht geregnet. Die Erde dort zerfällt trocken zwischen meinen Fingern.

„Hast du noch etwas bemerkt?", fragt Casimir.

„Julita hat etwas erkannt." Ich schaue die Lichtung finster an. „Die Erde dort ist feucht, sollte es allerdings nicht sein."

Weil sie sie mit Wasser begossen haben, um das restliche Blut wegzuspülen, das sie hier vergossen haben, erklärt Julita mit erstickter Stimme. *Die verflixten Zauberer haben hier* heute *ein Ritual durchgeführt.*

VIERUNDZWANZIG

Ich liege ausgestreckt auf dem Sofa, meine Decke ist fort, dennoch rast Hitze über meine Haut. Hauptsächlich wegen des massiven Mannes, der über mich gebeugt ist.

„Ivy", raunt Stavros mit einer samtenen Stimme, die ich noch nie zuvor bei ihm gehört habe. Er hat irgendwo sein Hemd abgelegt, doch in meiner Benommenheit kann ich nicht behaupten, dass es mich stört, die muskulöse Ausdehnung seiner Brust zu betrachten. „Götter, ich kann nicht aufhören, an dich zu denken."

Seine Finger gleiten meinen Kiefer entlang und neigen meinen Kopf an, bevor er meinen Mund einfängt.

Ja, das hier … das hier ist genau das, wonach ich mich verzehrt habe. Seine Hitze durchströmt meinen Körper und entzündet in jedem Nerv Verlangen.

Ich umklammere seinen Nacken und biege mich ihm entgegen. Als meine Brüste seinen Oberkörper streifen, zieht es zwischen meinen Schenkeln.

Seine Lippen lösen sich von meinen und plötzlich sind wir nicht allein. Alek kniet neben dem Sofa und seine schmale Hand liegt auf meiner Schulter.

„Du kannst sie nicht für dich allein haben", verkündet er so heiser wie Stavros. „Ich bin dran."

Er beugt sich vor, um sich selbst einen Kuss zu stehlen.

Meine Finger fahren die Ränder seiner Maske nach und er küsst mich stürmischer. Noch mehr Lust schießt durch meine Adern.

Ich habe keine Ahnung, was hier vor sich geht, doch es fühlt sich zu gut an, um Fragen zu stellen.

Ein Glucksen erklingt und eine gut gebaute Gestalt schiebt Alek beiseite. Benedikt steigt zu mir aufs Sofa und setzt sich rittlings auf mich, wobei der Schalk in seinen Augen leuchtet. „Oh, ich kann alles überbieten, was dir einer der beiden geben kann."

Anstatt seinen Mund auf meinen zu pressen, drückt er seine Lippen an die Seite meines Halses. Während er an der empfindlichen Haut dort knabbert, bewegen sich seine Handflächen kreisend auf meinen Brüsten.

Ein Wimmern entfährt meinem Mund.

„Doch keiner von ihnen weiß wirklich, wie man eine Dame behandelt." Casimir sinkt ungeachtet von Benedikts Zuwendungen neben mich und lässt sanft einen Daumen über meine Lippen gleiten. Urplötzlich pochen sie, als gierte ich nach der Berührung.

Während sich Benedikt meinen Körper hinabschiebt, senkt Casimir den Kopf zu mir und …

Mein Herz setzt einen Schlag aus, als es plötzlich rummst. Meine Augen fliegen auf …

Ich bin allein. Ich liege mit heißer Haut und Begehren tief in meinem Bauch allein auf dem Sofa, auf dem ich geschlafen habe.

Nun, nicht ganz allein. Das Tageslicht fällt aus dem gegenüberliegenden Fenster und reflektiert von Stavros' roten Haaren, als er sich bückt, um eine Schachtel vom Boden aufzuheben.

Er erwischt mich dabei, wie ich ihn anstarre, und schenkt mir ein schiefes Grinsen. „Ich würde mich ja dafür entschuldigen, dass ich dich mit meinem Moment der Ungeschicklichkeit aufgeweckt habe, aber ich möchte lieber behaupten, dass ich deine Reflexe getestet habe. Es wird ohnehin Zeit, dass du aus dem Land der Träume zurückkehrst."

Land der Träume.

Richtig. Träume.

Oh, Götter, was für ein Traum das war.

Anscheinend schaue ich ihn einen Herzschlag zu lange an, während ich mich an den allzu lebhaften Druck seiner nackten Brust auf meiner erinnere, denn Stavros zieht eine Augenbraue hoch. Ich spüre, dass meine Wangen brennend heiß werden.

„Das stimmt", erwidere ich ein wenig dümmlich und schiebe die Decke von mir, die tatsächlich noch da ist. Der ehemalige General hat mich zuvor schon nur in meiner Unterwäsche gesehen, dennoch fühlt sich das Nachthemd viel zu freizügig an, obwohl es mehr von mir bedeckt. „Ich werde mich für den Tag fertigmachen. Ich bin mir sicher, wir haben viel zu tun."

Stavros' Augenbrauen bleiben hochgezogen, als ich nach dem neuesten Reitkleid greife, das Casimir mir geschickt hat – um das zu ersetzen, das Anya mit dem Wein ruiniert hat – und eile zur Latrine. Seine Stimme folgt mir durch die Tür. „Es ist schön, zu sehen, dass du deiner Arbeit so engagiert nachgehst, Diebin."

Jepp, das ist das Einzige, was mir durch den Kopf geht. Absolutes Engagement für unsere Sache. Außerdem ist das Höschen zwischen meinen Schenkeln definitiv nicht klatschnass.

Götter straft mich.

Julita bemerkt anscheinend mein Unbehagen, auch wenn sie – dank sei allem, was göttlich ist – nicht von meinen Gedanken weiß. *Stimmt etwas nicht? Du wirkst ein wenig aufgewühlt.*

Ich schüttle zur Antwort kaum merklich den Kopf.

Zu meiner Erleichterung fällt die Tür ins Schloss, als Stavros geht, bevor ich mein Kleid fertig geschnürt habe. Ich spritze mir ein wenig Wasser ins Gesicht und drehe meine Haare hastig zu der Frisur, an die ich mich gewöhnt habe, bevor ich zum Speisesaal gehe und mich beinahe normal fühle.

Als ich den großen Saal betrete, ziehe ich einige neugierige Blicke von den Adligen an den Tischen in der Nähe auf mich. Zu diesem Zeitpunkt lässt sich nicht sagen, wie weit sich die Nachricht über meine plötzliche Anstellung als Assistentin des vielgerühmten Generals herumgesprochen hat und welche anderen Heldentaten die Leute für klatschwürdig halten.

Viel bedrohlicher sind die ernsten Blicke der zwei Soldaten der Kronenwache, die in der Nähe der Tür Wache halten. Furcht kribbelt meinen Rücken hinab, obwohl ich weiß, dass sie nicht speziell wegen mir hier sind.

Ein anmutiges Winken gibt mir etwas anderes, auf das ich mich konzentrieren kann. Esmae bedeutet mir, mich neben sie zu setzen.

Ich gehe zu den Theken, um mir einen Teller mit Eiern und Gebäck zu holen, bevor ich auf den Stuhl neben ihr sinke.

Leider bemerke ich in dem Augenblick, in dem ich mich setze, dass ich mich so direkt in Romilds Blickfeld befinde, die zwei Tische entfernt ist. Sie bemerkt meinen Blick und verengt die Augen finster zu Schlitzen.

Ich senke meine auf den Teller vor mir, als wäre es das faszinierendste Essen, das ich je gesehen habe, und nehme meine Gabel in die Hand. „Ich frage mich, ob Romild mir jemals den Trick mit dem Sattel vergeben wird."

Julita schnaubt. *Es gibt nichts, was sie dir vergeben muss. Du hast einfach nur bewiesen, dass sie dir nicht das Wasser reichen kann, nachdem sie so unhöflich an dir gezweifelt hat.*

„Ihr war diese Stelle eindeutig sehr wichtig", meint Esmae in bedächtigem Ton. „Ich kann nachvollziehen, dass es für sie … erschreckend war, als sie herausfand, dass die Stelle ohne das übliche Verfahren vergeben wurde."

Ich verziehe das Gesicht. „Profitieren die Leute", ich unterbreche mich, bevor ich sage *die Leute hier*, als sei ich keine Adlige wie sie, und sammle mich, „Profitieren wir nicht alle manchmal von unseren Verbindungen? Es ist nicht so, als hätte ich dafür gesorgt, dass mein Vater Ster. Stavros' Vater kennenlernt, noch bevor ich geboren wurde."

Esmae nickt. „Es ist vollkommen verständlich, dass er das Gefühl hatte, er könnte dir vertrauen … Und soweit ich gehört habe, machst du den Job so gut, wie man es sich wünschen kann. Doch wenn man etwas wirklich will, ist es schwer, nicht das Gefühl zu haben, man wäre unfair behandelt worden, schätze ich."

Ihre angespannte Stimme veranlasst mich dazu, sie genauer zu mustern. Sie klingt nicht, als würde sie nur über eine Beinahe-Fremde spekulieren.

Natürlich hat sie mir offen erzählt, wie dringend sie nach ihrem Abschluss eine prestigeträchtige Stelle finden möchte. Ich vermute, es ist für sie nicht allzu schwer, sich in eine ähnliche Situation hineinzuversetzen.

Esmae schenkt mir ein strahlendes Lächeln und deutet auf das Gebäck, das ich blind ausgewählt habe. „Ich nehme dir das Mondbrötchen weg, wenn du es nicht isst. Die Köche haben sich selbst übertroffen."

Ich grinse. „In diesem Fall esse ich es als Erstes. Du solltest dir noch eines für dich holen."

Der knusprige, jedoch buttrige Teigmantel und die cremige Füllung im Inneren sind wirklich etwas auf dem Niveau der Götter. Ich könnte die Delikatesse mehr genießen, wenn Julita nicht in meinem Kopf schimpfen würde.

Eifersucht ist nicht Romilds einziges Problem, wenn es stimmt, was du gesagt hast. Wendos belästigt sie jetzt auch noch? Worauf hat er es abgesehen? Worauf haben sie alle es abgesehen, dass sie wieder durch den Wald schleichen?

Die Creme wird in meinem Mund sauer. Casimir und ich konnten keine weiteren Hinweise auf das offensichtliche Waldritual der Blutzauberer finden – nicht einmal genug, um jemandem, der nicht an die Existenz einer Verschwörung glaubt, zu beweisen, dass die feuchte Erde etwas mit der illegalen Zauberei zu tun hat.

Als ich Stavros davon erzählte, machte er nur einen sardonischen Kommentar, dass er dem König mehr als Matsch bringen müsse.

Während ich die letzten Stücke des Brötchens kaue, huscht mein Blick instinktiv durch den Raum. Er bleibt an Wendos' dunklen zotteligen Haaren hängen, der mehrere Tische entfernt zwischen einigen anderen Studenten sitzt.

Falls er momentan etwas ausheckt, geht es nur darum, wie er so viel Frühstück wie möglich verschlingen kann. Ich bin mir noch immer unsicher, ob er Romild tatsächlich ‚belästigte' und nicht eher eine Sorge ausdrückte.

Was hat er an ihr bemerkt, das ihn gestört hat? Was, wenn *sie* es war, die mit den anderen Verschwörern durch den Wald geschlichen ist?

Sie schien sich dort während der Jagd schrecklich wohlzufühlen.

Wir haben uns auf Ster. Torstem konzentriert, doch ganz gleich, wie stark er in das Ganze verwickelt ist, es erscheint mir sehr unwahrscheinlich, dass er die Daimon allein derart beleidigt hat. Wir müssen auch seine Komplizen finden.

„Ist das ein neues Kleid?", erkundigt sich Esmae. „Die Farbe steht dir."

Ich betrachte die hellrosa Seide geistesabwesend. „Ja, du weißt ja, dass ich nach dem Weinvorfall ein anderes brauchte … Ich habe von zu Hause nicht viel mitgebracht."

Man stelle sich einmal vor, sie würde sehen, was ich normalerweise trage.

„Du solltest dir von deiner Familie weitere Kleider schicken lassen." Esmae wird munterer. „Ich könnte mich in meiner Gabe üben, um ihnen die Nachricht schneller zu schicken. Nikodi ist weiter weg, als ich es jemals versucht habe, aber es wäre gut, an meine Grenzen zu gehen. Ich würde gerne eines Tages Ländergrenzen überqueren und …"

Während sie spricht, schlängelt sich ein schlanker Mann in der hellblauen Leinentunika und -hose, welche die meisten Angestellten tragen, die nicht zum Lehrpersonal gehören, zwischen den Tischen hindurch und bleibt bei Romild stehen. Er klopft ihr auf die Schulter und reicht ihr einen gefalteten Zettel.

Sie wirft einen Blick auf den Inhalt und runzelt die Stirn. Dann steht sie vom Tisch auf und lässt einen Teller zurück, den sie nur zur Hälfte aufgegessen hat.

Mein Herz setzt einen Schlag aus und mir entgeht, was Esmae als Nächstes sagt. Wohin ist meine Rivalin in solcher Eile unterwegs?

Ich denke, ich sollte das besser herausfinden.

Ich verschlinge eine letzte Gabelvoll Eier und schiebe meinen Stuhl zurück, als sich Romild der Tür nähert.

Esmae hält inne und starrt mich an. „Gehst du schon?"

Ich entscheide mich für die erste Ausrede, die mir einfällt und die Sinn für sie ergeben würde. „Ich habe gerade jemanden gesehen, der meinte, er hätte möglicherweise bald Neuigkeiten darüber, was mit Julita passiert ist. Ich muss versuchen, ihn zu erwischen, bevor er in den Unterricht geht … Es tut mir leid, ich habe ihn vorhin nicht bemerkt.“

Mit Füßen, die Übung in Schnelligkeit und geschickten Manövern haben, erreiche ich den Gang, gerade als Romild zur Ecke links von mir gelangt. So leise wie möglich eile ich ihr hinterher.

Sie blickt nicht zurück, ihre Schritte sind flott und ihre Haltung ein wenig steif, als sei sie nicht glücklich über das, was in der Nachricht stand. Der Flur vor dem Speisesaal bietet ohnehin viel Deckung, da Studenten kommen und gehen.

Als ich hinter ihr um eine Ecke in den langen Gang biege, der an den Türen der Bibliothek vorbeiführt, lichtet sich das Gedränge.

Wenn sie sich umdreht, wird sie mich nicht übersehen können und sich fragen, warum ich ihr folge.

Ich lasse mich weiter zurückfallen und wünsche mir, die Halle hätte mehr Säulen oder Sockel, hinter die ich mich ducken kann. In der Gestalt von Benedikt präsentiert sich mir jedoch die perfekte Lösung.

Der Bastard eines Bastards schlendert fröhlich aus einem nahegelegenen Treppengang und sieht aus, als wäre er auf dem Weg zum Speisesaal. Ich haste zu ihm, bevor er weit kommen kann.

„Lauf mit mir“, flüstere ich, als ich seinen Ellenbogen packe. „Tu so, als würden wir ein absolut faszinierendes Gespräch über einen Gefallen führen, um den ich dich im Namen meines Arbeitgebers bitte. Und wenn Romild in unsere Richtung schaut, verstelle ihr die Sicht auf mich.“

Benedikt gluckst und macht einen Schlenker, um sich mir mit einem heiteren Blick anzuschließen. Er senkt seine Stimme ebenfalls. „Ich weiß nicht, ob ich mir die Mühe machen würde, Stavros einen Gefallen zu tun, aber ich bin dir gerne behilflich. Ich werde dir sogar mehrere Gefallen tun, solange ich sie von dir eintreiben kann.“

Ich schaffe es, nicht die Augen zu verdrehen. Wenigstens ist er von Julitas Männern derjenige, der am offensten dafür ist, mitzuspielen.

Es ist schwer, seine gute Laune nicht wertzuschätzen und mich davon abzuhalten, an meinen Traum zu denken, in dem er …

Ich verdränge diese Erinnerungen so gut wie möglich, was zugegebenermaßen nicht besonders gut ist. Er schlendert neben mir her und seine bestickte Weste hängt lose über sein Hemd – das in typischer Benedikt-Manier bis zur Mitte seines Oberkörpers geöffnet ist.

Vielleicht habe ich in den letzten zwei Jahren meine körperlichen Sehnsüchte zu oft ignoriert. Der Anblick der muskulösen Landschaft unter Benedikts Hemd schickt meinen Verstand nämlich beinahe zurück zu meinen lustvollen Fantasien.

Ich zwinge meinen Blick zu Benedikts Gesicht, gerade als er seinen Kopf verschwörerisch nah zu mir beugt. „Warum genau folgen wir dieser feinen Dame? Nur aus Neugier.“

„Sie könnte etwas damit zu tun haben, dass die Daimon auf dem Ball durchgedreht sind“, antworte ich. „Sie war möglicherweise auch die Person, die mich neulich abends vergiftet hat.“

„In Ordnung, das sind zwei sehr gute Gründe, um mein Frühstück aufzuschieben. Ich fühle mich geehrt, dass du mich um Hilfe gebeten hast, und werde annehmen, dass es ausschließlich mit meinen fantastischen Talenten zu tun hatte, und nicht damit, dass ich zufällig die einzige Person in der Nähe war.“

Ich kann mir ein Lachen nicht verkneifen. Obwohl ich seinen Arm nur halte, damit er mir so nahe ist, dass er mich notfalls schützen kann, drücke ich diesen kurz. „Du bist eine exzellente Wahl.“

Er tippt an eines seiner geopferten Ohrläppchen. „Meine Gabe könnte nützlich sein, je nach dem, was du vorhast. Ich habe ein Talent dafür, Leute abzulenken, wenn ich Schwierigkeiten entkommen möchte.“

Meine Augenbrauen heben sich. „Und wie oft gerätst du in Schwierigkeiten?"

Er wackelt mit den Augenbrauen. „Ich muss einige Geheimnisse für mich behalten, um meine faszinierende Aura der Rätselhaftigkeit zu bewahren."

Ich schnaube belustigt.

Ehrlich, es könnte vergnüglich sein, Benedikt auf einen meiner Diebeszüge in den Außenbezirken mitzunehmen. Ich vermute, dass er Spaß daran hätte, einige Betrüger reinzulegen.

Mir wird kurz warm bei der Vorstellung, gemeinsam mit einem Komplizen gegen die Arschlöcher in den Außenbezirken vorzugehen. Dann denke ich an den Gestank und Dreck und alles andere an diesen Straßen, wegen dem Adlige ihre Nase rümpfen würden.

Nein, er würde nicht einmal für einen Spaß so tief sinken, oder?

Ich hasse es, dass mein Herz bei diesem Wissen schwer wird.

Benedikt legt den Kopf schief. „Ich frage mich, wohin Miss Mögliche-Giftmischerin unterwegs ist?"

Romild ist an den Türen der Bibliothek vorbeigegangen und beschleunigt ihre Schritte, als sie sich der nächsten Biegung im Gang nähert.

Julita summt. *Dort drüben gibt es nur die Freizeiträume — Karten, Billard, Darts und dergleichen. Allerdings ist es vermutlich auch kein schlechter Ort, um heimliche Treffen zu veranstalten, ohne allzu verdächtig zu wirken.*

Ich werde langsamer, als wir die Ecke erreichen und um sie herumspähen. Romild eilt weiter, weshalb Benedikt und ich ihr folgen.

„Was studierst du hier eigentlich?", frage ich ihn, um weiterhin den Anschein zu erwecken, wir würden ein wichtiges Gespräch führen. Und weil es mich interessiert, ob es das nun sollte oder nicht.

Benedikt zuckt mit den Achseln, als würde es keine große Rolle spielen. „Oh, ein wenig von diesem und jenem. Theoretisch gesehen, gehöre ich zur Führungsfakultät, allerdings rechne ich nicht damit, dass ich viel anführen werde. Wie ich zuvor erwähnt habe, ist Verantwortung nicht meine Stärke. Wir, die Verbindungen zur Königsfamilie haben, bekommen für gewöhnlich kleinere Rollen zugewiesen, um uns bei Laune und aus den *meisten* Schwierigkeiten raus zu halten."

„Es wirkt auf mich, als könnte das ein schwieriges Unterfangen für dich werden."

„Dafür ist mir selten langweilig." Benedikt tippt sich ans Kinn. „Ich frage mich, welche ‚Gefallen' ich von Stavros im Gegenzug verlangen soll? Es gibt so viele wundervolle Möglichkeiten, die ihn wahnsinnig ärgern würden."

Meine Lippen zucken bei dem Gedanken zu einem Grinsen – und im gleichen Augenblick bleibt Romild vor einem der Zimmer weiter unten im Gang stehen.

Sie späht hinein und zögert. Dann verschränkt sie die Arme vor der Brust und macht Anstalten, auf dem Absatz kehrtzumachen.

Scheiße, sie dreht sich zu uns um.

Ich umklammere Benedikts Arm warnend, doch sein Blick ist bereits auf unsere Zielperson geheftet und er bemerkt ihre Bewegungen.

Er dreht sich, ohne zu zögern, zu mir um und lässt sein schelmisches Lächeln aufblitzen. „Erstich mich dafür nicht, Klingenkünstlerin."

Bevor ich mich fragen kann, wovon er spricht, stößt er mich gegen die Wand, stützt seinen Arm neben meinem Kopf ab, um mein Gesicht zu verbergen, und drückt seinen Mund auf meinen.

Im ersten Augenblick glaube ich, dass ich noch träume. Die Hitze von Benedikts sehr realem Kuss entzündet jedoch einen schwindelerregenden Schauder in mir, der alles übersteigt, was meine Vorstellungskraft heraufbeschworen hat. Mein Körper kribbelt vom Kopf bis zu den Zehenspitzen, als wäre er von einem besonders köstlichen Lichtblitz getroffen worden.

Es ist nicht mein erster Kuss, ich kann allerdings nicht behaupten, dass ich jemals *so* geküsst worden bin.

Mir stockt der Atem, Benedikts Zunge schnellt geschickt über meine Unterlippe und der Teil meines Gehirns, der tatsächlich möchte, dass ich die nächste Woche überlebe, erwacht.

Ich sollte diesen Mann nicht küssen. Ich bin der Situation jetzt schon nicht mehr gewachsen.

Ich würde mich von ihm losreißen, doch Benedikt weicht einige Zentimeter zurück, als sich mein Körper anspannt. Er bleibt dicht bei mir, um jede klare Sicht auf mich zu verdecken, und seine Augen funkeln nach wie vor. „Ich denke, das hat seinen Zweck erfüllt."

Ich bedenke ihn mit einem spitzen Blick und greife nach den Resten meiner Selbstbeherrschung. „Ich bin mir ziemlich sicher, du hättest das gleiche Ergebnis erzielen können, ohne ganz so weit zu gehen."

Er schenkt mir ein Feixen, das sanfter als üblich ist. „So hat es mehr Spaß gemacht. Du musst mir verzeihen, dass ich die Gelegenheit genutzt habe, die sich mir geboten hat. Ich habe darauf gewartet, dich zu küssen, seit du Stavros beinahe entmannt hast."

Sein Blick schnellt zu meiner Stirn. „Und falls es deine geisterhafte Freundin ebenfalls genossen hat, umso besser."

Der Verweis auf Julita – auf die Tatsache, dass er an ihre Seele in mir gedacht hat, während er mich geküsst hat – löscht jegliche nachhallende Hitze. Ich mahle mit dem Kiefer und drücke an der Wand den Rücken durch.

Ein kurzer Blick verrät mir, dass Romild noch nicht gegangen ist. Sie steht erneut mit dem Rücken zu uns und starrt auf die Nachricht, die man ihr gegeben hat, während sie scheinbar auf jemanden wartet.

„Sollen wir …", beginnt Benedikt und eine andere vertraute Stimme dringt vom entgegengesetzten Ende des Gangs an meine Ohren.

„Stellen Sie sicher, dass die Kutsche bereit ist. Ich komme in wenigen Minuten raus, nachdem ich mich um eine andere Angelegenheit gekümmert habe."

Ster. Torstem ruft die Worte über seine Schulter, während er von einem der Bogengänge, der zu den Außentüren führt, in den Gang tritt. Dabei unterhält er sich mit einem Pagen oder Assistenten, vermute ich. Er marschiert an unserem Gang vorbei in Richtung der Bibliothek.

Mein Herz setzt einen Schlag aus.

Eine Kutsche. Er fährt irgendwo hin – zum Waisenhaus? Um weitere Pläne zu arrangieren, von denen wir wissen sollten?

Das ist eine Gelegenheit, die ich möglicherweise nie wieder erhalten werde. Es gibt nur eine mögliche Vorgehensweise, die alle Probleme löst, in die ich gerade gestolpert bin.

Ich tätschle Benedikts Arm kurz und zwinge die Hitze aus meinen Wangen. „Behalte Romild im Auge, bis du gesehen hast, mit wem sie sich hier trifft. Ich werde in Erfahrung bringen, was Torstem ausheckt."

FÜNFUNDZWANZIG

Benedikts Augen weiten sich, doch ich schlüpfe unter seinem Arm hinweg und husche durch den Gang, bevor er protestieren kann.

Die rosafarbene Seide, in die ich gewickelt bin, schimmert im Licht der Wandleuchter. Ich wünschte, ich könnte zu Stavros' Quartier eilen und meinen schlichten Umhang holen, aber ich kann es nicht riskieren, die Kutsche zu verpassen.

Wenigstens ist die Farbe weniger auffällig als das türkisfarbene Kleid.

Ich schlüpfe durch die Tür und überquere den Hof zum äußersten Tor der Akademie. Dort steht in der Tat eine Kutsche und wartet auf der Straße hinter den Mauern. Nach adligen Standards ist sie bescheiden, jedoch immer noch mit edleren Schnitzereien versehen, als man sie normalerweise in den Mittelbezirken zu sehen bekommt.

Außenbezirkler kommen mit Karren und ihren Füßen zurecht.

Wolken ballen sich am Himmel über mir und die Brise fühlt sich feucht an meinen Wangen an. Die Düsternis erleichtert es mir allerdings, unbemerkt zu bleiben.

Als ich das Fahrzeug von der schattigen Nische in der Wand aus beobachte, kommt mir der Gedanke, dass mein Kleid aus einer Vielzahl an Gründen weniger als ideal ist. Die Gewänder

der Adligen sind viel hübscher als praktisch, vor allem bei heimlichen Manövern.

Meine Lippen befeuchtend betrachte ich meinen Rock mit seinem Schlitz zum Reiten. Mit wenigen schnellen Bewegungen binde ich die lockeren Stoffbahnen fest um meine Schenkel.

Der junge Mann, den Ster. Torstem vorausgeschickt hat, unterhält sich mit dem Fahrer und geht in die Akademie zurück. Eine der Wachen oben auf der Mauer hoch über mir wechselt gelangweilt eine Bemerkung mit einer anderen.

Ich schleiche an der Mauer entlang, bis ich vom Kutschbock aus nicht mehr zu sehen bin, und mache einen großen Satz, bücke mich tief und rutsche über die Pflastersteine. Mit einem leisen Zischen des Stoffs kauere ich mich unter das Fahrzeug.

Es ist gar nicht so anders gebaut wie der Wagen des Händlers, an den ich mich vor einem gefühlten Jahrhundert geklammert habe. Zu meiner gewaltigen Dankbarkeit haben Kutschen für gewöhnlich einen größeren Abstand zum Boden.

Ich hake meine Knie und Ellenbogen um die Holzstange, die zwischen den zwei Räderpaaren entlang der Mitte verläuft. Anschließend rucke ich erneut an dem Stoff um meine Beine, um sicherzustellen, dass er nicht über die Straße schleift.

Bist du dir sicher, dass du das tun willst, Ivy?, erkundigt sich Julita. Ich kann mir vorstellen, wie sie skeptisch die Stirn runzelt.

„Das ist nichts, was ich nicht schon ein Dutzend Mal zuvor getan habe", flüstere ich und spanne mich beim Poltern sich nähernder Stiefel an.

Torstem scheint nichts Außergewöhnliches zu bemerken. Er marschiert geradewegs zur Kutsche. „Wir brechen sofort auf."

Ohne ein weiteres Wort hievt er seinen beleibten Körper auf den Sitz über meinem Versteck.

Der Fahrer schnalzt mit der Peitsche und der Wallach im Geschirr trabt los. Die Räder rattern rechts und links von mir über die Pflastersteine.

Julita meldet sich in einem leicht belustigten Ton zu Wort. *Also … du und Benedikt scheint euch gut zu verstehen.*

Ich verlagere meinen Griff um die Stange und schwinge hin

und her, als die Kutsche um eine Straßenbiegung fährt. „Ist dies wirklich der beste Zeitpunkt für ein Gespräch darüber?"

Meine Lippen schürzen sich wie von selbst und erinnern mich an die schwindelerregende Empfindung seines Kusses. Ich schüttle den Kopf, um sie loszuwerden, als würde ich meine eigene Frage beantworten.

Julita ist eindeutig anderer Meinung. *Warum nicht? Ich bin die Einzige, die dich bei dem Geklapper da draußen hören kann. Hast du während der Fahrt etwas Besseres zu tun?*

„Ich schätze nicht", brumme ich.

Es gibt nichts, dessen du dich schämen musst. Er ist auf seine Weise attraktiv.

„Ihn zu küssen, war ohnehin nicht meine Idee."

Es hat dir aber ziemlich gut gefallen.

Meine Wangen werden erneut heiß. „Du kannst nicht annehmen ..."

Sie lacht glockenhell. *Ich kann zwar nicht deine Gedanken lesen, allerdings erlebe ich alles, was dein Körper tut, Ivy. Ich weiß es.*

„Nun, es wird nicht noch einmal passieren." Falls er das überhaupt wollen würde, nun, da er diese Sehnsucht gestillt hat.

Er ist zwar ein Bastard, aber nur zwei Verwandtschaftsgrade von der Königsfamilie entfernt. Kein schlechter Fang.

„Ich werde ihn nicht fangen." Ich verziehe das Gesicht, während ich die Unterseite der Kutsche mustere. „Wenn wir schon reden müssen, können wir über etwas anderes sprechen?"

Hmm. Julita schweigt einige Minuten lang, als wäre sie beleidigt, weil ich nicht weiter darüber sprechen will. *Ich schätze, das hier ist eine recht nützliche Art der Fortbewegung, wenn man sich gleichzeitig verstecken muss. Falls man die nötige Armkraft hat. Oder hilft deine Gabe dabei?*

Meine Gabe, die ich gar nicht habe. Ich schlucke schwer und reibe über den Stumpf meines Fingers, der mein angebliches Opfer ist. „Sagen wir, ein wenig von beidem." Ich halte inne. „Hast *du* ein Opfer erbracht? Wem hast du dich verpflichtet?"

Oh, ja. Diese Gelegenheit wollte ich mir nicht entgehen lassen. Etwas in ihrer Stimme wird fester und es schleicht sich ein

Hauch stählerne Entschlossenheit in ihren Ton. *Ich habe Creaden meine zwei untersten Rippen gegeben.*

Ich zucke zusammen. „Das muss wehgetan haben."

Eine kleine Weile, das stimmt, aber die Gläubigen haben mein Fleisch geschlossen, so wie sie es wahrscheinlich bei deinem Finger getan haben. Das war es wert. Er gewährte mir die Gabe, um die ich gebeten habe: Wenn ich Nein zu einer Bitte oder Forderung sage, wird das beachtet.

Mein Magen verknotet sich bei dem Gedanken daran, warum sie eine derartige Gabe wollte. Warum die Experimente ihres Bruders nach ihrer Weihe aufhörten.

Ich weiß nicht, was ich sagen soll. Julita verstummt nach ihrer Antwort und ich fühle mich schuldig, weil ich sie dazu gebracht habe, obwohl ich von Anfang an nicht reden wollte.

Dann rollt die Kutsche aus. Ster. Torstem steigt aus und bedankt sich bei dem Fahrer. „Ich brauche Sie hier wieder, wenn die Glocke zur zweiten Stunde schlägt."

„Selbstverständlich, Sir."

Das ist mein Stichwort.

Torstems Füße trampeln die Stufen des Steingebäudes empor, vor dem wir angehalten haben. Von meinem Standort aus kann ich niemanden in der Nähe sehen. Zwei gepflegte Büsche ragen zu beiden Seiten des Gebäudeeingangs empor.

Der Fahrer spornt das Pferd dazu an, loszulaufen. Gerade als die Stute die Kutsche anzieht, lasse ich los und werfe mich zur Seite.

Im Nu bin ich von der Straße und hinter einem der Büsche auf meine Füße gerollt. Dort gehe ich in die Hocke und halte nach Ärger Ausschau.

Niemand schlägt Alarm. Ich streiche die provisorischen Bänder meines nun schmutzigen Rocks glatt und ziehe die Nadeln aus meinen Haaren, damit sie nach unten fallen und mein Gesicht teilweise verdecken. Während ich mit den Fingern durch die Strähnen kämme, trete ich tiefer in die Schatten zwischen diesem und dem benachbarten Gebäude.

Das Gebäude, in das Torstem gegangen ist, ist groß, vier Stockwerke hoch und hat an der Seite kleine Fenster. Raues Männerlachen dröhnt aus einem der Fenster in der Nähe. Eine

Wolke Pfeifenrauch erreicht mich von dort, wo die Scheibe einen Spaltbreit geöffnet ist.

Das erweckt den Eindruck eines Herrenklubs. Ist das alles, was Torstem hier tun will – Männergesprächen und anderem Luxus frönen?

Ich schleiche den schmalen Pfad an der Seite des Gebäudes entlang und halte nach einem Fenster Ausschau, das ich erreichen kann und nicht von Vorhängen verhüllt wird. Ich bin fast bei der Gebäuderückseite angelangt, als eine Gestalt aus einer Hintertür kommt und die Gasse dahinter betritt.

Meine Füße halten inne. Die schlichte Tunika, Hose und Kappe, die der Mann trägt, sind die eines Arbeiters, nicht eines Adligen. Doch ich kenne diese entschlossenen Schritte und silber-braunen Haare.

Ster. Torstem nutzt diesen Ort nur zur Tarnung, um anderswo hinzugehen. An einen Ort, wo er nicht als Adliger erkannt werden möchte.

Nun *das* ist eine Entwicklung, die es wert ist, unter die Lupe genommen zu werden.

Das ist ziemlich merkwürdig, murmelt Julita, als ich den hastigen Schritten des Professors unauffällig folge.

Ich wage es nicht, zu sprechen, doch ihre Bemerkung ist der Grund dafür, dass ich herausfinden muss, was er ausheckt. Denn die Wahrscheinlichkeit ist groß, dass es nichts Gutes ist.

Der Herrenklub befindet sich im Zentrum der Mittelbezirke, ein paar Straßen vom Fluss entfernt. Torstem schleicht durch einige Gassen und bemerkt nicht, dass ich mich an seine Fersen geheftet habe. Dann scheint er das Gefühl zu haben, er hätte genug Abstand gewonnen, und lockert seine Vorsichtsmaßnahmen.

Sowie er breite Straßen betritt, kann ich mich ebenfalls ein wenig entspannen. Ich folge ihm in sicherem Abstand und behalte die eingedellte Oberfläche seiner Kappe im Blick, lasse jedoch genügend Fußgänger zwischen uns passieren.

Donner grollt in der Ferne, die schweren Wolken über uns behalten ihren Regen allerdings fürs Erste für sich. Der Rechtsprofessor überquert eine Brücke und eilt durch die schmutzigeren Straßen, die den Beginn der Außenbezirke markieren.

Wir sind wieder in Schlammbroich, allerdings auf der gegenüberliegenden Flussseite des Waisenhauses. Wählt er einen Umweg, um dorthin zu gelangen, oder ist er auf dem Weg zu einem anderen Ort?

Als wir durch schäbige Straßen laufen, wo sich weniger Leute aufhalten, erlaube ich mir, mich weiter zurückfallen zu lassen. Der Dreck der Straßen sprenkelt den Rock meines Kleides, was mir dabei hilft, mich unter die Leute zu mischen.

Torstem biegt auf eine Straße mit trostlosen Fassaden ein, wo mehrere Schaufenster mit Brettern vernagelt oder mit Papier zugeklebt wurden, nachdem die Läden Pleite gegangen waren. Das zweistöckige Gebäude am Ende der Straße scheint jedoch gut zu laufen.

Zwei Bäume mit dunklen Blättern wachsen an seinen Seiten, sind mit den Mauern verschmolzen und biegen ihre knorrigen Äste über das Fliesenflickwerk des Gewölbedachs. Die Tür ist ein Stück weit geöffnet und Musik weht heraus.

Eine kleinere Beschwörung windet sich um das Schild darüber. Dieses zeigt die Sigille von Ardone – der Gottlen der Liebe, Schönheit und Sinnlichkeit – und den Namen des Lokals: *Ruf der Nacht.*

Das Logo zeigt einen Sichelmond, der die Silhouette eines Frauengesichts rahmt. Ein Aushang neben der Tür listet die Angebote des Tages auf – Gerichte und Cocktails – doch ich weiß, dass dies nicht der ‚Ruf‘ ist, für den das Lokal bekannt ist.

Ster. Torstem betritt den Laden ohne Umschweife.

Ein paar Frauen in Kleidern, die ihre Kurven mehr betonen als verdecken, gehen hinter den hauchdünnen Vorhängen der vorderen Fenster vorbei. Julita gibt einen entsetzten Laut von sich. *Ist dieses Lokal das, wofür ich es halte?*

„Ein Bordell“, murmle ich und haste so schnell näher, wie ich es wage. „Eines der exklusiveren der Außenbezirke, so exklusiv wie hier irgendetwas sein kann.“

Eine forsche Frauenstimme dringt von drinnen heraus, als sie fröhlich grüßt: „Tomas! Schön, dich wieder zu sehen. Ich werde zusehen, dass deine Damen für dich bereit sind.“

Tomas? Ist das der Name, unter dem Torstem hier bekannt ist?

Ich schätze, es ergibt Sinn, dass er einen Decknamen benutzt, wenn er so viele Mühen auf sich nimmt, um seinen Ausflug hierher zu verheimlichen. Anscheinend ist dies nicht sein erster Besuch.

Ich zögere und schleiche an den Straßenrand, damit ich nicht aussehe, als würde ich das Gebäude anstarren.

Einerseits ist es völlig normal, dass ein Mann unbemerkt zu einem Ort wie einem Puff gehen möchte. Seine Gründe dafür müssen nichts mit einer schrecklichen magischen Verschwörung zu tun haben. Andererseits lässt sich nicht sagen, ob Ster. Torstem tatsächlich nur hier ist, um sich zu vergnügen. Das ist genauso unklar wie die Frage, ob er das Waisenhaus bloß aus der Güte seines Herzens finanziert.

Selbst wenn er aus keinem anderen Grund hier *ist*, als um seinen Spaß zu haben, werden Männer häufig redselig, wenn sie noch in der Wonne eines Höhepunkts schwelgen. Zumindest war das bei Milo so – auf diese Weise habe ich von seinem schrecklichen Nebengeschäft erfahren.

Torstem hat seinen ‚Damen‘ in dem Etablissement möglicherweise etwas Nützliches verraten.

Nun, es gibt nur eine Möglichkeit, das herauszufinden: reingehen und nachfragen.

Ich denke nicht, dass ich als angebliche Kundin besonders weit kommen werde. Über die Idee nachdenkend nähere ich mich vorsichtig dem Gebäude und entdecke ein halb geöffnetes Fenster hinter einem der Stützbäume.

Es bedarf lediglich einer kurzen Kletterpartie und schon lande ich mit einem leisen Knall in einem dunklen Ankleidezimmer. Unterschiedliche Parfüms hängen in der Luft und Kleider liegen auf dem Sofa, Sessel und Schminktisch.

Auf dem Schminktisch stehen zudem mehrere Töpfe mit gefärbten Pudern, von denen ich mir einige schnappe.

Esmae würde es nicht gutheißen, wie auffällig ich mein Gesicht schminke. Hastige Flecken aus Karmesinrot markieren meine Wangen und Lippen, violettfarbene Schlieren bedecken meine Augenlider.

Ich blicke an meinem Kleid hinab, zögere und lockere die Schnürung, sodass ich den Ausschnitt teilweise über meine Schultern ziehen kann. Ein Teich aus Schatten bildet sich bei meinem jämmerlichen Dekolleté.

So. Das sollte einigermaßen überzeugend sein.

Ivy … sagt Julita zweifelnd, scheint allerdings nicht zu wissen, wie sie das Thema mit mir diskutieren soll.

Ich schenke meinem aufgetakelten Selbst ein angespanntes Lächeln im Spiegel. „Keine Sorge. Ich werde nur so aussehen, nicht so handeln."

In mancherlei Hinsicht ist es schwieriger, diese Persona anzunehmen als die einer Adligen. Als Adlige kann ich distanziert und argwöhnisch sein und niemand findet es merkwürdig, sondern einfach nur arrogant.

Als Hure sollte ich alles rauslassen und Sinnlichkeit sowie Selbstvertrauen ausstrahlen.

Ich bin mir nicht sicher, ob ich Sexbombe genug bin, um es auszustrahlen, doch ich beschwöre so viel wie möglich davon herauf und schlendere mit wiegenden Hüften in den Gang. Während mein Puls nervös durch meine Adern trommelt, spitze ich die Ohren.

Ein paar Kinder im Alter von fünf oder sechs Jahren kauern sich weiter entfernt an die Wand. Eines wischt den Boden und das andere legt Bettwäsche aus einem vollen Korb zusammen. Ich starre sie kurz an, bevor ich verstehe.

Diese Kurtisanen haben keinen Zugang zu dem reinen Mirewort wie Casimir. Eine gelegentliche ungeplante Schwangerschaft gehört für die Prostituierten der Außenbezirke dazu.

Was anscheinend dafür sorgt, dass es dem Bordell nicht an Reinigungspersonal mangelt.

Einige Frauenstimmen dringen aus einer Tür in der Nähe. Ich recke das Kinn und schlendere in diesen Raum.

Es sieht wie ein kleines Aufenthaltszimmer aus, vermutlich ist es dazu da, dass sich die Frauen zwischen ihren Kunden entspannen können. Genau das, worauf ich gehofft habe.

Zwei der Frauen lümmeln in Sesseln zu beiden Seiten eines kleinen Tischs. Eine andere hockt auf einem Fenstersims und hält einen schmalen Stab zwischen den Fingern, der einen würzigen Rauch verströmt.

Alle drei richten ihre Blicke auf mich, sobald ich eintrete.

Eine schiebt sich in ihrem Sessel nach oben, wobei ihr Mieder zu den Rundungen ihrer Brüste rutscht, die drohen aus dem Kunstsatin zu purzeln. „Wer bist du?"

„Erika", antworte ich zu Ehren meines Kleides, da ich mir denke, dass ein Pflanzenname so gut wie jeder andere ist. „Heute ist mein erster Tag. Das hier … ist das hier der Ort, an dem wir warten, bis es einen Kunden für uns gibt?"

Das leichte Zögern scheint die anderen Frauen zu beruhigen. Vielleicht zeigt es, dass ich keine echte Bedrohung bin und meine Krallen nicht scharf genug sind, um ihnen ihre besten Kunden wegzunehmen.

Die Frau in dem Kunstsatinkleid verschränkt die Hände in ihrem Schoß. Einer fehlt der kleine Finger – ein typisches geringfügiges Opfer wie Ewalins. Um was für eine Gabe würde eine Frau ihrer Berufung bitten?

Wusste sie bereits, welcher Arbeit sie nachgehen würde, als sie sich mit zwölf Jahren einem Gottlen verpflichtet hat?

„Ich bezweifle, dass du lange warten musst", bemerkt die beim Fenster. „Madam wird dich vermutlich gleich in Umlauf bringen wollen."

Wer weiß, wie viel Zeit mir noch bleibt, bis die Frau hereinkommt, die wissen wird, dass sie mich nicht eingestellt hat? Ich gehe an der Wand neben der Tür entlang, wo ich zu meiner Überraschung ein kleines Bücherregal voller in Leder und Leinen gebundener Bücher finde.

Ich hebe einen Daumen an meine Lippen. „Ist so früh am Tag viel los?"

Die Fensterfrau zuckt mit den Achseln. „Wenn die Leute wach sind, gibt es auch jemanden, der etwas will. Wenn es dunkel wird, sind es natürlich mehr."

„Manchmal sind die besser, die am Tag kommen", wirft die dritte Frau ein. „Manchmal sind sie einfach nur merkwürdig."

Ein paar Silberzähne blitzen hinter ihren Lippen auf – das Prunkvollste, was sich eine Außenbezirk-Kurtisane leisten kann, um diese Art von Opfer zu ersetzen.

Ich nutze diese Vorlage und kräusle die Nase. „Ich habe gerade einen Mann reinkommen sehen – Tomas, hat ihn jemand genannt. Es klang so, als würde er mehr als eine Frau gleichzeitig nehmen?"

Die Frau in dem Kunstsatin lacht und reibt über den Stumpf ihres geopferten Fingers. „Das ist wohl kaum das Merkwürdigste, was du hier erleben wirst. Aber du musst dir keine Sorgen machen, dass dir Madam Tomas an den Hals hängt."

Ich ziehe die Augenbrauen hoch. „Wieso nicht? Hat er bereits seine Lieblinge ausgewählt?"

Die Fensterfrau nimmt einen Zug von ihrem Rauchstab. „Das könnte man so sagen. Es ist keine von uns. Madam hat einige Mädchen auf dem Dachboden untergebracht. Ein verwöhnter Haufen. Soweit ich weiß, kümmern sie sich um keinen anderen als ihn."

Die Frau mit den Silberzähnen gackert. „Er muss ihr ein hübsches Sümmchen zahlen, dass es sich für sie lohnt, die Mädchen zu behalten."

„Kommt er etwa jeden Tag her?", frage ich und öffne die Augen weit, als wäre ich schockiert.

Die Kunstsatin-Frau winkt ab. „Ne, eher jede Woche. Er bleibt jedoch nie besonders lange. Es ist wirklich ein tolles Arrangement."

„Ich weiß nicht", meint die silberzahnige Frau. „Manchmal sind die Laute, die von dort oben kommen, irgendwie … komisch. Bin mir nicht sicher, ob es Arbeit wäre, die mir gefällt, wenn es ihm so viel wert ist."

Ich lege die Stirn in Falten. „Was für Laute?"

„Oh, mach dir darüber keine Sorgen", sagt die Fensterfrau. „Cherille hat nur eine wilde Fantasie." Sie wirft der anderen einen bösen Blick zu.

Es hört sich ohnehin nicht an, als wüssten sie viel mehr, als sie bereits gesagt haben.

Ich streiche mit den Fingern über die Buchrücken. Die Bücher sind dünn, allerdings nicht alle auf Silanisch – manche sind auf Veldunisch verfasst, einige auf Darisch und ein Titel sieht aus, als sei er Icarisch – und es gibt sogar ein Buch auf

Wudisch.

Ich kann nicht widerstehen, dieses Buch aus dem Regal zu ziehen und anzuschauen. Soweit ich das mit meinem laienhaften Wissen erkennen kann, ist es ein Buch voller Liebesgedichte.

„Wofür sind all die Bücher?", frage ich, damit ich nicht so wirke, als sei ich nur hier, um sie über Ster. Torstem auszufragen – und auch, weil es mich ehrlich interessiert.

Die Kunstsatin-Frau gähnt. „Oh, Madam sammelt sie und einige bringen die Männer. Sie können dabei helfen, für die richtige Stimmung zu sorgen, falls du das brauchst. Bei dem richtigen Typ Mann, der Bücher für etwas Exotisches hält."

Das Buch in meiner Hand ist relativ exotisch. Ich krümme meine Finger darum und riskiere noch eine neugierige Frage. „Habt ihr die Mädchen auf dem Dachboden nie *gefragt*, was so besonders an Tomas ist?"

Die silberzahnige Frau schüttelt den Kopf. „Das ist schwer, wenn wir sie nie sehen. Sie sind immer dort oben. Madam bringt ihnen ihre Mahlzeiten und alles."

„Ich bin der Meinung, dass sie einen Geheimweg haben, damit sie nach Lust und Laune durch die Stadt streifen können", verkündet die Kunstsatin-Frau.

Die Frau am Fenster scheint meine fortwährenden Fragen nicht zu mögen. Sie verändert ihre Position auf dem Sims und spricht mit barscher Stimme: „Du wirst schon bald sehen, wie es läuft."

Ich kann spüren, dass mir meine Sicherheit zwischen den Fingern zerrinnt – und es macht nicht den Anschein, als wüssten die Frauen noch mehr, was nützlich sein kann.

Heimlich stecke ich das Wudisch-Buch in die Falten meines Rocks und kichere schnell. „Ich glaube, ich sollte mich besser erleichtern, bevor Madam mit einem Kunden kommt. Wo ist die Latrine?"

„Hinten raus." Die Fensterfrau deutet mit dem Daumen zum Gang.

Als ich den Raum verlasse, lacht die Frau in Kunstsatin, während sie mir hinterherruft: „Manchen wird es gefallen, wenn du sie feucht machst."

Darüber möchte ich lieber nicht nachdenken.

Ich husche durch den schwach beleuchteten Gang an den Kindern vorbei bis zu der Tür an der Rückseite und in den Hof dahinter.

Unkraut sprießt zwischen den aufgebrochenen Kalksteinfliesen des bescheidenen Hofs. Ich drehe mich um und spähe zum Dach.

Damen auf dem Dachboden. Um sie zu sehen, kommt Ster. Torstem hierher – Damen, die niemand *sonst* zu Gesicht bekommt.

Das ist in der Tat sehr merkwürdig.

Niemand scheint darauf zu achten, was außerhalb des Bordells vor sich geht. Vielleicht kann ich von außen einen Blick auf das Ganze erhaschen.

Während ich um das Gebäude herumschleiche und meine Optionen abwäge, fallen einige Regentropfen in meine Haare. Als ich schließlich eine Entscheidung getroffen habe und an dem Baum hochklettere, der sich am besten dafür eignet, überzieht ein steter Nieselregen meine Haut mit einer kalten Schicht Feuchtigkeit und zieht Streifen auf der Seide meines Kleides.

„Casimir wird mir noch ein neues Kleid kaufen müssen", brumme ich leise.

Julita lacht, allerdings schwingt eine gewisse Nervosität in ihrer Stimme mit. *Irgendwie bezweifle ich, dass ihn das stören wird. Er würde die anderen Männer ebenfalls einkleiden, wenn sie es ihm erlauben würden.*

Ich schaffe es, mich gegen eine Astgabel in der Nähe des Dachs zu stemmen. Der Dachboden hat keine Fenster oder andere Öffnungen, die ich sehen kann.

Und es sitzen mehrere Frauen in diesem abgeriegelten Raum tagein und tagaus fest?

Die nicht zueinanderpassenden Schindeln, die das Dach sprenkeln, sehen weiter entfernt von dem Ast besonders uneben aus. Ich schiebe mich an dem Ast entlang und lege meine Hand auf das Dach, um das Gleichgewicht zu halten.

Wenn ich doch nur durch die fleckige Oberfläche blicken und mir mein eigenes kleines Fenster machen könnte …

Die Magie erwacht in meiner Brust und springt in diese und jene Richtung.

Ich kann. Ich kann, wenn ich es nur zulasse.

Ich schließe die Augen und verziehe das Gesicht. Fuck, *nein*. Sie hat das Memo immer noch nicht bekommen.

Doch meine Magie akzeptiert meinen Widerwillen nicht. Ich kann nicht behaupten, dass ich mich in Gefahr befinde, als ich jedoch mit den Zähnen knirsche, durchbohren Schmerzen meine Brust. Die zerrissene Magie kratzt von innen von meiner Kehle bis zu meinem Magen an mir, als wäre eine wilde Katze in mir eingesperrt, die versucht, durch mein Fleisch zu brechen.

Ich keuche und beuge mich über das Dach, während ich mich um mein Gleichgewicht bemühe.

Ivy?, fragt Julita panisch, als die Schmerzen tiefer brennen.

Die Magie greift mich an, weil ich nicht aus einer Laune heraus einem magischen Blick in den Dachboden nachgebe? Götter steht mir bei, wie wird es sich das nächste Mal anfühlen, wenn ich wirklich in Gefahr bin?

Ich presse die Seite meines Gesichts an die kalten, rauen Schindeln, die jetzt feucht sind, da der Regen stärker wird. Das feste Material zu spüren, erdet mich ein wenig.

Der Aufruhr in meinem Inneren legt sich Stück für Stück. Als er nur noch eine tollwütige Maus und keine wilde Katze mehr ist, richte ich mich vorsichtig auf und ziehe das Messer aus der Scheide an meinem Schenkel.

Es braucht nur einige verstohlene Bewegungen, um ein paar der Schindeln zu lösen und die Bretter darunter zu enthüllen. Da, es war überhaupt keine verflixte Magie nötig.

Ich beuge mich wieder näher und drücke das Ohr an die dünne Oberfläche des Dachs. Gedämpfte Stimmen dringen durch das Holz.

Es ist ein leises Flüstern undeutlicher Worte zu hören, die mit „… ohne dich" enden.

Dann erklingt eine barsche Stimme, die ich als Ster. Torstems erkenne. „Ich verstehe. Aber ihr macht das so gut. Ich bin stolz auf euch."

Das nächste Flüstern klingt zufriedener.

Eine andere Frauenstimme meldet sich zu Wort. Diese ist

heiser, jedoch lauter. „Es ist uns immer ein Vergnügen, zu dienen.“

„Ich weiß, das es das ist“, sagt Torstem. „Und unsere Pläne stehen kurz vor der Verwirklichung. Bald werdet ihr alles tun können, was ich versprochen habe.“

Ihre Pläne? Seine Versprechen?

Ich spitze die Ohren noch stärker und das Holz schabt rau über meine Wange, doch es folgt nur Stille.

SECHSUNDZWANZIG

Adlige scheinen gewöhnliche Regeln jederzeit zu missachten, aber aus irgendeinem Grund respektieren sie die Bibliothek der Akademie. Obwohl die meisten Tische besetzt sind und Studenten in den frühen Abendstunden zwischen den Gängen schlendern, ist der riesige Raum von Stille erfüllt.

Ich gehe die Bücherregale entlang und um die Tische herum, als wäre ich auf dem Weg zu einem bestimmten Teil der Bücherei. In Wirklichkeit werfe ich einen Blick auf die Studenten ringsum und ihr Lesematerial und halte Ausschau nach allem, was meinen – oder Julitas – Verdacht erregen könnte.

Käutergrimoire, bemerkt sie, als wir an einem Kerl vorbeigehen, der in einen riesigen Wälzer vertieft ist. *Das könnte eine Quelle für düstere Absichten sein … aber ich bin mir ziemlich sicher, dass ich ihn schon einmal über sein Studium zum Mediziner habe sprechen hören.*

Hier kann ich ihr nicht antworten, ohne aufzufallen, weshalb ich den Kopf kaum merklich neige und weitergehe.

In Wirklichkeit ist die Überprüfung der Studien der adligen Studenten nur eine Ausrede zum Umherwandern. Ich hoffe, dass Alek als der Gelehrte, der er ist, abseits unserer Treffen viel

Zeit in der Bibliothek verbringt – und einen Teil davon in dem Hauptraum anstatt in den Archiven.

Ich möchte nicht dabei erwischt werden, wie ich mich dort unten allein umsehe, in der Bibliothek sind jedoch alle Studenten und Angestellten willkommen.

Ich würde Alek gerne das Buch geben, das ich für ihn entwendet habe, bevor Stavros es bemerkt und fragt, woher ich es habe. Wenn ich beim morgigen Treffen erkläre, was ich heute über Ster. Torstem und seine versteckten Huren herausgefunden habe, werde ich die Geschichte ein wenig anpassen.

Die Männer müssen nicht wissen, dass ich mich als Prostituierte ausgegeben habe.

Ich bezweifle, dass Alek einen Aufstand machen wird, falls er eins und eins zusammenzählt, nachdem er den ungewöhnlichen Schatz erhalten hat.

Die Palastglocke läutet in der Ferne, um die siebte Stunde des späteren Tages zu verkünden. Ich spähe um eine weitere Regalreihe und ringe mit mir, ob ich meine Suche zugunsten des Abendessens aufgeben soll.

Mein Magen stimmt mit einem Knurren für diese Option.

Doch dann zahlt sich meine Hartnäckigkeit aus. Ich entdecke Aleks zerzauste schwarze Haare und den Schimmer des polierten Leders auf seinem bronzefarbenen Gesicht einige Reihen weiter in diesem Gang.

Ich mache mich auf den Weg zu ihm – und eine andere Gestalt stellt sich vor mich und streift meinen Arm mit den Fingerspitzen.

Ich bleibe wie angewurzelt stehen und starre in Wendos kupferfarbenes Gesicht. Er ist weniger als einen Kopf größer als ich, Julitas Zittern vibriert allerdings durch meine Nerven und sorgt dafür, dass ich doppelt so wachsam wie normalerweise bin.

Falls der alte Freund ihres Bruders meine Reaktion bemerkt, lässt er es sich nicht anmerken. Er schenkt mir ein entspanntes Lächeln, wobei seine weißen Zähne aufblitzen. „Es tut mir leid, falls ich dich erschreckt habe. Du bist Ivy, stimmt's? Julitas Freundin?"

Julita knurrt förmlich. *Was unter dem Blick der Götter will er von dir?*

Ich erinnere mich in letzter Sekunde, dass ich keine Ahnung haben sollte, wer *er* ist. Zumindest sollte ich nicht so viel wissen, wie mir Julita erzählt hat.

„Bekannte ist vielleicht zutreffender", erwidere ich und spreche so lässig, wie ich kann, während mein Herz heftig pocht. „Meine Familie stammt von der anderen Seite Nikodis. Wir haben sie nicht oft besucht."

Das sollte erklären, warum er sich nicht an mich erinnert.

Er gibt das Thema nicht sofort auf, obgleich sein Ton beiläufig bleibt. „Trotzdem bin ich überrascht, dass wir uns nie begegnet sind. Ich bin Wendos ... Ich war ein guter Freund ihres Bruders."

Julita stößt ein undeutliches Zischen aus.

Ich verkneife mir die Worte, mit denen ich sie gerne tadeln würde. Ist ihr nicht bewusst, dass ich mich konzentrieren muss?

Ich lege den Kopf auf die Seite, als würde ich nachdenken. „Oh, ich glaube, wir sind uns möglicherweise einmal begegnet. Ich bin mir nicht sicher, ob wir einander richtig vorgestellt wurden. Du und Borys wart dabei, zu irgendeinem Abenteuer aufzubrechen, glaube ich."

Das Bild, das ich zeichne, passt anscheinend gut genug zu Wendos' Kindheit, dass er mir glaubt, denn er gluckst. „Ich entschuldige mich, falls meine Manieren damals nicht die besten waren. Vielleicht kann ich das jetzt wiedergutmachen. Ich habe versucht, auf Julita aufzupassen, als sie auf der Akademie angekommen ist, da Borys nicht hier ist, um das zu tun ..."

Er hält inne und bewegt seine Hand in einer hastigen Geste der Gottheiten über seine Vorderseite. „Ich mache mir Sorgen. Falls du irgendeine Idee hast, was ihr zugestoßen ist, werde ich alles in meiner Macht Stehende tun, um zu helfen."

Er würde wohl gerne dabei helfen, mir ein tieferes Grab zu schaufeln, spottet Julita. Ihre Präsenz windet sich so aufgebracht in meinem Hinterkopf, dass meine Kopfhaut juckt. *Was für einen Haufen Lügen er zu erzählen versucht!*

Ist es möglich, dass er sich tatsächlich schuldig fühlt, jetzt, da sie verschwunden ist? Er versucht definitiv, sich ein Bild von mir zu machen. Allerdings kann es durchaus sein, dass er lediglich überprüft, ob ich eine potenzielle Verbündete anstelle einer Gegnerin bin.

Trotz Julitas Besessenheit von ihm hat sie keinen einzigen Beweis dafür gefunden, dass er seinen alten, schrecklichen Gewohnheiten treu geblieben ist.

Natürlich werde ich ihm nichts erzählen. Ich traue ihm nicht über den Weg.

Doch ich bleibe aufgeschlossen für beide Möglichkeiten, da sie es offensichtlich nicht tun wird.

Ich verziehe reumütig den Mund. „Leider hat sie mir kaum etwas erzählt, als ich sie das letzte Mal gesehen habe. Ich nahm an, dass sie etwas für die Schule tut, nichts, was ihr Schwierigkeiten machen würde. Hast du irgendeine Ahnung, in was sie verwickelt sein könnte?"

Wendos seufzt und fährt sich mit der Hand durch seine struppigen Haare. „Nein. Es hat mich überrascht. Aber falls du über irgendeinen Hinweis stolperst, gibst du mir dann Bescheid?"

Ich zwinge mich zu einem einnehmenden Lächeln. „Natürlich. Ich bin mir allerdings nicht sicher, ob das sehr wahrscheinlich ist. Ich nehme an, die Akademie untersucht ihr Verschwinden und ich habe den Fachkräften die Suche überlassen. Es ist ja nicht so, als könnte ich in dieser Hinsicht etwas tun."

Wendos hält meinen Blick noch einen Moment länger. „Wir müssen einfach hoffen, dass sie etwas finden und es Julita gut geht. Und falls ich dir bei irgendetwas behilflich sein kann, Ivy, gib mir Bescheid."

Er schlendert davon und lässt mich mit angespannten Nerven und Julita zurück, die eine Reihe Flüche vom Stapel lässt, von denen ich nicht gedacht hätte, dass sie eine Adlige kennt. *Wenn ich aus deinem Körper greifen und ihn erwürgen könnte ...*

„Er ist jetzt fort", flüstere ich so leise wie möglich, weil ich das Gefühl habe, ich müsste versuchen, sie irgendwie zu beruhigen. „Und er weiß genauso wenig wie zuvor."

Zu meinem Frust ist Alek ebenfalls verschwunden. Ich gehe zu der Reihe Bücherregale, wo ich ihn zuvor gesehen habe, und ducke mich, doch nun schaut sich niemand die Bücher an.

Ich überfliege die Buchtitel kurz und entdecke, dass sich dieser Bereich auf das Studium von Steinen und Erde konzentriert. Anscheinend kein beliebtes Thema der Elite.

Ich bin die Hälfte der Reihe entlanggegangen, als Alek am anderen Ende erscheint. Nach einem kurzen Rundumblick, um mich zu vergewissern, dass ich allein bin, marschiert er zu mir, den Mund unter dem schiefen Rand seiner Maske nachdenklich verzogen.

„Ist alles in Ordnung?", fragt er leise. „Ich habe gesehen, dass Wendos mit dir gesprochen hat."

Sein Blick huscht von meinen Augen zu meiner Stirn. Er macht sich eindeutig genauso große Sorgen um Julitas Reaktion wie um meine.

Ich schätze, daraus kann ich ihm keinen Vorwurf machen, vor allem nicht in diesem speziellen Fall. „Er hat nicht viel gesagt. Ihn schien nur zu interessieren, ob ich weiß, wohin Julita gegangen ist. Sie ist ziemlich sauer auf ihn, aber er hat nichts Fragwürdiges versucht."

Aleks Schultern senken sich aus ihrer defensiven Haltung. „Gut. Falls sie in Bezug auf ihn recht hat, müssen wir vorsichtig sein."

„Oh, keine Sorge, sie hat sichergestellt, dass ich mir dieser Tatsache sehr bewusst war." Ich schenke ihm ein schiefes Lächeln und fische das kleine, in Leder gebundene Buch aus meiner Tasche, in der ich es verstaut habe. „Tatsächlich habe ich gehofft, dir über den Weg zu laufen. Ich habe etwas gefunden, von dem ich dachte, dass es dir gefallen könnte. Das Vokabular und der Stil übersteigen meine Kenntnisse ein wenig, doch ich habe so etwas noch nie in Florian gesehen."

Alek nimmt mir den wudischen Gedichtband ab und klappt ihn auf. Einen Augenblick später wird er stocksteif. Er richtet seine Aufmerksamkeit wieder auf mich. „Hat dir Julita davon erzählt? War es ihre Idee, mir das zu geben?"

Ich kann nicht verhindern, dass ich mich ebenfalls versteife. Warum denkt er, das Geschenk käme von ihr?

„Nein", antworte ich knapp. „Ich dachte an unser Gespräch in den Archiven. Wenn du es nicht willst …"

„Ich werde es behalten. Ich …" Er blickt mir etwas länger in die Augen. „Weißt *du*, was das hier ist?"

Meine Wangen werden heiß. „Wie ich bereits sagte, ist es nicht das einfache Wudisch, an das ich gewöhnt bin. Ich, äh, erhielt den Eindruck, dass es sich um romantische Poesie handelt? Ich dachte allerdings an dein Interesse an der Sprache in einem akademischen Sinn."

„Woher hast du es?"

„Aus einem Laden in der Stadt", antworte ich, was nur teilweise eine Lüge ist. „Es steckte in einer Kiste mit gebrauchten Büchern. Ich glaube, die Ladenbesitzer konnten auch nicht genug Wudisch, um zu erkennen, worum es sich handelt."

Alek lacht erstickt. „Zweifellos. Es ist Poesie, ja, aber soweit ich das erkennen kann, ist der Fokus weniger romantischer als erotischer Natur."

„Oh." Ich sollte nicht überrascht sein angesichts dessen, wo ich es gefunden habe, oder?

Mein Gesicht wird noch heißer. Hat er gedacht, ich würde ihm mit dem Buch eine Art sexuelles Angebot machen?

Oder dass *Julita* das tun würde?

Die Worte purzeln schneller aus meinem Mund, als ich sie überdenken kann. „Mir war ehrlich nicht bewusst, dass es so … intensiv ist. Aber es bietet immer noch eine andere Perspektive auf wudische Formulierungen und Gedanken als etwas, was die Akademie besitzt, oder nicht? Das ist alles, was ich damit im Sinn hatte. Ich würde im Traum nicht daran … Ich bin keine Idiotin."

Der Schock auf Aleks Gesicht verblasst und wird zu etwas wie Verwirrung. „Was meinst du?"

Mein Kleid fühlt sich plötzlich zu eng auf meiner Haut an. Ich vergrabe meine Finger in den Falten meines Rocks. „Ich hätte es dir nicht angeboten in dem Versuch, dich zu verführen. Ich bin eine Straßenratte. Du bist ein Adliger. Wie ich bereits sagte, bin ich keine Idiotin."

Alek starrt mich so lange an, dass ich glaube, meine echte

Haut ist ebenfalls zu eng geworden. Ein raues Glucksen entfährt ihm.

Er blickt auf das Buch hinab, schüttelt den Kopf und betrachtet mich wieder mit seinem stechenden Blick, bei dem ich das Gefühl habe, er würde mehr sehen, als ich ihm zeigen will.

„Nur um eines klarzustellen", sagt er leise, jedoch ruhig, „es ist offensichtlich, dass du nicht nur eine ‚Straßenratte' bist. Und das waren ohnehin Stavros' Worte, nicht meine. Ich bin auch kein Adliger. Ich bin der Sohn eines Kaufmanns. Eines reichen Kaufmanns, aber nichts im Vergleich zu …" Er deutet flüchtig auf den Rest der Bibliothek. „Ich bin durch Glück, Wohlwollen und harte Arbeit hierhergekommen."

Jetzt bin ich diejenige, die starrt. Er ist kein Adliger?

Ich habe gehört, dass entschlossene Außenseiter und diejenigen, die genug Münzen erübrigen können, manchmal einen Platz an der Königsakademie ergattern können. Ich nahm jedoch an, dass es so selten vorkommt, dass mir nie der Gedanke kam, einer von Julitas Männern könnte zu ihnen gehören. Ich schätze, Alek hat nie die gleiche Attitüde an den Tag gelegt wie die anderen, doch ich ging davon aus, dass es mit seiner Persönlichkeit anstelle seiner Herkunft zu tun hatte.

„Das war mir nicht bewusst. Ich hätte trotzdem nicht …"

Alek wedelt mit dem Buch, bevor er es in seine Tasche schiebt. „Ich verstehe. Ich werde es als die wissenschaftliche Geste auffassen, die es war. Danke schön. Ich … ich habe nie gedacht, dass du eine Idiotin bist."

Ich zögere, weil ich mir nicht sicher bin, wie ich diese Aussage interpretieren soll. Bevor ich meine Gedanken sortieren kann, dringen Gelächter und schelmische Stimmen durch den Gang und werden lauter.

Einige Studenten sind auf dem Weg zu uns. Wir dürfen nicht öfter zusammen gesehen werden, als absolut notwendig ist.

Alek tritt einen Schritt zurück, neigt den Kopf zu einem stummen Abschiedsgruß und eilt davon. Ich drehe mich um, da ich vorhabe, in die andere Richtung zu gehen. In diesem

Moment kommen Anya und zwei ihrer Freundinnen an diesem Ende der Reihe in Sicht.

Anya entdeckt mich sofort. Sie kichert trocken und schenkt mir ein scharfes Lächeln. „Oh, schaut nur, wem wir über den Weg gelaufen sind. Miss Rückständig, die sich zu gut für den Rest von uns hält.“

Ich verschränke die Arme vor der Brust. „Ich suche bloß nach Lesestoff wie alle anderen hier.“

„Wahrscheinlich suchst du nach weiteren Arten, auf die du dich bei den Angestellten einschmeicheln kannst. Was meinst du, wie viel höher als Ster. Stavros du aufsteigen kannst?“

Sie kichert erneut, noch humorloser als beim ersten Mal, und tippt mit dem Ellenbogen an den Arm ihrer Freundin. „In einem dieser Regale ist etwas, nach dem du suchst, meinst du nicht, Tavonne?“

Ein ähnlich giftiges Grinsen biegt den Mund der anderen Frau nach oben. Sie streckt die Hand aus – und ein Buch fliegt von einem Regal hinter mir und knallt mir gegen den Hinterkopf.

Siebenundzwanzig

Ich zucke zusammen und schlage meine Hand auf die Stelle des Zusammenpralls. Während sich Schmerzen in meinem Schädel ausbreiten, fliegt das Buch weiter und landet in Tavonnes Händen.

„Oh, sorry", gurrt Anya. „Ist dein großer Kopf ihrem Buch in den Weg geraten?"

„Ich glaube, ich brauche noch eines." Tavonne streckt erneut die Hand aus.

Ein noch dickerer Wälzer fliegt vom Regal. Dieses Mal bin ich genug vorbereitet, um zur Seite zu springen. Die Buchkante knallt trotzdem gegen meinen Kiefer.

Ich widerstehe dem Drang, die schmerzende Stelle zu massieren, und wappne mich für einen weiteren Angriff. Meine Finger krümmen sich in die Seidenfalten meines Rocks.

Ich habe mein schmutziges hellrosa Kleid gegen mein türkisfarbenes eingetauscht, sobald ich ans College zurückgekehrt bin. Falls Anya versucht, dieses zu ruinieren, muss ich womöglich auf Gewalt zurückgreifen.

„Ein fantastischer Nutzen deiner Gabe", sage ich zu ihrer Freundin. „Ich bin mir sicher, dein Gottlen würde das gutheißen."

Tavonne grinst spöttisch bei meinem Sarkasmus. „Jedes Buch, von dem ich denke, ich bräuchte es, wird in meine Hand fliegen. Estera hielt das für eine würdige Bitte. Es ist weder ihre noch meine Schuld, wenn sich jemand dem Buch zur falschen Zeit in den Weg stellt."

Ich muss zugeben, dass dies eine nützliche Gabe ist, auch wenn sie momentan gegen mich gewandt wird.

Meine Magie vibriert in meiner Brust. Eisern halte ich an meiner Selbstbeherrschung fest und spreche in hochmütigem, kaltem Ton: „Ich hätte erwartet, dass jemand, der in Weisheit investiert hat, einen besseren Nutzen für seine Zeit hat. Was genau hast du davon, wahllos Leute anzugreifen?"

Anya schnaubt. „Oh, das ist alles nur ein Spaß. Wir brauchen ein *wenig* Unterhaltung. Und du solltest deinen Platz nicht vergessen."

Tavonne hat beide Bücher unter ihren Arm geklemmt. „Ich brauche womöglich noch eines …"

Bevor sie ihre Finger ausstrecken kann, stolziert eine strenge Gestalt in einer dunkelblauen Uniform in Sicht.

Der Soldat der Kronenwache schaut uns vier finster an. „Was ist hier los? Falls ein Daimon sein Unwesen mit den Büchern treibt, müssen Sie uns alarmieren."

Wahrscheinlich hat er das Rumsen gehört und angenommen, dass adlige Studenten niemals so tief sinken würden, Bücher als Wurfgeschosse zu verwenden.

Tavonne schürzt die Lippen und Anya wirft mir einen finsteren Blick zu, der beinahe eine Herausforderung ist.

Ich würde diese Herausforderung annehmen – doch die Macht, die aus meiner zerbrochenen Seele sickert, ist beim Anblick der Wache ausgebrochen. Sie schnellt in meiner Brust empor und schlägt alarmiert von innen gegen mich, schneller, als ich die Emotion zügeln kann.

Männer wie er töten Zauberer wie mich.

Ich muss ihn zum Gehen bewegen. Ich muss fliehen.

Meine Macht hat praktisch den Verstand verloren. Der Soldat hat keinen Grund, mich eines zweiten Blickes zu würdigen, solange ich die Magie *nicht* nutze.

Doch sie schlägt in meinem Inneren um sich und verlangt, dass ich sie rauslasse.

Als ich eine Hand hinter meinem Körper zur Faust balle,

läuft es mir kalt über den Rücken. Es ist nur eine Frage von Sekunden, bis ich wieder dafür bezahlen muss, dass ich mich dem Ruf meiner Magie widersetzt habe.

Ich muss sie *alle* loswerden, bevor ich zusammenbreche.

„Kein Daimon", sage ich hastig und zwinge meinen Mund zu einem Lächeln. „Ich hatte nur einen tollpatschigen Moment."

Wenn ich die Schuld auf mich nehme, werden Anya und ihre Truppe keinen Grund sehen, mich weiterhin zu belästigen.

Anyas Augenlider zucken vor Überraschung, die Wache hat jedoch glücklicherweise keine Geduld für missratene Studenten. Er deutet barsch auf das Trio. „Nun, dann setzt eure Studien fort oder was immer ihr hier getan habt. Und du, sei vorsichtiger mit den Büchern."

Der Schmerz windet sich durch meinen Magen. Meine Stimme zittert nur ganz leicht. „Ja, Sir."

Anya und ihre Freundinnen lachen und gehen, da sie ihres Spiels ohnehin überdrüssig geworden sind. Der Soldat hält jedoch inne und betrachtet mich aus schmalen Augen. Ich lege meine Hand an das Regal neben mir und gebe meine beste Darbietung einer Frau, die diese Stütze nicht braucht, um aufrecht stehen zu können, obwohl sich Qualen durch mein Inneres brennen.

Die Wache schnaubt, marschiert davon und brummt leise etwas über „frivole Weibsstücke".

Mir ist wirklich egal, mit welchen Beleidigungen er mich bedenkt, denn jetzt bin ich zwischen den Bücherregalen wieder allein.

Der Schmerz breitet sich in meinen Gliedern aus. Meine Beine zittern und knicken ein.

Ich gebe nach und rutsche an dem Bücherregal zu Boden. Wenn ich meinem Körper erlaube, sich der Laune der Magie ein wenig zu beugen, lässt ihr Angriff vielleicht nach.

Meine Narben brennen, als mein Rücken über die Regalkanten schabt. Ich breche auf dem Teppich zusammen und atme keuchend.

Fuck, der Schmerz dehnt sich noch immer aus, nur weil ein Soldat mit mir *gesprochen* hat.

Meine Magie schlägt ihre Krallen immer tiefer in mich, mein Herz zerreißt und meine Lunge brennt. Mein Kopf dreht sich wegen des überwältigenden Schmerzes.

Ich frage mich, ob meine Seele den Versuch aufgegeben hat, eine Existenz zu führen, und beschlossen hat, ihr zerrissenes Selbst stattdessen zu zerstören.

Ich habe heute Morgen eine Tasse Rohrwolletee getrunken, nur um es noch einmal auszuprobieren. Ist es möglich, dass das Zeug meine Situation verschlimmert?

Den Rest werde ich in die Latrine schütten.

Julitas Stimme durchbricht den Nebel aus Schmerz. *Ivy! Ivy, was ist los? Du solltest einen Mediziner rufen. Oh, das ist nicht gut.*

Meine Finger pressen sich auf den Boden. Ich kann ihr nicht antworten, kann überhaupt nichts tun.

Dann sagt jemand außerhalb meines Kopfs meinen Namen.

„Ivy!" Aleks Stimme klingt angespannt, als er sich neben mich fallen lässt. „Straft sie alle, was haben dir diese Biester angetan?"

Er nimmt an, dass ich wegen Anyas Schikanen in diesem Zustand bin. Nun, das ist nicht vollkommen falsch.

„Kein Mediziner", murmle ich durch zusammengebissene Zähne. „Es wird vorübergehen. Ich muss es nur … aussitzen."

„Ich weiß nicht …"

Ich erschaudere und er stößt einen erstickten Laut aus. „Komm, dann bringen wir dich wenigstens von hier weg, damit du dich in Ruhe erholen kannst."

Er legt seinen Arm um meinen Rücken und bringt mich in eine aufrechte Position. Meine Füße stolpern und meine Brust verkrampft sich, als ein Ruck tieferer Schmerzen sie durchbohrt.

„Es ist nicht weit", sagt Alek. „Du kannst es schaffen."

Das Zittern in seiner Stimme macht die Beschwichtigung weniger überzeugend.

Ich schaffe es, mit ihm zu der Tür zu taumeln, die zu den Archiven führt. Ich bringe die Hälfte der Kellertreppe hinter mich, bevor erneut Schmerzen meinen Magen durchbohren und ich beinahe vornüber zu Boden stürze.

Wenigstens ist hier niemand, der es sehen kann. Auch wenn

ich es hasse, dass *Alek* Zeuge dieses Angriffs wird, hatte er die richtige Idee, indem er mich von dort weggebracht hat.

Ich darf nicht vergessen, mich bei ihm für seine Geistesgegenwart zu bedanken, wenn ich nicht mehr kurz davorstehe, meine Zunge abzubeißen.

Als ich vor Schmerz zische, flucht der Gelehrte. Er bückt sich und legt seine Arme um mich.

Alek ist der Dünnste von Julitas Männern, erweist sich jedoch nicht als Schwächling, da er mich hoch an seine Brust schwingt. Sein kühler Zitronenduft füllt meine Nase.

Ich bin mir der Anspannung in seinen Muskeln vage bewusst, die sich an mir bewegen, als er durch das Labyrinth der Archivräume zu dem kleinen eilt, in dem wir uns normalerweise treffen. Dort setzt er mich auf einen der Sessel in der Nähe des Schreibtischs.

„Die anderen haben vielleicht eine Idee, wie man damit umgehen kann. Casimir wurde ein wenig in den Heilkünsten ausgebildet. Stavros gehört zum Personal ... wenn sich jemand mit Anya befassen kann ...“

Er tritt von mir weg und zieht etwas aus seiner Tasche. Mein Kopf ist zu benebelt, um der Geste folgen zu können.

Ein Stechen durchbohrt erneut meine Lunge und ich huste in meine Hand. Spucke sprenkelt meine Haut.

Ich blinzle und starre sie halb schockiert an.

Scharlachrot wirbelt in den Spucketropfen. Ich huste Blut.

Das ist noch nie zuvor passiert. Richtet meine Magie echten Schaden in mir an?

Ich wische den Beweis an meiner anderen Hand ab, bevor es Alek bemerken kann. Der Druck in meiner Brust scheint sich ein wenig gelockert zu haben, doch meine Glieder pochen stärker.

Dann platzt Stavros aus dem verzauberten Gang in den Raum. „Was ist der Notfall ...“ Er bleibt wie angewurzelt stehen, als er mich gekrümmt auf dem Sessel kauern sieht. „Was ist mit Ivy passiert?“

Nicht er. Nicht *er*.

Ich darf nicht zulassen, dass der ehemalige General Verdacht schöpft, was mit mir nicht stimmt.

„Ich bin mir nicht sicher", antwortet Alek kläglich. „Sie hat gesagt, dass ich keinen Mediziner holen soll … Vielleicht sollten wir sie doch zur Krankenstation bringen. Es scheint nicht besser zu werden."

Ich atme tief ein und Panik durchbricht meinen Schmerz. „Das wird es. Besser. Bald."

Mit meinen Gedanken zwinge ich diese Aussage, wahr zu werden.

Als Stavros zu mir stürmt, kommt Casimir mit vor Sorge großen Augen an. Alek hat anscheinend irgendeine Möglichkeit, sie alle hierherzurufen.

Der Kurtisan wirft einen Blick auf mich und erbleicht. „Ist sie verwundet?"

„Ich glaube nicht." Alek gestikuliert wild. „Anya und ein paar der Frauen, mit denen sie sich umgibt, haben sie in der Bibliothek angesprochen. Ich konnte nicht sehen, was sie getan haben, aber sie haben sie offensichtlich belästigt. Und dann habe ich sie so gefunden."

Stavros knurrt und beugt sich über mich. „Welche von ihnen hat das getan? *Was* haben sie dir angetan? Ich werde sie persönlich dafür bezahlen lassen."

Casimir ist im Nu an meiner anderen Seite und packt meine Hand. „Wo genau tut es weh?"

Überall. Der Wirbelwind aus Zorn und Sorge der Männer lenkt mich jedoch ab und der Schmerz verebbt allmählich.

Ich hebe den Kopf und schlucke trotz des Kloßes in meinem Hals. Ich hasse es, dass sie mich so sehen.

Ich muss sicherstellen, dass keiner von ihnen hinter den wahren Grund kommt. Sie würden meine Qualen feiern, wenn sie ihn kennen würden.

„Ich weiß nicht, ob es Anya und ihre Freundinnen waren", erkläre ich ruhiger. „Der Schmerz kam aus dem Nichts. Jeder in der Bibliothek … Es hätte eine Gabe sein können. Vielleicht hat jemand bemerkt, dass ich Ster. Torstem beobachte?"

Stavros blickt hinter sich zu Benedikt, den ich nicht habe reinkommen sehen. „Hast du von jemandem gehört, der aktuell auf der Akademie ist und eine Gabe hat, die Schmerzen auslösen kann?", blafft er nach wie vor angespannt, als würde er gleich für mich in die Schlacht ziehen.

Benedikt runzelt die Stirn. „Mir fällt niemand ein. Hat jemand Ivy angegriffen?"

„Entweder das oder es war Anyas Gruppe, die sie in ihre ‚Schranken' verwiesen hat", berichtet Alek.

Die nächsten Atemzüge fallen mir leichter. Ich richte mich in dem Sessel auf und tue so, als würden nicht noch immer Schmerzenssplitter durch meine Arme kribbeln. „Es vergeht jetzt. Es war nur dazu gedacht, mir ein Bein zu stellen, wie zuvor mit der Droge. Es war nichts Dauerhaftes."

Das hoffe ich zumindest.

„War Romild in der Bibliothek?", fragt Casimir mit gerunzelter Stirn. „Wir waren uns nicht sicher, ob sie für den vorherigen Vorfall zuständig war."

„Ich habe sie nicht gesehen, aber es ist ein großer Raum." Es ist besser, keine möglichen Verdächtigen auszuschließen. Je mehr ich die Schuld verteilen kann, desto weniger können sie deswegen unternehmen.

Und desto geringer ist die Wahrscheinlichkeit, dass sie die Ursache auf meine monsterhafte Magie zurückführen.

Stavros stößt sich von mir ab und tigert durch den Raum. „Ich werde mich umhören. Jemand muss Bescheid wissen."

„Nein", wehre ich ab. „Ich möchte nicht, dass derjenige herausfindet, wie schlimm es sich auf mich ausgewirkt hat. Alek hat mich dort ziemlich schnell rausgeholt. Es ist besser, wenn derjenige denkt, es hätte keinen Sinn. Vielleicht gibt er dann auf."

„Es ist besser, wenn sie nie wieder in der Lage sind, es noch einmal zu tun!"

Julitas Lachen erklingt hell in meinem Hinterkopf. *Ungeachtet dessen, was du momentan durchmachst, du hast es geschafft, dafür zu sorgen, dass ihnen schrecklich viel an dir liegt. Gut gemacht.*

Innerlich schrecke ich vor ihrer respektlosen Einschätzung der Situation zurück. Ich habe nicht versucht, sie ... um meinen Finger zu wickeln, so wie es Julita Anyas Anschuldigen zufolge bei allen getan hat.

Welche Sorgen sie sich auch um mich machen, sie tun das nicht, weil ich sie mir mit trickreichen Plänen erarbeitet habe. Ich versuche nur, zu überleben.

Benedikt tritt vor und streicht mit den Fingern über meine Schläfe. „Jemand hat unsere beiden Mädchen angegriffen. Das ist einfach nicht akzeptabel."

Ihre beiden Mädchen. Ich und Julita.

Stavros hält inne. „Ist sie noch bei dir? Der Angriff hat sie nicht … vertrieben?"

Die letzten Schmerzen verschwinden unter dem Anflug von Frust. Es gilt ohnehin keine ihrer Sorgen mir, oder?

Sie machen sich nicht wegen mir um mein Wohlbefinden sorgen, sondern nur weil ich ein Gefäß für die Frau bin, die sie eindeutig alle um ihren Finger gewickelt hat. Die *sie* hauptsächlich als Werkzeuge in ihrer Ermittlung sah und nicht als Menschen.

„Ja", erwidere ich angespannt, „ihr geht es gut. Und mir geht es jetzt auch gut."

Ich strecke die Arme vor mir aus, als wollte ich das bestätigen, und stehe auf. Meine Beine tragen mich relativ sicher.

Ich werde nicht über den hellen Blutfleck nachdenken, den ich in meiner Hand verberge.

Alek mustert mich unverhohlen skeptisch. „Kurze Zeit konntest du nicht einmal laufen. Ich denke immer noch, dass wir dich von einem Mediziner untersuchen lassen sollten."

Ich verziehe das Gesicht. „Und was? Mich noch schwächer aussehen lassen?"

Benedikt reibt sich über den Kiefer. „Wir könnten die Kronenwache auf dich aufpassen lassen."

Mein Herz setzt einen Schlag aus und ich schüttle heftig den Kopf. „Nein. Wie soll ich nahe an jemanden herankommen, der gegen die Krone intrigiert, wenn mir die gewählten Soldaten der Königsfamilie auf Schritt und Tritt folgen?"

Der Bastard eines Bastards zieht seine Augenbrauen hoch. „Es gibt so etwas wie eine Pause."

Ich schaue sie alle finster an. „Ich bin hier, um eine Mission zu beenden, damit ich in mein altes Leben zurückkehren kann, und ich werde genau das tun. Wer immer mich angegriffen hat, wollte mich erschüttern. Ihnen zu zeigen, dass ich erschüttert wurde, ist das Letzte, was ich möchte. Genauso wenig will ich, dass sie denken, dass ich hilfesuchend zu einem von euch gerannt bin. Wie würde unsere Gruppe da ein Geheimnis bleiben?"

„Du bist *meine* Assistentin", beginnt Stavros.

Ich unterbreche ihn mit einem bedeutungsvollen Blick. „Und mindestens die Hälfte der Leute schikaniert mich, weil sie denken, du hättest mich unfair bevorzugt. Also sollten wir ihren Verdacht nicht bestärken, okay? Ansonsten richten sie beim nächsten Mal womöglich echten Schaden an."

Er zögert und Casimir nutzt die Gelegenheit, sich bei mir unterzuhaken. „Ich glaube, Ivy hat heute eine Menge durchgemacht und könnte ein wenig Freiraum gebrauchen. Ich werde zusehen, dass sie Entspannung erhält. Wir können morgen über andere Möglichkeiten nachdenken, wie wir reagieren sollen."

Sein Ton ist typisch sanft, jedoch bestimmt. Die anderen Männer wechseln einen Blick.

Stavros' Schultern spielen, doch er nickt. „Stell sicher, dass es ihr gut geht. Verwöhne sie mit deinen Fertigkeiten, aber sorg dafür, dass sie zum zehnten Glockenläuten wieder in meinem Quartier ist."

Meine Gedanken sind nach wie vor zerstreuter, als mir lieb ist, doch Casimirs Erwähnung dessen, was ich heute durchgemacht habe, erinnert mich an etwas viel Wichtigeres, was heute geschehen ist.

Ich fange Benedikts Blick auf. „Auf wen hat Romild heute Morgen gewartet?"

Er zieht eine Augenbraue hoch, als wäre er verwirrt, dass ich mir die Mühe mache, diese Frage zu stellen nach allem, was ich gerade erlebt habe. „Ich konnte es nicht herausfinden. Sie schien des Wartens überdrüssig zu werden und ging, bevor jemand gekommen ist."

Verdammt. Ich wende mich an die anderen. „Nun, egal, wie sie in dieses Chaos passt, wir müssen vor allem die *Mädchen* aus dem Waisenhaus überprüfen, die Ster. Torstem zum College gebracht hat. Wir müssen herausfinden, ob sie nach ihrer Weihe wirklich in den Tempeln gelandet sind."

Alek macht ein finsteres Gesicht, Casimir zieht mich allerdings mit sich, bevor die anderen Männer Fragen stellen können. „Genug gearbeitet für heute, Ivy. Du hast dich bereits mit so viel herumschlagen müssen, auf das du unmöglich vorbereitet warst. Erlaube mir, mich ein wenig um dich zu kümmern."

Ich weiß nicht, wie ich protestieren soll, ohne völlig unvernünftig zu klingen. Außerdem habe ich ihnen die eine Information gegeben, die ich heute herausgefunden habe, mit der sie gleich etwas anfangen können.

Wenn ich mit Casimir mitgehe, werden die anderen vielleicht aufhören, darauf zu bestehen, die Rache an meinem angeblichen Angreifer zu planen. Zumindest bis es keine Rolle mehr spielt.

„Ja", zwinge ich mich, zu sagen. „Das wäre schön."

Als mich der Kurtisan zu der Wand mit ihrer verborgenen Treppe führt, realisiere ich, dass ich keine Ahnung habe, wohin er mich eigentlich bringt.

ACHTUNDZWANZIG

Sobald wir von der Dunkelheit der heraufbeschworenen Treppe verschluckt werden, gebe ich einem Protest unter vier Augen einen halbherzigen Versuch. „Ich fühle mich jetzt wirklich vollkommen erholt. Es würde reichen, einfach zurückzugehen und mich in Stavros' Quartier zu ent…"

Casimir unterbricht mich mit einem kurzen Glucksen. „Oh, nein. Du machst dich selbst kaputt. Dafür habe ich ein Heilmittel."

Ich *bin* noch immer erschöpft von der Strafe meiner Magie. Ein leichter Schmerz besteht nach wie vor in meiner Lunge und jeglicher Hunger, den ich einst verspürt habe, wurde von dem Rumoren meines Magens verjagt.

Teils, weil es mir an Energie für Proteste mangelt, und teils aus Neugier lasse ich mich von Casimir durch den Gang in die entgegengesetzte Richtung des Bibliothekseingangs führen.

„Wir nehmen die hintere Treppe", erklärt er. „Es ist unwahrscheinlich, dass wir dort jemandem über den Weg laufen."

Er führt mich die schmale Treppe hinauf und ein kurzes Stück durch den Gang im zweiten Stock, wo sich vermutlich die Wohngruppen der Gesellschaftsfakultät befinden. Seine Finger streifen einige Türen, in die in einem schlichten, jedoch eleganten Stil Ardones Lieblingsdinge geschnitzt wurden. Rosen sprießen aus blättrigen Stängeln, Lachse springen aus Flüssen und Schwäne treiben auf Seen.

Die Gottlen der Liebe und Schönheit würde sich hier zu Hause fühlen.

Etwas an den Türen verrät Casimir anscheinend, welchen Raum er nutzen kann. Er drückt seine Finger in einem schnellen Muster an die vierte Tür, woraufhin sie aufschwingt und uns einlässt.

Der Raum, in den er mich führt, ist definitiv keine Wohngruppe, obgleich er beinahe so groß ist wie der Gemeinschaftsraum in Julitas. Weiße Marmorfliesen bedecken den Boden und die Wände und schimmern im hellen Schein der Kristalllampen über unseren Köpfen.

Auf der gegenüberliegenden Wand hat jemand die Fliesen mit einem Wandbild des Allesgebers bemalt, der die Gottlen entstehen lässt. Dabei hat er die Vorstellung, dass der Große Gott der Erde, dem Meer und Himmel ‚beigewohnt‘ hat, auf viel wörtlichere Art dargestellt, als ich es bisher gesehen habe.

Mit brennenden Wangen lasse ich meinen Blick über den Rest unserer Umgebung schweifen. In Regalen, die in die Wände gebaut wurden, liegen Handtücher, Schwämme und eine Auswahl an Flaschen und Gläsern. Ein süßer Blumenduft durchzieht die Luft.

Mitten im Raum steht zudem neben einem dicken weißen Teppich eine Badewanne auf Füßen.

Vergoldete Rohre erheben sich aus dem Boden bis zum Wasserhahn an einem geschwungenen Ende der Wanne. Casimir marschiert mit seiner üblichen selbstsicheren Eleganz geradewegs zur Wanne und dreht den Hahn auf.

Als Dampf von dem plätschernden Strom aufsteigt, dreht sich der Kurtisan zu den Regalen um. Er öffnet ein Glas voll glitzernder pinkfarbener Kristalle und verstreut eine Handvoll unter dem laufenden Wasser. Bläschen sprudeln daraufhin auf.

Ein frischerer Geruch dringt in meine Nase, sickert irgendwie in meine Muskeln und lockert einen Teil der Anspannung in diesen. Doch obwohl meine Schultern ihre abwehrende Haltung entspannen, verknotet sich mein Magen noch stärker. „Du lässt mir ein Bad ein?"

„Mir fällt nichts Besseres ein, um Nerven zu beruhigen und dem Stress des Tages zu entfliehen." Casimir schenkt mir ein Lächeln und schlendert zu mir.

Er tritt hinter mich und fährt mit den Fingerspitzen am Kragen meines Kleides entlang. Die Hitze, die daraufhin in mir aufflammt, kann allerdings nicht verhindern, dass ich mich versteife, als er nach der Schnürung in meinem Rücken greift.

„Casimir, ich halte das für keine gute Idee."

„Ich bin der Experte. Vertraust du meinem Urteil nicht?"

Ich vertraue seiner Reaktion nicht, wenn er meinen Körper so sieht, wie er ist. In einer Badewanne kann ich mein Unterhemd nicht anlassen.

Er hat zweifellos schon Dutzende nackte Frauen gesehen. Mein schlaksiger Körper wäre nicht besonders aufregend.

Er besitzt jedoch ein unerwartetes Merkmal – oder besser gesagt, ihm fehlt eines.

„Ein Bad wäre vielleicht schön", räume ich ein. „Allerdings ziehe ich es im Allgemeinen vor, allein zu baden. Du hast alles prima vorbereitet. Darf ich dieses Zimmer nicht allein nutzen?"

Casimir hält mit den Händen auf der Mitte meines Rückens inne. Das gelockerte Kleid gleitet über meine Schulterknochen und ich verschränke die Arme vor dem Mieder, um sicherzustellen, dass es nicht zu Boden fällt.

„Du könntest es für dich haben", erwidert er. „Das wird es mir jedoch schwermachen, dich zu verwöhnen. Ich würde auch gerne nachschauen, ob du wirklich keine Wunden hast, die du zu verbergen versuchst, angesichts dessen, dass du darauf bestehst, dich von keinem Mediziner untersuchen zu lassen."

Also hat er doch Hintergedanken. Ich kann deswegen nicht einmal sauer auf ihn sein, denn er tut es aus Sorge.

„Ich verstecke keine Wunden", beharre ich.

Wie von selbst verkrampft sich meine Hand an meinem Brustbein. An der Stelle unterhalb der bescheidenen Rundung meiner Brüste, wo ich markiert sein *sollte*.

„Ah." Casimir hebt die Hände und legt sie sanft auf meine Schultern, wo seine Daumen beruhigende Linien auf meine entblößte Haut malen. „Es ist alles in Ordnung, Gütige. *Das* musst du nicht verstecken. Ich weiß es bereits."

Mein Herz bricht beinahe durch meine Rippen. Obwohl ich mich bemühe, ruhig zu sprechen, zittert meine Stimme: „Was weißt du?"

Seine Stimme bleibt sanft und legt sich wie eine weitere Schicht Seide um mich. „Ich kann mir nicht vorstellen, dass es die anderen erraten haben. Ich bin dazu ausgebildet worden, Körpersprache zu interpretieren und die Reaktionen der Leute zu beurteilen ... Und bevor ich die offiziellen Kurse im College begann, war einer der Jungen, mit denen ich unterrichtet wurde, gottlos. Manche Marotten sind mir vertraut."

Was?, entfährt es Julita.

Meine Beine zittern, erschüttert von einem Ansturm an Emotionen. Schock darüber, dass der Kurtisan es tatsächlich weiß, und gewaltige Erleichterung, dass er nicht *alles* weiß.

Ich sehe jetzt keinen Sinn darin, zu versuchen, die Wahrheit vor ihm oder meiner geisterhaften Passagierin zu leugnen.

Ich hole tief Luft und lache zittrig. „Dir entgeht nicht viel, hm? Mit welchen ‚Marotten' verrate ich mich?"

„Wie ich bereits sagte, bezweifle ich, dass es ein anderer bemerken würde." Casimir macht mit seiner langsamen Massage meiner Schultern weiter, seine Stimme ist jedoch fröhlicher, als wäre er ebenfalls erleichtert. Vielleicht hat er sich Sorgen gemacht, wie ich reagieren werde?

„Ich habe selbst eine Weile gebraucht, um es zu bemerken", fährt er fort. „Aber ich habe dich nie die Geste der Götter machen sehen, nicht einmal, wenn du in Gefahr warst. Wenn du angespannt bist, verdeckst du manchmal die Stelle, so wie du es gerade getan hast, als würdest du sie vor Blicken schützen. Du hast deinen Blick vom Tempel der Krone abgewandt, als du auf unserem Rückweg vom Waisenhaus daran vorbeigeritten bist."

Ich ziehe meine Unterlippe zwischen die Zähne, bemerke es jedoch rechtzeitig, bevor ich wirklich an ihr knabbere. Ich darf ein wenig beunruhigt wirken, möchte allerdings nicht, dass er sich fragt, warum ich noch immer aufgewühlt bin, nachdem er mir gezeigt hat, dass er mich nicht verurteilen wird.

Vor allem nicht, nachdem er bewiesen hat, was für ein aufmerksamer Beobachter er wirklich ist.

„Ich war einen Großteil meiner Kindheit auf mich allein

gestellt", erzähle ich, weil ich das Bedürfnis verspüre, ihm eine Erklärung zu geben. Es ist eine einigermaßen ehrliche. „Es fühlte sich falsch an, mich einem der Götter zu verpflichten, denen es scheinbar scheißegal war, was bis dahin mit mir passiert ist. Ich wollte nie eine Gabe."

Am allerwenigsten die, welche ich erhalten habe, ohne ein Wörtchen mitreden zu dürfen.

Casimir drückt meine Schultern beruhigend. „Mein Freund hatte ähnliche Gründe. Sich für die Gottlosigkeit zu entscheiden, sollte nicht *so* schlimm sein. Unsere Leben gehören noch immer uns – der Allesgeber hat uns das nie verwehrt, obwohl er über uns wacht. Du hast eindeutig nichts allzu Schreckliches getan, denn die Götter haben dich nicht niedergestreckt."

Er gluckst, als sei die Vorstellung völlig absurd, und ich zwinge mich, in sein Lachen einzufallen.

Er hat keine Ahnung. Ich habe einfach nur Glück, dass die Gottlen die Millionen Sterblichen in ihrem Zuständigkeitsbereich nicht besonders gut im Auge behalten.

„Es gibt eine Menge anderer Leute, die es nicht so sehen." Ich möchte nicht, dass er es vor den anderen Männern erwähnt.

„Vor allem innerhalb dieser Mauern", stimmt Casimir zu. „Ich habe niemandem von meinem Verdacht erzählt und werde es nicht tun. Ich hätte es nicht einmal vor *dir* erwähnt, wenn es nicht den Anschein gemacht hätte, als würde es dich zurückhalten."

Es hat mich von einer Badewanne zurückgehalten, die jetzt voller Wasser und schäumender Bläschen ist.

Casimir verlässt mich, damit er das Wasser ausschalten kann. Ich betrachte den nebligen Dampf in der Luft.

Der Knoten in meinem Magen bleibt bestehen.

Verdiene ich überhaupt das Mitgefühl, das mir dieser unglaubliche Mann anbietet? Ich lüge ihn noch immer an.

Doch wenn meine Magie weiterhin so an mir reißt, wie viel Zeit bleibt mir dann noch?

Der Tagtraum, zu dem ich mich in Ewalins Eiche habe hinreißen lassen, wird nie wahr werden. Eine Familie, Zugehörigkeit und Lachen sind für mich unerreichbar. Ist es wirklich unfair, nur ein wenig dieser Art von Freundschaft anzunehmen?

Großer Gott stehe mir bei, ich würde gerne nur einmal verwöhnt werden. Wann werde ich jemals wieder ein derartiges Angebot erhalten?

Ich ringe noch einige Augenblicke mit der Sehnsucht in mir und begegne schließlich Casimirs Blick. „Nur ein Bad."

Seine Augen funkeln, als er lächelt. „Wenn das alles ist, was du möchtest."

Der Gedanke an all die Dinge, die er möglicherweise für andere Frauen – und Männer – tut, die er in diesen Raum bringt, lässt mich erneut zögern. „Du weißt, dass ich nicht … Ich würde das nie von dir *erwarten* wegen der Arbeit, der du nachgehst. Ich würde dich nicht engagieren, selbst wenn ich es mir leisten könnte. Ich meine, nicht weil du nicht sehr attraktiv bist und alles. Äh. Es ist nur nichts … was ich guten Gewissens tun kann."

Ich bin mir nicht sicher, ob mein Geplapper viel Sinn ergibt, doch Casimirs Lächeln bleibt an Ort und Stelle, als er zu mir zurückkehrt. „Du musst dir keine Sorgen machen. Ich sehe es nicht so. Betrachte es so … Wenn du mit einem Bäcker befreundet wärst, würde er dir möglicherweise einen Kuchen backen, um dich nach einem harten Tag aufzumuntern. Du bist mit mir befreundet, also bekommst du ein Bad."

Ich betrachte die Bläschen. „Es sieht nach einem sehr angenehmen Bad aus."

„Ich bin stolz auf meine Arbeit, und zwar noch mehr, wenn es gar keine Arbeit ist." Casimir hält inne und seine Augen werden weich. „Ich werde dir glauben, dass du keine Verletzungen hast, um die man sich kümmern muss. Gib mir Bescheid, wenn du bereit bist, richtig verwöhnt zu werden."

Er kehrt mir den Rücken zu und beginnt, den Kram in den Regalen durchzugehen, als wäre es genau das, was er schon immer vorhatte. Damit erlaubt er mir, mich unbeobachtet zu entkleiden.

Das unausgesprochene Verständnis in der Geste schmilzt den letzten Rest meines Widerstands.

Meine gebrochene Seele könnte mich um diese Zeit morgen entzweireißen. Was habe ich zu verlieren?

Rasch schlüpfe ich aus dem Kleid und meiner Unterwäsche. Als ich Linzis Band vorsichtig abwickle und auf den Kleiderhaufen lege, regt sich Julitas Präsenz. *Ich kann nicht fassen, dass ich es nie bemerkt habe. Ich schätze, es ist nicht deine Angewohnheit, deine eigene Brust anzustarren, während du dich umziehst.*

Das habe ich absichtlich nicht getan, seit ich weiß, dass sie in mir ist. Ich fühle mich seltsam dabei, vor Casimir mit ihr zu reden, weshalb ich bloß mit den Achseln zucke und in die Wanne steige.

Das dampfende Wasser hüllt meinen Körper in eine wundervoll warme Umarmung. Der süße Duft des Schaums füllt meine Lunge.

Ich atme seufzend aus und lege meinen Kopf an den gewölbten Wannenrand.

Ja, das hier tut gut.

Nicht, dass es einen Unterschied für mich macht, fährt Julita fort. *Selbst ohne Verbindungen zu einem Gottlen kennst du eindeutig den Unterschied zwischen Gut und Böse. Stavros würde ich es allerdings nicht verraten.*

Ich ziehe eine Augenbraue hoch, als wollte ich sagen: *Kein Witz.*

„Wie kommst du zurecht, meine Liebe?", erkundigt sich Casimir in einem Ton, der so warm ist wie das Wasser.

Ich summe zufrieden. „Ich fühle mich bereits ziemlich verwöhnt."

Er lacht. „Oh, es kann noch viel besser werden. Lass uns mit deinen Haaren beginnen. Ich vermute, es ist lange her, seit dir jemand dabei geholfen hat, sie zu waschen."

Das letzte Mal geschah das, als ich ein Kind von sechs oder sieben Jahren war. Ich kann mich nicht erinnern, ob Ma aufhörte, mir auf diese Weise im Bad zu helfen, bevor sie realisierte, dass ich ein Monster war, oder erst danach.

Die Erinnerungen bringen den Schmerz in meiner Brust zurück, doch der Druck von Casimirs Fingern, die sich geschickt über meinen Kopf bewegen, verjagt den Aufruhr schon bald.

Er hält kurz mit einem Flüstern von Stoff inne und mir wird bewusst, dass er sein Oberteil ausgezogen hat. Vermutlich, damit es nicht nass wird, allerdings komme ich nicht umhin, zu bereuen, dass mir die Aussicht entgeht, weil er hinter mir ist.

Auf den Knien zieht er meinen Kopf vorsichtig nach hinten ins Wasser, damit meine Haare klatschnass sind. Anschließend arbeitet er eine nach Lavendel duftende Seife in die hellen Locken ein.

Als seine Finger zu meinem Nacken wandern, sickert eine stärkere Hitze durch meine Adern. Es ist schwer, sich nicht vorzustellen, wie sich diese geschickten Hände an anderen Stellen meines Körpers anfühlen würden.

Nun, summt Julita. *Ich kann nicht behaupten, dass ich etwas dagegen habe, Casimir bei der Arbeit zu erleben. Er weiß, was er tut. Allerdings glaube ich, dass* ich *dir vielleicht etwas mehr Privatsphäre geben sollte … damit du es richtig genießen kannst. Wenn es mir gelingt, mich wie zuvor tiefer in deinen Kopf zurückzuziehen, werde ich es nicht einmal wissen. Lass es mich versuchen.*

Sie verstummt. Das schwache Kribbeln ihrer Präsenz verringert sich ebenfalls, bis es nur noch ein ganz leichtes Kitzeln in meinem Hinterkopf ist.

Hat sie irgendeinen Hinweis darauf bemerkt, dass Casimir gleich etwas tun wird, was ich lieber nicht mit ihr teilen möchte? Mein Herz setzt aus.

Doch nachdem der Kurtisan meine Haare mit Wasser abgespült hat, setzt er sich auf seine Fersen. „Wir haben eine Salbe, die bei der Heilung von Narben hilft. Ich bin mir nicht sicher, welche Wirkung sie bei alten Narben hat, aber ich kann es gerne ausprobieren, wenn du möchtest."

Ich habe nie einen guten Blick auf die rötlichen Linien erhalten, die meinen Rücken überziehen, allerdings gefällt mir die Geschichte nicht, die sie von meiner Vergangenheit erzählen. Ich hätte gerne, dass sie für immer verschwinden.

„Es ist einen Versuch wert", erwidere ich und denke nicht

zu angestrengt über den Anflug von Enttäuschung nach, der mich durchfährt. „Danke."

Er holt ein kleines Glas mit einer grünlichen Creme hervor und bedeutet mir, mich aufzusetzen und vorzubeugen, damit die obere Hälfte meines Rückens entblößt ist. „Tun sie noch weh?"

Ich schüttle den Kopf. „Nur wenn ich mir den Rücken anstoße. Was vermutlich ohnehin wehtun würde, aber vielleicht tut es wegen der Narben etwas mehr weh."

„Ich werde trotzdem vorsichtig sein."

Die Substanz, die er auf meiner feuchten Haut verteilt, ist wärmer und glitschiger, als ich erwartet habe. Ich habe das Gefühl, dass sie mit jeder Berührung von Casimirs Fingern tiefer in die unregelmäßigen Erhebungen eingearbeitet wird und in mein Fleisch sinkt.

Es ist vermutlich seltsam, dass der Akt erneut eine Woge des Verlangens durch meine Mitte sendet. Ich suche nach einem Gesprächsthema, das mich von meinen lustvollen Begierden ablenken wird.

„Wie bist du zu dieser Arbeit gekommen?", entscheide ich mich schließlich, zu fragen. „Es hat sich so angehört, als hättest du schon in deiner Kindheit vorgehabt, Kurtisan zu werden."

Ich habe gehört, dass große Adelsfamilien ihre jüngsten Kinder, die keine Chance auf ein Erbe haben, dazu ermutigen, sich in den verschiedenen Künsten zu betätigen. Allerdings hätte ich nicht gedacht, dass sie das schon so früh entscheiden.

Casimir summt in Antwort auf meine Worte zustimmend. „Es ist eine Familienberufung. Meine Mutter diente den Baronen und Baroninnen. Sie reiste mit ihnen und dem Königshof von Ort zu Ort. Ich glaube, ihre Mutter diente vor ihr auf die gleiche Art."

„Oh." Ich schätze, das ergibt ebenfalls Sinn – dass die Praktiker der sinnlichen Künste, die mit den Adligen verkehren, ebenfalls als Adlige betrachtet werden. Da seine Großmutter diese Position erhalten hatte, war sie sehr wahrscheinlich selbst eine Adlige gewesen. „Und du wolltest in ihre Fußstapfen treten?"

„Dazu wurde ich erzogen. Es ist das, was ich am besten kann."

Ich kann mich nicht daran hindern, den Hals zu recken und ihn über meine Schulter anzuschauen. „Hattest du eine Gelegenheit, etwas anderes auszuprobieren?"

Er zuckt mit den Achseln, als er den Deckel der Salbe wieder aufschraubt und seine Finger abspült. „Das wollte ich nicht. Wenn man einen offensichtlichen Pfad hat, dem man folgen kann, und man das gerne tut, gibt es keinen Grund, sich anderweitig umzusehen."

Welche Wahl hatte er, wenn man ihm von klein auf erzählt hatte, dass es ihm bestimmt war, anderen auf diese Weise zu dienen?

Casimir neigt mich wieder nach hinten an den Wannenrand. In dieser Position sprudeln die Bläschen gegen die Unterseite meiner Brüste.

„Du musst dir keine Sorgen um mich machen, Ivy", versichert er mir, als könne er meine Zweifel spüren. „Es ist mir wirklich ein Vergnügen, die Freude zu sehen, die ich hervorrufen kann."

Ich schaue den Wasserhahn gegenüber von mir finster an. „Ich … ich denke nur, dass niemand an den Beruf *gebunden* sein sollte, den seine Familie ausübte."

„Ich fühle mich nicht eingeschränkt. Dass du das sagst, ist jedoch einer der Gründe, aus denen ich dich mag."

Ich glaube, sein Kopf hat sich hinter mir etwas näher geneigt.

Sein Atem kitzelt über meinen Hals. Seine Hände legen sich wieder auf meine Schultern.

Plötzlich fällt es mir schwer, meine Gedanken zu ordnen. Zu viele Funken flammen unter meiner Haut auf.

Letztendlich sage ich dümmlich: „Du magst mich, was?"

„Natürlich tue ich das. Was gibt es da nicht zu mögen?"

Sein Ton ist so beiläufig, dass ich es schlecht als Verkündung seiner Hingabe auffassen kann. Bin ich wirklich so etwas wie eine Freundin oder bloß eine vorübergehende Ablenkung?

Doch dann lässt er seine Hand über meine Schulter und meine Brust hinabwandern, wobei er sich so nah zu mir beugt, dass seine Lippen mein Ohr streifen, woraufhin jegliche Fragen meinem Verstand entfliehen.

„Möchtest du, dass ich dir zeige, wie sehr ich dich mag?", raunt Casimir und seine Finger streicheln über meine Brüste.

Erwartungsvolle Lust zuckt durch meine Nerven. Ich lecke mir über die Lippen und jegliche Gründe für Proteste fühlen sich sehr weit weg an.

Er will das hier tun. Ich nutze ihn nicht im Entferntesten aus.

Die Magie, die ich verberge, ist zwar entsetzlich, wird ihn allerdings nicht verletzen.

Ich kann das für mich annehmen, für das Leben, das ich nie führen werde … solange *er* es wirklich für mich tut.

Meine Stimme klingt in meinen eigenen Ohren kühl. „Falls es eine Rolle für dich spielt, Julita hat eine Methode gefunden, sich in meinen Kopf zurückzuziehen, um mir Privatsphäre zu geben. Sie hat das vorhin getan, nachdem ich in die Wanne gestiegen bin. Sie ist jetzt nicht anwesend."

Casimir gluckst bloß. „Gut. Denn ich habe nicht den Eindruck erhalten, dass du eine Exhibitionistin bist."

Ich höre keine Reue in seinem Ton, keine Enttäuschung über eine verlorene Gelegenheit. Seine Finger gleiten über meinen Nippel und ich kann bloß keuchen.

Casimir neigt sich von dort, wo er hinter mir kauert, vor. Seine andere Hand streichelt über meine Wange und meinen Hals, während die Seite seines Gesichts an meinen feuchten Haaren ruht.

Mit dem Finger umkreist er meinen Nippel, bis er sich aufrichtet und nach mehr sehnt. Dann schließt er seine ganze Hand um meinen Busen und drückt die Spitze zwischen zwei Fingern.

Der Rausch der Lust trägt ein Wimmern an meine Lippen. Ich widerstehe dem Drang, meine Beine zusammenzupressen in dem Versuch, den wachsenden Druck zwischen meinen Schenkeln zu lindern.

Bisher ist er nicht tiefer als bis zu meiner Brust gewandert und hat bereits mehr Wonne in meinem Körper erzeugt als irgendein Mann, mit dem ich mich je vergnügt habe.

Casimir knabbert an meiner Ohrmuschel. Seine Stimme ist jetzt die reine Verführung. „Du bist reizend. Ich möchte, dass du dich immer daran erinnerst, wie es ist, richtig behandelt zu werden."

Er rollt meinen Nippel zwischen Daumen und Zeigefinger, während er meinen Hals hinabknabbert. Ich presse die Lippen zu, um ein lautes Stöhnen zu ersticken.

Casimir streift meine Halsbeuge erneut mit seinem heißen Atem. „Du kannst so laut sein, wie du möchtest. Diese Badezimmer sind schalldicht."

Ein atemloses Lachen entfährt mir, denn natürlich sind sie das. Allerdings möchte ich nicht an die vielen Arten denken, auf die der Mann hinter mir diese Tatsache in der Vergangenheit ausgenutzt hat.

Casimir schiebt sich um die Wannenseite, sodass er seine Hand über meine Brust gleiten lassen kann. Während er meinem anderen Busen die gleiche Aufmerksamkeit schenkt, küsst er meine Wange und meinen Kiefer.

Jeder Schnipser und jedes Zwirbeln seiner Finger lösen ein frisches Beben der Lust aus. Ich rutsche über den glitschigen Wannenboden, meine Mitte pocht jetzt.

Mit seinem Daumen gleitet er über meine Wange. „Du bist so hübsch mit dieser Röte im Gesicht."

Ich weiß, dass er jetzt nur Süßholz raspelt. Ich war und werde nie eine Schönheit sein. Doch in diesem Moment senkt er seine Hand ins Wasser und streichelt über meinen Bauch zu der Stelle, wo ich es am dringendsten brauche. Die Woge der Lust spült jeden Gedanken aus meinem Kopf.

Als Casimir erneut meine Mitte streichelt, neigt sich mein Kopf mit einem undeutlichen Stöhnen nach hinten. Er legt seinen anderen Arm hinter mich, bevor mein Schädel gegen die Porzellanoberfläche knallen kann.

Ich wölbe mich ihm entgegen und mir stockt der Atem. „Fuck."

„Gut?"

Ich bringe kaum mehr als ein gemurmeltes „So gut" zustande.

„Gib dich den Empfindungen hin", raunt er. „Lass die Lust all deine Probleme von innen heraus wegwaschen."

Sein Daumen drückt auf meinen Kitzler, als seine Finger tiefer gleiten. Während ich mich in der pulsierenden Wonne wiege, krümmt er erst einen, dann zwei Finger in mir.

Ich stöhne und packe seinen Arm, als müsste ich mich an etwas festhalten, weil mich die Empfindungen andernfalls wegfegen werden. Bei den Göttern im Himmel und auf der Erde, wenn ich gewusst hätte, dass es sich *so* gut anfühlt, sich seinen sinnlichen Sehnsüchten hinzugeben, wäre ich bei der Wahl meiner Partner womöglich wählerischer gewesen.

Nicht, dass ich eine besonders große Auswahl hatte. Doch dieser Mann hat mich heute Abend ausgewählt.

Dieser Mann segnet mich praktisch wie die Gottlen der Sinnlichkeit höchstpersönlich mit dem Paradies, das er in mir hervorruft.

Seine Stimme klingt rauer als zuvor – oder vielleicht bilde ich mir das nur ein. „Ich habe dich. Komm den ganzen Weg mit mir."

Das Wasser plätschert um mich herum, als meine Hüften zucken. Casimir bewegt seine Hand schneller, stößt tiefer in meine einladende Feuchtigkeit und ich drehe den Kopf zu den straffen Muskeln seiner Brust.

Die Hitze des Wassers und seines Körpers umschließt mich. Lust flammt in meiner Mitte auf.

Meine Gedanken wirbeln, meine Nerven zucken und dann explodiert Ekstase in mir.

Sie braust so mächtig wie meine verborgene Magie durch meinen Körper und knistert mit schwindelerregender Wonne durch jeden Nerv. Mein Kopf erbebt an Casimir. Meine Finger bohren sich in seinen Arm, doch er streichelt mich weiter, während die Wirkung nachlässt.

Als die Nachbeben versiegen und ich zusammensacke, gleitet er mit der Hand über meinen Bauch und drückt einen letzten Kuss auf meine Schläfe. „Umwerfend. Du bist ein Naturtalent darin, dich verwöhnen zu lassen."

Ein Lachen purzelt aus mir heraus. „Das … war etwas mehr ‚Kuchen', als ich erwartet habe."

Casimir strahlt bei der Erwähnung seiner vorherigen Metapher. Die Freude auf seinem Gesicht ist unübersehbar und ich kann keine Schuldgefühle empfinden, wenn er so zufrieden aussieht. „Du hast jedes bisschen davon gebraucht. Ich schlage vor, dass du das Bad jetzt noch ein Weilchen genießt, während ich dir das flauschigste Handtuch hole, das wir besitzen."

Als ich aus der Wanne steige, fühlt sich das Handtuch, das er für mich ausgesucht hat, wie eine Mischung aus Samt und einer Wolke an. Ich erlaube mir, mich einige Augenblicke lang hineinzukuscheln, bevor ich mich daran mache, mich abzutrocknen. Casimir reibt meine Haare mit einem kleineren Handtuch trocken.

Es ist schwer, wegen meiner Nacktheit befangen zu sein, nachdem er sich so sehr mit meinem Körper vertraut gemacht hat. Es ist nichts Provozierendes an der Art, wie er jetzt als sein übliches, freundliches, lebhaftes Selbst mit mir umgeht.

Jemanden zum Kommen zu bringen, ist für ihn vielleicht wirklich nicht intimer als das Backen eines Gebäcks. Es fällt mir leichter, zu akzeptieren, was geschehen ist, wenn ich davon ausgehe.

Nachdem der Kurtisan mein Kleid wieder zugeschnürt hat, hält er mich mit einer Hand an meiner Wange an der Tür auf. „Es war mir eine Freude, diese Zeit mit dir zu verbringen, Ivy."

Die Worte und seine Berührung senden ein frisches Kribbeln geradewegs zu meiner Mitte.

Mein Gesicht wird erneut heiß, doch ich bin wieder so weit bei Verstand, dass ich antworten kann: „Und noch viel mehr für mich als für dich, vermute ich."

Seine dunklen Augen strahlen. „Du wärst überrascht."

Ich schwebe quasi durch die Gänge und die Treppe hinauf zu Stavros' Quartier. Ich komme erst wieder zur Erde, als ich die Tür aufdrücke ... und den ehemaligen General auf seiner Schreibtischkante sitzen sehen. Sein Blick schnellt sofort zu mir, als hätte er dort auf meine Ankunft gewartet, seit ich die Archive verlassen habe.

Stavros' Blick gleitet über mich. Plötzlich bin ich mir der Feuchtigkeit meiner Haare und der frisch gewaschenen Rosigkeit meiner Haut doppelt so stark bewusst, da sie zweifelsohne zumindest einen Teil der Geschichte verraten, was Casimir und ich getrieben haben.

Ich weiß nicht, ob Stavros sich den Rest denken kann. Ein Muskel an seinem Kiefer zuckt.

Sein Blick hebt sich und bohrt sich einige peinliche Herzschläge lang in meinen, bevor er sich aufrichtet.

„Casimir hat sich auf seine Art um dich gekümmert", stellt er fest und seine eingebildete Stimme wird von dem Hauch eines Knurrens getrübt. „Und ich werde das auf meine Weise tun. Ab morgen werde ich deine Assistenz vom Frühstück bis zur Abendglocke benötigen. Falls dir jemand auch nur einen giftigen Blick zuwerfen will, muss derjenige erst einmal an mir vorbei."

NEUNUNDZWANZIG

Stavros' neuer intensiver ‚Bedarf' an Assistenz versetzt dem wenigen Sozialleben, das ich entwickelt habe, einen bedeutsamen Dämpfer. Als Esmae mich vor dem Speisesaal abfängt, weil sie gerade zum Frühstück geht, wohingegen wir unseres bereits gegessen haben, fühlt es sich an, als hätte ich sie seit einem Jahr nicht mehr gesehen.

„Dein Arbeitgeber hält dich in letzter Zeit schrecklich auf Trab", bemerkt sie mit einem mitfühlenden Lächeln, als ich stehen bleibe, um Hallo zu sagen.

Stavros schaut sie finster an, nachdem er ebenfalls mehrere Schritte entfernt stehen geblieben ist. In den letzten zwei Tagen war er nie weiter weg von mir. Immerhin erlaubt er eine Tür zwischen uns, wenn ich die Latrine benutze.

Ich schenke ihr ein schiefes Lächeln. „Ich überlebe. Es ist schön, dich zu sehen, aber ich glaube, ich kann nicht bleiben und mit dir plaudern."

Esmaes einäugiger Blick huscht zu Stavros und zurück zu mir. Ihr Lachen klingt ein wenig nervös, vielleicht weil er wie ein Schurke aussieht, selbst wenn er in einer angeblich lässigen Pose an der Wand lehnt. „Das ist in Ordnung. Er muss dir irgendwann eine Pause geben. Fürs Erste …"

Sie fischt in ihrer Tragetasche und holt eine zarte Goldkette hervor, von der ein schlichter Blumenanhänger baumelt. Ein blaugrüner Edelstein schimmert in dessen Mitte. „Ein Kaufmann hat diese Ketten in Paaren verkauft. Ich brauche nicht beide … Ich dachte, sie würde gut zu deinem Kleid passen."

Sie deutet mit dem Kopf auf mein türkisfarbenes Kleid, das ich vermutlich so oft getragen habe, dass jeder kapiert hat, dass es mein Lieblingskleid ist.

Mein Herz zieht sich zusammen, als ein bittersüßer Stich hindurchfährt. Kurz bin ich wieder sieben Jahre alt und strahle Linzis fünfjähriges Gesicht mit den Grübchen an, als sie mir ein Gänseblümchen reicht, das sie für mich gepflückt hat.

Abgesehen von Casimirs Bad war dies vermutlich das letzte Mal, dass mir jemand ein Geschenk gemacht hat.

Als ich die Kette entgegennehme und um meinen Hals befestige, kribbelt eine schwache Aura der Magie in meine Brust. Es fühlt sich wie einer der schwächeren Zauber an, die Ladenbesitzer, die es sich leisten können, nutzen, um die Leute zum Einkaufen zu bewegen.

Nun, selbst wenn Esmae die Kette teilweise wegen eines magischen Einflusses gekauft hat, hätte sie mir die zweite Halskette nicht schenken müssen.

Julita schnaubt. *Billiges Ding. Vermutlich besteht es nicht einmal komplett aus Gold. Ich bezweifle, dass es sie mehr als einige Bits gekostet hat.*

Wenn sie keine flüchtige Präsenz in meinem Kopf wäre, hätte ich sie getreten. Adlige verstehen offensichtlich nicht, dass etwas viel mehr als das Geld wert sein kann, das man dafür zahlen muss.

Ich schenke Esmae ein strahlendes Lächeln und wünsche mir, ich wäre ihr eine bessere Freundin als eine, die sich Lügen ausdenken und als jemanden ausgeben muss, der ich nicht bin. „Danke schön. Sie passt wirklich gut zu meinem Kleid."

Stavros räuspert sich leicht ungeduldig und gelangweilt. Ich werfe ihm einen bösen Blick zu, bevor ich meine Röcke raffe. „Sorry. Die Pflicht ruft."

Esmae tätschelt meinen Arm. „Ich werde dich nicht davon abhalten."

Ich beschleunige meine Schritte, um neben dem General

her zu gehen, während er durch den nächsten Torbogen und über den Hof stapft. „Du musst mich nicht vor *ihr* beschützen. Sie hat versucht, Anya und die anderen daran zu hindern, mich zu schikanieren.“

Stavros gibt ein ungläubiges Grunzen von sich. „Diese kleine Maus könnte dich nicht einmal vor einer Fliege verteidigen. Bist du wirklich so überarbeitet? Ich dachte, du würdest dich auf die heutige Expedition freuen.“

Ich verziehe das Gesicht, kann mich jedoch, ehrlich gesagt, nicht beschweren.

Ja, ich habe die letzten zwei Tage in ständiger Furcht gelebt, dass meine Magie aufbegehren und Stavros’ Verdacht erregen wird. Die Wahrheit ist allerdings, dass die Präsenz des ehemaligen Generals alle Feinde verschreckt hat, die ich mir hier gemacht habe.

Wir haben entweder früh oder spät gegessen und ich bin ihm die meiste Zeit auf Schritt und Tritt von einer Pflicht zur nächsten gefolgt, weshalb ich Anya oder Romild kaum über den Weg gelaufen bin. Doch selbst wenn es einmal passiert ist, hat sein Anblick in meiner Nähe dafür gesorgt, dass sie den Mund gehalten und ihre Hände bei sich gelassen haben.

Bisher hat das Ausbleiben der Angriffe bedeutet, dass die tödliche Magie in mir mein Inneres nicht aufgerissen hat. Dafür kann ich mich bei ihm bedanken, auch wenn ich das lieber nicht tun möchte.

Außerdem habe ich die Stunden bis zu unserem heutigen Ausflug gezählt.

„Wie lange wird der Ritt dauern?“, frage ich, ohne auf seine Bemerkungen einzugehen.

„Nicht länger als zwei Stunden, wenn wir ein gutes Tempo vorlegen. Es sind hauptsächlich flache Landstraßen, nichts allzu Beschwerliches. Ich hoffe, du bist dem gewachsen.“

Das Funkeln einer Herausforderung in seinen Augen fügt das *Diebin* am Ende des letzten Satzes an, obwohl er es nicht laut ausgesprochen hat.

„Klingt nach einem Kinderspiel“, verkünde ich, obwohl ich seit beinahe zehn Jahren nicht außerhalb der Stadt geritten bin.

Nur um zu beweisen, wie wenig Sorgen ich mir mache,

marschiere ich schnurstracks zu Krümels Box, als wir den Stall erreichen.

Stavros bricht in schallendes Gelächter aus, als er sieht, zu wem ich gehe. „Das meinst du nicht ernst."

„Wir haben uns angefreundet, nicht wahr, Krümel?" Ich strecke die Hand aus, um dem Hengst das Kinn zu kraulen, und er hebt dieses Mal tatsächlich den Kopf zu mir, ohne zu zögern. „Er sollte ein gutes Tempo vorlegen können, denke ich."

„Das wird er tun", meint Stavros gedehnt. „Ob er das allerdings in die Richtung tun wird, in die du willst …"

„Überlass das mir."

Krümel schüttelt unter viel Aufhebens seine Mähne aus und stampft mit den Hufen, als ich ihn in den Hof führe. Allerdings macht er kein allzu großes Theater. Wie oft reitet jemand mit ihm aus abgesehen von widerwilligen Stallburschen, die sicherstellen, dass er ein Minimum an Bewegung erhält, und idiotischen Adligen, die ihren Wagemut unter Beweis stellen wollen?

Manchmal ist Freundlichkeit die richtige Vorgehensweise. Er weiß, dass er wieder nur diese Rüpel am Hals hat, wenn er mich zu sehr verschreckt.

Natürlich hat Stavros seinen eigenen Hengst, einen gewaltigen rötlichen Fuchs, der aussieht, als wäre er ausgewählt worden, um hinsichtlich seiner Größe und Fellfarbe zu Stavros zu passen. Dessen aktuelle Prothese – eine schmalere hakenförmige Metallschlinge mit einem daumenähnlichen Stück an einer Seite, die vermutlich zum Reiten kreiert wurde – hakt sich mühelos in die Zügel, sodass er das Tier zum Tor führen kann.

Sein Pferd trabt perfekt auf ihn eingestimmt neben ihm her. Krümel hingegen tritt neben mir mit einem rebellischen Schnauben aus.

Verräter.

Vor den Akademiemauern schwingt sich Stavros so mühelos in den Sattel, wie er sich auf einen Stuhl fallen lassen würde. Krümel tritt zur Seite, als ich nach dem Sattel greife, sodass ich auf einem Bein hüpfend, das Gleichgewicht zu halten versuche.

Doch ich bekomme seine Mähne an der Schulter zu fassen und hieve mich trotz allem in den Sattel.

„Ich komme zurecht", versichere ich, als Stavros eine Augenbraue hochzieht.

Zu meiner gewaltigen Dankbarkeit benimmt sich Krümel auf unserem Weg durch die Stadt größtenteils. Wir reiten durch die Innenbezirke um das Akademiegelände herum, überqueren den Fluss bei der längsten Brücke und müssen nur kurz durch die äußeren Viertel traben, bevor wir das Tor weiter im Norden der Stadt durchqueren.

Stavros zeigt den Wachen dort eine Sigille, die auf eine Ledermarke gedruckt ist, und sie winken uns ohne Kommentar hindurch. Wir passieren eine Schlange Händlerwägen und Karren, die landwirtschaftliche Produkte befördern, bevor sich die offene Straße vor uns erstreckt.

Der ehemalige General mustert sie mit einem gelegentlichen Zucken seines Kopfs, wenn sein Blick länger auf einer Stelle verharrt. Ich sehe nichts außer wilden Feldern und ordentlichem Ackerland zu beiden Seiten.

Weit vor uns verdunkelt die Düsternis eines Waldes den Horizont. Die frühe Morgensonne wärmt meine Haare durch die vereinzelten weißen Wattewolken hindurch.

Nicht einmal der Mistgestank einer Farm in der Nähe kann die Frische der Luft abseits der Großstadtstraßen trüben. Ich trinke sie mit großen Schlucken und beginne, die Fragen zu stellen, die ich nicht riskiert habe, solange wir uns innerhalb der Akademiemauern befanden. „Wohin denken deine Kollegen, dass du gehst?"

„Ich habe erwähnt, dass ich von einem exzellenten Schmied in dieser Richtung gehört habe, den König Konram möglicherweise einstellen möchte, damit er unsere Truppen mit Waffen versorgt. Leider werden wir feststellen, dass er zu einer Pilgerreise aufgebrochen ist." Stavros grinst mich selbstgefällig an.

„Sehr praktisch", stimme ich zu und verändere meinen Griff um die Zügel. Ich konnte es nicht erwarten, dass wir diesen Schritt bei unseren Ermittlungen wagen, das hat jedoch nicht verhindert, dass sich ein Knoten der Furcht in meinem Magen gebildet hat. „Und der Tempel, zu dem wir tatsächlich gehen, ist Inganne gewidmet?"

Stavros nickt. „Ich vermute, dass es jede Menge Musik und Frivolitäten geben wird, falls du bei unserem unterbrochenen Ball nicht genug tanzen konntest."

Ich verdrehe die Augen. „Ich glaube, ich kann mich zurückhalten."

Die Gottlen Inganne herrscht über Kreativität und Spiel. Gemeinhin wird sie kindlich mit runden Backen und hüpfenden Locken dargestellt. Es ist beinahe unvorstellbar, dass sie sich an mir rächen würde, selbst wenn sie zufällig auf ihre Gläubigen herabblicken und meine illegalen Kräfte bemerken würde.

Die Hoffnung stirbt zuletzt.

Ich sollte froh sein, dass wir nicht auf dem Weg zum Tempel von Sabrelle sind, der Kriegsgottlen, deren Sigille Stavros trägt, oder zu dem von Creaden, angesichts dessen, wie viel der königliche Gottlen von Gerechtigkeit und Autorität hält.

Als Krümel es sich in den Kopf setzt, die Kleebüschel in dem Feld zu erkunden, das wir passieren, presse ich meine Fersen fest in seine Seiten. „Du hast gesagt, dass sich mehr als einer der Waisen, für die sich Ster. Torstem interessiert hat, der Gottlen verpflichtet hat?"

„Ja, drei von ihnen. Zwei Mädchen, wegen denen du besonders besorgt warst, und einer der Jungen."

„Wie lange ist das her?"

„Der Junge ist vor neun Jahren dorthin gegangen, die Mädchen vor sechs und zwei Jahren."

Das ist eine gute Zeitspanne für den Fall, dass sich Torstems Absichten im Lauf der Jahre geändert haben.

Der Gedanke an all die verstrichene Zeit macht mich nachdenklich. „Wenn die Waisen irgendwie mit den Blutzauberern arbeiten … würde das vermutlich bedeuten, dass sie eine ganze Weile experimentiert haben, oder? Torstem hat vor über einem Jahrzehnt begonnen, das ‚Institut' zu unterstützen. Ich dachte, die Daimon haben erst vor kurzem angefangen, verrücktzuspielen."

Der ehemalige General verzieht das Gesicht. „Das stimmt.

Falls die Verschwörung schon seit Jahren im Gang ist, haben sie ihre Experimente bis jetzt entweder abseits der Akademie durchgeführt oder sie haben in den letzten Monaten ihre magischen Praktiken ausgedehnt."

Ich unterdrücke einen Schauder. „Vielleicht für diese Pläne, von denen Torstem gesprochen hat."

Stavros blickt zu mir und schwankt so mühelos im Einklang mit den ruhigen Schritten seines Hengstes, dass ich *ihm* meine Ferse in die Seite rammen will. „Wir müssen uns offensichtlich vergewissern, dass die Gläubigen diejenigen sind, die wir erwarten, und sie über Ster. Torstems Anteil an ihrem Leben befragen. Hast du einen Test im Sinn, mit dem wir feststellen können, ob sie sich rausgeschlichen haben, um ihren Körper auf seinen Wunsch feilzubieten?"

Ich betrachte ihn aus schmalen Augen. „Ich glaube, eine Befragung sollte das auch abdecken. Falls er andere Mädchen mitgenommen hat, um sie aus irgendwelchen Gründen in Bordellen unterzubringen, werden die anderen davon gehört haben." Ich halte inne. „Aber ich schätze, sobald wir die Kinder im Tempel sehen, werden wir wissen, ob er sie in seine Verschwörung gezogen hat."

Stavros' Gesicht verdunkelt sich kurz und nimmt ernste Züge an. „Jedes größere Opfer wäre sofort ein Grund zur Sorge. Gläubige bieten normalerweise nicht besonders viel von ihren Körpern an, da sie ihr ganzes Leben in den Dienst ihres Gottlen stellen."

„Denkst du, Blutzauberer könnten sich jemandes Gabe zunutze machen, selbst wenn derjenige weit entfernt von der Stadt lebt?"

Er zuckt mit den Schultern. „Wer kann das schon sagen? Es ist nicht so, als hätten wir eine Vielzahl an Berichten, an denen wir uns orientieren können. Möglicherweise hat Torstem sie weggebracht, um sie später einzusetzen."

„Später im Sinne von jetzt, wie es scheint." Ein weiterer Schauder bebt durch mich hindurch, als ich mich daran erinnere, was der Rechtsprofessor zu seinen ‚Damen' auf dem Dachboden des Bordells gesagt hat. „Ich hätte gehofft, dass die Priester die Königsfamilie benachrichtigen, wenn ein Haufen neuer Gläubiger mit ungewöhnlich großen Opfern zu ihnen kommt."

Stavros' Ton wird wieder sarkastisch. „Ich hätte gehofft, dass sich niemand, der an der Hofakademie unterrichtet, auf weltzerstörende Magie einlässt, aber wir bekommen nicht immer das, was wir wollen."

Ich erinnere mich an die Qualen, die mich vor einigen Tagen befallen haben, und kann gerade noch verhindern, dass ich zusammenzucke. Nein, das tun wir in der Tat nicht.

Das ferne Läuten der Stadtglocken wird von genauso weit entfernten Turmuhren ringsum aufgefasst und markiert die erste Stunde unserer Reise. Kurz danach wird die Vegetation entlang der Straße wilder, bis sie zu dem Wald wird, den ich aus der Ferne gesehen habe.

Die Pferde trappeln dahin, wobei Stavros' Hengst das gleiche ruhige Tempo hält, und Krümel wegen der Schatten der Blätter schnaubt, welche die Brise aufgewirbelt hat. Ich schnalze mit der Zunge und tätschle seinen Hals, woraufhin er sich ein wenig beruhigt.

Stavros mustert uns beide, macht jedoch keine weiteren Bemerkungen zu der Wahl meines Reittiers. Er greift nach unten, als wir einen Busch passieren, der dicht mit kleinen, dunkelgrünen Blättern bedeckt ist, und bricht einen Zweig ab.

Ich kann nicht anders, als ihn anzustarren, als er sich eines der Blätter in den Mund steckt. „Greifst du die Ernährung eines Pferdes auf, wenn du ausreitest?"

Er lacht. „Das ist ein Zündelbusch. Exzellentes Holz, um ein Feuer zu machen, wenn es trocken ist. Gut als Snack, wenn er grün ist. Die Blätter haben einen angenehmen Geschmack und sorgen dafür, dass du bei Kräften bleibst. Du kannst dir ein Blatt nehmen, wenn du möchtest. Wir wollen schließlich nicht, dass dich dieses Biest ermüdet."

Ich kräusle die Nase, zupfe jedoch ein Blatt von dem Zweig, den er mir hinhält. Das wächserne Oval zerbricht unter meinen Zähnen, ein süßsaurer Saft zerplatzt in meinem Mund und meine Nerven kribbeln.

„Davon habe ich noch nie gehört", gestehe ich und mustere

den Zweig, den er nun halb in seine Satteltasche geschoben hat. „Ist das ein Soldatentrick?"

„So was in der Art. Meine Eltern haben mir eine Menge Strategien beigebracht, wie man überleben kann, wenn man nichts als die Landschaft um sich herum hat." Stavros schenkt mir ein grimmigeres Lächeln. „Meine Mutter und ihr Geschwader saßen einmal eine ganze Woche lang ohne Vorräte in einem Hinterhalt in den Wäldern in der Nähe des Hochmeerkanals fest."

„Ah." Ich bedenke die Vegetation ringsum mit einem abschätzenden Blick. Essbare Blätter sind vermutlich viel reizvoller, wenn sie einen vor dem Hungertod bewahren.

Ich verlagere meine Aufmerksamkeit wieder auf den ehemaligen General und gehe eine weitere Frage in Gedanken durch, möchte jedoch nicht zu neugierig sein.

Stavros sieht mir nicht in die Augen, spürt allerdings meinen Blick. „Was immer du denkst, du kannst es ausspucken."

„Ich habe mich nur gefragt, wie es ist, von zwei Generälen großgezogen zu werden. Bist du buchstäblich auf den Schlachtfeldern aufgewachsen?"

Ein Hauch von Nostalgie lässt Stavros' kantige Züge weicher wirken. „Bis zu einem gewissen Grad. Nach meiner Geburt wurde meine Mutter jedoch hauptsächlich in der größten Festung im Keil stationiert, um zu beobachten, ob Velduny, Icar oder Bryfeen Ansprüche auf andere Gebiete erheben oder den Handel stören. Das ist kein häufig vorkommendes Problem, weshalb es eher eine defensive Stellung war. Normalerweise lebte ich bei ihr, wenn mein Vater im Kampf aktiv war und darische Angriffe abwehrte."

„Dann hast du ihn nur selten gesehen?", wage ich, zu fragen.

„Oh, er war trotzdem ziemlich oft da." Stavros' Mundwinkel biegen sich zu einem liebevollen Lächeln. „Seine Gabe erlaubte ihm, innerhalb eines Wimpernschlags von einem Ort zum nächsten zu reisen. Er konnte das ein paarmal am Tag tun, bevor er sich überanstrengte. Theoretisch sollte diese Gabe der Armee dienen, doch er nutzte sie mindestens genauso oft, um uns zu besuchen, wann immer er eine Pause hatte."

„Das ist eine beeindruckende Gabe." Ich stelle mir all die Dinge vor, die ich mit einer derartigen Gabe tun – und stehlen – könnte.

„Er hat auch viel dafür geopfert. Eine Niere und einen Teil seiner Leber sowie andere innere Organe, ohne die er relativ gut leben konnte." Stavros gluckst. „Es bedeutete, dass er dem Alkohol entsagen musste, allerdings meinte er stets, dass dies kein großer Verlust sei, da er den Geschmack ohnehin nie gemocht hatte."

Es ist eigenartig, zuzuhören, wie er voller Zuneigung über seine Kindheit spricht.

Ich kann mir den riesigen Mann neben mir nicht als kleinen Jungen vorstellen, doch er war einmal einer. Er hatte ein Leben, das weit über das wenige hinausgeht, was ich über ihn weiß.

Mir liegt die Frage auf der Zunge, was mit seinem besten Freund passiert ist, den ihm zufolge ein zerrissener Zauberer getötet hat. Allerdings bin ich nicht so tollkühn, dieses Thema aus reiner Neugier anzusprechen.

Stattdessen verfalle ich in Schweigen. Und verflucht, dieses Schweigen fühlt sich beinahe … kameradschaftlich an.

Als wir aus dem Wald reiten, haben wir freie Sicht auf unser Ziel. Die pfirsichfarbenen Marmormauern von Ingannes Tempel sind nicht zu übersehen, genauso wenig wie die Drachen in einem Regenbogen aus ineinander verschlungenen Farben, die in der Brise über den Mauern wippen.

Ich habe gelesen, dass diese Drachen ungeachtet des Wetters in der Luft bleiben, solange der Tempel Ingannes Segen hat.

Der Tempel steht auf einem sanften Hügel, um dessen Fuß herum sich eine niedrige Marmormauer befindet. Gebäude sind in regelmäßigen Abständen entlang des Hügels bis hinauf zu dem ausladenden Gebäude auf der Kuppe errichtet worden. Junge Sonnklecksbäume sprießen hier und da aus dem Boden und ihre knalligen, orangefarbenen Blüten leuchten beinahe im Tageslicht.

Die Sigille der Gottlen, der Kreis mit der sternähnlichen Mitte und den nach außen geschwungenen Linien, markiert die

Steine zu beiden Seiten des Tors und jeden Türsturz. Schnitzereien von Ingannes Lieblingswesen – Lerchen, Schmetterlinge, Delphine und Otter – tollen über viele Steinoberflächen.

Von den lebenden Einwohnern des Tempels tollen ebenfalls viele herum. Gläubige, die in orangefarbene Roben gekleidet sind, liegen ausgestreckt auf dem Gras des Innenhofs und wiegen sich im Takt der Musik, die einige ihrer Kollegen in die Luft pfeifen und klimpern. Ich entdecke eine Reihe Gestalten, die Bockspringen im Garten spielen und einen Künstler, der Farbe auf den Mauern eines Gebäudes verschmiert und ein undeutliches Bild malt, das womöglich einen Sonnenaufgang darstellen könnte.

Gelächter hallt von den Gebäuden. Echte Schmetterlinge flattern zwischen den blühenden Pflanzen, die wild auf dem ganzen Gelände wachsen. Krümel starrt einen der Schmetterlinge an, der über die Mauer schwebt und wiehert, als er auf seiner Nase landet.

Wir betrachten das alles vom Tor aus, da keinem von uns wohl dabei ist, ohne Einladung in das Treiben zu marschieren. Es gibt keine Wachen und keiner der Gläubigen scheint auf unsere Ankunft zu achten.

Nun, meint Julita, *es ist auf jeden Fall ein … interessanter Ort.*

Sie klingt, als würde sie es vorziehen, in die entgegengesetzte Richtung zu fliehen.

Als uns nach einigen Minuten niemand begrüßt, wechsle ich einen Blick mit Stavros. Er schwingt sich von seinem Pferd und bindet den Hengst an einen Baum in der Nähe des Tors, weshalb ich das Gleiche mit Krümel mache.

„Es gibt hier gutes Gras und ich habe dir genug Reichweite gelassen, damit du es fressen kannst", informiere ich mein Ross. „Sei brav."

Ich ignoriere den ungläubigen Blick, den mir der Hengst bei meinem Befehl zuwirft, und eile zu Stavros.

Die magische Atmosphäre dieses Tempels ist nicht so intensiv wie die des gewaltigen Tempels der Krone in Florian, aber ein Kribbeln windet sich über meine Haut, als ich das Tor durchquere. Ich widerstehe dem Drang, mir über die Arme zu reiben.

Ich bin aus gutem Grund hier, nicht um jemandem zu schaden. Von allen Gottlen sollte Inganne meine aktuellen Beweggründe für wichtiger halten als meine vergangenen Taten.

Stavros sieht sich um, während wir über das Tempelgelände laufen. Er scheint nach jemandem Ausschau zu halten, der das Sagen hat. Doch nachdem ich gesehen habe, wie Ingannes Gläubige sie verehren, bin ich mir noch unsicherer, dass sie hier wirklich viel von autoritären Gestalten halten.

„Willkommen!", rufen mehrere heitere Stimmen, bevor sich die fröhlichen Gestalten wieder ihrem Zeitvertreib widmen. Ich kann nicht verstehen, wie man so sorglos und voller Zufriedenheit sein kann.

Als wir schließlich das größte Gebäude oben auf der Hügelkuppe erreichen, kommt ein weißhaariger Mann mit einem runzeligen Gesicht heraus, um uns richtig zu begrüßen. Der verzierte Verschluss seiner Robe markiert ihn als Priester. Er betrachtet uns mit einem Funkeln in seinen strahlend blauen Augen, das mich ein wenig an Casimir erinnert.

Nun, Inganne und Ardone *sind* angeblich Schwestern der Freude, stehen jedoch für unterschiedliche Aspekte der Emotion.

„Willkommen und seid gesegnet, geschätzte Besucher", verkündet der Priester und neigt den Kopf. „Was führt Sie zum Tempel der kunstvollen Träume?"

Stavros ist anscheinend zuvor schon Gläubigen von Inganne begegnet, denn er sieht nicht überrascht von unserem Empfang aus. Er neigt ebenfalls den Kopf.

„Es tut mir leid, dass ich Ihr Gebet störe", sagt er ruhig. „Es gibt drei Gläubige, von denen wir glauben, dass sie in diesem Tempel dienen. Wir würden gerne mit ihnen sprechen, falls das möglich ist. Unter vier Augen. Sie haben möglicherweise Informationen aus ihrer Zeit vor ihrer Weihe, die der Königsfamilie von Nutzen sein können."

„Ich bin mir sicher, sie könnten einen Augenblick für diese Sache entbehren. Kommen Sie rein und nennen Sie mir ihre Namen. Dann werde ich sie zu Ihnen bringen."

Er führt uns zu einem kleinen Raum mit nicht zueinanderpassenden Sesseln und chaotischen Farbspritzern an den Wänden.

Nachdem er mit den Namen gegangen ist, die ihm Stavros gegeben hat, lehnt sich der ehemalige General auf seinem Sessel zurück und betrachtet den Raum mit belustigter Miene. „Diese Gläubigen wissen, wie man sich vergnügt."

Ich sinke tiefer in die üppigen Kissen meines Sessels. „Ich schätze, das ist alles, was Inganne für sie will."

„Vielleicht, vielleicht auch nicht."

Der Priester führt zuerst den Jungen herein. In Wahrheit ist er mittlerweile ein schlaksiger junger Mann von einundzwanzig Jahren mit widerspenstigen Haaren, die aussehen, als wären sie ebenfalls mit Farbe bespritzt worden. Er lässt sich auf einen der Sessel fallen und lächelt uns lässig an. „Cezari sagte, Sie wollen mich etwas fragen?"

Er sieht jedenfalls nicht traumatisiert aus oder als befände er sich in den Fängen dunkler Magie. Ich brauche mehrere Sekunden, um sein Opfer zu entdecken – eine blasse Narbe auf der gebräunten Haut seines Unterarms in der Größe eines Daumenabdrucks. Die Art von Opfer, das die Leute erbringen, wenn sie um keine Gabe bitten und nur ihre Hingabe ausdrücken wollen.

Von diesem Kerl könnte Ster. Torstem keine Macht absaugen.

Stavros beugt sich vor und bemerkt zweifellos die gleichen Details wie ich. Unser Plan ist, dass er das Reden übernimmt, während ich beobachte und einspringe, falls ich etwas bemerke, was ihm entgangen ist. „Wie ich höre, hast du den Großteil deiner Kindheit im Flussthal Institut in Schlammbroich verbracht."

„Oh, ja", antwortet der Junge lachend. „Kein schlechter Ort für ein Kind."

„Ein Professor der Hofakademie hat sich für dich interessiert und dir ein wenig Führung angeboten?"

Der Kerl nickt und sieht zufrieden aus, dass er das bestätigen kann. „Das stimmt. Torstem. Er hat mir geholfen, herauszufinden, wohin ich mich wenden soll. Dafür bin ich dankbar.“

Sein Enthusiasmus wirkt vollkommen aufrichtig.

Stavros schenkt ihm ein wärmeres Lächeln, als ich es für gewöhnlich von ihm erhalte. „Es freut mich, das zu hören. Was hieltest du von der Akademie, als er dich dorthin gebracht hat?“

Der Blick des Kerls richtet sich ein wenig in die Ferne. Er reibt seine Finger im Schoß aneinander und ein Kitzeln der Besorgnis bebt über meinen Rücken.

„Oh, es war sehr beeindruckend“, antwortet er. „All diese Gebäude, so viele Leute – die edlen Kleider und alles. Kein Ort, an den ich gehörte, aber es zeigt, dass die Gottlen auf Silana lächeln.“

„Hat Ster. Torstem etwas Bestimmtes erwähnt, bei dem er womöglich *deine* Hilfe braucht?“, fragt Stavros. „Etwas, was du beitragen kannst?“

Der Kerl zieht die Brauen zusammen. „Mir fällt nichts ein. Er meinte, er wollte sicherstellen, dass ich mein Potenzial ausschöpfe.“

Nach ein paar weiteren Fragen, die im Sand verlaufen, entlässt Stavros unseren ersten Befragten. Sein Grinsen ist leicht schief. „Nun, das hat uns eine ganze Menge Nichts gebracht.“

„Ich weiß nicht.“

Ich zögere und Stavros’ Blick schnellt zu mir.

„Was?“, will er wissen und klingt plötzlich ganz genau wie ein General.

Ich halte die Hände hoch. „Ich könnte mich irren. Ich bin keine Expertin. Doch ich hatte den Eindruck, dass er gelogen hat, als er über den Besuch auf der Akademie gesprochen hat.“

„Du denkst, dass bei dem Besuch etwas passiert ist, was er geheim hält?“

„Nicht in der Art … Es war eher so, als würde er erfinden, was er erzählt hat.“ Ich runzle die Stirn. „Das ergibt allerdings keinen Sinn. Den Rest der Zeit klang er ehrlich.“

Stavros summt nachdenklich. „Nun, lass uns schauen, was wir von den anderen beiden erfahren.“

Fyrinth, das ältere Mädchen, das jetzt achtzehn Jahre alt ist, antwortet mehr oder weniger das Gleiche wie ihr männliches

Gegenstück, wird jedoch teilweise einem Schmetterling abgelenkt, den sie scheinbar dazu abgerichtet hat, um ihren Kopf zu flattern. Ich habe das Gefühl, dass es sie ebenfalls mehr Mühe kostet, sich an ihren Ausflug zur Akademie zu erinnern, als es bei allem anderen der Fall ist, wonach wir sie fragen.

War der Campus wirklich so leicht zu vergessen für Kinder, die zuvor vermutlich nie die Außenbezirke verlassen hatten?

Ich beobachte sie, als ich gegen Ende selbst eine Frage einschiebe. „Gab es andere Mädchen im Waisenhaus, die Torstem unter seine Fittiche genommen hat und sich mit seiner Führung unwohl fühlten? Oder die vielleicht darüber gesprochen haben, einen anderen Weg einzuschlagen, anstatt sich einem Tempel zu verpflichten?"

Fyrinth sieht bloß verwirrt aus. „Mir fällt keines ein. Wir waren alle dankbar, dass er sich für unsere Zukunft interessiert hat."

Ihr einziges Opfer ist das übliche eines kleinen Fingers, was ihr vermutlich erlaubt hat, den Trick mit dem Schmetterling zu vollbringen. Als Stavros sie nach ihrer Wahl fragt, nimmt ihr Lächeln traurige Züge an. „Meine Mutter hatte die gleiche Gabe. Ich vermisse sie sehr."

Als sie ins Waisenhaus kam, war sie also so alt, dass sie ihre Eltern gekannt hatte. Meine Kehle schnürt sich mitfühlend zu.

Das jüngere Mädchen, Delja, betritt den Raum und schlägt ein Rad. Sie setzt sich auf die Rückenlehne des Sessels und stellt die Füße auf das Sitzkissen. „Ist heute nicht ein prächtiger Tag?", zwitschert sie.

Nun, die Vierzehnjährige sieht auch nicht besonders verstört aus. Außerdem informiert sie uns schnell, dass sie sich entschieden hat, überhaupt kein Opfer zu erbringen: „Denn Inganne hat sich so oder so gefreut, mich aufzunehmen."

Sie ist genauso zufrieden mit Torstems Präsenz in ihrem Leben wie die anderen zwei. Zudem erzählt sie länger von ihrem Ausflug zur Akademie. „Ich durfte dort zu Mittag essen. Ich habe zuvor nie so gutes Essen gekostet! Und es gab diese fantastische Statue von Inganne, die einen Delphin reitet … einfach wunderschön."

Stavros' Augen flackern, er lässt sich bei seinen restlichen Fragen jedoch keine weiteren Bedenken anmerken.

Als ich nachfrage, behauptet Delja, dass sie nie auch nur den Hauch eines Problems mit Torstems Besuchen hatte. „Er war wirklich nett!"

Nachdem sie gegangen ist, lehnt sich Stavros auf seinem Sessel zurück. Seine Stirn ist gerunzelt. „Es gibt in der Akademie keine Statue von Inganne, die einen Delphin reitet."

Julitas Präsenz erstarrt in meinem Hinterkopf. *Das stimmt. Ich habe sie nie gesehen. Es könnte natürlich sein, dass Delja dort zu Besuch war, bevor ich auf die Akademie gekommen bin.*

Ich halte inne. „Ist es möglich, dass es eine *gab* und sie entfernt wurde? Du unterrichtest noch kein Jahr an der Akademie, oder?"

„Ich schätze, es ist möglich. Wir müssen uns mit Aleksi besprechen … Er weiß alles über alles." Er seufzt. „Nicht, dass uns das viel verraten würde, selbst wenn ich recht habe."

„Ja. Was sagt es aus, wenn Torstem diese drei gar nicht zur Akademie gebracht hat, wie er behauptet hat? Selbst wenn er etwas anderes mit ihnen gemacht oder an ihren Erinnerungen herumgepfuscht hat, hat er sie offensichtlich nicht zu bösen Zwecken benutzt."

„Genau." Stavros reibt sich über die Stirn. „Mir gefällt das nicht. Wir haben keinerlei Beweise, dass er irgendetwas anderes tut, als einer Handvoll Kindern dabei zu helfen, ihren idealen Lebensweg zu finden. Was kein Verbrechen ist."

Als wir uns bei Priester Cezari bedanken und auf den Rückweg zu unseren Pferden machen, sinkt mein Magen trotz des zugegebenermaßen schönen Tages. Ich warte, bis wir den Wald erreicht haben, bevor ich wieder spreche.

„Wir haben noch nicht jede Möglichkeit erkundet. Es gibt immer noch die Frauen auf dem Dachboden des *Ruf der Nacht*."

Stavros nickt. „Ich könnte einige Beziehungen spielen und die Kronenwache eine Razzia durchführen lassen. Dazu könnte ich mir einen falschen Vorwand ausdenken, damit niemand dahinterkommt, dass es wegen Ster. Torstem geschieht. Es wird ein wenig Zeit brauchen, das zu arrangieren."

„Vielleicht wird es uns weiterbringen."

„Vielleicht." Stavros sieht mich von der Seite an. „Oder du musst akzeptieren, dass der Rechtsprofessor nicht mehr als ein Lustmolch ist, der große Versprechen macht, und eine unerwartet großzügige Seele hat. Was hält Julita von all dem, Diebin?"

Die Frage versetzt mir einen stärkeren Stich, als sie sollte.

Julita spricht ohne weitere Ermutigung. *Ster. Torstem ist mir nicht geheuer, aber ich habe keine Hinweise auf Blutzauberei bei ihm entdeckt. Das ist alles einfach … sehr merkwürdig.*

„Sie findet es merkwürdig und mag Torstem nicht, hat allerdings nichts Spezifisches an ihm bemerkt", berichte ich. Mein Magen ist so schwer geworden, als hätte ich einen Haufen Steine geschluckt.

Nach all meinem Herumschleichen und Spionieren scheinen wir kein Stück weiter zu sein, die Schuldigen zu finden, als es Julita vor ihrem Tod war.

Die Schwermut dieses Wissens hängt auf dem ganzen Ritt zurück nach Florian über mir. Ich werde nur von einem hektischen Glockenläuten aus meiner Melancholie gerissen, das ununterbrochen durch die Luft schallt, als wir die Stadtmauern passieren.

Stavros starrt zu den fernen Türmen des Hauptstadthügels. „Das klingt nach der Palastglocke."

„Und was? Wird die Zeit seit neuestem mit fünfzig Glockenschlägen angekündigt?"

„Etwas stimmt nicht."

Er treibt seinen Hengst zu einem Galopp an und ich dränge Krümel, ihm zu folgen. Zum Glück ist mein Ross mehr damit beschäftigt, zu beweisen, dass er mit dem Tempo des größeren Tiers mithalten kann, als damit, sich meinen Befehlen zu widersetzen.

Wir klackern über die Brücke und Pflastersteine der Durchfahrtsstraße zwischen dem Tempel der Krone und den angrenzenden Mauern der Akademie und des Palasts. Auf der Straße dort drängen sich Unmengen an Leuten, die alle zu der nach wie vor läutenden Glocke hochschauen.

Mehrere Soldaten stehen unter den Gaffenden und ich entdecke andere dunkelblaue Uniformen in dem Glockenturm.

Ich lenke Krümel näher zu Stavros inmitten der Masse aus Innenbezirklern. „Denkst du, dass die Daimon erneut um sich schlagen?"

Sind sie jetzt zum Palast weitergezogen? Das ... scheint besonders wenig verheißungsvoll zu sein.

Stavros' Kiefer hat sich angespannt. „Falls ja, macht es den Anschein, als würde die Kronenwache ..."

Das letzte Läuten bricht mit einem lauten *Knack* ab. Und dann einem Scheppern.

Die gewaltige Glocke zerbricht in zwei Hälften und die Stücke krachen gegen die Mauern.

Als mir die Kinnlade herunterklappt, fliegt eines dieser gewaltigen Stücke durch das breite, glaslose Fenster und stürzt zum Palasthof darunter.

DREISSIG

„**D**as war ein guter Versuch", lobe ich die Militärstudentin, die gerade keuchend neben mir auf dem Trainingsfeld stehen bleibt. Ich nicke zu der Ansammlung an Bäumen, wo sie und ihr Team ein Attentat auf den Anführer des gegnerischen Teams geübt haben. „Sich dicht an den Boden zu halten, ist eine effektive Strategie, aber wenn ihr es bis zu den Bäumen schafft, könnt ihr euch in den Wipfeln noch besser verstecken. Es passiert sehr selten, dass Leute hochschauen."

Die Frau stößt ein atemloses Lachen aus. „Ich werde daran denken, falls wir das hier noch einmal tun. Du hast in deinem Leben wohl schon unzählige Attentate erfolgreich ausgeübt?"

Ich lache ebenfalls, obwohl ich weiß, dass sie annimmt, ich hätte in meinem angeblich adligen Leben nie etwas auch nur annähernd Kriminelles getan. „Oh, ja. Die Spinnen und Tausendfüßler unseres Wohnturms haben in Angst und Schrecken vor mir gelebt."

Ein paar ihrer Teamkollegen joggen blamiert zu uns. Einer der Kerle fährt sich mit den Fingern durch seine stacheligen Haare. „In Ordnung, das war viel schwerer, als ich erwartet habe." Er deutet mit dem Kopf auf mich. „Deine Tipps haben allerdings geholfen."

Ich sollte den Stolz nicht genießen, der sich bei seiner

Anerkennung in mir entzündet, oder dass mich die anderen Studenten in ihr freundschaftliches Geplänkel miteinbeziehen. Selbst wenn ich ein wenig Respekt sowie Feinde gewinne, während ich bei Stavros' Kursen helfe, es basiert alles auf einer Lüge.

Das ändert jedoch nichts daran, dass sich die Anerkennung gut anfühlt.

Im Palastturm auf der anderen Seite der Mauer läutet die kleinere Glocke ein paarmal, die als vorübergehender Ersatz dient, um die Stunde zu markieren.

„In Ordnung, Damen und Herren", ruft Stavros von der Mitte des Feldes. „Ich glaube, ich habe mein Argument deutlich gemacht. Ich möchte, dass ihr nicht vergesst, dass die Soldaten, die ihr in eine echte Schlacht schicken werdet, alle bis hin zur Infanterie echte Leute mit echten Leben sind, nicht bloß Futter für eure Pläne. Manche Risiken sind zu hoch."

Er klatscht in die Hände und schenkt uns ein schiefes Lächeln. „Aber ihr seid erfolgreich der letzten Hälfte eines Vortrags entgangen, was vermutlich ein Sieg für beide Seiten ist."

Er hat seinen Kurs über Militärstrategie für eine spontane Herausforderung hierhergebracht, nachdem der Kerl, der gerade meine Tipps gelobt hat, gefragt hatte, warum eine Armee nicht einfach den gegnerischen Befehlshaber tötet und den Rest der feindlichen Truppen so ins Chaos stürzt. Stavros war der Meinung, dass es effektiver wäre, ihnen nicht nur zu erklären, sondern zu zeigen, dass dies keine leichte Aufgabe ist.

Oder vielleicht gefällt es ihm genauso wenig wie seinen Studenten, in einem Klassenzimmer eingesperrt zu sein. Wo immer er hingeht, er bewahrt die gleiche selbstbewusste, lässige Ausstrahlung, hinter dem Pult macht er meiner Meinung nach allerdings nie den Eindruck, als würde er sich wohlfühlen.

Ich schüttle mich mental. Ich sollte nicht so viel Zeit damit verbringen, mich über das Wohlbefinden des ehemaligen Generals zu sorgen. Ich sollte das nicht einmal bemerken.

Die Frau, die mich als Erste erreicht hat, blickt zum Glockenturm und ihre Miene verdüstert sich. „Ich frage mich, wie lange es dauern wird, dieses riesige Ding anständig zu ersetzen. Es waren die Daimon, die durchgedreht sind und die Glocke zerbrochen haben, oder?“

Der Kerl mit den stacheligen Haaren gluckst humorlos. „Ich habe gehört, sie hatten ein ganzes Geschwader Wachen dort in dem Versuch, die Situation zu beruhigen – nicht, dass es funktioniert hat – also schätze ich schon. Ich weiß nicht, ob wir froh sein sollen, dass sie die Akademie nicht noch einmal angegriffen haben, oder ob wir uns Sorgen darüber machen sollen, was es bedeutet, dass sie ihre neue Art des Unsinns weiter ausdehnen.“

Sein Kamerad wischt sich mit der Hand über den Mund, den er zu einem grimmigen Strich zusammenpresst. „Ich habe gehört, dass es ein Zeichen dafür ist, dass etwas mit der Königsfamilie nicht stimmt. Die Geister sind aufgebracht darüber, wie sie das Land regieren, einschließlich der Akademie.“

Eine leise, jedoch überraschte Stimme erklingt hinter mir. „Wer hat das behauptet?“

Ich fahre herum und sehe Petra, das distanzierte, jedoch elegante Mädchen, auf das mich Julita bei der Jagd aufmerksam gemacht hat. Sie mustert den Kerl mit ihren dunkelbraunen Augen. Ich weiß nicht, warum sie überhaupt an dem Strategiekurs teilnimmt, wenn sie zur Führungsfakultät gehört, aber vielleicht befindet sich das Territorium, über das sie zu herrschen hofft, in einem umkämpften Gebiet.

Der Kerl, der das Gerücht erwähnt hat, zuckt verlegen mit den Schultern. „Niemand Bestimmtes. Es ist nur eine Idee, die sich die Leute erzählen.“

Die andere Frau verzieht das Gesicht. „Ich schätze, es ergibt irgendwie Sinn. Ich habe noch nie zuvor gehört, dass die Geister derartigen Schaden angerichtet haben. Es könnte eine Warnung der Götter sein.“

Es ist eine Warnung, allerdings nicht wegen etwas, was König Konram tut.

Ich schlucke das Wissen, das ich nicht einfach mit ihnen teilen kann. Wir haben nach wie vor keine Ahnung, wie viele Studenten zur Verschwörung der Blutzauberer gehören.

Außer wir haben falsche Schlüsse gezogen und es ist bloß

ein Zufall, dass sich ein oder zwei skrupellose Studenten in diesen dunklen Künsten versuchen, während es ein größeres Problem gibt, das die Daimon provoziert. Stavros hat erzählt, dass sogar der König besorgt war, eine größere göttliche Unzufriedenheit könnte bestehen.

Nach all den Sackgassen, die wir bei unseren Ermittlungen gefunden haben, ist es schwer, sich irgendetwas sicher zu sein.

„Wir werden von den Melchioreks regiert, seit wir die darische Herrschaft abgeschüttelt haben", bemerkt Petra. „Ich glaube nicht, dass König Konram etwas anders macht als die Könige und Königinnen vor ihm, und bei ihnen sind die Daimon nicht durchgedreht."

Der Kerl mit den stacheligen Haaren nickt. „Das stimmt ebenfalls. Wer weiß, was sie so aufgebracht hat? Ich hoffe nur, dass es bald jemand herausfindet, damit wir hier wieder etwas mehr Frieden haben."

Warum interessiert es Petra, was die Leute von der Königsfamilie halten? Ich mustere sie einen Augenblick länger und wende schnell den Blick ab.

Stimmt ja. Julita hat mir erzählt, dass sie irgendwie mit der Königin verwandt ist. Natürlich ist es ihr wichtig.

Jetzt werde ich schon so paranoid wie Julita bei Wendos. Selbst wenn Petra versuchen würde, illegale Magie zu vertuschen, würde es mehr Sinn ergeben, wenn sie andere Erklärungen für die Ruhelosigkeit der Daimon ermutigen würde, anstatt sie zu verwerfen.

Als Stavros zusammen mit dem restlichen Kurs zu uns schlendert, wendet sich der Junge mit den stacheligen Haaren an ihn. „Ster. Stavros, Sie haben gesagt, dass Sie mit denjenigen von uns, die es wissen möchten, vor Ende des Kurses die letzten Phasen der Schlacht von Bartosa durchgehen würden. Können wir diese noch besprechen?"

Einige andere Studenten zeigen offenkundiges Interesse. Stavros sieht sie an und lächelt schief. „Natürlich, ich stehe zu meinem Wort. Ihr werdet allerdings das Klassenzimmer etwas länger tolerieren müssen, da wir die Karte brauchen."

Sein Blick gleitet zu mir. Ich kann zu einem Gespräch über eine Schlacht nichts beitragen, bei der ich nicht anwesend war und über die ich noch weniger weiß als seine Studenten. Außerdem haben wir das Mittagessen bereits wegen seines Zeitplans aufgeschoben.

Zu meiner Überraschung neigt er den Kopf zu den Akademie-Gebäuden. „Hol dir etwas zu essen, Ivy. Ich sehe dich später."

Zuerst nehme ich an, er sei zu dem Schluss gekommen, dass seine ständige Anwesenheit in den letzten Tagen jegliche neuen Belästigungsversuche für ein paar Stunden abwehren wird. Doch als ich zum Quadring gehe, um das Domi zu durchqueren, bemerke ich eine vertraute blonde Gestalt, die das Gebäude zwanzig Schritte vor mir betritt.

Benedikt schlendert in die gleiche Richtung, in die ich unterwegs bin, schaut auf seinem Weg zum Speisesaal jedoch kein einziges Mal hinter sich. Gegenüber der Speisesaaltür lehnt Alek zufällig an der Wand und liest ein Buch.

Er sieht auf, scheint Benedikts Blick aufzufangen, und nickt kaum merklich. Als Benedikt am Speisesaal vorbeischlendert, stößt sich Alek von der Wand ab, als wolle er den Saal betreten.

Ah. Also hat Stavros einen Plan mit den anderen Männern ausgeheckt, damit sie nach möglichen Bedrohungen Ausschau halten. Ich schätze, das ist besser, als wenn er das Bedürfnis verspürt, jeden meiner Schritte persönlich zu überwachen.

Wie niedlich, sagt Julita in einem leicht spöttischen Ton. *Sie haben beschlossen, dass sie nicht nur Verschwörungs-Kämpfer sind, sondern auch deine persönlichen Bodyguards. Nicht, dass du das bräuchtest.*

Mein Zorn über ihre Beobachtung verschwindet hinter einem tieferen Unmut auf sie. Es ist *ihre* Sicherheit, die ihnen mindestens so wichtig ist wie meine – sie sollte dankbar sein, dass sie ihnen so wichtig ist.

Ich marschiere zum Speisesaal, als hätte ich die subtile Übergabe zwischen den Männern nicht bemerkt, schaffe jedoch nur wenige Schritte, bevor eine Stimme von dort durch die Gänge dröhnt, wohin Benedikt unterwegs war.

„Schweigt und nehmt Haltung an für seine Königliche Hoheit, den ehrenhaften König Konram!"

Alle im Gang – Benedikt, Alek und die vereinzelten

Adligen, die gerade vorbeigingen – bleiben wie angewurzelt stehen und positionieren sich aufrecht und steif an den Wänden. Ich folge ihrem Beispiel und mein Herz setzt einen Schlag aus.

Der Ansager hat doch nicht ernsthaft …

Doch er hat tatsächlich vom König gesprochen. Ein Mann mit einem Horn, das seine Stimme verstärkt, marschiert in Sicht, gefolgt von drei Mitgliedern der Kronenwache … und einem Schopf dunkelbrauner Haare direkt hinter ihnen, auf dem eine glänzende Krone sitzt.

Drei weitere Wachen bilden die Nachhut der Prozession. Ich starre, als sie bei Benedikt stehen bleiben und König Konram seine Hand ausstreckt, um die des jüngeren Mannes zu schütteln. Benedikt grinst ihn mit offenkundiger Ehrfurcht an.

Ich vermute, der Bastard eines Bastards bekommt seinen Halbonkel nur selten zu Gesicht.

Meine Hände sind schweißnass. Ich packe die Falten meines Rocks mit einem eigenartigen Gefühl der Dankbarkeit, dass ich für den Unterricht in einem Klassenzimmer gekleidet bin anstatt für eine Geländeübung, zu der sich diese Einheit entwickelt hatte. Als würden den Herrscher unseres Reichs meine persönlichen Modeentscheidungen interessieren.

Als die Prozession in meine Richtung weitergeht, schlägt mein Herz schneller. Mit jedem Schritt wird das Gesicht des Königs schärfer.

Da sind die tiefliegenden Augen und die stattliche Nase, welche die Schatten eingefangen haben, als er vom Tempelbalkon aus den zerrissenen Zauberer auf dem Podest des Henkers betrachtet hatte. Die schmalen Lippen und das vorspringende Kinn, die sich vor Unmut anspannten.

Diese Lippen biegen sich jetzt zu einem beruhigenden Lächeln. Er bleibt stehen, um zu jeder Person im Gang einige Worte zu sagen.

Als mir die Gruppe immer näher kommt, wird meine Wirbelsäule noch steifer. Schmerzen rasen meine Beine hinab, als mich der Drang erfasst, zu flüchten.

Wie eine Irre wegzurennen, wird viel schneller zu meinem Tod führen, als so zu tun, als wäre alles in Ordnung. Als hätte ich kein Problem damit, mich dem Mann zu stellen, der mit Freuden meinen Tod anordnen würde.

Ich muss mich nicht fragen, warum er das hier tut. Stavros' Studenten haben mir bereits eine Erklärung geliefert.

König Konram ist sich der Gerüchte bewusst und weiß, dass sie eine Eigendynamik entwickelt haben, nachdem die Palastglocke zerbrochen ist. Das hier ist Schadensbegrenzung. Er will den Adligen zeigen, dass er noch immer über sie wacht und sich um ihr Schicksal sorgt.

Es ist großzügig von ihm, sich die Zeit zu nehmen, ihre Sorgen zu lindern, schätze ich, selbst wenn es das Problem nicht löst. Mir wäre es jedoch lieber, wenn er so großzügig wäre, mich auszulassen.

Dieses Glück ist mir nicht vergönnt.

Als mich die Prozession erreicht, stockt mir der Atem. Der König schenkt mir ein Lächeln und es bilden sich Fältchen an seinen Augenwinkeln, was darauf hinweist, dass es womöglich sogar aufrichtig gemeint ist.

„Auch in harten Zeiten halten wir zusammen", verkündet er so nah bei mir, dass ich die Falten in seinem Gesicht zählen kann, die auf keinem der Gemälde zu sehen sind, und klopft mir leicht auf die Schulter.

Es ist kaum mehr als eine flüchtige Berührung. Definitiv kein Angriff.

Doch als ich den Kopf neige und einen Knicks mache, erschaudert die Magie in mir.

Stoße ihn weg. Renne weg. Bringe so viel Abstand wie möglich zwischen dich und den Mann, der die Hinrichtung jeder Person wie dir angeordnet hat.

Meine Magie versteht nicht, warum ich nichts davon tue.

König Konram dreht sich mit seinen Wachen zum Eingang des Speisesaals um und ein Beben durchläuft meinen Körper. Meine angestaute Magie windet sich und schlägt um sich.

Eine entsprechende Panik schießt durch meine Adern. Es ist nur eine Frage von Sekunden, bis sie sich gegen mich wendet.

Alle anderen stehen nach wie vor stumm und reglos da, so wie es der Ansager befohlen hat. Schweiß rinnt über meinen

Rücken und die ersten strafenden Krallen bohren sich tief in meine Lunge.

Ich verkneife mir ein Keuchen.

Die Prozession stolziert außer Sicht in den Speisesaal. Die Studenten in der Nähe der Tür regen sich und gehen weiter — und ich wirble zur nächstbesten Treppe herum.

Ich muss hier weg. Weg von allen, die meine Qualen sehen und sich fragen werden, warum sie jetzt ausgebrochen sind.

Ich brauche nur ein paar Minuten für mich …

Mit jedem hastigen Schritt, den ich über den Steinboden mache, zieht sich der Frust meiner Magie fester in mir zusammen. Als ich schließlich die Tür erreiche, pocht mein Magen und meine Zähne sind zusammengepresst, um den Schmerz zurückzudrängen.

Während ich die Treppe hinaufhaste, zucken stechende Schmerzen durch meine Glieder. Scheiße und Schweinereien, warum muss sich Stavros' Quartier im verfluchten dritten Stock befinden?

Auf dem Treppenabsatz des zweiten Stocks stolpere ich und ein erstickter Laut entfährt mir. Schritte poltern über die Stufen unter mir.

Obwohl meine Gedanken vor Schmerz durcheinander und vernebelt sind, schleppe ich mich weiter.

Bewege meine Füße. Denke nur an die Tür, die ich erreichen muss. Das ist das Einzige, was zählt.

Ich platze in den Gang des Personalflügels, der zum Glück leer ist, und taumle zu der Tür von Stavros' Gemächern.

Eine Berührung mit meiner Armkette und ein schneller Druck meiner Finger öffnen die Tür. Ich dränge mich hindurch, gerade als meine Beine unter mir einknicken.

Ich breche so schnell zusammen, dass meine Stirn auf den Rand des Teppichs knallt. Falls meine zerrissene Magie Krallen hat, so sind sie jetzt kochend heiß und durchbohren meine Nerven in jedem Zentimeter meines Körpers.

Ich schlinge instinktiv einen Arm um meinen Bauch. Als ich huste, breitet sich der metallische Geschmack von Blut in meinem Mund aus.

Falls diese dämliche Rohrwolle die Angriffe meiner Magie

verstärkt hat, hat es nicht geholfen, sie wegzuwerfen. Wie viel schlimmer können die Reaktionen meiner Magie werden?

Ich weiß nicht, ob ich es wissen will.

Ivy!, ruft Julita. Ich weiß nicht, wie lange sie mich schon anschreit, während ich alles um mich herum ausgeblendet habe. *Was ist los? Das hier ist noch schlimmer als zuvor. Ich weiß nicht, wie lange es dauert, bis Stavros zurückkommt.*

Das ist in Ordnung. Ich werde den Anfall durchstehen und wieder mein normales Selbst sein, bevor er zurückkehrt, und alles wird gut sein.

Allerdings kann ich meine Stimme nicht finden, um ihr das zu erklären.

Ein drängendes Klopfen erklingt an der Tür.

Aleks besorgte Stimme dringt hindurch. „Ivy? Geht es dir gut?“

Götter straft mich, er hat anscheinend meinen Abgang bemerkt und sich gefragt, warum ich gegangen bin. Es war offensichtlich, dass ich ursprünglich auf dem Weg in den Speisesaal war.

Ich knirsche mit den Zähnen und kämpfe gegen die Qualen an, damit ich sprechen kann. Doch als sich meine Lippen teilen, kommt bloß ein Stöhnen heraus, das ihm nur noch mehr Sorgen bereiten wird.

Benedikts Stimme schließt sich Aleks an. „Komm schon, Klingenkünstlerin. Sag uns, was los ist. Wir können dir das Mittagessen bringen, falls du einfach von königlicher Bewunderung überwältigt bist.“

Ich kann nicht einmal ein Lachen hervorbringen.

Sie unterhalten sich so leise vor der Tür, dass ich die Worte nicht ausmachen kann.

Meine ausbleibende Antwort hilft nicht, aber sie kommen hier trotzdem nicht rein. Sie müssen irgendwann gehen, oder?

Oder ich werde mich erholen und die Tür öffnen, als wäre nie etwas gewesen.

Eine erneute Woge Schmerzen schwappt durch meinen Körper und ich kann mir ein Keuchen nicht verkneifen. Meine Gedanken wirbeln zusammenhanglos durcheinander.

Ivy, du brauchst Hilfe. Kannst du zur Tür gehen und sie reinlassen?

Nein. Nein. Ich zittere und winde mich in die entgegengesetzte Richtung, komme jedoch nur wenige Zentimeter weit, bevor erneut Schmerzen meinen Körper schütteln.

Julitas Stimme wird panischer, als ich sie jemals gehört habe. *Das ist ... Ich kann dich nicht so liegen lassen. Bitte, ich muss ...*

Mein Kopf dreht sich, als mich plötzlich ein Schwindelgefühl überkommt. Ich zische durch meine Zähne und eine furchterregende Orientierungslosigkeit fegt zusammen mit dem Schmerz durch mich.

Meine Glieder zucken. Und plötzlich, ohne dass ich es will, bewegen sie sich und zerren mich herum.

Was ...?

Ich ringe um Kontrolle, kann meine zitternden Arme allerdings nicht daran hindern, mich auf Hände und Knie zu stemmen.

Das Brennen des Angriffs meiner Magie tobt in meinem Körper und ich spüre beinahe nicht, wie ich zum Türgriff taumle. Ihn packe und drehe ...

Nein!

Ich reiße mich zurück und breche den Bann, doch es ist zu spät. Benedikt stößt die Tür auf und die zwei Männer stürmen herein.

„Scheiße." Der Bastard eines Bastards fällt neben meinem Gesicht auf den Boden und berührt die Seite meines Kopfs. „Wir waren *dort*. Wie hätte dich jemand erneut angreifen können?"

„Ich habe niemanden gesehen, der wirkte, als würde er sich auf Ivy konzentrieren", berichtet Alek. Seine Stimme zittert, als er meine Hand packt. „Aber vielleicht hat derjenige die Ablenkung genutzt, die durch den Besuch des Königs entstanden ist."

„Oder vielleicht ist es etwas anderes."

Ich versuche, zu sprechen und etwas annähernd Beruhigendes zu sagen, aber ein weiterer Husten löst sich aus meiner Lunge. Meine Kehle brennt und etwas Feuchtes rinnt über meine Lippen auf meinen Unterarm.

„Das ist *Blut*", ruft Benedikt und seine Stimme wird entsetzlich drängend.

Alek drückt meine Hand, bevor er beginnt, sie loszulassen, und Anstalten macht, aufzustehen. „Mir ist egal, was sie zuvor gesagt hat. Sie braucht einen …"

„Nein!", kann ich ausspucken und umklammere seine Hand, damit er bei mir bleibt. Die nächste Schmerzwelle durchschneidet mich, tut jedoch nicht ganz so weh wie die vorhergehenden.

Da. Es beginnt, zu verebben. Ich habe es überstanden.

Nur etwas zu spät, um den Konsequenzen zu entkommen.

Benedikt streichelt mit den Fingern über meine Haare. „Ihre Atmung beruhigt sich. Sie kann uns erzählen, was passiert ist. Stimmt's, Klingenkünstlerin?"

Ich atme ein und aus und sammle mich so hastig, wie ich es trotz der fortwährenden Schmerzen kann. Die Männer warten und kauern wie Wachen zu beiden Seiten von mir.

Sobald ich denke, dass ich es tun kann, ohne wieder umzukippen, stemme ich mich in eine sitzende Position. Alek bewegt seine Hand zu meiner Schulter für den Fall, dass er mich stützen muss.

„Hey", sagt er sanft. In seinen hellen Augen schimmert so viel Sorge, dass ich gegen den Drang ankämpfen muss, mich in seine Arme zu schmiegen, obwohl ich frustriert bin, weil er Zeuge dieses Anfalls geworden ist.

Das hier ist nicht der richtige Zeitpunkt für Schwäche. Ich bin nur Zentimeter davon entfernt, entdeckt zu werden.

Ein kleiner Fehltritt und die Sorge wird sich in Abscheu verwandeln.

„Es tut mir leid, dass ich euch beunruhigt habe", sage ich, wobei meine Stimme nur ein wenig rau ist. „Anscheinend hatte der Vorfall vom letzten Mal einige Nachwirkungen … aber es war nicht so schlimm wie zuvor."

Alek betrachtet mich zweifelnd. „Es *sah* schlimmer aus."

Es war definitiv schlimmer, Ivy, mischt sich Julita mit ihrer inneren Perspektive ein. *Du musst ihnen die Wahrheit erzählen.*

Das ist das Letzte, was ich tun kann.

Ich bringe ein schiefes Lächeln zustande. „Ich habe heute Morgen hart mit Stavros' Studenten trainiert. Wahrscheinlich war ich einfach erschöpfter als üblich."

Benedikt lässt seine Finger unter mein Kinn gleiten, um mein Gesicht zu sich zu neigen. „Auch wenn ich eine Frau bewundere, die selbst auf sich aufpassen kann, die Magie, mit der du belegt wurdest, richtet echten Schaden an. Alek hat recht. Du musst dich von einem Mediziner untersuchen lassen."

Ich schüttle heftig den Kopf. „Nein. Ich habe euch gesagt, dass ich dadurch bloß ein noch begehrteres Ziel werde."

„Nicht, wenn wir den Täter aufhalten können."

„Wir wissen nicht einmal, wer es war. Ich schwöre, ich habe Schlimmeres durchgemacht, bevor ich hierhergekommen bin."

„Ivy." Aleks Stirn runzelt sich, als ich zu ihm aufblicke. „Ist es … Ist mit Julita …"

Bevor er den Satz beenden kann, flammt Wut beinahe so heiß in mir auf wie die Schmerzen zuvor. „Ihr geht es auch gut", unterbreche ich ihn scharf.

Warum sollte er jetzt nicht an sie denken? Er will schließlich nicht, dass der praktische Körper zusammenbricht, in dem sie gelandet ist.

Ich zügele mein Temperament. „Hört zu, ich brauche nur ein wenig Zeit, um mich auszuruhen und darüber nachzudenken, was zu diesem Anfall geführt haben könnte. Wir haben später am Nachmittag ein Treffen. Dann können wir das Ganze besprechen."

Alek öffnet den Mund, schließt ihn und zögert, bevor er schließlich spricht. „Ich möchte dich nicht allein lassen nach dem, was du gerade durchgemacht hast … was immer das war."

Und du solltest nicht allein sein, schimpft Julita.

Ich ignoriere sie. „Ich werde nicht lange allein sein. Stavros wollte mit einigen Studenten Zusatzmaterial durchsprechen. Dann wird er hierher zurückkommen. Ihr zwei solltet ohnehin nicht in meiner Nähe oder in seinem Quartier sein, oder?"

Benedikt atmet scharf durch seine Zähne ein und sein Gesicht wirkt hin und her gerissen.

Ich schubse ihn zur Tür. „Seht ihr, ich bin absolut in der

Lage, wieder auf mich selbst aufzupassen. Ich habe auch all meine Messer. Ich werde die nächsten zehn Minuten überleben. Wagt es ja nicht, unsere ganze Ermittlung wegen dieses Vorfalls zu gefährden."

Die Heftigkeit in meiner Stimme scheint sie zu überzeugen, wenn auch nur widerstrebend. Alek wechselt einen Blick mit Benedikt. „Kannst du dir eine Ausrede einfallen lassen, bei Stavros' Klassenzimmer vorbeizugehen, und ihm ein Zeichen geben, dass er den Unterricht schnell beenden soll?"

Benedikt nickt. „Falls ich ihn nicht finden kann, werde ich selbst zurückkommen." Er deutet mit einem Finger auf mich. „Geh nicht weiter als zu diesem Sofa."

Sowie sie durch die Tür gegangen sind, sacke ich gegen besagtes Sofa und mein Kopf neigt sich nach hinten gegen das Kissen.

Warum stößt du sie so hart von dir?, will Julita wissen. *Du brauchst ihre Hilfe. Etwas stimmt nicht und …*

Ihre nachdrückliche Stimme erinnert mich an den Augenblick, als sich mein Körper wie von selbst bewegt hat.

Oder *nicht* wie von selbst. Denn kurz davor wurde mir schwindlig so wie damals, als Julita frisch in meinem Kopf eingezogen war.

Ich unterbreche sie und balle die Hände an meinen Seiten zu Fäusten. „Du hast die Kontrolle übernommen. Du hast mich *gezwungen*, die Tür zu öffnen. Du hast versprochen, dass du das nicht noch einmal versuchen würdest."

Sie zögert und schweigt kurz. *Ich … ich wusste nicht, ob es überhaupt funktionieren würde. Ich dachte, du würdest* sterben … *Ich musste etwas tun. Ansonsten hätte ich es nicht versucht.*

Sie hatte Angst, dass ich sterben und sie ohne einen Wirt zurücklassen würde. So viel Sorge um mich, die eigentlich gar nicht mir gilt.

Ich senke den Kopf in meine Hände, bin innerlich jedoch zu aufgewühlt, um einfach nur mit meinen Gefühlen hier zu sitzen.

Die Risse in meiner Geschichte werden allmählich sichtbar. Ich habe keine Ahnung, wie ich jetzt mit dieser Situation umgehen soll.

Bei dem Gedanken, mich der Befragung zu stellen, der mich Stavros unterziehen wird, wenn er hier rein marschiert, will ich mich übergeben.

Indem ich das Sofakissen packe, hieve ich mich auf die Füße.

Julitas Präsenz regt sich in meinem Hinterkopf. *Was tust du? Sie haben gesagt …*

Ich laufe vorsichtig zur Tür. „Ich weiß, was sie gesagt haben. Und ich weiß, was ich brauche. Nur ein wenig Ruhe, damit ich tatsächlich nachdenken kann."

Ich wappne mich für die Schmerzen, die immer noch durch meinen angeschlagenen Körper hallen, und betrete den Gang.

EINUNDDREISSIG

Es gibt nur wenige Orte, an die ich gehen kann.

Nach dem Ball dachte ich darüber nach, in mein altes Leben in den Außenbezirken zurückzukehren. Das fühlt sich jetzt unmöglich an.

Ich traue Julitas Männern durchaus zu, dass sie Jagd auf mich machen. In ihren Augen würde ich Julita im Grunde genommen entführen und ihnen wegnehmen.

Ich könnte ihnen aus dem Weg gehen, würde sie jedoch noch mehr ablenken, während die Daimon ihre Angriffe verstärken …

Falls die Blutzauberer ihre Pläne verwirklichen, müssen die Männer hier sein und die Verschwörung aufdecken. Ich bin vielleicht keine Heldin, werde allerdings nicht die größte Chance versauen, die wir haben, um eine erneute göttliche Rache zu verhindern.

Außerdem ist da die Tatsache, dass ich Julita nicht traue und befürchte, sie könnte erneut versuchen, die Kontrolle über meinen Körper zu übernehmen, wenn ich einfach gehe. Und da meine Magie mich bei jedem Angriff schlimmer bricht, traue ich *mir* nicht mehr zu, einen weiteren Versuch einer kompletten Übernahme abzuwehren.

Ich muss im College bleiben, zumindest fürs Erste. Doch ich kann ein wenig Ruhe und Frieden aufsuchen, um mir zu überlegen, wie ich verhindern kann, dass der jüngste Vorfall zu einer ausgewachsenen Katastrophe wird.

Ich nehme die kaum benutzte Treppe im hinteren Teil des Domi, über die ich den geheimen Archiveingang erreichen kann, ohne an den Türen der Bibliothek oder den anderen Studenten vorbeizugehen, die dort möglicherweise unterwegs sind. Das ganze College ist zweifellos in Aufruhr wegen des Besuchs des Königs.

Die schmale Wendeltreppe ist kühl und eng, aber ich bin froh, dass ich allein bin. Abgesehen von den ruhelosen Bewegungen in meinem Hinterkopf, wo Julita beschlossen hat, ihre Beschwerden für den Moment zu unterdrücken, obwohl sie noch immer eindeutig unzufrieden mit mir ist.

Während ich die drei Stockwerke hinabsteige, denke ich über meine Möglichkeiten nach.

Ich könnte behaupten, ich würde an einer tödlichen Krankheit leiden, von denen ich ihnen zuvor nicht erzählt habe. Etwas Unheilbares, das allmählich schlimmer wird. Das würde beinahe der Wahrheit entsprechen.

Allerdings kann ich mir nicht vorstellen, dass mich die Männer nicht zu einem Mediziner schleifen würden, um meine Geschichte zu bestätigen. Immerhin wird keiner von ihnen glauben, dass ich von einem qualifizierten Mediziner untersucht wurde, während ich auf der Straße lebte.

Ich könnte sagen, dass es vermutlich daran liegt, dass sich zwei Seelen in einem Körper befinden. Es gibt nicht viel, was ein Mediziner deswegen unternehmen kann – und ich glaube nicht, dass die Männer jemandem verraten wollen, dass Julita noch bei uns ist.

Doch wer weiß, wie sie auf diese Nachricht reagieren würden? Würden sie sich auf die Suche nach einem neuen Wirt oder einer alternativen Möglichkeit machen, um Julita bei sich zu behalten, anstatt sich darauf zu konzentrieren, die Blutzauberer aufzuhalten?

Vielleicht sollte ich sagen, dass ich glaube, einer der Mediziner hätte feindselige Magie bei mir angewandt, sodass mich ein Besuch bei ihnen möglicherweise einer schlimmeren Behandlung aussetzt? Natürlich müsste ich dann eine noch größere Lüge erschaffen, um zu erklären, wie und wann dieser angebliche Angriff stattgefunden hat ...

Als ich den Gang mit den Wandteppichen erreiche, kaue ich auf meiner Unterlippe. Der Schmerz, den meine Zähne verursachen, lässt meine Gedanken nicht klarer werden.

Ich weiß nicht, was die beste Vorgehensweise ist. Ich weiß nicht, was den geringsten Schaden anrichten und mich aus diesem Schlamassel befreien wird.

Ich gehe an den verblassten Bildern vergangener Könige und Befehlshaber bei ihren ruhmreichen Taten vorbei und fühle mich im Vergleich schrecklich klein. Signy scheint mich von ihrer Hügelkuppe finster anzustarren, während ich auf den Wandleuchter drücke, um den verzauberten Gang zu öffnen.

Sie hat es mit der gesamten Armee des darischen Kaiserreichs aufgenommen. Warum kann ich nicht eine kleine Verschwörung böser Zauberer aufdecken?

Ich schätze, es half, dass die Armee des Kaisers mit ihren Schwertern und Speeren im hellen Tageslicht stand, sodass sie genau wusste, wer der Feind war.

Als ich das kleine Archivzimmer betrete, geht eine von Magie betriebene Laterne flackernd an. Die Stille des schummrigen Raums legt sich um mich.

Ich atme den Geruch von Staub und altem Papier ein und obwohl ich noch keine Antworten habe, lockert sich ein Teil der Anspannung in mir. Ich war noch nie zuvor allein in diesem Raum, kann mir jedoch nicht vorstellen, irgendwo auf dem Campus viel mehr Frieden zu finden, als ich hier habe.

Ich sinke in einen der Sessel und ziehe die Beine an, um sie an meine Brust zu drücken. Dann lege ich die Stirn auf meine Knie und schließe die Augen.

Ich werde das hier überstehen. Ich habe zuvor so viele andere Dinge überstanden.

Da die Bemühungen meiner Magie, mich zu bestrafen, zunehmend intensiver werden, bezweifle ich, dass ich noch viel länger leben werde. Also sollten die Schwierigkeiten, in die ich gerate, eigentlich keine allzu große Rolle mehr spielen.

Ich habe eine gewisse Entscheidungsfreiheit darüber, was mit mir geschieht. Ich *muss* es nicht einmal erklären.

Wenn ich sage, dass ich die Mediziner nicht aufsuchen will, was wollen die Männer dann tun? Mich strampelnd und schreiend durch die Gänge zerren?

Der Gedanke beruhigt mich nicht so sehr, wie ich das gerne hätte. Teilweise, weil ich mir nicht sicher bin, dass die Antwort Nein lautet.

Ich umarme meine Beine fester und ein Kloß füllt meine Kehle.

Ich will nicht mit ihnen streiten. Obwohl ihnen mein Nutzen für Julita wichtiger ist als mein Wohlbefinden, *haben* sie auf mich aufgepasst.

Ich kann zugeben, dass es beinahe … schön war, Teil dieser kleinen Gruppe zu sein, abgesehen von dem bevorstehenden göttlichen Verderben, das wir bisher erfolglos zu verhindern versucht haben.

Wer hätte gedacht …

„Ivy?"

Beim Klang der sanften Stimme hebe ich den Kopf.

Casimir steht mit einer Schriftrolle in der Hand in der Tür zu den restlichen Archiven. Das Lächeln, das sich vermutlich bei meinem Anblick auf seinem Gesicht ausgebreitet hat, verblasst, als er meine Miene betrachtet.

Ich war zu erschrocken, um eine Maske aufzusetzen. Als ich mir schließlich ein Lächeln abringe, hat sich Casimirs Stirn bereits in Falten gelegt.

Er geht zum Schreibtisch, legt die Schriftrolle ab und tritt an meine Seite. Er fragt nicht, was ich so früh hier unten mache oder warum ich aufgebracht bin, nur: „Möchtest du darüber reden?"

Der Respekt, den er mir mit dieser Frage erweist, sorgt dafür, dass sich der Kloß in meiner Kehle ausdehnt. Tränen, von denen ich nicht wusste, dass ich sie in mir habe, brennen in meinen Augen.

Ich zwinge sie zurück und schlucke schwer. „Nicht wirklich. Ich dachte, es wäre niemand hier."

Casimirs Mund verzieht sich entschuldigend. „Ich habe mich daran erinnert, dass ich einmal von einem Turnier gehört habe, das hier vor mehreren Jahren abgehalten wurde und bei dem Leute ihre Gaben eingesetzt haben. Ich dachte, ich würde nachschauen, ob in den Berichten Gaben hinsichtlich des Windes erwähnt werden, da dieser Ansatz noch nichts erbracht hat. Ich wollte die Zeit der anderen nicht verschwenden, falls ich damit nicht weiterkomme."

Ich werfe einen Blick auf die Schriftrolle. „*Hast* du etwas gefunden?"

„Ich hatte noch keine Gelegenheit, es mir anzusehen. Doch das kann warten. Es war ohnehin ein letzter verzweifelter Versuch."

Er hält inne. „Du musst nicht reden. Ich werde dich allein lassen, wenn du das vorziehst. Aber ich setze mich auch gerne zu dir, um zu sehen, ob Gesellschaft ein wenig besser ist als Alleinsein."

Mein nächstes Lächeln fällt viel kleiner aus, ist jedoch aufrichtig.

Weil es Casimir ist, würde ich die Gesellschaft womöglich tatsächlich zu schätzen wissen. Allein bin ich ohnehin nicht besonders weit gekommen.

Er reicht mir seine Hand und führt mich zu dem angeschlossenen Raum und dem Sofa, das ich zuvor bemerkt habe. Casimir legt die Bücher, die dort verstreut sind, auf einen Stapel und stellt diesen auf den Boden. Anschließend setzt er sich auf eine Seite des Sofas und überlässt mir den Rest des Platzes.

Als ich auf das andere Ende sinke, schiebt er erneut seine Hand um meine. Sachte, damit ich erkennen kann, dass er mich augenblicklich loslassen würde, sollte ich meine Finger zurückziehen.

Während ich unsere ineinander verschränkten Hände betrachte, die am Rand meines Kleides ruhen, steigen unerwartete Emotionen in mir auf.

Ich habe gesagt, dass ich nicht reden möchte, doch es fühlt sich an, als bestünde meine einzige Option darin, entweder die Worte oder die Tränen rauszulassen. Also entscheide ich mich für die Worte, den Blick nach wie vor auf unsere Hände anstatt auf Casimirs Gesicht geheftet.

„Das hier ist nicht mein Leben. Ich hätte nie hier sein sollen. Ich weiß nicht, was ich hier tue."

Julita mokiert sich leicht. *Du hast dich nicht schlecht geschlagen, Ivy. Ich würde sogar sagen, dass du dich beeindruckend behauptet hast.*

Casimir hält sich nicht mit gönnerhaften Beschwichtigungen auf. Er streichelt mit dem Daumen über meine Fingerknöchel. „Wenn es darum geht, gegen Blutzauberer zu ermitteln, haben wir alle keine Ahnung."

Da hebe ich meinen Blick und schaue ihm in die Augen. „Ihr seid an alles andere hier gewöhnt. Und sogar die Ermittlung – es war Julitas Mission, nicht meine."

Er lächelt schief. „Und sie hat dich dazu überredet, hierherzukommen, was wir sehr zu schätzen wissen. Möchtest du in dein vorheriges Leben zurückkehren?"

Ein Lachen entfährt mir. „Ist das überhaupt eine Option? Unsere Probleme werden nicht verschwinden, wenn ich den Kopf in den Sand stecke. Es ist nur … es ist alles so kompliziert geworden."

Ich erwähne die jüngsten Vorkommnisse nicht und Casimir hakt nicht nach. „Ich kann während dieser Komplikationen bei dir sein, so sehr wie du mich brauchst."

Er legt seinen Arm leicht um mich und ich ertappe mich dabei, wie ich automatisch näher zu ihm rutsche.

Als ich meinen Kopf an seine Schulter lehne, sickert sein süßer Sandelholzduft in meine Lunge. Ich kann nur knapp dem Drang widerstehen, mein Gesicht in seiner Seidentunika zu vergraben, um den Duft noch tiefer einzusaugen.

Wie schafft er es nur, mir das Gefühl zu geben, gesehen zu werden, obwohl ich so viel von mir vor ihm versteckt habe?

Doch das tut er. In mir bestehen keinerlei Zweifel mehr, dass er ehrlich möchte, dass ich glücklich bin, einfach nur um meinetwillen.

Das kann ich von keinem anderen behaupten, den ich jemals gekannt habe … abgesehen vielleicht von Linzi. Und man sehe sich nur an, was meine Schwester davon hatte.

Mein Kiefer spannt sich bei dieser Erinnerung an, doch ich

kann den Schmerz in meiner Brust nicht löschen. Denn bei dem Schmerz geht es nicht nur um sie.

Was hat der Kurtisan wirklich von unserer ‚Freundschaft'?

„Ich habe keine Möglichkeit, dir ‚einen Kuchen zu backen'", bemerke ich. „Das Beste, was ich für dich tun könnte, ist, dir etwas zu stehlen. Allerdings bezweifle ich, dass du das wertschätzen würdest."

Casimir stupst meine Stirn mit seinem Kinn an. „Was bringt dich auf den Gedanken, dass du so etwas tun musst?"

Oh, Cas, sagt Julita mit einem spöttischen Lachen, bei dem sich meine Nackenhärchen abwehrend aufstellen. Es ist eine süße Frage, über die sich niemand lustig machen sollte.

Es ist jedoch eine Frage, bei der ich das Gefühl habe, dass ich sie beantworten muss.

„Wenn wir Freunde sind … *sollte* ich dir im Gegenzug etwas geben, nicht wahr? Um für ein Gleichgewicht zu sorgen. Ansonsten ist es keine faire Freundschaft."

Ein Glucksen entwischt ihm, in dem eine ungewöhnliche Rauheit mitschwingt. Ich hebe den Kopf, damit ich sein Gesicht sehen kann.

Casimirs dunkelgrüne Augen leuchten, jetzt liegt allerdings eine rohe Note in seiner Stimme und trübt ihre übliche glatte Anmut. „Was bringt dich auf den Gedanken, dass du mir nichts gegeben hast?"

Ich ziehe eine Augenbraue hoch. „Was bringt dich auf den Gedanken, dass ich es getan *habe*?"

Er dreht sich zu mir und hebt seine Hand, um einige verirrte Strähnen hinter mein Ohr zu streichen. Als er die Rückseite seiner Finger an meine Wange legt, kann ich den Blick nicht von seinem umwerfenden Gesicht abwenden.

„Du passt vielleicht nicht hundertprozentig hierher", erklärt er. „Das kann jedoch etwas Gutes sein. Du bemerkst Dinge, die kein anderer hier bemerken würde. Du sprichst Dinge aus, die kein anderer hier in den Mund nehmen würde, den ich kenne. Ist dir bewusst, dass ich …"

Er unterbricht sich und senkt kurz den Blick.

Als er mir wieder in die Augen sieht, kann ich die Entschlossenheit in seinen erkennen. „Jules, falls du zuhörst, würde ich es zu schätzen wissen, wenn du Ivy und mir ein wenig Zeit für uns gibst."

Mein Mund wird trocken. Es ist eigenartig, ihn durch mich mit ihr sprechen zu hören, allerdings um meinetwillen.

Julitas nächstes Kichern klingt peinlich berührt. *Nun, natürlich kann ich gehen.*

Ihre Präsenz verblasst in meinem Hinterkopf.

Worauf will Casimir mit alldem hinaus? Ich starre ihn an. „Sie hat sich zurückgezogen."

„Gut. Denn was ich jetzt sagen werde, ist nur für dich bestimmt." Der Mund des Kurtisans verzieht sich zu einem leicht verlegenen Lächeln. „Du hast keine Ahnung, wie sehr ich mich mittlerweile darauf freue, dich zu sehen. Selbst wenn wir uns nur flüchtig im Gang begegnen. Es erinnert mich daran, dass das Leben mehr ist als das, was sich innerhalb dieser Mauern befindet."

Er streckt seine Finger auf meiner Wange aus. Die Hitze, die sie auf meine Haut malen, bebt bis in meine Mitte.

Ich suche nach den richtigen Worten, um ihm zu antworten. „Ich meine … Der Rest der Welt ist direkt vor dir. Du brauchst mich nicht, um dich daran zu erinnern."

„Vielleicht doch." Er lässt seine Fingerspitzen tiefer und über meinen Kiefer wandern. Verlangen läutet lauter durch meinen Körper als jede Glocke. „Du hast dafür gesorgt, dass es möglich erscheint, mehr zu wollen, als ich mir jemals zuvor in Erwägung zu ziehen erlaubt habe."

Mein Mund ist trocken geworden. Ich muss alle Kraft aufbringen, um mit ruhiger Stimme zu sprechen, doch sie kommt trotzdem so leise heraus, dass es fast ein Flüstern ist. „Was willst du?"

Mit der Hand streichelt er über die Seite meines Halses, was eine wundervolle Wirkung auf mich hat. Das Funkeln in seinen Augen wirkt heißer als das Flackern einer Flamme. „Jetzt gerade will ich dich. Auf jede Art, auf die ich dich haben kann. Auch wenn das egoistisch ist."

Es ist unverkennbar, was er damit meint. Ein Beben purer Freude durchläuft mich vom Kopf bis zu den Zehen. „Ich denke nicht, dass es egoistisch ist, wenn ich ebenfalls eine schrecklich gute Zeit hätte."

Dann kommt mir ein unangenehmer Gedanke. Ich weiche ein Stück zurück. „Du sagst das nicht, weil du denkst, es würde mich glücklich machen, oder? Ich möchte nicht, dass du so tust …"

Casimir lacht rau. „Das würde ich nicht tun. Ich denke nicht, dass es dich jemals glücklich machen würde, wenn jemand seine Sehnsüchte vorspielt … Außerdem bist du so klug, dass du das bemerken würdest. Aber ich muss nichts vorspielen."

Ich kann nicht anders, als an mir hinabzuschauen. Auf meine schlaksige Figur, auch wenn sie hübsch in mehrere Schichten aus Seide verpackt ist. Auf die Blässe meiner Haut, die nach den Qualen des heutigen Morgens möglicherweise noch kränklicher aussieht.

Der Kurtisan berührt meinen Kiefer, um meine Aufmerksamkeit wieder auf sich zu lenken. „Weißt du … Ich war noch nie mit jemandem intim, nur weil wir beide wussten, dass wir es genießen werden … Sonst war es stets eine Transaktion, eine Art von Freude im Austausch gegen eine andere. Es könnte unkompliziert sein, oder nicht? Keiner von uns schuldet dem anderen etwas. Wir finden einfach nur gemeinsam unsere Wonne."

Meine Stimme wird ebenfalls rau. „Ja. Ich glaube, das könnte es sein."

Keine Versprechen, keine Pläne für die Zukunft, nur ein Intermezzo geteilter Freude. Mehr als das darf es nicht bedeuten.

Es kann nicht egoistisch von mir sein, es zu wollen, wenn er denkt, dass *er* der Egoistische ist, oder? Vielleicht gibt es wirklich etwas in mir, was Casimir braucht, selbst wenn sich sein Verlangen als flüchtig entpuppen sollte.

Mein ganzes Leben bewegt sich am Rande des einen oder anderen Desasters. Ich muss das Gute festhalten, solange ich kann.

Ich beuge mich vor und presse meine Lippen auf seine.

Als mich der erste schwindelerregende Ruck Begehren

durchfährt und Casimir ermutigend an meinem Mund summt, realisiere ich, dass wir das hier noch nie zuvor getan haben. Neulich abends hat er mich an Stellen berührt, die kaum ein anderer Mann jemals berührt hat, doch wir haben keinen einzigen richtigen Kuss ausgetauscht.

Er erobert meinen Mund mit dem gleichen sanften Selbstbewusstsein, das er in jede andere Geste legt. Noch bevor er seine Hand über meine Seite gleiten lässt, schmiege ich mich bereits an ihn.

Das letzte Mal konnte ich ihn auch nicht berühren. Als er mich nun näher an sich zieht, lasse ich meine Hand über seine glatte, muskulöse Brust wandern. Die kompakten Erhebungen begeistern mich sogar durch den Stoff seiner Tunika hindurch.

Casimir hinterlässt einen Pfad sengend heißer Küsse entlang meines Kiefers und an meinem Hals, wobei er dem Pfad folgt, den seine Finger vorhin gezeichnet haben. Als er die Halskette beiseiteschiebt, die mir Esmae gegeben hat, setzt sein heißer Atem meine Haut in Brand.

Ich keuche und öffne den Gürtel an seiner Taille mit einem Ruck, sodass ich meine Hand unter seine Tunika schieben kann. Seine wohlgeformte Brust fühlt sich Haut auf Haut noch besser an.

Casimir gibt noch ein zufriedenes Summen von sich und greift hinter mich zu den Schnüren meines Kleides.

„Es ist vermutlich besser, deine Kleidung nicht *zu* auffällig durcheinanderzubringen", raunt er an meinem Hals. „Für den Fall, dass wir dich in großer Hast ankleiden müssen. Doch ich kann mit diesen Einschränkungen arbeiten."

Er zieht das Mieder gerade so weit nach unten, dass er eine meiner Brüste in seine Hand nehmen kann. Während er mit dem Daumen über meinen bereits harten Nippel streicht, gleiten seine Zähne über meine Kehle.

Die zwei Funken der Lust krachen mit einer Explosion gegeneinander, die mir ein Wimmern entreißt. Daraufhin senkt er den Kopf, um die Spitze meines Busens in die exquisite Hitze seines Mundes zu saugen, und ich beiße mir auf die Lippe, um mir ein lautes Stöhnen zu verkneifen.

Die Archivwände sind bestimmt nicht schalldicht. Diese

Räume sind groß und werden so unregelmäßig besucht, dass Alek und ich bei unseren kurzen Streifzügen hier unten nie anderen Gelehrten begegnet sind. Das bedeutet allerdings nicht, dass ich mich darauf verlassen kann, dass der gesamte Keller menschenleer bleibt.

Es ist jedoch schwer, mir die lustvollen Laute zu verkneifen, während Casimir mit dem Druck seiner Lippen und den Bewegungen seiner geschickten Zunge eine stete kribbelnde Wonne in mir hervorruft. Er widmet sich einem Busen, bis ich meine Finger in seine weichen Haare und seinen Rücken grabe, um mich an etwas festzuhalten, während die berauschenden Empfindungen in mir toben. Anschließend küsst er einen Pfad zu meinem anderen Busen.

Während er meinen Nippel zu einer steifen Spitze leckt, neigt er mich über das Sofa. Ich wölbe mich ihm entgegen und meine Mitte pocht vor Verlangen.

Ich hätte nicht gedacht, dass ich einen Mann so sehr wollen könnte, wie ich es tat, als er mich in der Badewanne ‚verwöhnt‘ hat, doch jetzt brenne ich noch heißer.

„Ich muss wieder deinen Mund kosten, Ivy“, murmelt er und erhebt sich über mich.

Ich habe nichts gegen den Kuss einzuwenden, den er auf meine Lippen drückt – oder die Art und Weise, wie sich seine Hüften zwischen meinen gespreizten Beinen niederlassen. Instinktiv wölbe ich mich ihm entgegen.

Mir stockt der Atem, als ich die Ausbuchtung spüre, die nun an meiner Mitte ruht.

Casimir stöhnt leise, als würde sich die Berührung genauso stark auf ihn auswirken wie auf mich. Nach der Härte des Schafts zu urteilen, der sich gegen seine Hose drängt, ist das vielleicht tatsächlich der Fall, selbst wenn ich das nicht verstehen kann.

Seine Lippen streifen beim Sprechen meine. „Ich würde gerne jeden Teil deines reizenden Körpers liebkosen, ohne dass uns das Kleid im Weg ist. Vielleicht ein anderes Mal an einem anderen Ort …“

Ich summe drängend und zustimmend, weil ich nicht zu

weit in die Zukunft denken will, und reiße seinen Mund wieder auf meinen.

Wir küssen uns und reiben uns zunehmend stürmisch aneinander. Casimirs Hände streicheln mich und weitere Blitze der Wonne schießen durch meine Brust. Ich zeichne die köstlichen Muskeln unter seinem Oberteil mit unbeholfenen, jedoch nicht weniger begierigen Fingern nach.

Sie streifen die leicht erhobene Narbe seines Gottlen-Mals und ich ziehe sie weg. Ardone war zwar die Inspiration für einige Talente meines Liebhabers, hat hier jetzt allerdings nichts zu suchen.

Hier geht es nur um ihn und mich.

Mit jeder Schaukelbewegung seiner Hüften zwischen meinen Schenkeln ist mein Rock hochgerutscht. Mein Höschen ist klatschnass.

Casimir presst seine harte Beule erneut an mich und Wonne pulsiert durch meine Nerven. Meine Beine zucken um ihn herum und ein jammernder Laut purzelt aus meinem Mund, den ich kaum als meine eigene Stimme erkenne.

Er zwängt eine Hand zwischen uns, um meine Mitte zu umfassen, und ich beiße die Zähne zusammen, um ein Stöhnen zu dämpfen. Meine Hüften bocken ihm entgegen, da ich meine Selbstbeherrschung verloren habe. Mein Verstand ist benommen vor Lust und dem heftigen Verlangen nach Erleichterung.

Casimirs Stimme kommt abgehackt und heiser heraus. „Ich will in dir sein, Ivy."

„Ja", murmle ich, nachdem ich realisiert habe, dass er auf eine Antwort wartet. „Sobald wie möglich, bitte."

Sein Glucksen ist ebenfalls rau und es liegt eine gewisse Verzweiflung darin, die das Feuer in mir noch höher lodern lässt. Er teilt die überlappenden Stofffalten meines Unterrocks und Höschens, was alle möglichen privaten Aktivitäten erlaubt, ohne dass man sich vollständig entkleiden muss.

Mit gleichermaßen geschickten Bewegungen befreit er sich aus seiner Hose. Als seine Schwanzspitze über meine Mitte gleitet, erschaudere ich vor begieriger Erwartung.

Casimir atmet zittrig aus, schlingt seine Arme um mich und

nimmt meinen Kopf in die Hände. „Du fühlst dich sogar auf diese Weise gut an."

Ich schlucke ein Stöhnen der Lust und Frustration und schaffe es, zu brummen: „Es könnte sich noch besser anfühlen."

Mit einem leisen Lachen lässt er seinen Daumen über meinen Kitzler kreisen und dringt in mich.

Sein Schaft füllt und dehnt mich, was tief in mir eine nie gekannte Wonne erzeugt. Meine Finger graben sich fester in seine Tunika.

Als ich mit den Hüften schaukle, um ihn willkommen zu heißen, beugt Casimir den Kopf über meinen. Bei jedem Stoß streifen sich unsere Nasen. Sein Atem kitzelt mit einem heißen leisen Keuchen über meine Lippen.

Mit jedem Aufeinandertreffen unserer Körper wächst die Lust in mir. Ich weiß nicht, was ich tun soll, außer mich an seine Schultern zu klammern und ihm mit den Hüften entgegenzukommen.

Zwischen zwei Atemzügen ergießt sich ein Lob über seine Lippen. „Genau so. Du bist absolut reizend, Ivy. Mmmh, kannst du mich noch tiefer aufnehmen?"

Als ich meine Hüften zur Antwort neige, dringt er so tief in mich, dass er einen berauschenderen Lustblitz in mir auslöst. Ich schreie erstickt auf und er tupft lächelnd einen Kuss auf meine Lippen. „Ja, genau so, Ivy."

Der Klang meines Namens dringt undeutlich durch meine lustvolle Benommenheit, obwohl die letzte Woge meines Höhepunkts in mir anschwillt. Er hat ihn ziemlich oft gesagt, oder?

Dann wird es mir mit einem Stich bewusst, der mir direkt ins Herz fährt.

Casimir weiß, dass ich mir nicht sicher war, wie sehr er an *mir* interessiert ist und nicht an dem Geist, den ich beherberge. Er will, dass ich mit Sicherheit weiß, dass er an mich, Ivy, denkt, während wir miteinander schlafen – dass er Vergnügen darin findet, mit mir zusammen zu sein.

Und einfach so ist es mehr als Sex. Es ist eine Flut an Emotionen, die zusammen mit dem Orgasmus durch mich fegt, der gerade wie eine Sternschnuppe aus meiner Mitte geschnellt ist.

Meine Nerven singen und mein Herz zieht sich zusammen. In dem Wirbelsturm der Ekstase klammere ich mich an den Kurtisanen und keuche vor Schmerz und Lust.

Casimir stockt der Atem und er pumpt sich immer wieder in mich, wodurch er mich noch höher fliegen lässt. Als er über mir seine Erleichterung findet und erschaudert, vergrabe ich meine Finger in seinem zerknitterten Oberteil.

Ich will ihn an mich drücken und nie wieder loslassen.

Ich bin dabei, mich in diesen Mann zu verlieben. Ich verliebe mich so heftig in ihn, dass ich auf die zerbrochene Mitte meines Herzens stoße, bevor ich es bemerke.

Ich will ihn nicht nur zwischen meinen Beinen. Ich will mit ihm kuscheln, in seinen Armen tanzen, mit ihm durch den Wald reiten und um hübsche Kleider herumscharwenzeln. Ich will *ihn* auf jede mögliche Weise, auf so viel mehr Arten, als er vermutlich mit seiner Aussage vorhin gemeint hat.

Meine Augen schließen sich. Verdammt. Wie habe ich das zugelassen?

Wie konnte ich es nicht zulassen, wenn er so ist, wie er ist?

Ich hätte nicht auf seinen Wunsch eingehen sollen … oder auf meinen. Ich hätte meine Distanz wahren sollen, anstatt dem Verlangen nachzugeben.

Man stelle sich einmal vor, ich würde es ihm sagen. Ein Kurtisan von adliger Abstammung, der sich an eine dürre Straßenratte bindet – jeder würde lachen.

Er hat hier ein Leben und sogar er hat zugegeben, dass ich … ich hier keines habe.

Womöglich ist kaum noch ein Leben in mir übrig.

Bei den Göttern, falls er herausfindet, dass ich eine der Zerrissenen bin – nein, *wenn* er es herausfindet, denn ich weiß nicht, ob ich die Tatsache auch nur für den Rest des Tages geheim halten kann, geschweige denn weitere Tage …

Er wird mich hassen. All die Wärme auf diesem umwerfenden Gesicht wird verlöschen und nichts als kaltes Entsetzen zurücklassen.

Casimir zieht sich von mir zurück, bleibt jedoch über mir.

Ein strahlendes Lächeln erhellt sein schweißfeuchtes Gesicht. Ich zwinge mich, das Lächeln zu erwidern, mein Magen hat sich allerdings verkrampft.

Ich darf nicht zulassen, dass das hier noch einmal geschieht. Ich darf nicht zulassen, dass es mehr wehtut, als es das bereits tun wird.

Ich darf mich nicht meinen eigenen Sehnsüchten hingeben, wenn ich weiß, was ich hier vortäusche.

Er hätte *mich* niemals begehrt, wenn er wüsste, was ich wirklich bin.

Etwas muss auf meinem Gesicht zu sehen sein, denn ein ernster Ausdruck legt sich auf Casimirs. „Geht es dir gut?"

Ich stemme mich hoch und rücke meine Unterwäsche zwischen unseren teilweise ineinander verschlungenen Körpern gerade. „Natürlich. Das war fantastisch. Es ist ja nicht so, als könnte irgendetwas, was ich zuvor erlebt habe, mit einem geborenen Kurtisan mithalten."

Verwirrung flackert auf Casimirs Gesicht auf. Ich spiele meine Lässigkeit offensichtlich nicht so gut vor wie beabsichtigt.

Ich reiße meine Röcke an Ort und Stelle und rapple mich so schnell wie möglich auf. „Wir sollten wirklich zum Versammlungsraum zurückgehen, oder? Es bleibt vermutlich nur noch eine Stunde, bis die anderen kommen … Davor sollten wir nachschauen, was wir mit diesen Aufzeichnungen anfangen können, die du gefunden hast. Vielleicht können wir die ganze Sache damit im Nu lösen."

Das Lachen, das ich ausstoße, klingt in meinen Ohren einigermaßen aufrichtig trotz der Mischung aus Schuldgefühlen und Scham, die sich in meine Brust brennt.

Ich habe Alek gesagt, dass ich keine Idiotin sei, doch das bin ich – Götter straft mich, das bin ich.

„Ivy", murmelt Casimir mit der gleichen Sanftheit wie immer, als sei ich ein wildes Fohlen, das er zähmen muss.

Ich kann es nicht ertragen.

Ich marschiere zur Tür und durchquere sie. Im gleichen Moment stürzen die drei anderen Männer gleichzeitig durch den Geheimgang in den Raum.

Zweiunddreißig

Alek, Benedikt und Stavros bleiben bei meinem Anblick wie angewurzelt stehen. Als ich ihre Blicke stumm erwidere, weil ich in diesem Moment mit den Nerven am Ende bin, eilt Casimir hinter mir in den Raum. „Ivy, ich denke …"

Stavros' scharfes Lachen lässt den Kurtisanen innehalten. Die Blicke der anderen drei Männer zucken zu Casimir und zurück zu mir.

Benedikts Augenbrauen schnellen in die Höhe, wohingegen sich Aleks Augen weiten.

Plötzlich bin ich mir der schweißfeuchten Haarsträhnen bewusst, die an meinen Schläfen kleben, und des Ausschnitts meines Kleides, der schief über meine Schultern hängt, weil ich die Bänder zu hastig gebunden habe.

Der Röte, die noch nicht komplett aus Casimirs Gesicht gewichen ist und vermutlich nach wie vor meine Wangen färbt. Seines offenen Gürtels und seiner zerzausten Haare.

Wir hätten genauso gut Schilder über unseren Köpfen heraufbeschwören können, auf denen steht: „Wir hatten Sex."

Jegliche noch vorhandene Hitze fließt aus meinem Körper. Ich reiße an den Ärmeln meines Kleides – zu wenig, zu spät.

Stavros tritt vor und deutet mit der Hand auf mich.

„Hierher bist du gerannt? Um dich auf Casimir zu stürzen? Die beiden haben es so klingen lassen, als seist du halb *tot*.“

Ich kann mich nicht davon abhalten, Alek und Benedikt finster anzuschauen, die mich noch immer mit ungläubigem Schock anstarren. Auch wenn ich in den Fängen des Angriffs meiner Magie halb tot war, war es nur vorübergehend.

„Mir geht es gut“, blaffe ich und richte mich auf. Ich werde mich von ihnen nicht für eine Tat verurteilen lassen, die sie zweifellos Dutzende Male mit Frauen getan haben, die ihnen weniger bedeuteten als Casimir mir. Auch wenn bei diesem letzten Gedanken Scham in meiner Brust brennt. „Ich brauchte ein wenig Zeit für mich allein.“

Ein lautes Lachen entfährt Benedikt. „Anscheinend hattest du gute Gesellschaft für diese Zeit allein.“

Bevor ich mehr tun kann, als ihn finster anzuschauen, tritt Casimir näher an mich heran. „Wurdest du wieder angegriffen, Ivy? Du hast nicht gesagt …“

Scheiße und Schweinereien, jetzt wird er sich der verurteilenden Brigade anschließen.

„Es gab nichts zu sagen“, unterbreche ich ihn. „Mir geht es *gut*. Es waren nur die Nachwirkungen der Magie, die zuvor auf mich abgefeuert wurde … Es war kein Spaß, ist jedoch vergangen.“

Alek meldet sich mit erstickter Stimme zu Wort. „Du hast Blut gehustet.“

Ich spreche so lässig wie möglich. „Nicht das erste Mal und vermutlich wird es auch nicht das letzte Mal sein. Können wir uns wichtigeren Dingen widmen … wie beispielsweise, wozu dieses Treffen eigentlich gedacht ist?“

Sie sind bestimmt zu früh hergekommen – Casimir und ich haben uns nicht *so* lange vergnügt. Ich schätze, nachdem sie realisierten, dass ich Stavros' Quartier verlassen hatte, haben sie sich auf die Suche nach mir gemacht und beschlossen, im Archiv nachzuschauen.

„Du bist nicht unbesiegbar“, knurrt Stavros. „Wenn dir diese Mission wichtig ist, solltest du auf dich aufpassen, nicht umherrennen und alle Vorsicht fahren lassen.“

Warum, weil ich die Existenz meiner geisterhaften Passagierin gefährden könnte?

Ich verschränke die Arme vor der Brust. „Gilt das nur für mich? Ich hoffe bei den Göttern, dass ihr drei nicht gemeinsam durchs College gerannt seid und allen gezeigt habt, dass ihr gemeinsam an etwas arbeitet."

Benedikts Ton wird schärfer als üblich. „Ja, vergib uns die schwere Sünde, dass wir uns Sorgen um dich gemacht haben."

„Wir waren vorsichtig", fügt Alek hinzu, der noch angespannter ist als zuvor. „Wir haben nicht vergessen, was zählt."

Will er etwa andeuten, dass ich es vergessen habe?

Ich schlinge die Arme fester um mich, als sich Stavros vor mir aufbaut. „Versuch nicht, uns die Schuld an allem zu geben. Du bist diejenige, die sich davongeschlichen hat, um sich befriedigen zu lassen, obwohl es weitere Beweise dafür gibt, dass du zu einer Zielperson geworden bist."

Der Aufruhr hat anscheinend gereicht, um Julita zurück ins Bewusstsein zu bringen, denn ihr Lachen bebt durch meine Gedanken. *Meine Güte. Weshalb sind sie alle so aufgebracht? Sind sie sauer, dass du Cas etwas mehr Aufmerksamkeit geschenkt hast als dem Rest von ihnen? Männer sind solche Wildschweine.*

Bei ihrem spöttischen Ton spanne ich mich noch mehr an.

Ich trete einen Schritt zurück und mein Hintern stößt gegen die Schreibtischkante. „Nicht, dass es einen von euch etwas angeht, aber ich hatte das nicht vor. Ich wusste nicht einmal, dass Casimir hier unten sein würde. Ich habe bloß …"

„Du hast bloß nicht nachgedacht", unterbricht mich Stavros mit fiesem Ton. „Eindeutig. Das Schicksal der ganzen Stadt – Götter, des ganzen Kontinents – könnte von dem abhängen, was wir hier tun. Doch scheinbar setzt du das alles aufs Spiel für ein wenig Spaß. Meine Erwartungen an dich waren etwas höher, obwohl du eine Straßenratte bist."

„Du bist eine Verpflichtung eingegangen", ergänzt Alek. „Die kannst du nicht einfach vergessen, wann immer dir das passt."

Julita schnaubt. *Bei den Göttern. Als hätte einer von ihnen mir wegen des Problems zugehört, wenn sie nicht darauf gehofft hätten,* mir *an die Wäsche gehen zu dürfen.*

Ein saurer Geschmack kriecht mir durch den Mund. „Ich habe meine Verpflichtungen eingehalten – um die ich übrigens nie gebeten habe. Nichts hiervon war meine Idee!"

Stavros blickt spöttisch auf mich herab. „Nein, es war Julitas Idee. Du bist *ihr* gegenüber eine Verpflichtung eingegangen. Was hält sie davon, dass du dich Casimir an den Hals geworfen hast, anstatt dich auf die Mission zu konzentrieren, wegen der du hergekommen bist? Du solltest auf sie hören, anstatt ..."

Etwas in mir bricht. Ich stoße so harsch ein gebrochenes Lachen aus, dass Stavros verstummt.

Darauf läuft es letztendlich hinaus: Ganz gleich, was ich getan habe, sie sehen mich nur als Außenbezirksabschaum, während ich für ihre verdammte Sache sterbe.

Nun, ich habe jetzt wirklich die Nase voll.

„Wollt ihr wissen, was Julita denkt?", frage ich und schaue sie alle nacheinander an. „Sie hat mich hierzu ermutigt und lacht jetzt, weil ihr vier deswegen durchdreht. Ihr habt keine Ahnung, wie sie euch wirklich gesehen hat, oder?"

Julitas Stimme zittert. *Ivy? Ich bin mir nicht sicher ...*

Ich schnaube, um sie zum Schweigen zu bringen.

Es war für sie absolut in Ordnung, meinen Körper zu übernehmen, als es *ihren* Zwecken diente. Von ihr habe ich ebenfalls die Nase voll.

Ich spreche weiter, ohne darauf zu warten, dass sie ihre Meinung kundtut. „Klar, ihr war die Ermittlung wichtig. Das war das Einzige, was ihr wichtig war. Ihr vier wart nur praktische Werkzeuge für sie – die Leute, von denen sie dachte, sie wären am nützlichsten für sie. Die Leute mit Schwächen, die sie ausbeuten konnte, um euch für die Ermittlung zu gewinnen und sicherzustellen, dass ihr sie nicht im Stich lasst. Ihr sprecht über sie, als wäre sie ein göttliches Wesen gewesen, und vielleicht ist das angemessen, denn für sie wart ihr definitiv nichts wert, außer ihr habt euch wie ihre hingebungsvollen Gläubigen benommen."

Bitte, Ivy, nicht ... sie müssen das nicht hören ... Ich hätte nie ...

„Warum sollen wir irgendetwas glauben, was du über sie sagst?", will Alek wissen, dessen Schultern steif geworden sind.

Doch ich sehe, dass Selbstzweifel bereits Benedikts Augen verdunkeln und Casimirs Gesicht anspannen.

„Ich denke, ihr wisst es bereits", erwidere ich. „Ihr wolltet bloß glauben, dass sie mehr in euch sah, als ihr es tut. So hat sie euch überhaupt erst für ihre Sache gewonnen. So hat sie *mich* in das Ganze hineingezogen, um Himmels willen. Doch wenn das hier der Dank ist, den ich erhalte, nachdem ich ein Dutzend Mal meinen Hals riskiert habe, reicht es mir."

Ich durchbreche den Halbkreis, den sie um mich gebildet haben, und marschiere zur gegenüberliegenden Wand.

Stavros schüttelt sein verblüfftes Schweigen schnell genug ab, um nach meinem Arm zu greifen, aber ich springe aus dem Weg und ziehe an den Büchern, um den Gang zu öffnen.

„Ivy, du kannst nicht einfach ...", ruft er mir hinterher, ehe seine Stimme in der Dunkelheit des Treppengangs verloren geht.

Ich erklimme die Stufen so schnell, wie mich meine Beine tragen.

Julita fühlt sich an, als würde sie sich in meinem Kopf drehen. *Nein. Das ist nicht gut. Du musst zurückgehen. Sie werden denken ... bitte. Bleib einfach kurz stehen.*

Ich stürze durch den Gang in Richtung der abgeschiedenen Hintertür, weil ich kein Interesse daran habe, dieses Gespräch zu führen. Ich habe kein Interesse daran, *irgendein* Gespräch zu führen.

Tränen, die mich wütend machen, brennen in meinen Augen. Mein Kiefer ist so fest zusammengepresst, dass meine Zähne schmerzen.

Sie sind nur ein Haufen arroganter, ignoranter, adliger Dummköpfe. Sie alle, einschließlich Julita. Es ist lächerlich, zu denken, dass sie es jemals mit einem echten Desaster aufnehmen könnten.

Und ich kann das auch nicht – nicht hier und nicht auf mich allein gestellt. Ich hätte mir nie einbilden sollen, dass ich es könnte.

Ich mit meiner zerrissenen Seele sollte die Gottlen so

beeindrucken, dass sie mir für das Blut vergeben, das an meinen Händen klebt? Ich muss verrückt gewesen sein.

Julita hat mich dazu überredet; Julita hat mir das Gefühl gegeben, ich könnte wichtig sein. Sie hat auch *meine* Schwäche ausgenutzt, ohne genau zu wissen, wie tief sie reichte.

Nun, ich sehe es jetzt deutlich. Ich werde mich nicht mehr zur Närrin halten lassen.

Als ich um die Ecke biege, wo der Gang schmaler wird, heftet sich mein Blick auf die kleine Tür vor mir. Ich muss durch das Tor gelangen, raus aus der Akademie. Dann werde ich relativ frei sein.

Die Wahrscheinlichkeit, dass mir die Männer in die Außenbezirke folgen, ist nach dieser Konfrontation sehr gering. Sollen sie doch in ihren Erinnerungen schmoren, wie wundervoll perfekt Julita angeblich war.

Aus irgendeinem Grund sorgt dieser Gedanke dafür, dass mein Magen noch stärker rumort. Meine Finger krümmen sich so fest in meine Handflächen, dass sie die Haut aufreißen.

Ich eile an der letzten Reihe niedriger Säulen vor der Tür vorbei und höre nichts als das Hämmern meines Herzens und die Wildheit meines Frusts – und ein Luftstoß kracht von hinten gegen mich.

Ich stolpere so schnell zu der nächsten Säule, dass ich mein Gleichgewicht nicht fangen kann. Meine Stirn kracht gegen die Steinoberfläche.

Schmerzsplitter schießen durch meinen Schädel und mein Verstand dreht sich.

Wind? In den Gängen des Domis sollte kein Wind wehen.

Er war heraufbeschworen worden genauso wie damals, als Julita …

Eine weitere Woge heftiger Luft presst mich gegen die Säule, bevor ich mich umdrehen kann. Mit der Luft kommt ein brutaler Schmerz, der sich von meinem Rücken ausgehend durch meinen Magen frisst.

Der brennende Schnitt einer dicken Klinge, die zwischen meine Rippen gerammt wurde.

DREIUNDDREISSIG

Schmerzen fluten meinen Oberkörper von meiner Kehle bis zu meinem Magen. Ich atme stockend ein und aus.

Meine Beine knicken ein, als wären sie vom Rest meines Körpers abgetrennt worden, und ich rutsche an der Säule hinab zu Boden.

Mein Kinn landet in einer klebrigen Lache. Blut – mein Blut. Es strömt mit jedem unregelmäßigen Pochen meines Herzens über den Boden.

Meine Lippen teilen sich, doch der nächste Atemzug, den ich mit großer Mühe mache, fühlt sich wie pures Feuer an. Ich glaube, die Klinge, die in mich gerammt wurde, hat meine Lunge punktiert.

Ich versuche, den Kopf zu heben und nachzuschauen, wer mich angegriffen hat, doch im selben Moment wird das Messer tiefer in meinen Rücken getrieben.

Mein ganzer Körper verkrampft sich. Frische Schmerzen durchbohren meine Brust.

Die Pfütze unter mir breitet sich aus. Ich kann nicht sagen, ob der metallische Geschmack in meinem Mund aus meinem Inneren oder von außen kommt.

Mit einem weiteren schmerzhaften Schock wird die Klinge rausgezogen. Etwas Hartes – der Knauf des Messers? – kracht gegen meinen Hinterkopf.

Meine Schläfe knallt auf den Boden und meine Gedanken entgleiten mir.

Ivy!, brüllt Julita. *Ivy! Ruf nach Hilfe! Mach Lärm! Erstich dieses Arschloch mit einem deiner Messer! Tu* etwas.

Ich kann nicht. Mein Gehirn scheppert durch meinen Schädel und mein Inneres wird in Stücke gerissen.

Ich kann bereits spüren, dass der Blutverlust meinen Gliedern die Kraft raubt. Meine Finger zucken und sind Meilen von meinen Waffen entfernt.

Meine Lunge kann kaum Luft aufnehmen. Ich bemühe mich, einen Laut aus meiner Kehle auszustoßen, und spucke nur eine Flüssigkeit aus, die furchterregend fleischig schmeckt.

Es ist niemand hier, der mich sehen kann. Deswegen habe ich diesen Weg gewählt.

Ich kann nicht sagen, ob mein Angreifer noch da ist. Mein Bewusstsein zieht sich an die Grenzen meines Körpers zurück … zu dem Schmerz … und dem Aufblitzen panischer Magie, die ihn durchzieht.

Meine Macht windet sich durch mich, zerrt an mir und bettelt.

Sie könnte die Wunden versiegeln und mich heilen. Der Schmerz würde vergehen.

In meinem schwindenden Verstand ist allerdings noch genug von meiner Überzeugung übrig, um das abzulehnen.

Meine Augenlider senken sich und vor meinem inneren Auge sehe ich Ma in ihrem Bett zittern, als ihr Körper versagte. Ihre Haut spannt sich blass und dünn über ihre ausgehöhlten Wangen. Der Lebensfunke in ihren glasigen Augen erlischt.

Damals spürte ich das Gleiche. Ich spürte das Aufwallen der Macht, die durch meine Adern pochte, und *wusste*, dass ich sie retten konnte.

Also tat ich es.

Ich legte meine kleinen Hände auf den klammen Arm meiner Mutter und rief die Magie durch meine Seele – die Seele, von der ich damals noch nicht wusste, dass sie zerrissen war. Ich hieß die Magie in mir willkommen und leitete sie von mir in meine Mutter.

Ja, erinnere dich daran. Erinnere dich daran, während die Magie jetzt an dir nagt.

Erinnere dich an die Freude, als ihr Zittern aufhörte und sich ihre Augen klärten. Erinnere dich an die gesunde Röte, die in ihre Wangen zurückkehrte, und die ersten ruhigen Atemzüge, die sie seit Tagen in ihre Lunge sog.

Erinnere dich an den dumpfen Knall, der hinter dir durch die Luft hallte.

Ich sehe das auch – das Bild, das ich entdeckte, als ich meine siebenjährige Gestalt herumwirbelte.

Linzi zusammengebrochen auf dem Boden und die Holzpuppe, die aus ihren schlaffen Fingern gefallen war. Meine kleine Schwester so reglos und leer wie diese verdammte Puppe.

Ich tötete sie. Ich stahl ihr das Leben.

Ich hätte es besser wissen sollen. Magie kommt von nichts. Es gibt immer ein Opfer.

Und die Zerrissenen opfern immer und immer wieder.

Ich kann nicht heilen, ohne wehzutun. Ich kann keine Freude heraufbeschwören, ohne Kummer zu säen.

Meine Magie schlägt erneut gegen mich, doch ich stärke meinen Widerstand. Ich werde nicht noch einmal denselben Fehler begehen.

So viel ist mein Leben nicht wert. Es ist nicht das Leben einer anderen Person wert, egal, welches meine brutale Magie stehlen würde.

Damals war ich ein Monster. Jetzt werde ich keines sein.

Ich werde *keines* sein.

Meine Augenlider schließen sich. Die Welt besteht aus Dunkelheit und Schmerz.

Doch sogar der Schmerz wird undeutlich, als würde ich von ihm wegtreiben. Von allem. In die schwarze Leere, die mich verschlucken und zu Füßen der Gottlen werfen wird.

Falls Julita mich noch immer anbrüllt, so ist ihre Stimme ebenfalls in die Ferne gerückt. Meine Magie kann mir nicht schlimmer wehtun, als ich bereits zerstört wurde.

Es ist jetzt alles vorbei. Meine ganze verfluchte …

Eine widerhallende Stimme durchschneidet meine

verworrenen Gedanken. *Ah, meine eigensinnige Gaunerin. Was für einen Schlamassel hast du dir jetzt wieder eingehandelt?*

Es ist nicht Julita – die Stimme klingt überhaupt nicht wie ihre. Sie ist überall und nirgendwo, hallt durch meine Adern, vibriert in meinen Knochen und spricht von innen und außen zugleich mit mir und dennoch von nirgendwo.

Jede Faser meines Körpers ist reglos und stumm wie die Gestalten, die heute Nachmittag für den König Haltung angenommen haben. Sie erkennen eine Autorität, die sogar über die des Mannes hinausgeht, der mein Land regiert.

Wer … wer bist du?, frage ich und tue es zugleich nicht. Es ist nur ein schwacher Gedanke in einer letzten Anstrengung, zusammenhängende Worte zu formulieren.

Das hier scheint nicht der beste Zeitpunkt für eine Vorstellung zu sein. Betrachte mich als einen besorgten Wohltäter. Warum weckst du nicht deine Macht und flickst dich wieder zusammen?

Ich kann nicht sagen, ob mein Körper tatsächlich zusammenzuckt, oder ob es nur mein Verstand ist, der zurückschreckt. Das Heulen eines wortlosen Protests steigt in mir auf.

Ah, sagt die allumfassende Stimme. *Sterbliche und ihre Ängste. Du warst bezüglich der ganzen Sache unglaublich ehrenhaft, aber ehrlich, wenn es jemals einen Moment gibt, diese Bedenken beiseitezuschieben, ist es dieser. Dir ist bewusst, dass du nur noch ein oder zwei Minuten vom Tod entfernt bist, oder?*

Meine nächste Antwort ist ebenfalls wortlos, etwas in dem Sinn, dass es mir scheißegal ist.

Stur bist du auch noch. Es ist gut, dass ich diese Eigenschaft zu schätzen weiß. Ich würde es wirklich vorziehen, nicht zu verlieren, was wir hier bereits erreicht haben. Also was, wenn ich dir ein wenig unter die Arme greife?

Meine Antwort könnte vermutlich am besten als *Huh?* ausgedrückt werden.

Ich werde die Macht durch dich leiten. Nur ein wenig Magie, genug, um dich zusammenzuhalten, bis Hilfe kommt. Und ich werde den Rückschlag auf denjenigen richten, der dich angegriffen hat. Ich vermute, du kannst nicht behaupten, dass diese *Konsequenz unfair ist.*

Die Magie lenken? Ich wüsste nicht wie.

Die Stimme kann offensichtlich meine Gedanken lesen, selbst wenn ich keine zusammenhängenden mehr bilden kann. *Ich weiß wie. Ich brauche nur deine Zustimmung. Du willst leben, oder? Mehr musst du mir nicht sagen.*

Die Dunkelheit verdichtet sich um mich herum. Mein Verstand ist zu Matsch geworden.

Ich weiß nicht, wie ich der Stimme irgendetwas sagen soll, für einen kurzen Augenblick schenken mir die Worte jedoch einen Funken Hoffnung. Einen Funken Licht und das Verlangen, danach zu greifen.

Es gab noch viel, was ich tun wollte …

Exzellent. Lass uns jedoch versuchen, zukünftig Erdolchungen zu vermeiden, denn ich muss sagen, dass …

Die Stimme wird von einer letzten Woge Dunkelheit weggespült, die über meinen Verstand schwappt und jeden restlichen Gedanken ertränkt.

Vertraute Stimmen plappern ringsum, krachen gegeneinander und unterbrechen sich.

„Fuck. All das Blut.“

„Wer hätte … atmet sie überhaupt noch?“

„Lockert ihr Kleid! Ich muss die Wunde anschauen.“

„Ivy … ich werde einen Mediziner holen.“

Schritte verschwinden trommelnd in der Ferne. Der Boden unter meiner Wange ist hart, warm und feucht. Die Feuchtigkeit ist bis zu meiner Schulter durchgedrungen.

Alles tut weh.

Stoff bewegt sich an meinem Rücken und ein scharfes Brennen durchfährt mich. Ein Stöhnen kommt über meine Lippen.

„Sie lebt!“

„Du tust ihr weh.“

„Ich muss sie so gut wie möglich stabilisieren. Es ist ein sauberer Schnitt, der allerdings nicht so schlimm blutet wie …“

Mein Rock raschelt und der Klang zerreißender Seide hallt

in meinen Ohren. Etwas wird auf die brennende Stelle gedrückt, woraufhin sie stärker pocht.

Ich keuche und meine Augen fliegen auf. Ich schaue verschwommen auf drei Paar angewinkelter Beine.

„Da ist unsere Kämpferin." Das ist Benedikts Stimme, der es irgendwie gelingt, lässig und rau zugleich zu klingen. Er berührt die Seite meines Gesichts. „Wir holen dir Hilfe, Ivy."

„Halte das hier", befiehlt Stavros in einem abgehackten Ton, an den ich nicht gewöhnt bin, und wendet sich an den dritten Kerl. „Fest, aber nicht zu stark."

Der ehemalige General beugt sich näher, sein Gesicht schwimmt in Sicht, als ich meine Augen bewege. Ich habe Angst, irgendeinen anderen Teil meines Körpers zu bewegen.

Angst davor, wie sehr es wehtun wird … oder wie wenig es schmerzen wird.

Stavros' Hände zucken mit der Geste der Götter über seine Vorderseite. „Wer hat dich niedergestochen?", will er mit leiser, wilder Stimme wissen, die selbst eine Waffe sein könnte. „Wer hat das getan, Ivy?"

Es ist Aleks Stimme, die zittrig von der Stelle erklingt, wo er nun den zusammengeknüllten Stoff auf meine Wunde presst. „Ich hätte nicht gedacht, dass Anya *so* weit gehen würde …"

Benedikt schnaubt. Sein scharfer Ton könnte Stein durchschneiden. „Nicht, wenn es bedeutet, dass Blutspritzer auf ihren hübschen Kleidern landen könnten."

Stavros gibt ein ersticktes Knurren von sich. „Lasst Ivy sprechen."

Doch ich habe ihnen nichts zu sagen. Ich habe die Person nicht gesehen, die mich erstochen hat. Sie hat nicht gesprochen.

Ich kann ihnen kein einziges Detail über meinen Angreifer verraten, abgesehen von …

Mein erster Versuch, zu sprechen, wird zu nichts als einem Krächzen. Ich schlucke die nach Blut schmeckende Spucke, die sich in meinem Mund gesammelt hat, und versuche es noch einmal. „Der Wind …"

Ich spüre mehr, als dass ich es sehe, wie die Männer einen Blick wechseln. Julita versteht es jedoch.

Natürlich, sie war während des Angriffs bei mir, so wie sie es immer ist.

Es muss der gleiche Schurke gewesen sein, der mich ermordet hat. Wenn wir herausfinden, wer dich angegriffen hat, können wir die ganze Verschwörung aufdecken! Solange ... wirst du wieder gesund werden, Ivy? Eine Weile dachte ich ... Du schienst vollkommen wegzutreten und dann tat ich das ebenfalls. Aber etwas fühlt sich jetzt anders an, als hättest du das Schlimmste überstanden.

Ich weiß nicht, wie ich ihr antworten soll. Ich bin mir ohnehin nicht sicher, ob ich Worte bilden könnte.

Hektische Schritte rennen zu uns.

„Hier!", ruft Casimir. Seine sanfte Stimme klingt angespannt. „Bitte beeilen Sie sich. Ich weiß nicht ... es sieht schrecklich aus."

Alek und Benedikt weichen zurück, als sich eine Frau in der weißen Robe einer Medizinerin an meine Seite kniet. Mir geht der verschwommene Gedanke durch den Kopf, dass Weiß zwar die bevorzugte Farbe des friedlichen Elox ist, die Verpflichteten des Gottlen der Heilung, jedoch schrecklich viel Wäsche waschen müssen. Die Heilerin wird mein Blut überall auf ihren Kleidern haben.

Stavros tritt zur Seite, um Platz für die Frau zu machen, und seine echte Hand legt sich auf meine Haare. Ich glaube, ich spüre, dass sie ein kurzes Beben durchläuft, doch das kann nicht sein.

Die Medizinerin atmet entsetzt ein und berührt meinen Rücken zu beiden Seiten meiner Wunde. „Ich werde alles in meiner Macht Stehende tun ..."

Sie verstummt und ein warmes Kitzeln fließt durch mein Fleisch. Die Macht in mir bebt, da sie mit ihrer Magie resoniert, doch sie drängt mich nicht mehr, sie einzusetzen.

Ein Schmerz, der nichts mit meinen Verletzungen zu tun hat, bildet sich in meinem Magen.

Die nächste Bemerkung der Medizinerin sorgt dafür, dass sich der Schmerz tiefer brennt. „Der Schnitt geht nicht so tief, wie ich angesichts der Blutmenge gedacht habe. Er hat ihre Lunge nicht punktiert."

Sie steht auf. „Ich habe sie so gut zusammengeflickt, dass sie bewegt werden kann. Für die restliche Behandlung müssen wir sie zur Krankenstation bringen.“

„Wird sie es überleben?“, flüstert Alek.

Die Verwirrung in der Stimme der Medizinerin ist nicht zu überhören. „Ich glaube … ich glaube, das wird sie. Sie haben sie gerade noch rechtzeitig gefunden.“

Meine Augenlider schließen sich flatternd.

Stavros' Hand gleitet zu meiner Schulter. „Ich werde dich so vorsichtig tragen, wie ich kann, Ivy. Du kannst mich später dafür verfluchen, wenn ich dir dennoch wehtue.“

Seine Stimme ist eigenartig zärtlich geworden. Ich hätte mich darüber gewundert oder über die Sanftheit, mit der er mich in seine muskulösen Arme hebt, doch hinter meinen geschlossenen Augen wirbelt mein Verstand weit weg. So weit weg, dass ich nicht einmal die pochenden Schmerzen meiner teilweise geheilten Wunden spüre.

Kälte hat sich um meinen Magen gelegt. Ich war am Sterben, habe jedoch überlebt. Meine Magie wirkt zufrieden.

Was unter dem Blick der Götter habe ich getan?

Und wer hat den Preis dafür gezahlt?

VIERUNDDREISSIG

Als ich das nächste Mal aufwache, bin ich definitiv nicht auf der Krankenstation.

Ich liege seitlich unter einer dicken Decke in einem breiten Bett mit seidigen Laken. Dunkle Holzpfosten erheben sich von den Ecken des Bettrahmens und bilden einen Gitterbaldachin.

Ein vergoldetes Blattmuster ziert die Wand gegenüber von mir, wo ein passender Kleiderschrank aus Holz steht. Daneben hängen zwei Gemälde: ein ernster Mann im mittleren Alter mit einem zerfurchten Gesicht und eine Frau in ähnlichem Alter mit einem stechenden Blick und vertrauten dunkelroten Haaren. Beide tragen eine Militäruniform.

Bei dem Anblick setzen sich die einzelnen Stücke in meinem Kopf zusammen. Ich weiß nicht, wer das sein könnte außer Stavros' Eltern, und ich weiß nicht, in wessen Schlafzimmer Gemälde der verstorbenen, hochgeachteten Generäle hängen würden, außer in Stavros'.

Warum liege ich in seinem Bett?

Ich rege mich zaghaft, um mich umzudrehen. Als sich die Bettdecke bewegt, wabert ein schwacher rauchiger Pfefferduft durch die Luft, was bestätigt, in wessen Zimmer ich mich befinde.

Ein dumpfer Schmerz erwacht in meinem Rücken zwischen

meinen Rippen und ein schwächerer Schmerz zieht sich dort durch meinen Schädel, wo mich der Messergriff erwischt hat. Beide Empfindungen sind viel leichter zu tolerieren als beim letzten Mal, als ich bei Bewusstsein war, weshalb ich das als Sieg verbuche.

Die Schlafzimmertür steht offen. Als ich mich rege, erscheinen zwei Gestalten in der Tür, als wären sie dorthin gerannt.

Casimir betritt den Raum als Erster. Auf seinem umwerfenden Gesicht zeichnet sich eine Mischung aus Hoffnung und Sorge ab. Er eilt an die Seite des Betts und zögert. „Wie fühlst du dich?“

Alek kommt hinter ihm herein und bleibt am Fußende des Betts stehen. Seine dunklen Haare fallen über die obere Hälfte seiner Maske und verdecken seine Augen. Sein Mund spannt sich jedoch an, während er auf meine Antwort wartet.

Ich befeuchte meine Lippen und streiche mit den Händen über die Matratze – die noch bequemer ist als das Sofa, das mir Stavros bisher überlassen hat, verflucht sollen er und sein schickes Quartier sein. Mit einer vorsichtigen Bewegung stemme ich mich in eine sitzende Position.

Der Schmerz in meinem Rücken flammt auf und beruhigt sich zu seinem vorherigen dumpfen Zustand. Ansonsten tut nichts weh. Das scheint mir ein Wunder zu sein.

Der Gedanke an Wunder sorgt dafür, dass sich ein Kloß am Ansatz meiner Kehle bildet.

„Ich glaube … mir geht es gut“, stelle ich fest und teste meine Stimme. Das Krächzen darin klärt sich nach den ersten Worten.

„Die Mediziner haben deine Wunden vollständig geschlossen“, erklärt Alek hastig. „Sie meinten, es sollten keine dauerhaften Schäden zurückbleiben … Es war ein Glück, dass dein Angreifer nicht mit mehr Kraft vorgegangen ist.“

Ich erinnere mich daran, wie die Klinge tiefer in mich getrieben wurde, wie sie meine Lunge durchbohrte.

Glück oder eine andere Macht, die keiner von ihnen in Erwägung ziehen würde?

Casimir nickt. „Sie haben dich in einen tranceartigen Schlaf versetzt, damit dein Körper die Heilung selbst beenden kann. Wir dachten, dass es hier sicherer wäre als auf der Krankenstation."

Mein Herz setzt einen Schlag aus. „Wie lange war ich bewusstlos?"

„Nicht so lange – ungefähr einen Tag lang." Alek blickt auf seine Hände hinab, die sich um den Bettrahmen geschlossen haben, bevor er mich wieder ansieht und verkündet: „Es tut mir leid."

Ich blinzle ihn an. „Was? Ich bin mir ziemlich sicher, dass du nicht derjenige warst, der mich erstochen hat."

Seine Haltung wird noch steifer, als sie es bereits war. „Niemand hätte die Gelegenheit gehabt, dich zu erstechen, wenn wir dir nicht all diese Anschuldigungen an den Kopf geworfen hätten … Ich hätte mich nicht so aufregen sollen."

Die Gründe, aus denen ich in diesen abgeschiedenen Gang gerannt bin, fühlen sich jetzt im Vergleich zu all meinen anderen Sorgen unglaublich fern an.

Meine Finger krümmen sich in die Decke, doch ich schaffe es, mit ruhiger Stimme zu sprechen. „Ihr scheint immerhin damit recht gehabt zu haben, dass ich in größerer Gefahr schwebte, als ich zur Kenntnis nahm. Wurde … wurde gestern noch jemand verletzt?"

Wenn ich der seltsamen Stimme und den Forderungen meiner Magie in mir trotz meiner besten Absichten nachgegeben habe … Wenn meine zerrissene Magie die schlimmsten Verletzungen geheilt hat, um mich am Leben zu halten … muss jemand den Preis dafür bezahlt haben.

Auf den Gesichtern der Männer zeichnet sich jedoch kein Verstehen ab.

Ein schiefes Lächeln biegt Casimirs Lippen nach oben. „Kurz nachdem dich Stavros hierhergebracht hatte, kamen ein paar Studenten der Militärfakultät zur Krankenstation, die sich beim Nahkampf verletzt hatten. Das ist allerdings nichts Ungewöhnliches."

Keine anderen Verletzungen. Keine Wunden, die plötzlich aus dem Nichts erschienen sind.

Ich spanne meine Arme an, als mein Körper schwankt.

Bedeutet das, dass ich wirklich einfach nur Glück hatte? Habe ich es geschafft, nicht auf meine Magie zuzugreifen?

Ich sinke wieder in das Kissen, anstatt weiter um Gleichgewicht zu kämpfen. „Hat jemand meinen Angreifer gesehen? Habt ihr irgendeine Ahnung, wer es war?"

Alek runzelt die Stirn und beugt sich vor. „Nein. Erinnerst du dich an nichts?"

„Es gibt nichts, zu erinnern. Ich sah denjenigen nicht – er hat mich von hinten angegriffen. Nachdem man mir mit einer Windböe einen Schubs gegeben hat."

„Der Wind", murmelt Casimir und seine Miene verdüstert sich. „Stavros hat erwähnt, dass du etwas darüber gesagt hast … Ich dachte mir, dass du das vermutlich gemeint hast. Ich habe mir die Schriftrolle bezüglich der Turniere angesehen, sie war allerdings nicht hilfreich."

„Jemand mit einer Gabe, mit der das Wetter oder Luftströmungen beeinflusst werden können." Aleks Griff spannt sich um das Fußende des Betts an. „Alle Studenten, die wir mit wetterbezogenen Gaben identifiziert haben, waren an dem Abend anderweitig beschäftigt, an dem Julita angegriffen wurde. Wir müssen ihre Aktivitäten am gestrigen Nachmittag überprüfen, nur für den Fall."

Wer immer versucht hat, mich zu töten, muss die gleiche Person sein, die Julita ermordete. Es ist schwer vorstellbar, dass es *zwei* Adlige gibt, die den Wind manipulieren können und ihre Kommilitonen töten.

Bevor ich das sagen kann, bebt der Boden.

Mein Körper spannt sich erneut an. „Was war das?"

Die Männer wechseln einen Blick.

„Eine ganze Horde Daimon schlägt in der Akademie um sich", erklärt Alek und sein Blick schweift zu dem Fenster, durch welches die Nachmittagssonne scheint. „Die Wachen versuchen, sie zu beruhigen … Sie bleiben in Bewegung, was bedeutet, dass sie nirgends viel Schaden anrichten, allerdings ist es dadurch schwer, sie zu besänftigen … Sie scheinen besonders großes Interesse daran zu haben, das Fundament der Gebäude zu zerstören."

Ich starre sie an. „Und wir sind noch *in* diesen Gebäuden?"

„Sie haben niemanden verletzt", erwidert Casimir ruhig. „Und die Wachen bestehen darauf, dass sie die Situation im Griff haben."

Alek gibt einen rauen Laut von sich. „Sie wissen, dass die Innenbezirke in Panik geraten würden, wenn sie uns alle aus der Akademie evakuieren." Sein Blick huscht zu mir zurück. „Es ist nicht so schlimm wie beim Ball. Bisher scheinen wir besser dran zu sein, wenn wir bleiben."

Diese Erklärung beruhigt mich nicht besonders, doch ich habe kaum noch Kraft für Proteste. Ich bin gerade erst aufgewacht – ich hoffe, dass sie ein besseres Gespür für die Risiken haben als ich.

Casimir hebt die Hand und lässt sie wieder an seine Seite fallen. „Du solltest dich auf deine Genesung konzentrieren. Möchtest du irgendetwas? Oh!" Er eilt mit seiner typischen Anmut aus dem Raum und kehrt mit einem Teller und Glas zurück. „Benedikt hat für dich etwas vom Mittagessen mitgebracht."

„Er wird später noch einmal zurückkommen", berichtet Alek. „Er wollte sich ebenfalls entschuldigen. Und Stavros wird natürlich auch zurückkehren ... Er war den ganzen Morgen hier, aber sie haben wegen der Daimon-Situation eine Personalversammlung einberufen ..."

„Das ist in Ordnung." Ich reibe mir über die Stirn. Ich weiß nicht, ob ich schon mit einem der anderen Männer sprechen will.

Ich weiß auch nicht, ob ich mit den Männern vor mir sprechen möchte.

Ich gebe Casimir ein Zeichen. „Kannst du das Essen bitte auf den Nachttisch stellen ... Und könnte ich ein wenig Zeit für mich haben? Das könnte mir die Genesung erleichtern. Ich fühle mich nicht so schlecht ... Ihr müsst euch keine Sorgen machen. Ihr habt bestimmt ebenfalls Kurse und derlei Dinge."

„Das macht nichts ...", beginnt Alek, doch Casimir macht eine Geste, die ihn zum Schweigen bringt.

Der Kurtisan schenkt mir sein sanftes Lächeln, das eine andere Art von Schmerz in meiner Brust auslöst. „Du hast gestern nie die Zeit für dich erhalten, die du wolltest. Du solltest sie haben. Aber falls du uns brauchst …"

Er zieht ein silbernes Schmuckstück hervor. Es ist oval, hat ungefähr die Größe seiner Daumenkuppe und besitzt an einer Seite Scharniere wie ein Medaillon. Als er es aufklappt, realisiere ich, dass es ein Medaillon *ist* – ein Schlichtes ohne ein Bild im Inneren.

„Benedikt hatte die Idee, die hier zu besorgen, als wir mit unseren Ermittlungen begannen", erklärt er. „Ich schätze, Julitas ist verloren gegangen. Wenn du auf das Innere drückst, wird ein kleiner magischer Impuls ausgeschickt, der den Rest von uns alarmiert und uns anzeigt, wohin wir gehen sollen."

Er legt das Medaillon auf den Nachttisch neben mein Mittagessen. Alek tritt von einem Fuß auf den anderen, als würde er gerne noch mehr sagen, doch sein Mund bleibt geschlossen.

Erwartet er, dass ich mich für die Dinge entschuldige, die *ich* gesagt habe?

Es erschöpft mich, nur daran zu denken, doch es entsprach alles der Wahrheit. Es gibt nichts, was ich zurücknehmen muss.

Casimir gibt ihm einen Schubs. Alek neigt den Kopf und macht eine kurze Drei-Finger-Geste an seiner Vorderseite, die vermutlich meiner Sicherheit dienen soll, als ob die Götter sich für diese interessieren würden.

Gemeinsam verlassen die beiden den Raum. Einen Augenblick, nachdem sich die Tür zu dem Quartier hinter ihnen geschlossen hat, geht ein weiteres Beben durch den Raum.

Mein Magen verknotet sich. Was immer hier nicht stimmt, es wird schlimmer.

Und wer immer dahintersteckt, weiß, dass ich hoffe, ihn aufzuhalten.

Es ist zu viel. Meine Welt hat während des letzten Tags nicht aufgehört, auseinanderzufallen. Sie ist nur in weitere Teile zerbrochen, und zwar in so viele, dass ich nicht weiß, wie ich sie wieder zusammensetzen soll.

Ich schließe die Augen. Das Kribbeln von Julitas Präsenz regt sich in meinem Hinterkopf.

„Du bist noch da, oder?", frage ich. „Du hast mit mir gesprochen, als mich die Medizinerin geheilt hat."

Ich bin hier. Julita hält inne. *Ich dachte, ich sollte vermutlich warten und dir die Entscheidung überlassen, wann du von mir hören willst.*

Ich schätze, mein Ausbruch gestern hat genauso viel an ihr kritisiert wie an den Männern.

Ich verziehe das Gesicht. „Ich bin nicht wütend auf dich. Es war hauptsächlich auf sie gemünzt. Die Art und Weise, wie sie über dich sprachen und wie du über sie sprachst, war einfach so … anders."

Etwas an der vorübergehenden Stille sorgt dafür, dass ich mir vorstelle, wie die Frau mit den kastanienbraunen Haaren, die sie einst war, beschämt den Kopf hängen lässt. *Sie sind gute Männer, allesamt. Ich … ich* brauchte *sie einfach. Ich brauchte jemanden. Ich konnte es nicht allein mit einer ganzen Verschwörung Blutzauberer aufnehmen.*

„Natürlich konntest du das nicht tun." Das bedeutet allerdings nicht, dass sie die Verletzlichkeit anderer Leute ausnutzen durfte, um diese Unterstützung zu erhalten.

Ich musste mir sicher sein, erklärt sie, als würde sie meine unausgesprochene Kritik spüren. *Diese Art der Macht … ihre Versuchung … Es durfte keine Chance bestehen …* Sie verstummt. *Wir haben gut zusammengearbeitet. Sie waren immer für mich da. Es ist allerdings nicht so, als wäre es jemals wirklich um mich gegangen.*

„Worum hätte es sonst gehen können?"

Sie kichert rau. *Stavros brauchte Ruhm. Alek brauchte es, ausgewählt zu werden. Benedikt brauchte jemanden, der mehr als einen Scherzkeks in ihm sah. Cas brauchte eine größere Aufgabe als die, seinen Kunden alle Wünsche zu erfüllen.*

In ihrem Ton liegt eine eigenartige Zärtlichkeit, die anders ist als ihre übliche belustigte Herablassung. Sie kannte die Männer gut.

Ich habe ihnen angeboten, was sie brauchten, und sie gaben mir im Gegenzug, was ich brauchte, fährt sie fort. *Es ist nicht so, als … Selbst wenn ich sie gewollt* hätte … *Sie hätten mich nicht wirklich um meiner selbst willen gewollt.*

Meine Kehle schnürt sich zu. Vielleicht waren die Dinge, die ich den Männern gesagt hatte, doch nicht komplett wahr.

Denn nun höre ich in Julitas Stimme nur Zuneigung und Zweifel. Ich habe auch in der Vergangenheit Hinweise auf ihre Sorge um die vier gesehen.

Wie wichtig waren ihr die Männer unter all ihrem Gehabe? Wie sehr hat Julita sie gewollt und sich einfach geweigert, das zur Kenntnis zu nehmen?

Ich weiß, wie es ist, Mauern hochzuziehen, um sich vor anderen zu schützen, damit sie einen nicht verletzen können. Ihre sehen vielleicht einfach anders aus als meine.

Was brauchte *sie* noch, als sie nach Hilfe gesucht hat? In gewisser Weise hat sie mir das bereits verraten.

Sie musste in der Lage sein, Nein sagen zu können.

„Da bin ich mir nicht so sicher", erwidere ich leise. „Und es war ein wenig unfair von mir, was ich gesagt habe. Ich weiß, dass sie dir wichtig waren."

Julita scheint sich zu sammeln. *Nun, es macht jetzt kaum einen Unterschied mehr. Du hast mehr getan, als in meine Fußstapfen zu treten, Ivy. Sie sollten das und dich respektieren.*

Ich fühle mich immer unwohler mit dem Thema, je mehr es dabei um mich geht. Es gibt einen sehr großen Grund, aus dem die Männer *mich* niemals nur wegen meiner selbst respektieren sollten.

Ich suche nach einem Themenwechsel. „Was ist mit deinem Medaillon passiert?"

Oh. Ich … Als ich mich in dir wiederfand, schaffte ich es, dich dazu zu bringen, mir meine Armkette auszuziehen. Deine Hand lag bereits auf meinem Arm. Doch bevor ich noch etwas veranlassen konnte, übernahmst du wieder die Kontrolle. Es wäre in meinem Beutel gewesen.

Wo es entweder von den armen Sammlern mitgenommen oder von den Verbrecherbossen der Außenbezirke entsorgt worden war.

Es fällt mir schwer, wütend wegen ihres Geständnisses zu sein, da wir einander in dem Moment überhaupt nicht gekannt hatten. Darüber nachzudenken, erinnert mich jedoch an den anderen furchterregenden Eindringling in meinem Kopf.

„Nachdem ich angegriffen wurde, bevor mich die Männer fanden", sage ich. „Hast du die andere Stimme gehört?"

Welche Stimme?

„Jemand anderes, der mit mir gesprochen hat. Der versucht hat, mich dazu zu überreden, mir selbst zu helfen."

Ich kann Julitas Verwirrung in ihrer Antwort hören. *Ich spürte es, als dich der Täter stärker verletzte und ging. Er sagte allerdings nichts. Es war niemand sonst dort und dann wurdest du wahrscheinlich ohnmächtig, denn ich wurde es ebenfalls, ohne es zu versuchen. Hast* du *jemanden gehört?*

„Ich … ich weiß nicht." Habe ich mir diese überwältigende Stimme und ihr Drängen nur eingebildet? War es ein neuer Trick meiner zerrissenen Macht, um mich dazu zu bringen, sie zu benutzen?

Doch soweit ich das erkennen kann, habe ich das nicht einmal getan. Nicht auf die Weise, wie es zuvor funktioniert hat.

Ich reibe mir über die Augen und setze mich wieder auf, um nach dem Wasserglas zu greifen, das Casimir mit meinem Essen zurückgelassen hat. Vielleicht werde ich einfach verrückt wegen all des Chaos, das um mich herum herrscht.

Die kühle Flüssigkeit, die durch meine ausgetrocknete Kehle rinnt, macht mich ruhelos. Ein drittes Beben schubst mich aus dem Bett.

Ich setze meine Beine testend auf den Boden und tigere in dem knielangen Unterhemd durch den Raum, das mir die Mediziner angelassen haben. Stavros' Kleiderschrank ist nicht besonders interessant, es gibt jedoch ein kleines Bücherregal, das neben dem Bett steht und mehrere Bände beinhaltet, die wie erfundene Abenteuergeschichten aussehen und nicht wie die trockenen Texte, die er im Hauptraum aufbewahrt.

Ich widerstehe dem Drang, sie mir anzuschauen, und gehe zum Fenster daneben. Die Aussicht zeigt mir nur ein Geschwader blauuniformierter Soldaten, die vorbeimarschieren.

Ich zucke vom Glas zurück und mein Herz setzt einen Schlag aus.

Ich habe nichts gelöst. Ich habe nur noch mehr Probleme.

Wie kann ich im Bett liegen und hoffen, dass sie sich irgendwie von selbst lösen?

Ich weiß nicht, was ich tun werde, doch ich werde es nicht herausfinden, während ich ein Schläfchen halte.

Jemand – vermutlich Casimir – hat zwei Kleider über die Rücklehne des Sofas gelegt für den Fall, dass ich mich richtig anziehen möchte: mein türkisfarbenes Lieblingskleid und ein neues, das hellgrün ist. Meine Messer und die Bänder, mit denen ich sie unter meinen Kleidern fixiere, liegen auf den Kissen. Ein Paar Schuhe steht auf dem Boden.

Ich greife nach dem grünen Kleid, da es weniger auffällig ist. Im Moment ist mir nicht danach, Aufmerksamkeit zu erregen.

Doch selbst in diesem Kleid liegen die Schichten leichter Seide so schwer wie Fesseln auf meinen Gliedern, als ich mich an den Bändern in meinem Rücken zu schaffen mache.

Ich fühle mich gefangen, seit ich die Akademie betreten habe. Eigentlich schon seit dem Augenblick, in dem ich zu Julitas Rettung geeilt bin.

Ein Messer an jedem Schenkel zu befestigen, sollte mir ein gutes Gefühl verschaffen, die einengende Empfindung lässt jedoch nicht nach. Ich ignoriere die Schuhe und entscheide mich stattdessen für meine alten Lederstiefel, die ich unter das Sofa geschoben hatte, und stecke mein Lieblingsmesser in den linken Stiefel.

Gehst du irgendwo hin?, erkundigt sich Julita. *Wir sollten warten, bis einer der Männer …*

„Ich brauche keinen Aufpasser", unterbreche ich sie, gehe allerdings zurück ins Schlafzimmer und hole das Medaillon. Nur für den Fall. Ich lasse nicht alle Vorsicht fahren.

Als ich an mir hinabblicke, wirkt sogar der hellgrüne Stoff zu hell. Ich verziehe das Gesicht und krame den langweiligen, braunen Umhang hervor, den ich ebenfalls unter dem Sofa verstaut hatte.

Er fließt über das Kleid und verdeckt den Großteil der kräftigen Farbe. Mit der Kapuze könnte ich als Botin oder Bedienstete durchgehen, wenn niemand zu genau hinschaut.

Ein Teil der Anspannung in meiner Brust lockert sich. Bei

den Göttern, ich habe meine alte Unsichtbarkeit auf der Straße vermisst.

Ich übe ein wenig dieser Verstohlenheit, als ich mich aus Stavros' Quartier schleiche. Einige Studenten gehen im Gang an mir vorbei, doch keiner wirft mir einen zweiten Blick zu.

Genauso wenig wie der Soldat, der mich auf seiner Patrouille passiert, obwohl bei seiner bloßen Anwesenheit erneut Furcht über meinen Rücken kribbelt.

Falls ich meine Magie benutzt habe und die Behörden nur noch nicht die Konsequenzen entdeckt haben ... Ich bin von allen Seiten umzingelt.

Ich husche die Treppe hinab, ohne zu wissen, wohin ich gehe, bis ich eine leider vertraute Stimme auf dem Treppenabsatz unter mir höre.

„Ich habe ihm seinen gesamten Wochenlohn abgeknöpft, einfach so." Sogar Anyas Lachen klingt spöttisch. „Das niedere Personal sollte es besser wissen, als mit dem Rest von uns zu wetten."

Es erklingt ein leises Klirren. Ich spähe in der Mitte der Wendeltreppe nach unten und erkenne die Seite ihres hochmütigen Gesichts.

Ein paar ihrer Freundinnen stehen bei ihr. Sie wirft einen schlichten Lederbeutel mit einer Hand hoch, in dem sich anscheinend ihre Gewinne befinden, bevor sie ihn an ihren Gürtel bindet.

Als ihre Freundinnen darüber kichern, dass der Küchenjunge seine Lektion gelernt hat, mit dem sie gewettet hat, knirsche ich mit den Zähnen. Entschlossenheit wallt so sicher und mächtig in mir auf, dass ich sie nicht ignorieren kann.

Ja. Das ist es – das ist es, was ich brauche.

Ich schleiche die Treppe hinab, bis ich fast in Sichtnähe bin. Anya dreht sich um, um den Gang zu betreten, wobei eine ihrer Freundinnen ihr die Tür öffnet, und ich husche leise die letzten Stufen hinab.

Während ich so leise an ihr vorbeigehe, dass mein Umhang kaum raschelt, sorgt eine Bewegung mit dem Messer dafür, dass der Beutel in meine Hand fällt.

Ich husche weiter zum Erdgeschoss und drücke das Leder dabei fest an mich, damit die Münzen nicht klirren. Das leiser werdende Gelächter hinter mir verrät mir, dass Anya den Verlust noch nicht bemerkt hat.

Wenn sie es schließlich tut, werde ich wahrscheinlich nicht einmal mehr auf dem Campus sein.

Ivy?, fragt Julita mit zweifelnder Stimme, doch ich lasse mich von ihr nicht ins Wanken bringen. Ich marschiere an den Wachen vorbei, die den Hof patrouillieren, verkneife mir ein Zittern, als der Boden kurz bebt, und eile durch das Tor.

Ich habe mich in Seide gehüllt, meine Haare frisiert und mein Gesicht geschminkt, um eine der Adligen zu werden. Wenn ich das überstehen will, was der nächste Tag für mich bereithält, darf ich nicht vergessen, wer ich unter all dieser Frivolität wirklich bin.

Ich wähle den schnellstmöglichen Weg zu den Außenbezirken, weiche anderen Fußgängern aus und husche durch Gassen. Mit jeder Meile, die ich hinter mich bringe, werden die Gebäude kleiner und schiefer, bis sie sich von gemauerten Villen zu Holzschuppen gewandelt haben.

Dieses Viertel war auf meiner Tour als Hand Kosmels nicht als nächstes dran, doch ich habe in meiner Abwesenheit ohnehin den Überblick verloren. Die gewaltige Familie aus Außenbezirklern wird meinen Beitrag trotzdem zu schätzen wissen.

Normalerweise würde ich bis zur Dämmerung warten, aber ich kann es nicht gebrauchen, dass Julitas Männer erneut in Panik verfallen. Als ich die erste Wohnstraße erreiche, bei der die Zäune zusammenfallen und die Häuser aus einer Mischung aus wuchernden Pflanzen und reiner Willenskraft zusammengehalten werden, biege ich in eine Reihe ungepflegter Gärten ab.

Da helllichter Tag ist, muss ich öfter als üblich innehalten, um mich flach an einen Mülleimer oder Schuppen zu pressen. Die meiste Zeit sind die Einwohner jedoch in ihren Häusern beschäftigt oder auf der Arbeit.

Nachdem ich die halbe Reihe hinter mich gebracht habe, bleibe ich stehen, um zu warten, bis eine ältere Frau sich um ihren schmuddeligen Garten gekümmert hat. Sie rupft das letzte Unkraut aus und bewegt ihre Hand in der Geste der Götter über ihre Vorderseite. Vielleicht sendet sie dabei ein stummes Gebet an Prospira für gutes Wachstum.

Die Bewegung erinnert mich an Alek, der die gleiche Geste gemacht hat – und an Stavros, der sie gestern über meinem blutigen Körper gemacht hat, und an die anderen Adligen, die diese Geste im Lauf der letzten zwei Wochen Dutzende Male gemacht haben.

Wie seltsam ist es, dass sie und die Leute hier so weit voneinander entfernt, jedoch auf mindestens eine Art gleich sind?

Während ich mich am Rand beider Orte aufhalte.

Ein kurzes Gefühl der Melancholie überkommt mich, verblasst allerdings, als ich mich wieder meiner Aufgabe widme. Ein anderes Fenster und noch eines erhalten ihren silbernen ‚Segen‘.

Es sind nicht besonders viele Münzen in dem Beutel, den ich Anya gestohlen habe. Ich hätte gedacht, dass es sich die Akademie leisten kann, Küchenjungen mehr zu zahlen.

Als ich den letzten Stapel ablege und der Beutel in meiner Hand leicht geworden ist, schwappt ein Gefühl der Erleichterung über mich hinweg.

Ganz gleich, was sonst noch geschieht, ich habe etwas zurückgegeben. Ich habe *jemandem* geholfen.

Das zählt in den Augen der Götter vermutlich nicht viel, doch mir ist es wichtig.

Was jetzt?, brummt Julita, als ich die breite Straße betrete. *Sag mir nicht, wir gehen zurück zur Tuchfabrik. Du kannst nicht einfach gehen …*

„Das tue ich nicht“, widerspreche ich und laufe wieder los. „Ich gehe zurück. Ich musste nur …“

Eine hochaufragende Gestalt tritt aus den Schatten, um mich abzufangen, und die Stimme erstirbt mir in der Kehle.

Stavros stemmt die Hände in die Hüften, legt den Kopf auf die Seite und verzieht den Mund in einem Winkel, den ich nicht deuten kann.

„Also“, sagt er mit seiner kühlen, langgezogenen

Sprechweise, „du bist sogar eine schlimmere Diebin, als ich vermutet habe."

Meine Nackenhaare richten sich automatisch auf, mein Selbsterhaltungstrieb hält mich jedoch an Ort und Stelle und ich versteife mich. Ein leicht hysterisches Lachen bildet sich am Ansatz meiner Kehle.

Habe ich all das überstanden, nur um wegen Diebstahls verhaftet zu werden?

Ich verlagere mein Gewicht auf der unebenen, unbefestigten Straße für den Fall, dass ich wegrennen muss. „Ich betrachte es nicht als Diebstahl, wenn es sich um Geld handelt, das von jemand anderem gestohlen wurde. Was machst du hier?"

Stavros bewahrt die gleiche unleserliche Miene. „Ich habe dich über den Hof eilen sehen und mich gefragt, was deine dringende Mission ist. Und ich vermutete, dass du es mir wahrscheinlich nicht verraten würdest, wenn ich dich einfach frage."

Das Funkeln in seinem dunklen Blick fordert mich dazu heraus, zu protestieren. Das kann ich nicht.

„Also bist du mir hierher gefolgt?" Meine Haut juckt vor Zorn und Entsetzen. Wieso habe ich das nicht bemerkt?

Stavros zuckt mit den Achseln. „Mein Vater war der Ansicht, dass man schlau und kräftig sein muss. Wann immer er konnte, brachte er mir bei, mich unbemerkt zu bewegen. Woher hast du die Münzen?"

Meine Finger spannen sich um den leeren Beutel an. Ich sehe keinen Sinn darin, diesbezüglich zu lügen. „Anya hat damit angegeben, dass sie die Münzen von einem Mitglied des Küchenpersonals gewonnen hat."

„Hmm." Sein Blick hebt sich zu dem Haus hinter mir und sein Kopf zuckt kurz. Er kann vermutlich geradeso das Funkeln des Silbers auf dem hinteren Fenstersims erkennen.

Zu meiner Verblüffung entwischt ihm ein aufrichtiges Lachen.

Stavros schüttelt offenkundig amüsiert den Kopf. „All diese Zeit ... Großer Gott stehe mir bei. *All diese Zeit* hat die Hand Kosmels auf meinem verdammten Sofa geschlafen."

Meine Kinnlade klappt herunter. Ich schließe den Mund

wieder und mein Magen schlingert, meine erste Reaktion hat allerdings bestätigt, dass ich den Spitznamen kenne.

Stavros' Blick liegt wieder auf mir und er mustert mich mit einem weiteren fokussierenden Zucken.

„Wovon sprichst du?", frage ich, weil ich mich nicht dazu überwinden kann, einfach so aufzugeben.

Stavros tut meinen Versuch, das Ganze zu leugnen, mit einer arglosen Bewegung seiner Handprothese ab. „Denkst du, die Geschichten sprechen sich nicht so weit herum? Die Kronenwache hört sich den Tratsch an und dann tratschen sie über die interessanten Geschichten untereinander. Ich verbringe ab und zu Zeit mit ihnen. Ich bin neugierig, wie viele der verärgerten Händler, die sie beschwichtigen mussten, waren deine Opfer?"

Ich recke das Kinn. „Dazu habe ich nichts zu sagen."

„Nein, ich schätze, das hast du nicht." Er mustert mich noch einige Augenblicke mit einem kaum merklichen Zucken seines Kopfs. Wonach genau sucht er?

Ich verschränke die Arme vor der Brust. „Ich *nehme* unsere Ermittlung ernst, egal, was du denkst. Ich … ich musste nur ein wenig Abstand gewinnen und mich daran erinnern, warum sie wichtig ist. Ich war gerade auf dem Rückweg zur Akademie."

„Ich weiß. Ich habe gehört, wie du das gesagt hast … zu Julita, nehme ich an."

„Ja."

Mit einer aufmunternden Geste dreht er sich in die Richtung, in die ich unterwegs war. „Nun, dann komm. Wenn es dir gut genug geht, um durch die Stadt zu rennen, kannst du mir bei meinem Kurs über das Überleben einer Belagerung helfen."

Ist das alles? „Du wirst mich nicht verhaften?"

„Ich hatte es nicht vor, aber ich kann dich zum nächsten Revier der Kronenwache schleppen, falls du das vorziehst."

„Nein. Nein." Ich renne los, um mich ihm anzuschließen, und bin plötzlich verlegen.

Die Verlegenheit wird auf meiner Zunge zu Sarkasmus. „Du wirst mir nicht einmal eine Standpauke darüber halten, dass ich mich meiner Verantwortung entzogen habe? Oder dass ich es versäumt habe, jede besorgte Partei darüber zu informieren, wohin ich gehe?"

Stavros stößt ein Lachen aus, das so rau klingt, dass es mich erschreckt. „Ich habe den Eindruck erhalten, dass ich das gestern mehr als genug getan habe."

Ich öffne den Mund, schließe ihn wieder und entscheide mich schließlich für: „Ich schätze, das hast du getan."

Wir laufen mehrere Minuten lang schweigend weiter und tauschen die Außenbezirke gegen die weniger schmuddeligen Straßen des Rands der Mittelbezirke ein. Stavros legt seine Handprothese, die realistisch geformte, die er aktuell anhat, auf seine andere Handfläche und streichelt mit dem Daumen über die unbeweglichen Finger.

„Du arbeitest schon eine Weile an diesem gemeinnützigen Projekt. Ich habe vor einigen Jahren zum ersten Mal von ‚der Hand Kosmels‘ gehört."

„Ja." Wenn er keine richtige Frage stellt, sehe ich keinen Grund, ihm mehr als eine einsilbige Antwort zu geben.

„Meinen Informationen zufolge gehörten die meisten Händler, die sich über verlorene Einnahmen beschwerten, zur besonders schmierigen Sorte."

Zur Antwort auf diese Bemerkung grunze ich bloß.

Stavros sieht mich an. „Du hast dich immer wieder in schrecklich große Gefahr gebracht. Viel mehr, als wenn du nur gestohlen hättest, um selbst über die Runden zu kommen. Warum?"

Es ist die kürzeste Frage, die man stellen kann, bringt mich allerdings trotzdem dazu, ihm eine vernünftige Antwort zu geben.

„Du hast dich jedes Mal in schrecklich große Gefahr gebracht, wenn du die Armee in den Kampf gegen unsere Feinde geführt hast. Irgendwie warst du der Meinung, dass es das wert wäre."

Ich muss meine Beweggründe nicht deutlicher machen. Er denkt kurz über meine Antwort nach und sagt schließlich: „Ich wurde für diese Gefahr ausgebildet. Ich wurde dazu erzogen. Du hättest nicht …"

„Ich hatte meine eigenen Erlebnisse, die mich darauf

vorbereitet haben. Ich bin nicht glücklich über alles, was ich in meinem Leben getan habe. Wenn ich einige Dinge wiedergutmachen kann, erscheint mir das nur fair."

Er zögert. „Nun, das erklärt viel. Ich weiß, dass dich deine Familie harsch behandelt hat. Ich kann mir nicht vorstellen, was ein Kind tun könnte, dass die Narben auf deinem Rücken rechtfertigen würde."

Oh, das kann er. Er erlaubt es sich nur nicht.

Ich verziehe das Gesicht, ein Teil von mir will jedoch ein wenig ehrlich sein, nur dieses eine Mal. Um noch etwas länger diejenige zu sein, die ich tatsächlich bin.

„Meine kleine Schwester starb, als ich sieben Jahre alt war", erzähle ich. „Meine Eltern haben die Tatsache gehasst, dass ich am Leben war und sie nicht."

Und ihre Vermutung, dass ich meine Schwester getötet hatte.

Wie kann ich ihnen das übelnehmen, wenn ich mir selbst auch nie verzeihen werde?

Diesen Teil der Antwort behalte ich für mich, was der einzige Grund dafür ist, dass sich Stavros' Mund vor Mitgefühl anstatt vor Abscheu verzieht. Er spürt allerdings anscheinend, dass es ein Thema ist, auf das ich nicht näher eingehen möchte.

Er holt tief Luft. „Die Wache hat gestern Abend eine Razzia im *Ruf der Nacht* durchgeführt. Auf dem Dachboden gab es einige Hinweise darauf, dass dort jemand gelebt hat, doch zum Zeitpunkt der Razzia war niemand dort."

Ich war dankbar für den Themenwechsel, mein Herz sinkt jedoch bei dieser Nachricht. „Noch eine Sackgasse."

Hat Ster. Torstem seine besonderen Damen heimlich an einen anderen Ort gebracht? Weiß er, dass wir ihm auf der Spur sind … hat *er* den Angriff auf mich veranlasst?

„Fürs Erste", erwidert Stavros. „Es weist darauf hin, dass alles miteinander verbunden ist. Torstem hat nichts darüber gesagt, dass sie bald gehen würden, als du zugehört hast, oder?"

„Nein. Ich schätze, es könnte ein Zufall sein."

Er schnaubt. „Darauf möchte ich lieber nicht wetten."

Ich schätze, ich würde das auch nicht wollen.

Der ehemalige General beschleunigt seine Schritte und ich

schaffe es, mit meinen kürzeren Beinen mitzuhalten. Erst als die Tempeltürme am Ende der sich nach oben schlängelnden Innenbezirkstraße vor uns in Sicht kommen, widmet er sich wieder dem Thema.

„Angesichts der Umstände würde ich es *stark* vorziehen, wenn du mir den Gefallen tun könntest, keine weiteren spontanen Ausflüge in die Stadt zu unternehmen. Wer immer versucht hat, dich zu töten, wird es vermutlich erneut versuchen.“

Ich kräusle die Nase. „Denkst du nicht, dass du dir auch um dich selbst Sorgen machen solltest? Behältst du die anderen Männer ebenfalls im Auge oder nur mich?“

„Ich kann auf mich aufpassen. Und die anderen sind kaum in deiner Nähe gesichtet worden. Es gibt keinen Grund, aus dem jemand denken sollte, dass du mit ihnen in Kontakt bist.“

„Dennoch ich …“

Das Blut gefriert mir in den Adern.

Mein Blick ruckt zu Stavros. „Hast du Esmae seit dem Angriff auf mich gesehen?“

Seine Stirn runzelt sich. „Julitas Mitbewohnerin, mit der du dich angefreundet hast? Ich kann es nicht behaupten, allerdings habe ich sie vielleicht einfach nicht bemerkt.“

Mein Herz beginnt, schneller zu schlagen. „Sie ist nicht vorbeigekommen, um sich zu erkundigen, ob es mir gut geht?“ Ich nehme an, dass sich mein Aufenthalt in der Krankenstation mittlerweile auf der Akademie herumgesprochen hat.

„Nicht, solange ich bei dir war. Warum?“

Ich zische frustriert. „Ich bin mehrere Male dabei beobachtet worden, wie ich mich mit *ihr* unterhalten habe. Falls jemand nach meinen potenziellen Verbündeten sucht, ist sie die erste Person, die demjenigen einfallen würde.“

Stavros runzelt die Stirn. „Ich bin mir sicher, wenn ihr etwas zugestoßen wäre …“

„Du *weißt* es nicht.“ Ich raffe meine Röcke beim Anblick des Akademietors vor uns und bereite mich vor, loszueilen. „Ich werde Assistentin spielen, sobald ich nach ihr gesehen habe. Falls mein Möchtegernmörder sie nicht schon erwischt hat.“

FÜNFUNDDREISSIG

Als ich über den Hof zum Domi renne, schlingert der Boden leicht unter meinen Füßen. Die Mauern des Quadrings ächzen.

Einer der vorbeigehenden Studenten deutet auf den Boden und stößt einen Schrei aus. Ein schmaler Spalt hat sich in der Erde am Fuß des Gebäudes geöffnet und breitet sich von dort aus.

Scheiße. Eine Gruppe Wachen trampelt herbei und der Kapitän brüllt allen zu „Bleiben Sie ruhig!“, doch ich husche durch die Tür.

Ich weiß nicht, was mit diesem Gebäude passieren wird. Ich weiß nicht, ob die Akademie überhaupt gerettet werden kann.

Aber ich werde nicht zulassen, dass die einzige echte Freundin, die ich gefunden habe, in den Trümmern begraben wird.

Ich erklimme die Treppe zum ersten Stock, indem ich zwei Stufen auf einmal nehme. Als ich in den Gang platze, erschaudert das Gebäude erneut, was so furchterregend ist, dass mein Herz aussetzt.

Einige der anderen Studenten haben sich im Gang versammelt und unterhalten sich ängstlich im Flüsterton. Als ich an ihnen vorbeieile, höre ich ein paar Satzfetzen: ‚unglückliche Daimon‘ und ‚fordern den König heraus‘.

Das Gerücht über eine göttliche Unzufriedenheit geht anscheinend nach wie vor um. Ich kann mich wieder der Arbeit widmen, die echte Quelle für den Aufruhr der Geistwesen zu finden, nachdem ich mich vergewissert habe, dass meine Freundin nicht ermordet wurde.

Ich bin mir sicher, ihr geht es gut, spricht Julita, als ich auf dem Weg zu ihrem alten Schlafsaal um eine Ecke biege. *Niemand käme auf den Gedanken, dass* Esmae *eine Art wachsame Vertreterin des Gesetzes ist.*

„Ich denke nicht, dass wir davon ausgehen können, dass die Person, die mich erstach und zurückkam, um das Messer tiefer zu rammen, in allen Dingen unglaublich logisch vorgeht", brumme ich.

Ich habe fast die Tür des Schlafsaals erreicht, als eine Frau herauskommt, an die ich mich von der Jagd erinnere. Vermutlich eine andere ehemalige Mitbewohnerin Julitas.

„Hi!", grüße ich gezwungen fröhlich und bleibe stehen, als ich sie erreiche. „Ist Esmae dort drin?"

Falls nicht hat sie vielleicht eine Idee, in welchem Kurs Esmae gerade ist. So früh isst sie normalerweise nicht zu Abend.

„Soweit ich weiß", antwortet die Frau und zieht die Brauen zusammen. „Zofia hat um die Mittagszeit nach ihr geschaut, als sie einen Kurs verpasst hat, den sie normalerweise beide besuchen. Esmae meinte, sie würde sich nicht gut fühlen und die Kurse heute auslassen. Ich nehme an, dass sie noch dort drin ist."

Meine Laune sinkt, bevor sie Gelegenheit hatte, sich zu heben. „Du hast sie nicht gesehen?"

Sie schüttelt den Kopf. „Nicht seit gestern Morgen. Es ist allerdings nicht so, als würden wir uns nahestehen." Sie greift hinter sich zur Tür. „Vielleicht wäre es gut, wenn sie mit jemandem redet. Ich kann dich reinlassen."

Julita schnaubt leise, als ich in den Gemeinschaftsraum schlüpfe. *Ich hätte uns dort reinbringen können. Ich kenne diese Tür – es gibt Möglichkeiten, wenn man seine Armkette verloren hat. Sie ist nicht so sicher wie das Tor.*

Ich verzichte darauf, ihr zu erklären, dass es ohnehin keine Rolle spielt. Wir sind drin.

Als mein Blick durch den Gemeinschaftsraum schweift, wird mir bewusst, dass ich nicht weiß, welches Zimmer Esmae gehört. Ich habe sie nicht aus ihrem Zimmer kommen sehen, als ich zuvor hier war.

Wenigstens ist Anya nicht hier. Der gesamte Gemeinschaftsraum liegt momentan verlassen da.

Ich ziehe in einer stummen Frage eine Augenbraue hoch und Julita summt nichtssagend. *Ich habe nie besonders gut darauf geachtet. Du könntest einfach ihren Namen rufen ... Sie wird dich hören.*

Genauso wie die anderen Frauen in ihren Zimmern. Ich bin mir nicht sicher, ob es klug ist, so viel Lärm zu verursachen.

Ich zögere und mache einen Schritt vorwärts, da ich mir denke, dass ich wenigstens näher gehen kann, bevor ich rufe. Doch gerade als ich die Türen auf der rechten Zimmerseite in der Nähe der Stelle erreiche, wo Esmae an jenem ersten Tag saß, öffnet sich eine Tür nur wenige Schritte entfernt von mir.

Meine Augen begegnen einem vertrauten einäugigen Blick. Dieses eine Auge weitet sich ... und Esmae macht Anstalten, die Tür wieder zu schließen.

Ich denke nicht nach, sondern reagiere instinktiv. Dies ist nicht der richtige Zeitpunkt, um nach einem meiner Messer zu greifen, aber ich werfe mich vor und erwische die Tür mit meiner Stiefelspitze, bevor sie den Türrahmen erreicht.

„Esmae, was ist los? Ich bin hier, um dir zu helfen. Falls dich jemand angegriffen hat ...“

„Dies ist wirklich kein guter Zeitpunkt“, quiekt Esmae, doch ich stoße die Tür weiter auf. Dann erstarre ich.

Eine hastige Bandage wurde Esmae oberhalb des Ausschnitts ihres Kleides um die Brust gewickelt und getrocknetes Blut ist darunter sichtbar. Der Stoff rutscht ein Stückchen nach unten, weil sie so plötzlich zurückzuckt, und enthüllt den Rand eines Schnitts – es ist ein oberflächlicher Schnitt, ein roher rosafarbener Streifen, der nicht mehr blutet.

Mein Herz setzt aus. „Sie haben dich auch angegriffen. Ich habe mir Sorgen gemacht ... Wer war es? Warum warst du nicht auf der Krankenstation? Wir müssen den Wachen erzählen ...“

Esmae tritt noch einen Schritt zurück und ihr Gesicht spannt sich bei meinen Worten so stark an, dass mir die Worte in der Kehle ersterben. Ich folge ihr automatisch ins Zimmer und nehme entfernt die Ordnung wahr – das Bett ist ordentlich gemacht, die Bücher sind auf dem Bücherregal alle exakt angeordnet.

„Warum setzt du dich nicht?", fragt Esmae mit eigenartiger Stimme, bei der ich mich frage, ob sie schlimmer verletzt ist, als ich erkennen kann. Sie deutet auf den Stuhl an ihrem kleinen Schreibtisch.

Ich trete dorthin, jedoch nur um mich an der Tischplatte abzustützen. „Wir müssen dich zu einem Mediziner bringen, damit der Schnitt versorgt wird. Und wenn du weißt, wer dir das angetan hat, können wir …"

Ich verstumme zum zweiten Mal, als sich Esmae zwischen mir und der Tür positioniert. Sie greift zu ihrem Bücherregal und nimmt etwas von einem der Regalbretter.

Es ist nur ein Brieföffner, eine dünne Klinge mit einem Holzgriff. Sie hält ihn jedoch wie einen Dolch.

Ivy, etwas fühlt sich hier nicht richtig an, murmelt Julita, als hätte sie Angst, überhört zu werden.

Nein, das tut es nicht. Ich schlucke schwer und umklammere den Stuhl fester. „Esmae, was ist los?"

Sie lächelt schwach und greift sich geistesabwesend an die Kehle – zu dem Anhänger, der zu dem passt, den sie mir gegeben hat –, als wäre sie sich der Bewegung kaum bewusst. „Ich dachte, du wärst noch auf der Krankenstation. Die Mediziner haben dir die Halskette abgenommen. Daran hätte ich denken sollen."

Ich schätze, das haben sie getan. Esmae hat mir die Halskette erst vor kurzem gegeben, weshalb ich nicht daran gedacht habe, nach ihr zu suchen.

Ihr eigenartiger Kommentar erinnert mich allerdings an das magische Kribbeln, das ich an dem Anhänger gespürt habe.

„Kannst du … Kannst du erkennen, wo sie ist? Sind sie magisch miteinander verbunden?" Ich mustere ihren Anhänger und mein Magen schlingert. „Warum wolltest du wissen, wo ich bin?"

„Du warst überall unterwegs." Esmae dreht den Griff des Brieföffners zwischen ihren Fingern und nimmt den Blick nie von mir. „Du hast gesagt, du hättest seit Jahren kaum mit Julita gesprochen. Das hat dich allerdings nicht davon abgehalten, hinter meinem Rücken immer tiefer zu bohren."

Mehrere Bruchstücke der letzten zwei Wochen schieben sich zusammen und ergeben ein ekelerregendes Gesamtbild. Ich sinke auf den Stuhl, allerdings so, dass ich meine linke Hand auf meinen Schenkel direkt neben die überlappenden Stoffbahnen legen kann, die eines meiner Messer verbergen.

„Sie ist verschwunden", erwidere ich leise. „Auch wenn wir uns nicht mehr nahestanden, ist es nur natürlich, dass ich mir Sorgen mache, oder nicht? Esmae, wie hast du diesen Schnitt erhalten?"

„Ich weiß es nicht", blafft sie mit giftiger Stimme. „Aber ich schätze, es hatte etwas mit dir zu tun. Was ist deine Gabe?"

Die Stimme gestern Abend, die von der ich glauben wollte, dass ich sie mir bloß eingebildet hatte, hallt durch meine Erinnerung. *Ich werde den Rückschlag auf denjenigen richten, der dich angegriffen hat.*

Warum sollte Esmae eine Wunde verbergen? Warum sollte sie sich keine Hilfe holen?

Außer sie hatte Angst, dass die Verletzung etwas beweisen würde, was sie geheim halten wollte.

Was, wenn ich gestern meine Magie benutzt habe … und die Heilkräfte, die ich gerufen habe, ihre Krallen in Esmae geschlagen haben, um das Gleichgewicht zu halten? Genau so, wie es die Stimme versprochen hat.

Meine Kehle schnürt sich so fest zu, dass ich einige Sekunden brauche, um meine Stimme wiederzufinden. „Ich habe jetzt größeres Interesse daran, von deiner Gabe zu hören. Wie genau beförderst du Nachrichten durch ganze Länder?"

Warum habe ich sie das zuvor nicht gefragt? Jurnus ist nicht nur der Schirmherr von Kommunikation und Reisen, sondern auch vom Wetter.

Welche bessere Möglichkeit gibt es, als eine Nachricht schnell und direkt mit dem Wind zu transportieren?

Mir ist jedoch nie der Gedanke gekommen, dass die Details ihrer Magie wichtig sein könnten. Sie war so verdammt *nett*.

Esmae lacht dunkel. „Ich denke, zu diesem Zeitpunkt spielt das keine Rolle mehr, meinst du nicht?"

Ich suche nach etwas anderem, was ich sagen kann, weil ein Teil von mir verzweifelt hofft, dass sie offenbaren wird, dass das hier ein schrecklicher Witz ist, wenn ich ihr nur die richtige Vorlage gebe. „Und Messer ... Ich schätze sie können als eine Art Nachricht betrachtet werden, hm?"

Esmae macht nicht den Eindruck, als würde sie meine Worte nicht verstehen. Ihre Augen verengen sich zu Schlitzen und ihre Finger spannen sich um den Brieföffner herum an.

Mir fällt noch etwas ein und es läuft mir kalt über den Rücken. „Als ich in der Cafeteria unter Drogen gesetzt wurde ... Du hast angefangen, mich über Julita auszufragen. War das ein Trick, damit ich unvorsichtig werde?"

Sie rümpft die Nase. „So hätte ich es nie getan. Doch nachdem es getan war, warum hätte ich das nicht ausnutzen sollen?"

Weil wir Freundinnen waren, will ich sagen. Das hat jedoch offensichtlich nie gestimmt.

Die Frage kommt mit einer schwächeren Stimme heraus, als mir lieb ist. „Warum?"

„Ich habe zu hart gearbeitet", erwidert Esmae flach. „Ich habe zu viel aufgegeben, um mir meine Gelegenheit von ihr stehlen zu lassen, und ich werde auch nicht zulassen, dass du mein Leben ruinierst."

Ich habe das Gefühl, dass es unklug wäre, anzumerken, dass sie das mit dem Leben-Ruinieren ganz allein prima hinbekommt.

Wovon spricht sie?, fragt Julita offenkundig bestürzt. *Ich habe mich kaum mit ihr unterhalten, als ich noch am Leben war. Ich habe mich jedenfalls nie in ihre Karriere-Ambitionen eingemischt.*

Ich halte meine rechte Hand in einer beschwichtigenden Geste hoch. „Welche Gelegenheiten denkst du, hat Julita dir zu stehlen versucht?"

Esmaes Stimme wird vor Wut noch schärfer. „Sie hat sich bei dem Professor eingeschmeichelt, von dem ich meine

Empfehlung wollte. Er empfiehlt nur einen Studenten pro Abschlusskurs. Ihre Gabe war nicht einmal sein Spezialgebiet, aber sie musste sich an ihn ranmachen und ..."

Ich schwöre, Ivy, ich habe keine Ahnung, wovon sie spricht. Ich verfolge nicht ... Ich verfolgte nicht einmal die gleiche Laufbahn wie Esmae. Ich habe dir zuvor erzählt, dass ich studiert habe, um das Anwesen meiner Familie zu übernehmen. Sie wollte eine Anstellung bei einer der Hoffamilien. Ich brauchte *keine Empfehlungen.*

Ich zwinge mich, mit ruhiger Stimme zu sprechen. „Sie hat mir erzählt, dass sie vorhatte, nach dem Studium als Gräfin über Nikodi zu herrschen. Warum sollte sie es auf eine Empfehlung für den Hof abgesehen haben?"

„Dann hat sie dich angelogen! Ich habe es mit eigenen Augen gesehen. Er hat mir gesagt, dass ich die Augen offen halten soll, und dann habe ich sie zu Ster. Lezeks Quartier gehen sehen ... sie hat mit ihm gelacht ... sich bei ihm eingeschmeichelt, so wie sie es bei allen getan hat ..."

Julita klingt noch verwirrter. *Ster. Lezek? Ich hatte nie auch nur einen Kurs bei ihm. Ich ging einmal zu seinem Büro, weil ich eine Nachricht erhalten hatte, in der ich darum gebeten wurde. Als er sich mit mir traf, war er deswegen allerdings ebenfalls verwirrt. Wir lachten kurz darüber und dann ging ich ...*

Eine Nachricht. Wie die, wegen der ich Romild gefolgt war, die allerdings zu nichts geführt hatte?

Es läuft mir eiskalt über den Rücken. Oh, nein. Oh, bitte, nein.

„Esmae", sage ich leise, jedoch bestimmt, „wer ist ‚er'? Wer hat dir erzählt, dass es Julita darauf abgesehen hat, sich dir in den Weg zu stellen?"

Nicht Ster. Torstem. Nein, es hätte merkwürdig ausgesehen, wenn sich ein Professor in die Angelegenheiten der Studenten eingemischt hätte.

Doch Torstem war auch nicht derjenige, der mich dazu gebracht hatte, Romild ins Visier zu nehmen.

Es war ...

„Wendos", verkündet Esmae und durchschneidet die Luft wild mit dem Brieföffner. „Wendos aus Nikodi. Er sollte sie kennen, oder nicht? Er sagte, sie wären zusammen aufgewachsen, und sie hätte ihm Dinge erzählt. Er hielt es für unfair, mich nicht zu warnen und in die richtige Richtung dessen zu weisen, was ich zu tun hatte."

Dieser Mistkerl, knurrt Julita. *Wenn wir mit ihm fertig sind …*

Ich hebe meine beschwichtigende Hand höher. „Esmae, du musst mir zuhören. Wendos hat seine eigenen Pläne verfolgt. Er wollte, dass du Julita schadest. Hat er dich auch auf mich aufmerksam gemacht?"

Sie schnaubt. „Das musste er nicht tun. Du hast mir in dem Moment erzählt, worum es dir ging, in dem du hierhergekommen und ihre Sachen durchgegangen bist. Eine Weile dachte ich, dass ich mir doch keine Sorgen wegen dir machen müsste, dass es dir wirklich egal sei … aber dann wurde es offensichtlich."

Es liegt jetzt nichts als wilde Entschlossenheit in ihrem Auge. Wendos hat das wahrscheinlich in ihr gesehen – die irrsinnige Hingabe hinter der ruhigen Fassade, das fanatische Bedürfnis, ihren zukünftigen Posten zu sichern.

Er hat sie Julita auf den Hals gehetzt – warum? War ihm bewusst, dass sein ehemaliges Opfer, bemerkt hatte, dass Blutzauberei auf der Schule praktiziert wurde? Wollte er sie loswerden, ohne dass das Verbrechen eindeutig auf ihn zurückgeführt werden konnte?

Mich lenkte er ab, indem er meine Aufmerksamkeit auf Romild lenkte. Sie hat vermutlich nichts mit der Verschwörung zu tun.

Er wollte, dass ich auf sie achte anstatt auf ihn – oder auf jeden anderen, den ich seiner Meinung nach im Verdacht hatte. Oder vielleicht war es ein Test, um herauszufinden, ob ich Julitas Ermittlungen fortsetze.

Es spielt eigentlich keine Rolle.

„Ich hatte keine Ahnung, dass du etwas mit ihrem Tod zu tun hattest", sage ich ehrlich. „Ich dachte …" Ich dachte, sie wäre wirklich meine Freundin, es klingt jedoch viel zu erbärmlich, das jetzt laut auszusprechen. „Wir können das klären. Wendos ist hier der echte Verbrecher. Wenn wir damit zur Kronenwache gehen ..."

Esmaes Mund spannt sich an. „Du versuchst nur, dich auf jede dir mögliche Art zu retten. Warum sollte Wendos Julita schaden wollen?"

Mein Kopf ist wie leergefegt.

Verflucht! Ich habe es so satt, zu lügen.

„Weil er versucht, eine Verschwörung von Blutzauberern zu vertuschen", spucke ich aus.

Esmae starrt mich mit offenem Mund an. Dann beginnt sie, auf stockende, humorlose Art zu lachen. „Du wirst wirklich alles behaupten. Es wird nicht funktionieren. Ich bin zu weit gekommen. Ich habe geschworen, den Göttern mit meiner Gabe zu dienen, und ich werde sicherstellen, dass ich das so großartig tun kann, wie sie es verdienen."

Ohne Vorwarnung stürzt sie sich auf mich.

Man ist immer im Nachteil, wenn man sitzt und von jemandem aus einer höheren Position angegriffen wird. Die Bewegungsmöglichkeiten sind eingeschränkt und man wird leichter umgeworfen.

Doch trotz der verzweifelten Kraft in Esmaes Vorstoß, ist offenkundig, dass die Adlige nie richtig zu kämpfen gelernt hat. Nicht gegen eine Gegnerin, die auf den Straßen der Außenbezirke um ihr Leben kämpfen musste.

Ich reiße mich zur Seite, rolle mich von dem Stuhl und über den Boden zum Bett. Als meine Schulter gegen den Bettrahmen stößt, ziehe ich das Messer unter meinem Kleid hervor.

Esmaes Schlag rammt die Klinge des Brieföffners in das Kissen des Stuhls. Sie reißt es heraus und wirbelt zu mir herum.

„Gestern hätte reichen sollen. Ich habe *gehört*, dass du am Sterben warst. Dafür habe ich gesorgt."

„Fass das als ein Zeichen auf", erwidere ich. „Es soll nicht so passieren. Esmae ..."

Sie zischt durch ihre Zähne und stürzt sich wieder auf mich. Ich springe zur Seite, verpasse ihr einen Schubs und befördere sie so aufs Bett.

Ich hatte die Idee, sie zu fixieren und so in die Decken zu wickeln, dass sie mich nicht mehr angreifen kann. Sie ist jedoch schneller, als ich erwartet habe. Sie fährt herum und rammt ihre Ferse in meinen Magen, bevor ich ihre Arme packen kann.

Der Brieföffner schneidet über meinen Unterarm. Ich zucke zusammen und greife nach ihrem Handgelenk, kann mit meiner Messerhand allerdings besser umgehen.

Ich habe die Waffe als Verteidigungsmaßnahme gezückt. Ich will es eigentlich nicht benutzen.

Esmae ist zwar verrückt, war jedoch ein Werkzeug und nicht die Impulsgeberin.

Sie ist der einzige konkrete Beweis, den wir dafür haben, dass Wendos Julitas Mord und den Angriff auf mich organisiert hat. Dass Julita *ermordet* wurde.

Mein Unwille, in dem Kampf alles zu geben, ist der größere Nachteil. Esmae durchschneidet die Luft erneut und schlägt um sich. Jede wilde Bewegung zeigt, dass ihr egal ist, wie sie mich verletzt, solange sie nur so viel Schaden wie möglich anrichtet.

In der Zwischenzeit weiche ich in diese und jene Richtung aus in dem Versuch, ihr *nicht* wehzutun.

Ich schaffe es, eines ihrer Handgelenke zu packen und zu fixieren, doch ich muss zur Seite springen, weil sie mit dem Brieföffner nach meinem Gesicht schlägt. Als ich sie gegen die Wand schubse, bringt sie das nur kurz aus dem Gleichgewicht, bevor sie sich wieder auf mich stürzt.

Ich habe Casimirs Medaillon in einer Tasche an meinem Schenkel, es ist jedoch keine Zeit, danach zu greifen. Jede Sekunde, in der ich zögere, bringt Esmae einen weiteren Kratzer oder Schlag an.

Meine Magie beginnt, sich in meinem Brustkorb zu winden und um Aufmerksamkeit zu betteln. Doch entweder hindern sie das kleine bisschen, das ich gestern benutzt habe, oder die Tatsache, dass ich alles andere als überfordert bin, daran, offen an mir zu zerren.

Esmae packt meine Haare und reißt so fest an ihnen, dass meine Kopfhaut schmerzt. Ich kratze mit meiner freien Hand über ihr Gesicht und sie wirbelt mich herum.

Und dann rutschen meine Füße auf dem Teppich aus.

Ich falle auf die Knie und Esmae stürzt sich auf mich.

Meine Magie flammt auf und verlangt, dass ich ihr erlaube, sich einzumischen.

Esmae rammt ihre Hand mit dem Brieföffner nach unten, wobei sie auf meine Kehle zielt.

In diesem Bruchteil einer Sekunde weiß ich, dass ich ihren Schlag eventuell ablenken könnte. Womöglich könnte ich die Klinge anstatt in meine Kehle in meine Schulter lenken.

Allerdings weiß ich auch, dass es nur eine Frage von Sekunden ist, bis meine Magie ihre strafenden Krallen erneut in mich schlägt, sodass ich mich vor Qualen winde … und danach keine Angriffe mehr abwehren kann.

Beide Szenarien enden damit, dass ich so tot wie Julita in der Schlachtquell-Gasse bin, außer …

Obwohl sich mein Magen verknotet, führen meine Kampfinstinkte meine Hand. Ich hebe blitzschnell meinen Arm, um Esmae auf die einzige Weise aufzuhalten, die mir möglich ist.

Kurz bevor sie ihre Klinge in mich gerammt hätte, sinkt mein Messer in ihre Brust, geradewegs in ihr Herz.

Esmae taumelt und ihr Schlag prallt von meiner Haut ab, anstatt sich in sie zu bohren.

„Du", krächzt sie, während sie über mir schwankt. „Du …"

Sie kippt zur Seite, immer noch nach Atem ringend. Ich greife nach ihrer Brust. Ich habe Angst, das Messer zu entfernen, Angst, es nicht zu tun.

„Es tut mir leid, es tut mir leid, ich wollte nicht …"

Mein Flehen und meine panischen Hände können sie nicht retten. Einige weitere wilde, wortlose Laute kommen zusammen mit Spucketröpfchen über ihre Lippen. Der Brieföffner fällt aus ihren schlaffen Fingern.

„Nein!", protestiere ich. „Esmae, komm schon …"

Blut breitet sich in einem immer größer werdenden Fleck auf dem Mieder ihres Kleides aus. Ihr Kopf fällt auf ihren Arm.

Ihre Augen rollen so leer wie ein unbeschriebenes Blatt nach oben.

Kein Mediziner kann ihr jetzt noch helfen.

Sechsunddreißig

Während ich Esmaes Körper anstarre, erklingt irgendwo hinter mir ein Klopfen. Es dauert eine Weile, bis der Laut durch das schockierte Klingeln dringt, das in meinem Kopf dröhnt.

Stavros' Stimme ruft durch die Eingangstür der Wohngruppe. „Ivy? Bist du noch dort drin?"

Seine Faust hämmert erneut gegen das Holz. Ich öffne den Mund, es kommt jedoch kein Laut heraus.

Der ehemalige General kennt anscheinend die Tricks zum Öffnen der Tür, die Julita erwähnt hat, oder vielleicht haben Professoren eine andere Methode, sich Zutritt zu verschaffen. Es erklingt ein Fluchen und eine andere Art von Knall und das Klicken der Scharniere, die ihre Arbeit tun.

Plötzlich habe ich das Bild des gewaltigen Mannes vor Augen, der durch den Gemeinschaftsraum stürmt und meinen Namen ruft. Irgendwie bringt mich das dazu, mich aufzurappeln. Ich öffne Esmaes Zimmertür, gerade als die erste Silbe seine Lippen verlässt.

„Iv…"

Er erstarrt neben einem der Sofas und unsere Blicke treffen sich. Was immer er in meinem Gesicht sieht, sorgt dafür, dass Zorn in seinen Augen aufblitzt.

Stavros stapft wie ein wilder Hengst zu mir, wobei sich die

Muskeln seiner breiten Schultern unter seinem Oberteil und Weste anspannen. „Was ist passiert? Hast du … Du *blutest*.“

Ein Blitz der Panik knistert durch meine schockierte Benommenheit. Was mache ich hier? Er wird sehen … er wird wissen …

Ich stolpere rückwärts, doch er überwindet die letzten Schritte praktisch mit einem Satz und packt meine Hand. Mein Herz hämmert wie wild, ich halte still und spanne mich an, als er den dünnen Schnitt untersucht, den Esmae meinem Unterarm verpasst hat.

Es lässt sich nicht verstecken, oder? Und er muss wissen, womit wir es zu tun haben.

Das ist wichtiger als mein Leben.

Meine Lippen teilen sich erneut und ich bringe etwas mehr als ein Krächzen zustande. „Sie … sie war es. Es war von Anfang an sie.“

Stavros' Miene wird noch düsterer. Er drängt sich an mir vorbei in den Raum.

Ich folge ihm und balle meine zitternden Hände an meinen Seiten zu Fäusten.

Er wird die Wunde auf ihrer Brust sehen, die, die sie bereits verbunden hatte. Er wird sich fragen, wie das passiert ist, da ich behauptet habe, ich hätte meinen Angreifer gestern nicht gesehen, geschweige denn eine Gelegenheit gehabt, mich zu wehren.

Und was, wenn er einen Hinweis auf die zerrissene Magie entdeckt, die er schon einmal verfolgt hat?

Der Überlebensinstinkt, der mir anscheinend nicht komplett abhandengekommen ist, hindert mich daran, auf die Knie zu sinken und um Gnade zu flehen. Ich schwanke noch immer, als Stavros auf Esmaes schlaffe Gestalt hinabblickt.

Sein Kopf zuckt. „Das ist dein Messer.“

Natürlich erkennt er es. Bisher scheint er an nichts anderes zu denken, aber ich schätze, das ist verständlich.

Die Fakten. Ich kann einfach die Fakten aufzählen – die, wegen denen ich nicht hingerichtet werde.

Zumindest nicht sofort.

Ich packe die Rückenlehne des Stuhls, den ich schon

umklammerte, als ich mich mit Esmae unterhielt. „Ich bin hergekommen, um mich zu vergewissern, dass es ihr gut geht, und sie hat mich angegriffen. Sie war es gestern … Sie war es bei Julita … Sie hat eine Gabe, mit der sie Nachrichten mit dem Wind transportieren kann. Sie hat es geschafft, ihre Gabe so zu verdrehen, dass der Wind Waffen für sie trägt. Ich … ich wollte sie nicht töten, aber so wie sie mich angegriffen hat …“

Die schlimmsten der verknoteten Gefühle in mir schießen an die Oberfläche und treffen mich so hart, dass meine Stimme bricht. „Ich dachte, sie wäre meine Freundin.“

„Ivy.“ Stavros packt meinen Ellenbogen. Ich stelle fest, dass ich seinen Hemdärmel so fest umklammere wie den Stuhl, und das nicht wegen des Bebens, das den Boden in diesem Moment durchläuft.

Ein raues Lachen vibriert durch meine Kehle. „Ich hätte es besser wissen sollen. Ich habe keine Freunde. Es funktioniert nicht.“

„Das hier ist nicht deine Schuld. Das hier ist nicht …“ Stavros blickt erneut auf Esmae hinab und seine Stirn runzelt sich. „*Sie* praktiziert Blutzauberei?“

In dem Wirbel meiner Emotionen verhärtet sich etwas in mir. Das hat sie nicht getan – und ich muss mich zusammenreißen.

Ich muss sicherstellen, dass der Mann, der tatsächlich für diese Schrecken verantwortlich ist, erhält, was er verdient.

Meine Beine versteifen sich. Ich drücke das Rückgrat durch und verdränge den Aufruhr in mir, den Schlamassel, den durchzugehen ich jetzt keine Zeit habe.

„Julita hatte von Anfang an recht. Wendos ist Teil der Verschwörung … Er hat Esmae so manipuliert, dass sie dachte, Julita würde ihre Karrierechancen sabotieren. Ich glaube, er hat auch versucht, mich in die falsche Richtung zu lenken. Wir müssen ihn finden, bevor er noch jemandem schaden kann.“

Stavros blinzelt, als würde ihn mein plötzlicher Verhaltenswechsel überraschen. Allerdings nur kurz. Er ist nicht umsonst ein hochdekorierter General.

„Wendos“, brummt er. „Einmal ein Arsch, immer ein Arsch,

wie es scheint. In Ordnung. Dann sollten wir dich hier rausschaffen, die anderen rufen und einen Plan schmieden."

Er wirft einen letzten Blick auf Esmae. „Der König kann entscheiden, was er wegen ihr tun will, nachdem wir uns um die drängenderen Probleme gekümmert haben."

Er führt mich aus ihrem Zimmer und lässt die Tür hinter uns ins Schloss fallen, um ihre blutige Leiche zu verstecken.

Mein Blick huscht über mein Kleid und bleibt an den Blutflecken hängen, die den hellgrünen Stoff verunzieren. Ich ziehe meinen Umhang fester um mich herum, um sie zu verbergen.

Stavros nickt anerkennend. „Gut. Auf geht's zum Archivraum."

Ich lächle angespannt. „Keine Zeit zu verlieren."

Ich eile in einem ähnlich schnellen Tempo hinter ihm die Treppe hinab, wie ich sie hinaufgerannt bin. Als ich nach dem Wandleuchter in dem Gang mit den Wandteppichen greife, zieht Stavros einen silbernen Anhänger heraus, der wie Casimirs aussieht, der sich in meiner Tasche befindet.

Wir platzen in das kleine Archivzimmer. Stavros marschiert schnurstracks zu einem der Regale und holt eine Schriftrolle, die er auf dem Schreibtisch entrollt.

Es ist der Grundriss einer Etage des Domis – eine der Etagen mit Wohngruppen, danach zu urteilen, wie die Zimmer eingezeichnet wurden.

Ein Zimmer hat bereits eine kleine Markierung. Stavros tippt darauf. „Das ist Wendos' Wohngruppe. Ich muss Soldaten rufen und dorthin schicken lassen, weiß allerdings nicht, ob er an einem offensichtlichen Ort bleiben wird, wenn ihm bewusst wird, dass seine Täuschung aufgeflogen ist."

Ja, er hat vermutlich von dem Angriff auf mich gehört und erraten, wer dahintersteckt und weshalb. Und er wird wissen, dass Esmae versagt hat.

Julita meldet sich mit dünner Stimme zu Wort. *Obwohl ich wusste, dass man Wendos nicht trauen kann … Er hat* mich *ebenfalls reingelegt. Nicht nur mit der Nachricht. Unsere zwei Kommilitonen, auf die ich dich während der Jagd aufmerksam gemacht habe … Wer weiß, ob sie überhaupt irgendetwas getan haben? Ihm war womöglich bewusst, dass ich ihn im Auge behielt, und er freundete sich absichtlich mit ihnen an, als ich in der Nähe war, um mich in die Irre zu führen.*

Nach allem anderen, was Wendos getan hat, wäre ich nicht überrascht.

Mein Kiefer mahlt. „Wir müssen herausfinden, wer seine eigentlichen Verbündeten sind. Und wir können uns nicht an Julitas Beobachtungen orientieren – vielleicht auch nicht an meinen. Er hat uns beiden misstraut, weshalb er alles in seiner Macht Stehende getan hat, um uns zu verwirren."

„Wer hat das getan?", will Alek wissen, der gerade aus dem Geheimgang schlüpft. „Was ist los?"

„Wendos", antworte ich düster. Ich verspüre mittlerweile ebenfalls Julitas automatische Abscheu bei der Erwähnung des Namens. „Er war von Anfang an in die Verschwörung verwickelt."

Aleks Augen weiten sich in dem Rahmen seiner Maske. „Er hat wirklich … Bei den Göttern. Da Julita ihn so genau im Auge behalten hat, muss es ihn viel gekostet haben, zu verbergen, was er ausheckt."

Ich verziehe das Gesicht. „So scheint es."

Benedikt eilt aus dem Gang und stößt in seiner Hast beinahe mit Alek zusammen. Seine Schritte wirken heiter, als er um den anderen Mann herumgeht und uns mustert. „Noch ein Notfall. Wir leben in aufregenden Zeiten."

Ich ziehe die Nase kraus. „Ich bin mir nicht sicher, ob ‚aufregend' das Wort ist, das ich benutzen würde."

Er hält inne und sein Blick bleibt auf mir liegen. Plötzlich erinnere ich mich daran, dass dies das erste Mal ist, dass wir seit meiner Beinahe-Ermordung miteinander sprechen. Seit seinen spöttischen Bemerkungen in eben diesem Raum.

Benedikt neigt seinen goldenen Kopf und streckt zaghaft eine Hand aus, um durch meinen Umhang hindurch meinen Arm zu streicheln. „Es ist schön, dich wieder auf den Beinen zu sehen, ungeachtet der Umstände. Du hast uns einen ziemlichen Schrecken eingejagt."

Ich kann nicht verhindern, dass meine Stimme scharf wird. „Nun, ich schätze, es wäre kein *so* großer Verlust gewesen."

Er zuckt zusammen und ich sehe aus dem Augenwinkel, dass sich Alek versteift.

Benedikts Hand sinkt an seine Seite. „Wir waren alle ein wenig aufgebracht wegen der ganzen Situation … Ich habe Dinge gesagt, die ich nicht hätte sagen sollen. Ich würde es bei weitem vorziehen, es mit dir an unserer Seite mit den Blutzauberern aufzunehmen, als ohne dich."

„Ja", wirft Alek rasch ein. „Für den Fall, dass ich das vorhin nicht deutlich genug gemacht habe … Ich bin ganz seiner Meinung."

Anscheinend gibt es nichts Besseres, als beinahe zu sterben, um die Leute ein wenig zur Vernunft zu bringen. Allerdings weiß ich nicht, ob sie das auch noch ernst meinen, wenn die aktuelle Krise überstanden ist. Ich bemerke, dass sich Stavros nicht die Mühe gemacht hat, sich offen bei mir zu entschuldigen, obwohl er mich am meisten fertiggemacht hat.

Es sollte mir egal sein. Es sollte mir egal sein, was sie von mir halten. Es zählt ohnehin nicht, da sie das Schlimmste über mich nicht wissen.

Also verdränge ich den Stich, der mein Herz bei ihren Worten durchbohrt hat, und spreche mit fester Stimme.

„Ich wäre überhaupt nicht hier, wenn mir diese Mission nicht wichtiger wäre als alles andere, was ich tun könnte." Ich schaue von Benedikt zu Alek und spüre die Präsenz des ehemaligen Generals, der hinter mir aufragt.

Jede Antwort, die sie möglicherweise daraufhin gegeben hätten, wird von Casimirs Ankunft unterbrochen. Als er aus der Wand tritt, das Gesicht vor Sorge angespannt, sorgt ein weiteres Erschaudern des Gebäudefundaments dafür, dass mein Herz einen Schlag aussetzt.

Nichts wird mehr eine Rolle spielen, wenn wir diese Katastrophe nicht schnell in Ordnung bringen.

Ich klatsche in die Hände. „In Ordnung. Es geht um Folgendes. Wendos hat eine Menge Leute manipuliert, um seine Beteiligung an der Verschwörung zu vertuschen. Er hat Julitas Mord veranlasst. Und er treibt gerade bestimmt etwas viel Schlimmeres – er und die anderen. Die Daimon waren noch nie zuvor so aufgebracht. Wir müssen sie schnell aufhalten."

Benedikt und Casimir nehmen diese Enthüllung leicht schockiert auf, lassen allerdings nicht zu, dass es sich auf die bevorstehende Diskussion auswirkt.

„In Ordnung", sagt Casimir leise, jedoch ruhig und schaut zu Stavros. „Kannst du die Kronenwache jetzt hinzuziehen?"

Stavros nickt. „Das ist mein nächster Halt. Die Wachen sind allerdings schrecklich auffällig – es ist leicht, ihnen auszuweichen. Ich denke, wir haben eine bessere Chance, wenn wir den Mistkerl selbst aufspüren."

Vor allem, falls Wendos noch nicht bewusst ist, wen Julita und ich auf unserer Seite haben.

Ich blicke auf den Grundriss hinab. „Also muss jemand seine Wohngruppe überprüfen. Der Speisesaal ist offensichtlich ebenfalls eine Möglichkeit. Benedikt, du hast gesagt, dass du zuvor mit ihm Karten gespielt hast, oder? Und ist er nicht in einem der Clubs, die Ster. Torstem leitet – der, bei dem Käfer studiert werden?"

Benedikts Mundwinkel biegt sich nach oben. „Du hast alles im Blick. Ich kann durchs Erdgeschoss des Domis gehen und den Speisesaal sowie die Unterhaltungsräume überprüfen."

„Ich werde bei seinem Schlafsaal vorbeigehen und mich umhören, ob ihn jemand vor kurzem gesehen hat", verkündet Casimir. „Allerdings … wir müssen in der Lage sein, uns ein Signal zu senden, falls wir ihn finden. Ich möchte, dass Ivy mein Medaillon behält."

Alek gibt ihm ein Zeichen. „Wir können zusammenbleiben. Ich habe seinen Kursplan auswendiggelernt. Ich werde mich bei den Quartieren der Professoren umsehen, während du seine Wohngruppe überprüfst. Dann können wir kurz hintereinander zum Quadring gehen und schauen, ob er früh zu seinen Nachmittagskursen erschienen oder zu einem der Büros gegangen ist, um Hilfe zu erbitten."

Stavros stützt seine Hände auf den Schreibtisch. „Falls ihr ihn entdeckt, alarmiert ihr den Rest von uns und haltet Abstand. Lasst ihn nicht aus den Augen. Die Kronenwache ist dazu ausgerüstet, ihn tatsächlich festzunehmen. Wir müssen sie lediglich in die richtige Richtung weisen."

Seine letzten Worte zerren an einer Erinnerung. Ich zögere und runzle die Stirn.

Esmae hat etwas darüber gesagt, dass sie in die richtige Richtung gewiesen wurde …

Wendos hatte angedeutet, dass er das tun würde, indem er sie in Bezug auf Julita warnte. Doch da war auch …

Nach dem Massaker auf dem Ball. Er unterhielt sich mit diesem Kerl aus dem so genannten Käferclub über ein Wesen, das schwer zu kontrollieren war.

Man kann sie in die richtige Richtung weisen, aber nicht sicherstellen, dass sie sich genau so verhalten, wie man es möchte. Ich habe die Information so deutlich, wie ich konnte, übermittelt.

Welche Information? Wer waren die ‚Sie‘, von denen er sprach?

Nicht die Kronenwache, wenn er Romild nur belästigt hatte, um mich in die Irre zu führen, und nicht ich, da er nicht wissen kann, dass sich momentan mehr als eine Person in mir befindet.

Der Boden erbebt unter mir und scheint einen kalten Schauder direkt durch meine Haut zu jagen.

Ich befeuchte meine Lippen. „Wir wissen, dass Wendos Esmae manipuliert hat und vielleicht auch Julita und mich. Nach dem Ball hat er allerdings über etwas anderes gesprochen … Falls das Chaos dort *wegen* ihm und den anderen Verschwörern herrschte, klang es beinahe so … als hätten sie die Daimon vielleicht absichtlich gelenkt und es war gar keine zufällige Konsequenz. Ist das überhaupt möglich?"

Die Männer halten inne. Benedikt lacht schallend, schließt bei Stavros' strengem Blick jedoch den Mund.

Aleks Augen verdunkeln sich nachdenklich. „Ich habe noch nie einen Bericht über eine Gabe gelesen, die einem Zauberer die Kontrolle über Daimon gibt. Sogar das, was einige der Soldaten getan haben … Das ist allgemeine Magie, die Frieden in einem Wesen ermutigt, nichts, was speziell für Daimon gilt."

„Und es war auch nicht besonders effektiv bei ihnen", bemerkt Benedikt.

Alek nickt. „Sie sind göttliche Geister, die der Herrschaft

aller Gottlen unterstehen. Niemandes Gabe sollte reichen, um sie zu befehligen."

Mein Mund verzieht sich zu einem gequälten Lächeln. „Ist das nicht der Sinn der Blutzauberei? Zu versuchen, sich über die Götter zu erheben? Wenn sie durch die Weihen anderer Leute, die den verschiedenen Gottlen gelten, auf große Gaben zugreifen …"

Stavros reibt sich über den Kiefer. „Ich weiß nicht. Wir können nicht sagen, dass es *nicht* möglich ist. Wenn es jedoch keine Berichte darüber gibt, dass die ursprünglichen Blutzauberer das geschafft haben, scheint es unglaublich unwahrscheinlich zu sein. Er hat vermutlich bloß gemeint, dass ihre anderen Aktivitäten die Daimon provoziert haben."

So hat es sich nicht angehört. Und es ist ja nicht so, als wären uns nach der Großen Vergeltung vollständige Berichte über all die brutale Zauberei geblieben, die diese ausgelöst hatte.

Doch jede Sekunde, die ich mit einer Diskussion darüber verbringe, ist eine weitere Sekunde, in der wir Wendos und seine Mittäter nicht aufspüren.

„Vergesst das", sage ich. „Wir haben einen Plan. Außer … Julita, gibt es etwas, was du hinzufügen möchtest?"

Die Männer verstummen, als ich auf ihre Antwort warte, und spannen sich kaum merklich an. Keiner von ihnen hat seit meinem gestrigen Ausbruch ihre Präsenz in mir erwähnt.

Nach dem, was ich ihnen erzählt habe, wissen sie vielleicht nicht, was sie davon halten sollen, dass sie noch hier ist.

Das hier war jedoch allen voran ihre Mission. Sie verdient die Gelegenheit, ihre Meinung zu sagen.

Ein Hauch von Dankbarkeit färbt Julitas Stimme. *Ich glaube, du hast alles abgedeckt, Ivy. Ich möchte einfach nur, dass Wendos und diejenigen, mit denen er zusammenarbeitet, zerstört werden.*

„Zerstört Wendos", richte ich den anderen aus. „Klingt für mich nach einem guten Anfang."

Alek deutet mit dem Kopf zu Casimir. „Du und ich können durch den gewöhnlichen Archiveingang gehen, damit wir nicht dabei beobachtet werden, wie wir alle gemeinsam den Gang betreten."

Als sie zur Tür gehen und Benedikt den Geheimgang öffnet, legt Stavros seine Hand auf meine Schulter. „Du kommst mit mir, edle Diebin."

Der veränderte Spitzname sendet ein eigenartiges Flattern durch meine Brust trotz meiner Verärgerung über die zweite Hälfte. Jetzt bin ich plötzlich edel?

Ich nehme an, dass er mich in den Palast mitnehmen möchte, damit ich berichten kann, was ich gesehen habe. Mein Herz beschleunigt sich, als wir durch den Gang marschieren.

Stattdessen führt er mich die Treppe hoch zum dritten Stock und zu seinem Quartier.

Als er die Tür aufschließt, runzle ich die Stirn. „Was machen wir hier oben? Gibt es etwas, was du in den Palast mitnehmen musst?"

„Nicht ganz." Stavros winkt mich herein und zieht eine Truhe unter das Fenster. Was immer er durchgeht, es ist eine Menge Klirren und Poltern zu hören.

„Du wirst hierbleiben, während wir Wendos suchen", verkündet er, ohne mich anzuschauen.

Meine Augen quellen fast aus ihren Höhlen. „Sei nicht lächerlich. Wir müssen alle …"

„Du hast genug getan", unterbricht er mich in einem so festen Ton, dass ich zögere.

Er steht mit etwas in seinen Händen auf. „Du wurdest beinahe zweimal in genauso vielen Tagen ermordet und mir wäre es lieber, wenn ich mir keine Sorgen darüber machen muss, dass es noch einmal passiert, sobald ich mich umdrehe. Das hier ist der einzige Ort im College mit einer Tür, die nur du und ich – und vermutlich der Dekan – öffnen können."

Ich schaue ihn finster an. „Ich schätze, dann sollten wir darauf hoffen, dass der Dekan nicht zu der Verschwörung gehört. Ich kann helfen. Ist es nicht viel wichtiger …"

Der ehemalige General durchquert den Raum mit wenigen Schritten. „Wir vier können uns darum kümmern – und die gesamte Kronenwache, wenn ich sie erst einmal geholt habe. Und falls ich mich diesbezüglich irre …"

Er reicht mir das Objekt, das er aus der Truhe geholt hat. Es ist ein Ledergürtel, der doppelt so breit ist wie der zarte feminine, den ich aktuell trage. Außerdem ist an einer Seite ein Kurzschwert in einer Scheide befestigt.

Ein Kurzschwert, auf dessen golden schimmerndem Griff das Wappen der Königsfamilie prangt.

Meine Lippen teilen sich. Ich reiße meine Augen davon los und schaue Stavros an.

Stavros' Blick bohrt sich in meinen. „Teil meiner alten Militärausrüstung. Dieses Wappen hat Gewicht. Zeige es und wer immer in der Nähe ist, wird auf dich hören, falls du dessen Hilfe brauchst."

Ein Lachen entfährt mir. „Und das gibst du einer Diebin?"

„Ivy …" Er drückt mir das Schwert in die Arme und tritt mit der gleichen Bewegung näher. Sein Kopf beugt sich über meinen und seine Hand hebt sich, um meinen Kiefer zu umfassen.

„Du bist nicht nur eine Diebin", sagt er. „Das ist mir bereits vor einer Weile bewusst geworden und ich hätte es nicht vergessen sollen. Ich habe gesehen, wie engagiert du dich der Sache widmest. Du … du bist wie niemand, den ich jemals gekannt habe. Ich weiß nicht, was zwischen dir und Casimir läuft oder mit wem noch …"

Ich mache ein finsteres Gesicht. „Das ist nichts, wegen dem du dir …"

Stavros spricht weiter, bevor ich mehr sagen kann. „Es steht mir ohnehin nicht zu, zu urteilen. Was wichtig ist … Ich habe eine Hand aufgegeben, um eine Gabe zu erhalten, die ich nicht mehr nutzen kann. Und jetzt scheint eine andere ‚Hand' zu mir gekommen zu sein." Der Schatten eines Lächelns berührt seine Lippen bei dem Verweis auf meinen Außenbezirk-Spitznamen. „Eine bessere, als ich sie mir hätte wünschen können. Vielleicht besser, als ich es verdiene."

Meine Kehle schnürt sich zu. „Stavros …"

„Hör einfach zu. Ich möchte dich nicht verlieren und war schon zu viele Male kurz davor. Mir fällt keine andere Möglichkeit ein, wie ich dich im Moment beschützen kann. Also bleib hier und pass einmal in deiner Existenz gut auf dich auf. Bitte."

Das ‚Bitte' löst etwas in mir, von dem ich nicht wusste, dass ich es so fest gehalten habe. Ich schlucke schwer gegen die Woge der Zuneigung an, die ich instinktiv zügle.

Er hätte das nicht gesagt, wenn er alles wüsste.

Dass er es sagt, obwohl er einen Teil von mir kennt, fühlt sich jedoch unglaublich an.

Ich verlagere das Schwert in meinen Armen. „In Ordnung. Ich werde hierbleiben. Solange es keinen dringenden Grund gibt, aus dem ich gehen *muss*.“

Ein Glucksen purzelt von Stavros' Lippen. „Das klingt nach dem besten Versprechen, das ich erwarten konnte.“

Etwas verändert sich auf seinem Gesicht. Röte kriecht mir den Hals hinauf, als ich den Eindruck erhalte, dass er mich küssen wird.

Der Moment knistert zwischen uns und verschwindet, als Stavros zurücktritt. Er verneigt den Kopf vor mir. „Wir werden die Blutzauberer in dieser Akademie so schnell wie möglich zusammentreiben.“

Dann marschiert er aus dem Raum und lässt mich mit dem königlichen Schwert eines Generals zurück und einem Wirbel aus Emotionen, in dem ich ertrinke.

Ich mache ein paar Schritte rückwärts und breche quasi auf dem Sofa zusammen.

„Was war *das*?“, frage ich die Luft – und unbeabsichtigt den Geist in mir.

Julita lacht, es schwingt jedoch ein Hauch Melancholie in ihrer Stimme mit. *Du hast ihn wirklich stark berührt. Ich habe ihn noch nie so sprechen hören.*

Nicht in ihrer Gegenwart … oder zu ihr, schätze ich.

Mein Magen verknotet sich. „Ich war nicht nach etwas Derartigem auf der Suche, als ich herkam. Ich hatte nie vor …“

Ich weiß. Es gibt nichts, wegen dem du dich rechtfertigen musst. Selbst wenn ich noch richtig hier wäre, war keiner von ihnen der Meine, zumindest nicht weiter, als ich sie benutzt habe. Ich erhielt, was ich brauchte.

Vielleicht ist das eine Geschichte, die sie sich erzählt, um den Schmerz darüber zu verringern, was sie verloren hat. „Sie waren dir wichtiger als das.“

Ich mochte sie recht gern und sie mochten mich. Mehr war es allerdings nicht. Wie es scheint, hast du ihnen in ein paar Wochen etwas gegeben, womit ich mich in den Monaten unserer Zusammenarbeit nicht aufgehalten habe. Ich glaube, sie alle haben dir Dinge erzählt, die sie mir nie anvertraut haben.

Ich weiß nicht, wie sehr sie um das Leben trauert, das sie verloren hat, oder um die Gelegenheiten, die sie nicht genutzt hat, ihr Versuch, in einem fröhlichen Ton zu sprechen, kann ihren Kummer jedoch nicht verbergen.

„Wenn wir Wendos und Ster. Torstem und wer noch beteiligt ist, aus dem Verkehr gezogen haben, werde ich hier fertig sein", erinnere ich sie. „Ich werde sie auch nicht mehr haben."

Sie mokiert sich. *Ich habe mir jede Gelegenheit entgehen lassen, die ich möglicherweise hatte. Warum solltest du dasselbe tun? Ich bezweifle, dass dich einer von ihnen vor die Tür setzen wird. Egal, ob du es nur auf einen von ihnen abgesehen hast oder auf eine ganze Gruppe so wie Signy.*

Ich gebe einen abweisenden Laut von mir und hoffe, dass sie die freudige Erregung nicht spüren kann, die kurz in mir aufflammt bei dem Gedanken, alle vier Männer auf alle möglichen Arten an meiner Seite zu haben.

Die wichtigste Information über mich kennt sie genauso wenig wie die Männer. Es ist viel komplizierter, als mir einfach nur zu nehmen, was ich will.

Und wer weiß, was sie in mir sehen werden, wenn die Gefahr gebannt ist.

Ich beuge mich auf dem Sofa vor, öffne den Mund, um das zu sagen, und ein derart heftiges Beben rollt durch den Raum, dass meine Knochen rasseln.

Siebenunddreißig

Die Bücher auf den Regalen wackeln. Eine Schreibfeder fällt von Stavros' Schreibtischkante.

Ein unheimliches Stöhnen hallt durch die Wände.

Mein Herz macht einen Satz und ich springe vom Sofa auf. Als ich zum Fenster eile, sieht die Aussicht draußen bereits falsch aus.

Sowie ich das Glas erreiche, verstehe ich wieso.

Einer der vier Türme des Quadrings bricht gerade zusammen.

Eine Flut lockerer Steine und zerfallenden Mörtels poltert mit einem erderschütternden Donnern zu Boden. Der Boden schlingert unter meinen Füßen, sodass ich mich an die Fensterkante klammere.

Schreie hallen so laut über den Hof, dass sie durch das Glas dringen, sind jedoch so undeutlich, dass ich sie nicht verstehen kann. Ich weiche zurück und kalter Schweiß bricht auf meinem Rücken aus.

Der Boden erschaudert erneut.

Das verheißt nichts Gutes, meint Julita mit angespannter Stimme.

Ich schnappe mir das Schwert, das ich habe fallen lassen, und wickle mir den Gürtel um die Taille. „Das tut es nicht. Stavros wird mir vergeben müssen, dass ich das Zimmer verlasse, wenn es so aussieht, als würde uns gleich die Decke auf den Kopf fallen."

Als ich den Gang betrete, eilen bereits einige Professoren vor mir zur Treppe.

„Wir müssen jetzt evakuieren", sagt einer von ihnen. „Die Geister sind völlig verrückt geworden."

Eine andere Professorin nickt. „Überprüft die Wohngruppen. Bringt alle Studenten auf den Hof. Der Dekan schaltet die Schließanlage im ersten und zweiten Stock aus, damit niemand verletzt und unerreichbar in seinem Zimmer eingesperrt wird."

Ihre Aussage sickert durch das Hämmern meines Pulses. Die Schlösser der Wohngruppen werden deaktiviert?

Das bedeutet, ich könnte in Wendos' Zimmer eindringen und seine Habseligkeiten durchsuchen.

Keiner der Männer hat bisher den Alarm in dem Medaillon ausgelöst. Sie haben ihn noch nicht gefunden.

Und wer weiß, wie viel schlimmer, dieses Desaster werden wird, wenn wir nicht bald herausfinden, was Julitas alter Feind und die anderen Blutzauberer aushecken?

Ich renne den Professoren hinterher und rase die Treppe hinab, nachdem sie abgebogen sind, um sich mit den Wohngruppen im zweiten Stock zu befassen.

Ich habe einmal gesehen, wie Wendos seine Wohngruppe verlassen hat, nachdem ich Julitas bei meinem ersten Ausflug zur Akademie besucht hatte. In meinem Hinterkopf beschwöre ich das mentale Bild herauf, das zu dem markierten Grundriss passt, den mir Stavros gezeigt hat.

Im ersten Stock drängen sich Studenten im Gang – manche schieben sich an mir vorbei zur Treppe oder eilen zu den anderen Treppen, wieder andere stehen verwirrt herum. Ich schlängle mich so geschickt wie möglich zwischen ihnen hindurch und bin dankbar, dass mein Ziel nicht allzu weit weg ist.

Ein dünner, gehetzt aussehender Kerl kommt gerade aus dem Gemeinschaftsraum von Wendos' Wohngruppe und stolpert, als der Boden plötzlich erzittert. Ich packe seinen Arm, um ihm dabei zu helfen, das Gleichgewicht zu wahren, und er schenkt mir ein angespanntes, jedoch dankbares Lächeln. „Danke. Das hier ist der helle Wahnsinn."

Ich gluckse halbherzig zustimmend und deute mit dem Kinn zu dem Raum, aus dem er gekommen ist. „Du bist einer von Wendos' Mitbewohnern. Ist er noch dort drin?"

Der Kerl verzieht das Gesicht. „Er ist vor einer Weile gegangen, als hätte er etwas Wichtiges vor – sein Glück. Er hat eine Bemerkung darüber gemacht, dass er zu hohen Orten gehen würde, was immer das heißen soll."

Hohe Orte. Der Ballsaal? War er in dem Turm, der gerade zusammengebrochen ist?

So ein Glück haben wir bestimmt nicht.

„Du solltest besser ebenfalls von hier verschwinden", schlage ich vor und der Kerl zögert nicht, sich an mir vorbeizudrängen und genau das zu tun. Er schaut nicht zurück, weshalb er nicht sieht, dass ich durch die Tür in den Gemeinschaftsraum schlüpfe, den er gerade verlassen hat.

Er *ist* verlassen – der Kerl war anscheinend der Letzte, der gegangen ist. Die Zimmertüren sind alle geschlossen oder einen Spaltbreit geöffnet, es sind jedoch keinerlei Bewegungen zu hören.

Bist du dir sicher, dass du das tun willst?, erkundigt sich Julita, als ich zu dem Zimmer haste, das mir am nächsten ist. *Falls die Decke einbricht …*

„Dies ist unsere beste Gelegenheit, sicherzustellen, dass die Katastrophe nicht diesen Punkt erreicht", murmle ich und reiße die erste Tür auf.

Meine Überzeugung wird von einem heftigen Ruck erschüttert, der durch den Boden geht – und beim Anblick eines Risses, der sich im Gips auf der gegenüberliegenden Wand öffnet. Mit knirschenden Zähnen spähe ich in den Raum.

Haufen abgelegter Kleider, ein umgekippter Kelch auf einem fleckigen Teppich, zerknitterte Bettwäsche – offensichtlich jemand, der es gewöhnt ist, dass Bedienstete hinter ihm herräumen.

„Siehst du etwas, was aussieht, als würde es Wendos gehören?", frage ich Julita.

Nein. Das hier sieht ihm nicht ähnlich. Er ist immer sorgsam mit seinen Sachen umgegangen.

„Gut, das wird dabei helfen, die Auswahl einzuengen."

Die nächsten zwei Zimmer sind nicht ganz so chaotisch, allerdings nicht annähernd ‚sorgsam'. Das vierte sieht ordentlich aus, Julita bemerkt jedoch die Gottlen-Sigille an einem Wandbehang über dem Schreibtisch. *Das muss jemand sein, der sich Creaden verpflichtet hat. Wendos hat sich für Prospira entschieden.* Ihr Ton wird ätzend. *Er wollte seine eigene Form des Wohlstands.*

Die Dielenbretter schaukeln unter meinen Schritten, als ich zur nächsten Tür sprinte. Ein fernes Grollen deutet an, dass weitere Steine herabgefallen sind.

Ich reiße die Tür mit einer zittrigen Hand auf – und sehe ein ordentlich gemachtes Bett, einen geschlossenen Schrank und Regale, in die Bücher, Schriftrollen und verschiedene Holzgeräte sortiert sind. Was mich jedoch überzeugt, dass wir hier richtig sind, ist der Glasbehälter hinten auf dem Schreibtisch, in dem ein paar knallorangefarbene Käfer über einen Streifen moosige Rinde krabbeln.

Ich marschiere in den Raum. „Er mag Käfer wirklich, hm?"

Julita gibt einen angeekelten Laut von sich. *Entweder das oder es dient dazu, die Fassade aufrechtzuerhalten. Allerdings wäre ich nicht überrascht angesichts dessen, wie tief er sich sinken lässt.*

Ich reiße die Schubladen des Schreibtischs auf und entdecke schnell einen unumstößlichen Beweis dafür, wessen Zimmer das hier ist: einen Stapel Papiere – ein Bericht, an dem Wendos mit einer engen Handschrift gearbeitet hat – und auf dem oben bereits sein Name steht.

Ich grabe tiefer und schiebe Federn, zugestöpselte Tintenfässer, Blätterstapel und Ersatzkerzen beiseite. „Das sieht alles nach Arbeiten für sein Studium aus."

Es erscheint mir unwahrscheinlich, dass er einen offensichtlichen Beweis für seine magischen Experimente herumliegen lässt, auch wenn das hier sein Privatzimmer ist.

„Wir brauchen nur einen Hinweis, irgendetwas … Was tun sie, um die Daimon jetzt aufzuregen? Wo wirken sie ihre Magie? Niemand kann immer vorsichtig sein."

Ich gehe in die Hocke, um mit der Hand unter dem Bett entlangzufahren, doch Wendos hat nicht nur keine Sachen auf dem Boden herumliegen lassen, sondern fegt ihn anscheinend auch regelmäßig. Ich finde nicht eine Staubfluse.

Als ich die Matratze hochhebe, entdecke ich einige Skizzen nackter Frauen, die sich in provokativen Posen räkeln. Derartige Bilder verstecken jedoch vermutlich die Hälfte der anderen männlichen Studenten – und einige der Frauen.

Vielleicht die Bücher?, schlägt Julita vor.

Während der Boden erneut bebt, drehe ich mich zu dem Bücherregal um. Ungeachtet des Chaos, das ich anrichte, reiße ich ein Buch nach dem anderen aus dem Regal. Ich schüttle die Seiten über dem Boden aus, um zu sehen, ob etwas darin versteckt ist, und werfe sie anschließend weg.

Ein bedrohliches Knacken hallt durch die Wände. Julita windet sich in meinem Hinterkopf. *Ivy, wir kommen nicht weiter. Die ganze Akademie könnte einstürzen.*

„Nein. Ich werde noch nicht gehen. Nicht, bis ich alles versucht habe. Du warst monatelang von Wendos besessen, obwohl die Männer anfingen, an dir zu zweifeln, und du hattest recht. Also lass uns das hier durchziehen.“

Die letzten Worte spreche ich durch zusammengepresste Zähne, als ich das letzte Buch beiseite werfe. Ich öffne die Siegel der Schriftrollen, entdecke jedoch nichts als verblasste Tinte.

Die Geräte auf den unteren Regalbrettern sehen aus, als könnten sie etwas mit den Käfern zu tun haben – um die Wesen zu untersuchen.

Wo würde er etwas verstecken? Ein Ort, von dem er denkt, dass dort niemand nachschaut, der zufällig in sein Zimmer kommt.

Mein Blick gleitet zurück zu dem Glas mit den Käfern. Oder ein Ort, den die meisten Leute nicht stören wollen würden?

Sachte lege ich meine Hände auf beide Seiten des Glases und hebe es hoch. Beim ersten Blick sinkt meine Laune – der Schreibtisch darunter ist leer.

Doch dann mache ich mir die Mühe, das Glas höher zu halten und darunter nachzuschauen.

Dort ist ein gefaltetes Papier, dessen Ecke in eine Spalte entlang des Glasrandes geschoben wurde.

Mir stockt der Atem. Ich reiße das Papier heraus, stelle das Glas ab und entfalte meine Entdeckung auf dem Schreibtisch.

Es ist … ein Haufen Kreise. Drei in einem schiefen Dreieck hier, drei in einem anderen schiefen Dreieck dort. Fünf unterschiedliche Konfigurationen, die auf dem dünnen Papier mit skizzenhaften Strichen weit voneinander getrennt sind, als hätte Wendos einfach nur unterschiedliche Muster gezeichnet.

Doch warum sollte er eine Zeichnung von einem Trio aus Kreisen verstecken?

„Sagt dir das irgendetwas?", frage ich Julita.

Ich habe noch nie so etwas gesehen. Ich meine, genau *so. Es könnte drei Türme oder Turmspitzen oder Fenster oder was immer symbolisieren. Eine Menge Gebäude haben die.*

Ja, denn wir erstellen gerne Dreiergruppierungen in Anerkennung der Gottlen. Es gibt drei Bereiche, die jeweils von drei Gottlen regiert werden. Das engt das Ganze jedoch kaum ein.

Als ich das Papier näher betrachte, bemerke ich an der Unterseite etwas, was ein Schmierfleck sein könnte. Ich drehe ihn zu mir und halte das Blatt in das Licht der Spätnachmittagssonne, das durchs Fenster hereinfällt.

Dort sind mehrere Flecken – schwache Tintenspuren, als wäre das Papier auf ein anderes gepresst worden, auf dem es lag.

Die Abdrücke sind zu verschwommen, um eindeutige Formen oder Worte auszumachen … doch etwas an dem Muster bringt etwas in mir zum Klingen. Dunklere Flecken und gewundene Linien zwischen ihnen …

Wie eine Karte. Wie eine Stadtkarte mit gewundenen Straßen und Gebäudegruppierungen.

Warum hat Wendos Kreise auf einer Karte markiert – und warum in Dreiergruppen?

„Er sagte, er würde zu hohen Orten gehen", murmle ich.

Ein Bild blitzt in meinen Gedanken auf – die alte Frau, die ich heute in der Stadt sah und die mit drei Fingern drei Stellen ihrer Brust berührte, um die Götter zu ehren.

Und Aleks Bemerkung über die Daimon. *Sie unterstehen der Herrschaft aller Gottlen.*

Wenn man die wilden Geister kontrollieren wollte, müsste man alle Götter anrufen. Und wenn man sie in einem größeren Maß kontrollieren wollte als je zuvor …

Vielleicht würde man dann so weit wie möglich von sterblichen Aktivitäten wegwollen. An drei unterschiedlichen Stellen, um das göttliche Muster auf einer größtmöglichen Skala nachzuahmen.

Was sind die höchsten Orte der Stadt?

Mein Mund ist trocken geworden. Ich stopfe das Papier in meine Tasche und renne aus dem Gemeinschaftsraum, wobei Stavros' Kurzschwert gegen meinen Schenkel stößt.

Ivy, wohin gehst du jetzt?

„Ich brauche einen besseren Aussichtspunkt."

Ich renne die Treppe zum vierten Stock hinauf, auf dem sich die Kuppel befindet. Der Gang, der den Ballsaal umgibt, ist mit Fenstern gesäumt.

Ich laufe von einem zum nächsten und versuche, meinen Kopf von jeglichen Empfindungen zu befreien. Ich richte meinen Blick auf die höchsten Gebäude, die ich hinter dem Hof sehen kann.

Als ich um die Ecke biege, finde ich mich dem Tempel der Krone gegenüber. Und allein bei diesem kurzen Blick kitzelt ein wenig Magie in die zerrissenen Stellen in mir.

Ich richte meine Augen auf den zentralen Turm, den höchsten genau in der Mitte des Gebäudes. Das Kitzeln verstärkt sich, je höher mein Blick wandert.

Eine klamme Empfindung legt sich um meinen Magen. Scheiße.

Jemand ist dort oben. Und ich würde meine zerrissene Seele darauf verwetten, dass derjenige das, was er gerade tut, nicht tun sollte.

Ich zögere. Ich könnte zurück zu Stavros' Zimmer gehen oder hinaus in den Hof und die anderen dorthin rufen. Ich könnte versuchen, sie von dem zu überzeugen, was ich herausgefunden habe.

Allerdings weiß ich nicht, wie lange das dauern würde.

Stavros hat womöglich noch nicht einmal mit dem König gesprochen. Wer weiß, wo die anderen drei aktuell sind?

Mein Verstand gleitet zurück zu dem Moment, in dem wir alle um den Schreibtisch im Archivzimmer herumstanden, mir alle zuhörten und sich beeilten, ohne Fragen oder Proteste zu reagieren.

Ich habe keine Ahnung, wo ich bei ihnen stehe, wenn das hier vorbei ist, oder ob ich mir überhaupt erlauben sollte, mich dafür zu interessieren. Ich kann jedoch darauf vertrauen, dass sie mir den Rücken decken.

Ich werde gehen, sie werden mir folgen und wir werden die Bedrohung gemeinsam in Angriff nehmen.

Ohne eine weitere Sekunde zu verschwenden, sprinte ich zur Treppe.

ACHTUNDDREISSIG

Es ist niemand mehr in den Treppenhäusern. Ich schaffe es ungehindert aus dem Domi.

Auf dem gesamten Weg über den Innenhof und durch den Mittelsaal des Quadrings halte ich den Umhang fest um mich herum geschlossen, um Esmaes Blut und Stavros' königliches Schwert zu verbergen.

Dann platze ich aus dem Eingang, bin nur noch hundert Schritte vom Haupttor entfernt und stelle fest, dass mir Anya im Weg steht.

Im ersten Augenblick hat sie mir den Rücken zugekehrt. Doch als ich Anstalten mache, ihr auszuweichen, bemerkt mich eines der Mädchen aus ihrem Rudel Freundinnen, das gewachsen ist, seit ich sie heute früh gesehen habe, und zieht ihre Augenbrauen hoch.

Anya wirbelt mit einem Rascheln ihrer vielen Röcke herum.

Bei meinem Anblick schnaubt sie verächtlich. „Wohin willst du so schnell, Landei? Du besitzt die Fertigkeiten einer Kriegerin, um dir eine Anstellung bei General Stavros zu verdienen, fliehst jedoch beim ersten Anzeichen von Ärger über alle Berge?"

Ich beiße mir auf die Zunge und erinnere mich daran, dass die aktuelle Katastrophe eher das tausendste Anzeichen ist. „Ich muss etwas in der Stadt erledigen. Entschuldige mich."

Ich beginne, um sie herum zu gehen, doch Anya tritt mir elegant in den Weg und winkt ihre Freundinnen zu sich. Die Gruppe bildet einen Halbkreis um mich.

Überall auf dem Hof haben sich Köpfe in unsere Richtung gedreht. Mein Nacken kribbelt, da ich die Blicke förmlich spüren kann.

Sie schauen alle zu und schätzen ab, wie diese Konfrontation verlaufen wird. Anya ist sich unserer Zuschauer genauso bewusst wie ich.

Ihre Lippen verziehen sich spöttisch. „Oh, nein. Ich denke, du solltest hierbleiben. Du wirst ein exzellentes Schild abgeben, sollten wir eines brauchen."

Ich schaue sie finster an. Am liebsten würde ich mein Lieblingsmesser aus meinem Stiefel ziehen und es dieser verfluchten Frau an die Kehle halten. Doch ein tieferer Instinkt zügelt meine aggressiven Dränge.

Ich weiß nicht, wie die nächsten Stunden ablaufen werden. Ich muss womöglich hierher zurückkehren und mich erneut all diesen verdammten Adligen stellen, mich unter ihnen bewegen und mehr Geheimnisse herausfinden.

Wenn ich ihr mit Gewalt drohe, werde ich wie eine Kriminelle aussehen. Ich kann mir die Gerüchte ausmalen, die all die Zeugen in unserem Umfeld verbreiten würden.

Ich könnte meinen Umhang zurückziehen und das königliche Wappen auf Stavros' Schwert aufblitzen lassen, doch welche Art von Gerüchten würde *das* auslösen? Ich würde offen zeigen, wie eng Stavros mit mir zusammenarbeitet und quasi eine Zielscheibe an seinem Rücken befestigen.

Ich weiß ohnehin nicht, ob Anya dem Wappen genug Glauben schenken würde, um es in meinem Besitz zu respektieren.

Meine Hände ballen sich zu Fäusten. Ich habe diese Schikanen so satt.

Ich habe es so satt, zu wissen, dass sie und der Rest von ihnen mich zehnmal schlimmer behandeln würden, wenn sie wüssten, was für einen niederen Status ich tatsächlich habe.

Versetz ihr einen Dämpfer, drängt Julita. *Wirf sie auf ihren Hintern und zeig ihr, mit wem sie sich angelegt hat.*

Ich schüttle den Kopf kaum merklich. Ich glaube keine einzige Sekunde, dass ich Anya etwas antun kann, was sie so verängstigen würde, dass sie mich in Ruhe lässt, ohne dass auf der Akademie Gerüchte in Umlauf geraten.

Zumindest nichts Gewalttätiges …

Der Funke einer Idee entzündet sich in meinem Kopf. Esmae sorgte beinahe ohne ein einziges schneidendes Wort oder eine Klinge dafür, dass ich ihr ausgeliefert war.

Ohne mir zu erlauben, an meiner Idee zu zweifeln, lache ich fröhlich und trete an meine Peinigerin heran.

„Oh, Anya, wir sollten damit aufhören, unsere armen Kommilitonen zu veräppeln. Sie haben genug andere Sorgen, die weit darüber hinausgehen, dass wir so tun, als würden wir uns gegenseitig an die Gurgel gehen. Es hat eine Menge Spaß gemacht, solange es andauerte, aber ich denke, die Scharade hat ihren Lauf genommen. Du warst fantastisch darin, meine liebe Freundin.“

Anya starrt mich an, als hätte ich sie tatsächlich erstochen. Wahrscheinlich wüsste sie in diesem Fall besser, wie sie reagieren sollte.

Die Abscheu ignorierend, die sich in meinem Körper windet, packe ich ihren Arm und ziehe sie in eine freundschaftliche Umarmung. Ich gehe auf die Zehenspitzen und bringe meinen Mund dicht an ihr Ohr.

„Spiel mit und sei nett“, flüstere ich, sodass nur sie mich hören kann, „oder ich werde dich von Ster. Stavros als Verräterin vor die Königsfamilie schleifen lassen, wie er es schon tun will, seit du mich vergiftet hast. Sogar Assistenten des Lehrpersonals sind Abgesandte der Krone, weißt du.“

Anya versteift sich. Dann stößt sie ein Kichern aus, das nur ein wenig angespannt klingt, und hebt ihre Arme, um die Umarmung zu erwidern.

Ah. Also habe ich richtig gespielt und sie war diejenige, die sich an jenem Abend an meinem Essen zu schaffen gemacht hat.

Ich kann spüren, dass sie jede Sekunde der Umarmung hasst, aber das ist in Ordnung. Ich hasse es ebenfalls.

Mit einem triumphierenden Lächeln trete ich von ihr zurück.

„Ich muss wirklich etwas erledigen, aber wir können uns bald richtig unterhalten. Pass auf dich auf!"

„Du auch", erwidert Anya benommen. Sie tritt zur Seite und ich marschiere zum Tor, wobei mir bloß mehrere Dutzend verblüffte Blicke folgen.

Als ich schließlich die Mauer erreiche, haben sich die Studenten hinter mir schon wieder in ihre vorherigen Gespräche vertieft. Es wird ein wenig Gerede über die Täuschung geben, die Anya und ich angeblich initiiert haben und für die wir uns als Fremde und Feindinnen ausgegeben haben. Leute, die einander mögen, sind allerdings nicht besonders interessant. Die Gerüchte sollten sich schnell im Sand verlaufen.

Julita gibt ein ungläubiges Geräusch von sich. *Ich glaube, diese Masche hat tatsächlich funktioniert. Aber du musstest sie umarmen.*

„Wir erbringen alle Opfer für das größere Wohl", brumme ich leise, als ich unter dem Torbogen hindurchhusche.

Ich gehe um die Seite des Tempels der Krone herum, der unweit der Akademiemauern steht, und spüre das Surren seiner allgegenwärtigen Magie. Die Empfindung ist jetzt noch nervenaufreibender als üblich, da das Wissen in mir brodelt, was ich gleich tun werde.

Ich erreiche die Vorderseite des Tempels und blicke an der kurzen Treppe breiter Marmorstufen empor, die zu dem prächtigen öffentlichen Eingang führen, der wie immer für Gläubige geöffnet ist. Einige schlendern gerade aus dem Tempel. Ihre Gesichter wirken weich in dem verblassenden Tageslicht.

Ein Kloß steigt in meiner Kehle auf. Mein Herz hämmert bereits hart gegen meine Rippen.

Friede ist die letzte Empfindung, die ich verspüren werde, wenn ich dieses Gebäude betrete.

Am Morgen meines zwölften Geburtstags bin ich auf die Straßen geflohen, nur damit meine Eltern ihre Pflicht nicht erfüllen konnten, mich zu meiner Weihe zu bringen.

Zu Ingannes Tempel zu gehen, war schlimm genug. Das Gebäude vor mir ist die bedeutendste Andachtsstätte im ganzen

Land, die von allen neun Gottlen und vielleicht auch vom Allesgeber gesegnet wurde.

Werden die Götter mich sehen, sobald ich durch diese Tür trete? Werden sie mich bis in die Tiefen meiner zerbrochenen Seele sehen?

Meine Hand legt sich auf die Falten meines Rocks. Ich ziehe das Medaillon heraus, klappe es auf und presse meinen Daumen auf die Innenfläche.

Ein Kribbeln der Magie verrät mir, dass es funktioniert hat. Die Männer werden wissen, dass ich etwas gefunden habe – sie werden dem Ruf hierher folgen.

Ich könnte einfach draußen auf sie warten und ihnen den Rest überlassen. Stavros – und vielleicht auch die anderen – würde das jedenfalls vorziehen.

Doch als ich an dem prächtigen Gebäude emporschaue und sich Grauen in meinem Magen sammelt, erschüttert ein Beben den Boden und erreicht sogar die Pflastersteine, auf denen ich stehe.

Einer der Adligen, die gerade den Tempel verlassen haben, erschrickt und keucht leise. Meine Brust zieht sich zusammen.

Der Ärger breitet sich aus. Was immer die Blutzauberer tun, ihr Einfluss ist nicht mehr nur auf die Akademie begrenzt.

Wie viel wird noch zerstört werden, wenn ich bloß dastehe, obwohl ich hätte versuchen können, sie aufzuhalten?

Mehr musst du nicht tun, Ivy, sagt Julita, obwohl sie unmöglich alle Gründe für mein Zögern kennen kann. *Niemand würde dir das übelnehmen.*

Ich stoße sämtliche Luft in meiner Lunge in einem Schwall aus. „Ich würde es tun."

Mich wappnend recke ich das Kinn und erklimme die Stufen des Tempels.

Ein Teil von mir erwartet, dass ein Blitz aus dem Himmel zuckt und mich erschlägt, bevor ich die Türschwelle überqueren kann. Doch natürlich sterben Zerrissene normalerweise nicht so.

Die Götter verlassen sich darauf, dass die Sterblichen die Hinrichtungen übernehmen. Dort draußen, wo ich gerade stand, mit einem Seil, das fest um meinen Hals liegt.

Ich schlucke schwer und zwinge mich, über den polierten Marmorboden zu gehen. Das Surren göttlicher Macht verstärkt sich und kriecht durch meine Adern.

Ich gehe an magisch beleuchteten Wandhaltern und geschnitzten Szenen der Gottlen vorbei, die aus dem Meer, Himmel und der Erde kommen. Daraufhin trete ich von dem Eingangsbereich in den weitläufigen Gebetssaal.

Das Schaben meiner Stiefel hallt von der Gewölbedecke über meinem Kopf, die so hoch ist wie die Kuppel über dem Ballsaal der Akademie. Sonnenstrahlen fallen durch göttliche Szenen herein, die in Buntglas festgehalten wurden.

Das bunte Licht fällt auf die neun Skulpturen, die in ihren Nischen entlang des Raums stehen. Jede ist kunstvoll und realistisch mit Symbolen der Stärke des jeweiligen Gottlen verziert.

Elox, der friedliche Heiler, neigt den Schopf flaumiger Locken über ein schlafendes Lamm aus Marmor. Jemand hat ein Arrangement aus Weidenzweigen und Lavendel zu seinen Steinfüßen gelegt.

Sabrelle, die gebieterische Kriegerin, starrt erbittert unter ihrem Helm hervor, während sie einen Speer schwingt. Ein geschnitzter Jagdhund steht inmitten verstreuter getrockneter Blutfrüchte an ihrer Seite, die ein Lieblingssnack der Soldaten sind.

Mein Blick huscht als Nächstes zu Kosmel. Der Gottlen des Zufalls und der Trickserei späht mit einem verschlagenen Lächeln auf den dünnen Lippen durch den Raum, eine Krähe hockt auf einer Schulter und eine Ratte hat sich auf seinem gegenüberliegenden Unterarm zusammengerollt. Würfel liegen um seine Stiefel herum.

Ich habe gehört, dass Leute, welche die Risiken einer bestimmten Entscheidung abwägen, einen Würfel unter seiner Aufsicht werfen und sich von den Zahlen leiten lassen, die sich zeigen, je nach dem, ob sie ungerade oder gerade sind.

Ich verspüre den Drang, zu ihm zu gehen und ihn genauer zu mustern, als würde ich Antworten bei der steinernen Interpretation eines Gläubigen finden. Voller Unbehagen erinnere ich mich an die beunruhigende Stimme, die mit mir sprach, als ich im Sterben lag.

Wenn einer der Gottlen nicht nur wegschauen, sondern meine monsterhafte Magie auch noch ermutigen würde, wäre es der Führer der Spieler und Beschützer der Halunken, oder nicht?

Vielleicht hatte diese Stimme auch gar nichts mit den Göttern zu tun. Womöglich habe ich sie mir eingebildet und selbst den Rückschlag meiner Magie auf Esmae gerichtet.

Möglicherweise war es die Gabe einer sterblichen Gestalt, die über mich wachte, ohne dass ich es wusste.

Ich bin mir nicht sicher, ob eine der Optionen *gut* ist.

Ich reiße den Blick los und eile zu der dicken Säule in der Mitte des Raums. Sie beherbergt eine Wendeltreppe, die bis hinauf in die zentrale Turmspitze führt, in den Turm des Allesgebers.

Wenigstens muss ich mir keine Sorgen machen, dass der Große Gott von oben auf mich herabblickt. Denn der Eine, der alle Dinge ist, nahm solchen Anstoß an der ursprünglichen Gruppe Blutzauberer, dass er unseren Kontinent vor Jahrhunderten mitten in der Großen Vergeltung im Stich ließ.

Nachdem ich die Bösartigkeit der Blutzauberei selbst erlebt habe, verstehe ich das irgendwie.

Ich erklimme die Treppe so schnell, wie mich meine Beine tragen. Mit jeder Stufe wird die Magie in der Luft stärker.

Es ist nicht nur die Magie des Tempels, sondern auch eine Energie, die hektischer und sengender ist und von oben herabstrahlt.

Zu meinem Frust reagiert meine Macht darauf und regt sich in meiner Brust. Sie beginnt, mit ihren vertrauten Forderungen an meinem Inneren zu nagen.

Ich könnte mich im Nu zur Spitze des Turms befördern. Ich könnte denjenigen vernichten, der gerade seine brutale Zauberei wirkt, ohne dass er mich sieht.

Ich spanne meinen Kiefer an und marschiere weiter. Ich *muss* ihn sehen.

Ich muss wissen, was tatsächlich vor sich geht, bevor ich mir sicher sein kann, dass ich das Ganze anständig aufhalten kann.

Und ich werde nicht so tief sinken, wie es Wendos und seine Verbündeten getan haben, denen egal ist, was oder wen sie opfern, um zu erhalten, was sie wollen.

Als ich die ersten Fenster erreiche, die das zunehmend schwindende Licht des bevorstehenden Abends draußen zeigen, weiß ich, dass ich mich nun über dem Hauptdach des Tempels befinde. Ich treibe meine brennenden Waden an, weiterzugehen, und atme in einem langsamen, gleichmäßigen Rhythmus.

Nun gibt es in regelmäßigen Abständen Plattformen. Die flachen Steinbalkone weisen Markierungen aus Asche, Wachs und anderen Materialien auf, die darauf hindeuten, dass die Priester hier oben gelegentlich Rituale durchführen.

Bisher bin ich keinem einzigen Gläubigen begegnet. Benutzen sie den Turm des Allesgebers nicht regelmäßig?

Oder haben die Blutzauberer etwas getan, um sicherzustellen, dass das Personal des Tempels anderweitig beschäftigt ist?

Eine Brise weht von oben herab und trägt einen scharfen Geruch mit sich. Julitas Präsenz erstarrt in meinem Hinterkopf.

Das sind verbrannte Schalen von Dartlingeiern. Borys und Wendos dachten, sie würden ihnen dabei helfen, Opfer zu verstärken, sodass sie größere Macht erhalten.

Im gleichen Augenblick höre ich über mir die erste gedämpfte Stimme. Wer immer das Zeug jetzt verbrennt, ich habe ihn fast erreicht.

Ich setze meine Füße noch vorsichtiger, während ich meinen schnellen Aufstieg fortsetze und die Ohren spitze. Als ich so nahe komme, dass die Worte deutlich werden, erkenne ich die Stimme des Mannes, der mich in der Bibliothek angesprochen und behauptet hat, er wäre Julitas Freund.

Wendos' Ton ist jetzt barscher. „Wir brauchen mehr. Ich kann unsere Macht nicht richtig mit der der anderen verbinden. Fokussiert eure Gaben."

Eine junge Frauenstimme antwortet leise und gequält. „Wir versuchen es."

„Wir werden unsere Pflicht den Göttern gegenüber

erfüllen", erwidert ein anderer Mann krächzend. „Wir werden sie nicht im Stich lassen."

Sie denken, sie tun das hier *für* die Götter? Sind sie verrückt?

Ich schätze, das ist eine sehr reale Möglichkeit.

Ich schleiche mit leisen Schritten und angehaltenem Atem den letzten Treppenabschnitt hinauf. Wer sind die ‚anderen', die Wendos erwähnt hat und mit denen er seine Magie zu verbinden versucht?

Meine Hand sinkt zu der Tasche, in die ich seine Skizze gesteckt habe. Die Anordnung der drei Kreise.

Hatte ich recht und mindestens zwei weitere Blutzauberer befinden sich an anderen hohen Punkten in der Stadt? Es klingt, als hätten sie noch nicht zustande gebracht, worauf sie abzielen.

Was genau ist ihr Ziel? Die Akademie versinkt bereits im Chaos.

Sie sind allerdings hier draußen im Rest von Florian. Vielleicht hoffen sie, in der gesamten Hauptstadt das gleiche Chaos zu stiften.

Mir gefriert das Blut in den Adern. Ich zwinge mich, etwas schneller zu gehen – bis ich die nächste Kurve der Treppe erklommen habe und der letzte Absatz in Sicht kommt.

Ich entdecke Wendos' Kopf, seine zotteligen dunklen Haare schwingen hin und her, als er seinen Blick verlagert. Sein Rücken ist mir größtenteils zugewandt.

Tief geduckt krieche ich eine Stufe nach der anderen höher. Dann kauere ich mich mit dem Rücken an den Mittelpfosten der Wendeltreppe, der am Boden der Plattform direkt über meinem Kopf endet.

Bei dem Anblick vor mir dreht sich mir der Magen um.

Ja, Wendos steht dort neben der Steinbrüstung, welche die oberste Plattform des Turms umgibt. Nur die neun schmalen Säulen, die die Turmspitze tragen, unterbrechen die Sicht auf den Rest der umliegenden Stadt.

Julitas Peiniger aus Kindertagen hat ein dunkles, schimmerndes Pulver auf seinen Händen und der Steinkante verstreut und murmelt Worte, die ich nicht verstehen kann, während er in die Ferne starrt.

Schickt er sie seinen weit entfernten Mitverschwörern?

Hier hat er allerdings auch noch andere Komplizen bei sich. Drei kauern in einem Kreis um ihn herum – sehen jedoch kaum wie Menschen aus.

Ihre Schädel sind ein Flickwerk aus Narben dort, wo ihre Haare abgeschnitten wurden. Rötliche Löcher markieren die Stellen, an denen ihre Ohren sein sollten. Derjenige, den ich im Profil sehen kann, hat nichts als schrumpelige Mulden, wo einst seine Augen waren.

Und ihre Körper …

Ihre Umhänge hängen über Schultern, die viel zu schmal sind. Ich glaube, keiner von ihnen hat *Arme*. Ein Holzpfahl ragt unter dem Rock einer der Gestalten hervor, was darauf hinweist, dass sie auch ein Bein verloren hat.

Nein, nicht verloren. Geopfert.

Die Götter mögen uns beistehen, murmelt Julita.

Während Übelkeit in meinem Magen rumort, verstehe ich. Die Blutzauberer haben unschuldige Kinder nicht dazu verführt, ihre ganze Existenz zu opfern, um die Macht eines anderen anzutreiben – zumindest haben sie das nicht bei all ihren Opfern getan. Sie haben sie jeden Teil von sich aufgeben lassen, ohne den sie noch leben können, damit sie die verkorksten Gaben erhielten, mit denen die Gottlen sie im Gegenzug belohnt haben.

Auf Übelkeit erregende Art ergibt diese Strategie Sinn. Es ist eine subtilere Herangehensweise als die typische, tödliche Technik der Blutzauberei.

Die Opferkomplizen haben ihre Gaben behalten und wurden für den Moment bereitgehalten, in dem sie ihre Zauberer-Anführer unterstützen müssen. Dadurch hat niemand so gewaltige Mengen Magie in sich getragen, als wollte er den Göttern Konkurrenz machen.

Alek sagte, dass die Macht aller Gottlen nötig wäre, um die Daimon zu befehligen. Sind mindestens neun dieser zerstörten Gestalten für die bösartigen Zwecke der Zauberer in der Stadt verteilt?

Woher kommen sie? Sind sie diejenigen, die Ster. Torstem auf dem Dachboden des Bordells versteckt hat?

Waren sie Kinder der Prostituierten? Wie konnte irgendjemand in diesem Laden zulassen, dass den Kindern, denen sie beim Aufwachsen zugesehen hatten, derartige Schrecken zugefügt wurden?

Wendos zischt durch seine Zähne und gestikuliert scharf zu den Gestalten, die ihn umringen. „Konzentriert euch besser! Die Daimon müssen durch die Innenbezirke toben, wenn wir wollen, dass alle die Wahrheit sehen."

Mein Herz setzt einen Schlag aus. Sie haben also tatsächlich eine Möglichkeit gefunden, die Geistwesen zu kontrollieren.

Doch welche Wahrheit enthüllt er seiner Meinung nach?

Seine Stimme klingt noch abgehackter. Was immer seine wahnsinnige Absicht ist, er ist offensichtlich zufrieden damit, die Stadt dafür auseinanderzureißen.

Ich blicke hinter mir die Treppe hinab, doch keiner *meiner* Verbündeten ist zu sehen oder zu hören. Wie lange wird es dauern, bis mir Julitas Männer folgen?

Ich schiebe eine Hand in meine Tasche, um erneut auf das Medaillon zu drücken für den Fall, dass sie nicht realisieren, dass ich den Turm erklommen habe. Ich habe keine Ahnung, wie lange das magische Signal anhält.

Wendos muss aufgehalten werden – aber wir müssen auch wissen, mit wem er zusammenarbeitet. Wo die anderen Zauberer sind. Was sie zu erreichen versuchen.

Diese Katastrophe kann nicht einfach beendet werden, indem ich auf die Plattform renne und ihn mit dem königlichen Schwert durchbohre. Ich weiß nicht, wie ich das Ganze richtig angehen soll.

Dann unterdrückt die Frau in der Mitte des Halbkreises ein Schluchzen und erregt damit Wendos' Aufmerksamkeit.

„Reiß dich zusammen, Fyrinth", blafft er. „Oder wäre es dir lieber, Torstem bringt dich zurück zum Puff, wo du anscheinend doch hingehörst?"

Fyrinth?

Ich registriere, dass mein Verdacht, Torstems Beteiligung und die des Bordells gerade bestätigt wurde, doch all das verblasst kurz hinter der Kälte, die dieser Name in mir auslöst.

Es ist kein gewöhnlicher Name in dieser Stadt – ich glaube,

er ist icarianischer oder bryfescher Herkunft anstatt silanischer. Allerdings habe ich ihn vor wenigen Tagen schon einmal gehört.

Wie groß ist die Wahrscheinlichkeit, dass eines der Waisenkinder, die Torstem zu Ingannes Tempel geschickt hat, den exakt gleichen Namen hatte?

Oh, murmelt Julita, als mich die gleiche Erkenntnis wie ein Schlag in die Magengrube trifft. *Oh, nein. Er hat sie ausgetauscht.*

Die Frauen im Bordell haben ihre Kinder nicht geopfert. Sie haben sie zu einem besseren Leben in den Tempeln geschickt.

Wussten sie, dass es unter dem Namen eines anderen Kindes geschehen würde?

Das Mädchen, das auf den Namen Fyrinth hörte – ihr geopferter kleiner Finger – so wie bei einer der Prostituierten, mit denen ich mich unterhalten habe. Es ist ein häufig vorkommendes geringfügiges Opfer. Ich hätte nie angenommen …

Das hätte ihre Mutter gewesen sein können. Und die echte Fyrinth wurde heimlich auf dem Dachboden untergebracht, sodass niemand im Waisenhaus oder im Tempel den blassesten Schimmer hatte, dass sie nie bei ihrem angeblichen Ziel angekommen ist.

Kein Wunder, dass die Gläubigen so vage – oder geradezu fantasievoll – über ihre Besuche auf der Akademie gesprochen hatten. *Sie* waren nie dort gewesen, nur die Kinder, deren Platz sie eingenommen hatten.

Wie weit erstreckt sich die Verschwörung? Es gibt Dutzende Bordelle in Florians Bezirken.

Wir haben keine Ahnung, wie viele verstümmelte Kinder die Zauberer herangezogen und in der ganzen Stadt versteckt haben. Auf wie viel Macht sie in eben diesem Moment zugreifen.

Fyrinth atmet zittrig ein und strafft das, was von ihren Schultern übrig ist.

Was immer sie tut, hilft anscheinend, denn Wendos' Gesicht hellt sich auf. „Das ist es. Ich kann es spüren. Es könnte genug sein …“

Als er sich wieder zu der Aussicht auf die Stadt umdreht,

rumort es in meinem Magen. Es ist immer noch keine Spur meiner Verbündeten zu sehen.

Nur ich bin hier. Ich muss ihn so gut wie möglich aufhalten, bevor er noch mehr Schrecken auf meine Stadt loslässt.

Die Magie in meiner Brust erschaudert zusammen mit der Übelkeit in meinem Magen, doch ich befinde mich noch nicht in unmittelbarer Gefahr. Sie zerrt nicht an mir, so wie sie es kann.

Hoffentlich bleibt es dabei.

Ich ziehe Stavros' Schwert aus seiner Scheide und teste das Gewicht in meiner Hand. Es ist ungefähr doppelt so groß wie mein Lieblingsmesser und dreimal so schwer, aber ich habe schon sperrigere Waffen geschwungen, wenn es nötig war.

Vielleicht wird die Unterbrechung die Loyalität erschüttern, welche die Verbündeten für diesen Mann verspüren, der ihre Gaben lenkt. Womöglich kann ich ihn ohne weiteres Blutvergießen gefangen nehmen.

Ich muss es versuchen.

Ich hebe das Schwert in meinen Händen hoch und verändere meine Position auf der Treppe. Ich atme ein und aus, um meinen Körper und Verstand zu beruhigen. Daraufhin warte ich, bis Wendos den Eindruck macht, als würde er sich vollkommen auf die Welt außerhalb des Turms konzentrieren.

Dann stürze ich mich auf ihn.

Neununddreissig

Ich renne die letzten Stufen hoch und über die glatten Steinfliesen der höchsten Plattform des Turms.

Es gibt wenig Bewegungsspielraum. Ich entscheide mich für die beste Strategie, die mein Umfeld zulässt: Ich werde gegen meine Zielperson rennen und sie umwerfen.

Wenn ich ihn mit dem Schwert an seiner Kehle auf dem Boden fixieren kann, können seine übel zugerichteten Verbündeten nicht viel tun. Und wenn Stavros erst einmal hierherkommt, möglicherweise mit den Soldaten des Königs im Schlepptau, kann er Wendos in Gewahrsam nehmen.

Das ist jedenfalls die Idee. Ich habe die Rechnung ohne die *anderen* Verbündeten der Blutzauberer gemacht, ob sie nun freiwillig hier sind oder nicht.

Ich renne mit gezückter Klinge über den Boden. Wendos beginnt, sich beim Trommeln meiner Füße umzudrehen, allerdings zu langsam.

Gerade als ich zwischen zwei der gebeugt sitzenden Gestalten hindurchhuschen will, um ihn zu erreichen, kracht eine unsichtbare Kraft mit einem Knistern übernatürlicher Macht von der Seite gegen mich.

Anscheinend hat er mindestens einem Daimon befohlen, Wache zu halten.

Ich stolpere zur Seite. Als ich wieder mein Gleichgewicht finde und mich zu ihm umdrehe, weiten sich Wendos' Augen.

Mit scharfer, nasaler Stimme stößt er einen Schwall von Worten aus, die ich nicht verstehe, und urplötzlich werde ich von einem übernatürlichen Angriff getroffen.

Schläge gehen von meiner Brust bis zu meinen Waden auf mich nieder, als würde ein Haufen unsichtbarer Fäuste gleichzeitig auf mich eindreschen. Ich zische vor Schmerz und taumle rückwärts. Etwas flitzt an meinen Knöcheln vorbei und reißt die Füße unter mir weg.

Genau an der obersten Treppenstufe.

Ich schlittere mehrere Stufen nach unten und versuche verzweifelt, meinen Fall zu bremsen. Mein Steißbein knallt auf die Steinkanten und Schmerzen schießen durch meine Wirbelsäule.

Das königliche Schwert fliegt mir aus der Hand und scheppert die Treppe hinab.

Gerade als es mir gelingt, mit den Fingerspitzen eine kleine Kerbe in der Wand zu erwischen, lässt Wendos seine Hand nach unten fegen, als würde er einen Befehl geben. Ich weiß nicht, welche Aktion er sich von seinen gebannten Daimon erhofft hat, jedenfalls erbebt die Treppe über mir und zerbricht.

Steinbrocken fallen auf mich herab und krachen auf meinen Körper. Andere poltern an mir vorbei meinem Schwert hinterher oder regnen durch die immer breiter werdende Spalte auf die Stufen darunter. Ein besonders großes Stück knallt auf mein Schienbein.

Ich kann mir einen Schrei nicht verkneifen, als Schmerzen mein Bein durchschneiden. Es fühlt sich an, als hätte der verfluchte Marmorbrocken den Knochen zerschmettert.

Ein Loch hat sich in der Treppe zwischen mir und der Plattform geöffnet, wo Wendos steht. Sechs Stufen sind weggebrochen und haben nichts als leere Luft zurückgelassen, außer ich möchte ein Stockwerk tiefer auf den Schutt darunter fallen.

Meine Magie strömt durch mich hindurch und greift mich von innen an, damit sie eine Gelegenheit erhält, sich zu wehren. Ich zügele sie mit mahlendem Kiefer.

Meine Macht kratzt mit ihrem üblichen Frust an meinem Inneren, doch nicht annähernd so überwältigend wie bei den letzten Malen. Es ist, als hätte es sie teilweise beschwichtigt, dass ich sie gestern rausgelassen habe.

Ich weiß nicht, ob ich mich darüber freuen oder davor zurückschrecken soll.

Ich bringe mich in eine aufrechte Position, schiebe mich dicht an die Wand und ringe um Luft. In meiner besten Verfassung hätte ich die Entfernung mit einem Sprung überwinden können, obwohl sich das Ziel über mir befindet.

Mit einem gebrochenen Bein geht das allerdings nicht.

Wir können das noch immer schaffen, Ivy, muntert Julita mich auf. Ihre Stimme zittert jedoch leicht. *Ich weiß, du kannst einen Weg finden.*

Wendos stolziert an den zerbröckelten Rand der Plattform, um auf mich herabzublicken. Auf seinem angespannten Gesicht ist nichts mehr von dem angeblich besorgten Kerl übrig, der mich inständig gebeten hat, ihn aufzusuchen, sollte ich Hilfe brauchen.

Als er mich mustert, heben sich seine Augenbrauen. Er schnaubt. „Du. Wie zur Hölle hast *du* mich gefunden?"

Ich schaue ihn finster an. „Du bist nicht halb so klug, wie du es offensichtlich gerne glaubst."

Wendos gluckst leise. „Und dennoch hat irgendwie keiner außer mir erkannt, dass Julita unsere Aktivitäten bemerkt hatte. Ich habe sie beseitigt, bevor unsere vergangenen Verbindungen ein Problem für meine Kollegen wurden, und ich werde auch dich aus dem Weg räumen. Die anderen müssen nicht einmal davon erfahren."

Oh, das denkt er also?, spottet Julita.

Ein Zittern rast meinen Rücken hinab. Ich beiße mir auf die Zunge, damit ich nicht dem Drang nachgebe, Wendos' Prahlereien zu widerlegen und ihm zu sagen, dass es ihm nicht gelungen ist, Julita vollkommen loszuwerden.

Je weniger ich seiner Meinung nach weiß, desto größer ist die Wahrscheinlichkeit, dass er mir eine Vorlage liefert.

Ich habe noch zwei Messer – eines an meiner rechten Hüfte und eines in meinem linken Stiefel. Allerdings kann ich es nicht riskieren, nach ihnen zu greifen, während er mich ansieht.

Der Schmerz in meinem Schienbein pocht weiter. Unerwünschte Tränen brennen in meinen Augen.

„Was ist passiert?", fragt eine der armlosen Gestalten und dreht ihr blindes Gesicht. „Sind wir …"

Wendos sieht sie nicht einmal an, als er seine Antwort blafft: „Ich habe es unter Kontrolle. Konzentriere dich wieder auf deine Gabe."

Ich bewege meinen Körper vorsichtig, sodass sich meine Beine parallel nebeneinander auf der gleichen Stufe befinden und ich eine stabilere Position habe. „Die Gaben, die eigentlich gar nicht *ihre* sind, da du und deine ‚Kollegen' sie dazu überredet haben, ihre Opfer für eure Zwecke zu erbringen, oder?"

Ich hebe die Stimme, damit mich die gebeugten Gestalten ebenfalls hören können. Wenn ich sie dazu bringen kann, es sich noch einmal anders zu überlegen …

Von hier kann ich sie nicht sehen, doch keiner von ihnen sagt ein Wort.

Wendos wirkt nicht im Geringsten besorgt. „Es ist auch ihr Zweck. Es wird für uns alle besser sein. Sogar für dich, ganz gleich, was Julita dir vor ihrem Tod erzählt hat. Wer bist du wirklich?"

Ich schiebe meine Hand etwas näher zu meiner Hüfte. „Eine Freundin. Im Gegensatz zu dir."

„Was du anscheinend von Anfang an wusstest." Er bleckt die Zähne, als er furchterregend grinst. „Das ist in Ordnung. Wir werden uns etwas überlegen."

Sein Blick gleitet über mich und bleibt an dem Blut hängen, das von meinem gebrochenen Schienbein durch meinen Unterrock sickert. Er bemerkt auch, wie vorsichtig ich mein Bein entlaste. „Ich denke, du wirst diese Stufen nicht hinablaufen, weshalb du dortbleiben kannst, bis ich den wichtigen Teil beendet habe. Dann werde ich mich mit dir befassen."

Er beginnt, sich abzuwenden.

Mein Herz macht einen Satz. Ich kann nicht einfach hier

stehen und zuschauen, während er eine Horde Daimon dazu zwingt, ganz Florian zu verwüsten.

Die Männer können nicht *so* weit hinter mir sein, oder? Mit der Kronenwache auf den Fersen?

Seinen Fortschritt hinauszuzögern, ist womöglich das Einzige, was ich tun muss.

Ich platze mit dem Ersten heraus, das mir einfällt, weil ich unbedingt seine Arbeit unterbrechen will. „Wieso ist es für irgendjemanden gut, die Stadt zu zerstören?"

Wendos stößt erneut ein beunruhigendes Lachen aus. „Manchmal muss man einige Dinge zerstören, um etwas Besseres aufzubauen. Sogar der Allesgeber wusste das. Der Orden der Wildheit wird das Ganze wieder in Ordnung bringen."

Er streicht mit der Drei-Finger-Geste über seine Vorderseite … als würde er denken, die Götter würden diesen Wahnsinn *gutheißen*. Ich kann meinen Mund kaum daran hindern, aufzuklappen.

Julitas Stimme ist leiser geworden. *Er ist noch verrückter geworden, als er zuvor war.*

„Der Orden der Wildheit?", frage ich, doch Wendos ignoriert mich und geht. Aus meiner aktuellen Position kann ich die Büschel seiner dämlichen struppigen Haare nicht einmal sehen.

„Lasst uns fortfahren", sagt er zu seinen Komplizen und nimmt seinen vorherigen leisen Singsang wieder auf. Ich kann die Silben jetzt hören, die Worte kenne ich allerdings nicht.

Bei der Magie, die sie heraufbeschwören, richten sich die Härchen auf meinen Armen auf.

Als ich mich zwinge, ruhig zu atmen und den Schmerz in meinem Bein zu beherrschen, regt sich Julitas Präsenz.

Das bist du, weißt du, sagt sie leise.

Ich ziehe fragend eine Augenbraue hoch, damit Wendos mich nicht hört.

Eine Freundin. Du bist die beste Freundin, die ich jemals hatte. Egal, wie das hier endet … Danke.

Tränen, die nichts mit meinem gebrochenen Schienbein zu tun haben, sammeln sich in meinen Augen. Ich habe Julita nicht um diese Mission gebeten und es gibt viele Dinge, wegen denen ich sie kritisiert habe, das hätte sie allerdings nicht sagen müssen. Sie weiß mittlerweile bestimmt, dass es keinen Grund gibt, irgendetwas zu sagen, damit ich weiterkämpfe.

Sie wollte einfach nur, dass ich es weiß.

Ich neige den Kopf, um ihre Bemerkung still zur Kenntnis zu nehmen. Anschließend beuge ich mich vor und greife nach der Messerscheide in meinem Stiefel.

Wenn ich nur eine Gelegenheit erhalte, möchte ich mein Lieblingsmesser.

Die Klinge gleitet mühelos heraus und meine Finger krümmen sich um den vertrauten Griff. Allerdings kann ich Wendos schlecht damit treffen, wenn er außer Sicht ist.

Er hat mich in seiner Arroganz unterschätzt. Diese Tatsache muss ich auf jede mir mögliche Art ausnutzen.

Die Daimon, die Wache halten, haben sich nur eingemischt, als ich Wendos zu nahe kam. Er hat bei dem Gespräch, das ich nach dem Ball überhört habe, angedeutet, dass er sie nicht allzu genau lenken kann.

Es ist möglich, dass sie ein geworfenes Messer durchlassen. Ich muss nur in einer Position sein, von wo ich es tatsächlich werfen kann.

Als ich meine Beine bewege, knirsche ich mit den Zähnen, bis mein Kiefer beinahe so schlimm schmerzt wie mein Schienbein. Meine Magie zuckt in mir und erinnert mich daran, dass ich mein Bein heilen könnte, wenn ich das wollte.

Doch zu welchem Preis?

Wenn ich mir sicher sein könnte, dass anstelle meiner Knochen Wendos' gebrochen werden, wäre das eine Sache. Soweit ich weiß, könnte der Rückschlag jedoch eine unschuldige Person treffen.

Oder einen der Männer, die hoffentlich unter mir die Treppe erklimmen, wodurch sie hinabstürzen und sich den Hals brechen würden.

Wie viel würde es mir nützen, mein Bein zu heilen? Ich weiß bereits, dass es nicht die richtige Vorgehensweise ist, ihn mit meinem ganzen Körper anzugreifen.

Da ich mich nicht mehr in akuter Lebensgefahr befinde,

kann ich das Nörgeln meiner Magie ausblenden, wenn auch nur einen Teil der körperlichen Schmerzen, die ich empfinde. Ich kann meinen Fuß nicht belasten, weshalb ich meine Position so verändere, bis ich auf den Knien kauere.

Mein Umhang wird mich aktuell eher behindern. Außerdem ist es nicht so, als müsste ich mein Kleid hier verbergen.

Daher öffne ich den Umhang und lasse ihn von meinen Schultern auf die unteren Stufen gleiten. Dann, mit einer Hand an der Wand und Tränen in den Augen, die ich nicht wegblinzeln kann, torkle ich einen Schritt nach oben.

Dann noch einen.

Dann noch einen.

Bei jedem Aufprall strahlt ein stärkerer Schmerz vom Fuß bis zur Hüfte durch mein Bein. Der Schmerz knistert durch meine Gedanken und mir wird schwindlig. Ich beiße mir auf die Lippe, um mir ein Wimmern zu verkneifen.

Ohne es bewusst zu planen, ertappe ich mich dabei, wie ich mir Casimir vorstelle. Die Zuneigung in seiner Stimme, als er mir mitteilte, dass er mich will. Das Funkeln seiner Augen, als er sich nach unserem Ritt durch die Wälder bei mir bedankte.

Er weiß das Schlimmste über mich nicht, nein. Er war jedoch für die Teile von mir da, die ich ihn habe sehen lassen. Er hat einen Platz für mich geschaffen.

Das haben sie alle auf ihre eigene Art getan.

Stavros, der mir vor ein paar Stunden das Schwert reichte. Sein verwirrter Schock, als ihm bewusst wurde, was für eine berühmte Diebin ich bin.

Aleks gequälte Entschuldigung an meiner Bettseite. Die Festigkeit seiner Arme, die mich aus der Bibliothek trugen, um mir dabei zu helfen, meine Schmerzen vor neugierigen Augen zu verbergen.

Benedikt und die lässige Leichtigkeit, mit der er sämtliche Spannungen zerschlagen kann. Der Schalk in seinem Lächeln, nachdem er mich mit einem Kuss vor Blicken geschützt hatte.

Obwohl ich nicht alles haben kann, was mein Herz will, habe ich mehr erhalten, als ich jemals zu träumen gewagt hätte. Das ist auch ein Geschenk, oder?

Ich weiß nicht, bei wem ich mich dafür bedanken soll, doch ich muss weitermachen.

Ich muss an der Kraft und dem Vertrauen festhalten, die sie mir geschenkt haben. Ich muss mich durch den Schmerz boxen.

Noch ein Schritt.

Noch einer.

Indem ich um ein paar zackige Marmorstücke herumhumple, erreiche ich die letzte Stufe vor dem klaffenden Loch. Eine leichte Brise kühlt den Schweiß auf meinem Gesicht. Sie steigt durch die Öffnung auf und vermischt sich mit der Frischluft auf der Plattform.

Als ich mich so groß mache, wie ich kann, und eine Hand weiterhin an die Wand der Turmmitte presse, kann ich Wendos' Kopf und Schultern sehen.

Ich habe es geschafft. Ich bin nah genug.

Ich muss lediglich ein Messer in seinem Rücken versenken, dann wird er keine Magie mehr wirken.

Vielleicht wird er sterben, doch zu diesem Zeitpunkt bin ich der Meinung, dass ich nicht wahnsinnig wählerisch hinsichtlich des Endes dieser Konfrontation sein kann. Eine ganze Menge anderer Leute wird sterben, wenn es ihm gelingt, den Zauber zu beenden, den er mit seinen Komplizen zu wirken versucht.

Als ich meine Hand bereitmache, atmet Wendos staunend ein. „Ja. Ja! Es kommt zusammen … Schaut euch all die Steine an, die zusammenbrechen."

Ein fernes Krachen erreicht meine Ohren sogar hier oben. Mir stockt der Atem.

Es ist fast zu spät.

Ich ziehe den Arm zurück und werfe das Messer.

Im gleichen Moment tritt Wendos einen Schritt zur Seite.

Ich presse die Lippen zusammen, damit mir der Protestlaut nicht entfährt. Das Messer fliegt geradewegs auf sein Ziel zu – und dringt in das Fleisch von Wendos' Oberarm.

Wendos brüllt und greift nach seinem Arm. Er zieht das Messer raus und wirft es zu Boden.

Julita jubelt, mein Herz ist jedoch gesunken.

Es hat nicht gereicht.

„Verdammtes Miststück", knurrt Wendos. „Fixiert sie. Macht sie bewegungsunfähig. Mir ist egal, wie ihr das tut."

Als er mehrere Worte in dieser merkwürdigen Sprache ausspuckt, werde ich erneut von den unsichtbaren Geschossen getroffen, die vermutlich die Daimon sind. Sie schleudern mich zur Seite.

Meine Brust knallt gegen einen der Marmorbrocken, die scharfe Kante kratzt über mein Brustbein und Seide zerreißt. Ein neuer Schmerz flammt auf der Haut unter meinem nun zerrissenen Mieder und Unterhemd auf.

Die Daimon wuchten mich hoch, um mich gegen die Wand zu schleudern, wobei mein Bein wild hin und her schwingt, weshalb ich stöhne. Zwei, vielleicht drei von ihnen pressen sich an meinen Körper und leisten Widerstand, als ich versuche, mich zu bewegen.

Nein, nein, nein!, kreischt Julita, doch niemand außer mir kann sie hören.

„Können wir weitermachen?", fragt der Mann auf dem Boden mit unsicherer Stimme. „Die Energien fühlen sich geschwächt an."

„Mir geht es gut. Ich bin …" Wendos zischt frustriert. „Ich blute auf den ganzen verfluchten Boden. Wie soll ich mich konzentrieren … Sie werden sich befreien. Torstem hat sich auf mich verlassen … *Fuck*."

Julitas Stimme sinkt zu einem Flüstern. *Ha. Geschieht ihm recht.*

Ich kann Wendos nicht mehr sehen, höre allerdings das Poltern seiner Füße, als er auf dem Absatz kehrtmacht. Ich würde mich wegen seines teilweisen Zusammenbruchs siegreicher fühlen, wenn seine Stimme nicht auf ein neues eisiges Tief sinken würde.

„Wir sind so nah dran. Es passiert … Wir dürfen nicht zulassen, dass all die Anstrengungen jetzt vergebens sind. Ich brauche euch. Ich brauche *alles*. Für den Allesgeber, für die Art und Weise, wie die Dinge existieren sollten, für die Erschaffung der Welt, die diese eigentlich sein sollte."

„Wir verstehen", sagt eine der Frauen, aber ich verstehe nichts, überhaupt nichts.

Nicht, bis ich über den Rand der Plattform eine der armlosen Gestalten zur Brüstung torkeln sehe. Sie hebt ihr Gesicht in die frische Luft, die sie vermutlich spüren, aber nicht sehen kann.

„Hört mich, Gottlen! Ich gebe in diesem Moment alles für die Macht dieses Mannes, damit er der Welt seinen Weg zeigen kann!"

Ihre Ankündigung schallt zum Himmel – und dann stürzt sie sich über die Brüstung.

„Nein!" Der Protest bricht ohne einen Gedanken aus meiner Kehle hervor.

Julitas Präsenz in meinem Hinterkopf erstarrt. *Himmel, Meer und Erde, was tun sie?*

Noch während ein ekelerregender dumpfer Knall auf dem Dach weit unter dem hohen Turm zu hören ist, rufen die anderen zwei Gestalten ihre eigenen Opferworte. Zwei weitere fleischige, dumpfe Knalle aufschlagender Körper dringen an meine Ohren.

Ich zucke zusammen, Magensäure brennt sich meine Kehle hinauf. Einen Augenblick lang habe ich Angst, dass ich mich auf mein zerrissenes Kleid übergeben werde. Die Daimon erlauben mir nicht einmal, mich vornüberzubeugen.

Sie haben ein viel größeres vorübergehendes Opfer erbracht als den Aderlass, den Wendos Julita einst angetan hatte. Noch dazu war es ein freiwilliges Opfer.

Wird es funktionieren? Wird ihr tödliches Opfer tatsächlich …

Wendos' düsteres Lachen gibt mir die einzige Antwort, die ich brauche. Seine Stimme hebt sich. „Jawohl! Hört auf uns. Wir befehligen euch jetzt – euch alle!"

Er spricht seinen eigenartigen Singsang lauter als zuvor und ruft ihn in die sich verdichtende Dämmerung. Aus weiter Ferne meine ich ein panisches Kreischen zu hören.

Oh, nein, murmelt Julita. *Was machen wir jetzt?*

Ich kneife die Augen zu und meine Kehle schnürt sich ebenfalls zu.

Ich darf nicht zulassen, dass Wendos das hier beendet. Die Elite der Innenbezirke verdient die Schrecken nicht, die er auf sie niedergehen lassen will, so schrecklich sie auch sein können.

Und was, wenn die Daimon ihre Zerstörung auf die Außenbezirke ausdehnen?

Was wird aus Zuzanna und ihrem kranken Sohn, aus Marta und ihren vielen Liebhabern, aus Frida und Ewalin werden, die miteinander tratschen, während sie sich um die Bienen kümmern …?

Meine Magie kämpft sich durch meine Brust. Ich spanne mich instinktiv an … doch dieses Mal kann ich sie nicht völlig ablehnen.

Könnte der Einsatz meiner eigenen Magie jetzt wirklich *schlimmer* sein als das, was geschehen wird, wenn ich es nicht tue?

Ich weiß es nicht. Ich weiß es ehrlich nicht. Ich habe ein Monster in mir, das seinen eigenen Willen hat.

Hoffnungslosigkeit schwappt in einer Woge über mich, die mit einem eigenartigen Gefühl der Absurdität gefärbt ist.

Ich habe so lange gegen mich selbst gekämpft. Ich habe mich immer wieder geweigert, ganz gleich, wie sehr mir meine Magie wehgetan hat.

Doch ich bin die Einzige, die hier ist. Es ist die einzige Waffe, die mir geblieben ist.

Wie kann das die Antwort sein? Wie kann ich mir zutrauen, diese Entscheidung zu treffen?

Außer … außer ich bin nicht ganz allein.

Jemand war zuvor in der Lage, meine Magie zu kontrollieren. Jemand, der jetzt möglicherweise über einen Tempel wacht, der seinen Segen und den seiner Geschwister besitzt.

Obwohl der Tempel von einem Beben durchgeschüttelt wird, sträuben sich mein Verstand und Körper. Kann ich mich wirklich auf die Gottlen verlassen, auf die Gottheiten, die Seelen wie meine zerrissen zur Strafe für Verbrechen, die vor fünfhundert Jahren begangen wurden?

Welche andere Wahl habe ich?

Wendos gackert zwischen den rauen Sätzen verrückt und mein Widerstand bricht.

Ich atme tief ein, es ist beinahe ein Schluchzen, und zwinge meinen Verstand, sich zu öffnen – mehr und mehr von der kleinsten bebenden Spalte, bis es sich anfühlt, als würde meine gebrochene Seele nach den Wänden um mich herum greifen.

Gottlen, denke ich so, wie ich mit der Stimme in meinem Kopf gesprochen habe, während ich im Sterben lag. *Falls ihr mich hören könnt, bitte helft mir. Bitte führt meine Magie, damit ich keinen unverdienten Schaden anrichte. Erlaubt mir, ihn aufzuhalten, ohne etwas anderes zu zerstören.*

Bitte.

Niemand antwortet. Ein Kribbeln breitet sich allerdings in meiner Lunge aus, als hätten Finger sie flüchtig und federleicht berührt.

Vielleicht habe ich es mir eingebildet, es ist jedoch alles, was ich habe. Es bleibt keine Zeit mehr.

Es raschelt, als Wendos wild mit dem Arm fuchtelt, und ich lasse meine Magie los.

VIERZIG

Meine Macht braust aus mir und klatscht gegen die Daimon, die mich fixieren. Sie treiben auseinander wie Wolkenfetzen.

Die ganze Wucht meiner Absicht kracht gegen die Gestalt, die ich nicht einmal sehen kann und die an der Brüstung steht.

Mithilfe der Magie, die durch die Risse in meiner Seele strömt, kann ich spüren, wie Wendos zuckt und sich verkrampft. Ich kann schmecken, dass ihm die Magie entgleitet, die *er* gewirkt hat, während meine seinen Willen und sein Bewusstsein verschlingt.

Einen Augenblick lang wallt Zorn zusammen mit meiner Macht in mir auf.

Er hat Julita töten lassen – er hätte auch mich mit Freuden ermordet. Er hat diese armen Opfer seiner Blutzauberei in den Tod geschickt.

Wer weiß, wie viele andere Unschuldige er bereits abgeschlachtet hat oder es tun wollte bei seinem kranken Streben nach … was?

Ein wütendes Knurren kommt mir über die Lippen. Mehr Magie wickelt sich um ihn …

Und ich erinnere mich.

Ich erinnere mich an den Mann, der mich vor sieben Jahren angegriffen hat, an das zweite und bis gestern letzte Mal, dass ich meine Magie freiließ. Ich erinnere mich daran, wie sich mein Magen verknotete, als ich auf seine zusammengebrochene Leiche hinabstarrte und die Zerstörung betrachtete, die sie umgab.

Ich erinnere mich daran, dass Wendos nur der Beginn der Verschwörung ist, nicht das Ende. Es gibt so viel mehr, was wir aufdecken müssen, wenn irgendjemand in Sicherheit leben soll.

Mit einem Keuchen reiße ich an der Macht, die aus mir strömt. Ich beschwöre all meine Selbstbeherrschung herauf, um die Magie zurückzuziehen und zu zügeln, als sei sie ein Hengst, den ich zähmen muss.

Ich muss ihn nur aufhalten. Nur aufhalten – ich darf ihn nicht komplett vernichten.

Eine freudige Wärme breitet sich in meinen Gliedern und meiner Brust aus. Ich spüre, dass Wendos' Körper zusammenbricht.

Ich zerre jedes bisschen Magie, das ich erwischen kann, in mich zurück.

Das reicht. Das reicht fürs Erste.

Bei den Göttern, bitte macht, dass es für immer reicht.

Als der Magiestrom versiegt, rapple ich mich auf – und bemerke, dass ich ohne Schmerzen stehen kann. Ein Teil des Schadens, den ich Wendos zugefügt habe, hat anscheinend die entgegengesetzte Wirkung auf mich gehabt.

Der Kratzer auf meiner Brust ist verheilt. Das Mieder meines Kleides und das zerrissene Unterhemd darunter klaffen zwischen meinen Brüsten auf und offenbaren glatte Haut. Mein Schienbein ist in einem Stück.

Ich hebe den Kopf und erstarre.

Überall entlang der Turmwände sprießen Ranken. Schmale, grüne Ranken entfalten sich aus den Kerben und Spalten. Sie öffnen ihre leuchtendgrünen Blätter im letzten trüben Licht der untergehenden Sonne.

Weitere Schlingpflanzen winden sich gemeinsam über die Lücke in der Treppe und bilden eine gewebte Rampe, mit der sie das Loch versiegeln.

Ich habe Schaden verursacht und neues Wachstum

heraufbeschworen. Und es ist kein Wachstum, das jemandem schaden wird – nicht so wie beim letzten Mal.

Ein Lachen entringt sich meiner Kehle und ich presse eine Hand auf meinen Mund.

Ich eile an den Rand der zusammengebrochenen Treppe und betrete vorsichtig die Rampe aus Ranken. Sie hält mein Gewicht und gibt nur geringfügig nach.

Es dringen weder ein fernes Grollen noch Kreischen an meine Ohren. Der Turm bebt nicht mehr. Das Pochen der beunruhigenden Magie ist verschwunden.

Indem Wendos unschädlich gemacht wurde, habe ich den entsetzlichen Zauber beendet, den er und seine Kollegen gewirkt haben.

Nach einem weiteren Schritt kann ich ihn sehen.

Wendos liegt mit ausgestreckten Gliedern seitlich und reglos auf dem Boden der Turmplattform. Doch als ich ihn betrachte, hebt und senkt sich seine Brust mit stockenden Atemzügen.

Ich habe ihn hart getroffen, jedoch nicht getötet. An diesem letzten bisschen Kontrolle habe ich festgehalten.

Julita lacht offen und es fühlt sich an, als würde sie sich aufgeregt in meinem Kopf drehen. *Du hast es geschafft! Du hast ihn niedergeschlagen.* Sie hält inne. *Was genau hast du getan?*

Meine Lippen teilen sich. Bevor ich mich für eine Antwort entscheiden kann, hallt eine andere Stimme, die mir nicht mehr unbekannt ist, durch meine Nerven, als käme sie von überall.

Gut gemacht, meine eigensinnige Gaunerin. Wenn du mich willkommen heißt, kann ich kommen. Und ich vermute, wir werden schon bald wieder zusammenarbeiten. Doch fürs Erste musst du dich um ganz andere Probleme kümmern.

Was?

Ich erstarre und mein Blick sucht die Plattform nach möglichen Bedrohungen ab – und das Krächzen eines scharf eingesogenen Atems erklingt hinter mir.

Ich wirble herum und finde mich drei Männern gegenüber, die hinter der letzten Biegung der Treppe stehen und sich versteift haben.

Casimirs Gesicht sieht aus, als wäre ihm schlecht. Alek lehnt an der Wand, als würde er gleich umkippen.

Und Stavros …

Stavros starrt mich an, als hätte er mich noch nie zuvor gesehen. Er starrt auf die nackte Haut meines Brustbeins, die ich jetzt nicht mehr verstecken kann und auf der es keine Sigille der Gottlen gibt.

Sie blicken an mir vorbei auf die Pflanzen, die von einer Macht heraufbeschworen wurden, die keine gottlose Person besitzen sollte. Dann schauen sie an mir vorbei zu dem Mann, den ich mit dieser Macht umgehauen habe.

„Ich habe ihn aufgehalten", verkünde ich, wobei meine Stimme als Krächzen herauskommt. „Ich habe ihn aufgehalten."

Es sieht jedoch so aus, als hätte ich den Preis dafür noch nicht bezahlt.

ÜBER DEN AUTOR

Eva Chase ist eine Amazon Top 100-Bestsellerautorin für Urban Fantasy und paranormale Liebesromane. Sie ist mit Magie, Chaos und Herzschmerz aufgewachsen und bringt alle drei Elemente in ihre Geschichten ein. Aber keine Angst vor dem gefürchteten Liebesdreieck - Evas Heldinnen müssen sich nie entscheiden. Online findet man sie unter www.evachase.com.